Le Livre de Poche Jeunesse

Les ÉVEILLEURS

PAULINE ALPHEN

Les ÉVEILLEURS

Livre I

Salicande

Personnages par ordre d'apparition

Claris de Salicande : fille d'Eben et de Sierra, sœur jumelle de Jad. Elle a 12 ans quand l'histoire commence.

Ugh, dit **Orphéüs :** fils de Chandra (et de Blaise ?), frère de lait de Claris et de Jad. Il a 14 ans quand l'histoire commence.

Dag : maître d'armes du château.

Eben de Salicande, dit **le Duc :** mari de Sierra, père de Claris et de Jad.

Sierra de Salicande : femme d'Eben, mère des jumeaux. Sierra a disparu lorsque les jumeaux avaient 3 ans.

Jad : fils d'Eben et de Sierra, frère jumeau de Claris. Il a 12 ans quand l'histoire commence.

Chandra : nourrice des jumeaux et mère de Ugh.

Sem : homme aux mains d'or. Il est forgeron, sculpteur, ébéniste…

Blaise, dit **le Mandarin :** d'un âge indéfinissable, Blaise a été le compagnon de Jors, grand-père des jumeaux et père de Sierra. Il est leur précepteur et plus encore.

Athéna : chouette chevêche, toute petite et très sage. Elle entretient avec Blaise une relation privilégiée.

Jors de Salicande, dit **le Fondateur :** père de Sierra et grand-père des jumeaux. Il a fondé la communauté de Salicande, instituant de nouvelles règles et un nouveau calendrier.

Nim : fillette, gâte-sauce de Chandra.

Le Gris : chat aux longs poils gris pâle et aux yeux jaunes. Compagnon de Blaise.

Longue-Vue : étalon noir aux yeux verts. Cheval d'Eben, il a une particularité : il est nyctalope.

Mir : un des enfants du village.

Luven : un des enfants du village.

Soma, dit **le maître des Élémentaux :** grand-père de Blaise, personnage des Temps d'Avant.

Bahir Borges : bouquiniste aveugle, érudit, ami de la famille de Claris et de Jad. Il est le mari de Maya, avec qui il a trois filles : Jwel, Deli et Ellel.

Maya Borges : Nomade de l'Écriture, compagne de Bahir, mère de Jwel, Deli et Ellel.

Jwel Borges : fille aînée des Borges (25 ans), archère surdouée. Compagne de Blanc Faucon, mère de Merlin.

Deli Borges : deuxième fille des Borges (17 ans), merveilleuse cuisinière et joueuse redoutable.

Ellel Borges : fille cadette des Borges (15 ans), apprentie Nomade de l'Écriture, elle se lie d'amitié avec Claris.

Merlin : 18 mois, fils de Jwel et Blanc Faucon.

Bor : tavernier du « Tonneau qui pisse », à Salicande.

Blanc Faucon : compagnon de Jwel et père de Merlin, originaire de Vieil-Ambre.

Ysa : faucon femelle blanche, oiseau compagnon de Blanc Faucon.

Ji : petit frère de Blanc Faucon.

Semper Silver, dit **Siffle-Court :** musicien de Morteterre, il offre à Ugh son premier instrument, une violine.

Zur, Neti et Nurdine : Nomades de l'Écriture installés à Vieil-Ambre.

PREMIÈRE PARTIE

Le château

Le Vrai Lecteur écrit le livre en le lisant.

Le Vrai Lecteur est à la fois l'auteur,
les personnages et l'histoire.
Le Vrai Lecteur est le livre.

La Guilde se trompe.
Le Vrai Lecteur n'est pas celui qui comprend
ce que l'auteur a voulu dire.
Le Vrai Lecteur est celui qui, en lisant, réinvente le livre.
Et s'il lit autre chose que ce qu'a écrit l'auteur,
alors celui-ci a gagné son pari, il a fait son travail.

Le Vrai Lecteur court tous les risques.
Celui de savoir ce que les personnages ne savent pas.
Celui de ne pas savoir ce que savent les personnages.
Celui de comprendre autre chose que ce que voulait l'auteur.
Le Vrai Lecteur s'en fiche, il voyage…

Carnets de Sierra, extraits,
in *Archives apocryphes*
de la Guilde des Nomades de l'Écriture.

Chapitre 1
Les aventures n'arrivent jamais aux filles

Y croire

Les aventures n'arrivent jamais aux filles, pensait Claris avec rage. *Jamais !* se répéta-t-elle en évitant de justesse la pointe mouchetée de l'arme, qui lui frôla l'épaule. Son adversaire ne lui faisait pas de cadeau. *Bien sûr, les garçons sont plus forts.* C'était la réalité, c'était indéniable, c'était énervant.

Elle porta le fleuret violemment en avant, mais le garçon esquiva sans peine. Emportée par son élan, Claris tomba en roulant sur le tapis d'exercice, sous les rires des autres élèves et du maître d'armes.

— C'était bien essayé, mais...

Ugh lui tendit la main pour l'aider à se relever. Il avait transpiré sous le masque, et ses cheveux roux étaient collés à son crâne, découvrant des yeux noisette perpétuellement étonnés. Étonnés de sa force, de son corps dégingandé, de la vie en général et, en l'occurrence, du regard transparent de Claris qui lui allait droit au cœur avec beaucoup plus de précision que son épée.

— Mais quoi ? le défia la fillette, ignorant la main tendue.

— Heu... Tu n'étais pas concentrée, je crois, balbutia Ugh, désarçonné par le ton agressif.

Claris ouvrait la bouche pour rétorquer lorsque Dag, le maître d'armes, intervint sèchement :

— Il a raison, Claris. On ne peut pas croiser le fer et penser à autre chose en même temps. Tu n'as pas vraiment essayé de vaincre Ugh. Ton esprit vagabondait ailleurs, dans les livres sûrement. Tu me rappelles ta mère.

— Ne me parlez pas de ma mère ! Je ne suis pas ma mère !

Claris se mordit les lèvres, elle aurait sûrement une réprimande pour insolence, une de plus... Mais Dag avait perçu la détresse dans la voix de l'enfant et regrettait sa comparaison malheureuse. Il ajouta d'un ton plus amène :

— La force n'est pas tout, et tu es rapide et agile. Un défaut cache souvent une qualité. Il suffit d'y croire ! Mais ça, personne ne peut le faire à ta place. Maintenant, saluez vos adversaires, le cours est fini.

Y croire ? Claris défit masque et plastron, les jeta dans les paniers et glissa son fleuret dans le râtelier en tâchant de reprendre son souffle, rendu haché par la colère.

Y croire ? Alors que tous les livres, toutes les chansons le clamaient : les héros étaient toujours des hommes, au mieux des garçons dont l'implacable destin était de devenir des hommes. Elle grimaça : elle n'avait aucune envie d'être un garçon. Elle voulait seulement faire certaines des choses injustement réservées aux garçons. Y croire, pff !

Elle n'était simplement pas assez forte pour maîtriser les épées. Elle avait essayé toutes celles qui ornaient la salle des gardes de son père, mais elle ne pouvait en porter aucune plus de cinq minutes sans s'essouffler. Dag affirmait tout bonnement que les armes n'avaient pas été conçues pour les femmes. Une idée lui traversa soudain l'esprit. *Oh ! C'est tellement simple !*

Elle inspira profondément, savourant sa découverte et l'odeur piquante de la salle d'armes, mélange de sueur, d'huile pour le cuir et de sciure. Sa colère envolée, elle sortit d'un pas sautillant.

Une tour qui n'est pas une tour

Claris n'est pas un garçon, elle finira bien par se faire une raison, pensa son père, qui l'observait depuis le dôme de la Tour des Livres, en la voyant surgir sur un balcon puis emprunter une passerelle bancale pour disparaître derrière un autre balcon.

La longue silhouette d'Eben, dit le Duc, s'encadrait dans l'embrasure de la fenêtre de la tour, dont les multiples vitraux encastrés dans les murs concaves irisaient son costume invariablement sombre. C'était la plus belle vue du château, avec la frange moutonneuse de la forêt de Salicande bordant le haut plateau et, tout autour, les montagnes qui dressaient leur masse ébréchée, enserrant la petite vallée dans un écrin sombre.

Quand le temps était clair, on apercevait le glacier de la Licorne comme une déchirure blanche. Mais pas aujourd'hui. Ce jour, comme les décades et les lunaisons précédentes, le temps était maussade et brumeux. Techniquement, c'était le début du Temps Vert que l'on appelait jadis le printemps... Le Duc soupira. Verte, Salicande l'était. Les pluies fines et incessantes avaient gorgé la vallée, mais le soleil n'était qu'un souvenir plombé par les bancs de nuages qui se superposaient, ombres sur ombres.

De la Tour des Livres, le Duc ne distinguait que la cour du château, les dépendances et une partie du parc cinglé d'écharpes de brume opaque. Le château n'était pas vraiment un château et la tour n'était pas vraiment une tour. *Et je ne suis pas vraiment un Duc...* C'était plutôt une grosse bâtisse flanquée d'un vieux phare, ruine anachronique d'un temps reculé où la mer recouvrait le relief.

La mer ! Difficile d'imaginer que ces hauteurs figées aient un jour plongé leurs racines dans l'écume tourbillonnante. Et pourtant, la preuve était là : l'océan s'était retiré, mais le phare était resté. Il se dressait aujourd'hui comme un mât au centre du château. On avait colmaté les brèches, appareillé les vieilles pierres et élevé un invraisemblable escalier en colimaçon. Les parois circulaires du phare étaient désormais tapissées de centaines de livres.

La lecture, activité d'apparence passive, était ainsi précédée d'un substantiel effort physique car il fallait sans cesse monter et descendre les marches lorsque l'on cherchait un ouvrage. L'escalier tournait sept fois sur lui-même, desservant des pièces toujours fermées pour déboucher enfin sur la vaste chambre située sous le dôme, où se tenait Eben. Une rangée de claires-voies y déversait la lumière grise de cette matinée pluvieuse comme dans une nef. Le papier et le cuir capitonnaient le phare d'une ouate d'idées et de mots, l'isolant tout autant que s'il était encore planté au milieu de la mer.

Les pensées du Duc flottèrent un moment sans but avant de se fixer sur le souvenir de sa femme, comme un yoyo revient se nicher dans la main de celui qui le lance. Sierra passait tout son temps libre dans le vieux phare, dévorant livre après livre, s'abreuvant de poèmes, se nourrissant d'idées. Lorsqu'elle avait disparu, Eben, qui n'aimait que les activités au grand air, s'était mis à hanter le phare-bibliothèque parce que tout dans ce lieu lui parlait d'elle. Au fil des années, il était devenu captif lui aussi du silencieux murmure des livres.

Le Duc regarda Claris traverser la cour en courant sous la pluie battante, échapper en riant à Chandra, la nourrice, qui essayait de la retenir et s'engouffrer dans les communs du château. Oh non, ce n'était pas un garçon. Le garçon, lui, ne courait pas, ne ferraillait pas, ne montait pas les étalons en cachette. Le cœur du Duc se serra en pensant à son fils. *Claris dit que les migraines de Jad ont recommencé, plus puissantes. Pourquoi maintenant ? Si longtemps après...*

Eben fit craquer une à une les jointures de ses doigts en un geste qui lui était familier, comme s'il pouvait par la même occasion défaire les nœuds qui entravaient l'écheveau de sa vie. *Blaise y voit un signe et me presse de dévoiler le passé aux jumeaux. Un signe de quoi ? Il ne le sait pas lui-même !* Le Mandarin affirmait qu'à vouloir trop protéger les enfants on les mettait en danger, mais Eben répugnait à les exposer aux souvenirs amers de la Grande Catastrophe. L'image de centaines d'adolescents s'effondrant les uns après les autres comme des dominos passa au ralenti sur l'écran de sa mémoire, et il se raidit.

Un rayon de soleil fugitif vint lui lécher la main, enluminant les parchemins alignés sur les étagères. Le Duc passa ses doigts écartés dans ses cheveux noirs, les hérissant un peu plus, et retourna à son manuscrit. Les livres le consolaient toujours.

Inverses et identiques

Claris entra comme une flèche dans la serre où elle savait trouver son frère. Elle s'arrêta net en l'apercevant au bout de l'étroit couloir encombré de plantes. Affalé dans un vieux fauteuil, la tête en arrière, les yeux clos, il se massait le front entre les sourcils. La crise devait être aiguë pour qu'il se laisse aller ainsi. La fillette ressortit doucement et entra à nouveau en prenant soin de claquer la porte.

— Jad ! J'ai réussi à convaincre Sem ! Tu es là ?

— Au fond, avec les bonsaïs !

Le garçon s'était levé et, avec de la ficelle de chanvre, ligaturait un minuscule érable trident sur une petite roche à la forme tortueuse. Fascinée, Claris observait les gestes à la fois précis et tendres de son frère. *Encore un qui finira dans sa chambre.*

Les appartements de Jad étaient envahis par les bonsaïs. Des dizaines d'arbres nains imprégnaient les deux petites pièces, et même la salle d'eau, de leur présence impassible. Le garçon passait beaucoup de temps en leur compagnie. Il les observait, les soignait, les taillait, les greffait, sculptant une forêt splendide et fragile qui exigeait des soins constants. *Exactement comme lui.*

— Tu mets de l'eau partout, Claris !

Tout en se débarrassant de sa cape dégoulinante et de ses bottines de cuir souple, Claris examinait son frère du coin de l'œil. Jad s'était ressaisi, ses yeux brillaient d'une volonté opiniâtre, mais elle connaissait bien ce pincement à la commissure des lèvres, cette raideur dans la nuque, les cernes qui soulignaient ses yeux déjà si noirs.

— Tu vois, expliqua le garçon, les racines vont enserrer progressivement la roche pour ne faire qu'un avec elle. Si tout va bien, au prochain Temps Vert, l'arbre donnera des feuilles dorées en forme de cœur. Mais il faut le surveiller de près, le brider sans l'étouffer.

Son jumeau lui sourit et une boule de bonheur et de peine mêlés serra la gorge de Claris. Elle posa son front contre le sien, reprenant le geste de leurs jeux télépathiques, mais Jad avait barricadé son esprit et Claris ne frôla qu'une peau légèrement moite.

Jad était aussi blond que Claris était brune, ses yeux étaient d'un noir aussi profond que ceux de sa sœur étaient clairs, presque transparents. Cependant, ils avaient les mêmes traits, les mêmes expressions, le même sourire : les traits délicats de leur mère, dont l'hologramme pendait au cou du Duc. Comme un caprice de peintre qui, satisfait des formes mais indécis quant aux couleurs, aurait décidé de ne pas choisir, de garder toutes les options en les inversant.

Inverses et identiques, pensa Claris. Si ce n'était cette petite lésion au cœur de son frère. Un hiatus, un soupir du muscle, une hésitation du ventricule droit, qui lui interdisait de courir, de monter à cheval, qui le gardait à l'intérieur des murs. *Et maintenant, en plus, il y a ces migraines.*

Elle se détourna, faisant mine de s'intéresser à une rangée de cactus, pour cacher les larmes qui lui montaient aux yeux.

— Alors, que se passe-t-il avec Sem ? s'enquit Jad, toujours à son érable.

— Eh bien... Il est d'accord, répondit Claris d'une voix étouffée.

Elle toussota et reprit d'un ton plus enjoué :

— Dag dit que les épées ne sont pas faites pour les femmes. Alors, je me suis dit qu'il suffisait d'en faire une ! J'en ai parlé à Sem, et il va me fabriquer une épée plus légère et un arc plus souple. Il a promis.

Comme Jad la regardait d'un air sceptique, elle précisa :

— Enfin, tu connais Sem, il ne l'a pas dit exactement comme ça.

Jad eut un grand sourire.

— Tu veux dire qu'il a vaguement grogné.

— Mais il n'a pas dit non !

Le garçon avait fini de fixer le tronc et les longues racines de l'érable à la roche. Il remit l'ensemble dans son pot et recouvrit les racines de terreau et de mousse.

— Et le Duc, qu'en dit-il ?

— Heu, bredouilla Claris, je ne lui en ai pas encore parlé.

Elle changea de sujet.

— Pourquoi recouvres-tu les racines ? N'est-ce pas précisément ce qu'il faut voir ?

— Si, mais plus tard. D'abord, les racines doivent grossir en embrassant la roche. Si je les laissais à l'air libre maintenant, elles sécheraient. L'art des bonsaïs est un art de patience, petite sœur. Cela explique peut-être pourquoi tu ne t'y intéresses pas !

— Oh, je trouve ça plutôt fascinant, en fait. Mais trop... comment dire... trop incertain. La plupart des arbres meurent sans que tu saches pourquoi. Et puis tu sais bien ce que je pense de ces tortures que tu leur fais subir.

Il s'agissait d'une vieille querelle. Claris disait que Jad faisait aux arbres ce que les anciens Chinois faisaient aux pieds de leurs femmes. Elle avait vu des estampes dans un vieux livre de la tour et avait mené une campagne véhémente contre les bonsaïs. Jad n'avait aucune envie de reprendre cette discussion. Il s'essuya les mains sur son tablier et vint la rejoindre près des cactus.

— Ainsi, tu as fini par convaincre l'ours Sem ? Comment as-tu fait ? demanda-t-il d'un ton conciliant.

— Heu... Je n'ai rien fait.

Jad lui souleva le menton pour qu'elle le regarde en face. Noir sur bleu, profondeur et transparence, les deux regards se heurtèrent un instant puis se reconnurent et fusionnèrent, retrouvant le chemin rassurant de leur gémellité.

— Rien ? demanda le garçon d'un ton malicieux.

— Oh, ça va... J'ai pleuré. Devant Sem, je veux dire, grommela Claris.

— Toi, Claris de Salicande, pleurer ? Tu t'es servie de ce truc de fille ? Tu n'as pas honte ?

Jad était hilare.

— Et alors ? Il faut bien que ça serve à quelque chose

d'être une fille ! affirma sa jumelle avec une parfaite mauvaise foi.

Une pendule sonna, égrenant un chant d'oiseau. Une invention de Blaise, leur précepteur, pour les intéresser à l'ornithologie : au lieu de sonner des coups comme une pendule ordinaire, elle carillonnait des chants d'oiseaux. Mésange à huit heures, rouge-gorge à neuf heures, etc.

— Le rossignol, déjà ! Je vais être en retard, s'exclama Claris en saisissant sa cape et ses bottillons.

— Mais nous n'avons pas de cours avant le déjeuner, s'étonna Jad.

— Blaise a demandé à me voir en salle d'étude. Il paraît que, depuis que je suis les cours d'armes, mes notes ont légèrement baissé.

Son jumeau éclata de rire.

— Tu veux dire que, depuis que tu suis les cours d'armes, tu ne fiches plus rien ! Tu es complètement obnubilée par les épées, les arcs et les histoires de chevaliers. Je parie que même en dormant tu parles de dragons, de tournois...

— Bah, tant que je ne parle pas de sauver des demoiselles en détresse... rigola Claris. Bon, je vais livrer cette bataille... À tout à l'heure !

La crête du Dragon

La salle d'étude était une pièce voûtée et tout en longueur. De hautes fenêtres dormantes contribuaient à lui donner une mine allongée. Pas de vitraux, pas de tapis ni de coussins, pas d'alcôves pour rêver comme dans la Tour des Livres, mais un parquet foncé, des tables et des fauteuils aux lignes sobres. Même les livres semblaient s'ennuyer dans leurs habits de cuir sombre. Les torches généreusement disséminées et la belle flambée qui crépitait dans la cheminée n'effaçaient pas le ciel bas, la pluie implacable qui fustigeait le toit.

Après avoir donné une tape affectueuse sur le crâne jaune de Qfwfq, le squelette, qui cliqueta amicalement, Claris se mit à arpenter la pièce, sourcils froncés.

Blaise était en retard et elle était inquiète pour Jad. Les migraines de son frère empiraient. Elle savait qu'elles étaient provoquées par des cauchemars de plus en plus fréquents. Elle en ressentait les échos dans ses propres rêves, même s'ils ne partageaient plus la même chambre. *Ni les mêmes rêves.* Son frère devenait de plus en plus secret, s'enfermant dans sa souffrance pour la protéger. Comment pouvait-il croire qu'elle ne sentait rien ?

Elle interrompit sa déambulation pour regarder l'eau dégouliner sans discontinuer sur les carreaux qui fragmentaient le paysage. Le parc ployait et gémissait sous l'ondée. Claris grinça des dents. Elle détestait la pluie. C'était stupide, elle en était consciente. « Un truc de fille », dirait Ugh. Jad ne dirait jamais quelque chose d'aussi désobligeant, mais le penserait tout bas. Et Père le penserait aussi, puis aurait un sourire triste en pensant à Jad. Par la Licorne, les choses ne pouvaient-elles pas être simples ?

Mais plus rien n'était simple depuis longtemps. Depuis le troisième anniversaire des jumeaux, exactement. Pourtant, la journée avait bien commencé. Comme à chaque anniversaire, leurs parents avaient préparé une surprise.

Ce jour-là, Sierra et le Duc étaient venus les réveiller alors qu'il faisait encore noir. Leur père portait des harnais d'escalade et un sac à dos bien rempli. Leur mère, une brassée flamboyante de fleurs rouges et jaunes, aux couleurs de Salicande, qu'elle venait de cueillir. Les draps et les pyjamas des jumeaux s'étaient parés de rosée fraîche et parfumée. Sierra les avait habillés chaudement, tandis qu'Eben se défendait en riant de l'assaut de questions des enfants surexcités.

À l'écurie les attendaient deux sizyfs au beau regard liquide, harnachés et prêts à prendre la route. Bien calés sur la selle, adossés à leurs parents, les jumeaux avaient chevauché au pas placide des sizyfs en comptant les étoiles qui s'éteignaient une à une.

Ils avaient abandonné leurs montures au bord des hauts plateaux pour entamer, sur le dos de leurs parents, la longue montée jusqu'à la crête du Dragon. Dans l'aube incertaine, bercée par les foulées régulières de sa mère, Claris somnolait de bien-être en écoutant le babil de Jad qui racontait à leur père tout ce qui lui passait par la tête.

Ils étaient arrivés au sommet au point du jour, pour le lever du Soleil. Bouche bée, les jumeaux avaient vu le ciel flamber d'oranges et de rouges au-dessus des montagnes, formant comme une crête : la crête du Dragon. L'effet était saisissant, la bête était de belle humeur et lançait des flammes d'un rouge sanglant. C'était un fabuleux cadeau d'anniversaire, car il était rare que toutes les conditions météorologiques fussent réunies pour un spectacle aussi réussi.

Le Duc avait longuement détaillé le relief, nommant les sommets l'un après l'autre : le pic de l'Aigle, la dent du Narval, le glacier de la Licorne, le gouffre de l'Ennui, la trouée de Saphir. Le temps s'annonçait magnifique, le ciel était d'un bleu souverain, sans nuages.

Ils avaient passé la journée à guetter les marmottes, la soirée à griller des saucisses. Puis, couchés dans l'herbe et enroulés dans des couvertures, ils avaient vu le ciel s'embraser d'étoiles filantes. Le lendemain, après avoir salué une dernière fois le dragon de roche et de feu, ils avaient pris le chemin du retour. La journée était lumineuse, l'horizon dégagé. Rien ne laissait présager le violent orage qui n'allait pas tarder à éclater.

Aujourd'hui encore, Claris pouvait fermer les yeux et revoir la scène ancrée dans sa mémoire : son père et sa mère côte à côte, désignant au loin une ligne bleue tremblotante, la mer... Elle revoyait tout, elle re-sentait tout, le balancement des hanches de sa mère, l'odeur de camomille de ses cheveux bouclés qui lui chatouillaient le visage tandis qu'ils redescendaient vers le château. Elle se souvenait aussi du frisson que le mot « mer » avait fait naître en elle, une émotion inconnue, le désir douloureux d'aller vers cette ligne liquide qui délimitait le monde, de s'y poser comme une hirondelle sur une corde à linge.

Ainsi, le jour de ses trois lunées, Claris avait pour la première fois pris conscience du bonheur. Trop petite pour le nommer, elle éprouvait une langueur, un picotement, une fulgurance qui la remplissait comme le chococaf se coule dans le moule, s'infiltrant dans les moindres plis de son âme et de son corps. Jad et elle n'en avaient pas parlé. Ce n'était pas nécessaire, leurs esprits fusionnaient, partageaient le même éblouissement, marée indistincte de bien-être où surnageaient quelques mots : *mer... maman... rouge... dragon... papa...*

Oui, si elle le voulait, Claris pouvait tout revivre. Mais elle s'en gardait bien. Cet anniversaire était enfoui, enseveli sous l'amas de chagrin qui s'était abattu sur elle quelques heures plus tard. Pas question de se souvenir, cela faisait trop mal. Lorsque la tentation était forte, le soir surtout, une fois soufflée la chandelle, il fallait ruser, ne pas tomber dans le piège gluant des réminiscences. Déjouer les anniversaires comme s'il s'agissait de jours quelconques, désamorcer les souvenirs de soleil, ignorer la pluie qui dégoulinait sur leur vie depuis ce jour-là.

Le soir de la promenade à la crête du Dragon, il y avait eu bal au château. Sierra était venue les embrasser, précédée par les froufrous de sa robe et son parfum de camomille. Claris avait sombré dans le sommeil, tanguant parmi les mots rieurs que murmurait sa mère, les mots d'amour bêtes, « ma plume mon petit caillou mon bébé licorne ».

L'orage l'avait réveillée. L'orage et les cris. Jad était à terre, entouré de Blaise et Chandra, son corps tout entier pris de spasmes. *Comme un asticot...* s'était dit la petite fille, qui adorait les comparaisons.

Dans son demi-sommeil, elle avait vu le Duc faire irruption dans la pièce, botté et armé. Il s'était penché sur le garçon, avait échangé quelques mots avec Blaise puis avait tourné les talons, son épée claquant le long des hautes bottes de cuir. Sa cape avait eu un joli mouvement, virevoltant dans la lumière fortuite des bougies. *Comme, comme...* Elle n'avait jamais trouvé l'image et s'était rendormie.

À son réveil, le monde tout entier avait changé. La pendule aux oiseaux n'avait pas sonné le réveil et son frère n'était plus dans leur chambre.

La petite fille avait erré au hasard dans les couloirs du château sens dessus dessous. Les adultes affolés qu'elle croisait l'embrassaient en pleurant et lui enjoignaient de rejoindre Chandra ou Blaise.

Ne les trouvant pas, elle s'était réfugiée dans la salle de jeux où elle aurait dû passer la matinée avec son frère et elle avait attendu. Attendu que Jad vienne la rejoindre, que Blaise arrive avec sa pile de livres sous le bras, que sa mère passe sur sa jument pommelée en lui faisant un signe de la main. Attendu que la vie reprenne son cours normal.

L'enfant avait fini par s'endormir, pour se réveiller en proie aux cauchemars. Elle avait alors quitté la salle de jeux, petite ombre menue dans le manoir sillonné d'éclairs, à la recherche de Jad, guidée par la souffrance de son frère que partageait son esprit jumeau.

L'immense orage qui avait éclaté au milieu de la nuit grondait toujours au loin. Personne ne la vit traverser la cour, emprunter les escaliers de la tour, dont elle gravit les dizaines de marches péniblement, de ses petites jambes mues par le sentiment que quelque chose de terrible était arrivé.

Lorsqu'elle parvint au sommet, la pluie couvrait le chemin de garde d'un interminable rideau oblique. Se réfugiant sur une passerelle couverte, recroquevillée, le menton sur les genoux, elle regarda en bas, dans la cour, s'agiter de minuscules silhouettes. La cape de son père virait à gauche, virait à droite. Les cris des hommes, le cliquetis des mors, le claquement des sabots impatients lui parvenaient assourdis et entrecoupés par la pluie. Puis tous s'engouffrèrent au galop sur le pont-levis et disparurent.

La fatigue s'abattit sur la petite fille. La fatigue et autre chose, un sentiment mou et pesant... En bas, les terres cultivées formaient des figures géométriques s'agençant parfaitement. En haut, les éclairs illuminaient les fantastiques sculptures qui ornaient les tourelles, éclairant par intermittence un dragon, une sirène, un troll. Claris eut envie de se laisser tomber. Ce serait comme s'envoler, arrêter de sentir, dormir... Une torpeur l'envahit. Elle ferma ses yeux où l'or avait mangé le bleu.

Alors qu'elle glissait déjà, entraînée par la peine qui l'alourdissait, elle sentit un picotement dans la nuque et le bout des doigts, comme si mille petites décharges électriques la chatouillaient, et ils lui apparurent pour la première fois. Des petites lueurs étincelantes de joie qui prirent la forme des gargouilles que fixait l'enfant : minuscule dragon rouge, petit elfe vert, licorne brillante, et d'autres encore nés de son imagination. Dansant autour d'elle, de plus en plus nombreux, de plus en plus vite, ils la firent rire, la détournèrent de sa peur et de sa peine et l'emportèrent.

Ce jour-là, les élémentaux s'attachèrent à Claris pour toujours car tels étaient leur nature et leur pouvoir. Ils se révélèrent à elle, mais l'enfant ignora leur présence délicate. Elle ne les voyait pas. Ce jour-là, alors même qu'ils la sauvaient, elle les ensevelit dans un repli de son cœur, avec sa mère disparue.

Le lendemain, en ouvrant la porte de la chambre où elle avait veillé Jad toute la nuit, Chandra découvrit Claris dormant en boule sur le tapis. Le rempart de ses bras, sa tendresse qui sentait bon le savon permirent enfin à la toute petite fille de se laisser aller à son désarroi.

La nourrice la laissa sangloter en la berçant, sans cesser de lui parler. Elle lui dit que sa mère avait disparu et que son père la cherchait, que son frère était malade mais qu'il allait guérir. Chandra parlait d'un ton ferme et calme, tenant Claris serrée contre elle, tout en se maudissant d'avoir négligé de s'en inquiéter dans l'urgence de la crise. Elle avait supposé qu'elle était avec Blaise, qui avait cru que l'enfant était avec elle.

La nourrice promit que cela n'arriverait plus. Elles allaient faire ensemble un gros gâteau au chococaf ! Est-ce que Claris se souvenait quand elle avait éternué dans la farine…

Le nez dans le cou de la nourrice, bien calée contre ses seins, Claris montait et descendait au rythme de la respiration de Chandra, aspirant l'odeur de sa chevelure rousse et sa voix familière. Plus sensible à la musique des mots simples qu'à leur signification, l'enfant s'apaisa.

Alors, Chandra la fit entrer dans la chambre et lui montra son jumeau inconscient. Claris ne reconnut pas le compagnon turbulent qui était son double dans ce petit garçon pâle aux cheveux blonds collés par la fièvre.

Cinq jours plus tard, le Duc revenait avec ses hommes, épuisé et hagard. Il n'avait pas retrouvé Sierra. La vue de son fils eut raison de son courage. Après s'être longuement entretenu avec Blaise dans la Tour des Livres, il s'y était enfermé.

Dépareillés

Pendant sept jours, Jad demeura inconscient, le cœur comme une montagne russe, et on craignit pour sa vie. Le matin du huitième jour, il ouvrit les yeux et réclama à boire, mais ne sortit du coma que pour plonger dans des cauchemars qui le rejetaient, pantelant, sur les rives d'un sommeil poisseux de fièvre.

Claris partageait ces nuits tourmentées, remuant et criant dans son sommeil en même temps que son frère. Blaise et Chandra, qui se relayaient au chevet du garçon, avaient d'abord cru à une coïncidence. Le schéma nocturne se répétant nuit après nuit, ils comprirent que la fille était solidaire des cauchemars du garçon. Les jumeaux avaient toujours partagé leurs rêves. Seulement, nul ne s'en s'était aperçu jusqu'alors.

Alors que les cauchemars déclenchaient chez Jad de terribles migraines qui le reléguaient au lit et à la pénombre, ils provoquaient chez Claris une torpeur qui sans être douloureuse n'en était pas moins effrayante.

Blaise avait suggéré que les jumeaux dorment dans des chambres séparées et proposé à Jad des exercices de relaxation et de concentration que le petit garçon assimila avec une facilité déconcertante. Les cauchemars ne disparurent pas, mais Jad apprit à les endiguer et à calmer son cœur affolé. Le long rituel d'endormissement auquel il se soumettait suffisait généralement à lui accorder des nuits convenables.

Sa fragilité cardiaque révélée, Jad dut trouver des arrangements avec sa maladie. Devant éviter toute activité physique dangereuse pour son cœur vulnérable, fatigué par ses nuits difficiles, il ne retrouva jamais le rythme de vie d'un petit enfant de son âge, qui s'endort tranquillement au terme d'une journée d'activité effrénée.

Pour les jumeaux, rien ne fut plus comme avant. Habituée à une symbiose inconsciente, aussi naturelle que confortable, Claris ne se rendit compte qu'elle communiquait télépathiquement avec son frère que lorsqu'ils furent séparés et que Jad commença à ériger des défenses mentales pour protéger sa sœur de ses cauchemars. Cette séparation forcée les avait en quelque sorte différenciés.

Plus tard, leurs études prirent également des tournures différentes. Si les jumeaux suivaient ensemble la plupart des cours avec les autres enfants du château, Jad était exclu des activités physiques habituelles. Le repos forcé et la conscience de sa maladie avaient aiguisé son sens de l'observation et de la réflexion, le dotant d'une patience, d'une longanimité qui n'était pas de son âge. Il s'intéressait aux échecs, à l'histoire, à la botanique. Il pratiquait quotidiennement l'Unir statique et l'Unir dansant, deux variantes d'une antique discipline psychique et corporelle à laquelle Blaise l'avait initié pour apaiser ses nuits.

Les exercices de postures et de respiration de plus en plus raffinés auxquels se livrait son frère n'intéressaient nullement Claris. Vraie boule d'énergie, la fillette ne tenait pas en place, rechignant à se concentrer longtemps sur une seule activité. Comme pour compenser le handicap de son frère, elle s'était jetée à corps perdu dans tout ce qu'il ne pouvait pas faire : équitation, escrime, athlétisme.

Jad sondait son esprit et son intelligence verticalement, en profondeur, et émergeait de ses voyages intérieurs plus secret et plus dense. Claris explorait le monde horizontalement, dans un corps à corps ardent d'où elle revenait ravie et couverte de bleus.

Lorsque les jumeaux se retrouvaient à la fin de la journée, Jad montrait à sa sœur la dernière posture qu'il avait apprise ou une bouture particulièrement prometteuse, et Claris lui détaillait les nouvelles parades enseignées par Dag le maître d'armes. Ne pouvant plus être le reflet exact l'un de l'autre, ils avaient coupé la poire en deux et échangeaient leurs connaissances dans l'espoir de réunir les deux moitiés. Jad taisait sa frustration et Claris ne lui montrait pas qu'elle s'inquiétait pour lui. Ils apprenaient à se mentir pour mieux s'aimer.

Encore la pluie

L'averse redoubla d'intensité, tambourinant de plus belle sur les ardoises cendrées qui recouvraient les toits du château. Claris secoua ses boucles brunes et fronça les sourcils, dessinant une sorte d'interrogation au-dessus de ses yeux clairs, signe qu'elle cogitait intensément.

Elle avait beau faire, elle ne parvenait pas à ignorer la pluie. D'accord, c'était nécessaire aux plantations et ça remplissait les citernes, mais elle n'aimait pas ça. La pluie lui donnait envie de se réfugier dans un lieu chaud et lumineux comme le phare, et d'attendre que ça passe en se plongeant dans un livre.

Claris eut un sourire ironique envers elle-même. Était-ce pour cela qu'elle lisait autant ? Parce qu'il pleuvait beaucoup à Salicande ? Le Duc disait qu'il n'en avait pas toujours été ainsi, qu'autrefois il pouvait faire beau des lunaisons durant, que le Temps Jaune était vraiment jaune, doré de soleil et de chaleur. Les gens des Temps d'Avant pouvaient se promener presque nus, dormir fenêtres ouvertes, manger dehors...

Claris pouffa. Presque nus ? Son père, Chandra la nourrice, le vieux Sem, Dag avec ses cicatrices, presque nus ? Ce devait être une fable. Une jolie fable que Claris poursuivait dans les vieux livres de la Tour, cherchant ceux où pulsaient des images de soleil et d'air bleu, de lumière ambrée, de gens riant sans raison...

Claris repoussa d'un geste impatient les cheveux qui lui tombaient sur les yeux. Oh, et puis à quoi cela servait-il de ressasser ces vieilles pensées humides ? Dag avait raison : elle pensait trop. Elle ne pouvait pas s'en empêcher. Elle pensait. À propos de tout, tout le temps. Mais que faisaient donc les gens, dans leur tête, lorsqu'ils ne pensaient pas ? Bon, voilà qu'elle recommençait...

Princesses passives

— Eh bien, tu en connais beaucoup des héros qui dépriment à cause d'une petite bruine de rien du tout ?

La voix éraillée de Blaise fit sursauter Claris, qui se retourna en rougissant. Un petit vieillard sec passait la porte en poussant énergiquement une brouette chargée de livres. Une multitude de ridules autour de ses yeux plissés démentaient le ton sarcastique.

— Tu ne vas pas m'aider ? Ils sont pour toi ! Je me suis dit que cela ne ferait pas de mal à nos manuels de cours de fréquenter une compagnie un peu plus enjouée.

Claris l'aida à poser les ouvrages sur une table basse en écarquillant les yeux. Blaise avait dévalisé le phare ! Elle caressa les vieux volumes aux couvertures brillantes, aux images glacées, au papier doux comme du coton, ces livres des temps anciens qu'on ne savait plus reproduire. Ceux qui l'amusaient le plus étaient farcis de robots et d'astronefs, d'androïdes surdoués et d'hommes au crâne chauve. *Alors que les hommes n'ont sûrement jamais été aussi poilus,* songea Claris en regardant la longue tresse blanche de Blaise, *sauf peut-être ceux des cavernes, et encore !* Elle sourit, les images colorées avaient comme réchauffé la pièce.

— Je vois que Chandra a encore sévi. Elle a ciré le parquet ! Quelle merveilleuse odeur ! Vois comme la lumière fait danser la couleur du bois… Miel, renard, flamme, blondeur, joues d'enfant, fesses de femme !

En riant, Blaise avait opéré une glissade savante sur le parquet de chêne pour atterrir sur l'une des chaises avec un grognement de plaisir. Tant de bonne humeur était contagieuse. Finie l'ambiance mélancolique de la salle d'étude, même Qfwfq luisait gaiement de tous ses os. Claris rendit son sourire à son précepteur.

Blaise était âgé, très âgé même puisqu'il avait été le compagnon du fondateur de Salicande, Jors, le grand-père des jumeaux.

C'est à lui, multi-savant prodige, que Jors avait confié le soin d'établir les plans du manoir, construit autour du phare. De son imagination anarchique avait surgi la bastide de trois étages entrecoupés de multiples niveaux intermédiaires, de couloirs qui ne menaient jamais là où ils devaient mener, de passerelles reliant des pièces incompatibles, d'une ribambelle de balcons inutiles et de passages discrets voire secrets.

Entouré d'un mur d'enceinte, le manoir était surmonté d'un chemin de garde garni de tourelles purement décoratives. Le tout formait un ensemble hétéroclite, mélange de château médiéval et de palais vénitien.

Avant de se charger de l'éducation des jumeaux, Blaise avait été le précepteur de leur mère et c'était lui qui avait surnommé leur père « le Duc », en raison de son allure altière. En contrepartie, Eben était le premier à l'avoir appelé « le Mandarin », une allusion à sa tresse et aux robes de soie jaunes et orange dont il aimait se vêtir, mais aussi à son immense culture. Comme pour justifier son surnom, avec le temps, les paupières de Blaise s'étaient bridées (à force de méditer yeux mi-clos ?), nimbant son regard de mystère.

Nul ne connaissait au juste son âge. Lorsqu'il était d'humeur joyeuse, il avait des émerveillements d'enfant, des grivoiseries de jeune homme. Ou bien il disparaissait des jours durant, enfermé dans les pièces mystérieuses du phare dont lui seul détenait les clés, ou reclus dans l'une des cavernes dont la montagne était truffée. On ne savait jamais s'il serait loquace ou taciturne, intime ou étranger.

Pour Claris et Jad, Blaise était comme un port, plus ou moins lointain, plus ou moins embrumé, mais vers lequel ils pouvaient toujours revenir.

— Voyons, s'écria-t-il avec entrain en ouvrant les livres, où as-tu donc été pêcher l'idée que les aventures n'arrivent jamais aux filles ?

Autre caractéristique déconcertante de Blaise : en vrai courant d'air, il apparaissait et disparaissait du château à sa guise, mais il était toujours au courant de tout. Il prétendait que les oiseaux, les arbres et le vent lui rapportaient ce qui se passait.

Les jumeaux n'étaient pas persuadés que cela ne fût qu'une boutade. *Mais, cette fois, le Mandarin ne sait pas de quoi il parle...* Claris fit résolument face au vieil homme.

— Ulysse, Achille, Hector, Arthur, Lancelot, Merlin, Robin des bois, Sindbad, Robinson Crusoé, Gulliver,

Angelo, Frodon, Aragorn, Harry Potter, Skywalker, Fitz, Pug, Eragon, ce sont des filles peut-être ?

Les mains sur les hanches, Claris le fusillait de son regard transparent. *Comme elle ressemble à Sierra…* Un voile passa dans le regard du vieil homme. Lorsqu'il répondit, le ton était volontairement nonchalant :

— Je vois… Tu veux dire que, dans ton incommensurable ignorance, tu n'as lu que des histoires où les héros sont de sexe masculin. Et que, même dans ces histoires-là, tu as préféré ne pas voir les héroïnes qui y sont pourtant bel et bien !

— « Belles » peut-être, mais « bien »…

Blaise haussa un sourcil étonné. Voilà que la petite Claris maniait l'ironie, plutôt spécifique à son jumeau. Intéressant. Les jumeaux n'en finissaient pas d'échanger leurs caractéristiques, comme pour mieux brouiller les pistes de leurs personnalités. Il croisa les bras, provocateur.

— Explique-toi, je ne comprends rien à ce que tu dis.

Claris se mit à marcher en long et en large, irritée. Il insista :

— Alors ?

— Des héroïnes ? Tu veux parler de Pénélope, Guenièvre et autres Belles au bois dormant, n'est-ce pas ?

Blaise acquiesça.

— Par exemple. Que leur reproches-tu donc ?

— Ce sont de vraies PP…

— PP ?

— PP : princesses passives. Elles passent leur temps à dormir, attendre, rêver… Elles traînent leur beauté et leurs pâmoisons dans les livres sans jamais être le moteur des événements ! s'emporta Claris.

Le Mandarin eut un sourire oblique. Il commençait à s'amuser.

— Alice ? proposa-t-il.

— Pff, ridicule... Courir derrière un lapin, boire du thé, jouer au croquet... Ce n'est pas ce que j'appelle des aventures.

— Hermione ?

— Elle est meilleure élève que les garçons, d'accord, mais elle n'AGIT pas. Elle n'a qu'une chose en tête : ses études... Il n'y a pas que ça dans la vie !

— Oh, bien entendu... Galadriel, Arwen ?

— Galadriel ne compte pas ! Elle n'est pas humaine... C'est un elfe, un modèle, une idée, noyée au milieu des héros masculins. Quant à Arwen, parlons-en ! Elle renonce à l'immortalité par amour ! Pour une fois qu'il y a une princesse active, disposant d'autant de pouvoir qu'un homme, ses aventures se résument à espérer que son amoureux s'en sorte pour qu'elle puisse l'épouser et, du coup, perdre tous ses pouvoirs. Comme si l'amour était l'unique destin des filles !

— Qu'est-ce que tu as contre l'amour ?

Claris s'arrêta net, exaspérée.

— Mais on s'en fout de l'amour ! Le problème, c'est que les choses vraiment intéressantes, comme les dragons, les quêtes, les épées, les batailles, les stratagèmes, tout ça, ce n'est jamais pour les filles. C'est... c'est...

Claris regarda par la fenêtre, cherchant ses mots. Les vitres lui renvoyèrent l'image d'une gamine aux jambes maigres et aux bras fins, surmontée d'une indomptable tignasse de cheveux sombres et bouclés. *Berk, n'importe quel bébé dragon n'en ferait qu'une bouchée...*

— Ce n'est pas juste, c'est tout, bafouilla-t-elle, soudain au bord des larmes.

Blaise émit un soupir accablé.

— Je crois que tu as des idées incroyablement étriquées au sujet de ce que tu appelles « aventure ». Aucune importance. Je t'ai apporté quelques ouvrages qui devraient te faire changer d'avis. Encore faudrait-il, pour les lire, que…

— Quoi ? l'interrompit Claris.

— Je terminerai ma phrase si tu m'en laisses le temps, dit sèchement le précepteur en fronçant les sourcils.

— Désolée… fit Claris.

Ce n'était pas la première fois qu'elle était rappelée à l'ordre par un adulte pour son impatience, qui frôlait souvent l'impertinence.

— Je disais donc, encore faut-il que tu parviennes à dépasser tes préjugés, bien entendu, reprit Blaise d'un ton détaché.

— Mes préjugés ? demanda Claris, interloquée.

— Tes préjugés absolument dépassés sur les filles, ma toute belle.

Claris était tellement indignée qu'elle en resta muette. Blaise s'amusait beaucoup. Il sépara trois volumes et continua :

— Je propose que tu commences par cet ouvrage. Je veux que tu notes ce qui fait de Lyra une héroïne, ses qualités et ses défauts, le but de sa quête, ses compagnons, le type de pouvoir ou de magie qu'ils possèdent. Je veux que tu réfléchisses à ça. Quelles rencontres fait-elle ? Qu'apprend-elle tout au long de l'histoire et avec qui ?

Il fouilla dans les multiples poches de ses robes superposées et en tira un objet plat et lisse, ayant la taille et l'épaisseur d'une carte à jouer, qu'il tendit à sa pupille. En prenant l'objet, Claris vit que des lettres se dessinaient sous la surface transparente et flexible.

— Qu'est-ce que c'est ?

Blaise pianota sur la plaque, puis la retourna en souriant pour montrer à Claris la phrase moqueuse qui venait de s'inscrire au dos : « Ceci n'est pas une pipe. »

— C'est l'un des objets interdits, n'est-ce pas ? demanda Claris, excitée. Il est… magique ?

Le Mandarin haussa les épaules.

— La magie n'existe pas, ce n'est qu'une autre façon de se servir de son cerveau. Non, c'est un produit de la science d'autrefois.

— À quoi sert-il ?

J'aimerais bien le savoir, songea le vieil homme, qui répondit, impassible :

— Appelons ça… hmm… un enregistreur. Sa mémoire est infinie et, contrairement à la tienne, cent pour cent fiable ! Tu peux tout y consigner, en parlant ici, en écrivant avec ce stylet ou en tapant sur les lettres. Porte-le toujours sur toi, il se recharge avec l'énergie que tu dégages en inspirant et en expirant.

Il tendit l'objet à Claris. L'enregistreur était tiède et flexible sous ses doigts. Soudain, il diminua, rétrécit et se transforma en une bague qui étincelait au creux de sa main. Blaise jura :

— Ramsk ! Tu y es arrivé !

Claris ne l'entendit pas, elle regardait, stupéfaite, le bijou dont le chaton grenat jetait des reflets moirés.

— Que s'est-il passé ? Comment se transforme-t-il ? De quoi est-il fait ?

— Les réponses à tes questions se sont perdues lorsque ces technologies ont disparu, répondit le précepteur en se ressaisissant. Il ajouta, plus doucement :

— C'est sous cette forme que Sierra le portait.

Voyant que Claris avait froncé les sourcils à la mention de sa mère, il garda pour lui le reste de sa phrase : *mais la pierre n'apparaissait pas rouge à son doigt, elle était verte. L'objet réagit donc déjà.*

— Crois-tu pouvoir le faire revenir à sa forme initiale ?

— La plaque ?

Alors que Claris posait la question, la bague reprit sa forme plate et lisse. Elle dit « bague » et l'objet se transforma si vite qu'il lui échappa des mains et tomba sur les livres posés sur la table. Blaise avait observé l'opération d'un regard perçant qui contrastait avec le ton léger sur lequel il dit :

— À propos, tu ferais bien de comparer tes notes à celles de ton frère. Vous pourrez échanger vos préjugés ! Le cours est fini pour aujourd'hui. Princesse, mes hommages...

Avec une révérence moqueuse, il disparut beaucoup plus vite que ne l'aurait laissé supposer son âge. Faisant tourner le bijou trop grand autour de son doigt, Claris ouvrit le tome 1 de *À la croisée des mondes* et lut à voix haute : « Lyra et son daemon traversèrent le Réfectoire où grandissait l'obscurité, en prenant bien soin de rester hors de vue des cuisines... » Elle soupira d'aise et s'enfonça un peu plus dans le fauteuil.

Une lecture endiablée

Les jours qui suivirent, Claris fut très occupée. Très occupée et de très bonne humeur. Elle passait tout son temps libre dans sa cachette favorite, un lieu déserté par tous et qu'elle affectionnait.

Tout en haut du château, sur le chemin de garde où personne n'allait jamais, une passerelle reliait deux tourelles. Longue de cinq mètres et large de cinquante centimètres, dépourvue de balustrade, elle était merveilleusement dangereuse et parfaitement inutile. La fillette avait à peine la place de s'y asseoir en tailleur, les genoux en guise de balancier. Au moindre déséquilibre, c'était la chute. La chute dans les rectangles verts et jaunes des terres cultivées et les rangées bien ordonnées des vignes.

Claris se grisait de la sensation de se trouver suspendue dans les airs. Elle aimait le défi de s'absorber dans la lecture, de se laisser emporter par l'histoire sans s'y fondre complètement, sans jamais oublier où elle était ni qui elle était – une lectrice –, pour ne pas tomber. Pourtant, se fondre était délicieux, devenir Lyra ou Ewilan pour quelques heures. Si délicieux que Claris y pressentait un danger. Elle avait le sentiment confus que les histoires pouvaient la happer, qu'elle pouvait y entrer et ne plus en sortir. La passerelle était son garde-fou, le risque de tomber la maintenait dans la réalité. Le danger ajoutait à l'ivresse de la lecture, et c'est en frissonnant de plaisir anticipé que Claris grimpait les marches vers le chemin de ronde dès qu'elle pouvait échapper à ses obligations.

Le temps était toujours aussi morose. Ugh était toujours le plus fort à l'escrime, et Blaise l'avait encore réprimandée pour son manque de concentration en cours. Elle n'en avait cure. Ses héroïnes occupaient toutes ses pensées. Elle partageait leurs aventures, leurs souffrances et leurs victoires, elles étaient les amies qu'elle avait toujours désirées.

Le soir, elle dînait distraitement et courait dans son lit retrouver ses personnages. Secrètement ravi, le précepteur lui avait remis les trois volumes de *À la croisée des mondes* plus les six de la *Quête d'Ewilan* et avait annoncé qu'il se retirait dans ses grottes. Le Duc, plus mélancolique que jamais, ne voyait rien. Jad sculptait ses bonsaïs et, patient, attendait que sa sœur atterrisse.

Chapitre II
Les hirondelles ne portent pas d'épée

La Lune se marre

Ces maudits escaliers finiront par avoir raison de mes vieilles jambes. La nourrice sifflotait en montant allègrement les marches raides qui menaient à la chambre de Claris, sous les combles.

Chandra se portait comme un charme du haut de ses quarante lunées, se frottant à la vie avec une gourmandise et une assurance que rien ne semblait ébranler. Elle s'efforçait néanmoins de paraître plus âgée et acerbe qu'elle ne l'était, histoire d'affermir une autorité que nul ne songeait à lui contester. Histoire aussi de décourager les petits malins qui songeraient à s'approcher un peu trop près, attirés par sa voix chaude et son décolleté généreux.

La petite devrait descendre, je serais plus tranquille si elle dormait avec son frère. Le Mandarin a tort s'il pense la protéger ainsi des bizarreries du garçon. Ils ont besoin l'un de l'autre.

Elle s'offrit une pause devant les appartements de Blaise, qu'elle savait pourtant absent. Les poings sur les hanches et la chevelure flamboyante, Chandra renifla. Son flair était proverbial, au sens propre comme au figuré. *Je ne sens pas ton odeur, vieux hibou. Tant mieux, reste dans tes cavernes, ça nous fait des vacances !*

Blaise et Chandra s'aimaient autant qu'ils se querellaient, aucun des deux ne voulant admettre l'affection qui les liait. Le château bruissait de leurs disputes et de leurs réconciliations, et nombreux étaient ceux qui pensaient que Blaise était le père du fils de Chandra, Ugh.

La nourrice démentait d'un haussement d'épaules, et le Mandarin affichait son sourire énigmatique, paupières mi-closes. Quant à Ugh, il avait assez à faire avec une mère quelque peu envahissante et ne se souciait pas d'y ajouter un père.

Chandra arriva enfin devant la porte de Claris. Elle entra sans frapper et alla ouvrir les rideaux sans cesser de siffloter. Même si l'on ne pouvait pas appeler ça une vraie journée de Temps Jaune, c'était la première sans pluie depuis bien longtemps.

Le Soleil est si pâle que ça doit faire marrer la Lune, mais au moins le linge aura une chance de sécher. Chandra se pencha pour réveiller Claris, qui l'attira vers elle pour respirer son odeur de pain frais.

— J'ai faim !

— Bonjour à toi aussi, petite plume.

— Bonjour, nourrice… Quel temps fait-il ?

— Il ne pleut pas.

Avec un cri de joie, Claris sauta de son lit. Elle enfila prestement sa combinaison de dulcepiel, qui épousa parfaitement son corps, et empila par-dessus, au petit bonheur, plusieurs tuniques de tailles et de couleurs diverses, complétant le tout par son boléro rouge préféré.

— Quand t'habilleras-tu convenablement ? Comme une fille et non comme un pirate !

— Jamais ! répliqua-t-elle en faisant claquer un baiser mouillé sur les joues rondes de Chandra, qui balança la tête d'un air exagérément inquiet.

— Laisse-moi au moins te coiffer… Claris !

Elle avait déjà quitté la chambre et dévalait les escaliers. Les jours sans pluie étaient si rares ! Elle frappa à la porte de la chambre de son frère, que l'on avait installé à l'étage du dessous pour lui épargner les escaliers, sans obtenir de réponse.

Une délicieuse odeur de chococaf grillé montait de la cuisine. Claris décida d'aller déjeuner, mais elle n'en eut pas le temps. Un frisson familier, comme une caresse, frôla son esprit. *Viens ! Dans l'arbre !* Jad ! Son frère l'appelait.

Le jeu des Mille Chemins

Les villageois s'étaient empressés de profiter de l'accalmie, et Claris entendait leurs cris et leurs rires dans les vergers qui jouxtaient le parc qu'elle traversait.

Elle huma avec bonheur le parfum de la terre fraîchement retournée. L'herbe gorgée d'eau frémissait comme une fourrure verte, les feuilles luisaient, se détachant nettement sur les troncs plus foncés, la nature tout entière était lavée. Le ciel, d'un gris perlé avec des nuages en bordure comme sur un tableau, semblait plus grand d'avoir momentanément pris l'avantage sur les nuages.

Le parc, autrefois si soigné, était devenu un fouillis de massifs, de fleurs, d'arbres de toutes sortes. Depuis que Sierra avait disparu, personne ne se souciait de tailler ni d'élaguer. Arbres fruitiers, fleurs, herbes folles et plantes médicinales se mêlaient joyeusement.

Un tilleul s'ébroua, chatouillant Claris de gouttes fraîches dans les oreilles et dans le cou. Elle rit tout haut. Elle connaissait chaque arbre, chaque nid de ce parc. Elle avait nourri plusieurs générations d'oisillons avec un bout de tissu imprégné de lait qu'elle faisait goutter dans leurs becs brailleurs. Ce régime inapproprié en avait tué quelques-uns avant que Chandra ne la surprenne et ne mette fin au massacre.

Elle arriva près d'un lac sur lequel se penchaient paresseusement les saules et s'arrêta. Elle contempla la surface liquide, aussi noire et lisse qu'une hématite. *Comment peut-on être aussi immobile* ?

Un sifflement l'arracha à sa rêverie : Jad l'avait aperçue et s'impatientait. Claris grimpa avec aisance dans un vieil arbre-église, spacieux comme une cathédrale. Le conifère doré abritait la cabane de leur enfance, une plateforme bancale ouverte aux quatre vents, dissimulée par les feuillages qui l'entouraient comme une main se referme sur un secret.

À même les branches, les jumeaux avaient improvisé des étagères, des niches où s'entassaient leurs trésors : graines aux formes étranges, galets polis par la rivière, cadavres blanchis de petits animaux, dents de lait, bouts de ficelle, billes, vieux morceaux de chococaf à moitié fondus. Les feuilles les cachaient ou les révélaient selon le vent ou la saison, ressuscitant un harmonica égaré, un lance-pierres ou un coutelas rouillé, objets oubliés que les enfants saluaient avec des cris de bonheur.

Cela faisait des semaines que les jumeaux ne se retrouvaient pas dans leur cabane, sous prétexte de mauvais temps. En réalité, ils sentaient confusément que la cabane était devenue un peu petite, qu'ils étaient un peu grands. Mais on ne renonce pas facilement à l'enfance. En avançant à quatre pattes sur les planches disjointes, Claris retrouvait des sensations qui lui avaient manqué.

Jad avait prévu un petit-déjeuner peu orthodoxe et alléchant : pain grillé barbouillé de confiture de jabou, gâteau aux pommes, noix et une carafe encore tiède de chococaf. Rêveur, le garçon mâchonnait en fixant un grand échiquier posé en équilibre précaire sur une pile savamment échafaudée de cônes dorés d'arbre-église aux spirales régulières.

Attrapant une part de gâteau, Claris observa les pièces disposées sur le plateau de bois.

Magnifiquement ouvragées, de petites statuettes de céramique occupaient le jeu en forme de labyrinthe. Les pièces, toutes différentes, étaient parfaitement caractérisées : sorciers, guerriers, chevaux, dragons et d'autres que Claris n'identifiait pas.

Le plateau lui-même était une fresque où le quadrillage de fond se détachait sur de somptueux paysages à l'aquarelle : montagnes, vallées, plaines, forêts, rivières, îles et le ruban bleu de l'océan en bordure. Une pile de cartes représentaient des objets (armes, habitations, livres, bijoux...) et des atouts (forces et failles).

— C'est beau ! Qu'est-ce que c'est ?

— Le « jeu des Mille Chemins ». Ne me demande pas pourquoi il s'appelle ainsi, je n'en ai pas la moindre idée ! C'est la dernière trouvaille de Blaise pour me rendre fou. Tu sais que j'adore les jeux de rôle, mais celui-ci est infernal. Chaque jour, je découvre des personnages que je n'avais pas vus ou de nouvelles cartes. Regarde...

Jad fit glisser un tiroir encastré dans le plateau. Des dizaines de figurines y gisaient pêle-mêle.

— Un jeu interdit... souffla Claris.

— Oui. On dirait que le Mandarin s'est décidé à ouvrir les salles des pas perdus.

— Des quoi ?

— C'est ainsi qu'il nomme les chambres du phare où nous n'avons pas le droit d'aller : les salles des pas perdus.

— Parce qu'il les arpente de long en large ?

Jad sourit à sa sœur.

— Parce qu'elles contiennent des objets interdits : ceux qui n'ont pas été perdus !

Claris pouffa, constellant son frère de miettes.

— Ça lui ressemble bien. Comment marche le jeu ?

— Aucune idée, le problème est bien là. Blaise a soi-disant oublié le mode d'emploi. Il a dit : « Les règles seront celles que tu trouveras. Profites-en, on n'a pas toujours l'occasion d'inventer les règles du jeu. »

— Moi aussi, il m'a donné un objet interdit.

Claris tendit la bague à son frère et lui expliqua à quoi elle servait.

— Elle ressemble à une bague que maman portait, dit Jad, mais la pierre était verte.

— C'est la même, grommela Claris.

— Oh ! fit Jad en fermant instinctivement les doigts sur l'objet.

Il regarda sa sœur mordre avec rage dans son gâteau en fixant le lac à travers les feuillages. Toute mention de leur mère lui était pénible, Blaise le savait parfaitement. Pourquoi lui avoir donné cette bague ? Jad caressa furtivement le chaton rouge du bijou, puis le rendit à sa sœur.

— Tu vas la porter ?

— Je ne sais pas, elle est trop grande pour moi.

Claris leva la main pour montrer que la bague flottait autour de son doigt et s'aperçut avec stupeur qu'elle était maintenant parfaitement ajustée à son annulaire.

— Elle te va très bien, dit Jad.

— Elle a rétréci !

Comme son frère éclatait de rire, Claris insista :

— Mais si ! Je te promets, elle était trop grande pour moi ! C'est évident puisque c'est une bague d'adulte.

— Maman avait des doigts très fins, murmura Jad.

Claris ne répondit rien, se contentant d'examiner la bague avec méfiance.

— Il marche vraiment ce... Comment déjà ?

— Cet enregistreur. Selon Blaise, un objet qui garde les

choses qu'on écrit ou que l'on dicte, une sorte de grande mémoire. Quand je lui ai demandé comment faire pour relire ou réécouter ce qu'on y mettait, il m'a répondu qu'il n'avait pas le mode d'emploi. Tu ne le trouves pas bizarre en ce moment ?

Jad haussa les épaules.

— Blaise est presque toujours bizarre.

— Et puis, après tout, ça m'est égal, du moment que ce vieux machin m'épargne les fiches de lecture...

Jad versa du chococaf dans une vieille tasse ébréchée qu'il tendit à sa sœur. Claris en adorait la saveur amère et onctueuse, elle avait toujours des morceaux ou des graines de chococaf dans les poches. De plus, il la mettait de bonne humeur, ce qui n'était pas négligeable. Claris se lécha les lèvres et sourit à son frère.

— Tout ça parce que j'ai eu la mauvaise idée de lui parler de ma théorie sur les princesses passives ! Il n'y a pas de princesse dans ton jeu, j'espère ?

Goguenard, Jad ouvrit la main. Claris y cueillit une figurine représentant une jeune fille, une large cape virevoltant autour d'elle.

— À ton avis, PP ou pas PP ? Je viens de la découvrir. Je ne sais pas encore quel est son rôle dans le jeu. Et tu connais la meilleure ?

— Hmm ?

Claris regardait sa bague, qui avait pris un ton plus chaud depuis qu'elle tenait la princesse entre ses doigts.

— Blaise a distribué des plateaux de jeu dans tout le village. Ugh est venu me voir et m'a demandé de lui expliquer le jeu. Lorsque je lui ai dit que je n'y comprenais pas grand-chose non plus, il a proposé qu'on l'étudie ensemble, avec les autres garçons du village...

— Toi et Ugh... avec les garçons du village ?

Interloquée, Claris dévisagea son frère. La journée était

décidément riche en événements imprévus. Des objets interdits refaisaient surface alors que, de mémoire de Salicandais, on ne pouvait même pas mentionner leur existence ; Blaise dérogeait à toutes les règles et le Duc ne réagissait pas. Mais, de toutes les surprises, celle-ci était bien la plus étonnante : Jad frayant avec les garçons du village !

Depuis que son cœur avait lâché pour la première fois, la nuit de la disparition de leur mère, Jad n'avait plus été le même. Le petit garçon turbulent et téméraire, pendant exact de sa jumelle, était devenu silencieux et s'était replié sur lui-même.

Petit à petit, ses compagnons de jeux s'étaient éloignés et Jad n'avait rien fait pour les retenir, ne supportant pas la façon précautionneuse dont ils le traitaient. Depuis, il évitait de côtoyer les garçons de son âge. Il lui était trop difficile de les entendre parler d'escrime, de cheval, de chasse, de les voir se battre dans la cour. Mal à l'aise devant le handicap de leur ami, les garçons n'avaient pas insisté.

Cela faisait plus de huit lunées que Jad vivait ainsi à l'écart, malgré les tentatives de Blaise et de Chandra pour l'associer à la vie des autres enfants. Et voilà maintenant qu'il parlait de jouer avec eux !

Jad regarda Claris du coin de l'œil et dit précipitamment, comme s'il s'excusait :

— Ugh n'est pas un imbécile, tu sais, et nous sommes frères de lait. Nous étions amis, avant.

— Bien sûr, il est gé... Je veux dire... C'est génial que tu t'entraînes avec les garçons ! Mais il y a une chose que je ne comprends pas : Blaise a vraiment distribué des jeux interdits dans toute la vallée ?

— Curieux, hein ? Je ne sais pas ce qui lui prend : il n'arrête pas de me provoquer. Il dit que je devrais sortir de ma coquille, que je joue à...

La voix du garçon s'étrangla. Jad écarta rageusement une branche, surprenant un écureuil qui détala, flèche rousse sur le vert des feuilles. Claris savait que le flegme apparent de son jumeau était un masque, un faux-semblant pour qu'on le laisse tranquille. *À l'intérieur, il est toujours le même, sauf qu'il ne laisse rien paraître.*

Elle posa sa main sur le genou du garçon, qui inspira profondément et la regarda, un maigre sourire aux lèvres.

— Blaise dit que je joue à l'infirme pour ne pas faire face aux autres, à la réalité.

Claris ne cilla pas, mais accentua sa pression. Jad continua :

— Ça m'a mis en colère, bien sûr. Mais je suppose que ça a marché puisque, lorsque Ugh est venu me voir, j'ai accepté de les aider. Blaise est très malin.

Claris mordit dans une tartine dégoulinante de confiture.

— Ramsk ! Ça colle... Tu sais ce qu'il me fait lire en ce moment ? *Orlando !*

— Connais pas...

— Un très vieux bouquin, d'une romancière anglaise. Le premier paragraphe dit à peu près : « *Il – car il n'y avait aucun doute sur son sexe, bien que la mode de l'époque contribuât à le déguiser – attaquait une tête de maure qui pendait des poutres [...]* »

— Encore une histoire de chevaliers ?

— Pas du tout, justement ! C'est l'histoire d'un gentilhomme qui se réveille un jour en ayant changé de sexe. Un homme qui devient une femme, quoi, et qui redevient un homme à la fin. Blaise a déclaré que j'avais des préjugés sur le rôle des filles. Tu te rends compte, des préjugés sur les filles, moi ?

Le visage de Jad s'éclaira, il n'était donc pas le seul sur la sellette.

— Il a raison ! Tu râles sans arrêt contre les garçons, mais ça ne t'empêche pas de les imiter ! Ça te va bien, cette histoire.

— Je n'imite absolument pas les garçons et je détesterais en être un !

— Ah ouais ? Pourquoi ne mets-tu pas de robe, alors ?

Claris lança un regard méprisant à son frère.

— Parce qu'une fille se résume à un bout de tissu ? Tu vas vite devenir comme les autres garçons, aussi stupide qu'un bézoard rayé !

Jad grimaça.

— Ce n'est pas ce que j'ai voulu dire... D'accord, c'était nul.

— Archi nul !

— Archi nul. Mais, Claris, tu avoueras que parfois...

Il battit en retraite devant le regard incandescent de sa sœur. Il essaya autre chose.

— Tu n'as aucune amie fille.

— Pour quoi faire ? Elles ne pensent qu'à leurs robes, justement, à leurs poupées et...

— Aux garçons ? compléta Jad.

Sa jumelle rougit jusqu'aux oreilles et il éclata de rire.

— Oh, ça va... Ne fais pas ton malin. On est censés « échanger nos préjugés », figure-toi.

— Tes préjugés contre les filles et mes préjugés contre... contre...

— Le handicap, proposa Claris avec douceur.

— Je ne me complais pas dans ma maladie, Claris. Tu crois que je ne préférerais pas être normal ?

— Tu es normal, Jad.

— Oh, bien sûr ! Tellement normal que je ne peux pas courir, ni porter une épée ou monter à cheval. Alors que toi, tu...

Claris baissa la tête. Son frère ne lui avait jamais reproché de poursuivre les activités physiques auxquelles il ne pouvait plus s'adonner. Il s'agissait d'un pacte tacite entre eux. Depuis qu'il était malade et qu'ils ne pouvaient plus tout faire ensemble, c'était aussi pour lui qu'elle agissait. Ne le savait-il pas ? Pourquoi lui lançait-il cette histoire de fille à la figure ? Elle n'avait jamais pensé à lui comme à « un garçon ». Il était Jad, son frère, son jumeau, son... Il ne fallait pas qu'elle pleure.

Jad se frotta la tête avec le poing, comme s'il essayait d'y gommer quelque chose. Il était furieux contre lui-même d'avoir blessé sa sœur. Elle n'y était pour rien. Personne n'y était pour rien. La colère rentrée de son frère bouleversait Claris, qui eut envie de se mettre aux robes, au tricot, aux poupées, à n'importe quoi si cela pouvait consoler Jad.

— Excuse-moi, petite sœur, ce n'est pas ce que je voulais dire.

Le garçon était né sept minutes avant sa sœur. C'était un vieux sujet de plaisanterie entre eux et un appel à la conciliation. Il poursuivit :

— Écoute, j'ai réfléchi à ce qu'a dit Blaise. Je me suis peut-être laissé aller, caché derrière ma maladie, depuis que...

— Quoi ?

— Depuis que maman est partie, termina-t-il en baissant les yeux.

— Oh, Jad...

Claris posa son front contre celui de Jad. L'esprit de son frère était houleux, *comme un seau grouillant d'anguilles. Il va encore avoir de la fièvre.*

— Pourquoi parler de cela maintenant ? Qu'est-ce que vous avez tous, tout à coup, à parler d'elle ? Elle est morte, Jad.

Le garçon s'écarta, une expression d'horreur sur le visage.

— Ne dis pas ça ! Nous n'en savons rien !

— Mais...

— Nous n'en savons rien, martela-t-il. Personne ne nous a jamais dit « Votre mère est morte ». Tu ne trouves pas ça étrange ? Père n'en parle jamais et Chandra devient rouge écrevisse lorsqu'on prononce le nom de maman.

— Cela ne change rien, dit sèchement sa sœur. Partie, disparue, morte. Le résultat est le même.

Le garçon se redressa brusquement et se cogna à une branche. Il se rassit en se frottant l'épaule et regarda sa sœur droit dans les yeux, soutenant le regard transparent.

— Je n'y crois pas, Claris. Je la vois en rêve. Mes cauchemars, tu sais bien...

— Non, je ne sais pas, je ne sais plus justement ! coupa Claris avec force. Tu me fermes ton esprit, Jad, je ne partage plus tes rêves.

Jad baissa la tête et se radoucit.

— Désolé, petite sœur, Blaise m'a appris à barricader mes pensées, mais il ne m'a pas appris à faire le tri entre les rêves et les cauchemars. Alors, je barricade tout...

— Tu devrais en parler à Père et à Blaise. Ils peuvent peut-être t'aider à te débarrasser de tes rêves.

— Je ne veux pas m'en débarrasser ! Ce ne sont pas des rêves comme les autres. Claris, il faut que tu comprennes, c'est... C'est vraiment elle, comme si elle était là ! Elle me parle, je la vois. Et, quand je me réveille, je sens encore son odeur.

Claris ferma les yeux. *Ne pas penser à l'odeur de camomille, ne pas y penser.*

— Ce n'est pas un rêve, insista Jad.

Maintenant, Claris avait froid et des fourmis dans les jambes. Cette conversation ne menait nulle part. Mais Jad la regardait avec une telle confiance... Elle secoua la tête d'un geste familier, faisant danser ses boucles noires.

— D'accord. De quoi parlez-vous ?

Ravi qu'elle accepte de l'écouter, Jad ne releva pas le ton sceptique.

— Oh, ce n'est pas comme si nous bavardions dans la cuisine ! Elle fait passer des choses avec... avec son esprit, je crois. Comme toi et moi quand nous voulons que personne ne nous entende, tu sais ?

— Quelles « choses » fait-elle passer ?

— Je ne sais pas... Je le sens en moi, une présence, une chaleur, de... de l'amour, je crois.

À ce mot, Claris se renfrogna et haussa les épaules. *Elle ne me croit pas,* pensa Jad, déçu. *Si seulement je pouvais lui faire partager mes rêves, comme avant. Mais elle partagerait aussi les cauchemars et le reste.* Le garçon enchaîna d'un ton léger :

— Elle chante aussi.

Claris écarquilla ses yeux clairs. Dans la lumière tamisée par le feuillage, Jad distingua les toutes petites taches dorées qui émaillaient d'ambre son regard bleu. Il avait les mêmes marques sur ses pupilles noires. Il lui sourit.

— *Je suis venue d'ailleurs pour boire à l'eau du ruisseau.*
Mais le ruisseau s'est déplacé.
Adieu, bel enfant, que dans le ruisseau j'ai laissé.
Tu te souviens ?
Profitez, profitez du temps qui passe.
Une nuit, ce n'est rien.
Si vous ne dormez pas ce soir, vous dormirez demain...

Un son puissant et déchirant fit sursauter les enfants. La corne de brume était le seul objet trouvé dans le vieux phare lors de sa découverte. Il portait loin, et ceux du château s'en servaient pour rameuter les enfants lorsqu'ils oubliaient de rentrer (coups brefs) ou pour appeler les villageois en cas d'alerte (coups longs). Pour les jumeaux, ce son était celui de l'océan qu'ils ne connaissaient pas.

— Ja-ad ! Cla-ris ! Par la Licorne, encore perchés dans cet arbre ! Et le déjeuner, il va se manger tout seul ?

Au son de la voix chaleureuse de la nourrice, les jumeaux retrouvèrent leur enfance et leur condition de garnements perchés sur un arbre. Ils éclatèrent de rire, dissipant malaise et mélancolie, et s'empressèrent de descendre avant que soixante-dix kilos d'affect ne montent les chercher et signent la fin de la cabane branlante.

Pas assez fort

Cette nuit-là, Jad reçut la visite d'un de ses vieux cauchemars. Il y revivait une scène récurrente dont il ne savait plus s'il s'agissait d'un souvenir ou d'une invention onirique.

C'était le soir du bal, les jumeaux s'étaient endormis au son du piano. Dans son rêve, le petit garçon se réveillait à temps pour voir la robe rouge et or de sa mère franchir la porte de la chambre. Il se levait et se mettait à sa recherche. Il montait les escaliers, la musique entraînante et le joyeux brouhaha de la fête s'estompaient, remplacés par un grand silence froid. Soudain, sa mère était devant lui et se baissait pour le regarder dans les yeux. Bleu vif sur noir profond.

— Tu devrais être au lit, mon Jadou. Je crois bien que tu dors, d'ailleurs.

Le Jad du rêve balançait la tête en signe de dénégation. Le Jad qui rêvait et se regardait rêver – comme cela arrivait de plus en plus souvent au frère de Claris – criait : « Je ne rêve pas ! Ce n'est pas un rêve ! »

Dans le rêve, le petit garçon tendait la main pour toucher la cape couleur d'automne qui enveloppait sa mère. Elle portait un sac, le sac à dos de leur promenade à la crête du Dragon.

— Jad veut partir avec maman.

Sa mère le prenait dans ses bras, lui parlant doucement à l'oreille. Puis il se retrouvait dans le même lit que sa sœur, qui dormait toujours, et Sierra posait la main de Jad dans celle de Claris.

— Ensemble, vous êtes plus forts. Si vous saviez comme vous êtes forts...

Après, le songe empruntait des chemins fantastiques. Jad glissait sur des pentes vertigineuses, s'engouffrait dans des couloirs obscurs, tournait, tournait. Il avait perdu sa mère, il la cherchait. Cette partie du rêve était doublement terrifiante. Pour le Jad du rêve qui cherchait sa mère. Pour le Jad qui se regardait rêver parce qu'il savait qu'il ne la retrouverait pas. Celui qui cherchait répétait :

— Jad veut venir avec maman !

La réponse lui parvenait de très loin :

— Ne viens pas... Tu n'es pas encore assez fort. Pas assez fort...

Habituellement, le rêve s'arrêtait là. Cette fois, néanmoins, l'image de Sierra apparut une dernière fois. Elle lui tendit la figurine de la fille à la cape, mais, lorsqu'il voulut s'en saisir, l'objet lui échappa des mains et se brisa en sanglotant comme un bébé.

Le garçon jaillit du sommeil en sueur, le cœur battant la chamade. Il se massa le front entre les sourcils : l'endroit était brûlant.

Clignant des yeux, il chercha la lueur rassurante de la petite lampe à huile qui brûlait en permanence à côté de son lit et il vit l'échiquier. La fille à la cape était intacte, bien en vue, au centre du labyrinthe. À côté d'elle, une nouvelle figurine avait surgi. Un garçon assis en tailleur, les yeux fermés. Ce garçon, Jad le savait, c'était lui.

Son arythmie cardiaque s'accentua dangereusement, sa respiration était hachée. Jad se mit en position de lotus, les mains sur les genoux, il inspira et expira lentement plusieurs fois de suite. Comme Blaise le lui avait appris lorsqu'il avait trois lunées, il s'appliqua à faire le vide dans sa tête en se concentrant uniquement sur son corps : les orteils d'abord, un à un, puis les chevilles, les mollets. Remonter lentement, les genoux, les cuisses...

Mais les techniques de relaxation qu'il maîtrisait pourtant parfaitement furent vaines. Ses rêves n'étaient pas des rêves et le jeu était... quoi ? Vivant ? Jad se frotta la tête de son poing fermé. Cela n'avait pas de sens. Pourtant, cette figurine aux jambes croisées ne se trouvait pas sur le plateau avant qu'il s'endorme et il ne l'avait pas vue dans le jeu de Ugh. *C'est sûrement une impression, il y a tellement de pièces...*

Jad glissa l'échiquier sous son lit et, fixant la flamme vacillante de la bougie, entama la litanie apaisante : *Je suis Jad, je suis dans le corps de Jad, je veux être dans mon corps et dans mon corps uniquement. Je suis Jad, je suis dans le corps de Jad, je veux...* Lorsqu'il s'endormit enfin, l'aube était proche.

L'armure d'Achille

Claris rêva aussi. Elle rêva que Sierra fondait sur elle, les ailes déployées, et lui apportait une armure étincelante dont elle la revêtait pièce par pièce – jambières, cuirasse, casque, bouclier de métal – avant de disparaître.

Au réveil, les détails superbes de l'armure miroitaient encore devant ses yeux. Le texte tant de fois entendu lui vint machinalement aux lèvres : « Bouclier de cuivre et d'or où sont ciselées toutes les merveilles du monde : la Terre, le ciel et la mer, le Soleil infatigable et la Lune en son plein, ainsi que tous les astres dont le ciel se couronne... »

Par la Licorne, je connais cette armure ! Elle continua à réciter : « Cuirasse plus éclatante que la clarté du feu, épée de bronze à clous d'argent, casque puissant où voltige une crinière d'or. » *Les armes d'Achille,* songea Claris.

L'*Iliade* et l'*Odyssée* étaient les récits préférés de Sierra. Elle les lisait à ses enfants pour les endormir, et les jumeaux en connaissaient des pages entières par cœur. Le souvenir de sa mère l'effleura, qu'elle renvoya à l'oubli, noya dans la splendeur des armes en secouant ses cheveux sombres.

Claris s'habilla en vitesse et dégringola les escaliers. Elle passa par la cuisine sans s'arrêter, traversa la cour et se dirigea vers les ateliers.

Sem, le vieil artisan, était assis sur un tronc devant sa forge. Il buvait son chococaf, qu'il prenait très noir, en jouant avec son vieux chien. Sem lançait un morceau de bois qu'Ulysse allait chercher en trottinant. Il le ramenait à son maître, qui le caressait derrière l'oreille. Sem relançait le bâton. Ulysse le ramenait. Sem le caressait. La même scène, mille fois répétée. Par fidélité. Par affection. Par habitude.

Son sourire le plus éblouissant aux lèvres, Claris s'assit à côté de lui. Sans un mot, elle attendit. Sem détestait parler avant d'avoir ingurgité un bon litre de la boisson amère. Sem détestait parler le matin. Sem détestait parler tout court. Et, lorsqu'il parlait, c'était incompréhensible.

Le forgeron ne lui accorda pas un regard. Lentement, il finit sa tasse en aspirant bruyamment le liquide brûlant. Enfin, il tourna la tête vers Claris.

— Quoi ? grogna-t-il.

— Cela fait deux jours qu'il ne pleut pas, Sem. Pourrions-nous aller choisir le bois pour l'arc ? Tous les deux ?

Le vieux but quelques gorgées de plus, ce que Claris interpréta comme un signe favorable.

— Et puis, tu sais, il faudrait prendre les mesures, pour l'épée. C'est que… heu… je grandis beaucoup en ce moment.

— Les hirondelles ne portent pas d'épée, lâcha le forgeron.

Sur ces mots sibyllins, les seuls qu'il prononcerait de la journée, Sem prit Claris par la main, siffla son chien, et ils se dirigèrent vers la forêt.

Branches et racines

Sem marchait lentement et en silence. Il s'arrêtait fréquemment pour examiner l'écorce fendillée d'un arbre ou pour soulever une feuille morte et il chuchotait dans sa barbe. On le disait un peu fou. Blaise rétorquait qu'il était très sage et que fous étaient ceux qui ne savaient pas faire la différence.

Qu'il soit fou ou non, les mains d'or de Sem avaient fabriqué l'escalier de la Tour des Livres, sculpté les gargouilles du chemin de garde et conçu quantité des meubles du château, agrémentés des mécanismes délicats qu'il affectionnait : tiroirs secrets, trappes, pièges.

Les jumeaux avaient dans leur chambre un secrétaire dont ils n'avaient toujours pas percé tous les mécanismes bien qu'ils aient passé des heures à presser chaque nœud du bois, chaque interstice. Quand ils s'y attendaient le moins, une tablette glissait, révélant une fleur séchée ou une plume d'oiseau.

Sem savait tout faire de ses mains. Les armes surtout. Il avait le don de fabriquer l'arme appropriée à chaque personne. Inutile de lui demander une épée s'il estimait qu'il vous fallait un arc. Et vice versa. Claris désirait une épée plus que tout, mais la phrase du forgeron sur les hirondelles lui laissait peu d'espoir.

Alors qu'ils marchaient sous les futaies d'arbres-églises dorés et de perceciels longs et fins, Claris repensa à la conversation qu'elle avait eue avec son frère la veille. Jad avait parfois de drôles d'idées. Blaise disait qu'il habitait plus dans son esprit que dans son corps et, pour rire, il l'obligeait à dire à haute voix : « Je suis dans le corps de Jad, je suis dans le corps de Jad. »

Claris fronça les sourcils : à bien y réfléchir, il ne riait pas en disant cela. Il y avait quelque chose d'angoissé dans sa façon d'obliger Jad à répéter cette phrase. Et le garçon s'exécutait bien trop gravement, à la fois contrarié et rassuré. Comme... Comme... Claris secoua la tête. Elle détestait quand elle ne trouvait pas de comparaison. Comme quoi, par la licorne ?

Soudain, une scène oubliée de leur petite enfance claqua comme une bannière au vent de la mémoire. Sierra avait disparu depuis deux lunées. Le Duc n'en finissait pas de noyer son chagrin dans la Tour des Livres, d'où il n'émergeait qu'à la nuit tombée pour embrasser ses enfants dans leur lit.

Longtemps, Claris avait cru que c'était cet homme grand et triste, cet homme doux aux yeux noirs qui amenait la nuit dans les plis de sa cape. Elle croyait dur comme fer que, si son père ne venait pas l'embrasser, la nuit ne pourrait pas jeter son voile de sommeil et de rêves.

Ce soir-là comme tous les soirs, le Duc était venu avec sa tendresse et sa tristesse. Il s'était d'abord assis sur le lit de sa fille, qui déjà fermait les yeux. Il lui avait murmuré quelques mots en jouant avec les doigts de la petite main (rouge le pouce rebondi, jaune l'index, bleu le majeur, vert celui qui porte l'alliance, blanc l'auriculaire), il avait dégagé les boucles noires qui lui mangeaient le visage pour l'embrasser puis s'était levé pour aller voir Jad.

Dans son demi-sommeil, Claris avait entendu un cri étouffé puis la voix angoissée de son père répétant le nom du garçon. Elle avait essayé d'ouvrir les yeux, mais le sommeil l'entraînait déjà. Il y avait eu des pas, des chuchotements et la voix bouleversée de Blaise disant : « Il est parti, Eben. Il peut le faire ! Comme Sierra, il peut le faire ! » Puis la voix du Duc, où se mêlaient la colère et le chagrin : « Il faut le ramener, Blaise ! Il est beaucoup trop petit. Il ne reviendrait pas. » La petite fille n'eut que le temps de penser « Pourquoi Jad est-il parti sans moi ? » avant de céder au sommeil.

Perdue dans ses pensées, Claris s'était éloignée de Sem, s'enfonçant dans la forêt. Quelque chose dans la lumière assombrie, l'humidité plus vive, la fit frissonner, et elle regarda autour d'elle.

Elle ne connaissait pas cette partie de la forêt. Sem ne devait pas être loin, il lui suffisait de revenir sur ses pas. Mais quels pas ? Était-elle arrivée par ce chemin sur la droite ou par cet autre à gauche ? Non, celui de gauche semblait pénétrer davantage dans la forêt.

Elle prit celui de droite, maîtrisant son envie de courir. Elle ne reconnaissait rien et comprit qu'elle tournait en rond. Elle appela, en vain : Sem était un peu dur d'oreille. *Et je n'ai aucun sens de l'orientation : un mélange détonant !*

Claris était capable de s'égarer dans le château où elle était née si elle n'y prenait pas garde, c'était un des sujets de plaisanterie favoris de Jad. Le nord, le sud, l'est, l'ouest n'étaient pour elle que d'obscures abstractions. D'accord, le Soleil se lève à l'est et se couche à l'ouest. Et alors ? Encore fallait-il qu'il y en ait, du soleil !

Claris essaya de se rappeler ce que faisaient les personnages des livres lorsqu'ils étaient perdus. Elle n'avait ni petits cailloux blancs ni pelote de laine dans ses poches. Évidemment, puisqu'elle ne savait pas qu'elle allait se perdre. Pas de baguette magique pour dire « Retrouvos ! », « Orientationus ! » ou un truc comme ça. Et si la nuit tombait alors qu'elle était dans la forêt ? Et si on ne la retrouvait jamais ?

Luttant contre la panique qui l'envahissait, Claris s'appuya contre un arbre au tronc blanc. Le contact du bois lisse l'apaisa et elle ferma les yeux un instant pour récupérer.

Une torpeur l'envahit, un picotement dans le creux de la nuque et à la pointe des doigts. La forêt s'était encore densifiée et une brume sombre estompait les arbres. Seul l'arbre inconnu s'en détachait, scintillant sous sa main.

Un frisson la parcourut et des paillettes d'or s'allumèrent dans ses yeux clairs. Un frisson de désir et de peur, comme sur la passerelle du chemin de garde. Mais Claris ne mit aucun mot sur ce qu'elle ressentait, elle ne chercha pas non plus de comparaison pour la lueur qui clignotait joyeusement. Elle ne pensait pas.

La main toujours sur l'arbre blanc, elle le vit basculer doucement et se poser sans un bruit au-dessus d'un gouffre, formant un pont. Une lueur scintillait par intermittence de l'autre côté. Cette lumière lui était destinée, elle l'appelait.

Claris posa son pied sur le pont et fit un pas. À nouveau, elle fut grisée d'être suspendue dans les airs, au-dessus du vide. Déjà le versant qu'elle avait quitté s'effaçait dans l'ombre, l'autre ne se laissait pas encore deviner.

Au milieu du passage, Claris s'arrêta et regarda en bas frémir la forêt si dense, si profonde. Le vent dansait dans les feuilles, elle entendait le chant de la sève courir dans les branches.

Elle ouvrit les bras... Ce serait comme voler, se fondre

dans ce chant frais, ce grondement rassurant. Elle se hissa sur la pointe des pieds, ravie, tentée. Une vapeur monta de la forêt, s'enroula autour d'elle, lui chatouilla le cou. Elle éclata de rire et les particules d'eau se transformèrent en gouttes de lumière. Non, c'étaient des insectes qui bourdonnaient par dizaines autour d'elle.

Elle reprit son équilibre pour les chasser de la main et ce geste chassa aussi la brume sombre, la lumière qui clignotait, le pont sur le gouffre. Elle frotta ses yeux, qui avaient récupéré leur couleur d'azur pâle. Il n'y avait pas de gouffre. Claris était simplement montée sur un vieux tronc jeté à bas par la foudre.

En descendant du tronc, elle trébucha et se rattrapa à une branche pour ne pas tomber. Elle était sonnée, la tête lui tournait.

Soudain, Sem fut à côté d'elle et Ulysse lui lécha la figure. Le forgeron s'accroupit pour examiner l'arbre à terre. Il caressa le tronc blanc de l'immortel et hocha la tête d'un air satisfait. Soulagée, Claris l'abreuva de questions. Ne l'avait-il pas entendue ? Pourquoi avait-il tant tardé ? Dans quelle partie de la forêt étaient-ils ? Sem ne répondit rien ; il se contenta de sortir de sa poche une poignée de raisins secs qu'il lui fourra dans la bouche pour la faire taire.

Lorsqu'ils revinrent au château, l'après-midi touchait à sa fin. Claris était épuisée et affamée. Sem portait une grande branche droite et blanche. Il semblait heureux de sa journée et quitta Claris dans la cour sans qu'elle ait pu lui arracher un mot sur ses intentions.

Elle se dirigea vers la cuisine pour raconter ses aventures à Chandra, dispersant d'un geste irrité les insectes qui la suivaient.

Chapitre III
Le doute d'Athéna

Un sentiment d'urgence

Blaise écarta le rideau de feuillage et de peaux tannées qui masquait l'entrée de la grotte et servait de protection contre le mauvais temps. L'hiver rechignait à laisser sa place à un printemps découragé d'avance et un brouillard épais pesait sur les contreforts rocheux, se confondant avec les nuages qui gommaient les cimes, figeant l'aube laiteuse dans un silence minéral. Tout était inerte, dense, blanc. Le souffle du Dragon, cita le vieil homme machinalement, transition, mutation, transformation...

Blaise avait été arraché à sa méditation par un sentiment d'urgence qui lui vrillait le ventre. Depuis deux lunaisons, appréhensions, pressentiments et rêves troublaient ses nuits, le plongeant dans une insomnie agitée. Le Mandarin prenait les indications de la Lune très au sérieux. Or, depuis l'équinoxe de printemps, l'astre variable était particulièrement visible dans le ciel pourtant brouillé. Et il était nimbé de rouge. *Comme s'il se débrouillait pour être vu.*

Blaise savait que la Lune était le symbole des héros, des initiés, des magiciens, du temps qui passe, du passage, l'aboutissement de la voie des ancêtres. Associée à la terre et à l'eau, elle représentait la fille du roi, la mère, le double.

Voilà le charme des symboles : ils évoquent mais restent énigmatiques. Et voilà le problème : on peut tout leur faire dire !

Le Mandarin s'était retiré dans la grotte, en espérant y voir plus clair, mais la méditation n'avait rien apaisé. La Lune griffait le ciel blafard d'un ongle rouge et mince. *Et indéchiffrable.* Il frissonna. L'âge l'avait peut-être rattrapé, finalement. *Un vieil insomniaque, délirant et frigorifié !* Ayant quitté l'état de catalepsie où le plongeait la méditation, il retrouvait un corps affaibli par sept jours de jeûne. Il ne pourrait pas rentrer au château immédiatement.

D'un geste machinal, Blaise plongea la main dans ses robes. Il était connu dans la région pour ses goûts vestimentaires. Il n'était certes pas le seul homme à préférer les robes aux pantalons, mais il les superposait de façon unique, combinant savamment les matières et les couleurs. Et, surtout, les robes du Mandarin étaient toutes garnies de compartiments internes où disparaissaient une quantité invraisemblable d'objets. Même la dulcepiel qu'il portait à même la peau, comme tout le monde, était garnie de goussets. On l'avait vu extirper de ses innombrables poches des livres, des outils, des petits rouleaux de parchemin, des dés...

Cette fois, ce fut une toute petite fiole contenant une huile jaune pâle dont il se versa quelques gouttes sur les poignets avant de les frotter l'un contre l'autre. Après une brève hésitation, il s'en frictionna également les tempes et la nuque. *Ce ne sera pas de trop... Menthe poivrée, mon amie, aide-moi à remettre la vieille machine de mon corps en marche !*

Un bruissement d'ailes rompit le silence et une petite face plate et ébouriffée émergea du brouillard. *Ha ! L'oiseau de la Lune ! Synchronicité...* reconnut le précepteur, s'émerveillant une fois de plus que des éléments sans relation apparente se marient si bien. La petite chouette chevêche se posa sur une saillie du rocher et, se dévissant la tête à 270 degrés, fixa l'homme de ses yeux jaunes.

Blaise tendit le poing et l'oiseau vint aussitôt frotter son bec court dans le cou de son ami, le chatouillant des plumes gris et blanc qui auréolaient sa tête à l'expression éberluée. Blaise sourit.

— *Athéna... Si tu étais un chat, tu ronronnerais.*

Offusqué, le petit rapace lui piqua l'oreille de son bec recourbé. Tête contre tête, ils restèrent un moment immobiles, l'oiseau niché dans le cou de l'homme. Puis Blaise caressa doucement l'animal.

— *Merci, ma jolie. Les images de la forêt que tu m'apportes me confortent dans mon intuition. Je sens, moi aussi, le temps du changement. Tu peux aller dormir maintenant.*

La chevêche fit claquer son bec, déploya ses ailes et fut vite avalée par le brouillard.

*

Blaise revint à la caverne. Avec des gestes très lents pour éviter les étourdissements, il se dirigea vers un renfoncement de la grotte où débouchait une cheminée naturelle. Il nettoya l'âtre des cendres froides, disposa un fagot sur le charbon de bois et battit son briquet à amadou. Bientôt, un crépitement joyeux emplit la grotte d'ombres et de chaleur. Le conduit naturel dissiperait la fumée dans les galeries à l'intérieur du roc avant de l'expulser plus loin, invisible aux yeux humains.

L'homme versa de l'eau d'un broc dans une casserole posée sur une pierre plate au-dessus du feu et entreprit d'y diluer un peu de farine. La bouillie prête, il s'en cala une petite quantité dans la bouche et la mâcha avec application.

Pendant que son corps se remettait doucement en

route, il sondait son esprit, cherchant la source du malaise qui le tenaillait. Si l'enveloppe corporelle manifestait son inconfort à travers moult grognements, tiraillements et crampes, l'esprit était parfaitement éveillé, acéré comme une lame.

Les trois jours qui suivirent, tout en augmentant les quantités de gruau au fur et à mesure que la Lune croissait dans le ciel, Blaise pratiqua l'Unir et cogita. Patiemment, il répertoria, résuma, classa les événements des deux derniers siècles, et les schématisa à la craie sur les parois de la caverne qui lui servaient de bloc-notes.

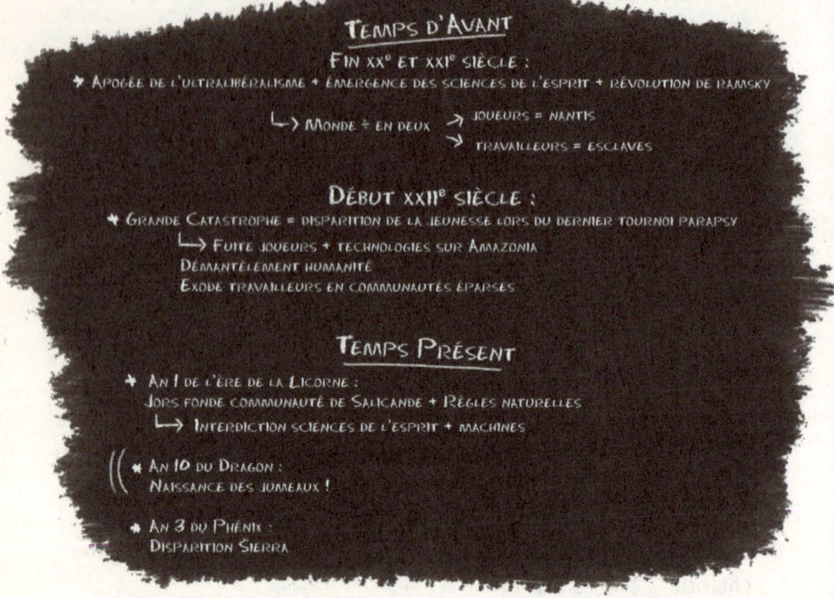

Ce travail méticuleux secoua des strates de passé endormi, réveillant une horde de souvenirs. Jors, son vieux compagnon…

La légende disait que c'était à cause du phare que Jors le Fondateur avait établi sa petite communauté dans la vallée reculée de Salicande, cinquante et un ans auparavant. Parce que la vue de ce monument maritime mangé de lierre rouge échoué parmi les montagnes l'avait fait rire, lui qui ne riait pas. Ce fut un rire formidable, un rire qui fit jaillir les larmes pendant si longtemps que ses compagnons crurent que son esprit s'était enrayé pour de bon.

Avec ce rire dément, Jors avait évacué les horreurs de la Grande Catastrophe qu'ils venaient tous de vivre. Les spasmes qui agitaient son ventre et les larmes qui coulaient à flots de ses yeux avaient chassé de son corps, sinon de sa mémoire, les enfants disparus, les élémentaux sacrifiés, l'avenir brutalement éteint comme l'on mouche une bougie. Ce fut la dernière fois qu'on le vit rire. *Au moins, cette partie de la légende est vraie*, pensa le Mandarin.

Blaise relut ce qu'il avait écrit. *La Grande Catastrophe…* Cette façon presque enfantine de décrire l'effondrement d'une civilisation brillante, les millions de morts, les guerres civiles, les pandémies, en disait long sur l'impuissance des survivants, l'état de choc, la sidération d'une humanité épuisée de l'intérieur. Et, clôturant toutes ces horreurs, le dernier acte de la tragédie : la disparition brutale et impossible d'une génération d'adolescents lors du dernier tournoi mondial Parapsy. Disparus, volatilisés, évaporés, alors qu'ils jouaient dans les stades ou devant l'écran familial de totalvision…

Alors, oui, Jors avait été un dictateur. Oui, il avait parfois employé des méthodes peu scrupuleuses et contestables. Mais il fallait tenir compte du contexte désespéré.

Son seul but était de donner à ceux qui l'accompagnaient une chance de survivre.

La découverte du phare avait mis fin à la longue errance d'une poignée de survivants rescapés de Pariyo, la flamboyante capitale européenne désormais en ruine.

La vallée correspondait au souhait des fugitifs menés par Jors : loin des villes ou de ce qui en restait, isolée, d'accès difficile. Le manoir du Fondateur, que l'on surnomma le château, d'abord par dérision puis par respect, avait été construit autour du phare sur les hauteurs, tandis que ses compagnons d'exil choisissaient d'occuper la petite vallée.

C'était en l'an 1 de l'ère de la Licorne, selon le nouveau calendrier instauré par Jors. *Ou plutôt la première lunée de l'ère de la Licorne. Il a eu beau transformer les semaines en décades, les mois en lunaisons, les années en lunées et modifier le nom des saisons, le Fondateur n'a pas pu faire table rase du passé.*

Jors a voulu bâtir un petit paradis bien à l'abri du passé, du mal, du futur. En agissant ainsi, il a sans nul doute permis aux survivants de guérir et de vivre. Mais interdire les jeux et les drogues n'a pas éliminé l'existence des dons parapsy. Le dernier tournoi Parapsy n'a pas provoqué la Grande Catastrophe, il n'a été que l'une de ses manifestations, la plus inexplicable. Diaboliser la science et la technologie est aussi injuste que vain à long terme. Le ver était dans le fruit bien avant…

Tant de souvenirs finirent par peser sur l'esprit de Blaise et brouillèrent son acuité. S'asseyant en posture de méditation, le vieil homme leur fit face : événements majeurs ou mineurs, faits historiques et réminiscences personnelles se présentèrent pêle-mêle et il s'attacha à les considérer sans émotion, les laissant passer jusqu'à ce que son esprit soit à nouveau serein et lucide. Pendant trois jours, il alterna ainsi réflexion et méditation.

Le quatrième jour, il sortit de la grotte et s'enfonça dans la forêt, à la recherche de bois mort. Après plusieurs voyages, il en avait réuni une grande quantité qu'il entreprit de débiter. À la fin de la journée, le travail physique et répétitif lui avait vidé la tête des questions qui l'encombraient. Blaise alla se baigner dans le ruisseau. L'eau glacée finit de lui revigorer l'esprit en même temps qu'elle lui nettoya le corps.

De retour à la grotte, il tira un faisceau de tiges d'achillée d'un petit coffret en bois. Il en mit une de côté et partagea les baguettes restantes en deux tas qu'il plaça à sa gauche et à sa droite. Du tas de droite, il en tira une qu'il plaça entre le petit doigt et l'annulaire de sa main gauche. Puis il saisit le tas de gauche dans sa main gauche et avec sa main droite en retira des tiges par groupes de quatre.

Il manipula les baguettes selon un rituel précis et complexe qu'il renouvela plusieurs fois. Enfin, il rangea les tiges d'achillée dans leur coffret et se dirigea vers une petite paroi de la grotte où il traça un trigramme :

Blaise consulta mentalement les soixante-quatre hexagrammes de la Trame. *L'eau sur le tonnerre. L'insondable sur l'éveilleur...* égrena-t-il. *Image de la difficulté initiale. Le chaos. Et voilà que l'on retrouve la Lune : l'insondable, la couleur rouge,* reconnut le Mandarin.

« C'est ainsi qu'agit l'homme noble en démêlant et en met-

tant en ordre », récita-t-il en se frottant les mains. *Parfait ! Exactement ce que j'ai essayé de faire. Voyons ce que dit le trait mutable : « La situation est celle où le devoir commande d'agir mais où la force fait défaut… » Hum… « C'est un signe de clarté intérieure que de se déterminer à accomplir le premier pas. » Ha ! Je crois que je peux estimer que le premier pas est fait, avec le jeu de Jad et la bague de Claris. Continuons : « Il est avantageux d'engager des auxiliaires. » Des auxiliaires ! Elle est bonne, celle-là ! Voyons ce que dit l'hexagramme transformé.*

Il traça un deuxième hexagramme à côté du premier.

Le lac sur le tonnerre… Image de la suite… Se grattant le menton où le démangeait une barbe naissante, le Mandarin examina un moment la paroi couverte d'hexagrammes accolés à des dates de consultation dont certains étaient déjà illisibles. Les derniers, correspondant aux six dernières lunaisons, comportaient tous le trigramme du tonnerre, l'éveilleur.

À son habitude, la Trame n'apportait aucune réponse, mais ouvrait un éventail de possibilités et de nouvelles questions : persévérer, s'adapter, engager des auxiliaires. Il contempla un instant les dessins qui résumaient huit jours de travail et poussa un soupir résigné. Il parlerait à Eben.

*

Le lendemain, la bruine avait fait place à la pluie et le brouillard semblait installé à demeure. Blaise nettoya méticuleusement la grotte, rangea ses effets personnels dans les coffres en bois et disposa le bois en fagots. Puis il se dirigea vers le fond de la grotte, il alluma une torche à son briquet d'amadou et, se baissant, disparut dans l'ombre froide.

Tandis que le Mandarin progressait dans les passages oubliés qui reliaient le château aux grottes, il se deman dait comment aborder le Duc. Dehors, la chevêche survola un moment la petite grotte puis se coula dans le brouillard, poussant son cri de doute.

La colère de la lionne

Chandra étendait la lessive derrière les lavoirs, sous un hangar abrité où le vent avait une chance de la sécher sans que la pluie la gâte. *Une maigre chance...*

La nourrice était furieuse et vexée. Pour la première fois de sa carrière de parfaite intendante, la lessive était gâchée. Tuniques, robes, guêtres, pantalons avaient pris la même teinte grise et terne. La petite apprentie qui l'avait prévenue n'y était pour rien, mais elle avait fait les frais de sa mauvaise humeur.

Pauvre Nim, la nuit a été épouvantable pour tout le monde. Je la laisserai lécher les cuillères de mon gâteau au chococaf pour me faire pardonner. Décidément, tout va de travers aujourd'hui. Qu'est-ce qui a bien pu déteindre comme ça ?

Comme pour la narguer, sur la grisaille qui endeuillait la rétine de Chandra passa une silhouette d'une blancheur éclatante qui se dirigeait vers la cuisine. *Ah, le vieux hibou est sorti de son repaire ! Il ne pouvait pas mieux tomber, celui-là.*

La nourrice étendit la dernière tunique, la fixa avec une pince qu'elle tenait entre ses dents, ramassa l'ample panier en osier qu'elle venait de vider et se dirigea d'un pas décidé vers la cuisine du château.

Baigné, rasé de frais, sa longue tresse blanche se détachant sur l'amarante de sa robe, l'homme attablé devant une coupe de vin chaud à la cannelle ne ressemblait en rien au vieillard soucieux de la caverne. Il sourit à Chandra.

— J'adore cette cuisine jaune, avec ses casseroles en cuivre qui brillent accrochées en ordre décroissant, l'émail bleu du four, la pâte à pain levant sous le linge blanc, la marmite qui mitonne en dégageant un fumet qui…

Sans égards pour l'élan poétique du Mandarin, la nourrice jeta plus qu'elle ne posa une généreuse portion de gâteau devant lui et grogna :

— Jad n'a pas dormi cette nuit. Claris non plus. Je l'ai retrouvée dans la chambre de son frère : ils dormaient tête-bêche dans le lit. Nous n'aurions jamais dû séparer les jumeaux.

— Je voulais l'épargner, Chandra. Les épargner tous les deux.

— Les séparer n'a pas empêché Jad d'avoir ses cauchemars ni Claris d'en recevoir les échos.

— Cela aura au moins eu le mérite d'apprendre à Jad à se barricader.

— Se barricader ? Tu parles !

La voix de la nourrice descendit d'un ton.

— Je me demande si ces maudits rêves ne déteignent pas, comme ma lessive ce matin…

Blaise plissa davantage ses yeux bridés et posa doucement la coupe sur la table.

— Que veux-tu dire ?

— Cette nuit, Ugh s'est réveillé en criant. Il avait fait un cauchemar et il a mis très longtemps à se rendormir.

Blaise haussa les épaules, feignant l'indifférence.

— Les enfants font souvent des cauchemars.

— Pas Ugh ! Et pas ce TYPE de cauchemar ! Il a rêvé de Sierra, Blaise ! Il l'a parfaitement décrite alors qu'il l'a à peine connue !

— Bof, il aura aperçu l'hologramme au cou d'Eben...

Les yeux étincelants, Chandra vint s'asseoir devant le précepteur et tapa du poing sur la table. Son visage avait perdu toute bienveillance. *La lionne défend son petit*, songea Blaise.

— Ne joue pas à ça avec moi, vieux fou ! Je n'ai pas oublié et tu sais parfaitement de quoi je veux parler. Tous les enfants du château se sont réveillés au même moment. Tous, tu entends ? Même les nourrissons qui dormaient dans le giron de leur mère ! Je veux savoir ce qui se passe.

Blaise trempa lentement ses lèvres dans le vin. Que pouvait-il lui dire ? Il ne savait rien, ou du moins il n'était sûr de rien. Il regarda Chandra dans les yeux et elle s'étonna pour la millième fois de la vivacité que cachaient ses paupières lourdes.

— Ce cauchemar collectif est sûrement dû au changement de lune, Chandra, les enfants y sont particulièrement sensibles. Surveille ton fils, son sommeil, et préviens-moi si les cauchemars recommencent.

Comme la mère de Ugh le fusillait toujours du regard, il ajouta :

— Je dois justement voir Eben. Je lui proposerai de remettre les jumeaux dans la même chambre.

— Ce ne sera pas trop tôt !

Blaise se leva, fouilla dans sa robe et posa une petite fiole devant Chandra, qui leva un sourcil interrogateur sans se départir de son expression revêche.

— L'herbe du lion… ou de la lionne, dit Blaise.

— Comment sais-tu que je n'en ai plus ?

Blaise sourit d'un air énigmatique, lui lança un baiser qui fit se renfrogner Chandra et s'éloigna.

La nourrice prit la fiole de camomille et la tint un moment à contre-jour. L'huile avait une jolie couleur orangée, il avait dû y ajouter de la mandarine rouge. Ce serait parfait pour le sommeil des enfants.

Elle soupira. Blaise concentrait plus de défauts qu'il n'était permis chez un seul homme, mais il fabriquait des huiles d'une qualité incomparable.

Le guerrier qui ne voulait pas

— Ce ne sont que superstitions, Blaise ! Pressentiments, rêves, Trame, comment veux-tu que je prenne cela au sérieux ?

Manifestement, le Duc était dans un de ses mauvais jours. La mine sévère dans son costume sombre, il arpentait la pièce ronde du phare en passant de temps en temps une main nerveuse dans ses cheveux noirs coupés très courts.

Comme sa fille, il réfléchit mieux en marchant, constata Blaise. La partie s'annonçait difficile et le vieux précepteur ne s'attendait pas à convaincre Eben en un seul plaidoyer.

Le Duc ne s'était jamais remis de la disparition de sa femme. Le temps ne lui avait apporté aucun apaisement, et semblait au contraire creuser sa peine. Mais la pitié n'était pas de mise, Eben ne la supportait pas. Blaise répondit d'un ton ferme :

— J'essaie d'établir un constat de la situation et d'énoncer les possibilités qui en découlent. Tu peux l'appeler comme tu veux, mais c'est sérieux et tu le sais. Toi, Eben, parmi tous, tu le sais.

— Non, je ne le sais pas. Quelle situation ?

— Je n'ai encore rien pour te convaincre, je l'avoue. Mais il se passe quelque chose et j'ai peur qu'il ne soit trop tard lorsque je pourrai t'en apporter la preuve.

— La preuve de quoi ? Par la Licorne, ne peux-tu parler autrement que par énigmes ?

Le Duc interrompit ses allées et venues et invita d'un geste le vieil homme à s'asseoir. Le Mandarin accepta de bon gré. Malgré les apparences, il n'était pas tout à fait remis de son dernier séjour dans la grotte.

Eben alluma sa pipe et Blaise en fit autant, savourant la pause. Les premières bouffées envolées, il annonça d'une voix neutre :

— Je crois que les pouvoirs de Jad se réveillent.

— Ben voyons ! S'est-il téléporté ? Est-il télépathe, empathe, psychokinépathe ou n'importe quoi en « athe » ?

Ignorant le ton ironique du Duc, Blaise répondit calmement :

— Je ne sais pas encore.

— Parce qu'il n'y a rien à savoir ! Jad n'est... « parti » qu'une seule fois, il avait trois lunées et nous ne sommes même pas sûrs de ce qui s'est vraiment passé ce soir-là. Ce n'était sans doute qu'un coma provoqué par sa maladie.

— Les déficiences cardiaques ne provoquent pas de coma. Et tu sais parfaitement, pour avoir vécu celles de Sierra, que l'absence de Jad n'était pas un coma.

À la mention du nom de sa femme, le Duc avait fermé les yeux. Lorsqu'il les rouvrit, son regard était distant et froid.

— Il n'y a eu aucune autre manifestation depuis. Qu'est-ce qui te permet de supposer qu'il possède des facultés parapsychiques ?

Blaise soupira. Il avait renoncé à compter les fois où il avait eu cette discussion avec le Duc.

— Tu n'es pas sans savoir que je pars de l'hypothèse que tout le monde possède ces capacités et qu'elles ne sont en rien paranormales, parapsychiques ou « para » quoi que ce soit. Même si elles ne sont pas toujours développées, elles demeurent en latence chez chacun d'entre nous. Toi inclus, même si tu ne veux pas le voir...

— Nous ne parlons pas de moi, interrompit Eben.

— En ce qui concerne Jad, j'accompagne son évolution et je vois comment il progresse. Il a approfondi ce qui n'était au début qu'une technique de relaxation pour l'aider à s'endormir et a développé un contrôle étonnant de son esprit. Depuis quelque temps, ses insomnies et ses migraines sont revenues, de plus en plus violentes. C'est ce qui me fait croire que certaines de ses capacités sont sur le point d'éclore, comme c'est souvent le cas au seuil de la puberté.

— Ce ne sont que des cauchemars, des migraines d'enfant malade, se défendit Eben, serrant les dents à la pensée de son fils.

— Je ne crois pas, dit Blaise avec douceur. Ses dons semblent différents de ceux de Sierra, si c'est ce qui t'inquiète. Ils ont longtemps été canalisés par les exercices d'Unir que je lui ai appris et, jusqu'à présent, la peur était son meilleur bouclier. Néanmoins, ils semblent déborder désormais les protections que nous avions mises en place. Je ne sais sous quelle forme ils se manifesteront, mais les dons sont là et ils se réveillent.

Le Duc s'était levé et recommençait à tourner en rond comme un fauve en cage. Blaise essaya encore.

— Ce n'est pas forcément un mal.

Eben le regarda, stupéfait.

— Comment peux-tu dire ça ? Comment oses-tu ?

— Ce n'est pas parce que ces talents ont été dévoyés à une époque précise de l'histoire qu'ils sont obligatoirement malfaisants. Et ce n'est pas parce que ensuite on les a interdits qu'ils ont cessé d'exister. On ne peut pas effacer le passé, le détruire à coups de présent. L'histoire même de cette famille en est la preuve éclatante…

— … et douloureuse, répliqua Eben avec rage.

— Précisément : douloureuse. Tes enfants devront-ils ajouter ta douleur à la leur ? Par la Licorne, Eben, ne vois-tu pas qu'il faut sortir de cela ? Du traumatisme, du tabou et même… de la douleur ! Il est peut-être également temps de cesser de considérer Jad comme un enfant malade. Ce n'est peut-être qu'un garçon possédant un potentiel différent.

Eben se détourna d'un mouvement brusque et fit craquer ses phalanges. À ce geste, Blaise vit l'effort qu'il faisait pour se maîtriser. Son attitude distante, son flegme qui pouvait passer pour de la froideur n'étaient que le résultat d'une discipline de fer pour contenir une étonnante puissance physique. *Pour quelqu'un qui voulait y aller en douceur, j'ai tout faux. Je suis trop fatigué…* Il prit une profonde inspiration.

— Pardonne-moi, Eben, je ne voulais pas en arriver là. Je pensais simplement étoffer la formation des jumeaux en leur parlant du passé et tenter de fournir à Jad des clés pour comprendre ce qui lui arrive.

— Progressivement ? demanda Eben en recommençant à marcher.

— Bien sûr, progressivement, le rassura Blaise. Nous avons toujours été d'accord pour que les jumeaux prennent connaissance du savoir interdit par Jors, sciences de l'esprit incluses, ou au moins d'une partie. Ta pipe est éteinte, Eben. Et assieds-toi donc, tu me donnes le tournis !

Eben revint s'asseoir en face de son ami. Il ralluma sa pipe et fit un geste comme pour s'excuser.

— Tu sais que je n'ai jamais approuvé le despotisme de Jors.

— Sur ce point au moins, nous nous rejoignons, l'encouragea Blaise.

— Je comprends qu'il ait réagi ainsi à l'époque, après tout ce qu'il avait vécu. Mais tout détruire ou tout interdire n'est jamais une bonne option.

— Presque tout... souffla Blaise avec espièglerie. Tu oublies les salles des pas perdus.

Eben sourit à son vieux maître en portant la main à l'hologramme qu'il portait au cou. Blaise lui avait offert ce portrait de sa femme lorsque Sierra avait disparu, l'exhumant certainement des salles secrètes où il cachait les objets des Temps d'Avant qu'il avait réussi à soustraire à l'obsession destructrice de Jors.

— Oui, presque tout... Écoute, tu y vois sûrement plus clair que moi dans tout cela. Toutes ces... « parachoses » n'ont jamais été mon fort, tu le sais bien. Je n'ai aucun talent psy et je m'en félicite. Je déteste ces dons qui...

Le Duc ne termina pas sa phrase, mais Blaise savait qu'il pensait « qui m'ont enlevé Sierra ».

— Après toutes ces lunées, je croyais que les enfants avaient hérité de mon absence de dons, qu'ils avaient été épargnés. Au moins, Claris semble avoir échappé à cette... malédiction.

Le Mandarin tira sur sa pipe en silence, gardant ses pensées pour lui.

— Que proposes-tu ? demanda finalement le père des jumeaux.

— Eh bien, en fait, comment dire... J'ai déjà un peu commencé, dit Blaise d'un air penaud. Oh, pas grand-chose, j'ai donné un échiquier du jeu des Mille Chemins à Jad et l'enregistreur de Sierra à Claris.

Eben eut un hoquet de surprise.

— Le jeu magique ? C'est ce que tu appelles y aller progressivement ?

— Le jeu n'est pas magique, rétorqua Blaise avec irritation. La magie n'est qu'une autre façon de se servir de son cerveau, d'exercer le pouvoir de l'esprit sur la matière, de l'imaginaire sur la réalité. Le jeu peut fonctionner comme un catalyseur ou un révélateur, accélérant certains processus, mais il ne crée rien.

— Seulement parce que, Ramsk soit maudit, les drogues ont disparu !

— Tu te trompes, Eben. Les fameuses drogues psy des Temps d'Avant ne fonctionnaient pas autrement : des catalyseurs chimiques. La différence de taille étant qu'elles créaient une dépendance.

— Le jeu aussi !

— Après des années consacrées exclusivement à ça par des adolescents qui n'avaient aucun autre centre d'intérêt ! Le contexte était tout autre, ai-je besoin de le rappeler ?

— Non, s'il te plaît, épargne-moi la litanie de notre glorieux passé catastrophique.

Sous le persiflage, la voix d'Eben était lasse.

— Les enfants n'y verront certainement qu'un jeu de stratégie un peu compliqué. Même Jad n'y verra peut-être pas autre chose. Mais ce serait un excellent moyen de tester ses dons de façon… disons… ludique.

Le Duc lui jeta un regard de défiance.

— Et Claris ? Pourquoi lui avoir donné l'enregistreur de Sierra ?

Le Mandarin répondit par une autre question :

— Que sais-tu de cet objet, Eben ?

— Que Sierra y tenait beaucoup et qu'il pouvait se

transformer en bague, en ceinture. Comme toi, je l'ai vu parler dedans et écrire dessus.

— C'est tout ? Tu ne lui as jamais demandé à quoi cela servait ?

— Je ne voulais rien avoir à faire avec cette… maudite technologie ! Et toi, pourquoi ne lui as-tu pas demandé ?

— Oh, je l'ai fait. Elle se contentait de rire et de dire que c'était un secret.

— Pourquoi l'avoir donné à Claris ? Tu veux la tester elle aussi ?

— Cet objet passe de mère en fille depuis des générations, il lui revenait de droit. Et oui, je ne te cache pas que j'espérais que l'objet s'accorderait à ta fille et nous donnerait accès aux informations qu'il contient. Malgré toutes mes tentatives, l'enregistreur est toujours resté muet avec moi. Au contact de Claris, il s'est immédiatement transformé en bague. Mais depuis, plus rien. Claris accorde autant d'importance à cette bague qu'à ses poupées !

— C'est-à-dire aucune ! triompha Eben avec un large sourire.

Blaise hocha la tête.

— Une fois l'excitation de posséder un objet interdit retombée, elle a cessé de s'amuser à lui faire prendre différentes formes. Elle n'y voit qu'un enregistreur, un moyen d'échapper à la corvée des fiches de lecture. Je crois que dans son cas, pour l'instant, l'apprentissage passe par autre chose. Elle est dans sa période épique. Fascinée par les chevaux, les chevaliers, les armes…

Eben dit d'un ton indulgent :

— Sais-tu qu'elle a monté, l'un après l'autre, tous les chevaux de l'écurie ? Je l'ai suivie maintes fois, de loin, pour m'assurer qu'il ne lui arrivait rien. Elle tourne à présent autour de Longue-Vue, le nouvel étalon.

Blaise souleva un sourcil étonné.

— Pourquoi ne pas lui interdire les chevaux pour de bon ?

— Je l'ai fait ! Mais, à moins de mettre des cadenas aux box, je crois que rien ne l'empêchera de se frotter à plus fort qu'elle.

— Selon Dag, elle a la même attitude aux cours d'escrime. Je crois que Sem est en train de lui fabriquer quelque chose.

— Une arme ? Je ne me souviens pas d'avoir autorisé cela !

— Il n'y a pas lieu de s'inquiéter, tu connais Sem. Elle rêve d'une épée et il lui offrira peut-être une flûte ! Dag dit qu'elle est très douée, mais qu'elle se focalise sur son obsession de vaincre les garçons au lieu de se concentrer sur la technique.

— Par la Licorne, c'est une fille et elle n'a que douze lunées !

Le Mandarin eut un rire amusé.

— Et c'est le plus grand bretteur de Salicande qui dit cela ! Veux-tu que je te rappelle tes faits d'armes lorsque tu étais à peine plus âgé ?

Le Duc esquissa un sourire gêné.

— Il s'agissait d'une autre époque, Blaise, et je n'en suis pas fier. C'était l'exode, l'horreur, la panique. Les bandes armées étaient légion. Nous étions obligés de savoir nous battre. Tu sais que je n'ai jamais aimé ça.

— Un magnifique paradoxe : le guerrier le plus doué que Salicande ait connu ne voulait pas l'être. Je me suis toujours demandé quels auraient été les résultats si tu avais AIMÉ ça !

Eben ignora la pique et Blaise profita de son avantage.

— Claris désire plus que tout une arme à sa portée. Elle est obnubilée par ça et ne voit rien d'autre. Si elle l'avait, cela la mettrait peut-être en confiance, sur un pied d'égalité avec les garçons. Elle pourrait alors se détendre et s'ouvrir à d'autres apprentissages.

— « Mandarin » ne te fait pas justice, j'aurais dû te surnommer Machiavel ! Tes manœuvres me lassent...

Le Duc regarda avec convoitise en direction de son lutrin, où reposait un ouvrage aux enluminures chatoyantes. Blaise surprit son regard et saisit l'occasion de donner un ton plus léger à la discussion.

— Que lis-tu ?

— *La Maison aux esprits.* Sierra aimait tellement ce livre qu'elle l'avait illustré, t'en souviens-tu ?

— Je me souviens surtout d'avoir couru la montagne pour lui trouver des ocres, des bleus et que sais-je encore...

Eben eut un sourire qui illumina son visage. *Le sourire des jumeaux. On ne voit que la ressemblance avec Sierra, mais ils ont le sourire lumineux de leur père. Dommage que, chez lui, il soit devenu si rare.* Le Duc alla chercher le grand volume relié dans un cuir souple et le feuilleta avec tendresse.

— Je ne l'avais jamais lu, à cause du titre, bien sûr... Je voulais seulement revoir les dessins de Sierra, mais le début du texte m'a happé : « Barabbas arriva dans la famille par voie maritime, nota la petite Clara de son écriture délicate. Déjà, à l'époque, elle avait pris le pli de consigner les choses importantes et plus tard, quand elle devint muette, de mettre par écrit les banales, sans se douter que, cinquante ans plus tard, ses cahiers me serviraient à sauver la mémoire du passé et à survivre à ma propre terreur. »

— Ramsk !

Blaise n'avait pu retenir un juron. Des choses importantes et des choses triviales... Eben venait de décrire l'usage que faisait Sierra de l'enregistreur.

— Qu'y a-t-il ? demanda le Duc.

— Je… j'avais oublié ce texte. Tu devrais le prêter à ta fille. Oui, vraiment, je pense que cela pourrait être très utile, dit Blaise en hochant la tête à plusieurs reprises.

Comme Eben le regardait toujours avec insistance, le Mandarin battit en retraite le plus dignement possible.

— Eh bien, je n'ai que trop abusé de ton temps, je vais te laisser à ta lecture.

Il salua le Duc d'un signe amical et se dirigea vers la porte. La main sur la poignée, il se retourna et demanda d'un ton détaché :

— J'y pense, il faut repeindre la chambre de Claris. Es-tu d'accord pour que les jumeaux partagent l'appartement de Jad ?

Eben acquiesça distraitement, il était déjà retourné à Barabbas et à Clara.

Englué

Le Duc fixait le livre posé sur le lutrin devant lui et relisait la même phrase pour la troisième fois : « Un vendredi après-midi sonnèrent à la porte du manoir trois dames translucides, aux mains minuscules et aux yeux de brume ; elles portaient des chapeaux fleuris démodés et flottaient dans un intense parfum de violettes sauvages… »

La mention par Blaise de son passé guerrier l'avait ébranlé. L'enfant bagarreur, l'adolescent intrépide lui paraissaient à des lunées-lumière de l'Eben d'aujourd'hui. Quelques images en mouvements, des fragments de son lui revinrent en mémoire, décolorés, brouillés, comme un vieux film racontant la vie de quelqu'un d'autre. C'était le monde avec Sierra. Ce monde-là était fini.

Un film… Cela faisait des lunées qu'il ne pensait plus à cette distraction déjà désuète lorsqu'il était enfant : le cinéma. Salicande ignorait la technologie. Jors, son beau-père, avait tout aboli. Moteurs, machines, robots, tout ce qui ressemblait de près ou de loin à un ordinateur avait disparu. Il n'y avait plus de voitures ni de téléphones, plus de télévisions, d'appareils photo ou de caméras, plus de radios ni de chaînes stéréo. Uniquement des livres.

Le soir, à la lumière des lampes à huile et des torches qui donnaient à la lecture un goût de forêt, les gens jouaient à des jeux de société ou lisaient à voix haute à tour de rôle : un chapitre le grand-père, un chapitre la mère, le frère, la sœur, etc. Les plus petits écoutaient, passaient des genoux de l'un aux bras de l'autre, emmagasinant sans le savoir des pages et des pages de poésie, de littérature, de théâtre.

De façon également drastique, le Fondateur avait interdit toute pratique des sciences paranormales. Ceux qui avaient refusé de se plier à son choix étaient partis tenter leur chance ailleurs. Ceux qui n'avaient pas de dons psy étaient restés, ainsi que ceux, nombreux, qui pleuraient encore leurs enfants disparus dans le dernier tournoi Parapsy.

Jors établit des règles très strictes de survie qui avec le temps devinrent des tabous puissants dont on ne connaissait plus les raisons premières. Les Salicandais oublièrent les sciences paranormales pour parler à nouveau de « magie ».

« *... trois dames translucides, aux mains minuscules et aux yeux de brume...* » Le Duc ferma *La Maison aux esprits* d'un coup sec et s'approcha de la grande baie vitrée.

Son beau-père avait été un despote dans son genre et ils n'avaient pas toujours été d'accord, mais, sur ce point, il lui donnait raison. Les machines intelligentes alliées à la drogue et aux jeux psy avaient fauché une génération entière d'adolescents sur toute la planète. La peste verte et les guerres avaient parachevé le désastre. Le Duc avait perdu son père et sa mère, ainsi que ses deux frères aînés, dans la Grande Catastrophe. Sur douze milliards d'humains, combien en restait-il aujourd'hui ? Non, Jors avait eu raison, les livres étaient le meilleur outil pour s'instruire. Les jumeaux n'avaient rien connu d'autre, ils ne savaient même pas que le cinéma avait un jour existé.

Le cinéma... Pourquoi y penser maintenant ? Pourquoi cette soudaine nostalgie des images qui bougent, de la musique résonnant dans une salle obscure, de la séduction des films, si différente du recueillement de la lecture. La discussion avec Blaise avait-elle suffi à rallumer le passé ?

Eben n'aimait pas ça. Il pouvait supporter la souffrance continue, la douleur intime de l'absence de sa femme. Il y tenait même, puisque cette souffrance la rendait en quelque sorte présente. Mais la nostalgie de l'ancienne civilisation, si brillante, si futile, si préoccupée de ses loisirs qu'elle n'avait pas vu ses enfants se diluer dans le virtuel, ce poison de l'âme, il ne voulait pas avoir affaire à ça. Le passé était gluant de merveilles perdues et d'horreur.

Depuis que Sierra avait disparu, le Duc s'astreignait à une discipline quotidienne à laquelle il ne dérogeait pas : il se levait à l'aube et allait travailler. Il respectait ainsi l'une des Règles naturelles établies par Jors : chacun, homme, femme ou enfant, quelles que soient ses obligations par ailleurs, devait accomplir au moins une journée de travail d'intérêt général par semaine.

Le Duc passait toutes ses matinées dans les champs ou au village, là où on avait besoin de lui. Il plantait ou cueillait, bâtissait ou réparait, choisissant de préférence les tâches les plus fatigantes pour évacuer une énergie physique que l'âge n'avait pas érodée.

Il rentrait au phare alors que la maisonnée se réveillait et dormait quelques heures. Il passait les après-midi à lire. Les enfants couchés, il épuisait son cheval dans des galops nocturnes. Il lui arrivait également d'investir la cuisine en pleine nuit et les jumeaux, ravis, découvraient au petit-déjeuner des piles de crêpes ou des desserts élaborés.

Eben s'évertuait à se consacrer au présent, aux jours qui passent l'un après l'autre, sans souvenir ni projet.

Si Blaise dit vrai, le présent lui-même est instable. Si les dons de Jad se réveillent, que faire ? Pourtant, la dernière fois que je lui ai parlé… Mais Eben ne put se rappeler la dernière fois qu'il avait eu une conversation avec son fils. Très présent tant que Jad avait été en danger, il n'avait pas pu faire face à l'enfant handicapé qu'il était devenu. La fierté et la dignité de l'enfant malade lui broyaient le cœur, et il ravalait la pitié qu'il ressentait pour ne pas le heurter. Quant à Claris, autant essayer d'attraper le vent ! *Non, c'est une mauvaise excuse. La vérité c'est qu'elle lui ressemble tellement que je ne puis la voir sans penser à Sierra.*

Avec stupeur, le Duc s'aperçut que, depuis des années, il s'était contenté d'entrevoir ses enfants le soir, au moment du coucher. Dernièrement, il arrivait même trop tard et embrassait des fronts endormis où se bousculaient déjà les rêves.

Cette mission, si vous l'acceptez

Un mouvement dans la cour attira l'attention de Blaise. Il leva le nez du mécanisme qu'il trafiquait et, ajustant ses lunettes, vit le Duc sortir du phare et traverser la cour vers la salle d'étude. Il la retraversa en sens inverse quelques instants plus tard, un peu désorienté, pour se diriger vers la buanderie, royaume de Chandra. Celle-ci en sortait et, de surprise, faillit laisser tomber le panier de linge repassé qu'elle portait sur la tête. Eben l'aida à rééquilibrer le panier sur ses cheveux roux et ils échangèrent quelques mots. Chandra haussa les épaules en tournant les paumes vers le ciel, puis désigna tour à tour la chambre de Jad et le parc avant de s'engouffrer dans la cuisine du château. Le Duc se passa la main dans les cheveux, regarda un moment la fenêtre de Jad et partit dans la direction opposée.

Il a choisi Claris parce que, comme lui, elle ne manifeste aucun don parapsychique. Plus facile que de faire face à Jad, qui a pourtant tellement besoin de son père. Songeur, Blaise ôta ses lunettes et se frotta les yeux. Il appuya sa tête sur le dossier de la chaise et ferma les paupières à demi. *Me serais-je trompé en séparant les jumeaux ? Chandra aurait-elle raison ?*

Quand Sierra avait disparu, les jumeaux avaient fait face différemment à la souffrance provoquée par l'absence de leur mère. Claris y pensait le moins possible, refoulant systématiquement les souvenirs lorsqu'ils se présentaient. Au moyen d'une discipline implacable, elle avait peu à peu verrouillé le manque et étouffé la tristesse. Sa mère était un trou très noir et très profond dans lequel elle essayait de ne pas tomber lorsqu'elle se promenait parmi les sentiments.

L'enfant avait reporté son besoin d'affection maternelle sur la nourrice. C'était Chandra qui se réveillait lorsque Claris appelait la nuit, Chandra qui soignait ses bobos et consolait ses chagrins d'enfant. Pour Claris, les absents étaient morts.

Jad avait fait le cheminement inverse. Il n'avait cessé de rêver de sa mère, depuis le soir du premier orage. Lorsqu'elle lui manquait trop, il savait qu'ils avaient rendez-vous dans ses rêves, la nuit. Pour lui, elle était hors de portée mais toujours là.

Au début, sa sœur partageait ses rêves. Mais, si Jad se réveillait en souriant au souvenir de sa mère, Claris émergeait de ces rencontres oniriques en hurlant, tremblante, inconsolable. Blaise avait alors appris à Jad à barricader ses rêves. *Il n'y avait rien d'autre à faire, la petite serait devenue folle de chagrin.*

Le vieil homme soupira, posa le mécanisme qu'il avait encore dans les mains sur une pile de boulons et d'écrous et parcourut la pièce du regard. Il s'agissait de l'une des salles des pas perdus, celle où il étudiait et bricolait de vieux mécanismes dans l'espoir de les remettre en marche ou d'en faire de nouveaux.

Ayant trouvé ce qu'il cherchait dans le capharnaüm de pièces et d'outils, il se mit debout et exécuta d'étranges mouvements tout en parlant à voix haute :

— Jambe gauche repliée, pied gauche sur genou droit, mains jointes sur plexus. Posture de l'arbre : solidité, enracinement.

Il garda un moment l'équilibre en silence, puis relâcha la posture et reprit :

— Le Duc est sorti du phare, le Gris. Pour la première fois depuis des années, il sort voir ses enfants avant la nuit tombée. De nombreux éléments sont en mouvement. La question est : convergeront-ils ? La chouette avait raison, le temps du changement s'annonce.

Au mot « chouette », un chat aux longs poils gris pâle qui somnolait dans une valise cabossée ouvrit un œil jaune et bougea l'oreille droite d'avant en arrière. Blaise se mit à rire et changea de posture.

— Pieds joints. Colonne droite. Mains jointes sur plexus. Posture de la prière debout. Respirer... Ne sois donc pas si jaloux. Donne-moi plutôt un coup de main, tu veux ?

Le Gris se lécha la patte gauche avec une parfaite indifférence.

— Suis Eben, observe tout avec ta sagacité habituelle et viens me raconter. Si je ne me trompe pas, il est allé voir Claris.

Le Gris se lécha la patte droite.

— Je préférerais moi aussi que les choses ne se précipitent pas. Mais ne sens-tu pas, toi aussi, le temps urger et rugir ?

À la grande satisfaction de Blaise, un frémissement imperceptible parcourut l'échine du chat. Le vieil homme adopta une troisième posture.

— Pied gauche en avant, genoux pliés. Poings fermés à hauteur des épaules. Posture du héros. Tenir... Cette mission, si vous l'acceptez, messire Félin, nous aiderait grandement.

Abandonnant ses exercices, Blaise se baissa à la hauteur de l'animal, fixant les prunelles rayées de vert.

— S'il te plaît, le Gris, j'ai besoin de toi, l'acheva Blaise en le caressant derrière les oreilles.

Réfrénant une instinctive envie de ronronner, le chat se leva, s'étira lentement et quitta la pièce d'un pas nonchalant, sans un regard pour son maître.

Insectes ? Fées ?

Adossée au vieil arbre-église qui abritait la cabane, Claris avait posé son livre un instant et suivait des yeux les nuages qui s'amoncelaient. Derrière les barrières sombres sourdait une belle lumière améthyste qui s'élançait bravement, éraflant la grisaille. L'héroïne du livre était dans de sales draps. Poursuivie par d'horribles monstres, elle ne cessait de batailler. C'en était fatigant... Claris sourit, se moquant d'elle-même. *Les héros ne sont jamais fatigués, ma vieille.*

Son regard clair erra sur les eaux sombres du lac où les saules trempaient négligemment leur chevelure verte. Le vent faisait bouger les feuilles, doucement. Claris goûtait la demi-torpeur délicieuse où la plongeait la lecture quand un halo frémissant et lumineux l'enveloppa.

Une nuée d'élémentaux minuscules vint voltiger autour d'elle, se servant d'invisibles courants ascendants pour bondir puis retomber, comme ces boules baignant dans un liquide bleu et propulsées par l'air que Blaise lui avait montrées un jour.

Claris les chassa d'un geste machinal puis reprit sa lecture. Ils revinrent illico. Elle les laissa reprendre leur ballet autour d'elle. Elle ne les voyait même plus.

Eben, lui, les vit et les reconnut. Tandis qu'il s'approchait de sa fille, il regardait avec stupéfaction les elfes danser. Le Duc les voyait comme on les dessinait dans les livres d'enfants : de minuscules hommes et femmes aux oreilles pointues et aux ailes transparentes. *Les Vifs ! Ils sont revenus !*

En réponse, le nuage vint virevolter autour de lui, l'enveloppant dans une spirale colorée et joyeuse. Le rire monta dans la gorge de l'homme comme des bulles d'eau pétillante, chatouilleuses, irrésistibles, et sonna haut et clair. Claris leva la tête de son livre et regarda son père avec un étonnement non dissimulé.

Le Gris les vit aussi. Le chat, qui n'avait pas besoin de les travestir ni de les nommer pour y croire, les vit tels qu'ils étaient : microscopiques particules d'énergie dense et lumineuse, se déplaçant très vite et dégageant une sensation de radieuse légèreté. Le chat s'installa sur la branche maîtresse du chêne et observa.

— Papa ?

Claris s'était levée, son livre à la main, et regardait son père avec curiosité. Encore bouleversé, le Duc s'approcha et la serra contre lui d'un geste impulsif et maladroit, réprimant l'émotion qui menaçait de le submerger. *Comme elle a grandi ! Depuis quand ne l'ai-je pas prise dans mes bras ?*

Tout contre son père, Claris osait à peine respirer. Le Duc n'était pas coutumier de ces élans d'affection et elle ne savait pas comment réagir. Elle se dégagea doucement et ramassa le livre tombé à terre.

— J'ai fini *Orlando*. Blaise a beau dire, c'est tout de même sous sa forme masculine que le personnage vit le plus d'aventures ! Tu m'apportes le prochain ? demanda-t-elle en désignant l'ouvrage qui dépassait de la poche de la veste d'Eben.

— Oui... Je... Eh bien, je suis tombé sur ce livre par hasard et je me suis dit qu'il pourrait te plaire. Il te concerne en quelque sorte. L'héroïne s'appelle Clara et ta m... Enfin, nous t'avons appelée Claris en pensant à elle.

Dans l'arbre, le Gris fit danser sa queue. Il sentait la honte et le dégoût de lui-même envahir Eben, qui n'avait pas le courage de parler de Sierra à sa fille. Il sentait la surprise réprimée de l'enfant, qui actionnait ses mécanismes de défense pour ne pas penser à sa mère. Les humains dépensaient inutilement leur énergie à essayer de maîtriser les émotions au lieu de se laisser porter. Et ensuite, pour compenser leurs sens déficients, ils s'entortillaient dans leur tête pour rien.

— Merci. Je... je le lirai après... Tu voulais me dire autre chose ?

— Moi ? Non, rien.

Les élémentaux revinrent voltiger autour de Claris. Elle eut un geste exaspéré qu'un petit elfe hilare évita d'un bond.

— M'énervent, ces mouches ! Elles me confondent avec un fruit mûr ou quoi ?

Eben était stupéfait. Claris prenait les Vifs pour des mouches ! Devait-il lui ouvrir les yeux ? Ne rien dire ? Comme il hésitait, un courant d'air emporta les fées, dont il ne resta qu'un impalpable sillage d'allégresse. Le Duc s'ébroua, défaisant le charme, et prit sa fille par la main d'un geste décidé.

— On va se promener ? Cela fait bien longtemps que je n'ai pas fait le tour du lac. Dis-moi, Dag m'a dit que tu faisais des merveilles à l'escrime, j'aimerais bien voir ça...

Le Gris abandonna son poste. L'homme n'était pas prêt à partager avec l'enfant ce qu'ils ressentaient pourtant tous les deux. Elle devrait apprendre seule. Néanmoins, les Vifs de l'air avaient bien œuvré. L'enfant était heureuse de la présence de son père, heureuse de sa main dans la sienne. Et lui, enfin détendu, savourait ce contact confiant. Les humains étaient lents et compliqués. Mais ils savaient comment caresser derrière les oreilles.

Un frisson dans l'herbe... Musaraigne ! Le chat bondit.

Chapitre IV
Le marché des Trois Vallées

Tableaux d'une exposition

Si Dag pense me dégoûter comme ça, il n'y arrivera pas ! C'était néanmoins une moue parfaitement écœurée qu'affichait Claris en feuilletant un grand livre d'art intitulé *Les Désastres de la guerre*.

Dans la salle d'étude, le maître d'armes avait organisé une exposition de livres traitant de la guerre. Delacroix, Goya, Picasso, les tableaux des maîtres d'un autre temps se succédaient, révélant bouches hurlantes, membres brisés, guerriers agonisants et chevaux cabrés aux yeux fous.

Les compagnons d'escrime de Claris ne semblaient pas incommodés pour autant et plaisantaient en défilant distraitement devant les grands lutrins où étaient exposés les ouvrages. Voyant que Ugh l'observait du coin de l'œil, elle dissimula son malaise et se concentra sur un minuscule carré de ciel bleu en haut à droite d'une toile.

— Horrible, hein ? fit Ugh avec une grimace.

Claris haussa les épaules.

— C'est la guerre.

— En regardant ces tableaux, je me disais que nous jouons à nous battre comme... comme... comme des mômes ! Nous ignorons tout d'une vraie bataille. Une vraie bataille, c'est ça : le sang, la souffrance, la mort.

Le ton grave du garçon interpella Claris, qui tourna la tête pour le regarder. Ugh se tenait devant *Guernica*, les poings serrés, pâle comme s'il allait vomir.

— Ça te fait peur ? demanda-t-elle.

— Bien sûr ! Pas toi ?

— Je croyais que tu aimais te battre. Tu gagnes toujours ! dit Claris.

— C'est vrai, j'aime ça. J'aime gagner aussi. Mais là, sur ces tableaux, ce n'est plus un jeu. Je n'avais jamais pensé à la guerre comme ça, pour de vrai…

Claris ne répondit rien et passa au tableau suivant, qu'elle regarda sans le voir tout en lorgnant Ugh du coin de l'œil. Elle réfléchissait.

Ugh était le plus fort en escrime, le chouchou de Dag. Il attaquait implacablement et chaque coup qu'il portait atteignait son but. Il ne reculait pas, n'hésitait pas. Contrairement à Claris, Ugh ne s'énervait jamais, ne se laissait jamais dépasser par l'euphorie du combat. Il gagnait le plus vite possible et, lorsque c'était fait, il passait à autre chose. Et voilà que, devant ce tableau biscornu où l'on ne voyait même pas de sang, il avouait avoir peur, sans honte aucune.

Le garçon tourna résolument le dos à Picasso et revint vers Claris.

— Tu viens au village, demain ?

— Au village ? s'étonna Claris.

Les jumeaux n'allaient jamais au village de Salicande.

— Tu ne sais pas que le marché des Trois Vallées commence demain ? Ma mère y a un étal, Sem aussi. Enfin, tout le château y va, quoi !

Le marché des Trois Vallées ! Un événement qui réunissait chaque lunée, dans l'une des vallées à tour de rôle, les artisans de Salicande, Morteterre et Vieil-Ambre. Il avait lieu pour la première fois à Salicande, et les habitants s'y préparaient depuis une lunée. Plongée dans ses livres, Claris avait complètement oublié.

Sans attendre sa réponse, Ugh enchaîna :

— Bon, rendez-vous à sept heures dans la cour. À demain !

Il lui fit un petit signe de la main et courut rejoindre le groupe, qui s'apprêtait à quitter la pièce. *Pour qui il se prend ! Rendez-vous dans la cour... Et quoi encore ?*

Être ou ne pas être

À sept heures moins dix, Claris faisait les cent pas dans la cour. Elle avait passé un sarouel blanc et une tunique brodée. Sa cape était propre et ses bottillons étaient cirés. Elle s'était même coiffée, retenant ses boucles folles avec un foulard bleu qui faisait ressortir ses yeux. Elle le regrettait déjà...

Peut-être devrait-elle plutôt s'éclipser pour essayer de monter en douce Longue-Vue, le nouvel étalon noir de son père. Un événement : un cheval nyctalope, comme les chauves-souris ! Oui, voilà ce qu'elle allait faire. Elle pivota vers les écuries, mais Ugh arrivait accompagné de Jad. Claris, qui ne s'attendait pas à voir son frère, bafouilla :

— Tu viens avec nous ?

— Je n'ai pas l'intention de rater ça ! La lunée dernière, Blaise avait convaincu papa de nous amener à Vieil-Ambre, mais nous avons attrapé la varicelle, tu te souviens ?

— Ah, ouais, la varicelle...

Remarquant alors la drôle de tête que faisait sa sœur et sa tenue soignée, Jad eut un sourire malicieux et jeta un coup d'œil à Ugh. Le garçon regardait ailleurs, comme hypnotisé par Ulysse, le vieux chien de Sem, qui grattait mélancoliquement la seule oreille qui lui restait.

— Oups… Je ne vous dérange pas, j'espère, insinua Jad avant de recevoir un coup de coude de son copain.

Claris haussa les épaules et se mit en marche sans plus tarder. Son irritation s'envola dès qu'elle posa le pied sur le sentier pentu qui descendait parmi les vignobles.

Le Temps Vert touchait à sa fin et, si le soleil brillait toujours par son absence, il pleuvait moins ces derniers jours et la température s'était adoucie. Claris tourna le visage pour recevoir la brise qui agitait les feuilles de vigne. Les grappes étaient encore immatures, les fruits n'ayant pas eu leur content de soleil. Le vin serait aigre si le Temps Jaune n'était pas au rendez-vous. Claris avait entendu les adultes en discuter, se demandant s'ils devaient procéder à une vendange précoce pour éviter les dégâts ou espérer que le vent sécherait les vignes et que les champignons qui faisaient la gloire du vin de Salicande pourraient agir.

Le trio avait décidé de cheminer à la lisière du bois du château puis de couper par les champs. Ils éviteraient ainsi la petite route sillonnée d'ornières que Sem et Chandra avaient empruntée un peu plus tôt avec la carriole et parcourraient plus rapidement les sept kilomètres qui les séparaient du village.

Claris prêtait une oreille distraite au bavardage des deux garçons, qui la précédaient. Ugh, plus grand, la carrure plus étoffée, ses mèches rousses lui balayant les épaules. Jad plus petit et plus fin, marchant du pas léger et dansant des pratiquants de l'Unir.

Depuis qu'il entraînait les garçons au jeu des Mille Chemins, Jad sortait de sa coquille. Force était de reconnaître que Ugh y était pour beaucoup. Cela faisait deux lunaisons que ces deux-là ne se lâchaient pas, et Claris était un peu jalouse. Un sentiment d'autant plus confus qu'elle était jalouse aussi bien de l'un que de l'autre mais ne le savait pas. Ces derniers temps avaient été riches en changements. Claris fronça les sourcils. Que s'était-il donc passé pour que les choses s'accélèrent ainsi ?

D'abord, son père était venu la voir au bord du lac, où ils s'étaient promenés en bavardant. Claris ne se souvenait pas d'avoir jamais entendu son père parler autant. Il l'avait questionnée sur son emploi du temps, sur les cours d'escrime, sur ses lectures, écoutant ses réponses avec attention. Puis, ensemble, ils avaient rejoint Jad à son premier entraînement du jeu des Mille Chemins.

Surpris, le garçon avait mal réagi à la présence de son père. Il s'était refermé comme une huître et s'était mis à bégayer, perdant toute assurance.

Alors, Eben s'était assis sans façon avec les autres garçons devant un échiquier pour jouer. Il s'était avéré le joueur le plus nul de tous, ce que Jad avait fini par lui dire, faisant rire tout le monde, son père y compris.

Depuis, le Duc avait repris une part plus active dans la vie des jumeaux. Il apparaissait à un cours ou lors d'une activité, dînait avec eux tous les soirs, raccommodant petit à petit les trous dans leur relation effilochée. Si Claris avait retrouvé son père avec bonheur, Jad se montrait plus réticent, cependant Eben ne se décourageait pas.

La cadence et le contenu de leurs études avaient également connu des modifications. Excédé de l'entendre pester contre « l'inadéquation des armes à la musculature féminine », Dag avait déniché on ne sait où une vieille lame que Sem avait mouchetée et polie soigneusement. La garde excessivement décorée de l'épée avait provoqué les sarcasmes des garçons, qui n'avaient cependant pas ri longtemps car, plus légère et mieux adaptée à sa main et à son poids, l'arme permit à Claris de faire des progrès considérables.

Désormais, ses camarades ne la regardaient plus comme une intruse mais comme une adversaire habile. L'ennui, c'est que le maître d'armes avait exigé qu'elle participe également aux cours d'arts martiaux et aux leçons de stratégie.

La stratégie, quelle plaie ! Les feintes et manœuvres, déploiements et contre-attaques dont les garçons discutaient avec délices pendant des heures, en faisant évoluer des armées représentées par des jetons sur des cartes fictives, l'ennuyaient à mourir. Jad se moquait : « Faudrait savoir ! Je croyais que tu voulais être traitée comme un garçon ! »

Claris secoua la tête et des boucles indisciplinées s'échappèrent du foulard bleu. Maintenant qu'elle avait prouvé qu'elle était aussi fine lame que ses camarades, être un garçon lui semblait moins attrayant. Si elle aimait le défi, l'action, la montée d'adrénaline et le ballet des mouvements enchaînés, les empoignades et les corps à corps, qu'affectionnaient les garçons ne l'intéressaient guère. En même temps, ne pas être... *Oh, et puis tant pis, j'y réfléchirai tout à l'heure.*

Elle accéléra le pas pour rejoindre son frère et Ugh. Celui-ci disait quelque chose à Jad en faisant de grands gestes pour mieux le convaincre.

— Tu crois ? demanda Jad d'un ton dubitatif.

— Bien sûr ! Tu étais le meilleur, Jad ! Ça reviendrait vite, si tu t'y remettais.

— Laisse tomber, je n'ai pas de force dans les bras, pas de muscles.

— Les muscles ne sont qu'une question d'exercice. Et tu n'as pas tout arrêté puisque tu pratiques l'Unir statique et l'Unir dansant. Tu vises sûrement toujours aussi bien. Nous pouvons nous entraîner ensemble, si tu veux...

Jad ne répondit rien. Ugh se tourna vers Claris, qui avait entendu la fin du dialogue.

— Dis-lui, toi, Claris !

— Lui dire quoi ?

— Qu'il pourrait reprendre le tir à l'arc. Et pas seulement. Je suis sûr qu'il y a un tas de choses qu'il pourrait faire si...

Le garçon s'interrompit en voyant le visage fermé de Jad. Il ouvrit les bras dans un geste d'impuissance et lança un regard suppliant à Claris.

Elle savait que Ugh touchait un point sensible. Il n'y était pas allé de main morte, mais peut-être était-ce la bonne tactique. Tactique ? Les cours de stratégie déteignaient-ils sur elle, malgré tout ? Elle eut pitié de l'embarras du fils de Chandra, qui lorgnait Jad du coin de l'œil sans savoir s'il devait s'excuser ou insister. Elle prit la main de son frère.

— Moi aussi, j'ai envie de commencer le tir à l'arc. Si Sem veut bien me fabriquer un arc que je puisse ployer, ajouta-t-elle avec une grimace.

— Tu peux prendre le mien, celui que j'avais quand j'étais petit, proposa Ugh.

Puis, comprenant qu'il commettait une gaffe :

— Je veux dire... celui que j'avais quand j'étais plus... Un arc qui conviendrait à une... Celui que j'avais avant, quoi ! Tu verras, il est bien quand même. Il est plus, heu... facile. Enfin, plus flexible...

Jad ne put s'empêcher de glousser en voyant son ami s'empêtrer devant Claris, qui le fusillait de son regard transparent.

Ugh, qui marchait à reculons, face aux jumeaux, était rouge comme une pivoine. Il rougissait si souvent que, petit, on le surnommait Coquelicot. Pour ajouter à sa confusion, il trébucha et s'étala de tout son long.

Les jumeaux éclatèrent de rire. Ugh se releva et épousseta ses habits avec un petit sourire en coin.

— Alors, c'est oui ? On s'entraîne tous les trois ? On commence demain ?

Interloquée, Claris vit son frère acquiescer de la tête tandis que Ugh, le prenant par le bras, discourait avec enthousiasme sur les mérites comparés de l'if et du frêne dans la fabrication des arcs. *Très fort, ce Ugh ! Me demande s'il n'est pas tombé exprès…*

L'arc en immortel

Le village de Salicande, tapi au fond de la vallée, comptait une cinquantaine de familles groupées autour de la grande place couverte, leurs maisons basses construites dans la belle pierre blonde de la région. Une poignée d'habitations s'accrochaient aux coteaux autour du phare, abritant une demi-douzaine de familles, descendantes des premiers compagnons de Jors le Fondateur.

Les jumeaux n'allaient que très rarement au village et n'avaient jamais franchi les cols du Cygne et de l'Aigle qui séparaient Salicande de Morteterre et de Vieil-Ambre. Le relief très accidenté ne favorisait pas les échanges entre les Trois Vallées, aux coutumes fort différentes.

Du temps de Sierra, il y avait eu davantage d'échanges avec le village, de goûters, de fêtes, de dîners entre amis. Depuis sa disparition, le Duc s'était retranché dans sa solitude. S'il travaillait avec les villageois chaque matin et se montrait bon compagnon, son chagrin l'isolait. La vie sociale des jumeaux se résumait donc aux habitants du château.

Le village de Salicande, paisible d'habitude, grouillait d'artisans. Tailleurs et cordonniers, armuriers, ébénistes et potiers, céramistes, parcheminiers et forgerons, orfèvres et luthiers dressaient leurs échoppes à l'entrée du village pendant une demi-lune. Sur la place, bateleurs et chansonniers profitaient de l'occasion pour présenter leurs spectacles. Partout, de petits étals proposaient une restauration rapide : pâtés et petits pains chauds, crêpes, fruits et pâtisseries.

Les jumeaux n'avaient jamais vu autant de monde. Éblouis par les couleurs, étourdis par les bruits et les gens, ils ouvraient des yeux émerveillés.

Claris admirait les robes chatoyantes des femmes de Morteterre et leurs longues chevelures tressées de fils de couleur qu'elles ne coupaient jamais. Jad lorgnait, bouche bée, les hommes de Vieil-Ambre au visage tatoué sur la face gauche et aux capes écarlates, un faucon ou un épervier sur l'épaule. On disait qu'ils parlaient à leurs rapaces et que ceux-ci leur répondaient.

Les jumeaux écoutaient les accents différents qui rendaient la langue globale délicieusement étrangère. Ugh les mena à l'étal de Chandra.

— Mes p'tits loups d'amour, vous voilà donc ! Jad, tu n'es pas assez habillé, le temps peut tourner d'une minute à l'autre. Ugh, j'espère que vous n'avez pas coupé par les bois. Claris, tu... Par le miroir de la Déesse, mais tu t'es coiffée !

Ugh leva les yeux au ciel, Claris rougit et Jad fit claquer deux bises sur les joues rebondies de la nourrice pour la faire taire.

— Votre père est-il descendu de son phare pour vous donner quelques pièces ? Je vois... Et ce vieux pleure-misère de Blaise n'y a pas pensé non plus ? Je l'ai vu qui fouinait déjà chez Borges, le bouquiniste.

— Mais, maman, les pièces ne servent à rien ! C'est un marché de troc, protesta Ugh.

— Suis-je bête ! Tu as raison, mon garçon. Eh bien, prenez quelques pots de confiture et les petits cornets de meringues, là... Explique-leur tout, Ugh, je te les confie. Revenez me voir à midi, je vous emmènerai déjeuner...

Puis, apostrophant un badaud qui guignait son décolleté :

— Bonjour, beau prince, c'est ma confiture de mirabelles qui vous a tapé dans l'œil ?

Les enfants remplirent leurs poches et s'éclipsèrent sans plus tarder, laissant le jeune homme affronter la lionne. Ils délaissèrent les étals d'alimentation pour les armuriers, fonçant droit vers les arcs, les carquois et les flèches.

— Un marché de troc, mais pourquoi ?

— Demande plutôt à Blaise, Jad… répondit Ugh. Je lui ai posé la question, un jour, et il m'a fait un cours d'économie qui commençait à la préhistoire ! Je n'ai pas tout retenu, mais il paraît que les vallées n'ont jamais pu tomber d'accord sur une monnaie commune et que les marchés finissaient toujours en bagarres parce que les artisans se disputaient sur les taux de l'une ou de l'autre. Ils ont institué le troc pour éviter les problèmes.

— Mais c'est encore plus compliqué, non ? demanda Jad. Combien de pots de confiture pour un arc comme celui-là ?

— Davantage que n'en contiennent tes poches, mon garçon ! intervint l'artisan en riant. Regarde : double courbure, poignée en serpent, repose-flèche en os. C'est du bois d'immortel, un arbre extrêmement rare que l'on ne peut ni abattre ni scier. Caresse-le. Tu sens le grain, comme il est lisse ?

L'objet était magnifique. Long et droit, le bois luisait d'une teinte riche de vieil ivoire. Fascinés, les jumeaux tendirent la main en même temps. Au contact du bois, la vision de Claris s'obscurcit. Des taches rouges et or dansèrent devant ses yeux puis se dilatèrent à toute vitesse pour se fondre en une texture sombre et diaprée, où pulsait une vie dense et infinie…

forêt
murmure du vent grondement des racines forêt
piliers cimes profondeur légèreté forêt
terre et ciel liaison forêt

Ce fut Jad qui rompit le contact en tirant doucement Claris en arrière. Cela n'avait duré qu'une fraction de seconde. Ni l'artisan ni Ugh, qui admirait les carquois, n'avaient rien remarqué.

— Ça va ? demanda Jad à sa sœur en l'entraînant vers l'échoppe voisine.

Claris hocha la tête, mécaniquement.

— Je… J'ai l'impression de flotter…

Jad regarda sa sœur avec intérêt.

— Que s'est-il passé ?

— J'étais dans la forêt, à l'intérieur de l'arbre. J'étais l'arbre.

Elle parlait d'une voix pâteuse et monocorde :

— C'était comme être… chez soi…

Jad lui prit les mains et chercha ses yeux. Sa jumelle était très pâle, autour de ses pupilles dilatées les paillettes d'or avaient mangé le bleu et lui conféraient un regard étrange.

— Respire, Claris. Profondément. Tu sais, comme pour l'Unir…

Jad s'interrompit comme Ugh les rejoignait, la mine déconfite.

— M'est avis que nous devrons nous contenter de nos vieux arcs en frêne. Ma mère n'aurait pas assez des mirabelles des Trois Vallées pour payer celui-là !

Comme Jad et Claris ne réagissaient pas, le garçon les examina de plus près.

— Ça ne va pas ?

— Claris a…

— Tout va bien, coupa-t-elle sèchement. J'ai eu un petit vertige. J'ai faim, voilà tout, je n'ai pas déjeuné ce matin.

Ugh échangea un bref regard avec Jad.

— Eh bien... On devrait pouvoir troquer nos meringues contre... voyons... des saucisses ! Ça vous dit ?

Ugh s'éloigna discrètement.

— Il a bien vu qu'il se passait quelque chose, dit Jad d'un ton de reproche. Pourquoi ne pas lui dire ?

— Lui dire quoi ? J'ai eu un vertige, c'est tout. Toi aussi, non ?

Jad la regarda, décontenancé.

— Mais non ! J'ai ressenti un picotement dans la nuque comme lorsque je vais avoir une migraine. Mais il n'y a pas eu de forêt ni d'arbres...

Ce fut au tour de sa sœur de le fixer avec étonnement.

— De quelle forêt parles-tu ?

Jad la regarda, interloqué. Claris ne savait pas mentir, le coin gauche de sa bouche ne pouvait s'empêcher de se soulever quand elle le faisait, ce qui la trahissait immanquablement.

— Tu crois qu'il nous trouvera des saucisses ? demanda-t-elle. Je suis affamée.

Avait-elle oublié ce qui s'était passé ou ne voulait-elle pas en parler ? Jad la dévisagea. Elle avait repris des couleurs, ses yeux clairs brillaient normalement.

— Pourquoi me regardes-tu comme ça ? demanda-t-elle, irritée.

Non, elle ne faisait pas semblant, elle ne se souvenait pas de ce qu'elle venait de vivre. Déjà, Ugh revenait avec un cornet rempli de petites saucisses grillées et un grand sourire aux lèvres.

Les trois enfants se régalèrent en observant les badauds qui se succédaient aux différents étals. Jad surveillait sa sœur du coin de l'œil. Elle mordait à belles dents dans la viande et taquinait Ugh. Elle paraissait tout à fait normale.

Deux garçons du village qui passaient s'approchèrent en les reconnaissant. Jad et Ugh eurent vite fait d'entamer une conversation animée et technique avec Mir et Luven autour du jeu des Mille Chemins et Claris commença à s'ennuyer ferme.

Elle glissa un mot à Jad et quitta le groupe. Elle passa voir Chandra pour l'informer qu'ils avaient déjà déjeuné et promit de revenir en fin d'après-midi, pour l'aider à ranger son étal.

Un chant étrange

Claris se sentait un peu étrange, un peu ailleurs, comme si elle ne marchait pas tout à fait dans ses bottillons. Elle se laissa ballotter par le bourdonnement de couleurs, de sons et de formes, flânant d'une échoppe à l'autre au hasard, parcourue par un délicieux frisson de liberté.

Le marché était un tourbillon de cris, de rires, d'enchères et de senteurs. Parfums doux des fruits et du miel, relents âcres des tissus teints, effluves de bois et de cuir, odeur légèrement écœurante des peaux.

Les marchandes l'interpellaient pour lui proposer un mouchoir brodé, un serre-tête, un foulard. L'ambiance était bon enfant, mais, peu accoutumée à la foule, Claris fut vite étourdie.

Elle quitta la place et sortit du village, s'éloignant vers les coteaux sous un ciel gorgé d'humidité. Elle leva les yeux vers la ligne bleue des montagnes, cherchant des signes de pluie. C'est à ce moment qu'elle vit les pierres levées.

Elle connaissait ces menhirs, ils faisaient partie du paysage familier, un repère comme un autre. Mais, aujourd'hui, ils lui apparaissaient différemment : recouverts de dessins et de signes colorés qui tranchaient sur le ciel gris. Autour étaient parquées de curieuses carrioles roulantes en bois, fermées et recouvertes d'une mousse épaisse qui les rendait presque indiscernables dans la nature.

Intriguée, elle gravit la butte où se dressaient les pierres levées. L'air palpitait d'un chant de plus en plus distinct à mesure qu'elle s'approchait et qui faisait battre son cœur plus vite.

Les menhirs, de forme oblongue, formaient un vaste cercle au centre duquel étaient réunis une trentaine d'adultes et d'enfants. De leurs bouches closes s'échappait une vibration continue et mélodieuse.

Juché sur un rocher, à l'extérieur du cercle, un musicien frappait à intervalles réguliers sur un gong de cuivre. La mélopée évoluait dans les tons graves, des femmes et des enfants s'écartant parfois dans les aigus pour revenir aux basses tenues par les hommes.

Il se dégageait de cette assemblée une énergie puissante et sereine qui parcourut Claris comme une caresse de la nuque au bout des doigts. Elle inspira profondément. Une femme âgée sortit du cercle et se dirigea vers elle. Elle lui tendit la main, l'invitant à rejoindre le cercle. Claris la suivit sans hésiter, tant le sourire de l'ancienne était bienveillant et ses yeux pétillants de joie. Elle s'assit entre la vieille femme et un jeune garçon.

Fermant les yeux elle aussi, elle se laissa porter par le son grave et apaisant. Très vite, des taches rouges et or clignotèrent sous ses paupières closes puis se dilatèrent, et elle se retrouva dans la même texture mouvante que lorsqu'elle avait touché l'arc.

forêt
frisson du vent glissement des racines
miroir de l'eau
terre et ciel forêt

Claris flottait, nageait, évoluait dans un tissu d'énergie chaleureuse et abondante. Elle avait la sensation d'être revenue chez elle après un long voyage.

bienvenue
enfant des hommes
amie des Gardiens de la terre
puise dans le chant de la forêt
écoute chante apaise-toi

Lorsqu'elle ouvrit les yeux, elle était seule sur le tertre. Les menhirs l'entouraient, gris sur le ciel gris, dépourvus de dessins ou de couleurs.

Elle se leva et quelque chose tomba de sa tunique. Elle se pencha pour ramasser un petit objet ovale couleur d'ivoire, qu'elle prit pour un caillou.

Si elle l'avait regardé de près, elle aurait vu qu'il s'agissait d'une graine et que de minuscules inscriptions étaient gravées sur les deux faces.

Mais elle n'en eut pas le temps. Alors qu'elle tenait la graine entre deux doigts, la bague qu'elle portait à l'annulaire se mit à vibrer en changeant de couleur. De rouge, elle devint violette, puis bleue, verte, marron.

Lorsque le chaton de la bague vira au blanc, il se dilata et happa la graine, qui disparut. Puis la bague reprit sa belle couleur grenat en se réajustant parfaitement à son doigt. Un visage parcheminé au regard brillant flotta devant les yeux de la fillette, comme un lambeau de rêve s'attarde un instant au réveil.

Claris cligna plusieurs fois et repoussa les boucles noires qui lui tombaient sur les yeux. D'un pas mal assuré, elle descendit le talus. Elle se sentait un peu molle et elle avait le tournis. Ce n'était pas désagréable, c'était comme un toboggan interne et doux. *Pas malin de m'endormir comme ça...*

De retour au village, elle se mit en quête des garçons,

qu'elle retrouva devant l'étal de Chandra. Jad courut vers elle.

— Où étais-tu ? Nous t'avons cherchée partout !

— Pourquoi ? demanda distraitement Claris. J'étais… je me baladais.

Les idées floues, elle essayait de se souvenir de ce qu'elle avait fait toute l'après-midi, en tournant machinalement la bague autour de son doigt. Elle était chaude. Cela arrivait parfois. Comme son frère fronçait les sourcils, elle se tourna vers Chandra, qui comptait les pots de confiture qui lui restaient.

— Nous partons déjà ?

— Comment ça, déjà ? Le marché est fini pour aujourd'hui, et c'est heureux car mes vieux os réclament un peu de repos, répondit la nourrice.

L'œil vif et le geste dynamique, elle pliait boutique. Partout, les commerçants rangeaient leurs marchandises, essayant de vendre un dernier article aux badauds attardés. Le ciel s'était encore assombri, promettant l'orage.

— Vous pouvez revenir avec moi demain, si vous voulez. Mais il faudra travailler un peu. Je vais apporter mes fioles d'huiles, je n'en ai pas vu sur le marché. Vous êtes prêts à vous réveiller aux aurores ? Je vais avoir besoin d'un coup de main pour les étiquettes.

Le récit du cordonnier

— « Dormir, rêver peut-être », lut Chandra sur l'étiquette que lui tendait Claris. Parfait pour ce mélange d'orange douce, de lavande et de marjolaine à coquilles ! s'exclama la nourrice ravie en attachant l'étiquette à une petite fiole.

Elle s'empara d'une deuxième fiole et la promena sous le nez de Claris, qui huma avec délices.

— Celle-ci : menthe poivrée et mandarine rouge. À utiliser lorsque l'on se sent fatigué, pour redonner un coup de fouet… tu vois ?

Claris suça un instant sa plume en réfléchissant, puis écrivit « Du poil de la bête ». Chandra éclata de rire et l'embrassa.

Elles s'étaient réveillées fort tôt en ce deuxième jour de marché pour préparer les petites fioles remplies d'huiles de fleurs et de plantes. Les garçons s'étant avérés de piètres calligraphes, Chandra les avait envoyés à Sem pour l'aider à charger la carriole. Pour une fois, Claris ne protesta pas. Elle aimait tracer les lettres.

C'est elle qui avait proposé d'ajouter à la composition des mixtures indiquée sur l'étiquette un titre suggestif. Le mélange préféré de Blaise, à base de cannelle pour stimuler l'intuition, avait ainsi été affublé de « Une araignée au plafond » par une Chandra vindicative.

Elles s'amusaient beaucoup et n'entendirent pas Blaise arriver dans la cuisine.

— Ho ho ! Tu as vidé la réserve à ce que je vois ?

Chandra haussa les épaules.

— Pff ! Quelques misérables fioles… Rassure-toi, vieux hibou, je me suis bien gardée de toucher à tes potions répugnantes, toiles d'araignée et autres baves de crapaud.

— Bave de crapaud ? répéta Claris pleine d'espoir, une fraction de seconde avant de comprendre qu'il s'agissait d'une plaisanterie. Prise en flagrant délit de naïveté, elle se mordit les lèvres. Blaise lui lança un regard amusé et enchaîna :

— Je vais fouiner chez le bouquiniste aujourd'hui.

— Ben tiens… marmonna Chandra.

— Claris, tu pourrais m'y rejoindre, nous trouverons sûrement quelques ouvrages qui t'intéresseront. Disons après le déjeuner, quand vous aurez vendu tous vos « Au septième ciel », lut-il narquois par-dessus l'épaule de la fillette.

*

Au marché, les huiles de Chandra partirent comme des petits pains. Claris se révélait une vendeuse habile. Elle avait eu l'idée d'en proposer gratuitement aux marchandes, frottant leurs poignets avec « Les bras de Morphée » ou « Les yeux en face des trous » selon un diagnostic rapide et implacable. Elles lui offraient en échange un ruban ou un sourire.

Claris prenait grand plaisir à parler aux uns et aux autres, se délectant du mystère que recelait chaque visage inconnu. Sa couverture de « vendeuse » lui donnait de l'assurance, mais elle se dirigeait plus volontiers vers les femmes. Un cordonnier au visage poupin, aussi large que haut, protesta :

— Et moi ? Je n'y ai pas droit ? J'aurais pourtant bien besoin d'un petit quelque chose pour me requinquer ! Regarde un peu les vieilles grolles qu'on me donne à ressemeler !

Claris sourit en voyant l'état de la chaussure qu'il tenait à la main.

— Je regrette, monsieur. Il ne me reste plus grand-chose, il faudrait venir à l'étal.

— Ah, la futée, s'esclaffa l'artisan. Tu sais amorcer le client, hein ?

Il s'essuya les mains sur son tablier de cuir et posa la chaussure.

— Voilà ce que je te propose : j'ai besoin d'une pause, alors je t'offre un petit coup de chococaf... avec une pincée d'épice de chez moi, ajouta-t-il en voyant pétiller les yeux clairs. Et puis tu me raconteras où se trouve ton étal. Tope là ?

Claris tapa dans la grande main calleuse.

— D'accord. Heu... je crois qu'il me reste une goutte de « Le vent en poupe ». Ça ira ?

Quelques instants plus tard, juchée sur un grand tabouret à côté du cordonnier, respirant la bonne odeur de la colle et du cuir, Claris sirotait son chococaf.

— Vous venez de loin ?

Il montra le petit bonnet rond qui lui couvrait le sommet de la tête et Claris réalisa qu'elle avait vu de nombreux hommes aux habits sombres portant la même coiffe.

— Morteterre ne se trouve qu'à une centaine de kilomètres à vol d'oiseau. Mais ces fichus cols rendent le parcours difficile. Malgré la nouvelle route, cela m'a tout de même pris sept jours de voyage. Tu connais Morteterre ?

Claris fit non de la tête. L'artisan sortit une petite flasque de sa poche et en versa une bonne rasade dans sa tasse. Il en avala une gorgée et fit claquer sa langue de plaisir.

— Je dois reconnaître que je suis passé à Vieil-Ambre avant, mon fils y est en apprentissage chez les oiseliers. Et là, le zingi aidant, avoua-t-il en tapotant la flasque, je me suis attardé plus que prévu. Tu connais Vieil-Ambre ?

Nouveau hochement négatif, avec une pointe d'agacement cette fois. Sous ses airs bonhommes, le cordonnier ne manquait pas de perspicacité.

— Quel âge as-tu, petite ?

— Douze lunées.

— L'âge de ma petite Zélie.

— Elle est ici ? demanda Claris.

— Non, elle travaille. Elle vient tout juste de commencer son apprentissage chez sa tante, qui est tisseuse. C'est notre spécialité à Morteterre, le tissage, les couleurs. Nous avons fait des couleurs un langage à part entière. Je peux te dire beaucoup de choses sur quelqu'un à la façon dont il est habillé, aux couleurs qu'il porte.

— Mais vous êtes habillé tout en noir !

— C'est vrai, rit l'artisan. Chez nous, les hommes s'habillent de teintes sombres, une espèce de pudeur, je crois. Mais les femmes et les enfants ont droit à toutes les couleurs du monde et ils ne s'en privent pas !

Claris chercha des yeux dans la foule les couleurs éclatantes des robes superposées des femmes de Morteterre. Elle soupira.

— Tu n'es jamais sortie de Salicande, n'est-ce pas ? demanda le cordonnier gentiment.

Claris ne répondit pas. Ses sourcils formaient une interrogation. Elle réfléchissait. Son père n'avait jamais parlé d'apprentissage. Allait-il la garder enfermée au château toute sa vie ? Sa vie... C'était la première fois que Claris pensait « ma vie ». Elle inspira profondément et se redressa sur son tabouret. *Ma vie*... C'était la sienne, elle lui appartenait.

Elle regarda autour d'elle, vit des garçons et des filles de son âge travaillant derrière les étals. Elle pensa à Nim, la petite apprentie de Chandra, qui n'avait que treize lunées. Et Sanson, le palefrenier, en avait quatorze ! Et il travaillait, libre d'aller et de venir entre le village et le château, de monter tous les chevaux sans avoir à se cacher. Elle, elle n'était jamais sortie de Salicande, c'est à peine si elle était sortie du château ! Elle ne savait rien des choses importantes, même pas que les hommes de Morteterre se reconnaissaient à leur calotte blanche et les femmes aux couleurs de leurs robes.

Elle fit son plus beau sourire au cordonnier.

— Ce doit être merveilleux, Morteterre... Est-ce qu'il y pleut beaucoup ?

S'ensuivit une conversation passionnante où Claris eut

l'impression d'apprendre plus de choses qu'en une lunée d'études avec Blaise. Lorsqu'une matrone et sa fille accaparèrent le cordonnier pour lui acheter des souliers de fête, elle prit congé à regret.

Elle se promena un moment désœuvrée, regardant les passants d'un œil différent. Derrière chaque femme, chaque homme venu d'ailleurs, se profilaient un village inconnu, des coutumes différentes, de nouvelles histoires. Tandis que toutes ces informations s'entrechoquaient sous ses sourcils toujours froncés, Claris se mit en quête de Blaise.

l'impression d'apprendre plus de choses qu'en une année d'études avec Blaise. Lorsqu'une [illegible] le cordonnier pour lui acheter des souliers de fer, elle prit congé à regret.

Elle se promena un moment, désœuvrée, regardant les passants d'un œil différent. Derrière chaque femme, chaque homme venu d'ailleurs, se profilait un village inconnu, des coutumes différentes, de nouvelles histoires. Tandis que toutes ces informations s'entrechoquaient sous ses sourcils toujours froncés, Clara se mit en quête de Blaise.

Chapitre V
L'Aleph

Bahir Borges

La boutique du bouquiniste était située à l'autre bout du village, dans une ruelle paisible. Une vieille enseigne à demi effacée, représentant un parchemin déroulé où une plume d'oie écrivait le nom de la boutique, « Aleph », surmontait une porte vermoulue.

Claris poussa la porte, déclenchant un carillon des vents, et pénétra dans une pièce plongée dans la pénombre. Lorsque ses yeux se furent accoutumés, elle vit qu'elle était entourée de livres et de rouleaux de parchemin. Il y en avait partout, bien rangés sur des étagères, empilés en vrac par terre, exposés sur des lutrins, entassés sur des tables et des guéridons.

Il y avait autre chose aussi, des masses de formes irrégulières posées çà et là. S'approchant de l'une d'elles, elle remarqua qu'il s'agissait d'une géode creuse tapissée de cristaux violets. D'un coin sombre de la pièce s'éleva une voix espiègle :

— Quelle couleur ?

— Pardon ? bredouilla Claris en cherchant d'où venait la voix.

— De quelle couleur est la géode qui a retenu ton attention ?

— Heu… violette, je crois.

— Pourquoi « je crois » ? Est-elle violette ou n'est-elle pas violette ?

La voix était provocante.

— Elle est violette.

— Oh, ne renonce pas trop vite… Quelles autres couleurs avais-tu vues ? Ou plutôt, quelles autres couleurs avais-tu senties ?

Tandis qu'elle pensait *Qu'est-ce qu'il raconte ?*, Claris s'entendit répondre :

— Noir. Rose. Et bleu.

— Bravo ! Rien n'est d'une seule couleur ! Approche-toi donc, petite, je suis aveugle, pas anthropophage !

Claris fit quelques pas en direction de la voix. Derrière une table couverte d'outils et de peaux, cousant un volume, se tenait Borges. Ses grandes mains habiles couraient sur le maroquin brun qui habillait l'ouvrage.

— Heu… bonjour monsieur. Je cherche Blaise, on m'a dit qu'il était là. Je suis…

— Claris de Salicande, la fille d'Eben et de Sierra. Je sais.

Le silence interloqué de Claris provoqua un rire léger et savoureux.

— On ne voit pas qu'avec les yeux, tu sais… J'ai bien connu tes parents et tu… Eh bien, tu dégages une vibration énergétique très proche de celle de ta mère.

Claris se raidit à l'évocation de sa mère, mais ne put s'empêcher de se demander ce que pouvait bien être une « vibration énergétique » : une qualité ou un défaut ?

— Et puis mon vieil ami Blaise me parle souvent de toi. Tu es une grande lectrice, paraît-il, et une épéiste douée. Deux qualités rarement conjuguées. Je me demandais si tu me ferais, un jour, l'honneur de ta visite.

L'aveugle posa le volume sur lequel il travaillait, se leva

et contourna la table. Grand et mince, il se tenait très droit, regardant fixement devant lui. Ses yeux vides étaient deux puits d'obscurité que la chaleur de sa voix et son sourire démentaient. Il avait une belle chevelure blanche et bouclée et une barbe poivre et sel qui avait dû être du même noir de jais que ses sourcils broussailleux. Il s'inclina.

— Je suis Bahir Borges, très heureux de cette rencontre.

Claris s'inclina aussi gauchement, oubliant qu'il ne pouvait pas la voir. Elle était saisie par la majesté et la générosité qui se dégageaient du personnage. Personne ne lui avait jamais montré autant de considération. L'homme eut un large sourire et demanda :

— Tu aimes la couture ?

— Heu, oui... Ou plutôt, pas vraiment. En fait, je déteste la couture, lâcha Claris, provoquant à nouveau le rire clair de Borges.

— Blaise n'est plus ici. Il est venu me voir vers midi, puis il est reparti. Il m'a laissé son chat en promettant de revenir en fin de journée. Mais viens, allons plutôt par là. Tu prendras bien un verre de jus de jabou ?

Tout en causant, le bouquiniste se dirigea vers le fond de la pièce. Claris se demanda par quel miracle il ne se prenait pas les pieds dans les bouquins, les rouleaux de cuir et de parchemin qui encombraient les lieux dans le désordre le plus absolu. Il circulait dans le capharnaüm de la boutique avec une aisance déconcertante.

— Je suis contraint de naviguer dans les ténèbres, mais j'aime sentir la lumière sur mon visage, dit l'aveugle en ouvrant une porte.

Claris ne put retenir un cri de surprise ravie. La porte donnait sur une petite cour intérieure ombragée et fleurie. À l'un des murs s'adossait une tonnelle de chèvrefeuille et de vigne vierge, meublée d'un banc et d'une table basse où une carafe en cristal semblait attendre. La tonnelle faisait face à un jardin petit mais délicieux où gargouillait une fontaine. Sur les pierres fraîches de la vasque, le Gris dormait, impudiquement étalé sur le dos. Il émit un grognement satisfait quand Claris caressa la fourrure plus claire de son ventre, mais ne daigna pas ouvrir un œil.

Bahir Borges s'assit sur le banc et, avec des gestes étonnamment précis, remplit deux verres de jus de jabou frais. Il en tendit un à Claris, inspirant avec délices l'odeur des lilas.

— Ouf, une pause ! Je n'ai pas arrêté de la journée. Avec le marché, les gens entrent sans cesse, regardent beaucoup mais achètent peu. J'ai quand même échangé un dictionnaire contre un beau couple de lièvres. Accommodés avec des champignons et des herbes, ils seront parfaits !

Il tendit la main vers un grand plateau de bois contenant du sable parfaitement lisse sur lequel étaient disposées différentes roches. Un râteau miniature était rangé contre le plateau. Les doigts légers frôlèrent avec douceur les pierres et, après une brève hésitation, modifièrent leur emplacement. Puis Borges ratissa le sable concentriquement autour des pierres.

— Quelle couleur cette nouvelle disposition, Claris ?

— Pardon ? Je ne comprends pas.

— Mais si, tu as parfaitement compris. À quelle couleur penses-tu lorsque tu regardes cette nouvelle disposition des pierres sur le sable ?

— Heu… Blanc.

— Hmm… Tout à fait d'accord. Alors que la précédente tirait sur le gris, non ?

— Pourquoi me demandez-vous ça ? Je veux dire, pourquoi parlez-vous tout le temps de couleurs si…

La fillette s'interrompit, embarrassée.

— … si je ne les vois pas ? compléta Borges.

— Oui, murmura Claris.
— T'intéresses-tu aux pierres, Claris ?
— Je n'y connais rien.
— C'est dommage… Vois-tu, dans cette petite cour, se trouvent réunis les quatre composants du règne du vivant : minéral, végétal, humain et… animal, compléta le bouquiniste en chatouillant le Gris du bout du pied.
— Les quatre éléments aussi, non ? compléta Claris. Nous avons l'eau, l'air, la terre… Il manque le feu…
— Oh, peut-être possèdes-tu assez de feu intérieur pour que nous puissions considérer que cet élément est également présent… sourit Borges.

L'homme passait allègrement d'un sujet à un autre. Claris s'éclaircit la gorge.
— Nous parlions des couleurs…
— Ah oui, les couleurs…

Bahir Borges but une gorgée de jus. Le verre contenant le liquide rouge sombre fut pris un instant dans un rai de lumière. *Vert*, pensa Claris.
— Vois-tu, je ne suis pas né aveugle. Pendant mes vingt premières lunées, les couleurs représentaient même la chose la plus importante pour moi. Je passais, disons, beaucoup de temps en leur compagnie. Lorsque j'ai perdu la vue, j'ai découvert que je n'avais pas pour autant perdu les couleurs. Elles m'accompagnent toujours. Les gens, les mots, le temps qu'il fait, l'énergie ou l'impression qui émane d'une pièce ou d'une personne, une chanson, un rire, un soupir, tout a une couleur. Je me suis également aperçu que, lorsque je demande à quelqu'un « de quelle couleur » est tel objet, s'il répond spontanément, sans réfléchir, il me donne souvent une réponse proche de la couleur que je sens… qui souvent n'est pas la couleur que l'on voit ! Il s'agit d'un jeu, en quelque sorte, qui peut s'avérer très instructif.

— J'ai rencontré un cordonnier tout à l'heure qui disait à peu près la même chose.

— Ha ! Synchronicité ! déclara Borges d'un ton enthousiaste.

— Qu'est-ce que c'est ?

— Ce qui se passe lorsque plusieurs événements apparemment sans relation pointent dans la même direction. À peu de temps d'intervalle, presque simultanément, le cordonnier et moi nous te parlons des couleurs. Nous ne nous connaissons pas, nous n'avons probablement pas la même relation aux couleurs. Qu'est-ce qui nous lie ?

— Moi ?

— Parfaitement ! s'exclama Borges. Peut-on imaginer que toi, Claris, tu aies en quelque sorte provoqué ces conversations pour des raisons qui t'échappent peut-être mais qui t'appartiennent ?

Claris secoua la tête.

— Ce n'est pas moi qui ai soulevé le sujet.

Bahir ne répondit pas, il caressait le chat. Tout en bavardant, Claris regardait autour d'elle.

— C'est très joli ici, monsieur. C'est très... calme...

— Quelle couleur, cette cour ? demanda malicieusement le bouquiniste.

— Dorée ! s'exclama Claris. Et blanche !

Borges rit avec elle.

— Et la boutique ? Dorée également ?

— Pas du tout ! Plutôt marron, rouge foncé, bleu marine...

— Je vois, rétorqua gaiement Bahir. Tu essaies de me dire poliment que la cour est jolie parce que ordonnée, n'est-ce pas ? Contrairement à la boutique ? Ne crois-tu pas que la cour te paraît d'autant plus... dorée que la boutique est foncée ?

Il pose des questions bizarres, songea Claris, qui répondit par une autre question :

— Comment faites-vous pour ne pas trébucher, et puis comment pouvez-vous être bouquiniste si vous êtes aveugle ? Oh, pardon, se reprit-elle, je ne voulais pas être grossière.

— Tu ne l'as pas été. Je suis aveugle, c'est un fait. Tu ne m'insultes pas en disant cela. Mais je ne suis pas seulement aveugle.

— Que voulez-vous dire ?

— Eh bien, selon ma façon de... hum... voir les choses, je suis tout d'abord un homme. Je suis également un mari, un père, un frère. Et puis je suis grand, beau et formidablement intelligent. Cela te fait rire ? Donc, je suis aussi parfois drôle. Voyons, quoi d'autre... Ma femme dirait que je suis mauvais joueur, ronfleur... J'en passe et des meilleures. Parce que je suis aussi un rimeur ! Vois-tu, être aveugle me caractérise mais ne me résume pas.

— Et vous êtes bouquiniste aussi ! Blaise dit que vous avez tout lu.

Borges gratta sa barbe avec satisfaction.

— Blaise exagère...

— Pardon d'insister, mais comment faites-vous pour les livres ?

— Comme je te l'ai dit, la cécité est venue graduellement. J'ai fini par, disons, me faire à l'idée de ne plus voir. J'ai alors choisi les livres que je préférais et je les ai appris par cœur. Une espèce de bibliothèque interne idéale, si tu veux. En faisant cela, je me suis aperçu que, finalement, j'avais toujours envie de relire les mêmes livres.

— Je comprends ! s'enthousiasma Claris. Quand on relit un livre qu'on aime, c'est encore mieux que la première fois.

— Tout à fait d'accord. Cela dit, quelques nouveautés sont les bienvenues de temps en temps. J'ai parfois la chance qu'un client ou un ami me fasse le cadeau de s'asseoir ici avec moi pour me lire quelques pages.

Borges se tut. Ils restèrent un moment en silence, écoutant le gargouillis de l'eau. Claris se sentait bien. Borges lui rappelait Blaise, en moins ironique.

— Je peux venir ? demanda-t-elle impulsivement.

— Pardon ?

— Je peux venir lire pour vous ?

— J'en serais très honoré, demoiselle, dit Borges en inclinant élégamment le buste et provoquant à nouveau chez Claris l'agréable sensation d'être profondément respectée.

» Pour te remercier, peut-être pourrais-je en échange te prêter quelques livres ?

— Vous avez des livres sur le monde ? Morteterre, Vieil-Ambre, vous voyez ?

Borges rit franchement.

— Nous devrions pouvoir trouver quelque chose ! Et qui sait agrandir un peu le monde, qui est bien plus vaste que les Trois Vallées.

— Qu'entends-je ? Tu ne serais pas en train de me piquer ma pupille, vieux filou ?

À son habitude, Blaise avait surgi de nulle part et, souriant, se tenait devant la porte. Il donna une accolade affectueuse à son ami et fit un clin d'œil à Claris. Le Gris se réveilla instantanément et sauta sur les genoux de son maître. Tous trois bavardèrent un moment, puis Blaise et Claris prirent congé du bouquiniste et quittèrent la boutique.

L'un après l'autre, les marchands fermaient les échoppes pour la nuit. Les artisans de Morteterre et de Vieil-Ambre se préparaient à rejoindre qui leur campement, qui les maisons des villageois où ils logeaient. Se dirigeant vers l'étal de Chandra, Blaise et Claris furent retardés par un attroupement qui encombrait la rue principale. Curieuse, Claris s'approcha.

Les badauds avaient fait cercle autour de deux hommes. Munis d'une espèce de cithare dont ils tiraient des accords discordants, ils improvisaient des couplets satyriques bancals, prenant pour cible un des spectateurs. C'était rarement élogieux mais assez drôle, et la foule riait de bon cœur. Claris tira la manche de Blaise.

— Ce sont des troubadours ?

— Si on veut… Tu vois le loup noir tatoué sur le dos de leurs mains ? C'est la marque des Abdiquants.

— Les Abdiquants ? Je croyais que c'étaient des espèces de prêtres qui vivaient seuls dans la forêt ?

— Les Abdiquants sont des hommes ou des femmes qui ont renoncé à la vie en société, à tous droits et tous devoirs envers la communauté. Ce ne sont pas des prêtres, même si nombre d'entre eux se consacrent à la contemplation et à l'ascèse dans une quête spirituelle. Ce qui ne m'a pas l'air d'être le cas de ces deux-là !

— Ils ont le droit de venir ici ?

— Ils se sont écartés de la vie en société volontairement, ils n'en ont pas été exclus. Toutefois, ils ne le font que très rarement. La plupart vivent en ermites dans la forêt et ne mettent jamais les pieds dans un village. M'est avis que ces deux compères ne conservent de l'Abdication que les tatouages et qu'ils ont depuis longtemps renoncé à… renoncer ! Tiens, voilà Jad et Ugh…

Les deux garçons les rejoignirent et les trois enfants se mirent à parler en même temps, pressés de se raconter leur journée. Ils attirèrent l'attention des Abdiquants, qui vinrent se planter devant eux, un sourire moqueur aux lèvres, grattant furieusement leur cithare. Mais le premier accord ne fut suivi d'aucun autre. Les deux hommes regardaient fixement les jumeaux, comme s'ils avaient vu des fantômes. À l'unisson, les yeux révulsés et le corps pris de tremblements, ils commencèrent à se balancer d'avant en arrière, entamant une sorte de récitation sur un ton monocorde :

Ce qui fut enfoui émergera
Ce qui fut nié éclatera
L'Ange sera retrouvé
Du passé et de l'avenir elle surgira
Réunis les enfants séparés
Les rêveurs seront éveillés
Les éveilleurs accompliront leur destinée

Avant que les enfants interdits aient pu ébaucher un geste, l'un des hommes saisit la main de Jad, l'autre celle de Claris, et ils les posèrent sur leur tête dans le geste traditionnel de la bénédiction. Ils pleuraient en répétant :

— La prophétie, la prophétie, la prophétie…

Se ressaisissant enfin, Blaise tira les jumeaux vers lui, les écartant des Abdiquants, qui continuaient à psalmodier en se balançant. Un badaud dit à un autre :

— Ils sont vraiment allumés, ces Abdiquants !

Les spectateurs, croyant à une pitrerie de plus, jetèrent leur obole aux pieds des Abdiquants puis se dispersèrent. Sans laisser aux enfants le temps de poser la moindre question, Blaise envoya Ugh aider sa mère et fit grimper les jumeaux dans la carriole de Sem, qui rentrait au château. Il leur cria de ne pas l'attendre et tourna les talons si vite que les jumeaux n'eurent d'autre choix que d'obtempérer.

Le « Tonneau qui pisse »

Seul, Blaise revint à la rue principale, scrutant la grand-rue et les ruelles alentour, en vain. Les rues étaient vides, les Abdiquants avaient disparu. Blaise se dirigea vers la taverne du village en pestant intérieurement : *Par les seins de la Déesse ! Qu'est-ce que c'est que ce micmac ? Pourquoi s'en sont-ils pris aux enfants ? Ils agissaient comme s'ils les connaissaient.*

Au « Tonneau qui pisse », il n'y avait pas plus de trace des Abdiquants que dans les rues du village. La taverne baignait dans un joyeux brouhaha et grouillait de marchands venus se désaltérer et échanger des nouvelles des Trois Vallées. C'était la tournée du patron, et il versait généreusement dans les gobelets en étain le vin capiteux qui faisait la gloire de Salicande.

Blaise salua le tavernier, prit un verre de vin sur le comptoir et dénicha un tabouret dans un coin sombre de la salle. Le vin était fort et fruité, le patron leur avait servi une bonne cuvée. Justement, non loin de Blaise, deux artisans de Salicande s'inquiétaient des vendanges à venir.

— Si le Soleil ne se montre pas, le vin sera foutu...

— P'têt pas foutu si on fait des vendanges précoces. Mais le champignon poussera pas...

— C'est ben ce que j'disais, on aura qu'de la mauvaise piquette !

— Pas comme celui-là ! Hé, Bor, il est bon, ton vin !

Tout sourire, le tavernier s'approcha le pichet à la main et resservit les deux artisans. Il en proposa à Blaise.

— Merci, Bor, je n'ai pas encore fini mon verre. C'est vrai qu'il est bon... Alors, ce marché ?

— Ça s'annonce plutôt bien. Les marchands râlent un peu à cause de la pluie, mais moi, ça m'va bien. Quand il pleut, les gens ont besoin de s'abriter. Et quand ils s'abritent chez moi, ils boivent !

Et quand ils boivent, ils causent, songea Blaise, hochant la tête.

— Pas d'embrouilles ?

— Pas encore. Faut voir dans une décade, c'est souvent vers la fin que ça s'énerve un peu. Pour l'instant, tout est calme. Y a bien eu ces deux zèbres qui ont déboulé tout à l'heure comme s'ils avaient le diable aux trousses.

— Le diable ?

— Ouais, des ex-Abdiquants, qu'ils disent. Paraît qu'ils sont entrés en transe en plein marché. Ils sont arrivés ici en faisant tout un cirque, comme quoi ils avaient vu un diable ou un ange, ce qui est du pareil au même, pas vrai ?

Blaise acquiesça et tendit son verre.

— Tu leur as offert un verre ?

Bor haussa les épaules avant d'ajouter avec bonhomie :

— Comme à tout le monde ! J'pouvais pas leur refuser un p'tit coup à boire, z'avaient l'air drôlement secoués. Après, les clients ont commencé à arriver, ça m'a occupé et j'les ai même pas vus partir. Quand j'ai cherché, z'avaient disparu. Je leur ai pas couru après, hein ? Ces gens-là tournent pas tout à fait rond, ils parlaient sans arrêt de la sorcellerie du Mage ou je n'sais quoi.

Un éclat de rire interrompit le tavernier. Un marchand de Morteterre, rondouillard et souriant, s'était approché. Il les salua de la tête et posa son gobelet vide sur le comptoir.

— Pas la « sorcellerie », la pro-phé-tie. S'il s'agissait d'Abdiquants, ils parlaient de la prophétie de l'Ange.

— Comment tu sais ça, toi ? T'as été Abdiquant ? On

dirait pas ! l'asticota Bor en touchant du doigt le ventre rebondi de son client.

— Pas moi ! se récria le marchand en se frottant le ventre avec tendresse. Mais j'ai une tante qui a une voisine dont le neveu s'est fait Abdiquant pendant quelque temps. Je crois plutôt qu'il voulait échapper au travail de la ferme. C'était un jeune gars et il n'a pas supporté longtemps de vivre dans les bois, à bouffer des baies et des glands comme les sangliers. Au premier Temps Blanc, il est revenu dare-dare chez sa mère, la queue entre les pattes et maigre comme un cotret !

Le tavernier éclata de rire et Blaise l'imita. D'autres clients, pressentant une bonne histoire, tendirent l'oreille. Bor remplit le verre du conteur, qui poursuivit :

— Le jeune gars causait sans arrêt des Abdiquants, leurs coutumes, leurs légendes. Il a raconté qu'une nuit de pleine lune, il y a très longtemps, ils ont tous fait le même rêve en même temps. Le lendemain itou et le surlendemain aussi, pendant sept jours. Dans ce rêve, ils voyaient un ange...

Le doigt en l'air pour souligner le suspense, le marchand fit une pause et but une gorgée, son public collé à ses lèvres.

— Il est vraiment bon, ce vin ! Donc, un ange... Mais attention, hein, pas n'importe quel ange ! UNE ange. Une femme belle, très belle, merveilleusement belle, avec des ailes. Elle leur parlait.

— V'là bien les gonzesses, commenta quelqu'un, peuvent pas s'empêcher de jacasser, même dans les rêves !

Le public, composé exclusivement d'hommes, s'esclaffa finement.

— Comme tu dis, reprit le marchand, qui sentait son auditoire lui échapper... Donc, la femme leur parlait et disait toujours la même chose. Ils ont appelé sa prose la prophétie de l'Ange et ils la vénèrent comme une espèce de messie. Depuis, ils attendent qu'elle revienne…

— Sûr, elle reviendra ! Dans leurs rêves ! lança quelqu'un, provoquant de nouveaux éclats de rire.

Blaise en avait assez entendu. Il se fraya discrètement un passage jusqu'à la porte et sortit. La nuit plaqua une main dégoulinante et glacée sur sa nuque, gommant la chaleur réconfortante de la taverne. Il remonta le col de son manteau et se hâta vers la sortie du village.

Sur les pavés des rues vides de Salicande se reflétait l'éclat mouvant des candélabres derrière les fenêtres closes des logis. Blaise songea avec envie aux villageois qui dînaient en famille et, l'espace d'un instant, fut tenté de faire demi-tour pour manger un morceau au « Tonneau qui pisse ». *Non. Trop de bruit, et j'ai bien assez bu.*

Il glissa une main experte dans sa robe et en sortit une petite fiole contenant une huile dont il se frotta quelques gouttes sur les poignets et la nuque. Gingembre et basilic l'aideraient à dissiper les vapeurs d'alcool et à parcourir les sept kilomètres qui le séparaient du château. S'enveloppant plus étroitement dans son manteau, il quitta le village. Marcher l'aidait habituellement à réfléchir.

Le Mandarin ne savait pas ce qui l'ennuyait le plus : que les jumeaux aient rencontré des Abdiquants ou qu'un petit marchand de Morteterre sache ce que lui, Blaise, ignorait. Le personnage de la femme ailée éveillait en lui un souvenir vague. Qu'était-ce donc ? Quand avait-il déjà entendu parler de cet ange ? Malgré tous ses efforts, Blaise ne trouva pas. Il avait faim, il avait froid et il était fatigué.

Son esprit las se détacha de la question qui le taraudait et se mit à papillonner par touches vagabondes. Le chétif croissant de lune n'éclairait rien, mais il connaissait le chemin par cœur. En arrivant au château, il se rendrait directement à la belle cuisine jaune où, sur les braises, mitonnait en permanence une marmite. Chandra avait observé que les lentilles au lard avaient une influence quasi miraculeuse sur l'humeur du Duc noctambule. Un fond de ragoût avec une tranche de pain, ce serait parfait… Blaise en saliva à l'avance.

Tout de même, quelle journée ! Il avait la sensation confuse de vivre un moment singulier, lorsque les fils de la trame du destin se rejoignent dans un carrefour improbable. « C'est ainsi qu'agit l'homme noble en démêlant et en mettant en ordre », avait dit la Trame. Oui, il fallait débrouiller cet écheveau d'événements.

D'abord, Claris avait fait la connaissance de Bahir Borges et, devant l'évidence de cette rencontre, il se demanda pourquoi elle n'avait pas eu lieu avant. Maya, la femme de Bahir, et Sierra étaient très proches dans leur adolescence, mais, lorsque Bahir avait refusé de se laisser museler par les interdictions de Jors le Fondateur, leurs chemins s'étaient séparés. Bahir et Maya avaient quitté Salicande et n'y étaient revenus qu'à la mort du Fondateur. Les deux familles avaient repris leur relation amicale jusqu'à la disparition de Sierra, à la suite de laquelle Eben s'était éloigné de tous.

Blaise trébucha et son esprit sauta à l'autre événement de la journée. Les deux guignols avec leur prophétie d'opérette ! Blaise s'arrêta pour défaire sa botte, où s'était glissé un caillou qui gênait la marche. En secouant la botte, il se souvint soudain…

Quelques semaines après la disparition de Sierra, alors que Jad se remettait à peine de son coma, des Abdiquants s'étaient présentés à l'entrée du château et avaient demandé l'hospitalité pour la nuit. Eben et Blaise étaient en train de dîner, et le Duc les avait invités à se joindre à eux. Au cours du repas, l'hologramme à l'effigie de sa femme qu'il portait au cou avait glissé hors de sa chemise. À sa vue, les Abdiquants avaient manifesté une grande émotion et… *Ils ont affirmé que l'Ange était Sierra ! Qu'elle reviendrait pour accomplir de grandes choses !*

Eben avait mal réagi, et plus mal encore lorsqu'ils avaient demandé à voir les « enfants éveillés de l'Ange ». Il avait répondu que les enfants dormaient et avait écourté la soirée en leur proposant les écuries pour la nuit. À l'époque, personne n'avait accordé d'attention à l'incident, le mettant sur le compte du côté farfelu des Abdiquants. *Et voilà qu'ils surgissent, rencontrent les jumeaux de la façon la plus improbable et leur assènent leur prophétie. Et il a fallu les contes d'un marchand étranger pour que je fasse la relation avec Sierra ! Et puis, quelle relation d'abord ?*

Dépité, le Mandarin accéléra le pas. L'« homme noble » n'avait rien démêlé du tout. Il avait la sensation d'assister à une partie d'échecs où les mouvements évoluaient en dépit du bon sens. Comment les enfants avaient-ils pris tout cela ? Juste avant que les troubadours n'interviennent, Claris n'avait-elle pas mentionné une autre rencontre ? *Je dois passer voir les jumeaux, essayer de tirer tout ça au clair.* Le vieil homme soupira, les lentilles attendraient.

Chapitre VI
Jeter choses inutiles

Gardienne partie

Blaise ferma la porte de la chambre derrière lui et s'empressa de descendre les escaliers. S'ils s'avisaient de le retenir, de l'interroger encore...

Il était vidé. Les jumeaux l'avaient pressé comme un citron. Leur télépathie à l'appui, l'un terminant la phrase de l'autre, ils l'avaient asticoté sans pitié. Heureusement, leurs questions s'étaient limitées aux Abdiquants et, si la scène de la prophétie les avait impressionnés, ils ne s'étaient pas sentis particulièrement impliqués.

Jad était tout de même bien pâle. La journée a été chargée pour lui, il n'a pas l'habitude de se dépenser autant physiquement. Le garçon semblait vouloir sortir de son isolement, il faudrait toutefois surveiller qu'il ne présume pas de ses forces. *Une autre mission pour le Gris.*

Claris, elle, était ravie de toute cette agitation et Blaise avait écouté, en dissimulant sa surprise, le récit confus de son rêve sur le tertre des pierres levées.

La fatigue de la journée avait fini par prendre le dessus et le précepteur avait quitté les enfants à moitié endormis, en promettant qu'ils poursuivraient la conversation le lendemain. Il avait même craché pour donner plus de poids à sa promesse !

Blaise se rendit à la cuisine où mijotaient les lentilles au lard tant attendues. Faits et suppositions tournaient dans sa tête et l'empêchaient de prendre sereinement plaisir aux aliments.

Une fois restauré, il décida de faire quelques pas dans le parc, histoire de se changer les idées. Oui, un peu d'air frais lui ferait du bien. Les choses allaient bien trop vite. Était-ce uniquement le hasard qui avait mis ces Abdiquants repentis sur la route des jumeaux ? Une simple coïncidence ? Blaise sourit de sa propre mauvaise foi. *Depuis quand crois-tu aux coïncidences, tricheur ?* Et que penser de ce qu'avait décrit Claris ? Cela ressemblait fort à une rencontre avec le peuple des Arbres. Impossible, le peuple des Arbres ne quittait jamais la forêt...

— *Peuple dans forêt.*

La petite chouette était venue se poser sur l'épaule de Blaise et le fixait de ses grands yeux jaunes.

— *Athéna, ma jolie ! Tu tombes à pic...* se réjouit le vieil homme.

— *Nouvelles mauvaises...*

Blaise haussa les épaules d'un geste désabusé, déséquilibrant l'oiseau.

— *Oh, pardon, j'ai eu une drôle de journée.*

Il tendit le poing et la chevêche s'y agrippa. Avec ses soixante grammes de plumes pour moins de vingt centimètres, l'homme pouvait la tenir longtemps sur son poing sans se fatiguer.

Blaise se prépara à recevoir les images qu'allait lui transmettre la chouette. L'animal ne « parlait » pas vraiment, il envoyait des images et des sensations à l'homme, qui les traduisait en mots et les proposait mentalement ou oralement à la chouette, laquelle approuvait ou corrigeait.

Au fil du temps, la chouette avait intégré une liste de mots et de concepts qu'elle associait à une certaine impression mentale, et il s'était avéré que la communication était plus efficace lorsqu'il lui parlait normalement, sans essayer de simplifier.

— Étais-tu avec le peuple des Arbres ? Claris a rêvé d'eux.

— *Pas rêve. Peuple des Arbres réuni. Enfant entrée dans rêve peuple.*

Une expression d'incompréhension apparut sur le visage du vieil homme.

— Elle s'était endormie. Quelle raison aurait le peuple des Arbres pour la contacter dans son rêve ?

La petite chouette tourna la tête dans un sens puis dans l'autre.

— *Peuple des Arbres pas faire. Enfant pas dormir. Enfant avec peuple dans rêve. Fille de Sierra puissante.*

— Tu veux dire que Claris a pénétré une transe de rêve du peuple ? Mais elle ne sait pas faire ça, Athéna ! Le garçon peut-être, mais pas elle.

— *Fille pas savoir mais faire. Garçon puissant aussi. Autre manière.*

Blaise sentait battre le cœur de l'oiseau contre sa joue. La chevêche était visiblement épuisée. Elle communiquait par à-coups, de la façon la plus économique possible.

— Pardonne-moi, les rêves de Claris peuvent attendre. Tu as parlé de mauvaises nouvelles ?

— *Gardienne partie. Forêt pas tranquille.*

— Partie ?

— *Gardienne froide. Forêt pas tranquille.*

— Tu veux dire qu'elle a été tuée ? s'exclama Blaise.

Une mort naturelle n'aurait pas bouleversé la forêt. Ses habitants côtoyaient la mort tous les jours, tuant pour se nourrir ou pour se défendre. Il n'y a pas d'assassinat dans la nature. D'ailleurs, Athéna ne savait pas exprimer cette notion nouvelle pour elle. Mais elle apprenait vite.

— *Gardienne... « tuée ». Passage Dragon. Quelque chose entrer, quelque chose... « tuer ».*

Blaise s'assit sur un tronc et caressa doucement l'oiseau en attendant qu'il reprenne des forces.

— Ne te fatigue pas, ma jolie. Prête-moi ta mémoire, si cela peut te soulager.

L'oiseau posa sa tête gris et blanc contre la tête de l'homme. Blaise cligna des yeux et se laissa emporter par les souvenirs ailés du petit rapace. Il faisait nuit noire dans la forêt. Mais, par les yeux d'or de l'oiseau, la nuit s'était muée en un tissu brillant, bruissant, vivant de la base de ses racines à la pointe de ses cimes.

La chouette avait faim. Une faim impérieuse qui serra le ventre de Blaise comme si les lentilles au lard n'avaient pas existé. L'oiseau se dévissa la tête dans un sens puis dans l'autre et prit son envol, l'ouïe à l'affût. Un campagnol étourdi fit l'affaire. Deux coups de bec précis et la chouette avala le petit mammifère tout rond. Le goût capiteux du sang inonda la bouche de Blaise, qui fit claquer sa langue. *Chair et viscères ! Je ne m'y habituerai jamais*... Une fois rassasiée, la chouette se posa sur une branche pour digérer.

Repu, Blaise somnolait presque lorsque Athéna se mit brusquement aux aguets. La sentinelle de la forêt avait émis son signal : un sifflement aigu pour un prédateur aérien, suivi d'un son claquant pour un prédateur terrestre. La forêt frissonna, tous ses sens en alerte, déroutée par ce signal ambigu. Les animaux se cachèrent ou s'enfuirent. Les arbres s'immobilisèrent. Les roches se turent. Tout ce qui était vivant se mit à l'abri.

Par les yeux de la chouette, Blaise n'identifiait pas le danger mais, faisant corps avec la forêt, il ressentait la menace, la peur et, surtout, un sentiment de discordance. Quelque chose avait lieu qui n'aurait pas dû être. Cela ne dura que quelques instants, une parenthèse glaciale, angoissante. Puis la forêt s'ébroua, retrouvant sa respiration et son rythme. Les animaux reprirent leurs mille et une activités nocturnes.

La chouette demeura immobile sur sa branche, déployant son ouïe extrêmement fine. Elle poussa son cri plaintif, de nombreux autres lui répondirent. *Gardienne partie ! Gardienne partie !*

Athéna s'envola vers le cœur de la forêt. Blaise avait maintes fois cherché le légendaire chemin du Dragon, mais la forêt en protégeait le passage et ne laissait personne approcher. Il le voyait à présent, sa beauté majestueuse assombrie par la violence subie, ses écailles d'un rouge luisant ternies. À ses pieds, sur un lit de mousse, gisait la Gardienne. Le corps qui avait abrité l'esprit vif et sage de l'écureuil-sentinelle n'était plus qu'une coquille vide.

Blaise rompit le contact avec précaution. La chevêche respirait doucement dans son cou.

— Merci, mon amie. C'est un grand honneur que d'avoir vu le dragon de la forêt. Je partage votre peine, la sentinelle était sage et courageuse. Comment puis-je être utile ?

— *Gardienne remplacée. Vigilance nécessaire.*

C'est que je ne dispose pas de tous les éléments... La situation me semble confuse. Ce passage...

Athéna l'interrompit :

— *Homme être confus. Situation être simplement.*

Et vlan ! pensa Blaise.

— Ta perspicacité est grande. Nous, les humains, sommes plus lents à la décision, comme tu le sais.

— *Hommes, esprits... encombrés. Jeter choses inutiles. Comme ça...*

La chouette cracha sur les genoux de l'homme une petite pelote de régurgitation. Blaise prit avec délicatesse la petite boule noire et lisse comme du vernis, contenant les os et les poils du petit campagnol avalé quelques heures plus tôt.

— *Je vais méditer sur cette leçon, Athéna. Mais, s'il te plaît, dis-moi, ce passage dont tu as parlé, qu'est-ce exactement ? Est-ce que…*

Une fureur grise se jeta sur les genoux de Blaise, lui coupant la parole et ratant l'oiseau de quelques centimètres. La chouette se mit à l'abri sur une branche, poussa un « kiouit » méprisant qui ressemblait à un jappement et s'envola.

— Chair et viscères, le Gris ! Tu as interrompu une conversation importante. De plus, elle est épuisée.

— *Pauvre petite chose…*

Le chat s'installa sur les genoux de l'homme pour se lécher les coussinets de la patte droite. Blaise ne réagit pas au sarcasme. Il était éreinté, lui aussi. Trop de choses lui échappaient, et la visite d'Athéna n'avait rien arrangé. Le Gris vint se frotter contre sa jambe en ronronnant. Il le caressa distraitement.

— *Miam, il y a encore une odeur d'oiseau dans ton esprit… Et de sang,* fit le chat en découvrant ses canines dans un rictus carnassier.

— C'est malin…

— *Eben t'attend.*

— Eben ? Maintenant ?

— *Il fait les cent pas devant la porte de notre chambre.*

— Quoi d'autre ?

— *Il fait craquer ses doigts.*

Blaise poussa un profond soupir. Eben… Il avait dû voir les jumeaux, ils leur auraient tout raconté.

— *Il est trop tard pour la grotte…* anticipa le Gris.

L'idée de fausser compagnie au Duc et de se réfugier dans la grotte avait bien traversé l'esprit de Blaise. *Le chat a raison. Décidément, les animaux sont plus rapides que moi, aujourd'hui. Eh bien, va pour Eben. Ça ne peut pas être pire, de toute façon...* L'homme sortit une petite fiole d'huile de sa robe et s'en massa les tempes d'un geste las.

Quand ils ne veulent pas signer

— Tu n'as rien trouvé de mieux, Blaise ? Des Abdiquants ? Une prophétie ? C'est grotesque !

— Mais enfin, puisque je te dis que je n'y suis pour rien ! Ce sont les Abdiquants qui appellent ça « prophétie », pas moi ! Cette rencontre est le fruit du hasard.

— Tu te fiches de moi ? « Le hasard est le pseudonyme des dieux quand ils ne veulent pas signer », n'est-ce pas ce que tu serines aux enfants ?

— D'accord... Écoute, nous n'allons pas discuter ici, devant la porte. Entre donc...

Eben se baissa pour suivre Blaise dans sa chambre. Il était toujours surpris de l'ordre à la fois spartiate et accueillant qui régnait dans cette pièce. Un lit bateau en bois blond, des oreillers blancs, une couverture rouge. Deux chaises en paille, une table avec un broc et une bassine. Une serviette, un petit miroir. Quelques vieux dessins de Sierra au mur. C'étaient les tons bleus des murs et le ton jaune du bois et de la paille qui lui donnaient cet aspect chaleureux, réalisa le Duc. Et la fenêtre ouverte jour et nuit, été comme hiver, sur les arbres du parc.

Le précepteur s'assit sur l'une des chaises et offrit l'autre à Eben, mais le Duc, agité, entreprit de tourner en rond dans la petite chambre sous le regard las de son ami.

— Ce n'est pas ce dont nous étions convenus, Blaise ! Nous devions préparer les jumeaux progressivement. Les préparer à quoi, d'ailleurs ?

— À ce qui est en train de se passer, Eben, précisément…

— Mais qu'est-il en train de se passer, nom d'un dragon ? Voilà ce que j'attends que tu m'expliques ! Et « précisément » ne serait pas un luxe ! Ces Abdiquants, cette stupide prophétie, ces gens étranges dont Claris a rêvé, on dirait des personnages sortis des cartes d'un Tarot !

Blaise soupira.

— Me croiras-tu si je te dis que je suis aussi surpris que toi ? Ne pourrions-nous pas remettre cette discussion à plus tard ? Je suis fatigué, Eben. J'ai besoin de faire le vide, de réunir des informations. Accorde-moi quelques jours, j'y verrai peut-être plus clair.

Blaise avait parlé d'une voix inhabituellement morne. Eben le regarda avec attention. Le Mandarin paraissait soudain très âgé. Le Duc s'adoucit.

— Tu vas dans la grotte ?

— Si vous pouvez vous passer de moi pendant quarante-huit heures.

— Bien sûr. Pardonne-moi. Tout cela est troublant et les jumeaux avaient l'air si excités. Sais-tu que Jad m'a récité la prophétie ? Il se souvient de ce charabia mot pour mot ! Ils se posent beaucoup de questions. Je ne savais pas quoi leur dire.

— Je sais, j'ai eu droit à un interrogatoire en règle moi aussi.

— Et ce rêve que Claris a fait ? Inutile de te dire que Jad est persuadé que ce n'est pas un rêve. Je crois qu'il serait ravi de ne plus être le seul jumeau à… prendre ses rêves pour des réalités !

— Ta fille a rêvé du peuple des Arbres.

— C'est toi qui lui as parlé de cette légende ?

Blaise balança doucement la tête.

— Le peuple des Arbres existe, Eben. Il est aussi réel

que les Abdiquants et bien d'autres avec qui Jors avait interdit tout contact.

— Tu les as vus ?

— Ils me font parfois l'honneur de m'inviter à leurs cérémonies et à chanter avec eux...

— Chanter avec...

Eben s'interrompit et se laissa tomber sur une chaise, stupéfait. Il sortit sa pipe de sa poche, demandant du regard la permission de l'allumer. Blaise acquiesça et prit également la sienne. Si Eben sortait sa pipe, cela signifiait qu'il était disposé à discuter, sans tourner en rond comme un lion en cage. *Il n'a jamais su canaliser cette énergie phénoménale, seulement l'épuiser. Claris, elle, doit apprendre.*

— Je n'y comprends rien... Pourquoi ne m'en as-tu jamais rien dit ?

— Tu n'aurais pas voulu entendre, mon ami. Tu es resté longtemps... absent.

Il n'y avait aucun reproche dans la voix du précepteur et Eben lui en fut reconnaissant. Il inspira profondément.

— Je... J'ai l'impression que les Temps d'Avant reviennent. C'est un cauchemar.

Et il ne sait pas le pire, pensa Blaise. *Pas le moment pour lui parler de la relation entre Sierra et les Abdiquants.* Il se racla la gorge.

— Hmm... Je ne dirais pas que les Temps d'Avant reviennent. Je crois qu'ils ont toujours été là. Marginaliser les réfractaires, ignorer les tribus, interdire l'exploitation des facultés psy, comme Jors l'a fait, ne les a pas empêchés d'exister.

Le Mandarin compta sur ses doigts.

— Ères de la Licorne, de l'Hippogriffe, de la Sirène, du Dragon, du Phénix, du Centaure : depuis près de soixante lunées, nous vivons à Salicande comme dans une bulle, protégés par les montagnes, niant le passé et ignorant le monde autour de nous. C'est plutôt ça que j'appellerais « prendre ses rêves pour des réalités ». C'était le rêve de Jors, celui d'un monde épargné. Pour y parvenir, il n'a pas hésité à l'amputer de sa mémoire.

Son agitation calmée, Eben écoutait Blaise attentivement.

— Tu veux dire que ce n'est pas le passé qui nous rattrape, mais la réalité qui… qui fait pression sur la bulle ? À quel point, Blaise ? Combien de temps avant qu'elle n'éclate ?

Blaise reconnut ce ton avec un intense soulagement. C'était celui du chef, du stratège qui s'enquiert des conditions pour élaborer la défense. Le guerrier qui sommeillait en Eben, le guerrier qu'il ne voulait pas être, avait perçu la menace. S'il se défaisait de sa mélancolie, s'il secouait son apathie, cela ferait une grande différence.

— Je ne sais pas, mon ami. Je n'ai pas assez d'informations, seulement des… signes et des questions. Pourquoi les Abdiquants ou le peuple des Arbres resurgissent-ils MAINTENANT ? Pourquoi les Abdiquants ont-ils récité cette étrange… hum… « poésie » ? Pourquoi les dons de Jad éclosent-ils alors qu'ils étaient en sommeil ? *Et qui a tué la sentinelle du dragonnier ?* ajouta-t-il en lui-même.

Le Mandarin poursuivit son raisonnement :

— Si, comme tu le suggérais fort à propos tout à l'heure, cette convergence d'événements et cette accélération ne sont pas à mettre sur le compte du hasard…

Il sourit au Duc, qui le regardait en tirant sur sa pipe.

— … alors, tout cela est lié et a un sens.

Le Duc se leva et recommença à arpenter la pièce énergiquement, en réfléchissant tout haut.

— Un sens… Mais lequel ? Que signifient ces éléments disparates ? Que désignent-ils ?

— C'est ce que nous ignorons.

Eben s'éclaircit la voix et se planta devant Blaise, à la fois gêné et provocateur.

— Alors, voici un élément de plus pour le puzzle : les Aides invisibles accompagnent Claris. Je les ai vus.

Blaise feignit la surprise. Eben se confiait à lui sur un sujet qui lui était intime et difficile à aborder. Il ne pouvait pas lui dire que le Gris l'en avait déjà informé.

— Tu as revu les élémentaux ? Quand ?

— Au bord du lac, il y a deux lunaisons environ. Et plusieurs fois ensuite. Ils accompagnent Claris. Il y en a toujours quelques-uns dans son sillage. Elle les prend pour des insectes !

— Desquels s'agit-il ? demanda Blaise avec une sorte de gourmandise.

— Des Vifs de l'air, les elfes. Je ne les avais jamais vus aussi nettement avant.

— Comment les vois-tu, Eben, quelle forme prennent-ils ?

Eben eut un sourire embarrassé. Il savait que l'un des grands regrets de Blaise était de faire partie de ceux qui ne voyaient pas les élémentaux.

— Oh, une forme tout à fait classique, tu sais, vraiment rien d'extraordinaire. Je suppose que c'est dû à mon manque absolu d'imagination. Je les vois… eh bien, comme de petits elfes.

— Mais encore ? insista Blaise.

— Heu… Minuscules… avec des oreilles pointues et de petites ailes de libellule, comme dans les vieux livres pour enfants.

— Ils sont habillés ?

— Je ne crois pas.

Eben ne dit rien de la radieuse nudité des elfes, de leur joyeuse et évidente nudité.

Le Mandarin poussa un soupir de regret.

— Comment sais-tu qu'il s'agit de Vifs de l'air ?

— Généralement, je ne vois que les élémentaux du feu, qui se présentent sous la forme de petites salamandres avec un visage humain. Ou plutôt je les voyais... avant. Ceux qui accompagnent Claris sont différents. Je ne sais pas pourquoi les elfes se sont montrés à moi, alors que je suis imperméable à la magie.

— Nul ne sait pourquoi les élémentaux sont visibles pour certains et pas pour d'autres. Peut-être les as-tu vus parce qu'ils accompagnent Claris et que ton cœur lui était ouvert. Ou encore parce que tu as besoin de leur lumière et de leur légèreté. Quant à être imperméable à ce que tu appelles « magie », tu sais ce que j'en pense.

Le Duc tira sur sa pipe sans répondre. Blaise était persuadé qu'Eben avait bloqué ses dons après avoir vu disparaître ses deux frères dans le dernier tournoi Parapsy.

— Ce n'est pas de moi qu'il s'agit, Blaise, mais de Claris. Ils l'accompagnent, mais elle ne les voit pas. Cela tend à prouver qu'elle est dénuée de dons psy, tout comme moi.

— Cela tend surtout à prouver que tu es plus têtu qu'un sizyf ! s'emporta Blaise.

— Quoi ? D'abord Jad et maintenant Claris ? Tu vois de la magie partout, Blaise !

Blaise se leva et ouvrit en grand la fenêtre. *Quel dialogue de sourds ! Eben voit les élémentaux et persiste à dire qu'il est dénué de dons psy !* Le Mandarin inspira à plusieurs reprises l'air nocturne pour se calmer. La forêt lui envoyait ses odeurs, des hiboux se répondaient au loin. L'oracle de la Trame lui revint : « Il est avantageux d'engager des auxiliaires. » Eben avait amorcé une ouverture quelques instants plus tôt, cette porte ne devait pas se refermer.

— Donne-moi ces deux jours, Eben, et nous en rediscuterons. La seule conclusion dont je dispose aujourd'hui est que nous ne pouvons plus rester dans notre bulle. Es-tu d'accord avec cela ?

Eben hésita. Il avait mis le passé en sourdine pendant si longtemps. Il revit les visages rouges d'excitation de ses enfants lui racontant leur journée. Trop longtemps...

— Je suis d'accord.

Le Mandarin souleva ses robes et effectua une petite danse de victoire. Eben ne put s'empêcher de rire. Le vieillard de tout à l'heure avait laissé place à un jeune homme frétillant qui s'exclama :

— Sonnez trompettes, le Duc est revenu ! À la bonne heure, nous serons plus efficaces avec toi que contre toi. Voilà enfin une conséquence positive de cet embrouillamini !

— Nous ? s'enquit Eben, méfiant.

— Heu, façon de parler...

— Parles-tu de Bahir Borges ? Claris m'a dit qu'elle l'avait rencontré. Ainsi, l'Aleph existe toujours ?

— Plus que jamais ! Borges et Claris se sont fort bien entendus. Elle a proposé de lui faire la lecture.

Eben ferma les yeux pour faire face aux souvenirs. Sierra adorait la boutique de Bahir. Elle y emmenait ses enfants quand ils étaient tout petits et lisait à voix haute pendant que les jumeaux jouaient avec les filles de l'aveugle.

— Lui a-t-il dit que...

— Non, coupa Blaise doucement. Tu sais qu'elle répugne à entendre parler de sa mère. Ni Claris ni Jad ne semblent se souvenir d'y être déjà allés. Mais tu sais que Bahir peut se montrer...

— ... imprévisible, surprenant, provocateur, compléta le Duc. Je me rappelle parfaitement le bouquiniste. Brillant et terriblement séduisant. Par la Corne blanche, ma petite fille dans les griffes du maître de l'Aleph !

— Oh, je ne parierais pas sur qui a séduit qui dans cette

affaire, rit Blaise. Borges peut nous aider. S'il s'avère que les jumeaux ont des dons psy, il pourra les guider. C'est un grand connaisseur des anciennes sciences oubliées de la nature.

— « Anciennes sciences oubliées de la nature » ? ironisa Eben. Je n'appellerais pas ça comme ça...

— L'apprentissage des jumeaux s'accélère, que nous le voulions ou non, insista Blaise. Borges pourrait nous être d'une aide précieuse. Il en sait plus que moi sur bien des choses.

— Je vais y réfléchir.

Il hésitait encore. Blaise fut tenté de lui faire le coup de la pelote de régurgitation d'Athéna, mais se contenta d'acquiescer.

Un piment dans un pot de miel

Dans le lit en face du sien, les bras en croix, Claris dormait profondément. Jad regardait rêveusement la flamme de la petite lampe à huile qui lui servait de veilleuse. Les paroles de la prophétie lui tournaient dans la tête. Il ne les avait entendues qu'une fois, mais elles étaient gravées dans sa mémoire. Blaise les avait menés en bateau tout à l'heure en faisant raconter en détail à Claris sa rencontre sur le tertre et sa visite chez Borges plutôt que de répondre à leurs questions. Jad avait laissé faire, heureux de ne plus être le seul à raconter des choses étranges. Toutefois, il voyait bien que sa sœur et lui ne vivaient pas la même chose.

Il prit l'échiquier sous son lit, s'attendant à ce que les pièces aient encore changé. Le jeu semblait lui être coordonné d'une façon qui lui échappait. Un arbre avait surgi au centre du plateau. La figurine du magicien était placée à côté de lui. La fille à la cape avait une espèce d'insecte accroché dans les cheveux. Quant au garçon assis en tailleur... Jad retint son souffle. Il était debout et tendait un arc.

Son jeu anticipait-il les événements ? Si seulement l'échiquier de Ugh s'altérait également ! Mais Ugh continuait à manipuler les mêmes figurines sans qu'aucune vienne s'y ajouter ou se transforme. Il jouait avec des armées, des magiciens, des dragons, se préoccupant uniquement de stratégie. Jad l'enviait. Sa partie personnelle, celle qu'il entamait lorsque sa sœur était endormie, se jouait malgré lui. Il passait parfois des heures à observer les pièces, qui ne bougeaient jamais quand il était présent. Lui-même ne les déplaçait que très rarement.

Cette nuit-là, pourtant, Jad prit la princesse entre ses doigts et l'approcha du garçon à l'arc. Elle s'y colla, comme attirée par un aimant. Claris se retourna dans son sommeil, ses cheveux fous formant des masses de boucles sombres emmêlées. Jad, lui, avait des cheveux blonds et lisses qui ondoyaient quand il marchait. Quand elle était petite, Claris criait à l'injustice tandis qu'elle souffrait sous le peigne impitoyable de Chandra. *C'était quand elle arrivait encore à l'attraper pour la coiffer,* sourit Jad.

Le souvenir de sa sœur petite lui broya le cœur. Sa vitalité, son impatience, sa façon de foncer tête baissée, son enthousiasme. Un rayon de miel dans un pot de piment, disait Chandra. *Ou un piment plongé dans un pot de miel.* Claris croquait dans les nouvelles expériences comme dans une tartine de confiture, ça débordait de partout, tachait sa tunique, et elle se léchait les doigts en riant.

Il eut envie de pleurer. C'était idiot. Ce n'était pas parce qu'ils vivaient des choses différentes qu'ils s'éloignaient l'un de l'autre. Au contraire, ce qu'ils avaient vécu lorsqu'ils avaient touché l'arc les rapprochait. Mais il avait ce poids sur le cœur, cette montée d'amour pour elle qui lui faisait mal.

Il repoussa l'échiquier sous le lit et commença la relaxation. Les orteils d'abord, un à un, puis les chevilles, les mollets. Remonter lentement, les genoux, les cuisses… Claris se retourna une nouvelle fois dans son lit et dit son nom, « Jad ». Oui, il était Jad, son frère, son jumeau. Il ferma les yeux et partit la rejoindre.

Chapitre VII
Une famille

Les yeux fermés

— Qui est-ce qui commence ?

Ugh tendit son vieil arc en frêne aux jumeaux d'un air engageant. Claris jeta un coup d'œil à Jad, qui refusa de la tête. Elle tendit la main.

— Moi.

Ugh lui sourit et lui donna l'arc. Il prit le sien et se mit en position.

— Bon. Tu écartes un peu les pieds, comme ça, tu vois ?

Claris l'imita.

— Oui.

— Plie un peu les genoux. Tu es bien ?

— Oui.

— Tu te sens bien sur tes jambes ?

— Oui !

— Il faut être détendu. C'est crucial. Tu es détendue ?

— Par la Licorne, Ugh, je l'étais ! Mais si tu continues comme ça, je ne serai plus détendue du tout !

Jad éclata de rire. Les trois amis s'étaient approprié un vieux manège désaffecté pour leur première séance de tir à l'arc. Ils avaient emprunté un épouvantail dans un champ et l'avaient placé à cinq mètres pour leur servir de cible.

Ugh s'essuya les mains sur son pantalon. Pourquoi était-il si nerveux ? C'était cette fille. Quand elle le regardait avec ses yeux transparents, ses mains se couvraient de sueur.

— Bon. Donc, quand tu sens que tu es bien détendue, comme moi…

Claris leva les yeux au ciel.

— Tu mets la main gauche sur la poignée et tu… La main gauche, Claris !

— Je suis gauchère ! Tu tends l'arc avec la droite, non ? Comme je suis gauchère, je le tendrai avec la main gauche. Pigé ?

— Heu… D'accord. Donc, tu mets la main droite sur la poignée, le bras tendu, et avec la gauche tu tends la corde, en visant. Et surtout tu…

Claris tira avant l'heure. La flèche fit un saut de carpe et retomba à ses pieds.

— Mais non ! Tu vas trop vite ! Tu dois te concentrer.

— Faudrait savoir, tu as dit que je devais me détendre, marmonna Claris, vexée.

Voyant que Claris commençait à froncer les sourcils, Ugh ajouta précipitamment :

— Regarde, je vais te montrer. C'est normal, tu sais, de rater un tir, au début.

Ugh se mit en position, prit une inspiration, tendit l'arc et tira. Mais ses mains moites ne lui permirent pas une bonne prise sur la corde et la flèche rata son but.

— T'inquiète, Ugh, c'est normal de rater un tir… railla Claris.

Jad vint à la rescousse de son ami et prit l'arc des mains de sa sœur.

— Allez, à mon tour. Donc, Ugh, tu disais, les pieds un peu écartés, la main droite sur la poignée…

Il fit un clin d'œil au fils de Chandra.

— Je suis gaucher, moi aussi. Ensuite…

Jad leva l'arc, puis le baissa lentement jusqu'à ce que ses épaules soient dans le même axe. Il prit une profonde inspiration et ferma les yeux. Pendant quelques secondes, il respira, parfaitement immobile. Puis, en deux gestes précis, il banda l'arc et tira. La flèche atteignit son but, la tête de l'épouvantail. Mais, manquant de puissance, elle ne s'y ficha pas et retomba sur le sable.

Jad avait toujours les yeux fermés. Claris et Ugh le regardaient, la bouche ouverte d'admiration. La fillette s'approcha doucement de son frère et lui mit la main sur l'épaule.

— Jad... tu as réussi.

— Et les yeux fermés ! s'écria Ugh. Tu as tiré les yeux fermés !

Jad ouvrit les yeux et vit la flèche à terre.

— Tu vois, je t'avais bien dit que je n'ai pas assez de force.

Mais il souriait en disant cela et Claris lui sauta au cou. Ugh s'approcha et le gratifia maladroitement d'une bourrade amicale.

— Bon, je crois qu'il vaut mieux que ce soit toi le professeur, Jad. Je... je ne suis pas très bon pour ça, fit Ugh avec un regard en coin vers Claris. Comment fais-tu pour ne pas viser ?

— J'ai visé ! Mais... Comment dire ? Je crois que je vise « du dedans »... Le tir part du ventre, pas des mains.

En voyant l'expression ébahie de Ugh, Claris s'esclaffa :

— Mon pauvre Ugh, bienvenue dans le monde de Jada, je voulais dire Yoda.

— Qui ?

— Elle se moque de moi, fit Jad en menaçant sa sœur du doigt. Parce que j'aime bien l'Unir, la méditation, enfin tous ces trucs qui lui échappent. Tu vois ?

Ugh fit non de la tête.

— C'est qui, Soda ?

— Y-O-D-A… épela Claris. C'est comme ça que papa appelait Jad quand il était petit. C'est un petit bonhomme vert avec des pieds griffus et de graaaandes oreilles, compléta-t-elle en tirant la langue à son frère.

— Et très très fort, très très puissant… fit Jad d'un ton menaçant en s'avançant vers elle.

Il fit mine de tirer un sabre laser en imitant le son « zuuum… ».

— Très très sage aussi ! rétorqua Claris en reculant, Yoda ne s'énerve jamais contre sa sœur !

— Yoda n'a pas de sœur, malheureuse ! Un Jedi n'a pas de sœur, un Jedi est seul avec la Force !

— Même pas vrai ! Skywalker et la princesse, ils sont bien frère et sœur, non ?

— Princesse ? Voyez-vous ça… se moqua Jad tandis que Claris se mordait les lèvres, contrariée d'avoir lâché ce mot.

Ugh les regardait, amusé.

— C'est un de vos livres ?

— Oui, répondit Claris.

— Non, dit Jad en même temps.

Ils se regardèrent, étonnés.

— Mais si, c'est un livre, insista Claris.

— Pas du tout, c'est une histoire que papa nous racontait.

Ugh suivait l'échange avec intérêt. Il n'avait jamais vu les jumeaux se disputer. En général, ils étaient d'accord sur tout.

— J'ai LU cette histoire, insista Claris en tapant du pied.

— Ah ouais ? Et où est le livre ? À quoi ressemble-t-il ? Tu es capable de le décrire ?

Claris réfléchit. Impossible de se souvenir de l'apparence du livre.

— Il suffit d'aller le chercher dans la bibliothèque de la tour ! riposta-t-elle.

— Papa est au marché, Blaise n'est pas là, la tour est fermée, répliqua Jad, narquois.

Claris ne voulait pas en rester là. Elle ressentait une certaine excitation à ne pas être d'accord avec Jad. Elle aimait le voir comme ça, décidé, énergique. Mais elle voulait aussi avoir raison.

— Je sais ! s'écria-t-elle. Allons chez Borges ! Si c'est un livre, il le saura. Et il pourra te le prêter, Ugh.

— Je veux bien, de toute façon, je devais rejoindre ma mère au marché pour l'aider à fermer l'étal.

Mais Jad hésitait.

— Nous n'avons pas la permission. Et il y a de l'orage dans l'air, ajouta-t-il plus bas.

Les jumeaux partageaient la phobie des orages. Claris ouvrit de grands yeux inquiets et les mains de Ugh recommencèrent à transpirer.

— Je dois ramener la carriole au marché, plaida Ugh. Si l'orage éclate, vous pourrez vous abriter sous la bâche.

— Voilà ! approuva Claris. Et puis, pour la permission, nous ne l'avons pas parce que... parce que nous ne pouvons pas la demander ! Papa n'est pas là, Chandra non plus, Blaise est dans sa grotte et Dag est malade... On ne va quand même pas aller le déranger pour ça ! Borges te plaira, Jad, je voudrais tellement que tu le connaisses.

— Tu me laisseras conduire ? demanda Jad à Ugh, les yeux brillants.

— Heu... Oui. Mais on a intérêt à ne pas être vus, fit Ugh en pensant à la tête de sa mère si elle apprenait ça.

C'était trop tentant, Jad s'inclina et fit mine de rengainer son sabre, « zuuum... ».

L'enseigne de l'Aleph grinçait sous les bourrasques. Claris frappa à la porte. Rien. Elle poussa : fermée. Les jumeaux avaient laissé Ugh garer la carriole et lui avaient donné rendez-vous devant le magasin du bouquiniste. L'orage avait éclaté alors que les enfants arrivaient au village. Ils se mirent à l'abri comme ils purent sous le linteau de la porte.

— Que fait-on ? demanda Jad d'un ton enjoué.

Il avait conduit la carriole sur tout le chemin et cela lui avait donné envie de remonter à cheval, ce qu'il avait cessé de faire lorsque sa maladie s'était déclarée.

— On attend Ugh, non ? Et puis Borges va sûrement arriver. C'est idiot de fermer boutique quand le marché bat son plein !

Jad regarda sa sœur. Il savait qu'elle était déçue.

— Yoda n'est qu'un prétexte, n'est-ce pas ? Ce que tu veux vraiment, c'est revoir Borges, non ?

Claris fit une grimace. Le vent avait fait gicler la pluie pile dans son cou. Elle s'approcha un peu plus de son frère et prit un ton faussement indigné :

— Comment peux-tu dire ça ? Je tiens à te prouver que *La Guerre des étoiles* est un livre. Qu'est-ce que ça pourrait être d'autre ? Papa n'a sûrement pas inventé cette histoire de père et de fils qui s'entretuent.

Jad lança un coup d'œil étonné à sa jumelle et reconnut :

— Tu as raison, cela ne lui ressemble guère.

Claris lui sourit.

— Pour le reste, oui, j'ai envie de revoir Bahir Borges. Tu verras, il te plaira. Sans parler de la boutique, avec des livres et des pierres partout, et son drôle de jardin avec des rochers et du sable à la place des fleurs. Il dit que contempler ce jardin, déplacer un rocher de cinq centimètres et le remettre à la même place quelques minutes ou quelques décades plus tard, c'est apaisant. Même s'il ne le voit pas, hein ? Cela l'aide à se concentrer ou à faire le vide, je ne sais plus. Tout à fait le genre de truc que tu aimes, quoi !

— Se concentrer ET faire le vide. Comme pour le tir à l'arc. Tu me taquines, mais je crois que tu sais parfaitement le faire à ta manière. Quand tu lis, par exemple, quand tu montes à cheval ou quand tu fais de l'escrime. Tout le monde le fait à sa façon. Sem quand il travaille le bois, Blaise dans sa grotte, Chandra lorsqu'elle cuisine. La différence, c'est de le faire consciemment, c'est tout.

Claris garda le silence. Depuis toujours, Jad la tannait pour qu'elle l'accompagne dans ses exercices d'Unir et de méditation. Mais Claris trouvait toujours mieux à faire que ces activités qui lui semblaient bien trop statiques.

Jad s'en voulut de sa véhémence. On n'obtenait jamais rien de Claris en la prenant de front ou en la contraignant. Elle se braquait, comme un cheval se cabre si on tire trop fort sur le mors. Contrairement à lui, il ne suffisait pas de la raisonner pour la convaincre. Il fallait suggérer, l'intriguer, la séduire, la laisser adopter l'idée comme si elle venait d'elle. De surcroît, procéder autrement aurait été stupide, car quiconque avait vu Claris agir avec passion, avait vu ses yeux étinceler et entendu son rire, n'avait qu'une hâte : se faire éclabousser de nouveau par cet enthousiasme. Il changea de sujet.

— Chandra m'a dit que Borges avait trois filles. Et que l'aînée est une archère formidable. Il paraît que même Dag ne tire pas aussi bien. Tu les as vues ?

— Depuis quand t'intéresses-tu aux filles ?

— Depuis que ma petite sœur fait les yeux doux à notre frère de lait ! Aïe !

Le garçon venait de prendre un grand coup de coude dans les côtes.

— Non, je n'ai pas rencontré les filles de Borges. Il a une femme aussi, je crois...

— Exact, jeune fille ! Borges a une femme AUSSI. Femme ? Compagne ? Partenaire ? Cela dépend, naturellement.

Les deux enfants sursautèrent. Ils ne l'avaient pas entendue arriver. Le visage dissimulé par le capuchon de sa cape dégoulinante, la femme les écarta d'un geste et donna un coup d'épaule dans la porte, qui s'ouvrit, faisant chanter le carillon des vents. Elle les poussa à l'intérieur avant que les jumeaux aient le temps de dire « ouf ».

— On n'y voit goutte, ici !

La femme de Borges attrapa une manivelle qui pendait à l'entrée et se mit à la tourner vigoureusement. Soudain, la pièce s'éclaira. La manivelle avait actionné un panneau composé de lattes qui s'étaient enroulées sur elles-mêmes pour révéler une grande lucarne ovale percée dans le plafond de la boutique.

Jad ne put retenir une exclamation de surprise en découvrant le contenu de la pièce. Il sembla à Claris qu'il y avait davantage de livres et de roches que dans son souvenir. Elle sourit à son frère. *« Je te l'avais dit, hein ? Et tu n'as encore rien vu ! »* Jad hocha la tête et les jumeaux se tournèrent ensemble vers leur hôte.

La femme avait repoussé son capuchon et les regardait. Dans la lumière de l'après-midi orageuse, ses yeux gris coupés en amande luisaient comme deux flaques de vif-argent sur sa peau noire. Elle posait son regard sur eux comme on tient un œuf au creux de la main, doucement et sûrement. Ce regard-là dura longtemps. Elle n'était pas pressée. Elle observait. Son corps était détendu, ses mains ouvertes, les paumes tournées vers eux, et sa respiration paisible soulevait son corsage blanc. Tout était blanc et noir chez elle. Ses cheveux et ses vêtements blancs sur sa peau noire la nimbaient d'un éclat argenté.

Enveloppés dans le même regard, les jumeaux se détendirent sans en avoir conscience, Jad ferma les yeux et Claris fit un pas involontaire dans sa direction. Le femme eut un geste gracieux qui partait du cœur pour s'ouvrir vers ses hôtes et s'inclina.

— Je suis Maya, Nomade de l'Écriture, fille de Sonja, mère de Jwel, Deli et Ellel...

Elle eut un sourire fugitif.

— ... et compagne de Bahir Borges. Soyez les bienvenus chez nous. Pardonnez-moi de vous avoir bousculés tout à l'heure. Je marche sous l'averse... la pluie... l'ondée... depuis plusieurs jours. J'avais grande hâte de retrouver...

Sa voix de basse, un peu rauque, était singulièrement captivante, à la fois ferme et mélodieuse. Maya prononçait les mots comme si elle les cueillait avec soin dans un bouquet de possibilités, les égrenant avant de se décider. Lorsqu'elle ne parvenait pas à choisir, elle les énumérait tous, ce qui donnait un rythme déconcertant à ses phrases. Elle sourit en voyant l'expression désorientée des jumeaux.

— Je ne m'exprime pas très clairement, n'est-ce pas ? J'étais... hum... en état d'écriture, entièrement plongée dans mon travail. Vous êtes les premières personnes à qui je m'adresse depuis dix jours. Alors, je parle comme si j'écrivais, examinant les horizons déployés par chaque mot...

Comme les jumeaux la fixaient, ébahis, elle eut un geste d'excuse.

— Je crains qu'il ne me faille quelque temps pour revenir... disons à la réalité de cet...

Embrassant la pièce d'un geste, elle eut une fausse grimace de mécontentement.

— … extraordinaire désordre… pagaille ? Ou peut-être serait-il plus juste de dire foutoir ?

Ce dernier mot la fit rire. Et son rire semblait faire aussi partie de la phrase. Maya enleva sa cape et les enfants virent qu'elle portait un sac à dos bien rempli. Sur sa hanche droite, attaché à une ceinture, pendait un large étui de cuir noir décoré d'une plume argent.

Elle sortit de l'étui un calepin du même cuir et un crayon dont elle mouilla la mine d'un peu de salive avant de noter quelque chose. Ensuite, elle referma le calepin et rangea le tout dans l'étui. Ses mouvements étaient précis et harmonieux. Elle suspendait parfois un geste l'espace d'un instant, aux aguets, comme si elle cherchait à capturer quelque chose, puis elle reprenait son geste où elle l'avait interrompu, comme l'eau déviée par un caillou continue à couler.

— Traversez la cour, vous trouverez tout le monde de l'autre côté. Je vous y rejoins dès que je me suis séchée. Faites comme chez vous !

Maya traversa la pièce d'un pas vif, sans frôler aucune pile de livres. Une porte claqua et les jumeaux se retrouvèrent seuls. Jad s'ébroua comme s'il se réveillait. Claris eut un pincement au cœur, elle aurait voulu qu'elle reste encore et, surtout, qu'elle continue à lui parler.

— Où est-elle, cette cour ? demanda Jad.

— C'est par là. Fais gaffe, il ne faut rien faire tomber, sinon Borges ne s'y retrouvera plus.

— Parce qu'il se retrouve dans ce… « foutoir » ?

Claris pouffa :

— Comme un poisson dans l'eau !

Montrant le chemin à Jad, Claris ouvrit la porte qui donnait sur la cour et ils la traversèrent en courant sous la pluie battante. Il y avait effectivement une porte masquée par le lierre, que Claris n'avait pas vue la première fois. Elle ouvrait sur un petit vestibule aux murs couverts de dessins d'enfants qui débouchait sur un escalier. Des odeurs alléchantes flottaient dans l'air.

— Miam… de la rhubarbe… fit Claris.

— Tu détestes ça ! s'étonna son frère.

— C'est vrai, concéda Claris. Mais ça sent trop bon, tu ne trouves pas ?

Une voix cria d'en haut :

— Montez donc, graines d'anthropopithèques !

— C'est Borges, sourit Claris. La dernière fois, c'était « anthropophage » !

— Oh là là, ils parlent tous comme des dictionnaires dans cette famille ? C'est quoi, anthropomachin ?

Claris haussa les épaules en signe d'ignorance et posait déjà un pied sur une marche quand la voix reprit :

Anthropopithèque : primate intermédiaire entre le singe et l'homme… Allez tout de même ouvrir à ce pauvre garçon qui attend, avant qu'il ne se noie devant ma porte !

— Ugh ! fit Jad d'un ton soulagé. Je vais le chercher.

— D'accord. Je monte.

Les trois filles de Borges

Lorsque les garçons débouchèrent dans la grande salle de séjour, une dizaine de minutes plus tard – Jad ayant pris le temps de faire un résumé des événements à Ugh –, voilà ce qu'ils virent :

Dans un fauteuil à bascule, Bahir Borges se balançait en chantant une berceuse d'une voix de stentor, un tout petit garçon dans les bras. Vu l'ambiance qui régnait dans la pièce, le bébé n'était pas près de s'endormir et il babillait joyeusement en tirant la barbe de son grand-père.

Dans un autre coin de la pièce, une jeune fille se tenait debout devant des fourneaux. Elle touillait une casserole d'une main experte sans la regarder, les yeux tournés vers un échiquier posé sur un plan de travail encombré de rhubarbe, d'œufs, de farine, et de dizaines de pots, de flacons et de boîtes à épices. Tout en touillant de la main gauche, elle déplaça un pion de la main droite avec un sourire narquois à l'adresse de son adversaire, qui n'était autre qu'Eben.

Jad se frotta les yeux. Son père était si absorbé par le jeu qu'il ne remarqua pas les garçons plantés à l'entrée de la pièce. Claris ne les vit pas non plus. Elle parlait avec animation à une fille un peu plus âgée qu'elle qui la tenait affectueusement par la main. Ce fut elle, Ellel, qui vit les garçons la première. Lâchant la main de Claris, elle vint vers eux en sautillant de joie.

— Ils sont arrivés ! Ils sont là !

À ces mots, tout le monde se tourna vers eux pour les accueillir. Bahir se leva, le bébé accroché à sa barbe, Eben fit un grand sourire à son fils, Claris bondit et prit la main de son frère, le visage rayonnant, Deli, la cuisinière, leur adressa un geste joyeux de la main. Pendant quelques instants, tout le monde parla en même temps, jusqu'à ce que Borges intervienne :

— Silence, sauvagesses ! Vous allez me les effrayer !

Il mit le bébé dans les bras d'Ellel, qui l'emboîta sur sa hanche d'un geste habitué, et s'approcha des garçons.

— Tu es Jad, n'est-ce pas ? L'aveugle fit courir rapidement ses mains sur le visage du garçon.

— Je suis honoré de te connaître, mon garçon. Oui, heureux, vraiment.

Jad, abasourdi, fut pris dans une forte accolade. Ugh

rigolait en voyant la tête de son ami, puis Borges s'attaqua à lui.

— Et voilà Ugh ! Depuis le temps que je demande à Blaise de t'amener ici ! Quant à ta mère, n'en parlons pas, elle dit « bien sûr, la prochaine fois » et elle me cloue le bec avec ses délicieuses meringues, mais toujours pas de Ugh !

En deux phrases dites sur un ton naturel et affectueux, Borges venait d'affirmer la paternité de Blaise. Alors que l'aveugle le serrait dans ses bras, pour la première fois de sa vie Ugh osa penser *Blaise est mon père. Blaise est mon père.* Cette révélation lui donna le vertige.

Lorsqu'il reprit ses esprits, il s'aperçut que Claris et Jad lui avaient pris chacun une main et la serraient très fort. Eben hochait la tête en souriant. Ugh avait l'impression qu'on lui avait ôté un poids d'une tonne des épaules. Blaise était son père, il le savait maintenant. C'était une bonne sensation. Pour le reste, il verrait plus tard. Il eut un large sourire qui creusa des fossettes dans ses taches de rousseur : Jad l'appelait son sourire-banane.

Le bouquiniste poursuivit les présentations :

— Ugh et Jad, je vous présente Deli, qui, du haut de ses dix-sept lunées, nous prépare sa somptueuse crème à la rhubarbe...

Deli, une brunette aux longues nattes noires, leur fit une révérence moqueuse.

— ... tout en me torturant, gémit Eben. Je vais avoir besoin de vos lumières, les garçons. J'espère que cette jeune fille cuisine aussi bien qu'elle joue !

— Elle cuisine MIEUX qu'elle ne joue. Je joue mieux qu'elle ! intervint Ellel en lançant un regard de défi amical à sa sœur, qui lui tira la langue.

— Et voici la benjamine, Ellel, quinze lunées de langue bien pendue...

— Et qui cuisine comme un manche ! provoqua Deli.

— Heu… ce n'est pas grave. Vous savez, nous, on ne cuisine pas du tout, dit Jad.

— Nous qui, visage pâle ? fit Ellel en le dévisageant d'un air menaçant.

— Heu, nous les garçons, répondit Jad en rougissant sous le regard féroce de la jeune fille qui le dominait d'une bonne tête.

Ellel était outrée, Claris aux anges. Deli renchérit :

— Et pourquoi donc ? Croyez-vous que la cuisine soit réservée aux filles et les jeux de stratégie aux garçons ?

— Oui, le croyez-vous ? fit une nouvelle voix.

Une grande jeune femme aux cheveux coupés très courts venait d'entrer dans la pièce. Au son de sa voix, le bébé poussa un cri de joie. Ellel le posa à terre. Il courut en se dandinant à toute vitesse, s'emmêla les jambes et atterrit aux pieds de la nouvelle arrivée en répétant un « ma mama ma » transi d'amour. Tout le monde éclata de rire. La jeune femme ramassa son fils et le serra dans ses bras.

Ellel et Deli s'étaient précipitées vers leur sœur, et ce furent de nouvelles embrassades. Les trois sœurs se ressemblaient : même peau foncée, mêmes cheveux noirs, longs pour Deli, bouclés pour Ellel et courts pour Jwel. Toutes trois avaient dans les yeux des couleurs inhabituelles : doré pour Deli, gris pâle pour Jwel et violet pour Ellel.

— Jwel, ma fille aînée, expliqua Borges, la maman de Merlin. Elle était en voyage depuis plusieurs jours.

— Maman est arrivée aussi, elle ne va pas tarder, dit Jwel en serrant vigoureusement les mains tendues.

» Eben ! s'exclama-t-elle. C'est bien vous ? Par la Déesse, cela fait… combien de temps ?

— Trop longtemps, Jwel. La dernière fois que je t'ai vue, on venait de t'offrir ton premier arc !

— J'avais six lunées ! C'est vous qui me l'avez offert, je ne l'ai jamais oublié !

Les jumeaux virent Jwel embrasser affectueusement un Eben un peu embarrassé. *Il lui a offert un arc !* pensa Claris. *S'ils se connaissent depuis dix-neuf lunées, elle a aussi connu maman,* cogita Jad. Ce fut le moment que choisit Maya pour arriver avec le jus de jabou, donnant lieu à de nouvelles retrouvailles.

L'après-midi s'écoula dans cette atmosphère chaleureuse. On bavarda, on se taquina et l'on rit si bien que le soir arriva sans crier gare. Lorsque Maya alluma les candélabres, Eben se leva pour prendre congé, mais les filles ne l'entendaient pas de cette oreille. Ellel le supplia de laisser Claris dormir chez eux, tandis que Deli protestait que ce serait discourtois de ne pas permettre à Jad de se venger de la défaite qu'elle venait de lui infliger. Maya mit tout le monde d'accord en invitant le groupe à dîner. Ellel et Claris coururent à l'étal de Chandra pour la convier à se joindre à eux.

Un dîner animé

Le dîner fut délicieux, bruyant et extravagant, à l'image de la famille Borges. Enflammé aussi parce que, à la question des jumeaux, Bahir avait tranquillement répondu que *La Guerre des étoiles* n'était pas un livre mais un film. Un quoi ? Ils n'avaient jamais entendu ce mot et avaient alors écouté les explications embrouillées de leur père avec une indignation non dissimulée.

— Vous ne savez pas ce qu'était un film ? Le cinéma ? leur demanda Jwel.

— La totalvision ? renchérit Deli.

Jad lança un regard noir à son père.

— Non. On se doutait que les chambres du phare contenaient des objets interdits. Nous en avons... heu... vu quelques-uns, mais personne ne nous a jamais rien expliqué.

Le Duc remua sur sa chaise, un peu dépassé par la tournure que prenait la conversation.

— Ton grand-père Jors avait des raisons, de bonnes raisons, crois-moi, de les interdire, et il voulait que sa famille donne l'exemple à Salicande, expliqua maladroitement Eben.

Il soupira :

— C'est une longue histoire.

— Et compliquée, dit Maya, venant à sa rescousse. Les filles font leurs malignes, mais, bien entendu, elles n'ont jamais vu un film de leur vie. Rares sont ceux qui se souviennent que le cinéma a existé un jour.

Claris regardait son père, incrédule.

— Est-ce que les histoires que tu nous racontais quand nous étions petits étaient des films ?

— Presque toutes, avoua Eben. J'étais passionné de cinéma, surtout le cinéma des XXe et XXIe siècles, des vieux trucs...

Claris n'en avait pas fini avec lui.

— Donc, tu ne les inventais pas au fur et à mesure pour nous ?

Eben, penaud, fit non de la tête.

— Mais j'aimais vraiment vous raconter ces films, les mimer...

Jad ne laissa pas son père s'en sortir si facilement.

— Ce n'étaient donc pas des histoires d'un futur imaginaire que tu inventais, mais des histoires du passé réel ?

Eben hocha la tête et Jad conclut son raisonnement :

— Tu veux dire que, dans le passé, les sabres laser, les

vaisseaux intergalactiques, les machines qui parlent et qui écrivent toutes seules, ça a vraiment existé ?

— Et les parapluies qui volent, les livres où l'on entre dedans, les ours qui parlent aussi ? s'enthousiasma Claris, oubliant qu'elle en voulait à mort à son père une minute avant.

— Non, non ! se défendit Eben, les machines qui écrivent et les vaisseaux intergalactiques oui, mais pas les parapluies qui volent ! Vous mélangez tout !

— À qui la faute ? triompha Jad. C'est toi qui nous as raconté tout ça sans nous dire ce qui avait existé ou pas. Nous ne savons rien des Temps d'Avant ! Rien de rien d'ailleurs ! Nous étudions l'histoire de la Grèce d'il y a des milliers de lunées alors que nous n'avons jamais mis les pieds dans les vallées voisines !

Il y eut un blanc. Jad s'était exprimé avec une véhémence agressive qui ne lui était pas habituelle. Comme son père fronçait les sourcils, Jad grommela d'un ton d'excuse :

— J'ai lu tous les livres d'histoire que j'ai pu trouver dans le phare. Il n'y a rien après l'an 2000 des Temps d'Avant. Tout s'arrête, plus d'histoire, aucun renseignement. Il y a beaucoup de choses que je ne comprends pas.

— D'une part, les livres d'histoire ne disent pas tout, intervint Borges tranquillement. D'autre part, ceux qui abordent ce qui s'est passé après l'an 2000 des Temps d'Avant n'ont pas tous été détruits.

Le Duc sursauta et Bahir, assis à côté de lui, posa la main sur son épaule.

— Où est le mal, Eben ? Ils ne pourront pas vivre enfermés au château toute leur vie.

— Comment peuvent-ils grandir s'ils ne prennent pas possession de leur histoire ? Ou s'intéresser au monde qui les entoure s'ils ne savent pas d'où ils viennent ? compléta gentiment Maya.

Eben se mordit les lèvres. Il n'était pas sûr de vouloir que ses enfants s'intéressent au monde, pas encore. Le monde était imprévisible, dangereux. Le monde était douloureux.

— Ce n'est que du passé ! lança Ellel avec insouciance.

Eben serra la table si fort que les jointures de ses mains blanchirent. Pour lui, ce n'était pas passé. Son père mort, ses frères aînés disparus. Sierra... Pour lui, cela ne passerait jamais. Il regarda les convives autour de la table.

Tout semblait si facile pour Bahir et sa famille. Parents et enfants bavardaient de façon complice, avec entrain et ouvertement. Jwel allaitait Merlin, qui s'endormait sur son sein. Ils étaient ancrés dans le présent et tournés vers l'avenir. Ils n'avaient perdu personne.

Eben, lui, portait chevillé au corps et au cœur un passé dont il n'avait pas fait le deuil. Néanmoins, ils avaient raison : il ne pouvait pas léguer ce fardeau aux jumeaux, ni les laisser dans l'ignorance de leur propre histoire.

— Blaise avait l'intention de vous parler de tout ça. Je... je voulais seulement attendre que vous soyez plus grands.

Tous les enfants présents levèrent les yeux au ciel.

— D'accord, admit péniblement Eben, vous êtes grands. En tout cas, plus grands que vous ne l'avez jamais été.

Tout le monde s'esclaffa devant cette lapalissade et Eben se détendit un peu. Ses enfants semblaient tellement à l'aise, même Jad riait maintenant de bon cœur. Il eut un geste de reddition et s'adressa à Borges :

— Bahir, Blaise a ton savoir en grande estime. Si tu leur faisais l'honneur de partager tes connaissances avec eux, les jumeaux te seraient éternellement redevables.

Borges balaya les politesses d'un geste.

— Oh, l'éternité est bien trop longue ! Ils ne me devront rien. Ce sont eux qui me rendront service en me donnant l'occasion de transmettre le peu que je sais. À quoi sert la connaissance si elle n'est pas partagée ? En outre, j'apprendrai avec eux autant qu'ils le feront avec moi. Nous apprendrons tous, si tu acceptes d'élargir le cercle à ma compagne et à mes filles.

Il se tourna vers Chandra, de l'autre côté de la table, et lui sourit.

— Peut-être Chandra et Blaise permettront-ils à Ugh de se joindre à nous s'il le souhaite ?

Ce ne fut pas Ugh qui rougit cette fois, mais Chandra.

— Je n'osais le suggérer, Maya, répondit Eben. Je crois savoir que les Nomades de l'Écriture n'enseignent qu'à leurs pairs, au sein de la Guilde.

— C'est vrai, seule la Guilde peut consacrer un Nomade. Toutefois, la première partie de l'apprentissage peut être réalisée auprès de n'importe quel Nomade qui s'engage à le faire. Ellel termine cette étape auprès de moi avant d'être présentée à la Guilde et d'accomplir son premier voyage de Solitude. Les enfants peuvent se joindre à elle pour ces derniers cours. Ou à Jwel pour l'arc, à Deli pour la cuisine et la stratégie... Peut-être pouvons-nous imaginer un parcours libre ? Ils ne seraient pas formellement des apprentis, mais pourraient picorer ici et là et, ainsi, avoir une idée d'où les portent leurs inclinations.

Jwel intervint :

— Si vous le permettez, Eben, je crois que nous aurions également beaucoup à gagner avec cet échange. Blaise, Dag, Sem et Chandra peuvent nous apprendre beaucoup.

— Et je jetterais volontiers un œil, si je puis dire, aux fameux livres du phare ! lança Borges malicieusement.

Chandra, qui jusque-là était demeurée inhabituellement silencieuse, intervint :

— Ce vieux hibou de Blaise n'y verra sûrement aucun inconvénient. Il est temps que ça bouge un peu dans le château, hein, Eben ? Un peu d'agitation ne fera de mal à personne !

Elle regarda tour à tour Bahir et Maya.

— Merci…

Ellel battit des mains et embrassa Claris. Alors, toutes les filles de Maya applaudirent, entraînant les adultes, qui firent de même et réveillèrent ainsi le petit Merlin, lequel se mit à brailler, ajoutant au brouhaha général.

*

Ce soir-là, couchés sur le dos dans la carriole qui les ramenait au château, les jumeaux contemplaient les étoiles et ils étaient heureux. Eben conduisait en silence et Chandra somnolait. Jad pensait avec nostalgie : *C'était comme quand maman était là, les rires, le désordre. L'amour.* Claris pensait, éblouie : *Nomade de l'Écriture… Voyage de Solitude.* Eben pensait : *Voilà ce dont nous avons été privés, voilà ce que j'ai été incapable de donner aux jumeaux. Oh, Sierra…* Chandra pensait : *Cette sauce au citron et au gingembre, quelle trouvaille !* Ugh ne pensait pas, il savourait en silence l'idée toute neuve d'avoir un père…

Chapitre VIII
Quelques explications

Rabougri

— Ce garçon n'a pas besoin d'un père ! Il s'en est parfaitement passé jusqu'à présent. Sais-tu seulement ce que cela veut dire « un père », Blaise Soma Arrabal ?

En entendant son nom complet prononcé par une Chandra très remontée, Blaise frémit. Il avait depuis longtemps cessé de penser à lui sous cet angle. Soma était le nom de son grand-père et Arrabal le nom de son père. Et lui n'était ni l'un ni l'autre, il était Blaise. Entendre ainsi son nom accolé à ceux de ses ancêtres le situait dans une continuité dont il ne s'était guère soucié jusqu'à présent. Pourtant, il s'agissait précisément de cela avec Ugh : une continuité... Il répondit prudemment :

— Je n'ai pas été élevé par mes parents mais par mes grands-parents, plus précisément par ma grand-mère, Sil, une maîtresse femme qui menait sa nombreuse progéniture à la baguette. Mon grand-père était une légende vivante, un homme extraordinaire certes, mais qui parlait davantage aux elfes et aux salamandres qu'à ses propres enfants. Alors, non, je ne sais pas vraiment ce qu'est un père.

— Regarde autour de toi ! lança Chandra, sans se laisser attendrir.

Blaise la prit au mot. Il parla comme s'il pensait tout haut, pour lui-même. Il n'avait jamais vraiment réfléchi au sujet et il ressentait tout à coup un mélange de nostalgie et de crainte qui piquait sa curiosité.

— Autour de moi ? Eben est un père et cela ne semble pas être un rôle facile. Lui qui était la témérité incarnée sur un champ de bataille passe son temps à s'angoisser pour ses enfants, à tel point qu'il refuse de les voir grandir. Jors était un bâtisseur, un chef charismatique et nous lui devons beaucoup. Mais comme père, quel gâchis !

Le visage de Blaise s'éclaira, il tenait sa conclusion :

— Il semblerait que les hommes ne sachent pas faire deux choses à la fois.

Sa satisfaction fut de courte durée. Chandra le regardait, écœurée.

— Tu crois m'avoir avec cette fausse humilité ? Qu'est-ce que tu insinues ? Que la nature des femmes les porte à tenir plusieurs rôles et que celle des hommes les en dispense ? Crois-tu seulement qu'elles aient le choix ? Pardonne-t-on à une femme qui n'est pas une « bonne mère » si par ailleurs elle est chasseresse ou bâtisseuse ? C'était peut-être le cas dans vos fameux « Temps d'Avant », mais c'est oublié depuis belle lurette, en tout cas dans les Trois Vallées ! Les femmes qui veulent faire autre chose qu'élever des enfants sont mal vues. Alors la plupart se débrouillent pour tout concilier, au risque d'être toujours insatisfaites.

Blaise la dévisagea comme s'il la voyait pour la première fois.

— Mais, toi, Chandra, tu es avant tout une mère, non ?

L'irritation de Chandra monta d'un cran.

— Féconde Déesse, comment peut-on être aussi stupide ? Je ne suis pas « avant tout » une mère. Il n'y a pas de « avant tout ». Il y a « tout ». Une femme, une mère, une fille, une sœur, une maîtresse, une cuisinière, une intendante... Tout à la fois ! La difficulté se situe exactement là, car personne ne peut tout faire bien tout le temps. C'est un équilibre impossible...

Chandra avait prononcé la dernière phrase d'un ton amer qui ne lui était pas coutumier. Elle se reprit et lança férocement :

— Et les hommes sont si orgueilleux qu'ils n'essaient même pas !

— Quoi ? Que n'essaient-ils pas ? demanda Blaise, un peu perdu.

— De faire plusieurs choses à la fois ! Par peur de mal faire, de ne pas y arriver, par orgueil ou par habitude. C'est bien dommage, parce qu'une chose en alimente une autre : si tu avais été un père pour Ugh, tu aurais également fait un meilleur précepteur pour les jumeaux, et vice versa. Tout se tient, tout avance ensemble, si on le désire.

— Si on le désire, répéta lentement le Mandarin.

Il était abasourdi. Il n'avait jamais imaginé que Chandra puisse ne pas être satisfaite de sa vie. Elle était toujours si pleine de gaieté, si active.

— Mais tu es heureuse d'être mère, n'est-ce pas ?

Chandra sembla sur le point d'exploser.

— Par les couilles de la Déesse, ne comprends-tu vraiment rien à rien ? Oui, je suis heureuse de l'être, plus heureuse que je ne saurais le dire. Je ne peux pas imaginer ma vie sans cet amour-là. De ma part, c'était un choix que je réitère chaque jour avec joie. En revanche, je ne me souviens pas d'avoir choisi de l'élever seule, cet enfant.

— Pas tout à fait seule, tout de même... bafouilla Blaise. Ugh a reçu la même éducation que les jumeaux et...

Chandra ne le laissa pas terminer sa phrase.

— Je ne te parle pas d'enseignement. Sans désir, il n'y

a rien, Blaise. Rien. C'est pour cela que je ne t'ai jamais imposé Ugh. Je voulais que tu désires cet enfant.

— Je ne suis... je n'étais pas sûr qu'il soit mon fils, avoua Blaise.

Chandra ne répondit rien, mais lui lança un regard si dur que Blaise eut l'impression de recevoir une flèche entre les yeux.

— Fort bien. Je n'ai plus rien à te dire, sinon ceci : en revenant de chez Borges, Ugh m'a demandé si tu étais son père. Il ne l'avait jamais fait auparavant et j'estime que s'il a posé la question maintenant, c'est parce qu'il peut entendre la réponse. Je lui ai répondu qu'il était né de ta semence et que c'était à vous deux de décider si cela faisait de toi son père.

— Mais tu viens de dire qu'il n'a pas besoin d'un père ! Ce n'est pas cohérent ! protesta Blaise, soudain paniqué de voir la situation exposée aussi clairement.

— Ahhhh !

Blaise sentit tous ses poils se hérisser au cri sauvage de Chandra. Les yeux fermés, les poings serrés, la nourrice faisait un effort manifeste pour se contrôler. Se tournant vers lui, elle grinça :

— J'étais en colère, *chéri*... Au cas où tu ne l'aurais pas remarqué, je SUIS en colère... Tu te pointes la gueule enfarinée, quatorze lunées plus tard, pour dégobiller tes concepts sur la paternité et tu voudrais que je pleure de joie au retour du père prodigue ! Par la Très Patiente Déesse, il n'y a pas de cohérence lorsqu'on est en colère !

Ne sachant comment la calmer, Blaise prit le parti de hocher vigoureusement la tête. Chandra respira profondément et articula comme si elle parlait à un simple d'esprit :

— Tous les en-fants du mon-de et d'ail-leurs ont besoin d'un pè-re ! Même toi, aussi aveugle, aussi sourd, aussi égoïste, aussi...

Elle chercha le terme approprié tandis que Blaise rentrait la tête dans les épaules, se préparant au pire.

— ... aussi rabougri que tu sois ! Et maintenant, disparais de ma vue parce que je sens que ma patience est à bout !

*

Blaise rangea la fiole dans une poche interne de sa robe. Il pencha la tête d'un côté puis de l'autre pour assouplir ses muscles ankylosés. Assis sur un fauteuil dans la chambre des jumeaux, il s'évertuait à mettre un peu d'ordre en lui-même.

Chandra l'avait cueilli au vol alors qu'il rentrait de quarante-huit heures bien remplies, avant même qu'il n'ait le temps de poser son sac. Il se massa la nuque. Genièvre et basilic ne faisaient pas le poids face à la mère de Ugh. Une fois de plus, elle l'avait... essoré. Chandra lui faisait souvent cet effet, comme si elle le tordait dans tous les sens, ainsi qu'elle le faisait avec le linge, pour extraire la plus infime goutte de rationalité ou de certitude. Chandra était un torrent de sentiments, de passion... Quelle femme magnifique !

Blaise fronça les sourcils. Ce n'était pas le moment de se laisser aller à de vieux sentiments. Cette histoire de paternité le perturbait. Le garçon voudrait sûrement des explications, or il n'en avait pas. Était-il son père ? Et surtout, voulait-il l'être ? Il poussa un long soupir, il se sentait en effet plutôt... rabougri.

Claris se réveilla à ce moment-là et sourit en apercevant son précepteur.

— Blaise ! Où étais-tu passé ! On a un tas de trucs à te demander !

— Hé, doucement, demoiselle ! Il semblerait que vous ayez aussi beaucoup de choses à me raconter. Nous avons la journée devant nous et j'ai l'estomac dans les talons. Allons prendre un bon petit-déjeuner, d'abord.

Il renifla et eut un sourire gourmand.

— Humez, moucherons ! Ne sentez-vous rien ? Farine blonde, lait crémeux, œufs tout chauds à peine sortis du cul béni de la poule !

Claris l'imita et son visage s'illumina.

— Chandra a fait des crêpes ! Le premier arrivé aura double ration ! s'exclama Claris, qui partit sans plus tarder, en chemise de nuit et pieds nus.

Blaise s'assit sur le bord du lit de Jad et examina le garçon, encore mal réveillé.

— Est-ce que ça va, mon garçon ?

Jad répondit par une autre question :

— Tu vas repartir ?

Blaise acquiesça de la tête.

— Tu as vu Ugh ? Est-ce vrai que tu es son père ? Pourquoi ne lui avez-vous rien dit ? mitrailla Jad d'un ton anxieux.

— Pardonne-moi, Jad, mais je réglerai cela avec Ugh, si tu veux bien. Tu as bien assez de tes propres soucis. Je vois à ton visage que tes nuits sont à nouveau troublées. Ai-je tort ?

Vexé d'avoir été rembarré, Jad se tut. Blaise ébouriffa affectueusement les cheveux lisses du garçon, accentuant la ressemblance avec sa sœur.

— Je sais que vous êtes amis, Ugh et toi, et je m'en réjouis. Ne t'inquiète pas pour lui, il était temps qu'il sache, je crois...

— Et nous ?

Blaise leva un sourcil interrogateur.

— N'est-il pas temps que nous sachions ?

Blaise se leva et alla ouvrir la fenêtre. Le ciel charriait des pelletées de nuages vers l'est. Ils couraient rapidement, dévoilant des bandes d'un bleu pâle étonné d'être nu. Il ne pleuvait pas et le Soleil dardait timidement des rayons un peu rouillés. Le vieil homme chercha du visage la caresse du soleil et dit d'un ton enjoué :

— Tiens, on dirait que le temps change ! Le Temps Jaune arriverait-il enfin ? Ce serait une bonne chose, les vignes ne seront peut-être pas perdues. Te souviens-tu des dernières vendanges, Jad ? Claris était tombée dans la cuve, elle avait du raisin jusque dans les oreilles !

— Je n'y étais pas. Je... j'étais malade.

L'amertume dans la voix de l'enfant alerta Blaise. Il revint vers Jad, qui s'était levé et s'habillait.

— Écoute, je te propose un marché : nous répondrons à tes questions, Borges ou moi, dans la mesure de nos possibilités. En échange, tu ne dois rien me cacher de tes nuits. C'est très important.

Le ton badin était devenu grave, et Jad leva la tête de ses lacets. Il vit de larges cernes sous les yeux plissés du Mandarin, qui rentrait habituellement reposé d'un séjour dans la grotte.

Le garçon prit brusquement conscience de l'importance de cet homme dans sa vie. À sa manière elliptique, il avait toujours été là lorsqu'il avait eu besoin de lui. Il l'avait soigné dans sa maladie, soutenu dans sa convalescence, guidé dans sa bataille contre les cauchemars. Il ressentit une grande tendresse et la peur de le perdre. *Pourquoi est-ce que je n'arrête pas de penser que je vais perdre les gens que j'aime ?*

Dans un élan qui surprit le vieil homme, le garçon se jeta dans ses bras.

— Je vais te raconter, j'ai besoin d'en parler. Je… Il se passe beaucoup de choses.

Jad se détacha et s'essuya les yeux d'un geste vif. *Il ne mesure pas l'étendue de son courage*, pensa Blaise en le voyant ravaler ses larmes et respirer pour se calmer. Jad le toisait, une lueur de défi dans les yeux.

— Mais il y a de bonnes choses, aussi !

— Par les seins de la Déesse, j'espère bien ! Les filles de Borges, cela en fait au moins trois, n'est-ce pas ?

Blaise évita en riant l'oreiller que lui lança Jad.

— Maintenant, descendons vite ou ta sœur ne nous laissera pas la moindre miette !

Le dragon de la forêt

— Eh bien, fit Blaise avec un sifflement admiratif, on dirait que chaque fois que vous allez au village, c'est la révolution !

Les jumeaux, qui avaient parlé à bâtons rompus tout en engouffrant une quantité effarante de crêpes, hochèrent la tête avec enthousiasme.

Ils étaient attablés dans l'accueillante cuisine, devant un petit-déjeuner copieux servi par Nim, la petite gâte-sauce de Chandra. La gamine semblait si effrayée par cette responsabilité soudaine que Blaise la prit en pitié et la congédia avant qu'elle ne fasse une bêtise.

Eben entra dans la cuisine au moment où Blaise terminait sa phrase.

— Une révolution ? Un putsch quasiment ! Je me suis fait avoir comme un bleu. Borges est déroutant, Maya impressionnante. Quant à leurs filles, elles sont bien trop jolies pour que l'on puisse s'en défendre.

Le Duc asséna une tape amicale sur l'épaule de Blaise, embrassa ses enfants et alla s'asseoir pour déjeuner.

— Content de voir que tu es bien rentré, Blaise. Les jumeaux t'ont tout raconté ?

Blaise fit un clin d'œil discret à Eben, montrant qu'il comprenait à demi-mot.

— Oui et j'ai eu une... J'ai vu Chandra tout à l'heure.

Eben hocha la tête et Blaise enchaîna avec entrain :

— Je crois que nous avons du pain sur la planche pour revoir le programme d'études de ces enfants. Ainsi, tu vas les mettre en apprentissage chez les Borges ?

— Pas tout à fait. Maya propose quelque chose de plus souple.

En quelques phrases, Eben mit Blaise au courant de la discussion de la veille. Il fut convenu que Ugh, qui se rendait avec sa mère au marché, inviterait les Borges à venir le lendemain au château, Blaise devant repartir le surlendemain. En entendant cela, Eben leva les sourcils et Blaise lui fit signe qu'il lui expliquerait plus tard. Les jumeaux protestèrent :

— Ah non, cette fois, tu ne partiras pas sans avoir répondu à toutes nos questions !

— Toutes vos questions ! se récria Blaise. Nous y serons encore dans une lunée ! Ayez pitié de votre vieux maître et laissez Bahir me donner un coup de main. Mais aujourd'hui je suis tout à vous, promis.

— Oh non, j'ai escrime ce matin ! rouspéta Claris.

— Et moi, j'ai entraînement au jeu des Mille Chemins cette après-midi, compléta Jad.

— Eh bien, je verrai Jad le matin et Claris cette après-midi, arbitra Blaise.

Comme Claris faisait une moue dubitative, il ajouta :

— Juré !

— Crache ! rigola Claris.

— Dans la cuisine de Chandra ? Tu veux ma mort !

Les jumeaux engloutirent les dernières crêpes, puis se

hâtèrent vers leurs activités respectives. Une fois seul avec Blaise, le Duc resservit du chococaf et vint s'asseoir en face de son ami.

— J'avoue que je ne suis pas mécontent que tu sois rentré. Je me sens un peu dépassé par les événements.

— Étant donné les circonstances, Eben, je crois que cette prise en charge par la famille Borges ne pouvait mieux tomber.

— Que veux-tu dire ?

— Je ne suis pas allé dans la grotte.

— Mais où alors ? Tu avais dit...

— J'ai changé d'avis au dernier moment et je crois que j'ai été bien inspiré. Je vais tout te raconter, il faut que tu saches et que nous prenions des décisions.

Blaise se leva, jeta un coup d'œil dehors pour s'assurer que la cour était déserte et ferma la porte de la cuisine.

— Je t'écoute, dit Eben en sortant sa pipe.

— C'est Athéna qui m'a prévenu qu'il se passait des choses étranges dans la forêt, commença Blaise.

— La chouette ? Elle vit encore ?

— Oui, nous n'avons jamais perdu contact. Elle m'a alerté et j'ai voulu... comment dire... voir de mes propres yeux. Je suis allé au siège du Dragon, au cœur de la forêt.

— Le siège du Dragon ? Nous l'avons cherché pendant des décades, Sierra et moi, quand nous étions jeunes, sans jamais le trouver ! J'avais fini par croire qu'il s'agissait d'une légende de plus !

Blaise suçota sa pipe et lui jeta un coup d'œil en biais.

— Les légendes sont bien pratiques, n'est-ce pas ? Nous pouvons y loger tout ce que nous préférons ne pas croire réel. J'avais renoncé moi aussi à atteindre le vieux cœur de la forêt. Mais cette fois je l'ai trouvé, ou plutôt c'est lui qui m'a trouvé, compléta pensivement Blaise.

Il plissa les yeux, glissant ses mains dans ses manches.

Eben connaissait ce geste, le Mandarin allait raconter une histoire. Il se rencogna sur sa chaise pour en profiter pleinement.

— Parti à l'aube, j'ai atteint la clairière de la Licorne en fin de matinée. À partir de là, j'ai commencé à tourner en rond, comme d'habitude. Tu l'as expérimenté toi-même de nombreuses fois : tous les chemins qui partent de la clairière où se dressent les immortels aux troncs blancs conduisent à des labyrinthes qui ramènent inévitablement le promeneur à la clairière. De guerre lasse, en fin d'après-midi, j'ai décidé de bivouaquer pour réessayer le lendemain. Après une rapide collation, j'ai fait quelques exercices. Le crépuscule s'installait doucement, la clairière était calme, j'écoutais le bruissement des feuilles. Je me suis détendu et j'ai demandé à la forêt la permission d'entrer plus avant. J'ai expliqué que je venais pour obtenir des conseils, que je n'avais nulle mauvaise intention. Lorsque j'ai ouvert les yeux, la nuit m'offrait un spectacle que je ne suis pas près d'oublier.

Blaise sortit une main de sa manche pour tirer une longue bouffée de sa pipe, en fermant les yeux.

— La clairière étincelait, décorée d'une guirlande de lucioles. Des centaines, des milliers de lucioles alignées clignotaient comme pour me montrer le chemin. Comme si les étoiles étaient descendues sur terre et dans l'ordre, rit le vieil homme. Bien sûr, je les ai suivies. J'ai eu la sensation de marcher pendant des heures, avec des détours, des zigzags, des retours en arrière, des ruisseaux à franchir. Je serais tout à fait incapable de répéter l'opération. Je cheminais depuis l'aube et j'aurais dû être épuisé, mais le clignotement des lucioles me réchauffait le cœur, j'avais la sensation d'être le héros d'un conte de fées ! À vrai dire, je me trouvais dans un état second, je me laissais guider, simplement.

Il fit une pause puis ajouta, rêveur :

— C'est merveilleux de se laisser guider sans réfléchir à rien, sans rien décider.

Le Mandarin se tut, savourant ce souvenir, et le Duc ne brisa pas le silence. Oui, cela devait être merveilleux de se laisser guider, simplement. Qu'aurait-il fait, lui Eben, dans cette situation ? Aurait-il suivi les lucioles ? *Je n'aurais pas eu confiance*. Le mot poignarda Eben. Il avait eu confiance en son père et en ses frères et ils étaient morts, le laissant seul. Il avait eu confiance en Sierra et elle était partie. Alors, des bestioles qui montrent le chemin... Blaise avait repris son récit :

— Les lucioles ont soudain disparu et je me suis retrouvé plongé dans l'obscurité, sans la moindre idée de l'endroit où j'étais. La forêt m'entourait, ancienne et profonde, palpitante de vie. Néanmoins, sa présence était... comment dire... bienveillante. Je me suis adossé en tâtonnant au premier arbre que j'ai trouvé et je me suis endormi... comme une souche, c'est le cas de le dire ! Je me suis réveillé dans une aube rayée de chants d'oiseaux, perlée de rosée. Une aube de quiétude et de renouveau. C'est difficile à décrire...

Blaise fit des ronds avec la fumée avant de planter son regard vif dans celui du Duc :

— Je me suis réveillé sur le siège même du Dragon. L'arbre au pied duquel j'avais dormi n'était pas n'importe quel arbre. Le dragon de la légende qui sommeille au cœur de la forêt n'est pas un animal, c'est un arbre.

— Quoi ?

— *Dracaena draco* : un dragonnier.

Eben ôta sa pipe de sa bouche.

— Un dragonnier ? C'est impossible, voyons, c'est un arbre tropical ! Et, si je ne me trompe, il était déjà en voie de disparition au XXIe siècle !

Blaise haussa les épaules.

— Pourtant, il existe bel et bien un dragonnier planté au cœur de la forêt de Salicande. Et depuis fort longtemps. Je n'ai jamais vu d'arbre aussi vieux, aussi impressionnant. Il a dû être apporté des tropiques dans les Temps d'Avant, lorsqu'ils essayaient de repeupler les forêts. Il aura résisté et survécu au temps et aux changements climatiques. En tout cas, la sève rouge qui caractérise son espèce coule en lui, forte et riche. Et son écorce ressemble bel et bien à des écailles, d'où son nom et la confusion entre « dragon » et « dragonnier ». Cet arbre, cet être devrais-je dire, est indiscutablement le roi de la forêt.

Eben eut la même moue dubitative que sa fille.

— Difficile à croire…

— Si tu trouves cela difficile à croire, peut-être devrais-je m'arrêter maintenant et aller me coucher. Ce qui d'ailleurs me ferait le plus grand bien.

Comme Eben le regardait, un sourire cynique aux lèvres, Blaise s'impatienta.

— Ramsk soit maudit ! Crois-tu que je te raconte tout cela pour le plaisir de m'entendre parler ? Tes convictions ne regardent que toi, et j'ai depuis longtemps renoncé à te convaincre qu'il existe autre chose entre le ciel et la terre que ton proverbial scepticisme. Je te demande seulement de prendre en considération ce que j'ai vu et entendu, parce que nous sommes tous concernés et peut-être bien au-delà de ce que nous pouvons imaginer. Je n'invente rien. Je crois que tu sais que tu peux me faire confiance.

Ce dernier mot effaça le sourire du Duc. D'un geste, il signifia à Blaise de poursuivre. Le Mandarin grommela :

— Je passerai dorénavant les détails bucoliques ou métaphysiques que tu n'es pas en mesure d'apprécier…

Eben n'osa pas protester, il l'avait bien cherché. Comment

avouer à Blaise qu'il avait bu son récit comme du petit-lait, tout incrédule qu'il était ?

— Pour faire court, le peuple des Arbres est venu à moi, ou plutôt m'a appelé à lui. Nous nous sommes longuement entretenus...

— Ils parlent notre langue ?

Blaise regarda Eben d'un air menaçant, mais il n'y avait que de la surprise dans la question du Duc.

— Ils parlent la langue globale suffisamment bien pour que nous nous comprenions, et il y a d'autres façons de communiquer.

Le père des jumeaux eut un geste apaisant.

— D'accord... Venons-en aux faits.

— Très bien : le passage du Dragonnier a été forcé.

— Quel passage ?

Se penchant vers le Duc, Blaise posa sa pipe et joignit les mains en un curieux geste de prière.

— Tu ne vas pas aimer ce que je vais te dire, Eben. Mais j'ai beau tourner le problème dans tous les sens, je ne vois pas comment faire autrement. Te souviens-tu de la nuit de la disparition de Sierra ?

Sierra dansait

Eben ferma les yeux. Il avait envie d'étrangler Blaise. Cette nuit-là, il l'avait revue des centaines de fois. Cette nuit-là, il passait sa vie à essayer de l'oublier. Lorsque le Mandarin continua, il y avait de la compassion dans sa voix :

— Je crois que cette nuit-là, la nuit du solstice d'été, une porte s'est ouverte. Une porte qui était restée fermée pendant fort longtemps. Nous avons peut-être mal interprété ce qui a eu lieu. Souviens-toi... Sierra dansait...

Sous ses paupières closes, Eben revit la scène comme

si c'était hier. Sierra, dans sa robe rouge et or, tournoyait entre ses bras. Elle riait et ses yeux clairs vrillaient les siens comme deux quartz déchirant l'obscurité. Soudain, elle avait porté la main à sa tête, le visage crispé de douleur. Elle s'était affaissée dans ses bras.

Il avait cru à un malaise dû à la chaleur qui avait sévi toute la journée, engendrant une nuit grosse d'un orage qui ne tarderait pas à éclater. Il avait amené sa femme sur la terrasse et couru chercher un verre d'eau.

Lorsqu'il était revenu, frappé par sa pâleur, il avait proposé de clore le bal, mais elle avait refusé. Ce n'était qu'un malaise dû à la touffeur, à l'alcool, il ne fallait pas gâcher le plaisir des danseurs. Elle s'allongerait dans sa chambre, s'il pouvait l'excuser auprès de leurs invités. Elle l'avait embrassé sur les lèvres et s'était détournée pour monter l'escalier. Il avait encore le goût de ce baiser dans la bouche. Brûlant, urgent. La dernière image qu'il avait d'elle était son dos, nu dans la robe rouge et or.

Le Duc était retourné à ses obligations et, le dernier convive parti, était monté dans leur chambre. Sierra n'y était pas. Elle ne s'était jamais allongée sur le lit. La robe de bal gisait en tas sur le sol. Plus tard, Chandra découvrirait que la vieille tenue de Nomade de Sierra manquait dans la penderie, ainsi que ses chaussures de marche et son sac d'escalade.

Le Duc ouvrit les yeux pour ne pas penser à la suite : son cœur qui s'était arrêté, l'orage, les cinq jours de recherche inutile, la maladie de Jad, la détresse dans les yeux des jumeaux, la vie qui n'avait plus de goût, plus de sens… Il articula avec effort :

— Sierra dansait. Elle s'est trouvée mal et m'a dit qu'elle allait s'allonger dans notre chambre. Au lieu de ça, elle s'est changée et elle est partie. Elle a pris le temps de faire son sac, Blaise, mais pas celui de laisser un mot pour expliquer son geste. C'était prémédité. Elle a sciemment abandonné sa famille. Elle est partie et elle n'est jamais revenue. Il n'y a rien d'autre à en dire.

— Si, peut-être, dit Blaise.

Il parlait très doucement, sur un ton monocorde, comme on parle à un enfant pour le calmer :

— Voilà ce que j'ai appris dans la forêt : Sierra a reçu un message pendant le bal. Un message urgent qui ne souffrait aucune attente. C'est pour y répondre qu'elle est partie ce soir-là. Elle s'est rendue au siège du Dragon, où elle était attendue. Elle faisait partie d'un groupe, d'une sorte de cercle ou de ligue, je ne sais pas exactement, que le peuple des Arbres a appelé « les Gardiens ». Elle ne devait s'absenter que quelques heures. Elle a bien quitté la forêt pour revenir au château, et c'est en chemin qu'elle a disparu. Quelque chose l'aura empêchée de rentrer. Je n'ai jamais cru qu'elle vous avait abandonnés. L'absence de mot, le fait même qu'elle n'ait pas pris son enregistreur indiquent qu'elle comptait revenir.

Eben s'était levé et marchait de long en large dans la cuisine, blême de colère.

— Qu'est-ce que tu me chantes ? Un message de qui ? Pourquoi me l'aurait-elle caché ? C'est la chouette qui t'a hululé ça à l'oreille ? Ou bien le peuple des Arbres accroché aux branches du jardin ? Et quand bien même, qu'est-ce que ça change ? Pourquoi parler de Sierra maintenant, neuf lunées après ?

— Parce que, justement, c'est comme si tout avait été gelé avec son départ, comme si la vie s'était arrêtée. Et il faut que la vie reprenne, Eben ! Si nous n'allons pas dans ce sens, elle explosera sans nous demander la permission. Elle a déjà commencé…

— Je n'ai passé que trop de temps à me demander pourquoi et comment, trop de temps à me faire à cette idée…

non, à cette « réalité ». La seule réalité qui soit : Sierra n'est plus là. Pour moi, cela s'arrête là.

Blaise ne répondit rien, la révolte d'Eben était légitime. Il avait souffert pendant des années, persuadé que la femme qu'il aimait l'avait quitté sans explication un soir de bal. Il découvrait soudain qu'il n'en était pas ainsi.

Arpentant la cuisine, Eben grondait comme un fauve en faisant craquer les jointures de ses mains. Une fois de plus, Blaise admira la formidable puissance physique qui se dégageait de cet homme. L'énergie que son corps contenait à grand-peine remplissait la pièce.

Le Duc se tourna vers Blaise comme pour dire quelque chose, puis renonça. Il quitta la pièce précipitamment, renversant au passage une étagère. Une pile d'assiettes s'écrasa sur le sol dallé dans un bruit de porcelaine brisée.

Blaise tira sur sa pipe éteinte, découragé. Décidément, tout le monde se mettait en colère contre lui, aujourd'hui. Eben allait probablement monter à cheval pour épuiser sa rage et sa peine, puis il reviendrait.

La pendule aux oiseaux sonna. Onze heures déjà, Jad l'attendait depuis plus d'une demi-heure. Ensuite, il avait rendez-vous avec Claris… Sans parler de Ugh… La journée s'annonçait chargée.

Chapitre IX
Rêves et poèmes

Rêver peut-être

Le lac des saules s'étalait, moins noir sous le soleil. Penchés sur le miroir liquide, les arbres admiraient leur chevelure doucement agitée par la brise. Jad s'exerçait et ne vit pas le précepteur arriver. Blaise l'observa un moment. Jad inspirait puis expirait lentement, parfaitement concentré. Une, deux, trois fois. Puis il levait l'arc d'un mouvement à la fois fluide et précis. La flèche partait très vite, mais pas très loin. Jad allait la chercher et recommençait.

— Je suis heureux que tu aies repris le tir à l'arc, Jad. Tu n'as rien perdu de ta précision, dit Blaise en se montrant.

— Une flèche qui n'atteint pas son but est une flèche inutile, répondit Jad en haussant les épaules. Je n'ai pas assez de force.

— Jwel est la meilleure archère des Trois Vallées, je ne me souviens pas qu'elle ait des biceps de forgeron !

Le garçon ne répondit pas.

— Dag serait ravi de concocter quelques exercices pour te muscler les bras. Lui as-tu parlé ?

Jad fit non de la tête. Blaise connaissait cet air buté, une marque de famille en quelque sorte. Il l'avait vu chez Jors, chez Sierra, chez Claris. Mais il était rare que le garçon se braque ainsi. Jad lui en voulait. *Et il n'a pas tort, je l'ai négligé ces derniers temps.*

La pensée de Blaise se tourna malgré lui vers Ugh. Où qu'il regardât, il ne voyait que des problèmes et pas de solutions. Comment faire face à tout à la fois ? Lorsqu'il avait eu la mauvaise idée de s'en plaindre à Chandra, elle lui avait rétorqué avec condescendance qu'être au four et au moulin était le lot des femmes depuis que le monde était monde. Elle avait ajouté que vouloir à tout prix trouver des solutions était une manie typiquement masculine, les femmes ayant compris depuis belle lurette que certaines questions n'appellent pas de réponse.

Le Mandarin prit une inspiration qu'il écoula le plus lentement possible par la bouche. *Une chose après l'autre...* S'asseyant au bord de l'eau, il invita d'un geste Jad à en faire autant.

Le Soleil avait pris de l'éclat et Blaise chercha du visage la chaleur de l'astre, respirant de façon régulière. Insensiblement, la respiration du garçon se calqua sur la sienne. Ce fut Jad qui prit la première posture, assis sur les talons : la position de la montagne. Les postures assises s'enchaînèrent l'une après l'autre.

Une quinzaine de minutes plus tard, Blaise sourit à Jad avec reconnaissance.

— Merci, mon garçon, de m'avoir accordé cette pause. Si tout le monde était aussi réceptif et compréhensif que toi, nous éviterions bien des tracas.

— C'était un plaisir...

Jad s'assit en tailleur et regarda son précepteur.

— Maintenant, le bon petit Jad compréhensif aimerait comprendre quelques trucs. Tu as promis.

— D'accord, allons-y, fit Blaise avec l'expression de

quelqu'un qui se demande à quelle sauce il va être mangé. Comment puis-je t'aider ?

Jad alla droit au but :

— Je rêve de ma mère, Blaise. De plus en plus. C'est comme si elle voulait me dire quelque chose.

— Quoi ? demanda Blaise, sans montrer son étonnement que Jad aborde de front la question délicate de ses rêves.

— Je ne sais pas, justement ! répondit le garçon, désemparé. Au début, les rêves étaient comme des souvenirs : nous nous promenions dans la montagne, nous jouions aux énigmes, elle chantait, des choses que nous faisions ensemble avant que... avant son départ. Ces rêves me faisaient du bien, c'était un peu comme si elle était encore là. Mais, depuis quelque temps, elle apparaît sous des formes différentes...

— Des formes différentes ? interrompit Blaise.

— Oui, elle est... étrange, mais je sais que c'est toujours elle.

— Hmm, fit Blaise, et que fait-elle ?

— Elle me regarde. Elle essaie de me dire quelque chose. C'est horrible, parce qu'elle ouvre la bouche et que rien ne sort, ou bien elle parle mais je ne comprends pas la langue. J'ai l'impression qu'elle est loin et triste. Je me réveille avec la migraine.

Jad se tut et joua machinalement avec les galets qui tapissaient la grève. Il lança avec force un caillou dans l'eau, qui l'engloutit.

— Parfois, je pense que cette migraine est une punition parce que je ne parviens pas à aider ma mère !

— Cette migraine n'est pas une punition, Jad. C'est une réaction physique due à une surcharge d'activités psychiques et émotionnelles. Il faut faire quelque chose pour évacuer ce surmenage, ajouta Blaise soucieux. Tes rêves ne peuvent pas être, toutes les nuits, un champ de bataille…

Le garçon haussa les épaules, quelque chose d'autre le tracassait.

— Blaise, pourquoi est-ce que ma mère apparaît dans mes rêves ? Est-ce que ça ne serait pas mieux de faire comme Claris et de l'oublier ?

La voix de Jad s'étrangla sur ce dernier mot et il se mit à pleurer doucement. *Enfin, il pleure…* Blaise résista à l'envie de prendre le garçon dans ses bras. Il connaissait Jad, il ne voulait pas être consolé, il voulait comprendre. Le précepteur se mit lui aussi à jouer avec les galets, laissant aux larmes de Jad le temps de couler. Il dit doucement :

— Claris n'a pas oublié Sierra, Jad. Personne ne l'a oubliée. Ni ton père, ni moi, ni Chandra, ni Borges ou Maya. Chacun affronte comme il peut la souffrance que provoque son absence. Claris se défend en évitant de penser à elle, Eben en y pensant tout le temps, toi en rêvant. Je ne pense pas que ce soit plus facile pour eux que pour toi.

— Ma mère n'est pas morte, je le sens !

— Alors, tu as un avantage certain sur nous tous.

Blaise observait le garçon avec intérêt, mais Jad se méprit.

— Tu ne me crois pas, n'est-ce pas ? Claris non plus ne me croit pas.

Jad essuya ses larmes d'un geste rageur. *Un jour, il faudra bien qu'il les laisse couler jusqu'au bout.*

— Peut-être ta sœur a-t-elle des difficultés à t'entendre évoquer tes rencontres oniriques avec Sierra parce qu'elle a choisi de ne pas y penser. Il est possible également qu'elle se sente doublement exclue : exclue de tes rêves et exclue des rencontres avec votre mère…

Blaise fit une pause pour laisser Jad réfléchir. Il ne

souhaitait rien précipiter tant qu'il ignorait jusqu'où Jad voulait aller dans ses confidences. Le garçon lança quelques cailloux dans l'eau, puis le regarda bien en face.

— Est-ce que toi, tu me crois, lorsque je dis que ma mère n'est pas morte ?

— Je te crois quand tu me dis que tu le sens ainsi. Je sais que tu as une relation très particulière aux rêves, Jad. Dis-moi plutôt comment tu la ressens, toi.

Les yeux noirs du garçon se perdirent dans les images déformées qui frémissaient sur la surface polie du lac. Quand il parla, d'une voix ferme, il exprimait pour la première fois ce qui était une évidence pour lui :

— Mes rêves sont un lieu où je vis autant que lorsque je suis réveillé. Parfois même, j'ai la sensation que j'y vis davantage ou mieux...

Il s'arrêta, guettant la réaction de l'adulte, qui demanda simplement :

— Sais-tu pourquoi tu y vis mieux ?

La réponse fusa :

— Parce que je ne suis pas gêné par mon corps imparfait. Parce que, dans mes rêves, en esprit, je suis parfait. Je peux courir, monter à cheval, lutter sans que mon cœur menace d'éclater. C'est un endroit où je peux me réfugier, être moi-même.

— Donc, les rêves te nourrissent, ils sont source de bien-être ?

Jad fit une grimace.

— Pas toujours. Il y a... plusieurs sortes de rêves. Ils n'ont pas tous la même... qualité. Les derniers rêves avec ma mère m'angoissent. Et puis...

Jad se mordilla les lèvres, hésitant.

— Oui ?

— Et puis je peux rêver sans être endormi, souffla le garçon.

Nous y voilà, pensa Blaise.

— Tu veux dire quand tu médites ?

— Quand je médite, quand je sculpte les bonsaïs ou quand je pratique l'Unir, parfois même quand je regarde la flamme d'une bougie…

Jad se tut. Sentant qu'il hésitait, Blaise attendit. Sa main séparait machinalement les galets blancs des galets gris. Le garçon le regarda faire un moment, puis murmura :

— Je… voyage. Je suis toujours là et, en même temps, j'existe ailleurs. Je ne sais pas l'expliquer.

— Tu l'expliques très bien, au contraire.

Le garçon lui sourit, soulagé, et son visage s'illumina.

— C'est une sensation merveilleuse, Blaise ! Comme si j'étais partout à la fois, comme si j'étais tout à la fois.

Le Mandarin hocha la tête, cachant sa surprise. *Par la Trame, il en est déjà là !*

— Mais ce ne sont pas ces rêves-là qui te cernent les yeux, n'est-ce pas ?

— Le problème, c'est que je ne me souviens pas toujours de ces… voyages. Ou bien je m'en souviens trop, au contraire, et je ne peux plus penser à autre chose. Je ne les contrôle pas. Et, parfois, c'est vrai, j'en reviens vidé, perdu.

Le garçon regarda son précepteur bien en face et dit très vite :

— Blaise, est-ce que je suis fou ?

C'était donc ça qui taraudait le garçon. Heureux qu'il ait enfin verbalisé sa peur, Blaise éclata d'un rire qui surprit le garçon et lui allégea le cœur.

— Fou ? Par les moustaches de Sigmund, non ! Tu as des capacités psychiques disons… supérieures à la moyenne.

— Alors, je ne suis pas le seul ?

— Non, mon grand, tu n'es pas le seul même si, chez

toi, elles se manifestent de façon particulièrement précoce et puissante.

Jad semblait avoir du mal à digérer cette information.

— Oh Jad, je suis désolé si je t'ai laissé croire que tu étais le seul dans ce cas. C'est loin d'être la vérité, et il fut un temps où ces capacités étaient tellement valorisées qu'elles avaient donné lieu à un commerce répugnant. Je ne t'en ai jamais parlé pour ne pas t'effrayer et parce que l'on ne sait jamais comment ces manifestations évoluent. En définitive, personne n'a jamais pu décrypter ce que sont les rêves ou les talents parapsychiques. Des gens ont été brûlés parce qu'ils avaient ces dons, d'autres encensés tels des dieux vivants. Tu sais aussi que ton grand-père détestait tout ça et que ce sujet est tabou à Salicande.

Blaise haussa les épaules.

— La seule chose que l'homme n'ait jamais su faire, c'est de considérer ces manifestations psychiques comme naturelles et saines.

— Mais toi, qu'en penses-tu ?

— Je pense que les rêves peuvent être des messages d'une partie de nous-mêmes qui sait et des lieux d'échange d'informations.

— Comment ça ?

— Je crois que chaque individu possède un réservoir de connaissances qu'il ignore. Il sait ce qui est le mieux pour lui, il sait ce qu'il doit faire de sa vie, il sait pourquoi il est né, il sait comment vivre en harmonie avec la planète. Si l'on ajoute ce que chacun sait, cela donne un potentiel de sagesse et de connaissance infini ! De plus, je crois que ces informations peuvent circuler d'âme en âme, de cœur en cœur, qu'elles peuvent s'échanger.

— Si nous savons tout ça, pourquoi est-ce que nous ne nous en servons pas ?

— Voilà le hic, n'est-ce pas ? Nous nous en servons, mais pas de façon optimale.

— Mais, aux Temps d'Avant, tout le monde s'en servait ?

— Hmm... Pas exactement. Écoute, je crois que l'heure est venue, en effet, que tu en saches plus sur les Temps d'Avant. Ta sœur également. Je n'aurai peut-être pas le loisir d'aborder ce sujet en profondeur avec vous, mais Borges s'en acquittera parfaitement, il s'est toujours intéressé à l'histoire des sciences de l'esprit de façon plus sérieuse que moi.

Jad lui jeta un regard sceptique.

— Je n'essaie pas d'esquiver le sujet, Jad. Seulement, je crois que tu désires davantage qu'un exposé bâclé, non ?

Jad hocha la tête.

— Dès demain, je vais en parler à Bahir.

— Je pourrai tout lui demander ?

— Oui.

— Et il répondra ?

Le Mandarin glissa ses mains dans ses larges manches et eut un sourire énigmatique.

— Peut-être pas toujours comme tu l'attendras, mais il n'éludera aucun sujet. Maintenant, je voudrais que tu me parles un peu du jeu.

— Quoi, le jeu ?

— Te pose-t-il des problèmes ?

Jad saisit un galet et le lança dans le lac, qui l'engloutit avec un « plouf » indifférent. Des cercles concentriques se formèrent puis s'élargirent à l'infini, et l'eau reprit son immobilité initiale. Jad dit avec détachement :

— Ce n'est qu'un jeu de stratégie particulièrement compliqué. Pourquoi avait-il été interdit ?

Blaise l'observa sous ses paupières à demi fermées, essayant de mesurer la franchise du garçon.

— Comme tu le sais, ton grand-père avait interdit presque tout. Les seuls jeux de société qu'il avait épargnés étaient les cartes, les dés et les échecs. Probablement parce que lui-même était un grand joueur d'échecs et qu'il ne pouvait pas s'en passer...

Jad insista :

— Pourquoi a-t-il interdit le jeu des Mille Chemins ?

— Pour la même raison qu'il a interdit tous les jeux de rôle, parce qu'il estimait que ces jeux étaient dangereux.

— Le sont-ils ?

— Cela dépend... De qui joue, comment et surtout pourquoi. Ce n'est pas le jeu en soi qui est dangereux, c'est l'usage que l'on en fait. À une époque que ton grand-père a bien connue, on s'était servi des jeux pour manipuler les gens. Il voulait éviter que cela ne recommence.

Blaise regarda le garçon dans les yeux.

— Jad, est-ce qu'il se passe quelque chose de... spécial avec ce jeu ? Quelque chose dont tu veuilles me parler ?

Par la suite, Jad se demanda souvent pourquoi il n'avait pas tout révélé à son précepteur à ce moment-là. Peut-être à cause de la formulation de la question : il ne « voulait » pas en parler. Il ne savait pas comment en parler. Pouvait-il dire « Les figurines bougent toutes seules, apparaissent et disparaissent sans que je les touche » ? Cela n'avait pas de sens ! En outre, Blaise avait déjà bien assez de soucis comme ça. Le jeu le regardait, lui, Jad. Il pouvait se débrouiller seul.

— Non, il n'y a rien dont je veuille te parler. Merci pour cette conversation. Je... j'aurais peut-être d'autres questions, plus tard.

Jad fit mine de se relever et Blaise le retint par le bras.

— Attends... Jad, s'il se passait quelque chose d'inhabituel avec le jeu, ne le garde pas pour toi. Fais-m'en part immédiatement. Tu me le promets ?

Jad se releva d'un bond et sourit à son précepteur.

— Ne t'inquiète pas ! Tu viens t'entraîner un peu avec moi ?

— Moi ? J'ai toujours été un désastre au tir à l'arc ! Mais je peux faire ramasseur de flèches, ça te va ?

Poème et gargouilles

Blaise traversait le parc d'un pas vif pour rejoindre Claris dans la salle d'étude. Elle devait y faire les cent pas, à l'image de son père, impatiente, un flot d'idées tournoyant dans son cerveau curieux.

Le Mandarin calcula mécaniquement la position de la Lune dans le ciel. L'astre se déplaçait vers l'Est et atteindrait bientôt son premier quartier. Il avait la sensation que des lunées s'étaient écoulées depuis que, dans cette même salle, elle lui avait exposé sa théorie sur les princesses passives. Cela ne faisait pourtant que quatre lunaisons. Il pensa avec nostalgie à sa grotte et aux parois qui lui servaient de bloc-notes. Il y inscrivit en pensée :

Cascade d'événements = accélération du temps ?

— mort de la sentinelle ;

— prophétie des Abdiquants ;

— rencontre des jumeaux avec la famille Borges ;

— émergence des dons de Jad ;

— Eben sort de son apathie ?

— reconnaissance de ma paternité…

Là, mon vieux, tu te vantes, tu ne t'y es pas encore collé ! C'était plutôt la qualité des événements qui l'interpellait. Le passage du temps s'était fait plus urgent, plus dense, plus anxieux. Blaise sentait dans ses vieux os une hâte qui lui ôtait l'envie de dormir, de flâner, de méditer… Le climat lui-même était altéré. Le Temps Vert traditionnellement pluvieux de Salicande semblait avoir puisé lui aussi dans les livres d'histoire pour exhiber des jours de franc soleil. Au moins, cet aspect était nettement positif.

Blaise pénétrait dans la cour lorsqu'on le héla. Levant les yeux, il vit Claris sur l'étroite promenade qui faisait le tour du dernier étage du manoir. Le Mandarin sourit en pensée au jeune Blaise de soixante balais, pétri de post-gothisme et rétro-médiévalisme, qui avait pompeusement nommé cette promenade le « chemin de ronde ». Longtemps le lieu préféré des jumeaux pour jouer à cache-cache, le passage était orné de tant de gargouilles, mâchicoulis et tourelles que des soldats auraient été bien en peine d'y faire dix pas. Claris lui faisait de grands signes de la main.

— Blaise ! J'arrive.

— Ne bouge pas ! Je monte.

Il regretta vite ces mots. Les marches n'en finissaient pas, et il n'avait plus vingt ans. Ni trente, ni cinquante, ni soixante-dix ! Il rigola doucement. Cela faisait belle lurette qu'il avait renoncé à la tradition déprimante de comptabiliser ses anniversaires. La montée fastidieuse lui permit de réfléchir à l'entretien avec Jad. Le garçon lui avait paru soucieux, fatigué, et en même temps fébrile. Il s'était confié plus qu'à son habitude, mais il ne lui avait certainement pas tout dit. Jad avait toujours été plus secret que sa jumelle.

Enfin il arriva, essoufflé, sur le chemin de ronde, où on n'était pas monté depuis bien longtemps. Ni lui ni personne, à en croire les dalles de granit recouvertes de fientes de pigeon que même les pluies fréquentes n'avaient pas réussi à décrasser. Les gargouilles sculptées par Sem représentaient les créatures imaginaires qui présidaient aux ères du calendrier imposé par Jors : sphinx, hippogriffe, centaure, phénix, basilic... Par jeu, Sem avait également sculpté un ogre qui portait les traits de Jors. La licorne, que Sierra affectionnait particulièrement, régnait en maître sur les frises qui couraient sur les murs.

Il découvrit Claris juchée sur le toit minuscule de l'une des tourelles. Les genoux repliés pour tenir sur la surface exiguë, elle avait un cahier à la main et un crayon qu'elle suçotait machinalement en contemplant le paysage. Elle qui ne tenait jamais en place était parfaitement immobile, les yeux rivés, sans ciller, sur un point de la vallée.

Blaise l'observa un moment. Une brise tiède souleva les boucles noires, révélant un cou très fin. Tout était fin chez Claris, l'ossature, les pieds et les mains petits, le nez droit. *Lorsqu'elle est en mouvement – et elle est toujours en mouvement –, on oublie qu'elle est si menue.*

Une corneille grailla et l'enfant tressaillit. Son visage s'anima, sa bouche s'arrondit pour former un mot, son front haut se plissa sous la concentration et ses yeux clairs se dilatèrent tandis qu'elle écrivait quelques phrases, très vite, sur son cahier. Quand elle relut ce qu'elle venait d'écrire, tout son corps se détendit et elle émit un grognement de satisfaction. C'est alors qu'elle perçut la présence de Blaise. Son visage s'éclaira et elle sauta de sa tourelle. Toute sensation de fragilité avait disparu. Voilà ce que Claris dégageait avant tout, ce qui fascinait chez elle : une vitalité lumineuse qui brasillait en permanence dans chaque parcelle de son corps gracile.

— J'ai écrit un poème !

— Ah ? Je ne savais pas que tu écrivais des poèmes.

Elle hocha gravement la tête et, bien droite sur ses jambes, les poings sur les hanches, annonça fièrement :

— C'est le premier. Il faut bien que je m'y mette si je veux devenir Nomade de l'Écriture !

Oh non, pas ça ! gémit Blaise intérieurement avec une poignante sensation de déjà-vu.

— Il faut beaucoup de rigueur pour devenir Nomade

de l'Écriture, de solides connaissances, une grande capacité d'observation. Sans parler d'un goût prononcé pour la solitude. Penses-tu avoir les qualités requises ?

— Heu... Je n'ai pas besoin d'avoir tout ça maintenant, si ? Je peux apprendre ! Écoute mon poème :

Le désir de poésie
Né de la pluie
Ah ! cette communion de temps et d'humeur
La pluie
Sa fluctuation
Son ambiguïté
Sa douceur
Son mouvement de marée

— Un poème sur la pluie ? Tu détestes ça !

— Justement, j'essaie d'y voir des choses positives. Et puis aujourd'hui il ne pleut pas, alors c'est plus facile !

— Comment l'as-tu composé ? Y as-tu beaucoup réfléchi ?

— Non, pour une fois, je ne pense pas ! C'est comme ça : je regarde quelque chose, un papillon qui vole ou un arbre qui se balance. Je le regarde longtemps et soudain les mots sont là. Je me laisse emporter, c'est tout.

Le précepteur hocha la tête.

— En effet, c'est une manière de procéder. Mais ce n'est pas toujours aussi évident. Il peut y avoir beaucoup de travail après un premier jet.

— Hmm... Je me disais que j'allais vérifier pour « marée ». J'aime ce mot parce qu'il évoque la mer, mais je ne suis pas sûre de ce qu'il veut dire.

— Tu aborderais une autre étape : celle du travail après la première intuition.

— Raconte-moi, Blaise ! Que font les Nomades exactement ? Quand commencent-ils à voyager ? Peuvent-ils le faire à deux, je veux dire, avec une amie par exemple ? À quel âge ?

Pendant plus d'une heure, Blaise affronta bravement le flux ininterrompu de questions. Il comprit vite que Claris avait été subjuguée par Maya et Ellel, voyant en l'une la mère qu'elle n'avait plus, en l'autre la compagne idéale. L'enfance ne fait pas de différence entre amitié et amour. Comme tous les amoureux, Claris s'identifiait, idéalisait et vibrait d'impatience.

C'est, pour elle, l'occasion de sortir d'un univers majoritairement masculin : Eben, Jad, Dag, Sem, moi... Elle pourra apprendre avec les Borges qu'une fille peut être volontaire, active, et féminine. Par la langue du Serpent, voilà que je parle comme Chandra.

Après lui avoir rapporté tout ce qu'il savait sur les Nomades et leur Guilde mystérieuse, Blaise lui conseilla d'aller voir Maya qui pourrait lui en apprendre davantage.

— Voulais-tu me parler d'autre chose ?

Claris écarquilla ses yeux d'eau.

— Autre chose ? Non, pourquoi ? Si ! Je voudrais que tu me fasses une liste de poètes à lire, des femmes de préférence. J'ai besoin de bases, tu comprends...

Blaise fit la liste sur son cahier – de mathématiques ! – et alla avec elle chercher les livres dans la tour. Il la vit dégringoler les marches avec sa pile d'ouvrages, essayant d'en ouvrir un avec le menton pour commencer tout de suite sa lecture.

Elle ne pensait plus à rien d'autre. Abdiquants, peuple des Arbres, prophétie étaient passés au second plan de ses préoccupations. Blaise ne savait s'il devait s'en réjouir ou s'en inquiéter. Il n'eut le temps ni de l'un ni de l'autre, car Eben venait d'entrer dans la salle d'étude d'un pas lourd qui ne laissait présager aucune accalmie.

On ne dormit pas beaucoup cette nuit-là au château. Eben était sorti de l'entretien avec Blaise deux heures plus tard, la mine sombre. Il tournait en rond dans son phare comme un poisson dans un bocal trop petit.

Jad lisait un vieux bouquin sur l'interprétation des rêves et sentait des portes s'ouvrir dans son esprit comme sous l'emprise d'un courant d'air frais.

Chandra reprisait des vêtements de son fils, et ses larmes qui trempaient le fil rendaient la tâche encore plus pénible. Elle déviait de temps en temps son regard pour fixer un sac de voyage et ses pleurs redoublaient.

Couché dans son lit, les yeux grands ouverts et les mains derrière la tête, Ugh se répétait en silence : *Faites qu'il dise oui, faites qu'il dise oui, faites qu'il dise...*

Blaise, dans sa chambre monacale, regardait la forêt par la fenêtre.

Seule Claris dormait à poings fermés, un cahier sous son oreiller et de l'encre sur les doigts. L'avenir se déployait devant elle, sans un pli, sans un doute : elle irait sur les routes, elle verrait le monde, elle serait Nomade de l'Écriture, quoi que cela veuille dire.

Chapitre X
Les Borges au château

S'il te plaît

— Tu comprends, n'est-ce pas, Clochette ? Ce n'est pas que je ne veuille plus de toi. Tu seras toujours ma jument d'amour, la plus belle de toutes les ponettes de la Terre...

Clochette bougea ses oreilles d'avant en arrière. Claris lui entoura le cou, la petite jument était exactement de sa taille.

— ... la plus douce et la plus compréhensive ! Si ça se trouve, cet étalon à la noix n'est bon qu'à voir dans le noir !

Clochette remua la tête de bas en haut.

— Je veux juste essayer. Tu ne dis rien, hein ? C'est notre secret.

Claris caressa la ponette, dessinant les nuages blancs que formaient les taches sur sa robe grise. Puis elle la brossa longuement et, ayant ainsi momentanément apaisé le sentiment de culpabilité qui pointait son nez inquisiteur chaque fois qu'elle montait un autre cheval, elle sortit de l'écurie et se dirigea vers le box de Longue-Vue.

En entrant, Claris entendit un cliquetis de mors et comprit qu'elle arrivait trop tard. Pourtant, il n'était pas six heures du matin ! Était-ce vrai ce que l'on disait sur son père ? Qu'il ne dormait jamais et galopait toute la nuit à la recherche de sa femme ?

Claris pensa faire demi-tour et regagner son lit, mais les Borges, invités à déjeuner, avaient promis d'arriver tôt et elle voulait être la première à les accueillir. Elle entra et glissa la tête dans la stalle.

— Bonjour, papa.

— Claris ! Tu es tombée du lit ?

Eben avait les traits tirés et la voix lasse. Les galops nocturnes avaient néanmoins rempli leur objectif : il était calme, vidé de colère. Il enleva le tapis de selle trempé et le cheval s'ébroua, sa musculature ondulant sous la robe si parfaitement noire qu'il en était presque invisible dans la pénombre de la stalle. Seuls ses étranges yeux jaune-vert luisaient dans l'obscurité. Des yeux de chat sur une tête de cheval.

— Je peux t'aider à le bouchonner ?

— Bien sûr, mais tu vas te salir. Oh, je vois que tu es habillée pour monter ! Vous êtes bien matinales, Clochette et toi.

Sans répondre, Claris s'empressa d'attraper une brosse et commença à étriller le grand étalon. Elle ne lui arrivait pas à l'encolure et en frissonna de désir.

— Tu as froid ? demanda son père, goguenard.

— Non, je...

Claris prit son courage à deux mains et se lança :

— Papa, je voudrais tellement monter Longue-Vue, juste une fois ! Je ne galoperais même pas, je voudrais juste essayer, voir si...

Claris s'interrompit.

— Oui ? demanda son père sans s'arrêter de travailler.

— Si je suis assez forte pour le dominer.

Eben posa la pointe avec laquelle il nettoyait la boue accumulée sous les sabots du cheval et passa sous l'encolure pour rejoindre Claris. Ils le caressèrent tous deux un moment, la grande main carrée de l'homme et la petite main fine de l'enfant dans un même mouvement de tendresse. Puis Eben prit la main de sa fille dans la sienne et la serra. Claris eut une grimace étonnée.

— Aïe !

— Hmm... C'est bien ce que je pensais... Non, tu n'es pas assez forte pour le dominer.

Elle ouvrit la bouche pour protester, mais son père continua :

— Parce que ce n'est pas de force qu'il s'agit. Regarde-le, Claris. Longue-Vue est un prince, un animal splendide doté d'une puissance exceptionnelle, regarde ses pattes, son poitrail. Penses-tu que, moi, je puisse le dominer ?

Claris évalua son père. Elle estima que tout ce qu'il disait sur le cheval était valable pour lui : une force exceptionnelle, des mains puissantes, une poitrine large... un prince ! Elle conclut avec une fougue qui fit sourire son père :

— Oui, tu peux le dominer, papa !

— Eh bien, tu te trompes, je ne le peux pas. Longue-Vue peut me désarçonner quand il veut. Je pourrais me maintenir quelque temps sur son dos, mais il finirait par y arriver. Dominer, dans ce cas précis, signifierait soumettre, asservir, casser. Or, je ne désire pas un esclave mais un cheval. Non, le dominer ne représente aucun intérêt.

Déroutée, Claris regarda son père qui grattait Longue-Vue entre les naseaux. L'étalon le poussa de la tête amicalement, le faisant reculer d'un pas. Le Duc fit un pas en avant et Longue-Vue recommença, le faisant reculer un peu plus.

— À ton avis, Claris, que mérite un animal comme lui ? Et moi ? Que méritons-nous l'un et l'autre ? L'un de l'autre ?

Claris regardait son père et le cheval jouer. Elle pensa à Ugh et Jad, à Ellel qui allait arriver…

— Être amis ?

Eben hocha la tête.

— J'aimerais bien. Je m'y efforce, nuit après nuit, j'essaie de gagner le droit d'être son ami.

— Et ça marche ?

— Je ne sais pas encore. Certaines amitiés sont évidentes. D'autres sont plus lentes à se mettre en place, plus délicates. Longue-Vue est un cheval singulier. Sais-tu qu'il possède une vue perçante, ce qui est rare chez un cheval, alors qu'il voit mal de près ? Sans parler de sa particularité, son défaut diraient certains : il est nyctalope. Longue-vue voit mieux la nuit que le jour et plutôt de loin que de près. Son ancien propriétaire voulait l'abattre à cause de cela. Ce cheval pas comme les autres lui faisait peur ! Longue-Vue ne l'a pas oublié, et il se méfie des hommes. Nous sommes encore en phase d'approche. Nous nous apprivoisons, nous nous testons l'un l'autre…

— Clochette et moi, c'était évident ! rétorqua Claris en pensant à Ellel.

— N'est-ce pas ? J'ai un souvenir très précis du jour où nous te l'avons offerte. Tu avais cinq lunées. Tu es montée dessus comme si tu avais fait cela toute ta vie, et elle t'a accueillie comme si elle attendait ce moment depuis toujours. C'était merveilleux à voir. Ces relations sont précieuses, il faut en prendre soin.

Claris soupira et reprit la brosse.

— D'accord. Tu veux dire que je ne peux pas monter Longue-Vue.

— Je veux dire que vouloir le dominer est un très mauvais départ. Quant à le monter, c'est à lui d'en décider.

Claris écarquilla ses yeux clairs.

— Tu ne me l'interdis pas ?

Eben rit.

— Je l'ai fait si ma mémoire est bonne. As-tu obéi ?

Claris baissa la tête, d'un air penaud.

— Tu comprendras donc sans peine que je ne tienne pas à monter la garde ici toutes les nuits pour t'en empêcher ! Nous pouvons peut-être trouver une autre manière de procéder.

— Laquelle ? demanda Claris pleine d'espoir.

— Commence peut-être par le lui demander.

— Mais comment ?

— À toi de voir. Je vais remplir le seau. Je reviens dans un instant.

Une fois seule, Claris fit lentement le tour de l'animal très grand, très noir, très immobile. Elle vint se placer devant lui, la tête du cheval bien au-dessus d'elle, hors de portée.

— Baisse la tête, Longue-Vue, je ne te vois pas.

Le cheval ne broncha pas. Elle monta sur un escabeau, mais le cheval ne daigna pas remuer sa tête superbe.

— Si tu ne baisses pas la tête, je ne peux pas te parler ! s'impatienta Claris en tapant du pied.

L'étalon frappa le sol de la patte antérieure droite, en une réplique moqueuse de son geste, mais ne bougea toujours pas la tête.

— Papa a dit… *Papa a dit de lui demander ! Pas de lui donner des ordres, que je suis bête !*

Claris inspira un grand coup et se mit sur la pointe des pieds.

— Je suis désolée, Longue-Vue, je m'y prends comme un manche… Bon, voilà, je… je serais très heureuse, très honorée, vraiment folle de joie quoi, si tu voulais bien me laisser te monter.

Rien.

— J'y pense depuis le premier jour où je t'ai vu. Je sais

que je suis petite mais, comme dit papa, il ne s'agit pas de te dominer, non, pas du tout ! Promis, juré !

Elle cracha.

— Je n'ai pas la prétention non plus de devenir ton amie, si c'est aussi compliqué que papa le dit. Je voudrais seulement sentir comment ça fait d'être… d'avoir l'honneur d'être sur un étalon aussi… superbement princier que toi. Voilà…

L'animal resta de marbre. Claris sentit les larmes lui picoter les yeux.

— Oh, Longue-Vue, juste une fois…

Claris baissa la tête découragée, ajoutant dans un murmure :

— S'il te plaît…

Un nuage lumineux vint tournoyer autour de Claris, qui le chassa d'un geste. Le nuage monta et vint graviter près des oreilles du cheval. L'animal lança un court hennissement pour saluer les élémentaux, qui revinrent vers Claris et se tinrent derrière sa nuque à son insu. Longue-Vue baissa enfin le cou jusqu'à ce que ses yeux jaune-vert se trouvent en face des pupilles claires de la fillette, curieux de voir celle que protégeaient les Vifs. Ils se regardèrent ainsi un moment, Claris retenant son souffle. Alors, l'étalon la poussa gentiment de son chanfrein, comme il l'avait fait avec Eben, la faisant tomber de l'escabeau. Longue-Vue frappa de l'antérieur droit et encensa joyeusement. Les élémentaux formèrent des figures de lumière qui s'enchaînaient : vent, vitesse, muscles déployés, bonheur du galop sans but, tambour des pattes foulant la terre, fraîcheur de l'eau sur les naseaux brûlants… Le cheval reçut tout cela en cadeau, et lança un court hennissement, remerciant les Vifs qui disparurent.

Le Duc entra dans la stalle, un seau rempli d'eau à la main.

— Eh bien ? demanda-t-il.

— Je ne sais pas… Il m'a regardée dans les yeux, après il m'a poussée et il a hoché la tête.

— Alors, c'est oui ! Que lui as-tu demandé ?

— Demandé ?

Claris avait retrouvé son impertinence naturelle.

— Tu plaisantes ? J'ai supplié son altesse en me traînant dans la boue pour qu'elle m'accorde l'honneur insigne de la monter une seule petite fois !

— Bravo ! Il a donc fait preuve de magnanimité ! Je suis fière de toi, Claris de Salicande.

En riant, son père lui donna un coup du plat de la main sur l'épaule gauche, puis sur la droite, puis sur la gauche à nouveau, comme s'il l'adoubait.

C'est ainsi que, en fin de matinée, les Borges, qui arrivaient au rythme nonchalant de la vieille mule de Sem, virent arriver une petite fille perchée sur un très grand cheval.

*

— C'est Claris ! s'écria Ellel avec admiration. Regarde, maman, comme son cheval est grand !

— Bien trop grand pour elle, répondit Maya préoccupée. Et sans selle, qui plus est !

Sem se leva sur son siège, la main en visière. Il se rassit, un large sourire sur son visage creusé de rides.

— Chevaux et cavaliers sont inversés !

Les Borges comprirent la phrase énigmatique de Sem en voyant arriver Eben sur Clochette. Ses longues jambes pendaient des deux côtés, et il les tenait pliées pour qu'elles ne touchent pas le sol. Malgré le poids, la ponette trottait bravement, bien décidée à en remontrer au noir individu qui lui avait volé sa maîtresse. Le contraste était si cocasse que tout le monde éclata de rire.

Ellel avait déjà sauté à bas de la carriole pour courir vers son amie et les cavaliers mirent pied à terre pour saluer leurs invités.

On soulagea la carriole surchargée en répartissant les enfants : Claris et Ellel, aussi légères l'une que l'autre, firent le chemin sur Clochette, tandis qu'Eben récupérait sa monture, prenant en croupe une Jwel ravie. Bahir, Maya, Deli et Sem purent prendre leurs aises dans la carriole. Quant à Merlin, il était passé des bras de sa mère à ceux de sa grand-mère sans ciller. Pour lui qui était né dans cette grande famille effusive et chaleureuse, le bruit des voix qui montent et descendent, les exclamations et les rires composaient le terreau du sommeil.

L'arrivée au château, où les attendaient Chandra et Jad, donna lieu à de nouvelles embrassades. Le joyeux tumulte finit par réveiller Merlin, qui fit savoir à grands cris qu'il avait faim. Chandra s'en saisit et le bambin se calma instantanément, lui entourant le cou de ses menottes, le nez dans son odeur de pain frais. La nourrice l'emporta vers la cuisine sous le regard approbateur de Jwel, en lui promettant la plus délicieuse bouillie de sa vie.

Finalement, la compagnie se divisa. Les adultes montèrent dans la tour pour y rejoindre Blaise tandis que les enfants décidaient d'aller visiter le parc et la cabane des jumeaux.

Mandragore et achillée

Le parc était le terrain de jeu des jumeaux depuis si longtemps qu'ils ne le regardaient plus vraiment. Généralement, ils se contentaient de le traverser à toute vitesse pour atteindre la cabane près du lac, sans jeter un coup d'œil aux sculptures de Sem à même les troncs rouges et tortueux des brasillants, qui arrachèrent des exclamations de surprise aux filles Borges. À travers les yeux de leurs amies, les jumeaux eurent de cet endroit si familier une image différente et Claris s'aperçut, avec un peu de mélancolie, qu'elle ne savait plus où se cachaient les nids.

Deli s'arrêta soudain devant un carré de plantes, entouré d'une haie de buis qui le masquait en partie. Elle se mit à examiner sous toutes les coutures ce qui pour les autres n'était qu'un fouillis d'herbes et de fleurs.

Finalement, elle s'accroupit avec précaution pour ne rien écraser et, à l'aide d'une branche, dégagea une plante formée de tiges rouges s'arrondissant à leur sommet pour former un cœur jaune et ovale hérissé de tentacules rouges, rappelant de petites brosses à cheveux. La plante, couverte de gouttelettes d'eau, étincelait, tranchant sur le vert dominant.

Deli semblait très excitée.

— Incroyable ! Je n'en avais jamais vu !

— Qu'est-ce que c'est ? demanda Claris à Ellel, qui haussa les épaules.

— Sais pas... Une plante qui se mange, sans doute. Deli est un peu dingue avec les plantes qui se mangent.

Sa sœur lui lança un regard méprisant.

— Ça ne se mange pas, ignorante ! C'est plutôt elle qui pourrait te manger...

— D'accord, en fait elle est un peu dingue tout court, corrigea Ellel.

Deli l'ignora et désigna du bout de la branche un moucheron englué sur les tentacules.

— *Drosera rotundifolia*... Une plante carnivore. Elle est jolie, hein ? Pourtant elle n'a pas bonne réputation. Elle peut provoquer des fièvres. Et les guérir aussi.

Deli prit un ton de conspiratrice :

— Paraît qu'elle peut rendre invisible…

Claris regarda Ellel, qui tourna le doigt sur sa tempe en contemplant sa sœur avec commisération.

— D'ailleurs, je me demande…

Deli examina de près les simples qui entouraient le drosera.

— C'est bien ça, un carré magique !

Toute contente, elle énuméra les plantes en les désignant :

— Ça c'est du millepertuis, ça de l'armoise, là de la bryone et de la belladone. Il y a aussi gingembre, angélique, sureau, fumeterre, asphodèle, amarante ! C'est fabuleux ! Rien que des plantes médicinales et des herbes dites magiciennes. Elles ne poussent pas spontanément ensemble, elles ont été plantées avec soin. Certaines ne sont pas d'ici, cela a dû prendre des lunées pour les réunir. Quel dommage que ce jardin soit à l'abandon… J'aurais aimé connaître celui ou celle qui l'a planté.

— C'est ma mère. Avant, il y avait une petite palissade de bois autour, d'ailleurs il en reste un morceau ici, tu vois ? dit Jad en donnant un coup de pied dans un débris de bois. La palissade était fermée à clé et nous n'avions pas le droit de l'ouvrir. Tu te souviens, Claris ?

Muette, Claris fit non de la tête. Sentant son trouble, Ellel glissa son bras sous celui de son amie et toutes deux s'éloignèrent pendant que Deli, toute à sa découverte, s'extasiait :

— Ce jardin est extraordinaire ! Il y a ici des plantes guérisseuses, protectrices, divinatoires…

— Ces plantes sont-elles dangereuses ? demanda Jad.

— Je ne suis pas une spécialiste, mais je crois que certaines peuvent l'être à haute dose. Comme le drosera, qui peut provoquer la fièvre ou la guérir selon la posologie. D'où la palissade qui entourait le jardin, probablement.

Deli caressa une plante basse à larges feuilles. Elle semblait très excitée.

— Ça alors !

Elle entreprit de creuser pour dégager la racine de la terre, puis tira doucement la plante vers elle et l'exhiba triomphalement.

— Regardez la forme bifide de la racine, on dirait un corps humain !

— C'est quoi, bifide ? demanda Ugh en jetant un œil à Jad qui souriait, goguenard. *La famille-dictionnaire, le retour !*

— Bifide : fendue en deux... Tu sais, comme le sabot de la chèvre, par exemple, ou la langue du serpent. Cette plante est la mandragore. Elle a longtemps été considérée comme une plante magique parce qu'elle possède des vertus narcotiques et hypnotiques.

— Hein ?

— Qui modifient la sensibilité, en quelque sorte. Ceux qui l'utilisaient pouvaient par exemple avoir l'impression de se déplacer et de se retrouver transportés dans des lieux inconnus, d'assister à des scènes étranges.

L'expression narquoise de Jad avait fait place à un intérêt mâtiné d'inquiétude. Ce que Deli venait de décrire ressemblait à ce qu'il appelait ses « voyages » pour les différencier de ses rêves. Lui aussi avait l'impression de se déplacer, et il ne comptait plus les scènes étranges qu'il s'efforçait ensuite d'oublier.

Les jours qui suivaient ces « voyages », il se sentait plus différent des autres que jamais – de sa sœur surtout, puisqu'ils étaient si semblables d'habitude. Ces jours-là, Jad sentait qu'il n'était qu'absence, une absence masquée par une faible trace de présence qui était tout ce qu'il pouvait accorder à ceux qui l'entouraient.

Pourtant, ce que percevaient les autres – Claris surtout

car ils étaient si semblables – c'était sa densité secrète. Ainsi, alors que Jad avait le sentiment d'être invisible et inconsistant, il émanait de lui une présence sereine et pleine.

— Ils avaient l'impression de se déplacer comment ? En rêve ? insista le garçon.

— Je ne sais pas exactement, ce sont des histoires très anciennes de sorciers.

Des sorciers ? Était-ce à ça que Blaise faisait allusion en insinuant que Jad n'était pas le seul à ressentir ce genre de choses ? Suis-je un sorcier ? s'interrogeait Jad avec une délicieuse sensation de peur et de désir mêlés.

— Ce que je trouve fascinant, poursuivait Deli, c'est que, outre leurs qualités médicinales, ces plantes sont des symboles d'espoir, de deuil, de protection, d'immortalité… Ce petit carré est un jardin de symboles. Je suis sûre que si nous l'examinions de près, nous verrions que les plantes sont agencées selon un ordre qui ne doit rien au hasard.

— On pourrait l'étudier, si tu veux, proposa Jad. Il me semble que Blaise et Chandra viennent parfois ici prélever des plantes. Nous pourrions leur demander.

— Entendu, dit Deli. Maintenant, allons voir cette fameuse cabane ! Est-ce que nous tiendrons tous dedans ?

— Je ne viens pas, déclara Ugh.

Ugh n'avait pratiquement pas desserré les lèvres de la matinée. Il semblait ailleurs.

— Mais si, viens ! Nous monterons à tour de rôle, dit Jad.

— J'ai… un truc à faire… pour ma mère, bredouilla le garçon. Je vous retrouverai plus tard.

Il fit un geste de la main et partit en courant, au grand étonnement de ses amis.

Pourvu qu'il dise oui, pourvu qu'il dise... se répétait Ugh. Il ne pensait à rien d'autre depuis la veille. Pour lui, la matinée s'était écoulée dans une espèce de brouillard, obsédé qu'il était par cette idée unique. Sa mère avait mieux réagi qu'il ne l'aurait imaginé. Même s'il savait qu'elle retenait ses larmes, il était soulagé d'avoir dépassé ce premier obstacle. Restait le plus difficile...

Ugh passa par la cuisine, mais celui qu'il cherchait ne s'y trouvait pas. Chandra et Jwel bavardaient pendant que Merlin faisait connaissance avec les talents culinaires de la nourrice. Ugh jeta un œil, grommela une vague excuse lorsque sa mère l'appela et continua son chemin. Chandra poussa un long soupir en donnant la becquée à Merlin, installé sur ses genoux :

— Mange, mon poussin... Tu sens encore la coquille, toi, tu ne pars pas sur les routes sans un regard en arrière...

Jwel posa la main sur le bras de Chandra pour la réconforter.

— Ça ira, Chandra, ton garçon est bien courageux de faire ce qu'il fait.

— Bien sûr qu'il est courageux ! C'est ça qui me tue, de le voir si courageux.

Chandra renifla, et écrasa une larme. Elle prit Merlin dans ses bras en lui tapotant le dos pour lui faire faire son rot.

— Vas-y, petit caillou, exprime-toi... Dis-moi, Jwel, et le père de Merlin ? Où en êtes-vous ?

Ce fut au tour de Jwel de soupirer.

— C'est compliqué...

Là-dessus, son fils lâcha un rot sonore à la grande joie de Chandra, qui le félicita avec effusion comme s'il venait de réaliser une prouesse, avant de le poser à terre.

— L'inverse m'aurait étonnée ! Donc, chacun campe sur ses positions ? Ce ne sont pas des parents que tu as, mon pauvre chaton, ce sont des mules !

Jwel protesta :

— Mais Chandra, je ne peux pas céder ! Blanc Faucon voudrait que j'abandonne tout, mon métier, ma famille, pour m'installer à Vieil-Ambre et m'occuper de sa maison et de la douzaine d'enfants qu'il ne manquera pas de me faire ! Je ne peux pas, je ne veux pas, je n'ai pas été élevée ainsi !

— Prends encore un morceau de gâteau, ma pouliche… Bien sûr que tu ne veux pas, bénie soit la déesse ! Mais, si vous vous aimez, il faudra bien trouver un compromis.

— Nous nous aimons. Mais je commence à croire que même l'amour a des limites. Je ne deviendrai jamais une femme de Vieil-Ambre, satisfaite de s'occuper de ses enfants et des oiseaux de son mari, arrimée à la maison sans pouvoir voyager ou enseigner. Tant que Blanc Faucon ne comprendra pas cela, eh bien nous vivrons séparés.

— Qu'en disent tes parents ?

— Qu'ils m'aiment et que mon fils et moi aurons toujours une place chez eux. Et aussi qu'ils comprendront si je décide de vivre à Vieil-Ambre. Tu vois, ça ne m'aide pas beaucoup…

Chandra eut un grognement de compassion.

— On dirait que les parents ne sont pas les mieux placés pour aider leurs enfants… Et Merlin ?

Jwel regarda son fils qui jouait par terre avec des fèves et ses yeux s'embuèrent.

— Je ne couperai jamais Merlin de son père.

— La société de Vieil-Ambre est stupi… heu, très traditionnelle, tu le sais. Crois-tu que le Conseil acceptera cette situation ?

— Je me fiche de la « société de Vieil-Ambre » et de son

Conseil ! Si Blanc Faucon n'a pas le courage de faire bouger ces vieux croûtons, c'est qu'il n'en vaut pas la peine !

Chandra balança la tête.

— Tss, tss... Si Blanc Faucon n'avait aucun courage, il ne se serait pas entiché d'une archère salicandaise, fille d'une Nomade de l'Écriture qui plus est !

Jwel la regarda, heureuse de l'entendre prendre la défense de l'homme qu'elle aimait.

— Oh, Chandra, je voudrais que tu le connaisses. Il est... il me...

Chandra rit doucement.

— Pour sûr, ma jolie... Allez, vous trouverez bien une solution. Et puis il a reconnu son fils, n'est-ce pas ? Il l'a appelé Merlin, selon la tradition de son peuple.

— Oui, parce que le merle a le plumage noir.

— Mauvaise pioche, plaisanta Chandra en désignant les cheveux frisés et blonds, presque blancs, du bébé à la peau caramel. Canari aurait été plus approprié !

Jwel se mit à rire en regardant son fils avec tendresse.

— Il avait la peau plus foncée quand il est né, et il était chauve comme un œuf ! De toute façon, il choisira lui-même son nom définitif, lorsqu'il aura dressé seul son premier oiseau.

— Eh bien, cela vous laisse quelques lunées pour vous entendre. Écoute-le gazouiller, ce petit merle...

Sous la table, indifférent au destin complexe qui l'attendait, Merlin tenait des discours enthousiastes au Gris qui somnolait en balançant sa longue queue.

Une cuirasse de sa peine

Où est encore passé ce vieux flemmard de chat ? Il disparaît toujours quand j'ai besoin de lui ! Par la fenêtre en ogive du phare, Blaise vit Ugh sortir de la cuisine et traverser la cour.

Pourquoi Ugh n'est-il pas avec les autres dans le parc ? s'étonna le précepteur l'espace d'un instant, avant que son regard ne soit attiré par la silhouette d'un rapace jaillissant hors de la masse sombre de la forêt. La silhouette en croix de l'oiseau se détachait sur un ciel dégagé, cherchant les courants ascendants, planant vers le soleil qui faisait étinceler le glacier de la Licorne posé comme une couronne blanche sur la masse imposante de la montagne. *Encore une belle journée, le vin sera finalement sauvé...*

Il en avait été ainsi toute la journée. Blaise n'arrivait à se concentrer sur rien, son esprit papillonnait d'une idée à une autre sans qu'il puisse rien en tirer de substantiel. Le vieil homme soupira. Il se fréquentait depuis un nombre suffisant d'années pour identifier cet état de distraction apparent. En réalité, Blaise cherchait. Depuis le marché des Trois Vallées, quelque chose lui tiraillait l'esprit en permanence, tapi en marge, en coulisse, en toile de fond. Ce qui semblait être une manifestation de l'humeur fantasque du précepteur était en réalité une profonde concentration.

— ... commencer par un résumé réfléchi des Temps d'Avant. Qu'en penses-tu Blaise ? demanda Bahir Borges.

Le Mandarin saisit la perche que lui tendait son ami. Bahir le connaissait bien. Il lui sourit.

— Je crois que c'est parfait. Il est grand temps que les jumeaux prennent connaissance du passé. Je regrette de ne pas leur en avoir parlé plus tôt.

— La chape de plomb du silence imposé par Jors n'était pas aisée à soulever, dit Maya avec douceur. Mais elle regardait Eben et non Blaise en disant cela.

La voix de Maya était une palette vivante où chaque couleur, chaque touche, chaque texture avait son importance. Le ton interpella Blaise, qui suivit le regard de la Nomade.

Assis autour de la table où ils avaient pris place pour discuter du cours que prendraient les études des jumeaux avec les Borges, le Duc tirait machinalement sur sa pipe. Il avait les traits tirés et un air absent. Le regard gris de Maya croisa celui de Blaise. Elle continua :

— Mais le silence n'efface pas le passé.

À ces mots, Eben frissonna et regarda Maya comme s'il voyait un fantôme.

— Rien ne l'efface. Jamais. On fait semblant, c'est tout.

La réponse du Duc avait fusé, âpre, et Blaise saisit ce que Maya avait déjà compris. Revoir les Borges et surtout Maya, qui avait été si proche de Sierra, ravivait la blessure du Duc. Il vacillait à nouveau au bord du gouffre de sa mélancolie. Impulsivement, Maya prit la main d'Eben dans la sienne et murmura :

— Oh, Eben, ne trouveras-tu donc jamais la paix ?

Il y avait tant de compassion dans sa voix diaprée de conteuse que Blaise sentit les larmes lui piquer aux yeux. Eben s'était raidi et la regardait fixement. Il avait toujours fait en sorte que nul n'ose lui manifester cela : de la pitié. Pour s'en défendre, il s'était tenu à l'écart, avait mis de la distance, inventé une froideur et une réserve qu'il avait fini par ressentir. Et voilà que Maya avec sa voix, sa main…

Le Duc se passa les doigts dans les cheveux, les hérissant davantage. La Nomade avait énoncé une vérité. Sa vérité à lui, Eben : il ne trouverait jamais la paix. La douleur, le regret, le manque seraient toujours là, comme des échardes sous les ongles.

Le Duc réalisa soudain que, toutes ces années, il n'avait cessé d'attendre. Attendre que Sierra revienne, attendre que la douleur passe, que la révolte se tarisse. Elle ne reviendrait pas. Toute révolte était vaine. Il ne restait que la douleur sur laquelle les yeux de vif-argent de Maya déversaient une compassion douce et profonde qui, en quelque sorte, reconnaissait sa douleur et l'authentifiait. Il n'y aurait jamais de paix pour lui.

Il sépara très lentement sa main de celle de Maya sans la quitter des yeux et sortit très vite de la pièce.

La Nomade s'appuya contre le dossier du fauteuil et laissa couler ses larmes. Blaise et Bahir se rapprochèrent et l'encadrèrent. Son mari lui mit un mouchoir dans une main et Blaise un verre de vin dans l'autre. Comme si elle attendait ce signal pour mettre fin à ses pleurs, elle s'essuya les yeux puis se moucha bruyamment, comme une enfant, et Bahir sourit.

— Je n'aurais pas dû… J'ai percé la défense qu'il s'était forgée pour échapper à la peine. Maintenant, il est encore plus démuni.

Blaise haussa les épaules.

— Ce qui est fait est fait, et c'est peut-être mieux ainsi. Eben n'avait pas de vraie défense, il s'était fait une cuirasse de sa peine même.

— Que va-t-il se passer maintenant ?

— Peut-être va-t-il réagir, s'arracher à la tristesse qui plombe sa vie depuis trop longtemps, risqua Blaise.

— Ou s'enfoncer, répliqua Maya avec amertume.

— Ou s'enfoncer, confirma Bahir. Tu n'es en aucun cas responsable de son choix.

— Je sais. Mais est-ce seulement un choix ?

— Toujours, affirma Bahir avec force. Nous avons toujours le choix.

Il s'agissait d'un vieux sujet de discorde entre eux, et Maya sourit de le voir affirmer ses convictions sur le même ton intransigeant et farouche que lorsqu'elle l'avait connu, trente lunées auparavant.

— Oh, toi et ton indécrottable optimisme !

— Si seulement Eben pouvait s'y frotter un peu ! rétorqua Blaise. S'il pouvait retrouver un peu de gaieté, d'enthousiasme. Ses enfants lui en seraient reconnaissants. Et moi aussi, ajouta-t-il avec une grimace.

Bahir se tourna vers lui.

— Que se passe-t-il avec les jumeaux ? Quelque chose te taraude, n'est-ce pas ? Comment pouvons-nous les aider ?

Blaise regarda le couple assis en face de lui. Il vit la solidité joyeuse de l'homme, l'authentique sollicitude de la femme, et poussa un soupir de soulagement. Allumant sa pipe, il entreprit de tout leur raconter.

Ugh s'impose

Sem aidait Blaise à seller et charger les deux sizyfs. Le château dormait encore et les deux vieux amis travaillaient en silence, leurs gestes complémentaires dénotant une longue intimité.

Quand les montures furent prêtes, le forgeron regarda son compagnon droit dans les yeux et lui dit : « Les hommes ne sont pas des chouettes. » Puis il tendit sa main calleuse à Blaise, qui la retint un moment dans la sienne. Sem sortit de l'écurie au moment où Ugh entrait.

— Ugh... s'exclama Blaise, surpris. Je... Je voulais justement te parler avant de partir.

— Ce n'est pas la peine. Je viens avec vous.

Sous sa chemise en coton, Ugh transpirait à grosses gouttes, mais sa voix était ferme et calme. La première réaction de Blaise fut de refuser.

— Il n'en est pas question, voyons ! Je ne pars pas en promenade ! Tu me gênerais…

Blaise s'interrompit net, se rendant compte de ce qu'il venait de dire.

— Excuse-moi… Je voulais dire… Oh et puis, patates molles et marguerites, je ne sais pas ce que je voulais dire !

Ugh le gratifia d'un grand sourire, révélant ses fossettes.

— Pas grave… Vous aurez tout le voyage pour trouver.

Interloqué, Blaise fixait ce garçon roux, plus grand que lui, qui le regardait sans ciller. *Je le connais moins bien que je ne connais Jad ou Claris. J'ai préféré penser qu'il n'était pas mon fils pour ne pas m'embarrasser d'un marmot… et de sa mère ! Mon fils ou pas, ce garçon fait face à la situation avec plus de cran que moi !* Ugh attendait.

— Bon, eh bien, c'est peut-être une bonne idée. Va faire ton sac.

Le garçon lui montra le sac qu'il tenait derrière son dos.

— Il est prêt ! Je voudrais juste dire au revoir aux jumeaux.

— Et ta mère ?

— Elle est au courant, je lui ai déjà dit au revoir. Elle pleure comme si je partais pour toujours !

Blaise lui fit un clin d'œil.

— Je vais tâcher d'arranger ça.

Ugh pouffa puis rougit. *Mais d'où tient-il ce teint de roux ? Mon grand-père était roux…* Blaise haussa un sourcil.

— Heu… pardon, mais… comment dire, ma mère n'est pas facile à… heu… « arranger ».

— Une façon polie de me dire que je ne suis pas la meilleure personne pour le faire, n'est-ce pas ?

— Je suis désolé, je ne voulais pas…

Blaise fit un geste apaisant de la main.

— J'irai la voir pendant que tu fais tes adieux aux jumeaux. Ne t'inquiète pas. Ta mère et moi, c'est une vieille histoire… Et puis elle m'adore, même si elle s'acharne à prouver le contraire !

Ugh pouffa de plus belle. Blaise leva la main pour lui donner une bourrade amicale, mais, soudain gêné par son nouveau statut de père, il la laissa retomber sur la croupe d'un des sizyfs, qui décocha une ruade. Ugh calma l'animal d'un claquement de langue en l'appelant par son nom.

— Oh, un expert, quelle chance ! Moi je ne m'entends pas avec ces bêtes-là et je les trouve peu confortables. J'aurais préféré partir à cheval, mais nous sommes trop chargés. Et puis elles sont réputées pour avoir le pied montagnard.

— Nous allons en montagne ?

— Possible… Sem a conseillé les sizyfs, en tout cas c'est ce que j'en ai déduit lorsqu'il a dit : « Prends les sizyfs. Les chevaux ne montent pas les escaliers. »

Cette fois, Ugh éclata franchement de rire. Blaise tapota le poil raide et rugueux de l'animal.

— Têtu, c'est ça ? Cela laisse-t-il présager de son caractère ?

Ugh hocha la tête :

— L'autre s'appelle Buté !

Blaise leva les yeux au ciel, puis demanda :

— Ugh, sais-tu si Eben est réveillé ?

— Il est sorti avec Longue-Vue, il faisait encore nuit.

Blaise eut l'air contrarié. Il aurait préféré voir le Duc avant de partir. Les Borges avait promis de veiller sur lui. Néanmoins, la dernière image d'Eben quittant le phare les épaules voûtées par un poids invisible lui serrait le cœur.

— Bon, eh bien, allons-y… Rendez-vous ici dans une heure.

*

Ugh frappa doucement à la porte des jumeaux. N'obtenant pas de réponse, il baissa la poignée et entra. Claris et Jad dormaient. La fille, étalée dans son lit, les cheveux en bataille lui masquant le visage ; le garçon, en chien de fusil.

Pendant que Ugh hésitait, debout entre les deux lits, ils ouvrirent les yeux en même temps. Bordés des mêmes cils longs et noirs, le regard sombre et le regard clair se posèrent sur lui.

— Qu'est-ce que tu fais là, mon vieux ? l'interpella Jad, ravi de voir son copain au pied de son lit. Quelle heure est-il ?

— Beaucoup trop tôt ! protesta Claris. Et elle enfouit sa tête sous l'oreiller en grognant.

Ugh lui tourna le dos et s'approcha de Jad.

— Je voulais vous dire au revoir.

— Où vas-tu ? chuchota Jad sans remarquer que Claris avait soulevé discrètement l'oreiller pour écouter.

Ugh était rose d'excitation, son sourire-banane accroché au visage.

— Je pars avec Blaise ! Je ne sais pas où nous allons, mais je m'en fiche ! Tu te rends compte ? Il a accepté et je pars avec mon… avec lui !

Touché par l'émotion de son ami, Jad se leva et serra vigoureusement la main de Ugh.

— C'est génial, je suis heureux pour toi ! Combien de temps ?

— Je ne sais pas.

— Qu'allez-vous faire ?

— Je n'en ai pas la moindre idée ! Je sais seulement que nous partons à dos de sizyf et que les bêtes sont bien chargées. Dis… tu ne veux pas me lâcher la main ?

Jad se balançait d'une jambe sur l'autre. Il avait envie de faire quelque chose pour Ugh, de contribuer à son bonheur.

— Tu as tout ce qu'il te faut pour le voyage ? Tu veux que je te prête un sac ?

— Merci, ça va. Ma mère m'a préparé un sac bourré à craquer, avec assez de provisions pour soutenir un siège ! Elle voulait même y mettre mon vieux doudou qu'elle a retrouvé je ne sais où !

Les deux garçons se mirent à rire.

— Tu pars tout de suite ? On a le temps de prendre un petit-déj ensemble ? demanda Jad tout en enfilant une paire de guêtres et une tunique sur sa dulcepiel.

— Je pense que oui. Blaise est allé voir Chandra.

— Aïe ! Cela peut être très rapide ou très long ! Ne perdons pas de temps. Tu viens, Claris ?

Mais sa sœur avait replongé sous les oreillers et ne répondit pas. Jad entraîna Ugh qui, avant de quitter la pièce, jeta un dernier regard à la tignasse noire qui dépassait des draps.

De mes mains nues

Chandra n'était ni à la cuisine, ni au lavoir, ni dans sa chambre. Finalement, Blaise la dénicha dans la chambre de Ugh, assise sur son lit, les bras ballants et l'œil morne. Elle se leva d'un bond lorsqu'il entra et dit très vite :

— Il ne part plus ? Tu ne l'emmènes pas ? Je crois que tu as raison, tu sais, il ne ferait que te gêner ! Tu n'as pas l'habitude, il est encore jeune et puis...

Blaise s'approcha et lui prit la main. Cela faisait quatorze ans qu'ils ne se touchaient pas et le contact eut un effet remarquable sur Chandra, qui s'arrêta net de parler et devint toute molle. Blaise l'amena gentiment vers le lit et s'assit à côté d'elle, sans lui lâcher la main.

— Chandra, j'ai beaucoup réfléchi à tout ce que tu m'as dit hier. Je crois que tu as raison sur de nombreux points. J'ai été égoïste, aveugle, injuste. Et crois-moi, à mon âge, un constat aussi dévalorisant n'est pas aisé à faire.

Blaise fit une pause. Chandra ne le regardait pas, elle avait les yeux fixés sur les deux mains enlacées, comme hypnotisée. Voyant qu'elle ne réagissait pas violemment, Blaise s'enhardit.

— Laisse-le venir avec moi, Chandra. Il en a besoin et j'en ai envie. Ou il en a envie et j'en ai besoin, ce qui revient au même... Nous serons partis dix jours au plus. Je te promets de le ramener sain et sauf.

— Où allez-vous ? demanda la nourrice d'une voix blanche.

— Eh bien... je ne sais pas exactement.

Chandra retira sa main et se leva.

— Tu vois ? Comment veux-tu que je te fasse confiance ?

Elle ouvrit l'armoire de son fils et se mit à déplier puis à replier chemises et tuniques, pourtant déjà impeccablement rangées. Soudain, elle se retourna, acerbe :

— Une lunaison ! Dans une lunaison, je le veux de retour ici. Nous commencerons à préparer les vendanges et j'aurai besoin de lui. Une, tu entends, pas un jour de plus ! Et s'il lui arrive quoi que ce soit, si tu le fais souffrir, si tu... me l'abîmes, je te... je te...

Sa voix se brisa et elle lui tourna le dos pour cacher ses larmes. Blaise s'approcha, mais elle ne se retourna pas. Il posa sa main sur le dos de Chandra et murmura :

— Pardonne-moi, Chandra. Toutes ces lunées, j'ai préféré ne pas te croire, ne pas croire que Ugh était mon fils.

Je n'ai pas d'excuse... Merci de m'offrir l'occasion de faire ce voyage avec lui.

Il déposa un baiser sur le dos de la nourrice et sortit de la pièce.

— ... je t'étriperai de mes mains nues, gémit Chandra en éclatant en sanglots.

Blaise eut un sourire triste et quitta la pièce.

Chandra vit alors la fiole qu'il avait posée sur le lit avant de sortir. En reconnaissant la couleur bleu-mauve caractéristique, la mère de Ugh redoubla de sanglots. La lavande, la plante qui calme l'angoisse, était aussi son parfum préféré.

DEUXIÈME PARTIE

La grange de la Marmotte

Lire est un voyage.
On ne peut pas arriver avant d'être parti.
On ne peut pas partir sans avoir envie d'arriver.
Mais : être entre !
Là, réside le vrai délice : le parcours.
La lecture.

La Guilde a tort, qui ne s'occupe que du Nomade,
qui le range dans des catégories, le morcelle en prosateur,
poète, fabulateur, imaginateur, etc.
Les livres se parlent, ils murmurent entre eux.
Ils savent bien, eux, qu'ils sont issus d'un même lieu,
un sac aux trésors sans fond,
où il suffit de puiser et qui jamais ne s'épuise,
car les livres se nourrissent les uns des autres.
L'écrivain est la marmite où mitonne le ragoût.
À chaque marmite son ragoût. À chaque ragoût, son goût.

L'une des illusions du Nomade
de l'Écriture est de penser qu'il sait tout de son œuvre.
Ce qu'il écrit, pourquoi il l'écrit.
Il ne sait rien.
Les personnages savent.
Le Lecteur sait.

Le Nomade fait de son mieux pour découvrir
ce que les Personnages portent en eux
et ce que le Lecteur révèle.

Carnets de Sierra, extraits,
in *Archives apocryphes*
de la Guilde des Nomades de l'Écriture.

Chapitre XI
Le départ

Avalé par le chêne

La journée s'annonçait belle et chaude. Depuis une décade, l'été semblait s'être installé. Le Temps Jaune serait bref mais aurait le mérite d'exister, ce qui était loin d'être une règle à Salicande. À cette heure matinale, il faisait encore frais et, bringuebalant sur Têtu dans la lumière pâle tamisée par les hauts feuillages des perceciels, Blaise se demandait ce qu'il allait bien pouvoir faire de Ugh.

Ils étaient partis depuis deux heures, longeant les vignes au pas paisible des sizyfs, montant vers la forêt. Maintenant qu'il s'éloignait de Chandra et des émotions troublantes qu'elle ne manquait pas de provoquer en lui, le vieil homme maudissait l'instant d'égarement où il avait accepté d'embarquer ce grand garçon silencieux dans un voyage dont il ne connaissait même pas la destination. Discret, Ugh n'avait posé aucune question depuis qu'il était monté sur Buté, se contentant de faire avancer sa monture avec flegme et compétence.

Je devrais lui parler, se dit le précepteur pour la millième fois depuis leur départ. Il se racla la gorge… et se tut. Plus tard. Pour le moment, il s'employait à débrouiller l'écheveau d'informations issu de sa conversation avec les Borges dans la Tour des Livres. Il avait la sensation de ne rien faire d'autre depuis un moment que d'essayer de mettre de l'ordre dans sa tête. Les résultats n'étaient guère concluants...

Après le départ du Duc, Blaise avait eu une longue conversation avec les Borges. Il n'avait rien omis : la maladie et les rêves de Jad, la mélancolie d'Eben, les Abdiquants et leur prophétie, le rêve collectif des enfants du château, la projection de Claris dans la réunion du peuple des Arbres, leur livrant en vrac et avec soulagement ses inquiétudes et ses interrogations.

Lorsqu'il en était arrivé au siège du Dragon et aux révélations sur la disparition de Sierra, Maya avait étouffé une exclamation en se couvrant la bouche de la main. Devant le regard interrogateur de Blaise, elle lui avait fait signe de continuer, ses yeux gris fixés sur lui. Lorsqu'il eut fini, elle avait récité :

— « Rien n'est seul, rien n'est oublié, rien n'est dépourvu de sens, rien n'est insignifiant et rien n'a d'importance. » Sierra faisait donc aussi partie de l'Alliance. Ainsi que toi, n'est-ce pas, Blaise ?

Un frisson avait parcouru Blaise de la tête aux pieds, et il avait senti qu'une partie du puzzle s'emboîtait. L'Alliance ! Il connaissait les Borges depuis plus de vingt ans, et pas un instant il ne s'était douté... Il ouvrait la bouche pour questionner Maya, quand Bahir était intervenu :

— Pardonnez-moi de vous interrompre, mais de quelle alliance parlez-vous ? Certainement pas de cet anneau que je t'ai offert il y a si longtemps et que tu portes à l'annulaire droit, n'est-ce pas, ma douce ?

Maya, qui, contrairement au reste de la famille, manifestait rarement ses émotions, avait rougi sous le reproche voilé, sa peau noire prenant une jolie teinte cuivrée. Elle s'était approchée de son mari et lui avait caressé le visage.

— C'est une vieille et étrange histoire, Bahir, j'avais fini par me convaincre que je l'avais rêvée. Quand Blaise a parlé de la Gardienne de la forêt, cela m'est revenu.

— Quel rapport ? demanda Blaise avec impatience.

Maya répondit distraitement.

— Je n'en sais rien. Un hoquet de la mémoire...

Elle câlinait son mari, soucieuse de l'avoir blessé.

— Je ne pouvais pas t'en parler, Bahir. Les membres de l'Alliance sont tenus au secret. Je ne savais pas que Blaise en faisait partie.

— C'est idiot ! s'emporta Blaise, qui bouillait sur place. À quoi sert une alliance si ses membres ne se connaissent pas ?

— Parfaitement idiot... approuva ironiquement Bahir.

À son tour, Blaise s'approcha de lui.

— Désolé, vieux, je ne m'attendais pas à ça et je ne suis pas sûr d'y comprendre quoi que ce soit. Ce qui devient une fâcheuse habitude, on dirait... Si nous mettions nos informations en commun, peut-être y verrions-nous plus clair ?

Il interrogea Maya du regard et celle-ci lui fit signe de commencer tandis que Borges enlevait ses chaussures et se calait en tailleur dans le fauteuil, signe que le plaisir du récit qui s'annonçait l'emportait sur sa contrariété passagère.

— Enfin, une histoire ! Mandarin, je suis suspendu à tes lèvres !

L'aveugle sourit à son ami et Maya eut un joli bruit de gorge, un roucoulement de bonheur en se pelotonnant contre lui. Blaise leur resservit du vin et commença :

— Tout cela remonte aux Temps d'Avant, au début du XXIIe siècle, lorsque ces illuminés de Naturex se joignirent aux physiciens de l'Institut des Sciences Paraphysiques pour explorer les mondes parallèles...

Bahir haussa les sourcils d'un air surpris puis éclata de rire.

— « Ces illuminés de Naturex », comme tu dis, n'étaient autres que les disciples de ton grand-père Soma !

— C'est vrai, marmonna Blaise. Mais, contrairement à eux, Soma était inoffensif.

— Inoffensif ? Ce gars-là a provoqué une véritable révolution des mentalités en prouvant que les élémentaux existent. Il a ressuscité les fées au cœur d'une époque qui ne jurait que par la science et la technologie ! Un grand chambardement à lui tout seul, cet inoffensif !

Blaise regarda son ami d'un air songeur.

— De son point de vue, il ne s'agissait ni de révolution ni de prouver quoi que ce soit. Pour lui, les esprits de la nature ont toujours existé. Simplement, ils s'étaient éloignés d'une société humaine trop technicisée, tournée vers des valeurs de plus en plus éloignées de celles de la nature. Ne pouvant plus survivre dans nos villes trop polluées, trop laides, trop bruyantes, ils s'étaient réfugiés dans les derniers lieux sauvages de la planète, se rendant invisibles. Puis, quand les derniers déserts, les dernières forêts, les dernières montagnes sont tombés dans l'escarcelle des hommes d'affaires, les élémentaux sont passés ailleurs, dans des mondes parallèles au nôtre.

— Des mondes parallèles ? Tu fais allusion à la vieille légende de l'Autremonde, le royaume des fées des anciens ? Ou aux mondes multiples divergents qu'étudiaient les paraphysiciens de l'Institut ?

Blaise eut un signe d'ignorance.

— Je ne sais pas, les deux se rejoignent peut-être justement. En tout cas, pour Soma, tout cela était très simple, logique même : les hommes avaient tourné le dos à la nature, ils n'avaient plus besoin des élémentaux, ils n'y croyaient plus et donc ne les voyaient plus.

— Mais Soma, lui, les voyait.

— Depuis toujours. Il était définitivement à contre-courant de son époque, prônant le retour à un mode de vie en harmonie avec la nature, les énergies alternatives, l'abandon de la bio-ingénierie... Un utopiste, quoi.

— Si les utopistes avaient été plus nombreux, nous n'aurions peut-être pas épuisé les ressources de la planète, suçant ses richesses jusqu'à la moelle ! s'exclama Maya avec amertume.

Les trois amis demeurèrent un moment silencieux. Maya avait raison, bien sûr. L'histoire des hommes était une tragédie stupide, une tragédie qu'ils devaient à leur cupidité, à leur aveuglement, à leur individualisme, à leur irresponsabilité... La liste était longue.

Bahir fut le premier à secouer la nostalgie lourde de regrets qui les avait saisis. L'aveugle était résolument tourné vers l'avenir, il choisissait toujours de considérer le verre comme à moitié plein plutôt qu'à moitié vide.

— Soma était un homme extraordinaire, Blaise, un visionnaire. Quelles couleurs attribuerais-tu à ton grand-père ?

Blaise se plia en souriant au jeu.

— Hmm... Je dirais orange...

— L'équilibre entre l'esprit et le plaisir.

— ... et violet !

— La tempérance, le secret, le mystère de la transformation.

Blaise hocha la tête.

— Je crois que cela lui correspond assez bien.

— Tu sais, je n'étais pas encore aveugle à l'époque, et j'ai encore les images de son émission dans la tête, renchérit Bahir avec un large sourire.

Même après la disparition de Soma, des générations d'enfants avaient rêvé devant les images du programme de totalvision hebdomadaire « Le monde de Soma » où l'on voyait le formidable vieillard à la crinière rousse évoluer en parfaite communion avec gnomes et elfes, ondines et salamandres. Comme les élémentaux ne se montraient qu'à ceux qu'ils choisissaient et de plus n'adoptaient jamais la même apparence, cela donnait lieu à des disputes en famille où, assis sur le même canapé, le mari ne voyait rien et la femme s'extasiait « Regarde celui-là comme il est chou ! »

— Si les élémentaux s'étaient réfugiés dans d'autres mondes, pourquoi sont-ils revenus à ce moment-là ?

— Pas tout à fait « d'autres mondes », des mondes parallèles. Pour Soma, ces dimensions sont perméables, de la même façon que le passé, le présent et le futur ne se succèdent pas mais coexistent...

— En ça, il rejoignait la théorie de l'Institut...

Blaise eut une grimace.

— C'est bien ça le problème, comme nous le verrons. En ce qui concerne les élémentaux, un petit nombre d'entre eux seraient restés, peut-être ceux qui s'étaient liés de façon plus étroite aux humains. Soma redoutait qu'ils n'abandonnent définitivement l'humanité, qu'ils la privent de leur sagesse, de leur joie. Peut-être les élémentaux ont-ils accepté de donner aux hommes une dernière chance de se réconcilier avec les éléments de la nature et leurs entités.

— De se réconcilier avec eux-mêmes, murmura Maya.

Blaise hocha la tête.

— Il a inventé ce programme absurde de totalvision qui a fait la richesse de la chaîne qui l'a acheté. Les élémentaux se sont montrés aux hommes. Cela a causé leur perte.

Blaise eut un sourire teinté de mélancolie et de dépit :

— Ça ne pouvait pas marcher, bien sûr. Soma n'était

ni un politique, ni un philosophe, ni un agitateur. Il avait consacré sa vie aux élémentaux parce qu'il croyait profondément que les hommes s'étaient fourvoyés en s'éloignant d'eux. Il en voulait pour preuve sa façon de vivre en bonne intelligence avec la nature et ses esprits. Il croyait ingénument que l'incroyable fertilité de sa terre, sa santé insolente, l'harmonie joyeuse qui régnait chez lui suffiraient à convaincre les hommes qu'ils faisaient fausse route. Il ne constituait aucune menace pour les autorités, qui l'ont laissé faire.

— Pourtant beaucoup de gens l'ont suivi, n'est-ce pas ?

— Un certain nombre de familles sont venues vivre dans le voisinage de sa ferme, formant en effet une sorte de communauté. Lorsque les médias se sont emparés du phénomène, avec ce fichu programme de totalvision, il est devenu une espèce de gourou et je crois qu'il détestait ça. En tout cas, il n'aurait jamais cautionné les dérives postérieures des Naturex. Rien que ce nom inepte, Naturex, pff !

— De quelles dérives parles-tu ? intervint Maya.

— Soma croyait que les élémentaux, qu'il appelait aussi les Aides ou les Vifs, ne sont pas uniquement des manifestations des quatre éléments mais aussi des gardiens.

— Bien sûr, acquiesça Borges, les esprits de l'eau, du feu, de la terre et de l'air sont les gardiens de la nature. C'est leur définition même.

— Mais pas seulement. Les Vifs garderaient aussi les passages entre les mondes.

— Le monde où ils s'étaient réfugiés et le nôtre ?

Blaise eut un nouveau geste d'ignorance.

— Soma était un intuitif, pas un théoricien. Il n'expliquait rien, il le vivait, il y croyait, c'est tout. Il disait que les Vifs gardaient les passages entre les mondes – sans préciser lesquels – et que c'était bien ainsi puisque, les hommes n'étant pas assez malins pour prendre soin de leur propre monde, mieux valait éviter qu'ils n'en massacrent d'autres. Mais ses disciples n'avaient ni sa sagesse ni sa bonté. À sa disparition, certains s'empressèrent de rejoindre les physiciens de l'Institut qui essayaient depuis des lunées de trouver le moyen de traverser vers d'autres dimensions.

— Les scientifiques essayaient de prouver la théorie des mondes parallèles, pas de traverser ! s'étonna Bahir.

— Vraiment ? Est-ce que traverser ne serait pas la meilleure preuve ?

Borges se gratta la barbe furieusement, ce qui était chez lui le signe d'une grande agitation intellectuelle. Blaise tira vigoureusement sur sa pipe, son signe à lui de remue-méninges. Maya les regardait alternativement et laissait les mots défiler dans son esprit : *traverser percer transpercer croiser parcourir empêcher*. Elle demanda doucement.

— Pourquoi ?

Les deux hommes interrompirent leurs gestes.

— Pourquoi l'Institut aurait-il investi tant d'argent, de temps et de talent pour prouver une théorie farfelue qui n'a jamais pu être confirmée ?

— Ni infirmée ! répondit Bahir en se grattant la barbe de plus belle.

— Pourquoi ? répéta calmement Maya.

— Comment le savoir ? Il ne reste rien des archives de l'Institut. Ils ont tout détruit lorsqu'ils ont abandonné la planète. Plus aucune trace… à part les cauchemars qu'ils ont légués aux hommes qui sont restés.

Les trois amis partagèrent un nouveau moment de silence, qui fut brisé finalement par Blaise.

— Ramsk soit maudit ! Le pouvoir bien sûr ! Le pouvoir est la réponse à ta question, Maya !

Le Mandarin se leva et glissa les mains dans ses manches.

— L'objectif de l'Institut des Sciences Paraphysiques était d'avoir accès à l'espace-temps superlumineux, un univers symétrique au nôtre où les vitesses seraient toujours supérieures à celle de la lumière. Dans cet univers, la notion du temps disparaîtrait puisque l'on pourrait se déplacer de façon instantanée dans le passé, le présent et le futur. Cet univers ne serait constitué que d'information et de conscience.

— Toutes les informations passées, présentes et à venir et toute la conscience de l'humanité : les clés d'un pouvoir absolu, comprit Bahir.

— Le pouvoir, encore et toujours... La domination, murmura Maya.

— Cela expliquerait pourquoi mon grand-père vouait une haine sans bornes à l'Institut. Il partageait les mêmes idées en quelque sorte, pour un usage diamétralement opposé. Je suis heureux qu'il ait disparu avant de voir ce que ses prétendus disciples ont fait.

— Qu'ont fait les Naturex ?

— Ils ont capturé des élémentaux par traîtrise et les ont vendus à l'Institut.

— Oh non ! gémit Maya.

— Cela ne s'est pas ébruité, bien entendu. Un Naturex repenti, écœuré par ce qui s'était passé, est venu voir ma grand-mère et lui a tout raconté. J'ai entendu parce que je lisais sous la table de la cuisine.

— Qu'ont-ils fait aux élémentaux ? demanda Maya.

— Ils les ont soumis à des expériences pour qu'ils ouvrent les passages. Sans aucun résultat. Un jour, ils ont disparu. Tous les élémentaux, en même temps. Ceux de l'Institut, ceux de la ferme, tous. Je les croyais morts ou partis pour toujours, jusqu'à ce qu'Eben affirme les avoir vus autour de Claris.

— Eben ! s'exclamèrent les Borges.

Blaise haussa les épaules avec une expression dépitée.

— Oui, Eben. On ne sait pas pourquoi certains peuvent les voir et d'autres non. Eben a vu à plusieurs reprises des elfes accompagner Claris.

Blaise soupira :

— Mais elle ne les voit pas. Elle les prend pour des insectes…

Maya éclata de rire. Les deux hommes la regardèrent, surpris.

— Ne voyez-vous pas l'ironie de tout ça ? Nous sommes aux prises avec un immense casse-tête, un imbroglio surgi tout droit d'un passé que nous avons mis tant d'application à effacer. Blaise nous révèle cette terrible histoire avec les élémentaux, énième histoire de traîtrise, de bêtise, d'inconscience des hommes envers la planète. On les croit disparus à jamais et voilà qu'ils resurgissent pour une gamine de douze lunées qui les prend pour des mouches ! Il faut rire…

Bahir se grattait toujours la barbe.

— Blaise, que s'est-il passé ensuite ? L'Institut a renoncé aux expériences sur les passages ?

— Aucune idée… Rémus Ramsky est apparu à ce moment-là avec sa drogue et les recherches de l'Institut ont suivi d'autres voies, comme tu sais…

— Des voies encore plus funestes… dit sombrement Maya.

Bahir – que le personnage du maître des Elfes, comme les médias avaient surnommé Soma à l'époque, avait toujours fasciné – ne put s'empêcher de l'interrompre.

— Comment est-il mort, Blaise ? Les médias ne l'ont

jamais découvert. Tu dois le savoir, toi. Quel âge avais-tu quand Soma a disparu ?

Blaise sourit avec nostalgie.

— Disparu ? Tu ne crois pas si bien dire. J'avais cinq ans, eh oui, on disait encore « an » à l'époque. J'étais un petit garçon en colère parce que je ne pouvais pas voir les élémentaux avec qui mon grand-père bavardait toute la journée. Tous mes cousins et cousines les voyaient, à des degrés différents, mais moi, rien. Pas le plus petit elfe rieur, pas le moindre bébé salamandre.

Blaise tira sur sa pipe, les yeux mi-clos, songeant à l'enfant qu'il avait été, puis il ajouta comme pour lui-même :

— Je crois que je ne l'ai jamais accepté.

— Tu t'es bien rattrapé avec les animaux, glissa Bahir.

— C'était bien plus tard, répondit Blaise machinalement, tout à ses souvenirs.

Soudain, il réalisa ce que venait de dire Borges et dévisagea son ami avec stupéfaction.

— Par les plumes d'Athéna, Bahir, comment le sais-tu ?

Bahir éclata de son rire de ténor, ce qui détendit l'atmosphère.

— C'est toi qui me l'as raconté, vieil amnésique, lorsque tu as rencontré la chouette ! Et puis je sens aussi le lien entre toi et le Gris.

— Qui est cette Athéna ? Une conquête cachée de Blaise ? interrogea malicieusement Maya.

— Pas du tout, bredouilla Blaise… Athéna est une amie chouette. Je veux dire, une vraie chouette, un oiseau, une chevêche quoi !

Ayant pitié de sa confusion, Borges lui sauva la mise en résumant :

— Blaise peut communiquer avec certains animaux.

— Ah, fit tranquillement Maya, comme ceux de Vieil-Ambre.

Blaise se sentit alors un peu bête de ne pas avoir parlé de son lien aux animaux avec ses amis. Il avait voulu garder pour lui cette particularité, comme un secret, un trésor. *Complètement puéril, mon pauvre vieux*... Il toussota, gêné.

— Donc, mon grand-père a disparu, un jour, dans le tronc creux d'un énorme chêne où il aimait faire la sieste en compagnie des Vifs des arbres, les elfes. C'était une belle fin d'après-midi d'été. De vrai été, pas cette chose tiédasse et hâtive qu'on appelle Temps Jaune aujourd'hui. Je me souviens du bourdonnement des abeilles dans les rosiers et de l'odeur lourde du jasmin. Il faisait si chaud que nous jouions à nous arroser avec le jet d'eau dans le jardin, sous la prétendue surveillance de Soma. En réalité, il s'était glissé dans le trou de son vieux chêne et il ronflait. Je m'y étais souvent endormi avec lui, étalé sur sa poitrine, bercé par le toboggan de sa respiration qui montait et descendait, en regardant le ciel aller et venir entre les feuilles. Ce jour-là, je jouais avec les autres, ses ronflements sonores en bruit de fond. Soudain, il n'y eut plus de ronflements. Croyant qu'il s'était réveillé, je suis allé jusqu'au chêne. Il n'était plus là. Comme s'il avait été avalé par l'arbre. On ne l'a jamais revu.

Bahir eut un sifflement d'admiration.

— Une fin digne de sa légende ! Pas de corps, je suppose...

Blaise fit non de la tête.

— Ma grand-mère Sil était persuadée qu'il s'était fait la malle. Elle n'a pas versé une larme, n'a plus jamais prononcé son nom et a fait jurer à ses douze enfants de faire de même. Moi, en cachette, j'ai croisé les doigts dans mon dos...

Maya considérait Blaise avec sympathie. Il racontait bien, elle avait voyagé avec lui dans ses souvenirs, senti son amour et sa fidélité envers ce formidable grand-père, sa peine de ne pas voir les élémentaux, sa solitude aussi d'enfant délaissé par ses parents.

Le Mandarin s'était tu et la Nomade devina qu'il errait encore autour du vieux chêne où Soma s'était évanoui, l'abandonnant une deuxième fois. Le silence de Blaise indiquait que l'histoire échouait là, contre ce chêne, coincée dans le chagrin du petit garçon qui n'était pas encore devenu l'énigmatique Mandarin et avait ses deux yeux bruns bien ouverts, vifs et emplis de larmes.

Bahir décroisa les jambes et s'étira.

— Tout ça ne m'apprend toujours pas ce qu'est cette fameuse Alliance.

Le regard absent, Blaise ne répondit pas. *Tourne la page,* songea Maya, *passe à un autre chapitre.* Le Mandarin décrocha sa pipe éteinte de ses lèvres et entreprit de la débourrer, en regardant pensivement le tabac usé se déverser dans le cendrier. Puis il nettoya le fourneau et sortit sa blague à tabac d'une de ses multiples poches. *Bien,* l'encouragea silencieusement Maya, *un tabac nouveau dans une vieille pipe, un nouveau chapitre de ce vieux livre.*

Blaise se leva et fit quelques pas pour se dégourdir les jambes. Une odeur de feuilles séchées embauma la pièce.

— Oui, l'Alliance... Avant de disparaître, Soma avait fondé une alliance de surveillance des passages entre les mondes. J'ai toujours pensé que c'était une de ses blagues, une de ses lubies de rêveur idéaliste et farfelu. Jusqu'à aujourd'hui, j'ignorais même qu'elle avait des membres.

Maya répondit à son regard interrogatif par une moue d'excuse.

— Comment as-tu connu son existence ? Soma t'a enrôlé ? À cinq ans ?

— Pas vraiment. Tout ce que je sais, je l'ai deviné après avoir récupéré un vieux coffre plein de paperasses dont personne ne voulait. Soma détestait les ordinateurs, il écrivait à la main, sur n'importe quel bout de papier et même sur des feuilles d'arbres ! Le coffre contenait des dizaines de notes éparses, mélangées à des poèmes, des partitions de chants des Vifs, des descriptions de leurs mœurs, des théories sur l'agriculture, des brouillons de comptabilité. Et une carte. Une carte au trésor comme celles qu'il nous faisait déchiffrer pour trouver nos cadeaux d'anniversaire. La carte menait au vieux chêne. J'ai creusé et je suis tombé sur une petite boîte en fer à l'intérieur de laquelle il y avait…

Blaise s'interrompit et se mit à rire doucement en faisant des petits ronds de fumée.

— Quoi ? s'exclamèrent les Borges.

Blaise reprit son sérieux et déclara d'un ton compassé :

— La boîte contenait un jeu de baguettes et une version, commentée par Soma, des soixante-quatre hexagrammes de la Trame.

Il fit une pause pour entretenir le suspense.

— Il s'y trouvait également un petit rouleau de… papier hygiénique sur lequel était inscrite la « charte de l'Alliance pour l'union du vivant » !

Bahir et Maya éclatèrent de rire.

— Le papier hygiénique était interdit chez nous. Soma n'avait que du mépris pour ceux qui abattaient des arbres pour s'essuyer le… Enfin, vous voyez ce que je veux dire. Qu'il ait écrit ce texte sur ce type de papier pouvait indiquer deux choses paradoxales, comme souvent chez lui : 1) le texte était important puisque écrit sur du papier, bien précieux ; 2) il était dérisoire puisqu'il s'agissait de papier hygiénique.

Maya commenta, songeuse :

— « Rien n'est insignifiant et rien n'a d'importance. »

— Bien évidemment, le texte de la charte, qui commençait par la phrase citée par Maya, était à son image : une sorte de poème elliptique et imagé. Pas de clauses, de description de fonctionnement ou de règles, rien de semblable. La Charte – que je n'aurais jamais appelée ainsi si le titre n'avait pas figuré bien en vue – tenait sur une seule page, en bas de laquelle étaient apposés moult signatures et signes indéchiffrables. À l'époque, je n'y ai vu qu'un des nombreux canulars de mon grand-père. Mais, en y repensant, malgré la dérision évidente dont Soma avait entouré le document, il y avait quelque chose dans le texte, dans les signatures, qui lui conférait un caractère important.

— D'autant plus important justement qu'il se présentait sous l'aspect d'une plaisanterie frivole. Ton grand-père n'était pas n'importe qui, Blaise, j'aurais aimé le connaître, renchérit Bahir, qui fourrageait dans sa barbe avec la dernière énergie.

Blaise acquiesça distraitement. Il réfléchissait tout haut, sourcils froncés et yeux mi-clos embrumés par les volutes odorantes.

— Je n'avais pas fait la relation avec Sierra. C'est donc à ça que se référait le peuple des Arbres ! La nuit de sa disparition, Sierra aurait donc été appelée par l'Alliance. Ce n'est qu'en entendant Maya prononcer le mot que cette vieille histoire m'est revenue. Je ne suis vraisemblablement pas moi-même un… allié. Plutôt un intrus, termina Blaise avec une certaine amertume.

Maya le regardait. Elle dit doucement :

— L'enfance est toujours là, n'est-ce pas ? Pour le meilleur et pour le pire, elle est toujours là, en chacun de nous.

L'espace d'un instant, Blaise eut une moue d'enfant dépité. La voix de la conteuse avait le pouvoir de réveiller les émotions les plus enfouies. Blaise revit le visage dévasté d'Eben avant qu'il ne quitte la pièce. Il n'avait pas le temps de se faire rattraper par des émotions enfantines, pas maintenant. Il glissa ses mains dans ses manches et haussa les épaules.

— Peut-être… Mais nous ne sommes plus des enfants. Les enfants qui sont sous notre protection font de nous des adultes, n'est-ce pas ?

Maya le regardait toujours. Dans son regard couleur de cendre s'alluma une étincelle.

— N'as-tu jamais pensé, mon ami, que tu es peut-être davantage qu'un membre de l'Alliance ? Soma, comme tu l'as dit toi-même, était un homme astucieux et averti. Crois-tu vraiment que, parmi ses douze enfants et ses innombrables adeptes, tu aies découvert « par hasard » ce document ? Et surtout, crois-tu que, si quelqu'un d'autre l'avait fait, il aurait vu ce que tu y vois ?

Blaise eut un grand sourire, un sourire de môme à qui l'on vient de dire qu'on est fier de lui.

— As-tu toujours le texte, Blaise ? demanda Bahir.

— Tu sais, le papier hygiénique n'est pas un support heu, comment dire… durable. Mais je me souviens d'une partie du texte, quelque chose comme :

Pierre bois eau et feu
Nous sommes les Gardiens
Minéral et végétal
Humain et animal
Nous sommes les Gardiens
Noir et Blanc
Ombre et soleil

Envers endroit
Nadir et zénith
Est et ouest
Nous sommes les Gardiens
Nous détenons les clés
Nous verrouillons les portes
Nous détenons les clés
Nous déployons les portes

— Tu t'en souviens mot pour mot, n'est-ce pas ? sourit Maya.

— Des Gardiens... dit Bahir pensivement. Blaise, la Gardienne de la forêt dont tu nous as parlé, que garde-t-elle ?

— Eh bien, l'accès au cœur de la forêt, je suppose, le siège du Dragon, qui est un lieu sacré pour le peuple des Arbres et tous les habitants de la forêt.

— Ils le formulent ainsi ?

— Pas exactement. Il n'est pas toujours... hum... aisé de converser avec les habitants de la forêt. Où veux-tu en venir ?

— Et si la Gardienne était, elle aussi, l'un de ceux dont parle la charte, un membre de l'Alliance ?

Blaise fixait son ami, stupéfait. Il lui donna une tape amicale sur l'épaule.

— Ah, on ne devrait jamais réfléchir seul, n'est-ce pas ? D'après toi, l'Alliance serait constituée d'une chaîne d'animaux et d'humains ?

— Tu l'as dit toi-même : « Minéral et végétal / Humain et animal / Nous sommes les Gardiens. »

— Il a dit aussi : Pierre bois eau et feu / Nous sommes les Gardiens, compléta Maya.

— Les Vifs ! comprit Blaise. Il se mit à marcher, en tirant énergiquement sur sa pipe. Oui, connaissant Soma, cela aurait un sens : animaux, végétaux, minéraux et humains, unis avec les élémentaux dans une même mission.

— Quelle mission ? s'enquit Maya.

— Garder les passages entre les mondes quels qu'ils soient, proposa Bahir. Athéna n'a-t-elle pas mentionné un « passage » ? Blaise, ne peux-tu pas l'appeler pour en savoir plus ?

— Athéna ne m'obéit pas. Elle ne vient pas quand je l'appelle, elle vient uniquement quand elle en a envie. Ce n'est pas un oiseau dressé. Mais Maya en sait peut-être davantage sur l'Alliance ?

Mon tour est venu, à moi de parcourir un chapitre de mon histoire. Un chapitre aux pages collées par le temps...

Sur le visage d'ordinaire imperturbable de la Nomade passa un sourire mélancolique tandis qu'elle s'humectait la pointe des doigts comme si elle allait tourner les pages d'un livre. Elle se blottit un peu plus contre Bahir.

— À la fois un peu plus et un peu moins que toi, Blaise. Un peu moins parce que je ne connaissais ni le rôle de Soma ni l'existence de la charte. Plus parce qu'en t'écoutant je viens de comprendre que ce sont des élémentaux qui m'ont « initiée », si je puis employer ce mot. C'était il y a bien longtemps, je n'étais encore qu'une jeune fille lorsque j'ai vécu cette expérience. Je la conservais dans le chapitre des rêves, des mirages, des secrets d'enfant. Je n'en ai jamais parlé.

— Fais-le maintenant, ma douce, répondit Borges avec tendresse.

La Nomade prit une inspiration et s'écarta un peu de son mari. Sa voix se déroula, d'abord lointaine puis de plus en plus claire, les mots roulant comme l'eau fraîche sur les cailloux.

— Nous étions au bord de la Vire. C'est Sierra qui m'y avait emmenée, la première fois, nous devions avoir quinze lunées. Je venais d'arriver à Salicande et je travaillais au château pendant les moissons. J'ai connu Sierra comme ça et nous sommes devenues amies. Nous passions des heures à bavarder et surtout à nous plaindre de nos parents respectifs !

Maya fit une pause, les yeux dans le vague, revoyant la scène au bord de la Vire.

— À bien y réfléchir, maintenant, je me demande si...

— Quoi ? demanda Blaise avec impatience.

— Eh bien, Sierra regardait fixement les eaux rapides du torrent. À cet endroit, il y a des rochers au milieu de la rivière. Des rochers qui luisaient au soleil... Non, se reprit la Nomade en plissant les yeux comme pour mieux cerner l'image de son souvenir, ce n'était pas le soleil, les rochers brillaient comme éclairés de l'intérieur... Sierra les regardait comme si elle attendait quelque chose. Et puis parfois, sans raison apparente, elle se mettait à rire. Il y avait du bonheur dans ce rire... comme lorsqu'on retrouve un ami. Peut-être voyait-elle les Vifs de l'eau.

— Elle ne t'en a jamais parlé ?

— Pas directement. Elle m'a seulement dit que c'était un endroit spécial, un secret entre nous deux.

Maya poussa un soupir.

— Peut-être a-t-elle essayé de me dire quelque chose que je n'ai pas compris. Je ne savais rien des élémentaux à l'époque...

— Tu ne me connaissais pas encore, suggéra malicieusement Bahir.

— Non, le séducteur que tu es ne m'avait pas encore captivée...

— Capturée ? provoqua Bahir.

— Captivée ! rit Maya en le boxant, tu as parfaitement entendu ! Tu n'existes pas encore dans ce chapitre de l'histoire, Bahir Borges. J'avais d'autres soucis à l'époque : me loger, me nourrir… Mais, pour en revenir à ce qui nous occupe, Sierra n'était pas avec moi le jour où j'ai vu les ondines. J'étais seule lorsqu'elles sont apparues sur les rochers opalescents au milieu de la Vire. Je ne leur ai pas vraiment parlé. C'était une communication profonde et totale sans un seul mot. Je me demande si ma passion des mots n'en découle pas, justement. Si, toute ma vie, je n'ai pas essayé de rendre au travers des mots cette grâce, cette joie, l'absolu bien-être de faire partie d'un tout, d'avoir ma place dans… eh bien, dans l'alliance du vivant. Je ne saurais dire si la rencontre a duré une seconde ou une heure. Lorsque les Vifs de l'eau disparurent, j'étais comme marquée, imprégnée d'un sentiment de responsabilité. Cette phrase que tu dis être en exergue de la charte me trottait dans la tête ainsi qu'une injonction : ne pas parler de l'Alliance. J'ai compris que ce lieu était sacré, qu'il était gardé et que j'y étais désormais liée moi aussi.

— Comment étaient-elles ? À quoi ressemblaient les ondines ? demanda Blaise.

Maya lui accorda un regard hésitant.

— Difficile à dire…

— Ah non ! Pas toi, Maya ! Pourquoi tous ceux qui voient les Vifs sont-ils si réticents à en parler ?

— Peut-être parce que cette expérience dépasse les mots, suggéra Maya.

Blaise souleva un sourcil incrédule.

— Ce que je peux dire, c'est que la théorie, ou la légende, selon laquelle on les voit comme on veut les voir me semble juste.

Et pas toujours facile à assumer, songea la Nomade. Ce jour-là, penchée sur la surface frémissante de l'eau, elle s'était retrouvée face à l'image d'une créature nue à la peau luisante, troublante de sensualité. Un instant, elle avait cru être en présence de son propre reflet, puis l'image lui avait souri. Un sourire si impudent ! Alors, sur la peau brillante, elle avait discerné les écailles de l'ondine. *Je ne veux pas raconter ça à Blaise, ni même à Bahir !*

— J'ai vu un reflet dans l'eau et j'ai entendu un rire. Mais cela aurait aussi bien pu être le carillon de la rivière sur les pierres ou le friselis des joncs.

D'un geste, elle interrompit Blaise, qui ouvrait la bouche pour protester.

— J'ai gardé de cette rencontre quelque chose de moins flou…

Elle ouvrit l'étui noir qu'elle portait à la hanche et en retira un objet qu'elle posa sur la table, devant eux. De la taille d'une pièce de monnaie, la pierre était ronde et d'un gris bleuté. Bahir la prit avec précaution et la caressa un instant entre le pouce et l'index.

— Une aigue-marine brute, n'est-ce pas ?

— Oui, acquiesça Blaise.

Comment l'aveugle pouvait-il, sans jamais se tromper, identifier n'importe quelle pierre ? Cela restait un mystère. Interrogé, Bahir répondait invariablement qu'il le « sentait ».

— Cette pierre était posée à l'endroit où s'étaient tenues les ondines, dit Maya. Elle brillait tant, bien qu'il n'y eût pas de soleil ce jour-là, que je suis entrée dans la rivière pour aller la chercher. Par la suite, je suis revenue souvent au torrent, mais je n'ai jamais revu les élémentaux.

Le bouquiniste rendit la pierre à sa femme.

— Symboliquement, l'aigue-marine est la pierre des navigateurs et des poètes… Une pierre de fluidité qui délie les blocages. Elle accroît la force d'expression, protège et inspire les hommes de lettres, les romanciers et les versificateurs… Singulier hasard, non ?

Blaise se tourna vivement vers Bahir.

— Et l'émeraude, Bahir, que symbolise-t-elle ?

— C'est une pierre plus ambiguë. La pierre de l'espérance et des amants, celle de la connaissance universelle, permettant de percer les ténèbres de l'ignorance ; mais c'est aussi la pierre de la connaissance occulte, la pierre préférée des mages. Une roche considérée tantôt comme bénéfique, tantôt comme maléfique, selon l'usage que l'on en fait, évidemment.

— Maya, te souviens-tu de la bague que Sierra portait à l'annulaire gauche ? demanda Blaise.

— La pierre verte ? Oui, mais…

Maya s'interrompit, et ses yeux gris eurent un reflet métallique.

— Comment était l'aigue-marine le jour de la disparition de Sierra ? insista Blaise.

La Nomade eut un haut-le-cœur et sa voix s'étrangla.

— Elle était brûlante, je pouvais la sentir au travers de l'étui. Je n'ai pas pu la toucher des jours durant.

La voix de la Nomade avait perdu sa chaleur, elle était tendue, comme hérissée. Elle se leva en se tordant les mains, choquée par les nouvelles perspectives qu'ouvrait cette supposition. Face à la fenêtre, le dos tourné aux deux hommes, Maya demanda enfin :

— Par l'encre et la plume, la pierre essayait-elle de me prévenir ? M'appelait-elle moi aussi ? Aurais-je dû savoir ? Aller moi aussi au rendez-vous au siège du Dragon ? Si j'avais été présente, Sierra n'aurait peut-être pas disparu…

Ce fut Bahir qui répondit et, au son de sa voix, Maya se retourna, ses yeux gris baignés de larmes.

— Comment aurais-tu pu le savoir, Maya ? Tu n'avais, et nous n'avons toujours, que des bribes de connaissance.

Blaise jura et formula tout haut ce qu'ils pensaient tous les trois :

— Ramsk soit maudit ! Il doit y avoir un sens à tout cela !

Le foulard bleu

Voilà ce que se répétait Blaise inlassablement, pendant que Têtu mettait un pas devant l'autre avec obstination. *Rien n'est dépourvu de sens*... marmonnait-il.

— C'est à moi que vous parlez ? demanda Ugh timidement.

Blaise sursauta. *Purée de pois et patates douces, le gamin, je l'avais oublié !*

— Évidemment ! À qui d'autre ? Je te disais qu'il est temps de faire une pause. Ce maudit sizyf a des os sacrément pointus, j'ai les fesses en compote ! Pas toi ?

— Ça va... sourit Ugh, heureux que Blaise lui adresse la parole. Je... heu... j'ai juste un peu faim...

Blaise lui lança un regard étonné. Il avait vu le petit-déjeuner pantagruélique que le garçon avait englouti en compagnie de Jad. *Il va falloir que je revoie mes menus. Celui-là ne se contentera pas d'un peu de pain et de fromage.*

— Descendons vers le ruisseau. Nous ferons boire les bêtes et nous mangerons un morceau.

Ils bifurquaient vers le sentier qui menait au ruisseau lorsqu'un cheval déboula au galop sur le chemin, jaillissant de la forêt.

— C'est Longue-Vue ! s'écria Ugh.

En les voyant, Eben leva le bras et dirigea sa monture au petit trot vers eux. Il avait la tête d'un homme qui n'avait pas dormi, mais il souriait.

— Bonjour ! J'espérais bien vous rattraper. Ugh, j'ai quelque chose pour toi.

Il lui lança un paquet emballé dans un foulard puis se

tourna vers Blaise, dont la réputation de piètre cavalier n'était plus à faire.

— Alors, comment ça va avec Têtu ?

— Il m'en veut... Il en veut surtout à une certaine partie de mon anatomie, fit Blaise en montrant son derrière. Nous allions faire une pause. Ce ventre sur pattes de Ugh a déjà faim ! Tu te joins à nous ?

Quelques minutes plus tard, ils s'installaient au bord du ruisseau. Ugh emmena les montures se désaltérer et les deux hommes s'affairèrent autour d'un pique-nique en bavardant à voix basse.

— Les Borges m'ont raconté ce qui s'est passé après que... eh bien, que j'eus quitté la pièce. Maya m'a demandé de te donner ça.

Blaise prit le petit rouleau de parchemin et le parcourut rapidement.

— Une liste de noms ?

— Les membres de la Guilde des Nomades de l'Écriture à Vieil-Ambre et Morteterre. Maya contrevient aux règles de la Guilde en révélant ces adresses, il faudra être discret.

— Elle pense qu'ils peuvent faire partie de l'Alliance ?

Eben haussa les épaules.

— Elle m'a seulement dit que cela pouvait être utile. Blaise, cette histoire d'Alliance... Crois-tu vraiment que Sierra en faisait partie ? Elle nous l'aurait caché à cause de Jors ? Crois-tu que sa disparition serait liée à...

— Je ne sais pas, trancha Blaise avec humeur. Et plus ça va, moins j'en sais ! Peut-être ces éléments épars ne sont-ils pas liés, peut-être n'y a-t-il aucun sens à chercher. Peut-être ne s'agit-il que des angoisses d'un vieil homme finissant...

Ouvrant son canif, Eben entreprit paisiblement d'éplucher un somptueux saucisson sec. Blaise avait si souvent essuyé les plâtres de son caractère impulsif qu'il pouvait bien lui rendre la pareille.

— Qu'as-tu dit au garçon ?

— N'importe quoi... Que j'allais chercher des herbes dans la montagne et rendre visite à des amis dans les vallées, marmonna Blaise.

— Tu ne sais donc pas où tu vas ?

Blaise ne répondit rien. Eben croqua dans le saucisson en prenant le temps de mâcher.

— C'est vrai, déclara-t-il finalement.

— Quoi donc ? grogna Blaise.

— Tu n'es qu'un vieux radoteur dérangé et gaga... Pas vrai, Ugh ?

Ugh, qui s'était approché, attiré par le saucisson, fit un geste vague que l'on pouvait interpréter comme « oui » ou comme « non ». Devant l'embarras du garçon, Blaise se mit à rire.

— Viens manger. C'était quoi, ce paquet ? Il vient de ta mère ?

Le feu aux joues, le garçon fit non de la tête.

— Ah ? Mais alors qui...

Avant que le précepteur ne puisse poser d'autres questions, le Duc lui glissa de force un morceau de saucisson dans la bouche, le fusillant du regard. Blaise remarqua enfin le trouble du garçon et se tut.

Après s'être restauré, Ugh s'éloigna, prétextant qu'il allait s'occuper des montures. Il sentait que les adultes avaient à parler et, de toute façon, il avait envie d'être seul.

Il s'assit sur une pierre moussue au bord du ruisseau qui serpentait parmi les joncs et les fougères. Le paquet posé à côté de lui, il écouta un moment le bruit joyeux de l'eau en mangeant, faisant durer le plaisir de l'attente.

Puis il s'essuya les mains sur son pantalon et dénoua

avec précaution le foulard bleu qu'il avait immédiatement reconnu, découvrant un gros volume qui était visiblement passé par bien des mains. Sur la page de garde du *Seigneur des anneaux*, Claris avait écrit : « Cette histoire-ci est bien un livre ! Que la Force soit avec toi ! » Le nez dans le foulard bleu et le cœur en fête, Ugh se demanda si l'on pouvait lire à dos de sizyf.

Chapitre XII
Une nouvelle vie

Deux bâtons pour la route

Tandis que Blaise et Ugh cheminaient vers une destination incertaine, les jumeaux amorçaient un nouveau tournant de leur vie.

Après avoir avalé un petit-déjeuner préparé par une Chandra moins enjouée depuis le départ de Ugh, ils descendaient à pied au village, en échangeant des commentaires sur les leçons de la veille.

La matinée était généralement destinée à des matières classiques : salicandais, langue globale, mathématiques, physique, etc. L'après-midi était consacrée à des leçons plus « borgésiennes » : science et vie des quatre éléments, botanique et cuisine, contemplation et concentration, échecs... Un jour par semaine, les jumeaux choisissaient ce qu'ils voulaient, le tir à l'arc avec Jwel pour Jad, qui reprenait confiance en ses talents d'archer ; l'écriture avec Maya pour Claris.

Ça, c'était en théorie. Dans la pratique, la pédagogie de Borges se révélait plus erratique et il pouvait décider de ne rien enseigner du tout. Les jumeaux passaient alors leur journée avec la famille. Ils cuisinaient avec Deli, ravie d'avoir de nouveaux cobayes pour ses expériences culinaires, jouaient avec Merlin ou lisaient dans la boutique.

Ellel et Deli se joignaient souvent à eux pour les leçons et le bébé crapahutait partout, montrant un goût obstiné pour l'escalade. Genoux, chaise, pile de livres, rien ne le rebutait, et il finissait souvent la tête la première sur le sol, hilare et édenté. En désespoir de cause, sa mère lui avait confectionné une sorte de casque avec une vieille casserole rembourrée de coton qui lui donnait un air de don Quichotte précoce.

Les jumeaux, qui en perdant leur mère avaient en quelque sorte perdu aussi leur père, se voyaient soudain crédités d'un oncle, d'une tante, de trois cousines et même d'un petit-cousin. Dans le chahut chaleureux de cette famille qui les avait adoptés sans hésiter, sous cette averse d'amour, éclaboussés de rires et de caresses, les jumeaux s'épanouissaient comme des plantes sous la pluie. Chaque jour était un concentré de bonheur qu'ils gobaient goulûment, le savourant à l'avance pendant qu'ils parcouraient à pied les sept kilomètres qui séparaient le château du village. Puisque rien n'était figé dans ce curieux apprentissage, ils ne savaient jamais ce que leur réservait maître Borges.

Ce jour-là, ils entamaient leur seconde décade d'apprentissage et ne s'attendaient certainement pas à ce qu'ils trouvèrent en se présentant à la porte de l'Aleph.

La journée n'avait pas tout à fait commencé comme les autres car Eben avait partagé leur petit-déjeuner, ce qu'il n'avait fait que rarement depuis le départ de Blaise et de Ugh. Un voile dans ses yeux sombres, il avait écouté Claris parler avec enthousiasme de ses exercices d'écriture puis s'était enquis de Jad, qui démontrait, comme à son habitude, une réserve silencieuse en présence de son père.

Le repas terminé, le Duc avait offert aux enfants deux bâtons de marche, deux beaux bâtons ferrés en bois de chêne patiné par l'usage. Le pommeau de celui de

Claris était en bois blanc sculpté en tête de licorne, une minuscule corne torsadée en os plantée dans le bois. Celui de Jad s'ornait d'un petit dragon aux ailes déployées, deux minuscules rubis figurant les yeux. Bien que le Duc n'eût pas prononcé un mot, les enfants avaient reconnu les bâtons d'Eben et de Sierra. Comme cela arrivait parfois, ils avaient eu des réactions contraires à ce que l'on pouvait attendre : Jad s'était jeté dans les bras de son père pour le remercier, tandis que Claris avait fermé les yeux, luttant contre le souvenir de sa mère.

Le Duc avait embrassé son fils, effleuré les boucles de sa fille et quitté la cuisine en serrant les poings, une façon d'exprimer des larmes qui ne coulaient pas. Les enfants se regardaient, leurs bâtons dans les mains, lorsque Chandra était entrée.

— Ah, il s'est enfin décidé à vous les donner, ces vieux bâtons ! J'ai demandé à Sem de les ferrer. Je préfère vous voir arpenter la montagne armés, si l'on peut dire.

Les jumeaux avaient échangé un regard étonné : ils n'allaient jamais en montagne ! Mais la nourrice était d'humeur instable depuis le départ de Ugh et ils ne voulurent pas la contrarier. Aussi ne protestèrent-ils pas lorsqu'elle leur attacha autour des hanches leurs vestes de peau doublées, en grommelant au sujet des nuits glaciales alors même que le soleil, entrant à flots par les fenêtres grandes ouvertes de la cuisine, exaltait les murs jaunes et ruisselait sur sa jolie collection d'assiettes.

Signes de piste

Ce fut en nage et les bras gourds du poids des bâtons que les enfants se présentèrent à l'Aleph. Sur la vieille porte branlante était épinglée une plume gris et blanc, à la pointe de laquelle était enroulé un bout de parchemin.

Claris s'en saisit sans hésiter, déplia le message et lut à voix haute : « Chez l'homme blanc de la nuit, parmi les effluves croustillants, attend le premier compagnon. »

— Qu'est-ce que c'est que ça ? demanda-t-elle à son frère.

— Une énigme, je crois, sourit Jad.

— Mais, et les cours ?

Le garçon haussa les épaules en signe d'ignorance, puis leva son bâton pour frapper à la porte avec le dragon. Il s'était fait à l'objet beaucoup plus vite que sa sœur et portait le bâton avec une sorte de majesté, alors qu'elle s'empêtrait encore avec la lanière de cuir et se blessait les mollets avec le fer.

— Il n'y a personne, dit-il. Ce doit être un tour de Bahir. Je crois qu'il faut résoudre l'énigme. Réfléchissons…

— Nous devons attendre le premier compagnon, dit sa sœur avec empressement.

— Pas du tout, c'est lui qui nous attend, Claris !

— Et pourquoi donc ?

— Parce qu'il y a un « d » à « attend » et pas « ds ». Le verbe est à l'indicatif, pas à l'impératif. Donc, c'est le « premier compagnon » qui nous attend… pontifia Jad en imitant Blaise.

— Oh, ça va, marmonna Claris, vexée.

La grammaire n'était pas son fort, mais elle détestait que son frère la reprenne.

— Puisque tu es si malin, qui est « l'homme blanc de la nuit » ?

— Un fantôme ? proposa Jad. Un fantôme qui hante un endroit parfumé ?

— Croustillants… Croustillants comme… le pain ! s'écria Claris, heureuse de prendre sa revanche. L'homme blanc de la nuit, c'est le boulanger enfariné qui pétrit son pain avant l'aube !

Les deux enfants coururent chez le boulanger. Devant la boutique, marchant de long en large et se rongeant les ongles d'impatience, Ellel guettait leur arrivée.

— C'est pas top tôt ! Vous en avez mis du temps à résoudre l'énigme, c'était pourtant fastoche !

— Qu'est-ce qui se passe ? lui demanda Claris en l'embrassant.

— J'aimerais bien le savoir ! Quand je me suis réveillée ce matin, la maison était vide. Sur mon assiette était posé un message : « Chez l'homme blanc de la nuit, parmi les effluves croustillants, attends-les. Pile et face ne sauront tarder. »

— Pile et face, c'est nous ? fit Jad, offensé.

— C'est évident, non ? Alors, je suis venue ici et je vous attends depuis des plombes !

— Disons plutôt vingt petites minutes que tu as fort bien utilisées en engloutissant la moitié de ma fournée !

La femme du boulanger sortait de sa boutique des sacs à la main, accompagnée d'une délicieuse odeur de pain. Elle mit à chaque enfant un petit pain au pavot encore chaud dans une main, un sac à dos dans l'autre, puis les poussa gentiment à partir sans répondre à leurs questions.

— Que fait-on maintenant ? demanda Claris en rompant le pain encore chaud.

Ellel farfouillait déjà dans son sac, énumérant le contenu au fur et à mesure :

— Une gourde, un pull, des chaussettes chaudes, un briquet à amadou, de la corde, une boussole… Chouette, on va camper !

— Dans le mien, il y a une autre plume, s'exclama Jad : « Les larmes de la Dame blanche vous suivrez jusqu'à l'orée des ombres vertes où vous attend le second compagnon. »

— La Dame blanche, c'est le glacier de la Licorne ! Nous

n'allons tout de même pas monter jusqu'au glacier, protesta Claris, qui examinait la boussole d'un air méfiant.

— Ça ne peut pas être ça, rétorqua Jad. C'est écrit « les larmes » de la Dame blanche...

Ellel se frappa le front.

— Je sais ! C'est la Vire ! Il prend sa source au glacier de la Licorne et passe dans le village.

— D'accord. Donc, on suit la Vire « jusqu'à l'orée des ombres vertes ». Ce doit être la forêt, non ?

À l'orée de la forêt, Deli les accueillit joyeusement.

— Regardez ! Les cèpes sont en avance !

Elle avait trompé l'attente en débusquant des champignons qu'elle avait fourrés dans son chapeau. Elle aussi portait un sac et leur montra un nouveau message.

Toute la journée, les quatre enfants suivirent la piste qui grimpait vers les hauts plateaux. Arrivés au pied de la montagne, ils montèrent encore cinq cents mètres de dénivelé dans la forêt, traversant des ruisseaux, se perdant à plusieurs reprises, revenant sur leurs pas pour rechercher les indices : croix peinte sur un rocher, ruban attaché à une branche, petits cairns au bord du chemin.

Après une pause pour pique-niquer, ils arrivèrent en fin d'après-midi, harassés et heureux, devant une vieille grange plantée sur un plateau dégagé. Sur le linteau de la porte était gravé au couteau : « Grange de la Marmotte. Vous qui entrez ici, préparez-vous à rêver ! » Bahir et Maya Borges les y accueillirent avec des plaisanteries sur leur allure d'escargot et leurs vêtements crottés.

La grange de la Marmotte

Ellel et Claris épluchaient des pommes de terre, assises sur une pierre plate, exposant leur visage aux derniers rayons du Soleil, qui s'apprêtait à plonger derrière la silhouette déchiquetée des montagnes. Déjà, la moitié est tournait à l'ombre tandis que les cimes enneigées étincelaient encore à l'ouest. La grange faisait face au cirque du Mage, cuvette découpée dans les hautes montagnes, vaste bol millénaire dans la pierre évidée. La cascade blanche de la Vire dégringolait du glacier de la Licorne comme une cicatrice éblouissante.

Aux prises avec une émotion aigre-douce, Claris contemplait le paysage. Elle le reconnaissait : ils se trouvaient sur la crête du Dragon, et cette grange était celle où les jumeaux avaient passé la nuit de leur troisième anniversaire en compagnie de leurs parents. C'était ici que son père avait enlacé sa mère en désignant l'océan lointain. Ici qu'il avait nommé les cimes. Ici que les jumeaux avaient dormi pelotonnés pour la dernière fois contre leurs parents, blottis dans le parfum de leur mère et l'odeur de leur père, les cheveux de Sierra et les bras d'Eben. C'était bien ici que Claris s'était sentie pour la dernière fois totalement, parfaitement, définitivement satisfaite et pleine.

Mais ça, elle ne pouvait se permettre de s'en souvenir. La vieille peine se réveillerait, révélant le trou noir qu'avait laissé en elle l'absence de sa mère. La fillette déglutit pour faire passer ce goût de chaos dans la bouche, espèce de nausée que la beauté du lieu rendait plus écœurante. Heureusement, Ellel se trouvait ses côtés.

— Regarde ! En voilà une !

Une marmotte grasse avait pointé un museau méfiant au-dessus de son terrier. Le plateau en était truffé et les filles s'étaient postées là, en silence, pour essayer de les surprendre. Soudain, la bête remua ses moustaches, siffla pour prévenir ses congénères d'un danger et disparut en un clin d'œil.

Le danger déboula en chantant sous la forme d'un Borges tonitruant, suivi de Jad portant une scie presque aussi grande que lui. Les joues roses et les cheveux en bataille, le garçon arborait un air réjoui : Bahir l'avait rabroué lorsqu'il avait dit qu'il ne pouvait pas faire d'efforts.

— Sornettes, mon garçon ! Ça vaut pour Chandra et pour ton père parce qu'ils ont le cœur mou !

Jad avait éclaté de rire, ayant bien du mal à reconnaître Eben dans cette description.

— Ce que je vois, moi, c'est que nous sommes deux pauvres mâles environnés de femelles incapables de tailler des bûches correctement.

Jad, qui avait maintes fois fait les frais de l'esprit agile et caustique des femmes de la famille, regarda autour de lui avec prudence : *Ouf, pas de… « femelle »… à l'horizon…*

— Pousse-moi un peu la turlutaine que je voie quel type de bûcheron tu es.

Comme le garçon ne comprenait pas où voulait en venir le bouquiniste, Bahir reprit de plus belle sa chanson :

— « J'aime le jambon et la saucisse… J'aime le jambon quand il est bon ! Mais j'aime encore mieux les yeux de ma nourrice, j'aime le jambon et la sauciiiiiissseuuuu ! » Allez, mon garçon, ce n'est pas compliqué ! « J'aime le jambon… »

Jad se joignit à lui, d'abord timidement puis de plus en plus fort. À la troisième reprise, les yeux de la nourrice étaient devenus des seins, à la quatrième des cuisses. Tout en chantant à tue-tête, Jad se demandait quelle serait la prochaine strophe lorsque Bahir se déclara satisfait :

— Parfait ! Te voilà prêt pour la scie.

— Je ne sais pas me servir d'une scie, Bahir.

— La belle affaire ! Tu apprendras ! Il suffit d'avoir de l'ouïe et tu en as à revendre. Tu prends une poignée et moi l'autre. Lorsque je pousse, tu tires. Lorsque je tire, tu pousses. Ce sera encore plus facile si tu fermes les yeux…

Quelques minutes plus tard, Jad avait compris : c'était

le son de la scie sur la branche qui indiquait si le mouvement était bon. La première entaille faite, il suffisait de se laisser guider par le son que produisait le métal sur le bois, le plus régulier possible, le plus harmonieux possible. En face de lui, Bahir sciait, le souffle paisible. Lorsque Jad sentit que la scie revenait, il ferma les yeux et tira.

Quand Maya les appela pour dîner, ils avaient empilé un tas de bûches respectable. Le Soleil avait glissé derrière les montagnes et le brouillard effilochait la vallée, rafraîchissant nettement la température. Ils se dirigeaient vers le ruisseau pour s'y laver les mains quand Jad aperçut la petite silhouette de sa sœur se découpant sur les montagnes qui avaient viré au bleu foncé. À sa façon de se tenir toute droite et figée, en une attitude si contraire à sa nature mobile, il savait qu'elle souffrait. Il connaissait sa lutte interne, tout comme elle connaissait la sienne.

— Que se passe-t-il ? s'enquit Borges en se cognant à lui.

— C'est Claris... Elle... Je...

Le garçon prit une inspiration et dit tout de go :

— Nous sommes déjà venus ici. Avec nos parents, pour fêter nos trois lunées. Ils nous avaient réveillés pendant qu'il faisait encore nuit et nous avaient portés sur tout le chemin pour nous faire la surprise de l'aube sur la crête du Dragon. C'était magnifique...

La voix du garçon s'embua :

— Le soir, il y a eu le bal...

— Ah, dit doucement Borges en posant sa main sur l'épaule de Jad, je comprends mieux... Nous avions proposé à Eben de se joindre à nous à la grange. Il a décliné d'un drôle d'air, je sais maintenant pourquoi...

— C'est difficile pour lui et pour Claris.

— Et pour toi, n'est-ce pas difficile, Jad ?

Borges avait parlé avec amitié, et Jad put répondre en toute franchise.

— Ce n'est pas pareil. Cela ne me gêne pas de me souvenir de ma mère. Même si cela me rend triste, j'aime sentir sa... présence.

Borges lui sourit.

— Alors, nous essaierons d'aider ta sœur. Elle ne doit pas rester ainsi, barricadée dans son chagrin. Dis-moi, a-t-elle l'oreille musicale ?

Jad lui sourit, puis se dit que l'aveugle ne pouvait pas le voir. Mais Bahir avait de toute évidence développé d'autres sensibilités car il répondit par une petite claque amicale sur l'épaule du garçon.

Le cœur un peu lourd, Jad s'apprêtait à rejoindre sa sœur lorsqu'il vit Ellel sortir de la grange et se diriger vers Claris. La tenant affectueusement par le bras, la benjamine des Borges la ramena à l'intérieur, d'où s'échappait un fumet à faire saliver un fakir.

*

La grange baignait dans un beau clair-obscur qui faisait danser les ombres sur les murs de pierre. L'endroit était sommairement mais efficacement meublé : une grande table en bois, des tabourets de traite, des rangements suspendus pour soustraire les victuailles aux petites dents affamées des musaraignes. Et, dans un coin de la pièce, une cheminée où brûlait un feu savamment dosé pour venir lécher, sans les brûler, la grille sur laquelle grésillaient les saucisses.

Assise sur une souche taillée en forme de siège, Deli surveillait la viande en touillant un poêlon garni de pommes de terre aux champignons. Claris et Ellel s'affairaient à allumer les bougeoirs, Maya disposait assiettes et couverts sur la table.

— Tiens, s'exclama-t-elle d'un ton moqueur, voilà les hommes !

— Les bûcherons, femme ! Les travailleurs ! grogna Borges avec sévérité.

— Ah, parce que préparer le repas, ce n'est pas du travail peut-être ? rétorqua immédiatement Deli.

— Ça marche à tous les coups, murmura Bahir à Jad en le poussant du coude.

Enhardi par le ton complice, Jad lança à voix haute :

— Si on veut, mais c'est beaucoup moins fatigant !

— Malheureux ! gémit l'aveugle.

Trop tard. Suffoquant d'indignation, les filles s'étaient précipitées sur Jad pour lui faire ravaler ses paroles. Sous les chatouilles des six mains, il dut crier grâce et jurer de faire la vaisselle avant d'être libéré.

Le repas, consistant et savoureux, se déroula plus calmement. Les enfants, épuisés par leur longue marche, mangeaient de bon appétit. Après avoir avalé coup sur coup deux pleines assiettes, Jad s'enquit du programme du lendemain.

— Je ne sais pas encore, répondit vaguement Bahir. Et toi, Maya ?

— Je n'ai rien décidé, fit-elle, tout aussi laconique.

Les quatre enfants échangèrent un regard circonspect.

— Mauvais signe, dit Ellel. Ils mijotent quelque chose

— Ouais... Manigance, micmac, ou devrais-je dire entourloupe ? ajouta Deli.

L'imitation de Maya était saisissante et tout le monde se mit à rire.

— Vous allez nous laisser dormir, au moins ? Vous n'avez pas prévu de nous faire étudier les constellations, j'espère ?

— Oh, la bonne idée ! s'exclama Maya en faisant passer la salade.

— Heu... risqua Jad, il n'y a pas trop de brouillard pour voir les étoiles ? Et il bâilla à s'en décrocher la mâchoire exactement en même temps que Claris.

— Pour ta gouverne, jeune homme, le brouillard peut parfaitement stagner dans la vallée et ne pas nous atteindre. Je me demande, Bahir, s'il ne faudrait pas leur donner quelques notions de météorologie, courants ascendants, descendants, anticyclone, dépression... ajouta Maya d'un air gourmand.

— Oh non, pitié, gémit Claris, pas de dépression !

— Allez plutôt vous coucher, rit Maya. Vous verrez bien assez tôt ce que demain vous réserve. Les filles, je vous laisse installer le couchage. Bahir et moi nous allons faire un petit tour, n'est-ce pas, ô mâle ?

Borges lui offrit le bras avec une mimique épouvantée.

— Tout ce que tu voudras, reine de ma vie...

— Oui ?

— Lumière de mes jours...

— Mais encore ?

— Étoile de sagesse, heu... princesse des nuages, souveraine des nuées, bafouilla le bouquiniste sous le regard dubitatif de sa femme et à la grande joie des enfants.

— Heureusement que je ne t'ai pas choisi pour tes talents de poète, critiqua Maya en prenant sa cape.

Elle poussa son mari vers la porte avec un geste d'adieu aux enfants.

— Au lit, et ne bavardez pas trop. Demain la journée commence tôt...

Comme Jad attaquait la vaisselle en paiement de son gage, les filles préparèrent le couchage à l'étage. On accédait à une plateforme aménagée en mezzanine par un escalier de fortune dont le bois usé et lisse grinçait joliment sous les pieds. Des paillasses étaient empilées sous une bâche et des piles de couvertures et d'édredons rangées dans des coffres.

Les filles balayèrent le parquet, puis sortirent quatre paillasses qu'elles installèrent collées les unes aux autres. Ensuite, deux autres pour leurs parents qu'elles disposèrent à l'autre bout de la pièce. Enfin, elles distribuèrent les couvertures. Lorsque Jad monta à son tour, il examina les lieux et lança :

— Vous êtes sûres que vous n'êtes pas trop loin les unes des autres ? Vous allez survivre à l'effarante distance qui vous sépare ?

— Oh, toi, tu n'en as pas eu assez ! C'est la vaisselle de tout le séjour que tu veux laver ? dit Deli en faisant mollement mine de se lever, bien trop douillettement ensevelie sous un amas impressionnant de couvertures pour mettre sa menace à exécution.

Claris tendit la main à son frère.

— Viens vite, je t'ai chauffé la place...

Elle avait l'air toute petite sous l'édredon, on ne voyait que sa tignasse ébouriffée. Jad entreprit de se déshabiller sous les couvertures. Les filles pouffaient de le voir se démener pour enfiler son pyjama.

— Bonne nuit, bâilla Ellel. Et n'oubliez pas de souffler la bougie avant de dormir. Dangereux... trop de bois...

Ce furent les derniers mots des filles Borges, qui s'endormirent instantanément. Claris s'approcha de son frère et lui prit la main. Il savait qu'elle essayait de ne pas penser à une autre nuit dans cette même grange.

— Respire, petite sœur... Respire profondément...

Claris prit une longue inspiration.

— Bien... Maintenant, concentre-toi. Concentre-toi

sur tes pieds, tes doigts de pied, continua Jad d'une voix qu'il voulait rassurante et qui n'était que caverneuse.

Elle pouffa :

— Je ne peux pas ! C'est complètement idiot de se concentrer sur ses doigts de pied...

— Et pourquoi, s'il te plaît ?

— Ça fait des chatouilles !

Claris rit de plus belle. Ravi qu'elle se soit détendue, Jad fronça les sourcils, feignant le mécontentement.

— Décidément, tu ne fais aucun effort...

Claris l'attrapa par le cou et colla son front au sien.

— Si, j'en fais plein des efforts, murmura-t-elle.

Les deux enfants restèrent un moment ainsi, fronts collés, respirant à l'unisson. Jad fit le vide dans sa tête, envoyant à sa sœur des images paisibles : un bonsaï, la surface lisse du lac de Salicande, le vent dans leur cabane, le son de la scie... Il se mit à chantonner sans même s'en rendre compte, trois notes, toujours les mêmes, celles qu'il avait entendu Jwel égrener pour endormir Merlin... *C'est pas vrai ! Je suis en train de la bercer, elle va m'envoyer balader !* Mais sa sœur poussa un grand soupir d'aise et, se laissant aller sur son épaule, glissa dans le sommeil.

Jad ne bougea pas, c'était une sensation agréable, ce poids sur son épaule. Il regarda un moment la lumière tremblotante de la bougie, envahi d'une bonne fatigue physique.

Machinalement, il tendit la main, cherchant son échiquier. *Ramsk ! Il est resté à la maison, bien sûr !* Le séjour dans la grange n'étant pas prévu, les jumeaux n'avaient rien apporté de chez eux. Le garçon fut perturbé par l'absence du jeu qu'il avait l'habitude de consulter tous les soirs. C'était agaçant de ne pas l'avoir. C'était même plus que ça... Et en même temps...

Il se tordit le cou pour éteindre la bougie sans déranger

Claris et dut s'y prendre à plusieurs reprises en soufflant comme un phoque. Finalement, la chandelle mourut, dégageant une odeur de cire d'abeille et de lavande.

Juste avant de s'endormir à son tour, respirant le parfum familier des cheveux de sa sœur, le garçon mit le doigt sur la sensation qu'il ne parvenait pas à définir : oui, il était contrarié de ne pas avoir son échiquier, mais, en même temps, il avait un sentiment de liberté. Il envoya cela aussi à Claris, qui avait déjà commencé à rêver.

Chute d'étoiles

Bahir était couché dans l'herbe, sa belle chevelure blanche reposant sur les genoux de Maya. Les yeux grands ouverts sur le ciel semé d'étoiles, elle lui racontait la nuit, à sa manière :

Présence d'étoiles
froide lumineuse
entamant la nuit
guides pâles de la traversée
désir de voyage
jusqu'au tressaillement multicolore de l'aube

Le couple goûta le silence, écoutant les promesses contenues dans le dernier mot se déliter sous l'assaut du vent. L'aveugle eut un sourire un peu triste.

— Je me souviens des étoiles. Tu sais, se souvenir peut être une souffrance aussi grande que ne pas se souvenir.

— Les jumeaux ? demanda Maya doucement, ses doigts vagabondant dans les cheveux de son mari.

— Oui. Je crois qu'ils ont un lien très particulier. Blaise m'en a souvent parlé, mais je comprends seulement maintenant ce qu'il voulait dire.

— Est-ce vraiment si flagrant ? Frères et sœurs ont

toujours un lien particulier. La mère et l'enfant aussi… Et les amants… ajouta Maya.

Sa voix chaude, enveloppant Bahir, dissipa les regrets.

— C'est vrai, mais chez ces enfants il y a autre chose. Pas seulement parce que ce sont des jumeaux, mais parce qu'ils ont… comment dire… ils ont fait le choix inconscient de se compléter et non de se dédoubler.

Une partie du cerveau de Maya participait à la conversation, l'autre songeait : *« présence froide » n'est pas satisfaisant. « Éclat froid » peut-être… Non, lamentable, « Éclat » et « lumineux » sont redondants…* Elle décida de se concentrer sur la conversation. Bahir avait l'air vraiment soucieux. Un souvenir lui revint.

— Te rappelles-tu ce que nous avait confié Sierra, juste après leur naissance ?

Bahir fit non de la tête.

— Jors avait imposé la sélection des fœtus à Salicande…

Bahir l'interrompit :

— Soyons justes, Maya, il n'était pas le seul. Tant d'enfants mouraient ou naissaient déformés que toutes les vallées s'étaient résignées à une forme de sélection. Celle de Jors était loin d'être la pire. La démarche avait été acceptée par la majorité de la population, il n'a jamais forcé personne.

Maya soupira :

— Tu as raison, c'était sans doute moins terrible à Salicande grâce à la machine ou à cause d'elle. C'est curieux par ailleurs car, en faisant usage de cet appareil, Jors enfreignait les Règles naturelles qu'il avait lui-même imposées, n'est-ce pas ? N'avait-il pas interdit toute technologie datant d'après la révolution industrielle ?

— Si, il a fait une exception pour la machine du Choix, estimant que l'enjeu était trop important. La première génération née après la Grande Catastrophe a été décimée par la peste verte.

Maya respira profondément. Bahir avait raison, trop d'enfants naissaient encore handicapés dans les Trois Vallées et ils n'avaient pas tous la chance d'être accueillis par une population éduquée pour accepter le handicap comme c'était le cas à Salicande. Une autre des Règles de Jors : les enfants handicapés étaient reçus dans les mêmes écoles que les autres, ils grandissaient ensemble et apprenaient à se respecter. Elle secoua la tête : penser à Jors était toujours une source de sentiments contradictoires.

— Comment cet appareil est-il arrivé à Salicande ? demanda-t-elle d'un ton volontairement plus léger. Ils ne l'ont quand même pas apporté dans leur fuite depuis Pariyo ?

— Jors et Blaise l'ont fabriqué, à partir d'autres appareils et mécanismes récupérés un peu partout. Ils ont travaillé des lunées durant. Je pense que Blaise est même revenu à Pariyo pour y glaner les pièces manquantes...

— Par les trois filles de la Déesse, il n'a pas fait ça ?

— Ce n'est qu'une supposition, car il refuse d'en parler. La période qui suivit la Grande Catastrophe fut extrêmement rude. Lorsque les Nantis ont fui la planète, ils ont abandonné une humanité exsangue. Suite aux privations, à la difficulté de se réadapter à une forme de vie non technologique abandonnée depuis des siècles, beaucoup sont morts de tristesse, de désespoir. D'anciennes maladies que l'on pensait avoir éradiquées ont refait surface et, comme il n'y avait plus de vaccins, la grippe, la tuberculose ou la varicelle ont tué des milliers de personnes. Sans parler de pathologies inconnues telle la peste verte.

— Ce syndrome n'attaquait pas le physique de l'enfant à naître mais le cerveau, c'est bien ça ?

— Oui, les cerveaux étaient atrophiés, comme vidés.

Les enfants qui ne mouraient pas à la naissance ne vivaient pas plus de trois lunées. Ils n'éprouvaient aucun sentiment, aucun désir, aucune émotion. Les parents ne supportaient plus de voir naître des enfants à l'esprit vide, condamnés d'avance. Jors était un médecin et un scientifique brillant. Je crois que ce qu'il a proposé aux femmes et aux hommes de Salicande était aussi douloureux pour lui que pour eux. La machine repérait les fœtus présentant une anomalie et ils étaient éliminés avec l'accord des parents.

Maya eut un frisson de répulsion.

— Cela te semble barbare, n'est-ce pas ? dit doucement Bahir à sa femme.

Il demeura un moment silencieux, puis reprit d'un ton rêveur :

— Je pense souvent à ceci : Jors a fondé Salicande il y a cinquante et une lunées. Cinquante et une lunées seulement. Or, ce demi-siècle aura suffi pour effacer une culture, des techniques, des acquis qu'il avait fallu deux mille huit cents ans pour édifier !

Maya ne répondit rien. Bahir aimait réfléchir aux mérites comparés des Temps d'Avant et de son époque. L'érudit qu'il était avait la nostalgie de ce qu'aurait pu être la brillante civilisation du XXIIIe siècle si elle n'avait pas été aussi injuste, arrogante et irresponsable. *Bahir est un incurable optimiste*, pensa Maya avec une bouffée d'amour pour son compagnon qui continuait sur sa lancée :

— Tu vois, par exemple, les femmes avaient mis si longtemps à échapper à la dictature de la procréation, elles étaient si fières d'y être parvenues, d'avoir le choix de porter ou non un enfant. Dans l'optique de Jors, qui était malgré tout un homme de son temps, grâce à la machine, il leur offrait encore le choix. Le choix de ne pas porter un enfant qui allait mourir. Les femmes d'aujourd'hui n'ont plus cette liberté.

L'image de ses deux filles en parfaite santé et dormant en sécurité dans la grange s'imposa à Maya.

— Nous avons eu beaucoup de chance, dit-elle dans un souffle.

Borges chercha la main de sa femme : elle était froide. La chaleur de la journée n'était plus qu'un souvenir.

— Qu'avait dit Sierra ? murmura-t-il, au bout d'un moment.

— Sierra était passée par la machine, qui avait identifié deux fœtus, deux cœurs dont l'un battait irrégulièrement. Les enfants étaient tellement enlacés qu'on ne pouvait dire lequel des deux avait un problème. Il fallait les éliminer tous les deux ou les garder tous les deux. Sierra a refusé tout autre examen ou intervention, au prix de terribles disputes avec son père. Tu sais ce qui s'est passé ensuite...

— La machine a été retrouvée détruite. Eben ? s'enquit Bahir.

Maya haussa les épaules en signe d'ignorance.

— Sierra savait donc que Jad était malade, conclut Borges.

— Pas du tout ! Lorsque les jumeaux sont nés, ils étaient en parfaite santé tous les deux. Tout le monde a cru à un dysfonctionnement de la machine. Jors n'a jamais été le même après cela. Il adorait les jumeaux, mais, chaque fois qu'il les voyait courir ou rire, il se demandait s'il n'avait pas commis la même erreur avec d'autres enfants non nés. Rongé par une culpabilité peut-être imaginaire, il est mort peu de temps après la naissance des enfants, d'une chute de cheval alors que c'était un merveilleux cavalier.

Ils restèrent un moment sans parler. Le passé, le présent, les possibilités, les choix tournoyaient dans la nuit glacée.

— Les étoiles se sont mises à tomber… dit Maya.

Des mots croisaient l'esprit de la Nomade : *chute abîme passage sombrer naître*… Des mots la parcouraient en permanence. Borges percevait ce murmure incessant et musical qui constituait l'essence même de sa présence.

— Claris protégeait Jad depuis le début.

— Ou bien « au début », corrigea Bahir. Je crois qu'ils ont ensuite souvent changé de rôle, alternant forces et faiblesses, échangeant qualités et défauts. Comme s'ils pouvaient piocher à leur gré dans une source commune de caractéristiques. Souviens-toi, jusqu'à trois lunées, ils étaient exactement semblables. La même énergie joyeuse, le même appétit de vivre…

— L'énergie de Claris aujourd'hui, même si elle ne rit plus aussi souvent qu'avant.

— Jad encore moins. La maladie a posé une différence concrète et ils ont été en quelque sorte obligés de se différencier. Ils se sont inconsciemment construit des rôles. D'un côté, Claris la non-malade, l'active, l'impulsive, la pragmatique. De l'autre, Jad le handicapé, le réfléchi, l'abstrait. Avec le temps, ils se retrouvent un peu piégés dans ces « personnages ». Ils échangent encore, bien sûr, mais certaines habitudes sont maintenant difficiles à gommer. Entre eux, cela ne circule plus aussi librement…

— Chacun a sûrement une personnalité définie, différente de celle de l'autre. Comment faire la part de ce qui, comme tu dis, a été échangé ?

Borges s'assit et, prenant les mains glacées de sa femme, les glissa sous son pull contre son ventre chaud.

— C'est vrai, il n'y a pas deux êtres humains identiques. Cependant, jusqu'à trois lunées, les jumeaux se vivaient ainsi. Disons qu'ils avaient choisi de vivre leurs ressemblances, ils existaient en miroir. Le double traumatisme de la perte de leur mère et de la maladie de Jad a brisé ce miroir. Pour survivre, ils sont passés à l'autre extrême, privilégiant leurs différences. Puisqu'ils ne pouvaient plus se refléter, ils ont choisi de se compléter. Je crois qu'il y a leurs différences naturelles et celles qu'ils ont « fabriquées » pour ne pas souffrir. Je ne sais pas s'ils font eux-mêmes la part des choses. Chacun doit trouver son identité dans la gémellité mais aussi préserver ce lien singulier. Sinon, un jour, cela... explosera.

— C'est ce qui vous inquiète, toi et Blaise ?

— Oui. Leur souffrance. Les portes que Claris a fermées et celles que Jad est en train d'ouvrir.

— Ce n'est pas tout, n'est-ce pas ? Les jumeaux portent autre chose ? Des dons parapsychiques comme Sierra ?

— Blaise pense que c'est possible, en effet. Il m'a demandé de les tester.

— Ne sont-ils pas trop jeunes ? N'est-ce pas dangereux ?

Bahir ne répondit pas et la Nomade sut qu'il n'en dirait pas plus. Les mains de Maya se déplaçaient distraitement sur sa peau, elles s'étaient réchauffées.

— Bahir, ne faudrait-il pas parler aux enfants ? Lever le voile sur le passé ?

— Oui, il est plus que temps. Nos propres enfants sont bien trop ignorants.

— Pourquoi ne pas leur donner à lire tes *Chroniques des Temps d'Avant* ?

Les doigts de Maya effleurèrent le visage de Bahir, accompagnant le léger sourire qui se dessinait.

— Ce ne sont que des notes, Maya, peu de certitudes et de nombreuses suppositions. Je ne voudrais pas leur donner une idée erronée du cours de l'histoire en leur livrant une trame de vérité dans un tissu de fiction.

— Mais n'est-ce pas toujours ainsi ? Nous leur expliquerons et ils feront un tri selon leur intérêt, comprenant ce qu'ils peuvent comprendre. Si tu n'es pas un historien, tu es certainement, à Salicande du moins, celui qui en sait le plus sur le sujet.

— Comment savais-tu que j'avais amené les *Chroniques* avec moi ?

Maya eut son beau rire de gorge, qui fit frissonner Bahir de plaisir.

— Je ne le savais pas ! Oh, Bahir, j'aime quand nous nous rejoignons ainsi, arrivant au même but par des chemins différents.

Bahir serra sa femme plus fort contre lui sans répondre. Ce n'était pas nécessaire. Maya leva à nouveau la tête et scruta le ciel, priant pour trouver deux étoiles identiques…

Chapitre XIII
Sur la route

Ce que l'on ne sait pas

Après avoir quitté Eben et toujours incertain quant à sa destination, Blaise avait finalement choisi un chemin médian qui s'éloignait de la vallée de Salicande en lisière des bois, longeant en hauteur la route principale qui reliait les Trois Vallées. À cinq jours de voyage se trouvait le carrefour qui menait à Morteterre à l'est et à Vieil-Ambre à l'ouest. D'ici là, il aurait le temps de décider s'il devait passer les cols pour aller vers les villages ou continuer en direction de la montagne. Cela lui donnerait le temps de réfléchir et de reconstituer ses réserves de plantes.

Ils cheminèrent ainsi quelques jours au rythme régulier des sizyfs, s'arrêtant pour manger, se dégourdir les jambes et cueillir les fleurs et les herbes dont Blaise avait besoin pour composer des huiles. En fin d'après-midi, ils choisissaient un emplacement propice au campement et passaient la soirée à préparer le repas et à manger.

Ils parlaient peu. Blaise était d'humeur taiseuse depuis leur départ et Ugh s'en accommodait. Il goûtait la vie au grand air, le bivouac, et la lecture du livre envoyé par Claris le passionnait. Blaise se révélait un compagnon plutôt taciturne, mais Frodon, Sam, Gandalf étaient là, l'attendant fidèlement dans le livre enveloppé du foulard bleu.

Le garçon se chargeait des repas, car il s'était avéré qu'il avait hérité le talent culinaire de Chandra : il inventait un plat délicieux quels que soient les ingrédients dont il disposait. La tente montée, il partait à la chasse avec son arc et sa fronde et revenait invariablement bredouille mais non découragé.

Pour Ugh, c'était le meilleur moment de la journée lorsque, son arc sur l'épaule, il partait seul dans les bois en imaginant qu'il était l'elfe Legolas ou Aragorn le Rôdeur. Il revenait sans le gibier escompté, mais les poches remplies de racines comestibles, champignons, baies et épices sauvages que Blaise lui apprenait à reconnaître.

Au quatrième soir, un peu frustré tout de même, il demanda à Blaise s'ils ne pourraient passer quelques jours au même endroit afin qu'il pose des collets, histoire d'agrémenter leur ordinaire. Blaise, dont le postérieur frôlait la désintégration à cause du contact répété avec le dos pointu du sizyf, accepta.

Ils quittèrent la lisière des bois, pénétrant sous le couvert des arbres jusqu'à ce qu'ils trouvent une clairière accueillante où coulait un ruisselet et où, surtout, poussait une plante qui arracha des exclamations ravies à Blaise.

— De la menthe poivrée, mon garçon ! Tu te rends compte ?

Ugh ne se rendait pas compte.

— Une plante étonnante, aux usages multiples. Je l'utilise surtout pour aider à la concentration et combattre la fatigue intellectuelle. Elle tombe à pic, ma réserve est épuisée.

Ugh l'écoutait distraitement en fouillant dans son sac, à la recherche des collets. Blaise vint lui écraser sous le nez quelques fleurs violettes disposées en grappes qui dégageaient un parfum piquant et frais. Le garçon éternua.

— Désolé... Si on montait la tente ?

— Tu ne t'intéresses absolument pas aux plantes, hein ? D'accord, va pour la tente.

La tente montée, Ugh laissa Blaise à sa menthe et alla poser ses pièges d'un pas allègre. Assis devant la tente, sa pipe au bec, Blaise savoura ce moment de solitude. On ne pouvait pas dire que le garçon était envahissant, mais il n'avait pas l'habitude d'une présence constante à ses côtés. De plus, le vieil homme n'était pas serein. Il avait beau tourner et retourner les informations et les événements dans sa tête, il n'y voyait pas plus clair, et le sentiment d'urgence qui le tenaillait depuis le premier avertissement d'Athéna ne le lâchait pas.

Athéna... Cela faisait bien longtemps que la chouette n'était pas venue le voir. Cela signifiait-il que la forêt s'était apaisée ? Trop d'éléments épars et pas assez de connexions entre eux. Et que faire de la liste que lui avait donnée Maya ? Machinalement, Blaise prit dans son sac l'étui contenant les tiges d'achillée et commença à les manipuler.

Ugh revint alors que le trigramme se formait. Blaise aurait pu faire disparaître les tiges sous sa robe, mais il ne voulait pas gaspiller le conseil des baguettes. Il termina donc la consultation et dessina :

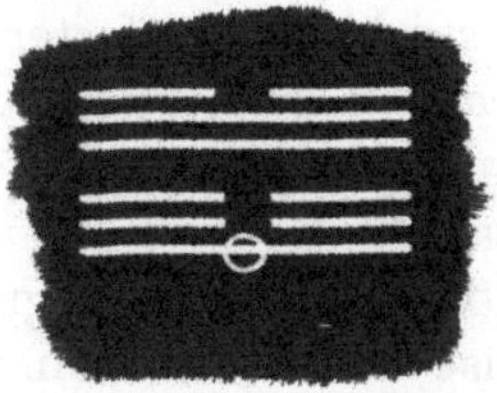

Le garçon s'accroupit sans bruit à côté de lui et le regarda faire en silence. Blaise, après avoir regardé longuement le dessin, poussa un grand soupir.

— Le Lac sur le Tonnerre à nouveau. Et toujours le trigramme de l'Éveilleur… Avec un trait mutable…

Ugh le regardait sans rien dire. *Il n'est pas surpris,* pensa Blaise ? *Est-il à ce point dépourvu de curiosité ?*

— J'ai posé une question, vois-tu, et voici la réponse : l'image de la suite. Ce n'est pas la première fois et je ne sais pas quoi en faire…

Du geste rapide et précis qui lui était coutumier, il sortit une petite fiole de sa robe et se frotta les poignets de quelques gouttes d'huile.

— Il vous faudrait plutôt un palantir, dit posément Ugh.

— Un quoi ? demanda distraitement Blaise.

— Un palantir…

— Oh, je vois ! Tu es en train de lire *Le Seigneur des anneaux,* n'est-ce pas ? Si ma mémoire est bonne, les palantirs sont des pierres de vision…

— Oui, celui qui regarde peut y voir l'avenir…

— Hum… Si je ne me trompe pas, il peut aussi y voir ce qu'il ne désire pas voir.

— Ah ? Je n'en suis pas encore là, je crois…

— Ainsi ce vieux bouquin t'a attrapé toi aussi ?

Le garçon hocha la tête et déplia ses longues jambes pour se relever. *Hum, pas loquace…* pensa Blaise, piqué du peu d'intérêt que semblait manifester Ugh. *Plus pressé de rejoindre son bouquin que de bavarder avec moi.*

— Dis-moi, Ugh, qu'est-ce qui fait courir les héros du *Seigneur des anneaux* ?

Surpris, le garçon eut un geste d'ignorance. *Ah, il ne se lève pas !* nota Blaise avec satisfaction.

— Supposons que les héros, en général, soient mus par

un de ces trois objectifs ou une combinaison des trois : pouvoir, devoir, amour. Prenons Aragorn, qu'est-ce qui l'anime, lui fait inlassablement lever le bras pour pourfendre un Orque après l'autre ?

— Le devoir ?

Blaise hocha la tête en tirant sur sa pipe.

— Mais pourtant il s'en défend, il n'a pas l'air enthousiasmé à l'idée d'être roi, ajouta le garçon.

— Très juste, mais il y va tout de même, n'est-ce pas ? Le devoir ! Et Frodon ? Qu'est-ce qui le fait avancer, un pas poilu après l'autre, le poids de l'anneau chaque fois plus lourd, les souffrances de plus en plus terribles ?

— Le devoir également.

— Encore une fois, on ne peut pas dire qu'il montre un enthousiasme délirant, pas vrai ? Néanmoins il avance, péniblement, mais il avance vers le gouffre du destin...

Ugh fronça les sourcils. Il n'était pas sûr d'apprécier le ton badin qu'employait Blaise avec ses héros préférés.

— Mais, pour Sam, il ne s'agit pas de devoir. C'est...

— Quoi ? Qu'est-ce qui pousse Sam le pantouflard à quitter sa contrée chérie, la jolie Hobbite qu'il veut épouser, son herbe à pipe adorée... provoqua Blaise en formant des ronds avec la fumée.

— L'amitié. L'amitié pour Frodon.

— Parfait ! Mettons l'amitié dans le même sac que l'amour, si tu veux bien. Ce bon Sam est autrement enthousiaste, ne trouves-tu pas ? Il a moins de doutes, moins d'états d'âme. Serait-ce parce qu'il est moins intelligent ou moins courageux qu'Aragorn ou Frodon ?

— Non, il est parfois même plus courageux que Frodon !

Blaise lui jeta un regard rapide.

— C'est ce qui me semble aussi. Alors, l'amour ou l'amitié seraient-ils des motivations plus… disons… pétillantes que le devoir ?

Ugh ne répondit pas tout de suite. Il arracha un brin d'herbe et se mit à le mâchonner.

— Et le pouvoir ? demanda Ugh. Quels sont les personnages qui cherchent le pouvoir ?

Il ne manque pas de curiosité, songea Blaise, *ni de finesse. Mais il est prudent. Perspicace et pondéré, intéressant…* Pris au jeu, Ugh continuait à réfléchir tout haut.

— Il y a Saroumane. Sauron certainement…

— Oh, le pouvoir ne concerne que les méchants, c'est ça ? Gandalf ne serait-il pas lui également intéressé par le pouvoir ? Son conflit avec Saroumane n'est-il pas également un conflit de pouvoir ? Et les elfes ? Ne quittent-ils pas la terre du Milieu parce qu'ils ont perdu le pouvoir justement ? Finalement, toute l'histoire ne tourne-t-elle pas autour de ceux qui ont perdu, qui veulent ou qui refusent le pouvoir ?

— Je n'en suis pas encore là, protesta Ugh en se levant. Ne me racontez pas ce que je ne sais pas encore !

Blaise le regarda, stupéfait. Il répéta « Ce que je ne sais pas encore… », tout en cherchant dans les poches de ses robes son carnet, dont il tourna les pages avec fébrilité. Enfin, il trouva le trigramme qu'il venait de noter, le tapota du doigt plusieurs fois puis pointa ce même doigt enthousiaste sur Ugh, qui eut un mouvement de recul.

— Tout à fait juste ! C'est l'inspiration même de la Trame : se mettre en état de réceptivité pour recevoir les informations qui sont à notre portée mais que nous ignorons. En ce sens, elle ne présage rien sinon ce que l'on sait déjà. Si j'agence différemment ce que je sais, je parviendrai peut-être à ce que j'ignore !

— Je ne comprends rien à ce que vous racontez ! lança Ugh d'un ton sec.

Ah, se dit Blaise, *pondéré mais pas mou ! Et le trait mutable le dit bien : « Il existe des situations exceptionnelles où l'attitude du guide et de celui qu'il conduit s'inversent. » Par la queue du Sphinx, voilà qui est tout à fait étonnant !*

Le Mandarin tournait autour de Ugh, le regardant de ses yeux plissés. Il jubilait.

— Et tu as bien raison ! J'aurais moi aussi détesté qu'un vieux croûton vienne gâcher mon plaisir la première fois que j'ai lu *Le Seigneur des anneaux,* en m'imposant une interprétation cynique. Oublie cette conversation et laisse agir la magie de ce merveilleux récit... J'ai moi-même quelque similitude avec Gandalf, ne trouves-tu pas ?

Ugh dévisagea Blaise, perplexe. Gandalf était un puissant magicien, fier, imposant, quand Blaise était d'apparence frêle et... lui tirait la langue !

— Heu... Eh bien...

Le Mandarin l'interrompit :

— Ents et Gobelins ! Tu n'es pas encore prêt pour voir Gandalf en moi ! Tant pis, je tâcherai d'y survivre...

Il se leva, son carnet à la main, et se mit à marcher en rond en tirant sur sa pipe. Ugh en déduisit qu'il s'était replongé dans ses réflexions et haussa les épaules. Il alla chercher de la farine dans les provisions. La discussion lui avait donné faim. Il ferait des crêpes aux champignons. Les Hobbits adoraient les champignons...

Tigres et aptérines

Ils campèrent ainsi, sans le savoir, à quelques versants de la grange de la Marmotte où se trouvaient les jumeaux. Tandis que Claris bâillait en pratiquant l'Unir, Ugh exécutait les mêmes mouvements avec la force et la précision qu'il investissait dans toute activité physique. Le garçon respirait la santé et son grand corps dégingandé semblait s'étoffer de jour en jour. Cette vigueur ravissait Blaise, tout en le rendant un peu mélancolique. *Ai-je été un jour aussi jeune ? Aussi vigoureux ? Aussi innocent ?* Il ricana tout bas et pour lui seul. *Aussi jeune peut-être, aussi vigoureux pas sûr, et aussi innocent certainement pas !*

Curieusement, la conversation sur *Le Seigneur des anneaux* avait rapproché les voyageurs et estompé la gêne des premiers jours.

Blaise demandait tous les matins à Ugh des nouvelles de sa lecture et ils en discutaient. Irrité au début par l'analyse acérée du vieil homme, Ugh avait vite compris que cet autre regard enrichissait sa compréhension et l'univers des personnages.

Quant à Blaise, il s'était débarrassé de l'étrange sensation qui empesait ses sentiments lorsqu'il pensait que ce grand garçon calme et roux était son fils, en décidant tout simplement de mettre de côté les liens de parenté. Depuis que, sans le savoir, Ugh lui avait indiqué ce qu'il devait faire, il se sentait plus serein et bien décidé à partager ce voyage avec lui de la façon la plus agréable possible.

Le deuxième soir, Ugh revint avec trois petites aptérines accrochées à sa ceinture.

— Bravo ! Nous allons avoir de la viande ce soir ! Tes collets ont fait mouche, dis-moi !

— Les collets étaient vides, marmonna le garçon. J'ai attrapé les aptérines à la main. J'aurais aussi bien pu en cueillir douze ! Il n'y a aucun intérêt à chasser des aptérines. Elles ont des ailes et elles ne volent pas !

Blaise rit de sa déconfiture.

— C'est pourtant très exactement l'attrait que leur trouvaient les chasseurs du XXIe siècle qui les ont inventées ! D'où le nom attribué à l'oiseau, aptère signifiant « qui est dépourvu d'ailes »...

— Mais elles ont des ailes ! protesta Ugh en dépliant les somptueuses ailes orange de l'oiseau.

— Nos ancêtres n'étaient pas dépourvus d'ironie, dit Blaise en haussant les épaules. Des ailes splendides pour un gibier qui ne vole pas.

— Pourquoi avez-vous dit « inventé » ? Comment peut-on inventer un animal ?

— Les aptérines, comme les sizyfs, sont des animaux issus de croisements génétiques.

— Qu'est-ce que c'est ?

— Eh bien, pour le sizyf, on a croisé un âne et une chèvre afin d'obtenir un animal qui allie la résistance de l'âne à l'aptitude à grimper de la chèvre. On a trafiqué faisan et poule pour obtenir l'aptérine, etc. Le succès le plus éclatant fut sans doute le croisement d'un ver à soie génétiquement modifié avec une araignée pour produire un fil d'une résistance exceptionnelle, qui s'autorégule et maintient le corps à une température constante de 37 degrés : le *Bombyx aranea*. Ça te dit quelque chose ?

— Une araignée et un ver... Nos combinaisons ?

— Oui, la dulcepiel, ce tissu lisse et doux, léger, souple, inusable et infroissable que tu enfiles tous les matins sans même y penser.

— Vous avez dit que le tissu s'autorégule pour maintenir le corps à 37 degrés. Mais ça ne tient pas si chaud que ça. Je veux dire, quand il fait vraiment froid, nous devons quand même mettre de la laine.

— Oui, nous sommes revenus à nos bons vieux moutons finalement. Certaines propriétés se sont perdues avec le temps : la dulcepiel originelle permettait de faire face à des températures extrêmes, positives ou négatives. Une espèce cousine mais plus fragile qui n'a pas survécu tissait un fil non pas gris mais mordoré qui changeait de couleur selon l'humeur de celui ou celle qui le portait.

— Ouaouh !

Ugh eut une vision fugitive et terrifiante d'une Claris vêtue de sa seule combinaison de dulcepiel qui changeait de couleur à chaque froncement de sourcils. Au souvenir de la fille, ses mains devinrent moites et il lança Blaise sur une question complexe pour se donner le temps de reprendre ses esprits. Le précepteur ne se fit pas prier.

— Tout a commencé à la fin du XXe siècle, avec une brebis nommée Dolly. Dolly a été clonée, c'est-à-dire reproduite à l'identique à partir de l'une de ses cellules et non pas... heu... par la voie naturelle... sexuelle, quoi.

Blaise lorgna du coin de l'œil le garçon qui essayait de suivre. *Quatorze lunées... Voyons, qu'est-ce que je savais du sexe à son âge ? Me souviens pas... trop loin.* Blaise se sourit à lui-même comme chaque fois qu'il se mentait. *Vieux satyre pourrissant ! Tu ne savais absolument rien du sexe à quatorze ans ! Tu étais gaulé comme un phasme et tu tremblais comme une feuille quand la tresse de ta cousine t'effleurait !* Blaise toussota en examinant la carrure de Ugh.

— Fesses et seins ! Tu connais un peu tout ça, non ?

— Oui, oui, grommela Ugh, encore plus perturbé.

— Parfait ! Donc, en souvenir de cette première expérience, lorsqu'on a conçu l'espèce à viande que nous mangeons, on l'a appelée « dolly ».

Ugh, interdit, pensa aux troupeaux de dollys qui paissaient dans les champs de Salicande. Ces énormes mammifères à la viande tendre avaient été « fabriqués » ?

— Qu'est-ce qu'ils ont mélangé pour les dollys ?

— Rien, ils ont seulement croisé et recroisé les vaches les plus grasses et les taureaux les plus... performants... en modifiant quelques gènes par-ci par-là jusqu'à atteindre les mammifères biscornus que tu connais. Certains muscles, les plus goûteux, sont hypertrophiés au détriment d'autres. Les XXIe et XXIIe siècles étaient friands de ce petit jeu. Ils ont ainsi fabriqué du gibier pour la chasse comme l'aptérine, facile à capturer et à la chair savoureuse ; des espèces destinées aux expériences en laboratoire, particulièrement laides pour ne pas provoquer d'attendrissement ; des animaux de compagnie, les chachiens, propres et soyeux comme les chats et fidèles comme les chiens, créatures fades et jolies, bibelots dociles. Les Nantis se faisaient concocter des animaux impossibles, c'était à celui qui possédait le plus coloré, le plus étrange ou le plus féroce. La plupart de ces « créations » étaient instables et ne se reproduisaient jamais. Certains se sont adaptés, comme le *Bombyx aranea*. L'aptérine, la dolly et le sizyf se sont stabilisés et multipliés. Ainsi que le bézoard ! Je ne sais pas de quel malheureux croisement est né le bézoard, mais nos ancêtres ont certainement produit le plus inepte des mammifères.

— « Bête comme un bézoard rayé », dit Ugh.

— En revanche, les sizyfs répondent exactement au cahier des charges des généticiens : une monture alliant résistance et agilité, d'une ténacité frôlant la stupidité, capable de porter de lourds fardeaux, ne renonçant jamais à gravir une pente si ardue soit-elle et à la redescendre autant de fois que nécessaire. Dommage que nos brillants ancêtres n'aient pas pensé à leur molletonner le siège pour qu'ils soient plus confortables. Ils auraient pu les croiser avec, je ne sais pas moi, un fauteuil Louis XV ?

Satisfait de sa plaisanterie, Blaise regarda le garçon pour s'assurer qu'il avait apprécié. Mais, pour Ugh, Louis XV était une sorte d'homme préhistorique. Les sourcils froncés, il souleva les aptérines pour les regarder de près et caressa leurs belles plumes.

— Des animaux destinés à la mort, inventés tout exprès, alors qu'il y en a tant d'autres.

— Oh, à l'époque, ils en avaient déjà liquidé un certain nombre, fit Blaise d'un ton distrait.

— Vous voulez dire que des animaux ont disparu ?

Blaise plissa les yeux.

— Tu ne sais pas cela ? Non, bien sûr, tu ne le sais pas... Des dizaines d'espèces, mon garçon ! Les tigres, les ours, les baleines, les éléphants, les grands singes... La liste serait trop longue. À partir de Dolly, en cent lunées, les trois quarts des espèces animales et végétales de la planète avaient disparu. Nos ancêtres avaient beau avoir une imagination prolifique, ils n'ont jamais reconstitué cet héritage. Sans parler des dégâts causés dans l'équilibre de la chaîne alimentaire par les espèces inventées.

Les yeux brillants, Ugh avait cessé d'écouter.

— Les tigres et les ours... Je croyais que c'étaient des animaux de fiction, que c'étaient eux, les animaux inventés ! Les tigres ont vraiment existé, comme dans *Le Livre de la jungle* ?

— Je te montrerai des photos, si tu veux, dit Blaise.

Puis, en voyant l'expression de Ugh :

— Par le chapeau de Gandalf, tu ne sais pas ce qu'est une photographie non plus ! Ce satané Jors et ses tabous... Écoute, allons préparer ces succulentes aptérines. Inventées ou non, ce serait dommage de nous en priver, n'est-ce pas ? Et je t'en dirai plus sur les animaux des Temps d'Avant...

*

Ils dînèrent dehors, dans la tiédeur tamisée du crépuscule, en parlant des animaux disparus. L'estomac comblé, Blaise poussa un soupir d'aise.

— Mon garçon, c'est un véritable don que tu tiens là.

Cette sauce aigre-douce était tout à fait étonnante. Ta mère a fait du bon travail.

— À vrai dire, elle ne m'a jamais vraiment appris. Je crois que j'ai appris sans m'en rendre compte. Vous savez, pendant qu'elle cuisine, elle se parle à elle-même et parle aux ingrédients à voix haute, comme ça : « Alors, ma petite caille, viens un peu par là... Tu vas voir comme je vais te faire belle avec ces rondelles de citron et comme tu vas sentir bon avec un peu de persil... » Je crois qu'à force de l'entendre, j'ai retenu. Quand je cuisine, j'ai l'impression qu'elle me murmure des trucs à l'oreille !

Ils rirent tous deux, savourant ce souvenir de Chandra.

— Ce n'est pas tout, Ugh. Il ne s'agit pas seulement de ce que tu as appris de ta mère, il s'agit de ce que tu y mets, toi, quelque chose qui t'est propre. Toi, si posé, si équilibré, lorsque tu cuisines, tu oses, tu inventes, tu révolutionnes ! Tu lâches la bride, tu largues les amarres, tu...

Et Blaise, que la bonne chère rendait exubérant, continua sa litanie pendant que Ugh débarrassait, l'esprit bruissant d'animaux fabuleux.

Chapitre XIV
Sculpteurs de nuages

Repousser le singe à droite

Claris, Ellel, Deli et Jad furent réveillés au lever du Soleil, malgré leurs suppliques et leurs protestations. Le feu que l'on venait de ranimer peinait à réchauffer la grange et les enfants s'habillèrent en bâillant. Sans leur laisser le temps de prendre leur petit-déjeuner, Maya les poussa dehors sans ménagement, puis revint déloger Claris, qui s'était cachée sous les couvertures et rendormie.

Employant toute son énergie à garder les yeux ouverts et à empêcher ses dents de claquer, la fillette se retrouva devant la grange, face aux montagnes encore nimbées d'obscurité, frissonnant dans l'air pur et froid.

Maya et Bahir se placèrent face aux enfants et entamèrent la première série de l'Unir dansant. Les Borges, enfants et parents, excellaient dans cette pratique, ainsi que Jad, qui avait entamé les exercices avec un soupir de bonheur. Claris, elle, avait froid et faim. Le soleil, pâle sous le brouillard matinal, ne parvenait pas à réchauffer ses membres engourdis. Si son corps esquissait tant bien que mal les mouvements, son esprit était ailleurs, coincé dans la torpeur nocturne. Elle regardait distraitement Maya et Borges, qui, côte à côte, enchaînaient les mouvements sans hésitation, un léger sourire aux lèvres.

Claris soupira et fit un effort pour se concentrer. *Comment s'appelle cette posture déjà ? « Traîner la baleine à droite », ou un truc comme ça…*

— *« Repousser le singe à droite » petite sœur, le singe ! La baleine qui traîne, c'est toi !*

Claris ne prit pas la peine de formuler une réponse mentale à son frère, et se contenta de lui envoyer un *Pff !* dans lequel elle mit tout son dédain.

La voix grave de Maya indiqua :

— Maintenant, « série des quatre directions ».

Claris ne put retenir un autre soupir exaspéré. Jad sourit. Sa sœur était allergique à tout ce qui se rapportait de près ou de loin aux points cardinaux. Maya commença le mouvement, en décrivant les postures d'une voix monocorde :

— Pour ceux qui l'auraient oublié : tourner la tête à droite, au nord-est. Tourner sur la jambe gauche vers le nord-est, la main gauche vient devant le ventre, paume vers le ciel, doigts à droite. On ramasse devant le corps. Puis la main droite s'élève légèrement, les doigts s'ouvrent, la main redescend à plat à la hauteur de l'épaule. Le pied droit suit la main droite : il s'élève un peu, la jambe tourne vers la droite, puis le pied se pose en direction de l'est-sud-est. Le poids passe sur la jambe droite. La main gauche s'élève devant le corps, suivant la ligne médiane, tranchant interne vers le haut, paume vers soi. Le pied gauche s'avance pour un pas au nord-est…

Claris avait décroché en entendant « est-sud-est »… Comment faisaient les autres pour traduire ce charabia en mouvements ? Elle se mit à rêvasser, imitant vaguement les gestes de Jad qui se trouvait devant elle et s'efforçant de faire taire le sentiment confus de perte et de nostalgie qui suintait encore de cette première nuit passée dans la grange.

Elle avait mal dormi, traversée par un sommeil gluant d'images et d'émotions dont elle avait essayé de s'extraire à plusieurs reprises, se réveillant désorientée pour sombrer à nouveau, happée malgré elle par la fatigue. Chaque fois, Jad avait bougé en même temps et posé la main sur elle pour alléger ces rêves qui ne venaient pas de lui.

À l'aube, juste avant d'être réveillée par Maya, Claris avait ouvert les yeux et avait cru voir briller de petites lueurs tout autour d'elle, comme des lucioles. C'était beau, c'était apaisant, une sorte de mélodie de lumière. Claris s'était coulée dans cette mélodie avec soulagement. Encore un rêve sans doute, mais dont le souvenir suffisait à la rasséréner un peu. Lorsque Maya déclara « Dernière série, "salutation au Soleil" », elle exécuta l'enchaînement presque de bon gré, le visage tourné vers l'astre, se laissant imprégner de la chaleur naissante.

*

Ils prirent le petit-déjeuner dehors, sur les rochers éclaboussés de lumière. La présence du soleil et le chococaf brûlant finirent de dissiper les vestiges de la nuit. Ce fut donc plutôt avec sympathie que Claris écouta Bahir annoncer le programme :

— Nous vous avons amenés ici parce que nous avons pensé que le cadre était idéal pour modifier un tantinet le cap de vos études et vous initier à des sujets différents de ceux que nous traitons habituellement. Que diriez-vous de mettre provisoirement de côté le salicandais, la langue globale et les mathématiques ?

Grognements de plaisir.

— La physique et la chimie ?

Cris de joie.

— Adopté donc à l'unanimité ! Voici ce que nous vous

proposons : vous trouverez sur l'étagère à côté de la cheminée quatre cahiers de cuir vert où court la belle écriture régulière de Maya. Ces cahiers contiennent des chroniques que j'ai rassemblées au fil des lunées et que Maya a eu la bonté de noter pour moi. Je propose qu'ils nous servent de base pour l'étude de l'histoire des Temps d'Avant. Je me tiens à votre disposition pour les précisions que je pourrais éventuellement leur apporter.

Jad eut une exclamation de joie :

— C'est vrai ? Nous allons étudier les Temps d'Avant ?

— Dans la mesure où cela vous intéresse. Il n'y aura pas de cours proprement dits, vous devrez aller à la pêche dans les carnets. Cela constituera la partie théorique de vos études ici.

— Et la partie pratique ? demanda Ellel.

— Nous allons profiter de cette immersion dans la nature pour nous consacrer à des expériences différentes, plus… divertissantes.

— OPDS ? proposa Deli avec un grand sourire.

— OPDS, acquiesça Bahir.

— Ouverture des perceptions et déploiement des sens, souffla Ellel à Claris.

— Et CCC, bien entendu, ajouta Maya.

— Concentration, contemplation et conscience, asséna Ellel à son amie, consternée.

Jad n'avait pas attendu l'énoncé des cours. Sous prétexte d'aller chercher la fournée de tartines qui grillait sur le feu, il se trouvait dans la grange et ouvrait le premier cahier vert.

Chroniques des Temps d'Avant
Histoire-fiction-remémoration-anticipation
de Bahir Borges
Avec la très précieuse et indispensable collaboration
de Maya Borges, sans qui rien ne serait.

En l'an IX de l'ère du Dragon,
selon le nouveau calendrier établi par Jors le Fondateur,
je veux consigner ici les bribes de connaissance dont je dispose
concernant ce qu'il est coutume d'appeler
« les Temps d'Avant ».
C'est un savoir fragmentaire, elliptique,
truffé de puits d'ignorance,
un savoir bancal, troué comme un gruyère.
Et qui n'intéresse sûrement personne !
Néanmoins, je veux réunir ces informations,
ces suppositions et ces doutes,
avant que le temps ne les dévore de ses dents transparentes.
Déjà, les hommes et femmes de Salicande
ne se souviennent de rien,
se pliant au joug de l'amnésie imposée par Jors.
Déjà, presque rien ne reste de ce qui fut à bien des égards
l'âge de la brillance et du raffinement,
de l'abondance et de l'inventivité.
L'âge, hélas, de la superficialité et de l'égoïsme aussi.

Jad eut un frisson d'expectative en lisant l'introduction des *Chroniques des Temps d'Avant*. Rien que le calendrier, joliment enluminé, était en soi une mine d'informations énigmatiques. Bahir avait aussi écrit un *Lexique des Temps d'Avant* qui à lui seul remplissait le dernier cahier. Enfin, il allait en savoir plus sur ce passé mystérieux.

Géant, poisson, casserole

— Il n'avait pas dit « expérience divertissante » ? chuchota Claris.

— Je n'y arrive pas... répondit Ellel en pouffant.

— Moi non plus ! C'est n'importe quoi, non ? Ton père est un peu dingue, quand même...

Ellel haussa les épaules, comme pour dire : « C'est mon père, je n'y peux rien ! »

Les quatre enfants étaient allongés en étoile sur l'herbe, leurs têtes se touchant au centre d'un cercle. Ils s'efforçaient de suivre les indications de Borges et de... sculpter les nuages !

— Tu n'es pas concentrée, Claris, souffla Jad.

— C'est perturbant, renchérit Deli.

— Je ne vois pas en quoi mon manque de concentration à moi peut vous déranger ! protesta Claris.

— Et pourtant si...

Bahir, qui se trouvait un peu plus loin, s'était approché en entendant les chuchotements.

— Je vous ai placés les uns près des autres pour que vous formiez une chaîne de concentration, ou d'énergie si vous préférez. Jad et Deli le sentent bien : lorsqu'un maillon de la chaîne est absent, l'énergie est affaiblie et ne circule plus. C'est ainsi au petit niveau de cette chaîne, mais il en est exactement de même au niveau de la nature et de la planète tout entière. Tout ce qui est vivant est lié. Toi Claris et toi, Ellel, le sentez-vous ?

Avec un bel ensemble, les deux filles firent non de la tête et s'esclaffèrent.

— Qu'est-ce qui vous fait rire ? demanda calmement Bahir.

— Ben, le coup de... sculpter les nuages, c'est un peu... difficile à avaler, bredouilla Claris, qui avait failli dire « dingue ».

— Tiens ! Et pourquoi ? s'enquit Borges en souriant.

— Pourquoi ? répéta Claris. Mais parce que les nuages ne bougent pas suivant notre volonté ! C'est évident !

— Évident ? Tu veux dire que tu VOIS qu'ils ne bougent pas selon notre volonté ?

— Non, je veux dire que je les VOIS bouger, mais que je ne CROIS pas que cela soit du fait de notre volonté. Celle du vent peut-être. Pas la mienne, en tout cas.

— Tu as dit le plus important : tu n'y crois pas.

Claris haussa les épaules, de plus en plus mal à l'aise.

— Et pourtant ils bougent, non ? ajouta malicieusement Bahir.

— Vous essayez de m'embrouiller, grogna Claris. Et de toute façon, à quoi ça sert d'essayer d'hypnotiser les nuages ?

— Nous y voilà ! Et le plus-que-parfait du subjonctif ? Et les probabilités ? Le tableau des éléments en chimie ? À quoi servent-ils ?

— À rien du tout, justement ! triompha Claris. On apprend un tas de trucs qui ne servent absolument à rien !

— Et si tous ces exercices rébarbatifs n'avaient qu'un seul but : exercer ton cerveau ? Explorer les multiples possibilités que recèlent ses deux hémisphères ? Les mathématiques entraînent à la déduction, à la logique, à la précision, à la rigueur. Sculpter les nuages peut servir à percevoir, par exemple, que rien n'est statique. Les nuages sont en perpétuel mouvement, en état de changement permanent. Comme les molécules qui constituent la matière, comme ton corps, comme tout. Sculpter les nuages peut montrer que le cerveau humain est capable de faire autre chose que distinguer, diviser, comparer, mesurer, catégoriser.

Claris n'avait pas l'air convaincu. Ellel vint à son secours.

— Mais, papa, on le sait bien que notre cerveau peut faire autre chose que des maths ! Heureusement d'ailleurs...

Tout le monde rit, même Claris.

— Ces exercices qui peuvent paraître loufoques vous amènent à déployer d'autres perceptions, à découvrir une autre perspective, un autre point de vue sur le monde.

Bahir fit une pause puis dit d'un ton léger, comme s'il changeait de sujet :

— Parmi ces nuages, y en a-t-il un qui ressemble à une montagne ? Ou à un poisson ?

— Un poisson, là ! dit Jad en pointant un cumulus. Et celui-ci à un géant.

— Et l'autre, à côté, une casserole... fit Deli.

— Contempler le ciel provoque la rêverie et titille l'imagination, si propices à la création, à la poésie, dit Bahir.

Claris essaya de détecter de l'ironie dans sa voix, mais n'y parvint pas. L'aveugle se tourna vers elle et proposa gentiment :

— Si nous reprenions notre exercice un peu différemment ? Séparez-vous, choisissez un lieu et une position dans laquelle vous vous sentez confortables. Ne vous concentrez pas sur une idée comme tout à l'heure, faites plutôt le contraire. Autrement dit : ne faites rien ! Regardez le ciel sans penser à rien. Contemplez-le, jouissez de sa couleur, de sa texture, de la présence des nuages, sans vous demander s'ils ressemblent à ci ou à ça, laissez-vous porter...

Les enfants s'éparpillèrent, cherchant un endroit où s'installer. Claris partit en direction du ruisseau, s'éloignant des autres sans laisser le temps à personne de la suivre. Elle était à nouveau exaspérée et s'en voulait de s'être laissée aller à ce mouvement d'humeur. Borges était parfait, d'une gentillesse et d'une patience à toute épreuve. Ce n'était pas de sa faute à lui si elle n'était pas douée pour ce genre d'exercice. *Tu n'as pas vraiment essayé, petite sœur...* La voix de Jad murmura dans sa tête. Elle répondit : *Je n'en ai pas envie ! Tout le monde n'a pas la veine contemplative !* L'amusement de Jad la parcourut comme une légère caresse. *Sculpter les mots ou les nuages, ce n'est pas tellement différent*, ajouta-t-il avant de rompre le contact.

Depuis que les jumeaux dormaient à nouveau dans la même chambre, leurs échanges télépathiques s'étaient intensifiés. Ce n'était pas la symbiose parfaite de leur petite enfance, mais ils échangeaient fréquemment des impressions, des émotions. Si l'initiative en revenait presque toujours à Jad, Claris y répondait sans se poser de questions. Ils n'y voyaient rien d'extraordinaire et n'en parlaient guère, ces échanges entre eux avaient toujours eu lieu.

La fillette traversa le ruisseau en sautant sur les pierres et s'arrêta au bord de l'un des amas rocheux qui parsemaient le plateau. Tout en haut, une grande pierre plate formait une terrasse exposée au soleil. Claris grimpa et s'allongea avec un soupir de satisfaction. Elle laissa le soleil lui réchauffer le visage, puis enleva sa veste en mouton retourné pour se faire un oreiller. *Puisqu'il faut contempler, autant que ce soit confortablement !* Le ciel était d'un bleu souverain, des nuages paresseux s'étiraient à l'horizontale, la pierre sous son dos était tiède, les oiseaux bavardaient en vaquant à leurs affaires. Claris se détendit et ferma les yeux, se protégeant du soleil avec le bras. *OPDS, pff !*

Ailes déployées, un épervier passa devant ses yeux en planant avec nonchalance, glissant dans le ciel sans à-coups, parfaitement libre. *Je m'excuserai auprès de Borges... C'est si beau ici...* L'oiseau disparut dans un gros nuage surgi de nulle part. Claris cligna des yeux devant tant de blancheur. Le nuage prit la forme d'une aile. Une torpeur l'envahit, un picotement dans la nuque et à la pointe des doigts. Elle entendit le froissement d'immenses ailes déployées, le son du vent glissant sur les plumes. Le nuage se colora de rose et d'azur très pâle et se mit à tourner très vite sur lui-même, formant une grande figure. *Homme... Aigle... Femme... Harpie...*

Un deuxième nuage se transforma, puis un troisième. Ensemble, les figures virevoltaient et sillonnaient le ciel. Leurs ailes battaient si vite qu'elles n'étaient que brillance diaprée, rayonnement, torrent de couleurs. Claris sentit un souffle vif sur sa joue et une joie ardente comme une brûlure. Sa respiration s'accéléra et ses épaules se détachèrent du rocher sur lequel elle était allongée, s'enroulant et se déroulant d'avant en arrière, d'arrière en avant, alors que le picotement courait comme une flamme sur ses bras et jusqu'au bout de ses doigts. Il y eut un cri, aigu comme le sifflement du vent. Trop aigu, trop loin, trop...

Claris ferma les yeux pour ne plus voir le ciel et sa ronde effrénée de lumières. Immédiatement, de petits points dorés vinrent danser sous ses paupières. Elle les reconnut et s'apaisa, retrouvant la mélodie scintillante qui l'avait réveillée à l'aube. Les lueurs formèrent un dessin sans figures, puis un autre, distillant une allégresse légère, douce. L'exultation féroce qui l'avait saisie battit en retraite...

Une heure plus tard, Bahir et Jad arrivèrent au pied de l'amas rocheux où l'on distinguait la silhouette de la fillette allongée.

— Elle dort ! rit Jad. Je me disais aussi qu'elle était bien tranquille !

Bahir hocha la tête distraitement. Ses sens, que la cécité avait aiguisés, lui indiquaient qu'il se passait quelque chose. Un changement, une altération qui émanait de Claris.

— Jad, que vois-tu ? Comment est ta sœur ?

— Heu... elle est couchée sur le rocher, le bras sur le visage, répondit le garçon, un peu étonné par la question.

— Rien d'autre ? Autour d'elle ?

Jad étrécit les yeux.

— Il y a un arc-en-ciel. Pourtant il n'a pas plu, si ?

— Non. Comment sont les nuages ?

— Pas le moindre petit cirrus.

— Eh bien, dit Borges, va donc la réveiller en douceur avant qu'elle n'attrape un coup de soleil.

L'aveugle se concentra. La sensation était toujours là. Il y avait dans l'aura de Claris une présence, comme si un pinceau l'avait parsemée de touches d'énergie, de concentrés de... *joie !* Bahir eut un grand sourire. Serait-ce possible ? *Élémentaux, si vous êtes là, je vous salue !*

L'énergie s'intensifia et Bahir sentit un picotement autour de sa tête. Sous ses yeux vides s'imprimèrent de minuscules particules lumineuses qui tourbillonnèrent à toute vitesse puis s'agencèrent pour former l'image d'un petit elfe souriant, puis d'un géant, d'un poisson, d'une casserole... Bahir éclata de rire. Il voyait ! De l'intérieur, mais il voyait ! Il reçut comme un cadeau les premières images qu'il percevait depuis trente ans. Les élémentaux, puisant dans son esprit des souvenirs cachés, se faisaient vitraux somptueux, enluminures fines, couleurs. Couleurs… Des larmes de gratitude perlèrent sur la barbe blanche.

Claris ouvrit les yeux, tout s'effaça.

Sur le chemin vers la grange, Claris voulut s'excuser pour son attitude, mais Bahir Borges balaya ses propos d'un geste joyeux.

— Mais non, ce n'est rien. Demain, nous essaierons quelque chose de complètement différent : comment voir ou ressentir les esprits de l'air, du feu, de l'eau et de la terre.

— Les esprits ?

— Les Gardiens, les fées, les gnomes ou les Vifs. Ils ont porté beaucoup de noms, revêtu de nombreux habits, peuplé quantité de contes et de légendes.

Bahir discourait avec entrain, le visage rayonnant. Claris n'en croyait pas ses oreilles. *C'est quoi ce délire ? Il n'avait pas dit « complètement différent »* ? Son frère ne répondit pas à son commentaire mental. Il marchait aux côtés de Borges en balançant sa canne à pommeau de dragon, il avait l'air sérieusement intéressé.

— Imaginons que, à chaque élément qui compose la matière, il y ait des entités, appelons-les élémentaux, qui soient intimement liées, qui constituent son essence même et produisent une énergie à un niveau très subtil…

— Attendez, on vivrait entourés d'êtres que nous ne pouvons pas voir ?

— As-tu déjà vu des microbes ? Des atomes ? Et puis de nombreuses personnes affirment avoir vu les élémentaux. Regarde donc dans le deuxième cahier si je ne me trompe pas, au chapitre « Soma, le maître des Elfes ». Figure-toi que Soma était…

Claris ouvrit la bouche pour protester et la referma, se souvenant de ses bonnes résolutions. Elle se contenta de lever les yeux au ciel tandis que Jad pouffait. Borges, lui, avait un large sourire incrusté dans la barbe, qu'il garda toute la journée.

*

Ce soir-là, comme il le ferait tous les autres soirs qui suivirent pendant la lunaison qu'ils passèrent à la grange de la Marmotte, Jad attendit que tous les autres soient endormis pour sortir les *Chroniques des Temps d'Avant*.

À la lumière vacillante de la bougie, enveloppé par le sommeil de ses amis, Jad lut le chapitre dédié à Soma. Il avait du mal à y croire, c'était complètement dingue cette histoire d'élémentaux ! Aux antipodes de l'idée qu'il se faisait des Temps d'Avant. Il jeta un coup d'œil au calendrier du dernier cahier, il avait encore un peu de mal à se situer avec la chronologie. Peut-être devrait-il commencer par le début. Il ouvrit le premier cahier, intitulé « Le début de la fin ».

La civilisation ultratechnicisée et médicalisée
des XXIe et XXIIe siècles a épuisé l'humanité de l'intérieur.
En ce temps, la polarisation entre Nantis et non-Nantis,
favorisés et défavorisés, s'était radicalisée.
Plus de la moitié de la planète était quasiment esclave
de l'autre.
Toutes les industries, les fabriques, les champs étaient concentrés
dans une partie du globe, la plus étendue : celle où l'on trime.
L'autre partie regroupait ceux qui commandent,
qui administrent, qui exploitent.

Les méga-ordinateurs, cerveaux artificiels ultrapuissants,
se chargeaient de la plupart des tâches administratives
et les enfants de la minorité nantie étaient
chaque fois moins pressés de travailler.
Ils avaient érigé les loisirs en un art raffiné,
poussant à l'extrême la sophistication du superflu,
et passaient le plus clair de leur temps à jouer,
branchés sur le Réseau.
C'était l'apogée des jeux virtuels.
Un mot qui définit bien la réalité de cette époque :
virtuelle.

Jad eut un mouvement d'impatience. Les *Chroniques* de Borges étaient passionnantes, mais pleines de concepts et de mots incompréhensibles. Heureusement, il avait eu la bonne idée de constituer un lexique. Jad ouvrit le septième cahier.

« Réalité virtuelle : système de simulation interactif par images de synthèse tridimensionnelles. » « Voilà qui explique tout ! » railla le garçon.

Chapitre XV
Le choix du scarabée

Concentration et dilution

Ugh et Blaise s'étaient installés dans la clairière depuis près d'une décade. Ensemble, ils parcouraient la forêt, posaient des collets et se baignaient dans le ruisseau. Ils firent de longues parties de ricochets et des concours d'apnée, parlèrent beaucoup certains jours et d'autres pas du tout. Blaise cherchait et cueillait des plantes pour ses mixtures et en profitait pour décrire minutieusement les propriétés à Ugh.

Un soir où il dissertait sur les mérites comparés de l'orange douce et du basilic sur la constipation, le garçon ne put réprimer un bâillement.

— Par le pet du Dragon, mon garçon, dis plutôt que je t'ennuie ! Comment peux-tu être aussi insensible aux plantes médicinales ? Ta mère est pourtant une experte !

— Justement, je baigne dans l'huile depuis ma naissance ! protesta Ugh. Je les confonds toutes et, en vous écoutant parler, j'ai la sensation que tout sert à tout !

— Faux ! protesta Blaise. Tout est question de proportion, de concentration et de dilution. Ces potions à base de fleurs et de plantes agissent sur les émotions subtiles. Chandra le sait très bien. Tiens, je me souviens d'une occasion où…

Ugh écarquilla les yeux. Il avait dit « Chandra », pas « ta mère ». Ugh prêta l'oreille. Voilà qu'il le disait à nouveau... Chandra... Dans la bouche de Blaise, ce nom prenait une sonorité nouvelle, une autre signification.

Le précepteur racontait avec enthousiasme comment Chandra l'avait, un jour, sauvé d'une incompréhensible crise de panique en... Les yeux fixés sur Blaise, Ugh respirait tout bas, pour ne pas gêner le récit, pour que ce moment dure le plus longtemps possible. Ainsi, ces gestes qu'il exécutait avec Blaise aujourd'hui, sa mère les avait également accomplis en sa compagnie. Blaise et Chandra avaient cueilli des plantes ensemble. Ils avaient partagé quelque chose. Sa mère et... son père.

Ugh se sentit bizarre. Il n'avait jamais vu ses parents ensemble, il n'avait jamais entendu sa mère parler de Blaise autrement que pour le traiter de vieux hibou. Et voilà que dans la voix de l'homme il découvrait un passé commun, une tendresse, une reconnaissance...

— ... elle a vraiment une sensibilité exceptionnelle et... Qu'est-ce que tu as aux yeux ?

Ugh se frotta les yeux. Blaise semblait incapable de reconnaître des larmes quand il en voyait.

— Rien, c'est la menthe poivrée...Ça pique.

Après le déjeuner, Ugh s'éloigna pour lire. Blaise lui était reconnaissant de ménager ces moments de solitude. Depuis qu'il savait où il devait aller, Blaise s'était détendu. Ugh l'avait aiguillé sans le savoir lorsqu'il s'était écrié « Ne me racontez pas ce que je ne sais pas encore ! » Le Mandarin avait alors compris qu'il devait privilégier ce qu'il savait et non ce qu'il ne savait pas. Or, il savait que les Abdiquants pouvaient détenir une pièce du puzzle, leur prophétie qu'il n'avait d'abord pas prise au sérieux était malgré tout troublante, comme l'avait été leur réaction vis-à-vis des jumeaux, semblable à celle que d'autres

Abdiquants avaient eue, des années auparavant, en apercevant l'hologramme de Sierra.

Le dernier hexagramme tiré pouvait être interprété dans ce sens : « On doit sortir à la porte et commercer sans prévention avec des hommes de toute sorte, amis ou ennemis. » Il terminerait son voyage avec Ugh, puis partirait dans la forêt rencontrer les ermites. Maintenant qu'il avait fixé son but, il pouvait mettre un peu de côté le sentiment d'urgence qui vrombissait dans sa tête comme si un bourdon fou y était enfermé.

Il s'était donc efforcé de goûter ces journées paisibles et de profiter de chaque instant. Une relation faite de curiosité et d'intérêt réciproque s'était tissée avec le garçon au rythme des journées. D'un commun accord, un matin, ils quittèrent la clairière et reprirent leur route.

À gauche...

Deux jours après, ils se trouvèrent au carrefour où il leur fallait choisir leur destination. Blaise descendit de sa monture et Ugh l'imita.

— À droite, nous allons à Morteterre ; à gauche, à Vieil-Ambre. Si nous prenons vers le nord, nous nous enfonçons dans la montagne.

Ugh attendit un moment, regardant Blaise se gratter la tête d'un air perplexe. Puis il risqua timidement :

— Moi, j'aimerais bien aller à Vieil-Ambre.

— Ah ? Et pourquoi donc ?

— Je ne sais pas... Au marché des Trois Vallées, il y avait un Ambrais qui vendait des arcs magnifiques, et puis on raconte qu'ils parlent aux oiseaux et que les garçons quittent leur mère lorsqu'ils n'ont que sept lunées pour aller vivre seuls dans la montagne et...

Blaise se mit à rire.

— Ce n'est pas tout à fait ça ! Les Ambrais ont un mode de vie différent de celui des Salicandais, mais ils n'envoient pas leurs enfants vivre seuls dans les montagnes à sept lunées ! Cependant, ils ont de l'allure, je te l'accorde.

Il plissa les yeux en regardant le garçon d'un air espiègle.

— Tu vois ce scarabée ?

Ugh regarda le coléoptère qui se traînait sur le sol.

— S'il prend à gauche, nous irons à Vieil-Ambre. S'il va à droite, ce sera Morteterre. Sinon, eh bien, nous irons en montagne.

Ce fut le moment que choisit le scarabée pour s'arrêter. Blaise s'accroupit et alluma posément sa pipe.

— Sais-tu que le scarabée était sacré dans l'Égypte ancienne ?

— Ah... fit Ugh, en s'accroupissant à son tour. *Pourvu qu'il aille à gauche.*

Blaise ne releva pas son manque d'enthousiasme et continua à disserter sur la symbolique du scarabée :

— Les Égyptiens estimaient que c'était un animal sage, doté d'une grande intelligence.

— Humm...

Ugh observait le petit insecte tripatouiller un minuscule morceau d'il ne savait quoi, ses pattes fouineuses dansant autour de l'objet. Il n'avait pas l'air pressé.

— Le scarabée est un insecte coprophage, c'est-à-dire qu'il se nourrit d'excréments qu'il roule en boule.

— Miam ! ironisa Ugh en rapprochant sournoisement son pied pour encourager l'insecte à faire le bon choix.

— Vois-tu, ce talentueux sculpteur de... merde... a une façon remarquable de prendre soin de sa progéniture. Pour ce, cette boulette de bouse que tu vois doit acquérir la taille d'un poing et, pour la façonner, ils doivent se mettre à plusieurs.

Comme répondant à Blaise, un deuxième coléoptère apparut et s'agita lui aussi autour de la boule jusqu'à ce qu'elle se mette à rouler. *À gauche, à gauche,* pensait Ugh. Mais le nouveau venu se mit à guider la boule vers la droite.

— Hé, protesta le garçon, il lui pique sa boule !

— C'est de bonne guerre. Il la lui vole pour que sa femelle puisse y creuser une chambre pour pondre ses œufs.

— Il n'a qu'à rouler sa propre boule ! Chacun sa m… Hé, réveille-toi, mon vieux, ne te laisse pas faire !

Le scarabée de Ugh s'aperçut de la supercherie et se tourna vers le voleur, qui courut de l'autre côté comme s'il ne faisait qu'empêcher la boule de s'en aller.

— Le menteur ! L'autre est trop nul, il se fait avoir.

— Je ne crois pas, sourit Blaise. Cela fait partie du jeu. Le propriétaire de la boule a montré qu'il n'était pas dupe. Le « voleur » va maintenant l'aider jusqu'au bout.

Les deux insectes agitèrent un moment leurs pattes l'un en face de l'autre, puis, de conserve, reprirent leur tâche et roulèrent la boule… vers la gauche !

— Vieil-Ambre, donc ! dit gaiement Blaise en époussetant ses vêtements. Nous allons devoir franchir les cols. Cinq jours au moins de voyage pénible et quelque peu périlleux. Tu es sûr de vouloir faire ça ?

Le garçon se contenta de hocher la tête, puis sourit jusqu'aux oreilles lorsque le précepteur ajouta :

— Ta mère va me tuer…

Chapitre XVI
Le fil d'Ariane

Accepter

Le groupe prit un sentier qui s'éloignait de la grange et montait vers les hauteurs boisées. Les enfants bavardaient joyeusement en marchant, de tout et de rien. Bahir, une main sur l'épaule de Deli, écoutait leur babillage. Maya observait le paysage et prenait des notes sur le calepin qui ne quittait pas l'étui de cuir qu'elle portait sur la hanche.

La pente se fit plus raide et les conversations se turent petit à petit. Deli avait cédé la place à Maya pour guider Bahir, le sentier étant devenu trop étroit pour que les marcheurs se suivent de près. Une corde très fine reliait les époux. Ellel expliqua aux jumeaux que sa mère guidait son père en imprimant des secousses à la corde : une secousse à droite pour aller à droite, une à gauche pour la gauche, un coup sec pour monter, deux pour descendre, etc. Les Borges étaient si parfaitement coordonnés que les jumeaux ne purent surprendre la main de Maya en mouvement, Bahir avançait lentement mais sans hésitation.

Les hautes montagnes s'étaient rapprochées, et la neige qui couronnait les cimes formait un contraste saisissant avec le vert des pentes plus douces qu'arpentaient les marcheurs, parsemées de minuscules fleurs jaunes, blanches, bleues, violettes. Des rapaces les survolaient, décrivant des cercles majestueux. Un renard traversa leur route, flamme rousse bondissante, pour disparaître dans un terrier.

— Vous avez vu ? s'exclama Claris. Il était beau !

— Un épervier ? demanda Bahir.

— Un renard, papa. Tout roux avec la queue blanche.

— Quelles couleurs encore ?

— Rouge ! dirent Claris et Ellel en même temps.

— Noir ! firent Maya et Jad.

— Il y a eu d'autres animaux, dit la Nomade. Plus exactement : deux renards, une famille de lièvres au galop, et là-bas – elle désigna les sommets escarpés – un grand bouquetin.

— Pourquoi ne nous as-tu rien dit ? lui reprocha Ellel.

— Parce que vous étiez trop occupés à parler. Pour observer, il faut se taire.

Elle sourit aux enfants, qui affichaient une expression dépitée.

— Ne vous en faites pas, nous aurons d'autres occasions de voir les animaux. Que diriez-vous d'une pause ?

Ils ne se le firent pas dire deux fois et se laissèrent tomber à l'ombre des arbres-églises. Ils sortirent leurs gourdes, puis les filles et Maya s'éloignèrent afin de choisir des fleurs pour un herbier. Jad et Borges se retrouvèrent seuls. Le garçon respirait avec effort, appuyé sur sa canne, son cœur s'était emballé sur la fin de la montée.

— Est-ce que ça va, Jad ? demanda Bahir en lui tendant une poignée de raisins secs.

— Merci. Oui, ça va.

— Si nous forçons trop l'allure, tu dois nous le dire, d'accord ?

Le garçon acquiesça, contrarié.

— Tu n'aimes pas ça, n'est-ce pas ? s'enquit Bahir.

— Quoi ?

— Que l'on mentionne ton problème cardiaque.

Ramsk ! Il ne manquerait plus qu'il lise dans les pensées ! Jad tourna la tête vers son interlocuteur prêt à répondre que son cœur allait très bien et que c'était son affaire. L'homme se tenait bien droit, adossé à un pin, fixant de ses prunelles vides l'endroit où s'ébattaient ses filles. Un sentiment de honte envahit le garçon. Bahir ne pouvait voir ni ses filles, ni les fleurs qui coloraient la montagne, ni le sourire de sa femme. Et pourtant il était là, se laissant guider avec une humilité digne, sans se plaindre, sans masquer son handicap ni le revendiquer.

— Ce n'est pas ça, je... balbutia Jad.

Il prit une grande inspiration.

— Comment faites-vous, monsieur ? Comment faites-vous pour...

— Pour ? l'encouragea doucement l'aveugle.

— Pour accepter, dit Jad avec une rage qui ne s'adressait à personne.

Les yeux toujours fixés devant lui, Borges hésita puis reprit d'un ton plus grave :

— Cela n'a pas toujours été le cas, tu sais. Quand j'ai compris que j'allais perdre la vue, je me suis senti... dévasté. J'avais vingt lunées et mon travail dépendait de mes yeux. J'étais peintre-enlumineur, un coloriste doué. Le meilleur des Trois Vallées, disait-on.

— Oh, je ne savais pas, bégaya Jad.

— Bien sûr que non, c'était dans une autre vie ! rit Bahir. Il ne reste rien de mon travail, j'ai tout détruit dans une crise de fureur. Je suis revenu vivre chez mes parents, qui, comme tous les parents, se sentaient responsables de ce qui m'arrivait. Ce qui m'arrangeait bien, car je pouvais déverser ma bile et gémir sur mon sort à souhait. Je leur ai rendu la vie tellement insupportable que mon père m'a chassé.

— Chassé ? Alors que vous étiez aveugle ?

— Je n'avais pas perdu tout à fait la vue, je pouvais encore lire avec une loupe et je distinguais les contours, les couleurs. Mais j'étais rongé par la colère, dévoré par un sentiment d'injustice, quand je ne m'embourbais pas dans une écœurante autocommisération. Pendant longtemps, j'ai alterné les phases de révolte, de désespoir, de rage, d'abattement. Ma famille souffrait de me voir ainsi et elle a tout fait pour m'aider, me proposant diverses manières de faire face à la situation. Mais je ne voulais pas y faire face. Je ne pouvais me résoudre à perdre ce que je croyais être mon talent, ce qui fondait mon identité. J'étais un artiste aussi vaniteux que talentueux. Aujourd'hui, je sais que mon père a eu raison de faire ce qu'il a fait. Sur le moment, je l'ai haï de toutes mes forces.

Troublé, Jad essayait d'imaginer cet homme si sage, si aimant et plein d'humour dominé par la haine.

— Mon père m'a envoyé à Morteterre en apprentissage multiple. Cela se faisait à l'époque. Les adolescents qui ne parvenaient pas à choisir une voie passaient trois lunées à s'initier à plusieurs métiers sous la férule de différents artisans. Je me suis retrouvé loin de Salicande, où l'on me connaissait et m'admirait pour mon travail ; à Morteterre je n'étais personne. Tu connais la réputation des Mortois. Discrets, retenus, taiseux, d'une sobriété de sentiments et de paroles qui me paraissait le summum de la morosité et de l'ennui. De plus, j'étais entouré de garçons et de filles beaucoup plus jeunes. Pour moi, ils n'étaient que des bébés qui voyaient de leurs deux yeux mais ne connaissaient rien à la vie. Cela n'a pas été facile, crois-moi. Cela m'a pris du temps…

Bahir se pencha vers l'avant, comme cédant au poids de ses souvenirs, sa main frôla l'herbe d'un geste fluide. Il avait une main large et forte, aux longs doigts sensibles qui caressaient chaque brin d'herbe comme s'il était unique.

— Que s'est-il passé ensuite ?

— Ensuite ? La vie a fait son boulot et moi des rencontres ! répondit Bahir en se redressant.

Il se tourna vers le garçon et sourit. Les sourires de Bahir contenaient toutes les nuances d'expression qui avaient déserté ses yeux. Le sourire de Bahir voyait.

— Les rencontres m'ont sauvé. J'ai travaillé chez un menuisier, puis chez un tanneur, une boulangère, une tisseuse, un luthier. J'ai appris à me servir de mes mains et de mes sens différemment. Je travaillais si dur que je n'avais plus la force ni le temps de me plaindre. J'ai exsudé toute ma colère par les mains, je crois ! Quand j'ai enfin cessé de me considérer comme la victime d'un destin injuste, j'ai pu accueillir d'autres sensations : la volupté du bois, le parfum du cuir, la chaleur du pain, la consolation de la musique. Les Mortois m'ont appris que les couleurs sont également des vibrations et j'ai compris qu'elles n'avaient quitté ma rétine que pour mieux m'habiter. Lorsque je suis revenu à Salicande, j'étais aveugle, mais j'étais un homme. J'ai ouvert l'Aleph peu de temps après.

— Vous avez réuni tous les apprentissages, n'est-ce pas ? s'exclama Jad avec admiration. Dans votre travail de bouquiniste et de relieur, vous êtes un peu tanneur, couturier, menuisier…

— Hmm… Il n'y aurait que le boulanger qui se soit perdu en route ?

— Non, il y a Deli !

L'homme et le garçon éclatèrent de rire.

— Perdre une chose n'est souvent que l'occasion d'en gagner d'autres, insoupçonnées, différentes, merveilleuses…

— Oh, c'est trop, maître Borges, vous me flattez !

s'exclama Maya, qui revenait avec les filles, tenant de petits bouquets.

— Mais ce n'est pas de vous... commença Jad, s'interrompant en voyant le clin d'œil de Maya.

Ellel courut vers son père.

— Mon petit papa que j'aime et que j'adore !

Bahir se gratta la barbe d'un air inquiet.

— Qu'ai-je fait pour mériter tant de tendresse ?

— Rien encore, répondit malicieusement sa cadette. Mais je vais te donner l'occasion de faire quelque chose de très... attendrissant ! Voilà : Claris m'a dit qu'elle n'est jamais allée dans une grotte et ça fait longtemps que nous...

— La grotte Noire n'est pas loin d'ici, intervint Maya. Et j'ai tout ce qu'il nous faut dans mon sac. Qu'en dis-tu Bahir ?

— Corde, fil, lampes, briquet à amadou ?

— Tout.

— Eh bien allons-y ! dit gaiement Borges. Une petite virée dans les entrailles fécondes de la Terre !

Ce traître de Thésée

L'entrée de la grotte se trouvait en contrebas d'une paroi rocheuse. Maya accrocha une corde à une grosse souche en montrant aux enfants comment la nouer, puis elle descendit la première. Les autres suivirent, assurés d'en haut par Bahir. Maya remonta alors pour revenir, plus lentement, avec son mari.

Devant l'entrée de la grotte, les enfants piétinaient d'excitation. Maya leur conseilla de laisser leurs vestes chaudes et leurs sacs à dos à l'entrée et de glisser leurs sarouels dans leurs bottines.

— La température dans une grotte est constante, vous

serez en mouvement et vous n'aurez pas froid. L'entrée est étroite et, sur les vingt premiers mètres, il va falloir avancer accroupi ou en rampant. Avancez lentement, prenez votre temps. Nous avons trois lampes, dit-elle en sortant de son sac trois petits pots de terre cuite emplis de graisse et munis d'une mèche. Je prendrai la première pour ouvrir le chemin, Ellel me suivra, puis Claris, Jad avec la deuxième lampe, enfin Bahir et Deli, qui fermera la marche avec la troisième lampe. Vos yeux s'accoutumeront peu à peu à l'obscurité et vous y verrez suffisamment pour avancer. Après cette étroiture, nous déboucherons sur une grande salle...

— Faisons-leur plutôt la surprise, proposa Bahir.

— Bien sûr ! Ce sera beaucoup mieux ! On y va ?

Tout le monde acquiesça, sauf Claris, qui, depuis un moment, avait les yeux fixés sur l'entrée de la grotte.

— Et ça ? demanda-t-elle tout bas en pointant du doigt.

— Quoi ?

— Ce truc noir qui vole, là !

— Ben, c'est une chauve-souris, répondit Deli machinalement sans remarquer l'expression effrayée de Claris.

Tout en avançant à croupetons derrière Ellel, Claris se demandait pourquoi elle avait manifesté tant d'enthousiasme à l'idée de pénétrer dans une grotte. C'était sombre, étroit, elle avait mal aux genoux et cette satanée bestiole n'arrêtait pas de lui voleter autour. *Et, bien entendu, pas de baguette magique pour régler le problème à coups de « Lumos ! »*. Décidément, elle n'aimait pas la sensation de se sentir coincée sous terre et dans l'obscurité, et ne quittait pas des yeux la lueur tremblotante de la lampe que tenait Maya. Elle avait la sensation que cela faisait des heures qu'ils se traînaient péniblement lorsque la Nomade annonça enfin :

— On y est presque ! Attention, le passage remonte et il s'est un peu éboulé, il faut se faufiler.

Claris fit passer l'information à Jad, qui la transmit aux suivants. Ellel se glissa dans le conduit, puis ce fut au tour de Claris, qui, attrapant la main que lui tendait la Nomade, s'extirpa de l'étroiture en s'écorchant le coude. Lorsqu'ils furent tous là, Maya souffla la mèche de la dernière lampe en ordonnant :

— Fermez les yeux !

L'obscurité totale ne dura qu'une minute, mais Claris se sentit suffoquer, comme si l'absence absolue de lumière lui coupait la respiration. Elle commençait à paniquer lorsque Maya dit d'un ton joyeux :

— Vous pouvez les ouvrir maintenant !

Claris inspira comme quelqu'un qui émerge d'une plongée. Ils se trouvaient dans une salle basse couverte de stalactites et de stalagmites, dont une partie seulement était éclairée par les trois lampes savamment disposées par Maya. Magnifiquement torsadées, les concrétions calcaires s'élevaient du sol ou pendaient des parois, formant des piliers, des franges, des cierges. La lueur frémissante des loupiotes habillait les parois bosselées d'ocres chauds et d'ombres épaisses.

Maya, une lampe dans chaque main, déambulait lentement dans la cavité, éclairant brièvement une colonne, une corne, un orgue... Les enfants poussaient des « oh » émerveillés. Claris en oublia de refermer la bouche, hypnotisée par la splendeur fantasmagorique du lieu. Elle chercha Jad, mais ne put distinguer son visage dans le noir.

Maya était revenue vers le groupe assis dans l'obscurité.

Sa voix s'éleva, tour à tour rocailleuse et chaude, glissante et mouillée. C'était comme si la grotte elle-même parlait.

— Cette grotte est très ancienne, regardez l'épaisseur des stalactites et la longueur des stalagmites…

— Quelle est la différence ? demanda Jad.

— « … mite », elle monte, « … tite » elle tombe, expliqua Deli.

Le garçon tendit le bras et fit claquer un ongle contre une concrétion qui se brisa.

— Dommage, dit Maya posément. Cette stalactite que tu viens de détruire avait mis des dizaines de lunées à se former.

— Désolé, fit Jad penaud, je pensais que c'était solide comme de la pierre.

— C'est du calcaire. L'eau de pluie creuse le sol en s'infiltrant, et chaque goutte d'eau s'imprègne du calcaire de la roche, le digère puis dépose le résultat de sa digestion – la calcite – sur les parois ou au sol, formant les stalactites et les stalagmites. Il s'agit d'un processus extraordinairement long, d'un travail patient et conjugué de l'eau et de la terre pour nous offrir ces merveilles.

Jad continuait de promener sa main sur la voûte, en prenant soin cette fois de ne rien casser.

— C'est mouillé.

— Parce que le réseau est actif : tant que l'eau coule, la grotte est humide. Quand le goutte-à-goutte cesse complètement, on dit que le réseau est passif ou fossile et la grotte est sèche.

— Alors, si cette grotte est humide, elle ne contient pas de dessins ? demanda Ellel.

— Des dessins ? s'étonna Jad.

— Certaines grottes sont décorées de peintures, de sculptures, de gravures, répondit Bahir avec une pointe de regret dans la voix. Il paraît que les peintures sont saisissantes.

— Que représentent-elles ? insista Jad.

— Des animaux, des hommes, des mains, peints par des hommes et des femmes qui vivaient il y a plus de 15 000 lunées. Miraculeusement conservées par la température constante des grottes sèches, ces peintures restent un mystère. Participaient-elles d'un rituel lié à la chasse ou à la religion ? Pourquoi les hommes de ce temps-là s'enfonçaient-ils si loin sous terre pour peindre sur ces parois ? Nul ne le sait.

Bahir se tut. Le silence était si absolu qu'ils s'entendaient respirer.

— Et si on explorait la grotte dans le noir ? lança Jad d'une drôle de voix.

— Non ! réagit Claris. Je… je crois que je n'aime pas trop être sous terre finalement, et puis ici le noir… est trop noir.

Borges pouffa :

— Alors, tu es née à la bonne époque, ma fille, parce que, dans les Temps d'Avant, la majorité des transports étaient souterrains. Dans les grandes villes, il y avait des centaines de kilomètres de tunnels sous terre qui acheminaient les gens vers leur travail, leur maison, leurs loisirs. Ils y passaient beaucoup de temps.

Maya s'adressa à Jad :

— Pourquoi veux-tu faire cette expérience ?

— Pour sentir ce qui se passe quand on ne voit pas, dit Jad d'une traite.

— Nous avons souvent joué à ça, pas vrai, Deli ? s'exclama Ellel.

— On se mettait un bandeau sur les yeux et on faisait tout sans y voir. Heu, c'est d'ailleurs comme ça que j'ai cassé le vase de grand-mère, avoua Deli en regardant sa mère.

— Et moi le miroir de l'entrée, fit Ellel en baissant les yeux pour retenir un fou rire.

Bahir leva les sourcils d'étonnement.

— Eh bien, ces mystères-là au moins auront été résolus ! dit Maya en observant les enfants.

Après avoir avoué leurs bêtises, ses filles avaient adopté un air mi-crâneur, mi-penaud ; Claris riait et semblait avoir oublié ses frayeurs. L'expression de Jad retint son attention : le garçon regardait vers le fond de la grotte tapissée de ténèbres avec un air de défi.

— Pourquoi pas, dit-elle. Tu veux bien, Claris ?

Honteuse de sa frilosité, la fillette acquiesça.

— Très bien, alors regardez : la salle s'évase vers le fond puis rétrécit sur un couloir d'une dizaine de mètres qui débouche sur une salle plus petite. Nous vous y attendrons, Bahir et moi. Avant d'éteindre les lampes, nous allons tendre un fil d'Ariane.

— Mais Ariane a été trompée par Thésée ! s'indigna Claris. Il lui avait promis le mariage et il s'est enfui avec Phèdre, la sœur d'Ariane...

Maya sourit à la fillette.

— En conséquence de quoi, Ariane épousera un dieu et deviendra immortelle, alors que Phèdre aura un destin disons... beaucoup plus trouble. De toute façon, nous n'en sommes pas encore là ! Notre fil à nous est celui qui permet à Thésée de sortir du Labyrinthe, d'accord ?

Claris hocha la tête.

— Vous allez suivre le fil, chacun à votre tour. Ne tirez pas dessus, il est fragile, vous vous retrouveriez sans guide. Comptez dix minutes et le premier pourra partir, puis les autres à cinq minutes d'intervalle. À tout à l'heure !

Après avoir attaché la pointe d'un fil blanc à la base

d'une stalagmite, le couple s'éloigna vers le fond de la salle, déroulant la pelote. Lorsqu'ils s'engagèrent dans le couloir, la lueur de leur lampe disparut, plongeant la grotte dans l'obscurité totale.

Deli partit la première. Ellel, Claris et Jad se tenaient accroupis sur le sol friable, l'un contre l'autre. Ellel comptait tout bas.

— … quatre-vingt-quatorze… quatre-vingt-dix-neuf… J'y vais !

Claris se serra contre son frère, qui lui prit la main.

— Passe devant moi, si tu veux, proposa-t-il.

Claris eut un soupir de soulagement. Rester toute seule dans le noir ne lui disait rien du tout.

— Ça ne te fait rien ?

— Non, au contraire !

Comme Claris hésitait, il la pressa :

— À tout de suite, petite sœur…

Claris saisit le fil et se mit prudemment en marche. Elle n'y voyait goutte et sondait le terrain du pied avant d'avancer, la main gauche tenant le fil et la droite tâtonnant à la recherche d'obstacles possibles. Elle se morigéna. *Il n'y a pas d'obstacle. Lorsque Maya a éclairé, on a vu qu'il n'y avait que quelques mètres à parcourir en ligne droite.* C'était oublier son amie la chauve-souris, qui vint lui frôler le visage de ses ailes duveteuses. Claris ne put retenir un cri. Aussitôt, Ellel devant elle et Jad derrière demandèrent :

— Ça va ?

— Oui, dit Claris confuse, ce n'est que cette stupide bestiole. Je ne sais pas ce qu'elle me veut !

— Elle t'aime ! répondit Jad en riant.

Claris se raisonna. Elle tenait le fil qui la liait à son frère et à son amie ; ce n'était qu'un jeu ; il n'y avait aucune raison d'avoir peur. Elle eut une pensée reconnaissante pour la pauvre Ariane. *Elle est la vraie héroïne de cette histoire, pas ce traître de Thésée !*

S'accoutumant à l'obscurité, elle commença à distinguer vaguement les contours du couloir dans lequel elle pénétrait. *Quelle drôle d'idée tu as eue,* lança-t-elle à son frère mentalement, *c'est horrible de ne rien voir !*

Jad ne répondit pas. Il avait fermé les yeux, ajoutant une obscurité à l'autre. Il attendit que sa sœur, arrivée à bon port, relâche le fil d'Ariane pour se lever. Serrant les yeux plus fort, il se massa le front entre les sourcils. Il inspira profondément l'étrange absence d'odeur de ce silence absolu, et commença à marcher.

Lorsque Jad sortit de la grotte avec les autres, après une pause dans la petite salle où ils s'étaient tous retrouvés, les larmes avaient laissé des sillons boueux sur son visage. Les filles étaient bien trop occupées à échanger leurs impressions pour s'en apercevoir, mais Maya s'approcha du garçon et, sans un mot, elle lui essuya le visage de son mouchoir. Jad leva vers elle ses yeux noirs mouchetés d'or où brillait un éclat nouveau que la Nomade ne put déchiffrer.

La chanson du feu

Au retour de la grotte, les enfants eurent quartier libre pendant deux heures. Bahir partit faire une sieste au soleil, Maya s'installa dehors avec son écritoire portable, les filles montèrent à l'étage et se glissèrent sous les couvertures en jacassant.

Avant de monter lui aussi, Jad jeta un coup d'œil au feu qui se mourait. Il plaça une nouvelle bûche dans l'âtre et prit le soufflet pour ranimer les braises et enflammer le bois. Les morceaux de bois ignés formaient des figures, se superposant, s'écroulant, allumant des cavernes et des tours l'espace d'un instant, d'une étincelle. Le bois fit entendre quelques détonations, puis la flambée trouva son rythme crépitant. À l'étage, les filles riaient.

Jad s'assit sur un tabouret, face à l'âtre, remua quelques braises avec le tisonnier puis, s'emparant d'un beau morceau de buis dans le panier, sortit son canif et entreprit de le tailler. En haut le murmure des filles, en bas la chanson du feu… Les yeux perdus dans les cités incandescentes et éphémères qui s'élevaient puis s'effondraient, le garçon laissait aller ses mains, sans réfléchir, hypnotisé par les flammes, bercé par le crépitement, le rougeoiement, le ronflement du feu.

*

Jad n'entendit pas Maya pousser la porte. Sur le banc s'alignaient trois petites figurines sculptées dans le bois. Le garçon était immobile, les yeux grands ouverts sur le feu, il respirait très lentement, plongé dans une méditation profonde. Maya hésita, ne sachant comment le réveiller ou même s'il fallait le faire.

Elle ressortit pour aller secouer Borges, qui ronflait à l'ombre d'un arbre parmi les ancolies et les pensées sauvages. À leur retour, Jad n'était plus devant la cheminée et les figurines avaient disparu. En haut, on entendit le rire clair de Claris et celui un peu plus grave de son frère.

— Il était là, en méditation, Bahir.

— Au son de son rire, je dirais qu'il va bien.

— Il ne semblait pas aller mal, dit Maya en secouant la tête. Cependant, il avait l'air d'être si loin. Quant aux figurines qu'il a sculptées, elles étaient particulières…

— En quoi ?

— Je ne sais pas exactement. J'ai cru voir deux formes

féminines et une masculine. La plus grande avait des ailes et dégageait une impression de puissance. Elles n'étaient que grossièrement taillées, mais il en émanait… une présence. Je n'ai pas pris le temps de les examiner. J'étais inquiète et je suis allée te chercher. Pour rien, apparemment…

— Ton intuition ne s'active jamais « pour rien », ma douce.

Ce soir-là, Jad choisit de poursuivre le chapitre « Sciences et techniques » du premier cahier des *Chroniques des Temps d'Avant*.

La médecine était parvenue à un degré de sophistication
inimaginable pour nous aujourd'hui.
Les hommes avaient atteint une espérance de vie
qui dépassait cent vingt lunées,
pour ceux qui pouvaient payer, évidemment.
La vie était bien longue et les Nantis avaient développé
toutes sortes de drogues artificielles pour passer le temps.
Ainsi, certains buvaient chaque soir un breuvage
qui leur faisait oublier
qui ils étaient et ce qu'ils avaient fait pendant la journée.
Ils s'éveillaient chaque matin,
vierges et vides comme une page blanche.
D'autres étaient adeptes d'une forme étrange de thérapie :
ils plongeaient profondément dans leur passé cellulaire
pour avoir accès
à la mémoire de leur héritage génétique.

Certains finissaient par s'égarer dans cette toile d'araignée
infinie dont ils ne s'extirpaient jamais,
ne sachant plus quels étaient leurs souvenirs
ou ceux de leurs aïeux.
Un autre passe-temps très prisé était la chirurgie plastique.
Il était coutume d'offrir à un jeune homme ou une jeune fille
sa première intervention à quinze lunées.
Toutes les jeunes filles de la même génération avaient
les mêmes seins en forme de poire
ou les mêmes fesses en forme de pomme,
les yeux bridés ou débridés selon la mode du moment.

Chapitre XVII
Blanc Faucon

La Bannie

Mandarines, songeait Jad.

— Je peux savoir ce que tu regardes, Jad ?

Confus d'avoir été surpris, le garçon détourna les yeux des petits seins d'Ellel et fit mine d'examiner le ciel. Un faucon blanc survolait depuis un moment la grange, décrivant des cercles concentriques de plus en plus serrés. Jad avait rêvé de milliers d'Ellel, toutes semblables et toutes ravissantes. Il ne pouvait décider s'il s'agissait ou non d'un cauchemar. La jeune fille, qui tenait l'autre côté de la scie, poussa un grognement de protestation :

— Arrête de regarder en l'air, c'est par ici que ça se passe ! On n'a rien scié et il va faire nuit !

Jad lui montra le rapace du doigt. Sur le chemin se profilaient deux silhouettes, dont l'une très grande.

— Pas possible, murmura Ellel en mettant sa main en visière pour mieux voir.

Elle lâcha la scie sans prévenir et se mit à crier :

— Maman, papa ! Jwel et Blanc Faucon arrivent !

Ellel courut vers sa sœur, qui la serra dans ses bras. Bientôt, toute la famille s'embrassait. Merlin, juché sur les épaules de son père, s'agita si bien qu'il glissa de son perchoir. Son père le rattrapa du geste précis et nonchalant de quelqu'un qui n'en est pas à son coup d'essai. Pas effrayé pour un sou, le bébé éclata de rire et entreprit d'escalader le premier rocher à sa portée.

Blanc Faucon s'inclina respectueusement devant Maya et Bahir, et en fit autant devant chacun des enfants. Pour Maya, son salut s'accompagna d'un joli geste de la main droite qui partait poing fermé du cœur puis s'ouvrait, figurant l'envol d'un oiseau. Les yeux gris de la Nomade brillèrent et elle répondit en inversant le geste, terminant le poing fermé sur le cœur.

La tête penchée en arrière, les jumeaux dévoraient du regard l'homme de Vieil-Ambre. Drapé dans sa cape écarlate, la moitié gauche du visage tatouée d'arabesques bleues, les cheveux lisses et blancs comme neige balayant les épaules, le père de Merlin mesurait près de deux mètres. Avant qu'il ne cligne de l'œil en s'inclinant devant elle, Claris se disait qu'elle n'avait jamais vu quelqu'un d'aussi impressionnant.

Au cours du repas joyeux qui suivit, les jumeaux découvrirent que sous son aspect hiératique, qui n'était pas sans rappeler l'impassibilité de Maya, débarrassé de sa cape et assis à la hauteur de tout le monde, Blanc Faucon était un jeune homme charmant. Son fils lui ressemblait énormément, n'était-ce la couleur chocolat de sa peau. Les filles, qui tantôt gloussaient, tantôt piquaient un fard, semblaient être toutes tombées instantanément amoureuses de lui.

Lorsque, finalement, les enfants montèrent se coucher, Jad dut supporter leur papotage amouraché jusqu'à ce qu'elles s'endorment. Il essaya ses exercices de relaxation, mais le sommeil ne venait pas. À l'étage du dessous, les adultes bavardaient à voix basse.

— Nous sommes heureux que tu sois là, Blanc Faucon, dit Bahir. Tu le sais, n'est-ce pas ?

Le jeune homme s'inclina.

— Je suis heureux d'être ici également. Jwel et Merlin me manquent plus que je ne saurais le dire. Mais maintenant, avec la nouvelle route entre Vieil-Ambre et Salicande, nous ne sommes séparés que par une semaine de voyage.

— Nous ne serions pas séparés du tout si vous n'étiez pas aussi arriérés à Vieil-Ambre ! intervint Jwel avec une espèce de rage amoureuse.

Bahir fit une grimace d'excuse à Blanc Faucon, qui encaissa le coup sans sourciller. Le couple n'en était pas à sa première altercation sur ce sujet délicat. Imperturbable, Maya observait tour à tour sa fille et son gendre.

— As-tu des nouvelles du Conseil ? Est-il revenu sur sa position ? poursuivit Bahir.

Les larges épaules de Blanc Faucon s'affaissèrent.

— Le Conseil n'a pas bougé d'un pouce. Malgré mon respect soumis, malgré l'intervention de mon père et de mes oncles, malgré d'innombrables discussions. Le Conseil refuse toujours que Jwel vive à Vieil-Ambre si elle ne se plie pas à nos coutumes.

— Traduction : si je cesse de travailler, si je ne me coupe jamais les cheveux, si je ne regarde aucun homme dans les yeux, si je dis « oui maître » à mon mari sans jamais discuter ses ordres, si j'abandonne mon fils le jour de ses sept lunées et... et si je me mets à pondre un bébé par lunée minimum ! s'insurgea Jwel.

Bahir ne put s'empêcher de sourire à cette dernière exagération.

— Mmm... Nous comprenons tous ici que cela ne te paraisse pas une vie idyllique, ma chérie. N'est-ce pas, Blanc Faucon ?

— Bien sûr ! En fait, Jwel et moi sommes d'accord sur presque tout...

— Presque rien, tu veux dire ! Toi, tu trouves parfaitement normal que Merlin me soit enlevé à sept lunées pour être élevé exclusivement par des hommes !

— Ce n'est pas « exclusivement », Jwel, nous en avons parlé des centaines de fois. Je reconnais que, pour moi, cela n'a rien d'aberrant, j'ai été élevé comme ça. Mais je suis prêt à en discuter.

Il la regardait avec tant d'amour que Maya esquissa un sourire.

— Toi peut-être, se radoucit Jwel, mais pas ton fichu Conseil des Anciens. Ça, pour être anciens, ils le sont !

Blanc Faucon poussa un nouveau soupir. Son éducation lui interdisait de toucher une femme en public, surtout en présence de ses parents. Il tendit cependant la main et frôla celle de Jwel. À son contact, Jwel frissonna. Être touchée par cet homme lui faisait toujours cet effet : un embrasement par lequel, à l'intérieur d'elle, chaque chose prenait sa place. Une sensation de paix brûlante, en quelque sorte... Mais il ne l'aurait pas comme ça. Elle retira sa main et secoua la tête avec force. Maya dit d'une voix posée :

— Ce que ta courtoisie ne dit pas, Blanc Faucon, c'est que le fait que Jwel soit ma fille n'arrange en rien vos affaires. Est-ce trop prétentieux de supposer que le Conseil n'a pas oublié Maya la bannie ?

Blanc Faucon se tourna vers elle et la regarda droit dans les yeux, contrevenant une fois de plus aux coutumes de son peuple.

— Je ne me souviens pas d'avoir entendu ce terme. Le Conseil est sévère et rétrograde, mais il est loyal. Quant à vous oublier, ma Dame...

Le jeune homme fit une pause galante, puis il eut un rire léger. *Je rêve,* se dit Jad, *le Faucon fait du gringue à Maya !*

— Le Conseil n'a assurément pas oublié Maya, la Nomade de l'Écriture. Ni le Conseil ni quiconque à Vieil-

Ambre ! Vous êtes une référence sous bien des aspects. Savez-vous que les femmes, en cachette, brûlent un cierge en votre nom dans certaines circonstances ?

— Et quelles sont-elles, ces circonstances, mon ami ? demanda Maya sans ciller.

Blanc Faucon eut une hésitation, puis, devant le sourire goguenard de Bahir, il souffla :

— Lorsqu'elles doivent convaincre des maris, des pères ou des frères particulièrement... Comment dire ?

— Machistes ? Phallocrates ? Ou devrais-je dire misogynes ? proposa Maya d'un ton amusé.

En haut, Jad se demanda si un jour il comprendrait tous les mots barbares qu'employait la famille Borges. Maya se leva pour jeter une bûche dans le feu, faisant jaillir une gerbe d'étincelles. Pendant quelques instants, personne ne dit rien et Jad glissa irrésistiblement vers le sommeil.

Maya vint s'asseoir près de son mari en lui prenant la main. Bahir sut qu'elle allait dire quelque chose d'important et le préparait ainsi à entendre tout en se donnant confiance.

— Tu as énoncé une vérité, Blanc Faucon, une vérité que j'ai toujours préféré ignorer. Le Conseil est loyal et il ne m'a jamais bannie. Je suis partie de mon plein gré...

Maya eut un petit sourire.

— ... avant qu'il ne le fasse ! Je crois qu'il est temps pour moi de retourner sur les terres de mon père et de mes frères.

Tous la regardèrent avec surprise. Maya n'avait jamais remis les pieds à Vieil-Ambre depuis qu'elle l'avait quitté, à treize lunées, seule et contre l'avis de tous, pour faire son apprentissage de Nomade de l'Écriture.

Blanc Faucon se leva et, avec la courtoisie charmante et désuète qui était celle de son peuple, dit solennellement :

— Permettez-moi de prévenir votre père de votre

venue, ma Dame. Il sera certainement fort heureux de vous revoir, après tant de lunées. Il est très… fatigué, ces temps-ci. Quant à ma mère et mes sœurs, elles ont hâte de vous connaître.

Un éclair d'inquiétude passa dans le regard de Maya, qui hocha la tête.

— Merci, Blanc Faucon, je crois qu'il est préférable qu'il soit prévenu, en effet…

Elle eut un bref sourire et se tourna vers sa fille.

— Et préviens aussi le Conseil ! Dis-lui que Maya, fille de Gerfaut et de Sonja, sollicite la faveur de parler devant les Anciens. Je défendrai votre cause, mes tourtereaux, et nous verrons qui, de ces vieilles barbes ou de moi, tiendra la palabre le plus longtemps !

Jwel et Blanc Faucon échangèrent un regard d'espoir. Maya était sans nul doute une redoutable manieuse de mots, et peut-être parviendrait-elle à convaincre le Conseil. De toute façon, ils n'avaient rien à perdre.

Bahir serra la main de sa femme. La Nomade paraissait absolument maîtresse de ses émotions, mais il sentait son pouls battre plus vite et savait que, en défiant les Anciens, elle se portait non seulement au secours de sa fille mais de la jeune fille révoltée qu'elle avait été. Le bouquiniste s'étira.

— Mes enfants, il est tard. Demain, l'Unir nous réveillera tôt. Ces garnements ne peuvent déjà plus s'en passer ! Blanc Faucon, tu es ici chez toi. Ce soir et autant de soirs que tu le désireras.

— Merci pour votre hospitalité, monsieur. Avec votre permission, je… je dormirai dehors, les nuits du Temps Jaune sont chaudes et j'ai l'habitude de coucher sous la tente.

— Par les trois filles de la Déesse, j'avais oublié ce détail, gémit Jwel. À Vieil-Ambre, quand il fait plus de 10 degrés, ils transpirent !

La jeune fille chuchota quelques mots dans l'oreille de sa mère, qui acquiesça, puis se tourna vers Blanc Faucon.

— Allez, père de mon fils, allons dormir sous ta tente et voyons si tu seras plus convaincant avec moi qu'avec ton maudit Conseil !

Entraînant un Blanc Faucon rouge de confusion vers la sortie, Jwel quitta la grange d'un pas résolu.

— Tu avais besoin de faire ça devant tes parents ? Que vont-ils penser de moi ?

— Que tu as plus de chance que tu n'en mérites, père de Merlin !

Drôle de chasse

Le lendemain, Jad se réveilla avant l'aube, écouta un moment la respiration régulière de sa sœur puis se leva sans bruit. Quelqu'un à l'étage du dessous avait déjà ranimé le feu.

Curieux de voir qui était debout alors qu'il faisait encore nuit, Jad prit sa veste et descendit doucement l'échelle. Il savait maintenant exactement où poser les pieds pour ne faire craquer aucun barreau.

— Eh bien, tu as le pied d'un chasseur ! Si tu veux, je t'emmène avec moi, chuchota une voix amicale.

Drapé dans sa cape rouge, Blanc Faucon était assis devant le feu et sirotait une boisson dont l'arôme piquant mit l'eau à la bouche de Jad.

— Tu en as déjà goûté ? C'est du zingi. Chez nous, les garçons ne sont autorisés à en boire qu'à partir de treize lunées, mais beaucoup s'y essaient avant, en cachette. Quel âge as-tu ?

— Bientôt treize, marmonna Jad, la main encore sur le barreau de l'échelle.

Il avait envie de remonter se coucher. Ce Blanc Faucon était insupportable avec sa cape ridicule et ses tatouages. Des volutes bleues dansaient au-dessus du breuvage, formant des dessins qui ressemblaient étrangement aux arabesques qui naissaient au milieu de son front, contournaient l'œil, envahissaient la joue, évitaient la bouche pour finir sur le menton. Le jeune homme lui tendit le gobelet avec un sourire franc.

— Ce n'est que très faiblement alcoolisé.

Jad haussa les épaules et prit le gobelet. Blanc Faucon se tourna vers le feu, qu'il contempla pensivement avant de dire à haute voix :

— Les femmes sont parfois bien étranges, n'est-ce pas ? Plus imprévisibles que les oiseaux et tout aussi farouches.

Comme Jad ne répondait pas, il se tourna vers lui.

— Ou c'est que nous ne savons pas les apprivoiser !

— Jamais essayé, grogna Jad avant de plonger les lèvres dans le breuvage bleu.

Le liquide coula dans sa gorge en brûlant tout sur son passage. En voyant le garçon virer au cramoisi, Blanc Faucon conseilla :

— Ça va passer... Essaie de ne pas paniquer, respire...

Mais Jad avait déjà entamé une respiration apaisante et la brûlure laissa place à une agréable sensation de chaleur.

— Il faudrait en donner à ma sœur avant les bains dans le ruisseau...

Blanc Faucon hocha la tête.

— Tu t'en tires fort honorablement. La première fois, la majorité des garçons hurlent et se précipitent sur l'eau, qui ne fait qu'aviver l'impression de brûlure. Tu possèdes un contrôle étonnant, fils d'Eben.

Personne ne l'avait jamais appelé ainsi et, un court instant, Jad éprouva le désir intense d'être auprès de son père. Troublé, il secoua ses cheveux blonds, qui retombèrent exactement à la même place.

— Tu vas chasser ?

— Oui, je devrais déjà être parti. Ysa s'impatiente. Tu viens avec nous ?

Ysa ? Jad se souvint que les hommes de Vieil-Ambre échangeaient de noms avec leurs oiseaux. Le fiancé de Jwel, qu'il ne connaissait que sous le nom de Blanc Faucon, se prénommait donc Ys.

— Je ne chasse pas, répondit-il. Je… je n'aime pas voir souffrir les animaux.

Blanc Faucon le regarda avec sympathie.

— Tu ne le verras pas. Ce n'est pas une chasse comme les autres. Ysa chassera pour se nourrir mais nous… Allez, enfile tes bottes et accorde-moi le plaisir de ta compagnie. Voyons ce que ta démarche silencieuse nous permettra de découvrir !

Le faucon prit son envol avec un cri dès qu'ils sortirent. L'aube sourdait à l'horizon, nimbant la montagne d'une lueur blafarde qui leur permettait à peine de voir où ils mettaient les pieds. Blanc Faucon suivait l'oiseau à petites foulées régulières et Jad essayait d'en faire autant.

Le garçon ne se sentait pas tout à fait dans son assiette. Il avait la vue trouble et ses oreilles bourdonnaient d'un vacarme assourdissant. Il avait beau se raisonner, se dire qu'à cette heure matinale tout était silencieux, il lui semblait que sa tête allait éclater sous l'avalanche sonore. Il se massa le front, se força à se détendre, focalisant sa respiration sur le rythme de sa course. Peu à peu, les sons se séparèrent, se détachèrent les uns des autres, et il comprit. Les voix du silence ! La symphonie des sons et des bruits de la nature, imperceptibles à l'oreille humaine. L'herbe qui pousse, la sève qui parcourt les feuilles, les arbres qui ploient, la lave qui gronde dans le ventre de la Terre, la planète qui tourne autour de son axe, la respiration de milliers d'animaux qui naissent, mangent, se battent, s'accouplent, meurent, le bruit de leurs pattes sillonnant la forêt, le bruit de leurs ailes fendant les airs, leurs chants... Les sons se répondaient, tissant une trame musicale infinie où chaque note était liée à une autre. Les pas de Jad martelant le sol, son souffle saccadé, les battements accélérés de son cœur furent accueillis dans la symphonie, trouvèrent leur place et enrichirent la trame.

Puis tout s'apaisa et la vision prit le relais. Tandis que la symphonie coulait harmonieusement, Jad sentit sa vue s'aiguiser, se dilater. Autour de lui, des milliers de lueurs, des nappes de lumière se déversaient des arbres, des fleurs mais aussi des rochers et de la terre. La faune et la flore palpitaient de vie et la répandaient sous forme de clarté. La montagne tout entière rutilait d'un éclat chatoyant.

D'abord aveuglé, le garçon sentit sa vision s'accommoder, le tissu lumineux se fit diaphane et l'énergie vitale qui le composait, lui, Jad, trouva son chemin et vibra à l'unisson. Enfin, sons et lumières se précipitèrent et se fondirent en un tunnel de perceptions qui se matérialisèrent en deux petits nuages d'énergie, deux plaintes, deux vies. Jad se dirigea vers eux sans hésiter. La nature retrouva son déguisement de silence.

*

Lorsqu'il poussa la porte de la grange quatre heures plus tard, le garçon avait l'air si radieux que Jwel n'eut pas le courage de le gronder.

— Vous auriez quand même pu laisser un message ! Il

n'est pas à jeun au moins ? demanda-t-elle avec un regard de reproche à son fiancé.

— Non, Blanc Faucon avait tout prévu.

— Tout prévu, hein ?

Jwel brandit un gobelet d'un air accusateur.

— Tu lui as donné du zingi ? Le zingi du Passage ?

Blanc Faucon eut un mouvement d'indignation et balança la tête avec force.

— Bien sûr que non, c'est interdit ! Il a bu du zingi de consommation courante, aussi inoffensif que du cidre. Une gorgée, juste pour se réchauffer le corps.

Jad demanda doucement :

— Quel Passage ?

— À treize lunées, les garçons de Vieil-Ambre partent seuls dans la montagne pour y chercher leur oiseau-compagnon. On leur donne alors du zingi ailé, un breuvage qui guide le garçon vers l'oiseau à qui il pourra s'accorder. C'est ce que nous appelons le Passage. Le zingi ailé a pour ingrédient de base la même racine bleue que celui que tu as bu, mais il est tout autre. Je regrette, je ne peux pas t'en dire plus.

Blanc Faucon se tourna vers Jwel et dit d'un ton grave :

— As-tu réellement imaginé que je pouvais être aussi irresponsable…

— Pardonne-moi, murmura Jwel, la mine contrite. Je me suis inquiétée et, quand j'ai vu les gobelets… Je n'aurais pas dû douter de toi.

Jad se balançait d'une jambe sur l'autre, les yeux baissés.

— Je suis désolé de t'avoir inquiétée, Jwel…

Son air penaud fit bientôt place à une fierté embarrassée devant l'enthousiasme de Blanc Faucon.

— Il a été stupéfiant, Jwel ! Il a le pied le plus silencieux qui soit et de l'instinct pour trouver les oiseaux. Regarde ce que nous avons cueilli ! Deux nouvelles recrues pour l'orphelinat de Vieil-Ambre.

Le jeune homme sortit de sa chemise, où il les avait glissés contre sa poitrine, deux oisillons.

— Un épervier et un grand duc ! Le hibou est mal en point, mais je crois qu'il peut s'en sortir. L'épervier n'est qu'affamé, il a dû tomber du nid. Jad, je te prends en apprentissage quand tu veux !

Jad caressa doucement le petit hibou pour se donner une contenance.

— Je crois que je ferais mieux de rejoindre les autres. Merci pour cette... chasse, Blanc Faucon. Je... C'était un vrai cadeau !

Le jeune homme lui sourit chaleureusement et fit, de la main droite, le joli salut ailé des Ambrais.

— Le cadeau était pour moi, fils d'Eben. Les rencontres inattendues sont souvent les plus enrichissantes. Et n'oublie pas, si tu ne sais pas où faire ton apprentissage, tu seras le bienvenu. Le petit duc semble s'être attaché à toi, veux-tu le garder ?

Jad regarda la petite boule de plumes ébouriffées se blottir contre lui, clignant d'immenses yeux jaunes apeurés. Il en savait un peu plus désormais sur les relations des hommes de Vieil-Ambre avec leurs oiseaux. Ce n'était ni tout à fait des oiseaux apprivoisés ni vraiment des oiseaux sauvages. Ils étaient libres d'aller et venir, chassaient pour se nourrir, n'étant alimentés par l'homme qu'en cas de maladie. Cependant, il y avait quelque chose de l'ordre de la dépendance dans cette relation. *Claris dirait que mes bonsaïs sont bien plus dépendants des soins que je leur dispense.* Il pensa à la fabuleuse symphonie de lumière et de sons qu'il avait partagée avec la nature et il prit soudain la décision de « libérer » ses bonsaïs, de les planter en terre, sans ligatures, pour qu'ils poussent à leur guise.

— Merci, mais je crois que je ne suis pas encore prêt à… élever un… Duc, répondit le garçon avec humour, si petit qu'il soit.

*

« Le troisième millénaire sera vert »
était le slogan des hommes politiques éclairés du XXIe siècle.
Ce siècle charnière avait tous les éléments en main
pour anticiper la Grande Catastrophe
et inverser la tendance.
Mais les hommes n'en finissaient pas d'établir
des diagnostics sans jamais passer à l'action.
Incapables de mettre en place des mesures progressives.
Incapables d'accepter de réformer leur mode de vie,
leurs habitudes de consommation,
de vivre autrement que dans l'abondance et le gaspillage.
Incapables de comprendre qu'ils faisaient tous partie
d'une même chaîne vitale,
elle-même liée indissociablement à la nature,
à la faune, à la flore.
Année après année, ils scièrent la branche
sur laquelle ils étaient assis.
Lorsque les pôles commencèrent à fondre,
l'eau pour arroser les pelouses et le pétrole dans
les réservoirs à manquer,
lorsque les déserts se mirent à grignoter des régions
autrefois verdoyantes
et les océans à avaler îles et côtes,

les hommes prirent finalement conscience de leur folie.
Ils réagirent.
Pas en prenant les mesures drastiques qui s'imposaient,
pas en se rationnant.
Non, ils continuèrent à faire ce qu'ils avaient toujours fait :
intervenir sur la nature, essayer de la plier à leurs besoins.
Ainsi, ils trouvèrent des moyens pour faire pleuvoir
en agissant sur les nuages,
ils injectèrent des quantités massives de soufre
pour refroidir artificiellement la Terre,
ils asservirent les vents.
C'était déjà trop tard :
40 % des espèces vivant sur la Terre avaient disparu.
Des millions de réfugiés climatiques erraient,
repoussés de frontière en frontière,
fuyant typhons et inondations.
Le point de rupture était proche.
Le troisième millénaire serait vert, en effet,
mais pas comme l'imaginaient nos ancêtres de 2050.
Vert de la couleur des millions de cadavres,
victimes de la nouvelle peste.

Jad ferma le cahier et se frotta les yeux. Il avait encore lu trop longtemps, et le réveil pour l'Unir serait difficile. Sans faire de bruit, il se leva et descendit l'escalier. La porte de la grange protesta doucement et il se retrouva dehors. *Faire pipi en regardant les étoiles, vraiment génial…* pensa le garçon en frissonnant dans la nuit froide.

C'était devenu une habitude. Certains passages des

cahiers étaient particulièrement ardus ou troublants, et Jad savait qu'il ne pouvait pas simplement fermer le cahier puis les yeux. Uriner sous les étoiles s'était révélé une action tout à fait salutaire.

Debout sous le ciel scintillant, dans le silence nocturne, le garçon laissait les étranges informations se déliter un peu. Le passé était si étonnant, incompréhensible parfois. Il inspira une grande bolée d'air. Tout cela avait-il vraiment eu lieu ? Liquider les forêts, vider les océans, les hommes avaient-ils réellement mutilé la planète de la sorte ? Borges n'exagérait-il pas un peu ? *Si je commence à me poser des questions maintenant, je ne m'endormirai jamais.* À pas lents, Jad revint vers la grange.

Chapitre XVIII
À Vieil-Ambre

Graines de voleurs

Blaise ne pensait pas traverser les cols en si peu de temps, mais depuis la dernière fois qu'il avait fait le voyage, Morteterre et Vieil-Ambre avaient travaillé en commun pour aménager la route qui les séparait, en construisant notamment un pont souple de cordes mêlées de lattes de bois qui avait considérablement écourté le trajet.

Le conseil de Sem s'était révélé judicieux. Des chevaux auraient refusé de poser leurs sabots sur cette surface instable, alors que les sizyfs au dos pointu, montures opiniâtres et peu craintives, mettaient inlassablement un pied devant l'autre, un pied qui s'était révélé fort sûr lors du passage de ce qu'on appelait déjà le pont du Marché.

Si le col du Cygne séparant Salicande des deux autres vallées était plus difficile à négocier, cette première initiative de coopération organisée, conséquence directe de la mise en place du marché des Trois Vallées, était d'importance. Le voyage était encore ardu, mais la route nettement plus praticable intensifierait certainement les relations entre Salicande et les vallées voisines.

Le voyage n'avait pas non plus été solitaire. Blaise et Ugh avaient croisé de nombreux Mortois et Ambrais qui rentraient de Salicande, le marché fini. Ils en revenaient enthousiasmés et pleins de projets. Déjà, on parlait d'agrandir les petits refuges qui existaient depuis toujours dans la montagne pour permettre aux bergers ou aux voyageurs isolés de trouver un toit. On suggérait même de mettre en place une monnaie commune pour faciliter les échanges. Blaise eut une pensée pour Jors qui avait travaillé avec acharnement à claquemurer Salicande dans son cocon isolé, n'acceptant qu'un minimum de contacts avec les autres vallées et refusant tout échange qui ne passe par le troc.

Salicande avait toujours fonctionné en autarcie, dans le système d'économie solidaire instituée par Jors. Tous ses habitants y participaient, tous avaient un toit et de la soupe dans leur assiette. Tous les enfants qui le désiraient recevaient l'éducation de Blaise. Les enfants avaient été longtemps si peu nombreux qu'ils prenaient généralement le relais de leurs parents aux champs ou au moulin, à la forge, etc. La génération de Jwel avait été la première à partir en apprentissage, alors que les deux autres vallées le pratiquaient depuis longtemps.

Les échanges entre Morteterre et Vieil-Ambre étaient plus fréquents, leur commerce et leur artisanat plus diversifiés. Salicande avait longtemps fait figure de petite sœur sauvage. Tout cela était sur le point de changer.

Voilà pourquoi le Mandarin se retrouvait aux côtés de Ugh devant le grand aigle sculpté qui ornait l'entrée du village de Vieil-Ambre, trois jours seulement après le choix du scarabée.

Le garçon ouvrait grand les yeux, mais se tenait parfaitement droit sur sa selle, comme s'il n'avait jamais rien fait d'autre que de parcourir les rues d'un village inconnu où retentissaient des cris d'oiseaux et virevoltaient des capes rouges. Blaise le vit se redresser, adoptant inconsciemment l'attitude fière et un peu guindée des hommes de Vieil-Ambre. Seuls ses yeux révélaient son étonnement.

Ugh démontrait une capacité remarquable à s'adapter aux circonstances sans jamais se départir de sa personnalité propre. Il avait franchi l'étape pénible du passage des cols avec la même persévérance, la même vigueur tranquille qu'il mettait maintenant à se frayer un chemin dans la foule des hommes tatoués.

Un caméléon, pensa Blaise. *Mais un caméléon qui s'adapterait aux circonstances mû par la curiosité et l'intelligence et non par la peur.* Le garçon absorbait les nouveautés à toute vitesse, par mimétisme, puis redevenait lui-même sans que rien paraisse avoir changé. *Comme s'il se construisait autour d'un noyau de personnalité indestructible. C'est donc à cette qualité que Dag fait mention lorsqu'il dit que Ugh est le combattant à la fois le plus efficace et le plus détaché qu'il ait jamais vu.*

Ugh ne se laissait pas entraîner par ses impulsions comme Claris, il ne cherchait pas à comprendre comme Jad, il assimilait, adoptant naturellement la bonne mesure, comme maintenant parmi la foule de piétons où il avait instinctivement compris qu'un cavalier ne serait pas vu d'un bon œil. Tirant Buté par la bride, un sourire d'excuse sur son visage franc, il avançait calmement mais sûrement. Comme ils parvenaient sur une petite place, Blaise lui fit signe de s'arrêter.

— C'est de ma faute, mon garçon, j'ai complètement oublié la règle de Vieil-Ambre concernant les voyageurs. En outre, on dirait que nous sommes arrivés à une date spéciale, je n'ai jamais vu autant d'Ambrais mâles réunis ! Je m'étonne que personne ne nous ait encore interpellés. Ta sympathique frimousse y est certainement pour quelque chose, ajouta t-il en voyant une toute jeune fille dévisager le garçon avant d'être sévèrement rappelée à l'ordre par sa mère. Ugh s'habituait à l'humour du Mandarin et réussit à ne pas rougir.

— Quelle est cette règle ?

— Les voyageurs doivent laisser leurs montures dans un caravansérail qui fait également office d'auberge, situé à l'entrée du village. Ils y remplissent un registre où ils déclarent le but de leur visite et la durée de leur séjour, mais peuvent taire leur identité s'ils le désirent. Ce qui, par ailleurs, est tenu par les Ambrais comme un signe indiscutable de discourtoisie. Mais nous n'avons rien à cacher, n'est-ce pas, et le registre à lui seul vaut le détour.

— Pourquoi ?

— Les gens d'ici sont passionnés de généalogie. Ils ne se contentent pas d'écrire leur nom de naissance et celui lié à leur oiseau-compagnon. Ils se font un devoir d'inscrire celui de leurs pères, grands-pères, etc. La signature d'un Ambrais est à elle seule un arbre généalogique ! Enfin, les montures sont fort bien soignées au caravansérail et ce gratuitement pendant les trois premiers jours... signe d'indubitable civilité, railla Blaise.

— Ou une façon de s'assurer que les étrangers ne s'attardent pas.

Blaise acquiesça, surpris. L'adolescent semblait ne pas avoir une once de malice, mais il voyait clair.

— Ce n'est pas faux... L'hospitalité des Ambrais est sans faille, la courtoisie qu'ils ont érigée en art ne leur permettrait pas d'y déroger. Néanmoins, tu noteras que c'est à leur départ qu'ils offrent un cadeau aux étrangers qu'ils ont accueillis, pas à leur arrivée !

Ils rirent. Blaise s'approcha plus près de Ugh, si près que le garçon crut qu'il allait l'embrasser et recula involontairement. Le Mandarin lui attrapa l'épaule d'une poigne plus forte que ne le laissait présager son aspect frêle et lui chuchota à l'oreille :

— Pour être juste, cette règle a également un autre but : tu vois cette gamine, là-bas, qui parle à un garçon plus âgé ?

Ugh hocha la tête.

— Elle nous suit depuis que nous sommes entrés dans le village. Quand nous nous sommes arrêtés pour admirer le totem de l'aigle, elle a tourné autour des sizyfs, évaluant les bagages.

— Mais pourquoi faire ?

— Pour nous voler, tiens donc ! Elle est sûrement en train de faire son rapport à son supérieur hiérarchique.

Ugh était choqué. La petite fille ne devait pas avoir plus de sept lunées et le « supérieur hiérarchique » onze ou douze. Surprenant son regard, les deux enfants s'égaillèrent comme une volée de moineaux.

— Ils savent que nous savons, dit Blaise, ils ne tenteront rien. Voilà un problème réglé. Ne fais pas cette tête ! Nous ne sommes pas à Salicande, et le monde est plein de bandits de toutes sortes. Ces graines de voleurs étaient plutôt sympathiques.

Ugh ne dit rien, mortifié d'avoir été pris en flagrant délit d'innocence.

— Viens, je crois qu'il ne nous reste qu'à repartir dans l'autre sens. Buté et Têtu ont bien mérité un peu de repos.

Blaise n'avait pas fini sa phrase que Ugh se dirigeait déjà d'un pas décidé vers un Ambrais visiblement très âgé qui prenait le soleil, assis droit comme un « i » sur un banc de la place. Comme celui de beaucoup d'hommes âgés, son visage était entièrement tatoué et ses yeux noirs étincelaient dans l'entrelacs bleu des dessins.

Ugh s'inclina avant de lui adresser la parole. Le vieil homme répondit en faisant un dessin dans le gravier avec sa canne. Ugh s'inclina à nouveau et eut droit à un bref signe de tête en retour.

— L'Ancien dit que nous n'avons pas besoin de refaire le même chemin par la ville. Il m'a montré comment rejoindre le caravansérail. Suivez-moi…

Et voilà que ce gosse me montre sans hésiter le chemin dans un village où il n'a jamais mis les pieds ! Blaise lui emboîta le pas, une pensée reconnaissante pour Chandra.

Les hommes ne pleurent pas

Une fois les sizyfs installés devant une belle botte de foin, le registre signé et leurs affaires en sécurité dans la chambre, Blaise et Ugh se mirent en quête d'un endroit où manger.

Ils étaient arrivés pendant la semaine du marché aux oiseaux, leur avait confié l'aubergiste, et le village grouillait d'hommes venus vendre, acheter, échanger ou simplement exhiber les animaux qu'ils élevaient. Les Ambrais préféraient la montagne à la ville, et nombre d'oiseliers habitaient de petites huttes sommaires près des gigantesques volières qu'ils construisaient pour les oiseaux. Les hommes âgés qui constituaient le Conseil, les femmes et les enfants résidaient dans le village, ainsi que les artisans et les commerçants.

À l'occasion du marché aux oiseaux, tous les hommes au-dessus de sept lunées qui séjournaient dans les montagnes étaient descendus au village et retrouvaient leur femme, leur mère et leurs sœurs.

Évitant la place principale du village, l'agora bondée de monde, Blaise et Ugh s'attablèrent au soleil sur la petite place excentrée repérée auparavant. Ils contemplaient le spectacle des retrouvailles tout en dégustant la spécialité ambraise, une potée aux graines de sésame et de tournesol.

— Presque tous les garçons ont envie de pleurer, mais ils ne le font pas. Il n'y a que les femmes qui pleurent, remarqua Ugh.

— Et encore ! Elles pleurent avec plus de retenue que les Salicandaises, ne trouves-tu pas ?

— Pourquoi ne pas pleurer si l'on en a envie ?

— La société de Vieil-Ambre est régie par des codes plutôt stricts sur un certain nombre de sujets. Les petits enfants, garçons et filles, sont élevés essentiellement par la partie féminine de la famille : mère, tantes, sœurs. Lorsqu'ils ont sept lunées, les garçons sont pris en charge par la partie masculine, père, oncles, frères, jusqu'à treize lunées, âge du Passage et du rituel du nom. Pour les familles d'oiseliers, la séparation est encore plus nette puisque les garçons suivent leurs aînés dans les montagnes. Ce gosse là-bas, c'est sûrement son premier retour. Vois comme il agrippe les jupes de sa mère.

— Mais il ne pleure pas.

— Non, répondit Blaise, intrigué par l'insistance de Ugh.

— Moi, je pleure, rétorqua le garçon d'un ton de défi.

— Heu... balbutia Blaise, pris au dépourvu. C'est normal, tu n'es encore... Je veux dire, c'est un acte physiologique naturel. Moi aussi, je pleure...

— Quand ? demanda Ugh, plein d'espoir.

— Eh bien... balbutia Blaise en fouillant dans les poches de ses robes comme s'il allait y trouver la réponse. À vrai dire, je crois que cela ne m'est pas arrivé dernièrement, mais je pleure, je t'assure ! Pourquoi ? Toi, tu...

— Presque tous les soirs, le coupa Ugh en croisant les bras comme par bravade. Quand je pense à ma mère, avant de dormir.

— Oh ! Bien sûr, moi aussi quand je pense à ta... *Mais qu'est-ce que je raconte ?*

Blaise s'étrangla et Ugh s'esclaffa.

— Bon sang, mon garçon, tu étais en train de me... tester ? Mais pourquoi donc ?

Ugh s'empourpra.

— Je ne sais pas... Vous avez parfois l'air si distant, impassible, comme si rien ne vous touchait vraiment. Je voulais savoir si vous... éprouviez des sentiments.

Blaise le regardait, interloqué. *Impassible ? Moi ?*

— Et pourquoi diable me vouvoies-tu maintenant ? demanda-t-il avec emportement.

Ce fut au tour de Ugh d'être surpris. Il était allé trop loin, il l'avait mis en colère. Cela se passait si bien et il avait tout gâché. Les larmes lui montèrent aux yeux.

— Je vous ai toujours vouvoyé, murmura le garçon.

— Eh bien, c'est parfaitement idiot ! Il faut me tutoyer.

Il y eut un silence. *Par la Lune noire, je m'y prends comme un manche. Mais tout de même, me traiter d'« impassible ».* Blaise toussota.

— Hum... J'aimerais beaucoup que tu me tutoies...

Le garçon regardait droit devant lui en serrant les lèvres. Blaise soupira. *Je suis trop vieux pour devenir père d'un adolescent du jour au lendemain.*

— Pour en revenir à notre discussion, selon le code social de Vieil-Ambre, les hommes ne sont pas censés pleurer. Ils se font un point d'honneur de ne pas se laisser aller à leurs émotions. Je t'assure que, comparé à eux, je suis d'un sentimentalisme éploré et tu...

Blaise fut interrompu par une galopade et des cris. Un jeune homme pourchassait un petit garçon qui lui échappait en riant de bonheur. Tout en courant, l'enfant tourna la tête et lança à son poursuivant :

— Tu ne m'embrasseras pas ! Je ne suis plus un bébé !

— Tu vas voir si je ne vais pas t'embrasser, oisillon ! Et des bisous bien baveux de surcroît !

Le petit accéléra sa course. En passant, il cogna la table de Blaise, qui tangua et fut rattrapée in extremis par le jeune homme qui le suivait. L'enfant, qui n'avait rien vu, continua à courir.

— Je vous prie de l'excuser, étrangers, dit le jeune homme en s'inclinant poliment. C'est le premier retour de mon jeune frère, il est un peu excité… Et moi aussi, ajouta-t-il en souriant.

— Il n'y a rien à excuser ! Vous venez de contredire fort à propos mes considérations sur la proverbiale réserve des Ambrais. Celui-ci en est ravi ! rit Blaise en désignant Ugh.

Le jeune homme, qui mesurait près de deux mètres et portait de longs cheveux blancs, les regarda avec intérêt.

— J'aimerais avoir le loisir de poursuivre cette conversation, mais je viens moi-même de rentrer de voyage et je n'ai pas encore salué ma famille. Pardonnez-moi encore et soyez les bienvenus à Vieil-Ambre, où tous les hommes ne sont pas aussi… hmm… bien élevés qu'ils le devraient, dit-il d'un ton solennel, avant de souffler à Ugh, assez fort pour que Blaise l'entende :

— ou pas…

*

Blaise et Ugh venaient de croiser la route de Blanc Faucon, venu embrasser son frère avant de partir pour les volières. Si le petit Ji s'était arrêté, si Blanc Faucon avait pris le temps de s'asseoir, si Blaise l'y avait invité, s'ils avaient simplement décliné leurs identités, l'histoire se serait peut-être écrite différemment. Ils auraient pu échanger des informations qui leur auraient épargné, aux uns et aux autres, bien des souffrances inutiles.

Comme le jeune géant s'éloignait à grands pas, Blaise sentit confusément qu'une possibilité s'effaçait, qu'un fil de la trame lui avait échappé, et il en éprouva un incompréhensible regret. Il se traita de vieux fou insuffisamment impassible et se plongea dans sa potée.

Siffle-Court

Le soir, au caravansérail, Blaise bavardait avec l'aubergiste en attendant que Ugh revienne de la salle de bains commune. Il sirotait un verre de zingi bleu.

— Il est fameux ! dit le Salicandais en faisant claquer sa langue. Me révélerez-vous le secret de sa composition, mon ami ?

— Il n'y en a point, maître Blaise. C'est le breuvage de consommation courante, du gingembre fermenté, voilà tout.

— Oh non, ce n'est pas tout ! Voyez-vous, j'ai essayé maintes fois de faire fermenter du gingembre et je n'ai jamais obtenu ce goût-là. Le gingembre que je fais fermenter, moi, vous ne le boiriez pour rien au monde !

L'aubergiste rit de bon cœur.

— Il manquait peut-être quelques petits ingrédients.

— Hum... ingrédients dont vous ne me direz rien, n'est-ce pas ?

L'homme le resservit en secouant la tête sans se départir de sa bonne humeur.

— Est-il vrai, continua Blaise, que le zingi ailé que boivent les adolescents lors du rituel du Passage est sensiblement le même ?

— Non, le zingi ailé est tout autre. Fabriqué à base de gingembre, mais selon un procédé que je ne pourrais pas vous décrire même si je le désirais car nos Anciens le tiennent en grand secret.

— Dommage, je ne vais donc pas me mettre à parler soudain aux oiseaux ? demanda Blaise, riant en son for intérieur de la plaisanterie que ne pouvait pas comprendre l'aubergiste.

— Pas de danger ! Quoique... on ne sait pas ce qui peut arriver lorsqu'on boit trop de zingi ! esquiva habilement l'aubergiste.

Si ! Vomir ! pensa Blaise en avalant une gorgée du liquide bleu. Il détestait le zingi, et celui-ci était de piètre qualité. Une fois de plus, son sacrifice avait été vain car il n'apprendrait rien de l'aubergiste. À chacun de ses voyages, Blaise essayait d'en savoir plus sur les mystérieuses propriétés du zingi ailé, mais les Ambrais demeuraient imperméables à ses avances.

— Comment s'est passé le marché de Salicande ? On m'a rapporté que ce fut un grand succès. Avez-vous emprunté le pont du Marché pour venir ?

La conversation se poursuivit sur un ton badin. Plus tard, alors qu'ils étaient assis autour de la grande table commune où trônaient de grandes marmites de potée, Blaise fit part à Ugh des informations glanées auprès de l'aubergiste. L'auberge était pleine de voyageurs des Trois Vallées revenant du marché de Salicande et il dut élever la voix pour se faire entendre.

— Son frère est oiselier et il pourrait nous faire visiter les volières les plus proches. Ça te plairait ?

Le voisin de Ugh se pencha vers lui et dit d'un ton menaçant :

— Ça ne te plaît pas ?

L'homme avait un long visage sévère et il regardait Ugh sans ciller.

— Ça ne te plaît pas, ét-ét-ranger ?

— Siffle-Court ! s'écria Blaise en tendant la main à l'homme, qui la secoua avec entrain. On m'a dit que tu avais quitté les Trois Vallées pour aller voir la mer !

— Tu es bien ren-ren-renseigné, maître Blaise. J'ai vu la me-mer, la mer et bien d'autres cho-choses encore, répondit Siffle-Court, pendant que Blaise essayait de se souvenir d'où il tenait cette information.

— Je te présente Ugh. Ugh, voici Semper de Morteterre, dit Siffle-Court, l'un des plus grands musiciens que je connaisse.

Le musicien salua le garçon en portant la main à la calotte d'une blancheur immaculée qui tranchait avec ses vêtements sombres, tout en l'examinant attentivement. Il plissa les yeux et il sembla sourire bien que sa bouche ne bouge pas. Ce sourire d'yeux suffit à modifier totalement l'expression sévère de son visage.

— Ra-ravi de faire ta co— ta co-connaissance, Ugh. J'ignorais que Blaise avait un fils...

Blaise réprima un sursaut d'étonnement. Siffle-Court fixait toujours Ugh. Il avait un regard brun et chaud comme une châtaigne et Ugh l'aima pour ce regard et encore plus pour ce qu'il avait dit.

— Oui, je... bredouilla Blaise. Par la double langue du Serpent, Siffle-Court, comment le sais-tu ?

— Les zo-les zo... les oreilles, fit l'homme en haussant les épaules.

Il y eut un flottement dans la conversation. Ugh et Blaise semblaient hypnotisés chacun par les oreilles de l'autre, et le Mortois toussota poliment pour les tirer de leur observation fascinée.

— Par-pardonnez mon indiscrétion, j'ai entendu votre con-conversation. Justement...

Siffle-Court devait amener « une couvée d'oisillons », comme il disait, rejoindre leurs père et oncles aux grandes volières. À l'occasion, il louait sa maison roulante pour se faire un peu d'argent et il y avait encore une place, si Ugh était intéressé… Il partait le surlendemain et ramènerait le garçon en redescendant.

— Combien de jours resteriez-vous ? voulut savoir le Mandarin.

— Deux ou trois jours. Cela pose un problème ?

— On dirait ma mère, marmonna Ugh assez distinctement pour que Blaise l'entende.

Puis, s'adressant à voix haute à Semper, il déclara qu'il en serait ravi et remercia poliment le musicien de lui offrir l'occasion de connaître des garçons de son âge. *Sous-entendu : ça me changera un peu de toi, vieux croûton impassible,* ne put s'empêcher de penser Blaise.

La soirée s'écoula agréablement. Le musicien ravit l'assemblée en jouant de la violine et en chantant d'une belle voix claire, son bégaiement disparu. Tout fasciné qu'il était par le mouvement rapide de ses mains sur les cordes, la fatigue eut raison de Ugh et il monta se coucher le premier. Blaise et Siffle-Court restèrent seuls dans la salle vidée de voyageurs. L'aubergiste leur avait laissé une belle flambée et une bouteille de zingi, que Blaise vida sur la plante ornementale qui dépérissait dans un coin avant d'aller chercher dans sa chambre une gourde du vin de Salicande.

Les deux hommes parlèrent tard dans la nuit avant que Siffle-Court ne regagne lui aussi sa chambre. Blaise alluma une dernière pipe, qu'il alla fumer dans la cour. Il fouilla dans ses poches et en sortit le petit rouleau de parchemin envoyé par Maya. Voilà d'où il tenait l'information : le Mortois avait été Nomade de l'Écriture avant de se consacrer à la musique. Entre parenthèses, Maya avait ajouté « Nomade chasse-mots, parti pour un voyage des Mots de la Mer ».

Siffle-Court avait arpenté le monde et, s'il en avait rapporté des calepins de mots nouveaux et étranges, il avait aussi pris dans ses filets plus de nouvelles qu'il n'en fallait à un honnête homme pour dormir sur ses deux oreilles.

Blaise n'avait pas osé lui demander s'il faisait partie de l'Alliance. Tous les membres de la Guilde des Nomades en faisaient-ils partie ? Cela expliquerait le secret dont ils s'entouraient et qui avait toujours paru un peu ridicule à Blaise. Tout ce micmac autour de l'identité des membres quand la plupart d'entre eux avaient pignon sur rue en tant qu'écrivains publics !

À tout hasard, il essaierait de contacter ceux de Vieil-Ambre. Oui, finalement, l'offre inattendue du musicien tombait à pic et lui permettrait de prendre ses dispositions, songea le Mandarin en glissant ses mains dans ses manches. Même à cette saison, la nuit était froide à Vieil-Ambre, le garçon devrait prendre sa grosse veste en laine... Blaise eut un pincement au cœur à l'idée de se séparer de Ugh. Pour ne pas s'y attarder, il décida qu'il était temps d'aller se coucher.

Bredouille

Ugh fit un dernier signe de la main et se détourna pour répondre à la question que lui posait un gamin au visage éveillé. Seul sur l'agora, Blaise regarda s'éloigner le chariot rempli d'enfants avec une pointe de mélancolie. Le garçon partait sans arrière-pensée, joyeux à l'idée de découvrir les fameuses volières de Vieil-Ambre. *Par les cendres du Phénix, pensées, arrière-pensées, sous-pensées, sur-pensées, si seulement je pouvais m'en débarrasser !* Une femme le bouscula et s'excusa. Blaise la suivit des yeux.

Avec les boutiques des artisans et la fontaine aux oiseaux, l'agora était le cœur de Vieil-Ambre, le lieu où le

Conseil des Anciens se réunissait pour débattre des affaires du village et rendre justice. Malgré l'heure matinale, les habitants se pressaient déjà sous les arcades qui délimitaient la place principale.

Sous ces arcades se trouvait également la meilleure taverne du bourg, où l'on servait un chococaf à la cardamome à réveiller les morts. Justement, la patronne sortait quelques tables pour les installer sur le trottoir. Elle ne se fit pas prier lorsque l'étranger proposa de l'aider en échange d'un gobelet de sa spécialité.

Bientôt, confortablement assis, le Mandarin humait l'odeur poivrée de la graine de paradis, la bien nommée. Blaise eut un grognement de pur plaisir olfactif. Pour faire bonne mesure, la patronne avait ajouté plusieurs tranches de pain perdu encore chaud saupoudré de cannelle. Le Mandarin se mit à ronronner.

Les boutiques ouvraient les unes après les autres et les Ambraises aux longs cheveux s'y engouffraient non sans avoir échangé quelques mots, debout sur la mosaïque aux oiseaux. C'est cette étonnante œuvre d'art qui avait donné à Blaise l'idée de la pendule aux oiseaux qui rythmait le quotidien du château. Mais, alors que la pendule se résumait à douze chants d'oiseau, un pour chaque heure, la mosaïque qui pavait l'agora représentait des dizaines d'espèces avec une richesse de détails qui disait l'amour que les Ambrais portaient à la gent ailée.

Les premiers rayons de Soleil éclairant les tesselles colorées, le doux balancement des hanches féminines sur la place pavée, le goût piquant de la boisson associé au sucré du pain… *Le bonheur est toujours simple*, songea Blaise. *Et à peine en a-t-on conscience que déjà il s'envole*, soupira-t-il en plongeant la main dans les multiples poches de ses robes. Il étala le petit parchemin sur la table.

D'après Maya, Vieil-Ambre comptait trois Nomades de

l'Écriture, deux hommes et une femme, au grand étonnement de Blaise. Les Ambrais ne voyaient pas d'un bon œil que les femmes aient une activité qui les éloigne de leur foyer. Or, les Nomades étaient connus pour leur indépendance et leur amour du voyage, même si un certain nombre d'entre eux, une fois accomplis les voyages rituels des années d'apprentissage, se sédentarisaient comme écrivains publics. C'était probablement le cas de deux des Nomades figurant sur la liste puisqu'ils avaient une échoppe sur l'agora.

Blaise vida son gobelet de chococaf, salua la tavernière et se dirigea vers le commerce de Zur. Un écriteau barrait la porte minuscule : « Absent pour cause de voyage. »

— Il dort.

Blaise se retourna, cherchant d'où venait la voix. Sous l'arcade suivante, une petite femme noire toute ronde dont le chignon blanc indiquait le grand âge le dévisageait, assise derrière une petit pupitre pliant. Blaise la salua à l'ambraise et la femme lui retourna son salut d'un geste vif, hochant la tête pour approuver sa courtoisie.

— Maître Zur est en voyage d'écriture ? demanda Blaise poliment.

— Si l'on veut ! s'esclaffa la vieille. Zur dort. Zur dort sans arrêt, il dit que le sommeil lui amène davantage d'inspiration que l'étude ou le voyage.

Elle évalua Blaise du regard.

— Ce qui est sûr, c'est que le sommeil de Zur m'amène davantage de clients ! ajouta-t-elle en lui faisant signe de prendre place sur la chaise devant elle.

Neti, comprit Blaise, *la deuxième Nomade installée sur la place*. Il obtempéra.

— Vélin ? Parchemin ? Papyrus ? Étoffe ? demanda-t-elle en montrant une boîte où s'entassaient quantité de supports d'origines diverses.

— Heu... Étoffe ?

— Ah ! Une lettre d'amour !

Et, comme Blaise la regardait stupéfait qu'elle le voie en amoureux transi à son âge, elle asséna :

— Vous ne pouviez pas mieux tomber, c'est ma spécialité ! Qu'avez-vous à troquer ?

Amusé par le bagou de la vieille, Blaise plongea la main dans sa robe. Il avait remarqué les doigts aux articulations déformées par l'âge.

— Arnica et citron, proposa-t-il en posant une fiole sur la table.

— Hum... Vous n'auriez pas également un petit quelque chose pour le sommeil ? Les nuits sont longues à mon âge et l'injustice est reine : Zur dort trop et moi pas assez, grinça-t-elle. J'écrirai pour votre belle sur ce lin rouge de Morteterre. Le rouge est couleur lascive, comme chacun sait... Commencerons-nous par « Chère dame » ? Ou « Belle inconnue » ? Ou bien « Ma petite caille des îles » ? « Mon petit lapin frétillant » ?

Une heure plus tard, Blaise quittait enfin Neti, plus léger non pas de deux mais de trois fioles – et plus riche d'un foulard cramoisi où la vieille Nomade avait apposé son sceau après y avoir inscrit un texte d'un érotisme torride. Elle avait décidé qu'à son âge Blaise ne pouvait pas s'embarrasser de romantisme. Cette Ambraise-là n'affichait pas la pudeur caractéristique de ses concitoyens. Ou faisaient-ils appel à elle pour écrire ce qu'ils n'osaient dire ?

En tout cas, pas le moindre indice sur son appartenance à l'Alliance. Blaise avait multiplié les sous-entendus sans succès. Il ne lui restait qu'à rendre visite au troisième Nomade.

Nurdine résidait près de l'enceinte du village et il reçut Blaise fort aimablement. C'était un lexicologue qui consacrait sa vie à l'élaboration d'un glossaire des mots et expressions propres aux oiseliers. Son travail était passionnant, mais la conversation était malaisée car Nurdine était muet et répondait à Blaise en écrivant sur une ardoise. Faisant contre mauvaise fortune bon cœur, le Salicandais accepta le verre de zingi offert par le Nomade avant de prendre congé.

Athéna revient

La journée qui s'achevait dans un beau crépuscule pourpre avait été agréable, mais inefficace du point de vue de son enquête sur l'Alliance, évalua Blaise en s'engageant dans l'allée bordée de grands brasillants au tronc rouge qui menait au caravansérail. L'une des filles de l'aubergiste vint vers lui en courant et, après l'avoir salué, lui délivra son message d'un air grave :

— Ancien, ton oiseau t'attend... heu, vous attend depuis deux jours et deux nuits.

— Mon oiseau ?

— Une chouette chevêche, gris et blanc. Très petite, très âgée et très maligne.

— Pourquoi dis-tu que c'est mon oiseau ?

— Elle te ressemble, affirma la fillette en lui offrant un beau sourire édenté. Sur la branche du brasi mort, ajouta-t-elle avant de repartir en sautillant.

Décidément, je ressemble à tout le monde depuis quelque temps. Athéna, viens, ma jolie... En quelques coups d'ailes, la chouette vint se poser sur son épaule. Blaise chercha machinalement des yeux un coin tranquille, puis se souvint qu'à Vieil-Ambre personne ne s'étonnerait de le voir parler à un oiseau.

Il s'assit au pied d'un arbre et tendit son poing à l'oiseau. Il caressa les plumes douces et plongea son regard dans les grandes prunelles jaunes.

— *Si tu es là depuis deux jours, pourquoi ne pas m'avoir appelé ?*

Blaise reçut une image où se bousculaient ailes et capes.

— *Trop de gens ?*

— *Gens, oiseaux... Trop tout.*

Blaise sourit à l'oiseau. La chouette devenait de plus en plus farouche avec l'âge.

— *J'ai souhaité ta présence à maintes reprises au cours de ce voyage.*

La tête d'Athéna fit un tour de 270 degrés.

— *Tête Blaise trop tout. Garçon remplir tête Blaise. Inutile. Garçon serein.*

— *Qui ça ?*

Il reçut une explosion rousse.

— *Ugh ?*

— *Ugh esprit serein.*

— *Tu crois que je n'aimerais pas moi aussi avoir l'esprit serein ?*

La chouette eut un curieux mouvement des ailes. *Chair et viscères ! Elle a appris à hausser les épaules ?*

— *Blaise venir. Forêt pas tranquille. Mains de loups s'agiter beaucoup.*

Blaise reçut une image de mains tatouées de loups noirs.

— *Les Abdiquants ! Je pensais justement à eux depuis quelque temps.*

— *Pas penser. Venir.*

— Je dois d'abord ramener Ugh au château, Athéna, j'ai promis à sa mère qu'il serait de retour pour les vendanges.

Athéna lui envoya l'image d'une Chandra battant avec férocité des tapis étendus sur l'herbe. Blaise grimaça.

— *Je sais, je suis déjà en retard. J'irai voir les Abdiquants après.*

— *Esprit serein voir mère. Blaise venir forêt.*

— Chandra va le scalper, pauvre môme !

La chouette évoqua les jumeaux qu'elle ressentait comme deux énergies entremêlées.

— *Un problème avec les jumeaux ?*

Athéna envoya une salve d'images et de sensations : une marmotte, l'entrelacs d'énergies communes qu'étaient pour elle les jumeaux, la Vire, les cônes dorés des arbres-églises, la barbe de Bahir...

— Les jumeaux sont dans la montagne avec les Borges, dit Blaise tout haut. C'est bien ça ? Comment le sais-tu ?

L'esprit de la chouette cracha :

— *Chat.*

Blaise éclata de rire.

— Le Gris ? Vous bavardez maintenant ?

Indignée, Athéna s'envola vers la branche la plus proche, tournant le dos à l'homme.

— Reviens ma jolie, ce n'était qu'une plaisanterie... Je te sais gré d'avoir approché le Gris. Je sais que tu l'as fait pour me transmettre des informations. Viens, et dis-moi ce qui se passe au château.

Chapitre XIX
Les Borges sont des Jedi

Plastique ?

Les jumeaux séjournaient à la grange de la Marmotte depuis deux décades, et ils avaient la sensation que cela faisait bien davantage. Hormis la visite de Blanc Faucon au début du séjour, ils n'avaient plus eu de contact avec Salicande. À quelques kilomètres seulement à vol d'oiseau, le château leur paraissait le lointain repère d'une vie antérieure.

Le temps prenait son temps à la montagne. Quelque chose dans la qualité du silence et de l'air, la mobilité des nuages, le ciel au bleu fixe rendaient les jours plus larges et les nuits plus profondes.

Les journées étaient bien remplies, leçons et travaux quotidiens s'enchaînaient et se mêlaient, les Borges ayant la singulière capacité de faire des tâches les plus routinières une source d'apprentissage. Ainsi, la corvée de bois devenait prétexte à une initiation à la dendrologie et la préparation des repas une leçon de chimie appliquée. Comme, par ailleurs, les « leçons » pouvaient être consacrées à l'observation du Soleil couchant ou d'une colonie de fourmis, les enfants apprenaient sans avoir l'impression de travailler.

Claris et Ellel empruntaient parfois les *Chroniques des*

Temps d'Avant, mais Deli et Jad étaient les plus assidus. Le garçon s'était plongé dans le récit que Borges avait dicté à Maya, et sa soif de savoir augmentait à chaque page qu'il tournait. La nuit, bercé par la respiration des filles, il brûlait chandelle après chandelle, s'abreuvant et se brûlant aux Temps d'Avant comme un papillon de nuit attiré par la flamme.

Claris, elle, se couchait chaque soir dans l'attente de ce moment de grâce, juste au réveil, où les lueurs joyeuses venaient la visiter et lui permettaient de faire la transition entre le jour et la nuit. Au fil des aubes, elle s'était habituée à cette musique lumineuse et, bien qu'elle n'en ait parlé à personne, elle savait que Jad y était sensible aussi car il souriait dans son sommeil. Elle n'identifiait toujours pas les élémentaux qui se coulaient délicatement dans sa conscience alanguie mais ils l'escortaient, distillant leur bienveillance et leur légèreté car tels étaient leur pouvoir et leur nature.

Pour Claris, la montagne était surtout le décor de son amitié avec Ellel. Au nom de cette amitié, elle était prête à certains sacrifices, comme se réveiller avec le soleil sans trop rouspéter, bâcler un Unir ensommeillé et accepter avec philosophie les leçons farfelues de Bahir.

Mais il y avait quelque chose qui ne passait pas : les bains quotidiens dans le ruisseau glacé. Aucune fille ne semblait y prendre vraiment goût, alors que les hommes, pour une raison mystérieuse, estimaient que plonger un corps chaud dans une eau polaire sans crier était un signe indiscutable de virilité. Même Merlin, à l'instar de son grand-père, y allait de bon cœur. Pour Claris, il s'agissait d'un supplice superflu.

Ce jour-là, à l'heure la plus chaude de la journée, grelottant dans le ruisseau, elle ne manqua pas de le faire savoir.

— Je trouve l'eau froide très désagréable, compatit Jwel. Mais je préfère ça que de rester sale, pas toi ?

Devant la moue dubitative de la fillette, elle éclata de rire.

— Je vois... Alors, considérons la question sous un autre angle.

— Je connais « l'autre angle ». Tu vas me dire que ça fait du bien quand on en sort. Mais ça me fait tellement « mal » quand j'y entre que le « bien » n'en vaut pas la peine !

Amusée, l'aînée des Borges balança la tête.

— Non, non, pas cet angle-là... Prends-le comme un défi. Comme lorsque tu montes Longue-Vue, qui est un cheval pour adulte. Ou lorsque tu veux porter une épée plus lourde que toi. Quand tu agis ainsi, quelque chose te porte à te dépasser. Tu en retires du plaisir, de la fierté, des sentiments plutôt agréables en somme, non ?

— Je préfère me dépasser avec Longue-Vue qu'avec l'eau froide, marmonna Claris, faisant rire tout le monde.

— Bien sûr, intervint Maya. Le problème étant que, lorsque nous devons nous dépasser, nous n'éprouvons pas d'emblée du plaisir.

— Comme pour l'Unir, grimaça Claris. Ça va, j'ai compris.

— Merveilleux ! lança Bahir. Et toi, Ellel ? Et toi, Deli ?

Les deux filles émirent un « oui, papa » parfaitement dénué de conviction et Claris se dit que décidément elle les aimait beaucoup.

— Bahir... commença Jad.

Claris et Ellel se poussèrent du coude. Elles avaient parié sur le temps que Jad mettrait avant de poser une question sur les Temps d'Avant. Il ne perdait pas une occasion d'interroger le bouquiniste.

— Il y a une chose dont vous parlez dans les *Chroniques* que je n'ai pas comprise.

Tout le monde s'essuya et s'installa confortablement, on fit circuler des carrés de chococaf. Enfoui sous une pile de serviettes, Merlin s'endormait doucement dans une flaque de soleil.

— Allons-y, dit Bahir en croquant gaiement dans son carré.

— Pourquoi les hommes des Temps d'Avant ont-ils liquidé les forêts et les animaux ?

— Ce n'était pas délibéré. Ils croyaient les richesses naturelles inépuisables et ils se sont servis sans compter.

— Mais ils ne les ont pas liquidés ! Les animaux et les forêts sont toujours là ! protesta Claris, qui essayait d'imaginer le monde sans arbres et en ressentait un drôle de vide à l'estomac.

— Ce ne sont pas les mêmes. Les forêts originelles de chênes, de hêtres et d'épineux ont pratiquement disparu, comme beaucoup d'animaux. Les perceciels, immortels, brasillants, écarquilleurs et arbres-églises qui vous sont familiers n'existaient pas il y a deux cents lunées. Le monde des Temps d'Avant était très différent de celui dans lequel vous vivez aujourd'hui.

— Ils avaient des machines pour laver la vaisselle et pour voyager ! dit Jad avec enthousiasme.

— Une quantité inimaginable de machines ! Des machines pour écouter de la musique, pour écrire, pour fabriquer des vêtements, des machines pour fabriquer des machines… Des matériaux différents aussi, comme le plastique…

— Le quoi ? demandèrent les enfants en chœur.

— Le plastique était une matière produite par synthèse chimique, modulable, imperméable, extraordinaire sous bien des aspects. Le plastique était présent partout : dans les voitures, les avions, les maisons, les chaussures. On en faisait des sacs, des robes, des stylos, des jouets...

— Ça poussait où, le plastique ?

— Cela ne poussait pas, c'est bien ça le problème. Ce n'est pas une matière naturelle comme le coton, le lin ou la laine, mais artificielle. Cependant, pour la fabriquer, on utilisait des matières naturelles : le bois, le pétrole...

— Le quoi ?

— Le pétrole, une huile combustible fossile tellement précieuse qu'on appelait l'« or noir »...

— Oh là là, c'est trop compliqué, gémit Ellel.

— Je n'y comprends rien, renchérit Claris, pourquoi les hommes d'avant fabriquaient-ils des matières artificielles s'ils disposaient de matières naturelles ?

Bahir se gratta la barbe et Maya prit le relais.

— Simplifions : la société des Temps d'Avant reposait tout entière sur des machines qui utilisaient des sources d'énergie naturelles comme le bois, le charbon, le gaz, le pétrole... Si vous ne connaissez plus le charbon ni le pétrole, c'est que les hommes en ont épuisé les gisements. Et ils ont bien failli faire de même avec le bois, les animaux, les végétaux.

Les enfants étaient atterrés. Ils avaient tous, sans s'en rendre compte, attrapé qui une feuille, qui une branche ou une motte de terre, comme pour se prouver que ce n'était pas arrivé. Jwel avait instinctivement posé la main sur Merlin endormi, comme pour le protéger de ce passé terrifiant. Maya continua :

— À la fin du XXIe siècle, affolés par les conséquences de leur pillage, les gouvernements des pays les plus riches ont pris des mesures drastiques : ce qui restait des forêts et des océans a été interdit, déclaré zone protégée. On a reboisé à tout-va, transplantant certaines espèces en voie de disparition sur d'autres continents. Elles se sont adaptées à leur nouveau milieu, se sont modifiées et ont donné jour à d'autres espèces, fournissant des fruits, comme le jabou ou la pitanguine que vous connaissez bien. On n'avait plus le droit d'abattre les arbres ni de manger de poissons sauvages. Les océans et les forêts sont devenus tabous et le sont encore aujourd'hui. Malgré tout, le monde où nous vivons aujourd'hui est considérablement plus pauvre et moins diversifié que celui de nos ancêtres européens.

— Mais il n'y avait rien de bon dans tout ça ? fit Ellel d'une petite voix.

— Si, ma coccinelle, intervint Bahir. Merci de nous le rappeler...

Maya lâcha un soupir. Bahir avait raison. Les enfants devaient aussi connaître les aspects positifs du passé.

— Le cinéma dont parlait Eben l'autre jour ? proposa Deli.

— Oui ! s'enthousiasma Bahir, bien plus heureux de parler de cet aspect-là des choses.

— Et les machines ? insista Jad, les yeux brillants.

— Hum... certaines machines, ne put s'empêcher de rectifier Maya.

— Comme lesquelles ? persista Jad.

— Ha ! s'amusa Bahir, te voilà bien attrapée ! Voyons, Maya, comme lesquelles ? Aïe ! Ne me bats pas devant les enfants !

Quand les rires se calmèrent, Maya reprit la parole :

— Bahir a consacré beaucoup plus de temps que moi à étudier ces époques lointaines et ses *Chroniques* regorgent d'engins merveilleux. La médecine, par exemple, était parvenue à un degré de sophistication inimaginable et les machines y étaient pour beaucoup. Certains appareils offraient la possibilité de voyager incroyablement vite, de traverser la planète en moins de temps qu'il n'en faut pour le dire et même d'aller sur d'autres planètes.

— Les voyages intergalactiques… fit Jad d'un ton rêveur.

— Fantastique, n'est-ce pas, de penser qu'un jour l'homme s'est promené sur la Lune, qu'il a colonisé des étoiles, que des hommes vivent aujourd'hui sur d'autres planètes que la Terre ?

— Il y avait également des machines pour communiquer à distance, dit Bahir.

— Comment ?

— Eh bien, sur un appareil qui avait la forme d'une petite boîte, tu composais un numéro qui correspondait à la personne à qui tu voulais parler. Chacun avait un numéro et une petite boîte. Lorsque tu composais le numéro, cela faisait sonner la petite boîte de ton interlocuteur, qui répondait, établissant ainsi la communication. Les deux interlocuteurs pouvaient donc se parler à distance, comme s'ils étaient l'un en face de l'autre. Les appareils sont devenus de plus en plus petits et performants, jusqu'à être aussi discrets qu'une boucle d'oreille ou directement greffés dans le cerveau. Les gens des Temps d'Avant ne pouvaient pas s'en passer.

— Ils étaient également fichés et manipulés grâce aux téléphones, ajouta Maya.

Les jumeaux échangèrent un regard.

— La petite boîte parlait dans la tête de l'autre personne ? demanda Claris.

— Heu, non, dans l'oreille… répondit Bahir surpris. Il ne s'agissait pas de télépathie.

— Télépathie, c'est le nom de la petite boîte ?

— Non, la petite boîte s'appelait téléphone. Télépathie, c'est ce qui se passe lorsque l'on communique d'esprit à esprit. C'est devenu un don assez rare, tu sais…

— Ah… fit Claris sans regarder son frère. Donc, les gens

d'avant utilisaient les téléphones parce qu'ils ne savaient pas communiquer d'esprit à esprit ?

Borges sourit.

— Je crois qu'on peut le voir ainsi.

— Pourquoi avez-vous dit : « C'est *devenu* un don assez rare » ?

Jad ne laissait décidément rien passer.

— C'est encore une longue histoire, nous pourrons en parler une autre fois. En attendant, Jad, regarde dans les *Chroniques,* à « Révolution de Ramsky », suggéra Maya.

Bahir se mit à rire.

— Je viens de penser à quelque chose : il est certainement aussi difficile pour nous d'imaginer les Temps d'Avant que pour nos ancêtres de supposer que nous ne saurions pas ce qu'est un téléphone ! Mais le Soleil baisse et il semblerait que le temps change, nous y reviendrons. Vous avez déjà quantité de nouveautés à digérer, non ?

— C'est plutôt des « vieilleusetés », dit Ellel en rigolant.

Merlin se réveilla de sa sieste, s'assit au milieu des serviettes et commença à gazouiller. Puis il saisit une pomme de pin par terre et y planta ses deux uniques dents. L'expérience ne fut pas satisfaisante et il le fit savoir. Quand Merlin avait faim, il hurlait jusqu'à ce qu'il soit rassasié. Jwel le prit dans ses bras et se mit à courir vers la grange, suivie des autres qui riaient.

Échecs et poésie

Le temps avait effectivement tourné. Le ciel, chargé de nuages malmenés par un vent froid et violent, promettait la pluie. Les enfants se virent proposer deux activités à l'intérieur de la grange : échecs avec Bahir et poésie avec

Maya. Comme il fallait s'y attendre, Claris et Ellel choisirent la poésie et Deli et Jad les échecs. La Nomade inversa tout : Deli et Jad avec les mots, Claris et Ellel devant l'échiquier. Elle posa deux feuilles de parchemin sur la table et deux crayons.

— Chacun va écrire trois mots. N'importe lesquels.

Jad et Deli s'exécutèrent.

— Maintenant, échangez vos feuilles. À partir de ces trois mots, écrivez. Ne suivez pas de raisonnement, ne cherchez pas à faire des phrases. Laissez-vous porter par le rythme, les couleurs, les images suggérées par ces premiers mots.

Jad regarda sa feuille. Deli avait écrit : « noire / demain / bon ». Cela ne l'inspirait guère. En revanche, il ne perdait pas un mot de ce que disait Bahir, de l'autre côté de la pièce.

— Les échecs sont un jeu de stratégie guerrière, le jeu des rois. Il symbolise la prise de contrôle sur un territoire et sur l'adversaire, mais aussi sur soi-même. Comprenez-moi bien : toute bataille, tout conflit, toute tentative de prise de pouvoir est en définitive une bataille avec et sur soi-même.

— Comme Lancelot qui s'est battu contre lui-même et s'est blessé pour ne pas trahir le roi, dit Claris les yeux brillants.

Lancelot était un de ses héros préférés.

— Exactement, approuva Bahir. Deuxième chose : ce jeu est composé de cases blanches et noires alternées sur le plateau. Le blanc et le noir, le jour et la nuit, le féminin et le masculin, l'action et l'immobilité. Chaque joueur joue un coup et attend que l'adversaire joue le sien. Il faut accepter cette alternance et s'en servir pour avancer. Enfin, il faut comprendre que chaque pièce a son importance. Chaque pièce a une répercussion sur les autres. Il faut donc penser à toutes les pièces à la fois, sans en négliger aucune. Un pauvre petit pion peut faire toute la différence. C'est un jeu d'intelligence et de rigueur, mais on peut y voir aussi de la poésie, termina Bahir en faisant un clin d'œil à Claris qui s'agitait sur sa chaise.

— Jad ?

— Pardon, Maya, s'excusa le garçon, revenant à sa feuille. Heu… Je ne sais pas par où commencer.

— Si tu choisissais un des mots et écrivais tout ce qui te passe par la tête ?

— D'accord.

Jad suçota son crayon puis écrivit : « Noire : nuit / Lune / peur / dense / rêve / fille. »

— Je peux ? demanda Maya avant de se pencher sur la feuille. Tu vois, tu suggères le début d'une histoire ou de mille histoires. Quel serait le personnage principal ? La fille ? La Lune ? La peur ? Qu'est-ce qui est noir ? La fille ? La Lune ? Etc.

Une heure après, lorsque Maya et Borges voulurent inverser les activités, tout le monde protesta.

La cible

Le lendemain, le ciel était couvert, mais le vent soufflait moins fort et Jwel proposa une journée de tir à l'arc. Merlin aurait ses grands-parents pour lui tout seul.

Une fois le casse-croûte préparé, leurs arcs et leurs carquois sur l'épaule, les enfants Borges et les jumeaux s'éloignèrent de la grange et franchirent le ruisseau, s'enfonçant dans la forêt. Parvenus à une petite clairière dégagée, l'archère leur demanda de trouver un nid vide et les enfants s'égaillèrent parmi les arbres.

— Celui-ci est vide ! cria Deli du haut d'un écarquilleur, reconnaissable à ses branches très écartées et disposées symétriquement de part et d'autre du tronc large et court.

— Attrape !

Jwel lança à sa sœur une poupée de tissu empruntée à Merlin.

— Place-la dans le nid, tournée vers nous... Parfait ! Redescends maintenant !

Lorsque Deli les eut rejoints, Jwel fit asseoir les enfants en demi-cercle.

— La poupée dans le nid est votre cible. Observez un moment, en silence, puis décrivez-moi ce que vous voyez.

— Je vois un... commença Claris.

Mais Jwel l'interrompit :

— J'ai dit « en silence », Claris !

La fillette se mordit les lèvres et fixa la poupée. *Une poupée dans un nid, c'est une poupée dans un nid ! Pas besoin d'observer pendant des lunées !* Son regard glissa de la poupée sur la branche, puis vers le ciel en arrière-plan qui s'assombrissait à nouveau. *Oh non, il ne va pas pleuvoir !*

— Fermez les yeux, maintenant. Claris, de quelle couleur est la cible ?

— Heu... marron !

— Et le nid ?

— Marron ?

— Et le ciel derrière l'arbre ?

— Gris foncé avec de gros nuages qui avancent vite et avalent le bleu, on dirait qu'il va pleuvoir ! débita la fillette, satisfaite de pouvoir enfin fournir une réponse dont elle était sûre.

— Quelle était la cible, Claris ?

— Ben, la poupée !

— Ouvrez les yeux. De quelle couleur est la cible, Claris ?

Elle concentra son regard. La poupée était bleue. Et le

nid était brun foncé, presque noir à cette distance. Claris soupira :

— Observer n'est pas une activité immédiate. Il faut du temps, de la concentration et de la persévérance. De plus, c'est rarement un acte objectif, chacun d'entre vous donnerait certainement une description différente de la poupée, tout aussi valable que celle des autres. Vous n'avez pas fait d'exercices d'observation avec Maya en écriture ?

— Oh si ! soupira Jad. Elle nous a fait observer pendant toute une journée le même bouquet d'arbres ! Nous étions censés repérer toutes les nuances de vert, de gris, de brun sous les différentes lumières : au petit matin, à midi, au crépuscule, etc.

— Tu n'as pas trouvé ça intéressant ?

— Heu... si, si. Mais trouver les mots pour décrire exactement ce que l'on voyait, c'était... heu, c'était un peu...

Jwel rit de bon cœur.

— Fastidieux ?

— Pas du tout, s'indigna Claris, c'était passionnant parce que, selon la lumière, le bouquet d'arbres était vraiment différent et que...

— ... donc les mots devaient changer et s'ajuster parce que les émotions devant le paysage changeaient elles aussi ! compléta Ellel.

Les deux amies se sourirent. Jad haussa les épaules.

— Je ne dois pas avoir la veine poétique.

— C'est pareil avec la cuisine, intervint Deli d'un air songeur. La même recette appliquée plusieurs fois donne un résultat différent, même si c'est la même personne qui cuisine. Ses émotions, son état d'esprit ont une influence sur sa cuisine.

— Heu, la cuisine n'est pas mon fort non plus, reconnut Jad.

— Pourtant, Maya ne tarissait pas d'éloges sur le texte que tu avais écrit, glissa Jwel.

— En tout cas, il était meilleur que le mien. Les trois premiers mots de Jad auraient pourtant dû m'inspirer puisque c'était : mandarines, pommes et poires ! rit Deli tandis que Jad détournait la tête pour cacher son embarras.

— Revenons à notre affaire, reprit Jwel. Que l'on parle de poésie, d'échecs, de cuisine ou de tir à l'arc, il s'agit toujours de concentration et d'ouverture, d'écoute intérieure et de discipline, d'inspiration et de travail. Claris a fait une belle description du ciel. Dommage que ce ne soit pas la cible !

Les enfants rirent, y compris Claris.

— Maintenant, nous allons délimiter le centre de la cible : l'œil gauche de la poupée, celui qui pendouille, le préféré de Merlin. Observez en silence, rappelez-vous qu'il s'agit de votre objectif, le point que la flèche devra atteindre.

Cette fois, Claris s'appliqua. *Bleue la poupée, avec des taches sombres là où Merlin la mord, rouge l'œil qui pendouille…*

— Ouvrez-les yeux. Deli, décris-moi la cible.

— L'œil gauche d'une poupée dans un nid sur une branche basse d'écarquilleur.

— Ellel ?

— L'œil décroché d'une poupée en tissu bleu, située à cinq mètres en hauteur.

— Claris ?

— Une poupée bleue avec des taches plus sombres et un œil rouge qui pendouille, placée dans un nid qui se trouve sur une branche d'écarquilleur.

— Jad ?

— Poupée. Œil. Pupille.

Jwel le regarda avec intérêt. Elle fit une marque sur le sol avec une branche.

— Levez-vous et prenez vos arcs. Placez-vous ici, l'un derrière l'autre, dans cet ordre : Deli, Claris, Ellel et Jad. Prenez le temps dont vous avez besoin et tirez. Concentrez-vous. Les branches clairsemées de l'arbre ne devraient pas trop gêner le tir.

L'un après l'autre, les enfants tirèrent. Les flèches d'Ellel et de Claris vinrent se ficher dans le tronc, celle de Deli frôla le nid mais retomba de l'autre côté.

Ce fut le tour de Jad. Bien campé sur ses jambes, le garçon tenait l'arc baissé. Il regarda la cible longtemps, sans ciller. Prenant une inspiration, il leva son arc, banda la corde jusqu'à ce que l'empenne de la flèche lui touche la joue, ferma les yeux et ouvrit les doigts. Toute l'action avait été si lente qu'en comparaison la flèche sembla jaillir comme un éclair pour aller se planter dans l'œil de la poupée, sectionnant le fil qui le retenait.

— Hé bien, fit Jwel, je ne sais pas comment je vais expliquer ça à Merlin !

Claris décocha un coup de coude exaspéré à Ellel, qui avait oublié de refermer la bouche.

— Les filles, vous avez décrit la cible comme si vous alliez la peindre ou l'écrire. Jad, lui, ne voyait que la cible. Allez, on recommence !

Ils s'exercèrent encore un bon moment. À la fin de la séance, toutes les filles avaient touché le nid. Sur le chemin du retour, Jwel demanda à Jad :

— À quoi penses-tu, Jad, au moment de tirer ?

— Je ne pense à rien, répondit le garçon, surpris.

Comme Jwel hochait la tête avec approbation, il continua :

— Je respire, voilà tout.

— Pourquoi respires-tu ? insista l'archère en voyant que les filles dressaient l'oreille.

Le garçon fit tourner sa canne en réfléchissant.

— Pour... pour trouver un endroit en moi où je suis absolument tranquille. Dans cet endroit tranquille, il y a... de la force.

— Le retour de Yoda... railla Claris.

— Et ensuite ?

— Je... je m'ouvre pour sentir la force qui se trouve partout, dans toutes les choses, dans le vent, la terre... Après...

— Tu vises ! lâcha Claris, agacée.

— Non, pas vraiment, je... je concentre cette force sur la cible.

— Maintenant, il se prend pour un Jedi, c'est Ben Kenobi ! souffla Claris à Ellel.

— Un Jadi... dit Ellel gentiment.

— Et on dirait que ça marche, ajouta Jwel. Jad parvient à trouver en lui « quelque chose » qui lui permet de toucher la cible, non ?

— La Force ? demanda Ellel incrédule tandis que Claris pouffait.

— Appelle-la comme tu veux. La force, l'énergie, la confiance en soi. Ce qui est intéressant, c'est qu'il cherche en lui. À sa manière. Chacun a la sienne.

— Comment fais-tu, toi, Jwel ?

— Je regarde la cible longtemps, jusqu'à ce que je ne voie rien d'autre que le bouton dans l'œil de la poupée, jusqu'à ce qu'il n'y ait plus de poupée, plus d'œil, uniquement ce point noir qui devient énorme, si grand qu'il emplit tout l'espace et qu'il devient facile de l'atteindre. C'est ma façon à moi. Mais je rejoins Jad quand il dit chercher « un lieu tranquille » en lui. Moi, je l'appelle « mon noyau essentiel », une espèce de pur concentré de Jwel, en quelque sorte.

— Au secours ! s'exclamèrent Deli et Ellel en même temps.

Leur sœur aînée les ignora avec superbe et se tourna vers Claris.

— Comment fais-tu, Claris, lorsque tu écris une poésie ?

— Je ne me concentre pas du tout ! C'est plutôt le contraire ! Je me déconcentre, je fais le vide dans ma tête, en fixant mon regard sur quelque chose, par exemple. Au bout d'un moment, les mots arrivent et ils… comment dire… ils m'emmènent.

— Alors, on dirait que deux chemins différents peuvent conduire à la même destination ! conclut Jwel.

— Et toi, Deli ? s'enquit Jad.

— C'est différent, grommela la cuisinière.

— Dis-nous…

— D'accord, mais le premier qui rigole se charge de la cuisine pendant une semaine.

La menace était de poids et tout le monde hocha la tête gravement.

— Eh bien, c'est très simple : j'écoute les légumes, les épices, les ingrédients.

Personne n'osa dire un mot. Ellel et Jwel regardaient leur sœur avec stupeur. Celle-ci haussa les épaules.

— Je les écoute, c'est tout ! Ils savent avec qui ils veulent aller, comment ils veulent se combiner, s'assembler. Il faut juste être, comme disait Jad, à la fois concentré et ouvert. Papa dit qu'il faisait comme ça pour la peinture ! Les couleurs parlent elles aussi !

Claris se mit à courir en mimant la panique.

— Au secours ! Les Borges sont des Jedi ! Nous sommes envahis par les Jedi !

Deli et Ellel la poursuivirent en riant et Jwel s'approcha de Jad.

— Sais-tu ce qui fait la force de Obi-Wan Kenobi ou de Yoda ? Ils dominent aussi bien la technique du sabre que leur propre capacité à puiser dans ce que tu appelles « ce lieu tranquille » en toi et que je nomme le noyau essentiel. C'est ce qu'enseignent tous les grands maîtres du tir à l'arc ou de l'épée...

— Ou des échecs ou de la cuisine ! compléta Jad en riant.

— Parfaitement ! À Morteterre, où j'ai fait mon apprentissage d'archère, le maître nous faisait fabriquer notre arc. Cela commençait avec le choix de l'arbre sur pied. Cette étape à elle seule pouvait prendre des mois ! Sais-tu qu'il n'y a qu'un if sur quatre cents qui donne un bon arc ?

— Et l'immortel ?

Jad se souvenait encore de l'arc magnifique de l'artisan du Marché.

— Encore plus improbable ! C'est vrai, l'immortel donne toujours des arcs exceptionnels mais, comme il ne peut être coupé, les arcs en bois d'immortel sont aussi rares qu'onéreux. Tu sais ce qu'on dit de cette essence fabuleuse ? Que le bois d'immortel ne fait que ce qu'il veut, que c'est lui qui dicte à l'artisan ce qu'il désire devenir. Nous nous sommes contentés d'arcs en if et, crois-moi, c'était déjà beaucoup de travail ! Il a fallu trouver l'arbre, le couper, l'écorcer, le laisser sécher... Trois lunées.

— Trois lunées pour façonner un arc ?

— Non ! Pour le laisser sécher ! Tu te rends compte ?

Jad crut qu'elle se moquait.

— Tu as regardé le bois sécher pendant trois lunées ?

— Oh pas seulement ! J'ai aussi observé... observé une araignée sur sa toile, la flamme d'une bougie, le va-et-vient d'une navette sur un métier à tisser. Nous avions quinze lunées, nous brûlions de tirer et le maître nous faisait regarder une bestiole pendant des heures ! Ensuite il passait à autre chose, qui n'avait toujours rien à voir avec l'arc, comme nous faire porter des pierres d'un lieu à un autre pour les remettre le lendemain à l'endroit initial. Ou il nous faisait jouer du violon pour nous faire comprendre que l'arc est aussi bien un instrument qu'une arme.

— Un instrument ? Je ne comprends pas.

— Un instrument de connaissance de soi. Comme la poésie, la cuisine... À l'époque, je ne comprenais pas non plus. Je le voyais comme un fou sadique et j'étais à deux doigts de renoncer quand mes parents sont venus me rendre visite. En leur parlant, j'ai compris que leur apprentissage à chacun n'avait pas été très différent. Il y a quelque chose de commun dans la façon de... grandir, même si les méthodes et les maîtres divergent.

Jad la regarda du coin de l'œil.

— Je... trouve que mes tirs sont... faibles !

Jwel se retint de sourire.

— Ils sont peut-être précis, mais ils ne sont pas puissants, je n'ai pas beaucoup de force.

— Ouf ! fit l'archère en se passant la main sur le front, avec une expression d'intense soulagement.

— Quoi ?

— Je suis heureuse de voir qu'il me reste encore quelque chose à t'apprendre !

Comme Jad la regardait mi-figue mi-raisin, elle lui entoura les épaules gentiment.

— Ne regarder que le chemin qu'il reste à parcourir est le meilleur moyen de se décourager, Jad. Tu as effectué aujourd'hui des tirs qui te classent d'emblée au niveau des meilleurs archers. Parce que tu fais intuitivement quelque chose d'essentiel que beaucoup ne comprennent jamais. C'est une bonne moitié de l'apprentissage, la plus difficile peut-être. Quant à l'autre moitié, dès demain, je vais veiller à ce que tu déplaces ta part de pierres quotidienne ! Pour l'heure, bravo et allons fêter ça...

*

Repu de tourte aux légumes et de jus de jabou, Jad se dit qu'il ne lirait pas ce soir. Il avait eu son lot d'émotions. Jwel, la première archère des Trois Vallées, avait dit « au niveau des meilleurs ». Bien sûr, il y avait ce petit problème de muscles. Jad tâta ses biceps et eut une moue dégoûtée. Est-ce qu'ils se faisaient aussi des biceps en forme de mandarine aux Temps d'Avant ? En essayant de s'empêcher de rire, il eut une quinte de toux et sa sœur bougea à côté de lui. Il lui toucha la main et elle replongea dans le sommeil. Tant pis, il n'avait pas envie de dormir. Il s'apprêtait à descendre les marches lorsque Deli, qui dormait à côté de l'escalier, chuchota d'une voix ensommeillée :

— Va dormir, Jad. Demain, on fait le jeu de piste dans la montagne, il faut être en forme.

Jad lui dit de ne pas s'inquiéter, lui souhaita une bonne nuit et, après avoir soufflé sur les braises pour ranimer le feu, s'installa devant la cheminée avec le deuxième cahier intitulé « La révolution de Ramsky. Le temps des joueurs ». Il hésita. Au chapitre précédent, les hommes d'Avant avaient bousillé la planète, cette révolution allait-elle arranger la situation ?

À la fin du XXIe siècle, la situation planétaire
s'était encore dégradée.
D'une part, les puissances émergentes qui aspiraient
au modèle occidental de richesse
refusaient de voir leurs rêves s'écraser contre des... éoliennes.

D'autre part, Européens et Américains
(sauf exceptions notables mais insuffisantes)
refusaient de changer un iota à leur mode de vie.

Deux éléments survinrent et changèrent les donnes.
Premièrement : on avait enfin découvert une planète
où la vie était possible.
Peuplée uniquement d'animaux
à un stade d'évolution primaire,
elle abondait en un combustible fossile inépuisable.
En 2090, les premières foreuses firent leur apparition
sur Amazonia,
cynique hommage au désert qu'était devenu
le poumon vert de Terre.
La colonisation des planètes viables par les humains
avait commencé.

L'autre élément s'appelait Rémus Ramsky.
Cet ingénieur en neurosciences de
l'Institut des Sciences Paraphysiques
avait démontré que les facultés dites « paranormales »
ne l'étaient pas, justement.
Jusque-là, certaines capacités – clairvoyance, précognition,
psychokinésie, télépathie –
ne se développaient que chez un petit nombre de personnes,
sans que l'on sache pourquoi ni comment.
Ramsky isola dans le cerveau humain la zone

correspondant à ces activités psychiques particulières
et élabora une drogue, extraite d'une racine,
qui stimulait la zone en question
et potentialisait les capacités latentes.
Cette drogue donna à l'Institut un immense pouvoir.
Elle fut d'abord distribuée gratuitement.
Les enfants la prenaient au berceau,
en même temps que les vaccins,
et ils en devenaient dépendants.
Alors, comme par hasard, le produit se fit rare,
il fallut l'acheter.
Les pays défavorisés ne pouvaient plus l'acquérir
et commencèrent à travailler en échange de la drogue,
devenant ainsi encore plus esclaves des pays nantis.
Dans les pays favorisés,
les jeunes oisifs avaient trouvé leur gourou.
Au grand dam de l'Institut, Ramsky paracheva alors
sa « révolution » en s'associant avec un milliardaire,
fabricant de jeux vidéo et de logiciels informatiques.
À eux deux, ils réussirent à allier le pouvoir psy inhérent
à chaque être humain
aux technologies de pointe.
Pour quelques eurodollars,
on se faisait greffer des logiciels dans le cerveau
et on jouait, les yeux fermés, sans sortir de son lit,
en réseau télépathique avec tous les jeunes greffés
de la planète.
Les Spirit Games étaient nés.

La greffe de connexion ne coûtait rien,
mais on payait très cher
des logiciels chaque fois plus sophistiqués.
Télépathie, télétransportation, télékinésie,
chemins des rêves furent explorés par les scientifiques
et exploités à outrance par les marchands.
Des courants et des clans compliqués se créèrent :
les Magicos, plus ou moins doués, plus ou moins charlatans,
qui érigèrent la Nouvelle Magie
en une sorte de religion ;
les Semi-Ordis, qui se greffaient une multitude de chips
pour augmenter leurs pouvoirs,
disputant aux Naturex, yogis raffinés,
des exploits déroutants dans des stades bourrés à craquer
de jeunes gens plongés dans une profonde méditation
pour soutenir leur camp.
C'était le temps des joueurs.
Le décor était planté, les acteurs étaient à leur poste.
La Grande Catastrophe se préparait en coulisse.

Chapitre XX
Le tatouage de Ugh

Comme le canard sans tête

Les humains s'agitaient autour des ceps de vigne. De son poste, allongé sur une branche d'un grand brasillant rouge, il regardait se déplacer les cheveux hérissés du Duc, le fichu rouge de Chandra et le vieux chapeau cabossé de Sem. Ils se baissaient, examinaient les ceps, se relevaient et continuaient leur manège un peu plus loin.

Le vent soufflant dans la mauvaise direction ne lui permettait pas d'entendre ce qu'ils disaient. C'était de toute façon inutile car, ce que les humains cherchaient avec leurs yeux, il le sentait depuis deux jours : les champignons étaient là. L'action conjuguée du vent, du soleil et du champignon fabriquait le sucre dans le raisin. Il fallait être bouchés comme l'étaient les humains pour ne pas en sentir l'odeur. Mais ils ne se servaient ni de leur nez ni de leur langue, si ce n'est pour l'agiter et, la plupart du temps, dire le contraire de ce qu'ils ressentent.

En deux bonds souples et précis, le Gris rejoignit le sol et prit un petit trot vif.

— Combien de temps encore ? demanda Chandra en se baissant pour caresser le chat derrière les oreilles.

— Je dirais une décade tout au plus… Si nous attendons

davantage, le temps risque de tourner. Qu'en penses-tu, Sem ?

— Le temps n'est pas ce qu'il paraît. Le temps n'est pas, de toute façon.

Tout le monde avait l'habitude des propos sibyllins de Sem, et on lui demandait son avis plus par respect que dans l'espoir d'avoir une réponse intelligible.

— Je vais au village parler aux autres. Pouvez-vous vous assurer qu'au château les outils sont prêts ?

— Ciseaux, sécateurs et serpes sont affûtés. Pressoirs huilés. Paniers et hottes réparés.

— Reste plus qu'à travailler, alors ! approuva Eben en se frottant les mains. Tu vois, ajouta-t-il à l'adresse de Chandra, ils ne seront pas en retard, finalement !

— Ils sont déjà en retard ! J'avais dit une lunaison, elle se termine aujourd'hui.

— Moi aussi les enfants me manquent, reconnut Eben. Mais je sais qu'ils vont bien, ainsi que Ugh et Blaise. Tu n'es pas vraiment inquiète, n'est-ce pas ?

Chandra haussa les épaules. Une mère n'est jamais vraiment tranquille quand son enfant est loin d'elle. Mais elle n'allait certainement pas gaspiller son salicandais pour expliquer ça à Eben. Pour une fois qu'il souriait…

Le Duc avait tourné en rond comme un fauve en cage depuis que les enfants étaient partis. À vrai dire, leur absence avait déstabilisé tout le château.

Dag s'était retrouvé sans élèves car, en l'absence de Blaise, les parents n'envoyaient pas leurs enfants uniquement pour les cours d'armes, qui tenaient davantage d'une tradition que d'une réelle nécessité.

Chandra avait donné congé à Nim, la petite gâte-sauce, et entrepris un ménage de fond qui occupait ses mains mais pas son cœur.

Elle prit le gros chat dans ses bras sans cesser de le

caresser. « Viens, il y a des truites à nettoyer pour ce soir. Je te donnerai les têtes. » Le Gris ferma les yeux et ronronna. La femme sentait le beurre et l'orange, elle était de loin la plus intéressante des humains du château. Le chat ne comptait pas Blaise parmi les humains.

*

Eben flatta l'encolure de Longue-Vue et se mit en selle. La perspective du travail harassant des vendanges le réjouissait. Et les enfants seraient de retour... Il avait réalisé que leur absence lui pesait. Comment aurait-il pu le prévoir ? Ils avaient toujours été là. Même s'il ne les voyait pas de la journée, il savait que, le soir venu, il embrasserait leurs fronts endormis. Chandra disait que, loin de Ugh, elle avait la sensation qu'il lui manquait une main ou une jambe. Eben, à qui l'on avait arraché le cœur lorsque Sierra avait disparu, découvrait avec surprise que l'organe palpitait encore. *Comme le canard sans tête continue à marcher...* songea-t-il avec ironie en poussant la porte du « Tonneau qui pisse », où il avait rendez-vous avec les vignerons du village.

La chouette et le chat

Blaise cligna des yeux et tourna la tête à gauche puis à droite, surpris qu'elle n'accomplisse pas 270 degrés. Il mit quelques secondes à quitter l'esprit de la chouette et à reprendre les siens. Il voyait encore en relief grâce à la vision binoculaire et entendait même la reptation des asticots dans le tronc pourrissant du brasillant.

Cette expérience avait été différente des autres, plus complexe, plus fine. Il avait eu accès au vécu du Gris à travers l'esprit d'Athéna, or il ignorait que les deux animaux communiquaient tant ils démontraient d'hostilité l'un pour l'autre.

Avant de quitter le château avec Ugh, il avait chargé le chat de surveiller les jumeaux et le château. Celui-ci avait protesté qu'il n'était pas une nounou et avait suggéré perfidement que Blaise fasse appel à son amie la chouette. Blaise sourit. Il avait fallu force caresses et flatteries pour le convaincre de rester au château. Le chat, sous ses dehors indépendants, était possessif. Son contentieux avec la chouette dépassait la loi du prédateur et de la proie, il était jaloux. Blaise pouvait communiquer avec le chat tout aussi bien qu'avec la chouette, mais pas de la même manière.

Il avait recueilli le Gris quand il n'était qu'un chaton pas encore sevré, alors qu'Athéna était un animal sauvage qui lui accordait sa confiance. Elle avait surgi un jour dans la grotte, s'était posée sur une grosse stalagmite et avait plongé son regard doré dans les yeux de l'homme. La communication avait été immédiate et simple. Dans sa sagesse, l'oiseau savait que, comme lui, l'homme n'était qu'une pièce d'un immense mécanisme dont tous les rouages devaient être solidaires. Un doigt dans une main. Un fil dans un tapis. Un instrument dans un orchestre. Si Blaise avait accès à ses souvenirs, c'est parce qu'elle le lui permettait. Ils avaient vérifié à plusieurs reprises que ce type de contact était le moins fatigant pour l'animal et le plus enrichissant pour l'homme. Mais il était à sens unique, l'oiseau ne pouvant pas voir par les yeux de l'homme. Ce dont, d'ailleurs, Athéna ne manifestait pas la moindre envie.

Au fil des années, Blaise n'avait cessé de s'émerveiller de la qualité de cet échange. L'oiseau ne ressentait que des impressions vitales : danger, faim, proie, odeurs, bien-être. Même si l'animal était capable d'établir certaines relations de cause à effet, comme faim / proie, il ne pensait pas. Il ne se souvenait pas, ne projetait rien, n'hésitait jamais. Il n'y avait ni passé ni avenir pour l'oiseau. Rien que le moment présent. Un séjour dans l'esprit d'Athéna se révélait extrêmement apaisant pour l'homme. Blaise en sortait plus objectif, allant droit à l'essentiel. Il caressa doucement la petite chevêche.

— *Château tranquille. Forêt pas tranquille.*

— *Je viens avec toi. Laisse-moi seulement le temps de trouver quelqu'un pour ramener Ugh à Salicande.*

It's only rock'n'roll

Ugh et Siffle-Court rentrèrent sept jours plus tard des volières. Le garçon arborait son sourire-banane et en bandoulière une violine. Blaise et Siffle-Court se saluèrent, et le musicien alla dételer la carriole et s'occuper du sizyf après avoir pris un rendez-vous sur l'agora en fin d'après-midi. Blaise se tourna vers le garçon et eut un mouvement de surprise. La joue gauche de Ugh s'ornait d'une petite arabesque bleue en cours de cicatrisation.

— Tu t'es fait tatouer ?

— Pas vraiment, je...

— Comment ça, pas vraiment ? Je sais reconnaître un tatouage quand j'en vois un ! Je vais dire deux mots à Siffle-Court ! Il déroge aux règles de Vieil-Ambre en faisant cela. De plus, nous n'avions pas convenu que tu serais absent sept jours !

Le sourire du garçon avait disparu.

— Siffle-Court n'est pas concerné. Vous ne comprenez rien. Vous croyez tout savoir, mais vous ne comprenez jamais rien ! Vous ne me laissez même pas le temps de m'expliquer !

— Eh bien, vas-y, explique-toi. Et, par la même occasion, explique-moi comment je vais, moi, expliquer à ta mère que tu rentres tatoué !

— Je n'ai pas besoin de vous pour ça. Tout compte fait, je crois que je n'ai pas besoin de vous tout court !

Ugh prit son sac et tourna les talons. Blaise le regarda s'éloigner avec au ventre une sensation qu'il pensait avoir abandonnée dans sa petite enfance. La voix sèche de sa grand-mère résonna dans sa mémoire : « Blaise Soma Arrabal, tu t'es encore comporté comme un bézoard rayé ! »

Ugh demeura invisible le reste de la journée et Blaise se rendit seul au rendez-vous avec Siffle-Court. Il commanda un chococaf surdosé à la cardamome et lui raconta ce qui s'était passé. Lorsqu'il eut fini, le musicien hocha la tête avec commisération.

— Hum… J'imagine que la situation n'est pas facile pour toi. Mais le garçon ne méritait aucune réprimande, surtout après ce qu'il a fait.

Ce fut au tour de Blaise d'écouter. Siffle-Court, en bon palabreur, exagérait sûrement la dose d'héroïsme et prêtait au garçon un soudain talent musical. Mais, même en considérant la prodigalité verbale du Nomade, le garçon avait fait preuve d'un courage et d'un sang-froid indéniables. Blaise, consterné, constata que la sensation au creux de son ventre grandissait. Oui, un bézoard, un ÉNORME bézoard rayé…

*

— Entrez.

Ugh était assis sur son lit et jouait de la violine, une mélodie à la fois douce et plaintive. Blaise crut entendre pleurer un enfant et comprit ce que Siffle-Court avait voulu dire. Le garçon vit son regard étonné.

— C'est un cadeau de Siffle-Court.

Blaise cacha son soulagement. Ugh avait bien meilleur caractère que sa mère, elle lui aurait fait la tête des jours durant.

— C'est un bel instrument. J'ignorais que tu savais jouer.

— Je ne sais pas jouer. Mais... Siffle-Court dit que j'apprends vite.

Blaise regardait les mains de Ugh courir sur les cordes. Il sourit au garçon.

— Que dit Siffle-Court exactement ?

— Heu... que... Il dit que j'en tire un bon son... répondit Ugh très vite en devenant rose bonbon.

— Je vois. Parce que, à moi, il a dit : ton garçon – Ugh vira au grenat – porte son âme au bout des doigts. Je n'ai jamais entendu un débutant tirer un son pareil d'un instrument aussi difficile que la violine.

Ugh le regarda dans les yeux.

— Et vous, qu'en pensez-vous ?

Blaise glissa ses mains dans ses manches, prit une grande inspiration et il plongea :

— Je pense que je suis un vieil imbécile. Je pense que tu as raison lorsque tu dis que je crois tout savoir alors que visiblement je ne sais pas m'y prendre avec toi. Je pense que, plutôt que de te gronder à cause d'un petit gribouillis sur la joue, j'aurais mieux fait de te demander comment s'était passé ton séjour. Je pense que je devrais maintenant prendre mon courage, oui, mon « courage », à deux mains pour te dire que je suis extrêmement fier de toi et reconnaissant de ce cadeau qui m'est fait dans l'hiver d'une vie bien remplie. Pas seulement parce que tu as sauvé ce gamin dans les volières en faisant preuve d'une assurance et d'une bravoure admirables, mais pour tout ce que tu es, pour la façon dont tu te tiens debout dans le monde et regardes la vie et les gens en face, pour ta capacité à t'adapter, pour l'âme qui danse au bout de tes doigts… Les Ambrais ont été plus malins que moi, qui t'ont honoré comme tu le mérites. Tu peux être fier de ton tatouage.

Blaise fit une pause.

— On dirait que j'ai trouvé ce que je dirai à Chandra.

Ugh, qui avait baissé la tête pour encaisser la déclaration impromptue de Blaise, la releva en l'entendant prononcer le prénom de sa mère. Le vieil homme n'évita pas son regard.

— Vous pleurez ?

— Mais non ! Les vieux croûtons impassibles ne pleurent pas !

— Vous allez vraiment dire tout ça à ma mère ?

— Si elle me laisse vivre assez longtemps pour le faire.

Les mains de Ugh esquissèrent un arpège sur les cordes. En sourdine, presque distraitement, un motif se dessina, de plus en plus joyeux.

Soudain, sous les yeux éberlués du garçon, Blaise saisit la violine et, la tenant bas sur le ventre, se mit à en pincer les cordes en faisant de drôles de bruits métalliques avec la bouche. Il poussait des cris et se trémoussait frénétiquement en secouant la tête d'avant en arrière. Sa tresse se dénoua et les longs cheveux blancs tombèrent en désordre sur son visage. Il chantait en écarquillant les yeux et en ouvrant la bouche de façon exagérée, puis, une moue boudeuse aux lèvres et le poignet sur la hanche, il se déhanchait de façon spectaculaire.

C'était irrésistible : bientôt Ugh l'imita, en marquant le rythme sur la table.

Finalement, Blaise se laissa tomber sur le lit, haletant.

— Je crois que je suis trop vieux pour le rock !

— Le rock ?

— Une vieille musique au rythme endiablé. Ça se jouait sur des guitares électriques qui produisaient un son métallique très spécial.

— Alors vous savez jouer ?

— J'ai su... quand j'étais jeune, il y a des siècles ! Et seulement quelques morceaux, c'était pratique pour draguer les filles. Je suppose que ça l'est toujours... ajouta-t-il avec un clin d'œil.

Ugh lui tendit la violine.

— Montre-moi.

Blaise prit l'instrument. Ugh le tutoyait pour la première fois.

*

La chouette vint se poser sur le poing tendu.

— *Nous partons bientôt, ma jolie, tout est arrangé. Ugh va rejoindre les jumeaux à la grange. Siffle-Court, qui part dans cette direction, a accepté de faire un détour pour l'y amener. Le garçon s'est attaché à lui, et j'ai confiance en l'homme.*

— *Jeter choses inutiles ?*

— *Esprit serein m'a donné une bonne leçon, je crois.*

— *Esprit serein savoir.*

Blaise acquiesça en souriant.

Chapitre XXI
La colère de Claris

La pause des étoiles

Le couple s'installa sur les rochers, à la lueur des étoiles, comme il le faisait tous les soirs après le repas. C'était leur moment d'intimité, leur « pause des étoiles » comme disait Maya. Les doigts dans les cheveux de son mari assis en contrebas, la Nomade contemplait le ciel.

— Elles me donnent envie de partir.

— Les étoiles ?

— Oui.

— Tu as toujours envie de partir, ma douce.

Maya savait qu'il n'y avait aucun reproche dans la phrase de Bahir. Elle était Nomade de l'Écriture, elle avait le goût du voyage et de la solitude, c'était les composantes mêmes de sa nature profonde. Sa famille le savait et l'acceptait. Bahir avait toujours été la référence fixe des filles, celui qui était là. Il revendiquait cette fonction de pilier et n'aimait rien tant que de savoir tous ses enfants sous le même toit que lui. Deli était comme lui, plutôt casanière. Jwel et Ellel avaient le tempérament itinérant de Maya. Tout le monde y trouvait son compte.

— T'ai-je déjà dit mon bonheur quand je suis près de vous ?

— Hum… M'souviens pas…

Maya tira un peu sur les cheveux pour entendre Bahir gémir.

— *Phare, berceau, forteresse, contenant*... murmura Maya d'une voix plus rauque.

Bahir attira sa femme à lui et l'embrassa. Il ressentait toujours un frisson, le même exactement, lorsque leurs lèvres se rencontraient. Serait-ce le cas si elle était toujours là ?

— Emmènes-tu Ellel avec toi, cette fois ?

— Je crois qu'elle est prête. Elle pourrait venir avec moi à Vieil-Ambre, puis je l'emmènerai jusqu'au Nomadstère de la Guilde. Si tu n'y vois pas d'inconvénient.

Bahir lâcha un soupir.

— Je sais qu'elle s'y prépare depuis toujours. Depuis qu'elle a avalé son premier parchemin !

Ils rirent au souvenir du bébé Ellel mâchonnant avec vigueur tous les parchemins de l'Aleph qui lui tombaient sous la dent.

— Elle va me manquer. Quand partirez-vous ?

— Avant les vendanges ou bien juste après. Avant qu'il ne commence à faire vraiment froid. Je ne m'absenterai pas longtemps. Une fois Ellel présentée à la Guilde, je reviendrai à Salicande.

— Claris sait-elle qu'Ellel va partir ?

Maya soupira à son tour :

— Je ne lui ai pas encore dit. Depuis que Claris passe toutes les après-midi avec nous, ses liens avec Ellel se sont encore resserrés. Elle aussi pourrait intégrer la Guilde pour y faire son apprentissage. Nous avons bien fait de lui permettre de renoncer à l'OPDS et de se consacrer à l'écriture. Elle démontre des dispositions étonnantes, une grande faculté de concentration, une imagination puissante et de l'opiniâtreté dans le travail de la langue. Tout ça avec un enthousiasme contagieux. Et quelque chose d'autre que je n'arrive pas encore à cerner... Une façon particulière d'appréhender le langage qui invite à la poésie plutôt qu'à la prose. Elle n'établit pas de liens à travers la mémoire ou la logique. Mais elle tisse des parallèles qui passent par l'essence même du texte.

— Ça semble formidable ! Pourquoi cette inquiétude dans ta voix ?

— La magistère qui dirige le Nomadstère n'apprécie pas toujours ce qui est... formidable. Cet apprentissage exige une grande discipline, l'acceptation des règles, une obéissance totale. Nombre de garçons et de filles bourrés de talent ont rompu leur engagement parce qu'ils n'ont pas pu se plier aux règles.

— Et toi ?

— Moi ? Je rêvais toutes les nuits que je m'échappais ! J'échafaudais des évasions plus rocambolesques les unes que les autres, selon les personnages des livres que je lisais, bien sûr. J'avais une corde planquée sous mon oreiller. Pur romantisme puisque, pour partir, il suffisait de rompre ses vœux et de pousser la porte...

— Mais tu ne l'as pas fait.

— Non. La bibliothèque du Nomadstère et les douze professeurs qui y enseignent sont une mine précieuse que je n'ai de cesse d'exploiter. Et puis, tu sais bien, il faut dominer les règles pour mieux s'en libérer.

— Et tu penses que Claris est trop rebelle ?

— Je ne sais pas... Ce n'est pas moi qui vais accuser quelqu'un d'être « trop rebelle » ! Peut-être seulement trop jeune.

Le souvenir de Sierra en pleurs et jetant avec rage au fond de son armoire sa cape de Nomade traversa Maya. Bahir se redressa et s'étira.

— En résumé, Claris fait preuve de capacités qu'elle a

refusé de mettre en pratique lors de mes leçons, conclut-il d'un ton résigné.

— Désolée, compatit Maya. Visiblement, Blaise avait tort. Claris ne présente aucune disposition parapsy.

— Ou il aura mal interprété les propos de la chouette. Ce qui est certain, c'est qu'elle ne s'intéresse absolument pas aux exercices d'ouverture des perceptions et de déploiement des sens que j'ai proposés. Ni avec les nuages, ni avec la bougie, ni avec la poterie. Elle refuse tout net même de se concentrer.

— Tu as associé les exercices aux éléments, n'est-ce pas ? Pour tester les élémentaux ?

— Oui, les nuages pour l'air, la bougie pour le feu, l'argile pour la terre, il ne manque que l'eau. Tous les enfants ont démontré une affinité avec l'un ou plusieurs des éléments. Jad avec tous. Claris avec aucun.

— Mais, Bahir, tu as VU les élémentaux qui l'accompagnent !

— Une seule fois. L'accompagnent-ils vraiment ? Peut-être Eben et moi avons-nous perçu DES élémentaux, tout simplement. Nous sommes malheureusement trop ignorants à ce sujet pour affirmer quoi que ce soit. C'est Soma qu'il nous faudrait...

— Blaise disait que Claris n'avait pas non plus réagi à la bague de Sierra, et je ne l'ai jamais vue se servir de l'enregistreur. Pour écrire, elle utilise un cahier. Après tout, quelle importance ? Ces talents parapsychiques ont souvent apporté plus de souffrance que de bonheur.

— Je crois entendre Eben, dit Borges, taquin.

— Je suis souvent d'accord avec Eben, moi ! Comme la plupart des êtres humains, Claris ne possède pas de dons psy et...

Bahir leva le doigt et sa femme corrigea avant qu'il ne la reprenne :

— D'accord, admettons : comme la plupart des êtres humains, ses dons sont latents, en sommeil, refoulés, tout ce que tu veux. Et alors ? Pourquoi chercher en elle le même potentiel que chez son jumeau ? En agissant ainsi, peut-être passons-nous à côté d'autres possibilités.

— Que veux-tu dire ?

— Je ne suis sûre de rien. Elle n'a que douze lunées, mais je me demande si Claris n'est pas une Vraie Lectrice.

— Oh ! s'exclama Bahir.

Les Vrais Lecteurs, l'un des concepts les plus complexes de la Guilde. Bahir ignorait ce qu'ils entendaient par là précisément, Maya ne pouvant révéler les secrets de la Guilde, mais il savait que les Nomades considéraient un Vrai Lecteur comme un joyau d'une grande rareté.

— Fichons-lui la paix avec ça, poursuivit Maya. Un seul jumeau possédant les dons d'ouverture, n'est-ce pas déjà bien assez ?

— Tu as peut-être raison… D'autant que Jad me laisse aussi perplexe que Claris. Pour des raisons diamétralement opposées ! Tout ce que Claris rejette, Jad l'absorbe comme un buvard. Par ailleurs, il a parfaitement assimilé les informations contenues dans les *Chroniques* et me pose des questions qui démontrent une disposition pour les sciences que mes connaissances ne me permettent pas de satisfaire. Ces deux aptitudes – l'abstraction métaphysique et la précision scientifique – conjuguées ont quelque chose de…

— Quoi ?

— J'allais dire d'effrayant. Je crois que Jad entre en transe plus souvent qu'il ne veut bien l'admettre. Blanc Faucon a rapporté qu'il avait réagi de façon extraordinaire à un zingi de consommation courante, comme les adolescents ambrais lors du rituel du Passage lorsqu'ils ont absorbé le zingi ailé. Et ce, sans jeûne ni préparation d'aucune sorte. Et, quand je l'ai questionné au sujet des figurines sculptées que tu as aperçues, il a répondu que c'était juste des trucs qu'il avait faits sans y penser. Il n'y avait ni mensonge ni malaise dans sa voix. Il ne voyait rien de particulier dans ces sculptures.

— La différenciation des jumeaux s'est donc bel et bien accentuée. Peut-être sont-ils en train de trouver chacun la voie de leur personnalité ?

— J'aimerais que ce soit aussi simple. Mais, si Jad semble s'être épanoui pendant ce séjour, j'ai le sentiment que Claris s'est refermée sur elle-même.

— C'est vrai, soupira Maya. Et je ne lui ai pas encore annoncé le départ d'Ellel.

— Le feras-tu ?

Maya ne répondit pas tout de suite. Elle venait d'avoir une idée.

— Bahir, tu as bien dit que l'eau était le seul élément que tu n'avais pas testé avec les enfants ?

— Oui, pourquoi ?

— Demain, j'annoncerai à Claris le départ d'Ellel et je tenterai quelque chose, qui sait…

Ellel va partir

La rivière aux reflets vert foncé serpentait parmi les joncs, à l'ombre des perceciels. Maya et Claris écrivaient, assises sur des rochers au bord de la Vire. Claris s'interrompit pour contempler le courant.

— Sierra adorait cet endroit, elle passait des heures à regarder l'eau couler, dit la Nomade.

Claris se raidit. Elle ferma son carnet et regarda dans la direction d'Ellel, qui, à une centaine de mètres, travaillait elle aussi sur le thème de l'eau, proposé ce jour-là. Toute mention de sa mère provoquait chez Claris cette réaction de défense.

— Maya...

— Oui ?

— Racontez-moi encore...

Maya réprima sa surprise. Claris allait-elle enfin poser des questions sur sa mère ?

— Comment devient-on Nomade de l'Écriture ?

Ce désir qui croît en elle, je l'ai vu grandir aussi chez Sierra. Mais elle ne voudra pas l'entendre. Maya, qui se souvenait de l'amour et de la fierté que son amie ressentait pour ses enfants, en fut attristée. Mais ce nœud était trop serré, il ne lui appartenait pas de le défaire. Elle dit à Claris ce qu'elle voulait entendre.

Elle lui dit que les Nomades étaient des hommes et des femmes qui marchent et écrivent, une activité nourrissant l'autre, en s'arrêtant parfois dans les villages où ils font œuvre d'écrivains publics.

Elle lui parla du Nomadstère, le siège de la Guilde, où les aspirants Nomades étaient testés et obtenaient l'autorisation d'entreprendre leur premier voyage de Solitude. Ce voyage se déroulait pendant sept lunaisons plus une au cours desquelles l'aspirant devait écrire tous les jours et ne vivre que de dons. À son retour, il remettait ses carnets à la Guilde, qui les parcourait mais ne les jugeait pas. Il s'agissait de mesurer non pas le talent ou la technique mais la capacité d'observation, la discipline et la foi d'écrire qui, conjuguées, doivent en principe permettre à l'aspirant d'accepter ce que la Guilde appelle l'Observance.

Au terme de cette période, l'aspirant prononçait ses premiers vœux pour une nouvelle période de sept lunaisons plus une, pendant laquelle il demeurait au Nomadstère pour travailler sa technique et faire connaissance avec les douze disciplines traditionnelles.

Ensuite, l'aspirant pouvait renouveler ses vœux et choisir une discipline qu'il désirait approfondir. Il y avait douze phases ou paliers en tout, plus une. À chaque palier, on mettait à sa disposition une partie de plus en plus importante de la fabuleuse bibliothèque du Nomadstère et des connaissances des Nomades qui y résidaient et acceptaient de les partager, les écrivains étant malheureusement bien souvent de nature solitaire.

Chaque phase se terminait par un voyage au terme duquel l'apprenti revenait à la Guilde remettre ses carnets. II suffisait de trois paliers pour recevoir l'écritoire portable contenant des parchemins et des écorces polies, des encres et des plumes ainsi que le Livre de la Guilde incluant la liste des autres Nomades, leur nom et leur qualité, plus le sceau qui autorise le Nomade à travailler officiellement au nom de la Guilde comme écrivain public. La plupart des apprentis quittaient le Nomadstère à l'issue de cette étape.

Claris écoutait avec ferveur, les yeux clos. La voix de Maya allumait des images, des goûts et des rêves qui s'emboîtaient, échafaudant un destin. Cet avenir scintillait devant elle, dessinant un chemin si distinctement qu'elle aurait pu y mettre un pied et marcher.

Maya jouait avec l'aigue-marine des ondines, qu'elle faisait tourner entre ses doigts. La conversation n'avait pas pris la tournure qu'elle attendait. Elle avait amené Claris au bord de la Vire, à l'endroit même où les ondines lui étaient apparues, pensant lui montrer l'aigue-marine et lui parler de sa mère et des élémentaux, puisque l'eau était le seul élément que Bahir n'avait pas abordé. Mais le moment était mal choisi, Claris ne voulait pas entendre parler de sa mère, elle brûlait d'une impatience que Maya ne pouvait satisfaire mais qu'elle comprenait néanmoins. Elle en parlerait à Eben. Mais avant, il fallait lui dire :

— Ellel va bientôt partir, Claris. Je vais l'accompagner au Nomadstère, où elle sera testée. Il est rare qu'un aspirant soit refusé lors de ce premier test, surtout s'il est présenté par un Nomade expérimenté. Elle partira donc probablement ensuite pour son premier voyage de Solitude.

Ce fut comme un coup de pied dans un échafaudage, un coup de gomme sur le destin, un seau d'eau sur le feu. L'avenir que Claris s'était construit s'écroulait. Un avenir où elle partirait avec Ellel et où, ensemble, elles...

— Je pensais que je pourrais partir avec elle.

— Pas encore, Claris, dit Maya avec beaucoup de douceur. Tu n'es pas encore prête. Ellel se prépare depuis deux lunées, elle écrit tous les jours. Tu le sais, n'est-ce pas ? C'est son premier geste au réveil et le dernier avant de dormir.

Elle disait vrai. Ellel s'exerçait avec application, remplissant tous les matins au réveil un minimum de trois pages. Émergeant du sommeil, elle prenait sa plume et un des calepins que son père fabriquait, et elle écrivait ce qui lui passait par la tête, sans censure ni souci de bien écrire. C'était souvent des bribes de rêve. Pendant la journée, elle prenait des notes dans le carnet qui ne la quittait pas. Et le soir, avant de dormir, elle écrivait encore.

— Je peux y arriver, je peux rattraper mon retard. Ne pouvez-vous pas m'aider comme vous l'avez fait pour Ellel ?

— Tu n'es pas en retard, Claris, au contraire. Si ton père y consent, je serais heureuse de t'accompagner dans ta préparation. Je crois sincèrement que tu as de très belles dispositions. Seulement, c'est encore trop tôt, il te faut travailler avant de te présenter à la Guilde. Crois-moi, le temps joue en ta faveur. Ellel a quinze lunées, c'est l'âge minimum requis par la Guilde...

Attendre deux lunées ! Ellel allait partir et, dans deux

lunées, qui sait où elle serait ! Tandis qu'elle, Claris, serait à Salicande, encore et toujours à Salicande.

Maya essaya de la réconforter en imaginant un plan d'études et en lui expliquant que ces deux lunées passeraient vite.

— Cet intervalle ne sera pas de trop, Claris, ce n'est pas un métier facile. J'ai préparé Ellel du mieux que j'ai pu, mais elle devra faire ses preuves seule et je ne serai pas à ses côtés pour son premier voyage de Solitude. Toi, tu n'auras pas le même genre de problèmes que pourra rencontrer Ellel.

— Pourquoi ?

Maya fixa sur elle ses yeux gris.

— Parce que tu n'es pas noire.

Claris la regarda sans comprendre.

— Mais tout le monde est plus ou moins noir. Qu'est-ce que ça peut faire ?

— Enfin, Claris, regarde-toi ! Tu n'es pas plus ou moins noire ! Ni Jad. Ta mère n'était pas noire, ton père ne l'est pas, ni Chandra, ni Ugh...

Claris regarda avec dépit son bras qui, bien que bronzé, restait indéfectiblement blanc.

— Oh, je sais, ce n'est pas juste. J'aurais préféré être comme vous ou les filles, comme Sem ou Dag.

Maya ne put s'empêcher de sourire.

— Les Trois Vallées ne sont pas le monde, Claris. Lorsque tu iras à ton tour sur les routes, tu te rendras compte que, même si la majorité de la population est aujourd'hui « plus ou moins noire », comme tu dis, peu nombreux sont les Blancs qui pensent comme toi.

Claris n'écoutait plus. *Les Trois Vallées ne sont pas le monde et, moi, je suis bloquée à Salicande !* Lorsque la Nomade l'invita à rentrer, elle répondit qu'elle les rejoindrait un peu plus tard et refusa même la compagnie d'Ellel. Maya fit un signe discret à sa fille, estimant que Claris avait peut-être besoin d'un moment d'isolement pour digérer la nouvelle.

Un caillou bleu

Le regard rivé sur la rivière, Claris n'entendait ni le grésillement des cigales, ni le grondement incessant de la Vire. Elle manipulait machinalement son cahier en se répétant la même phrase, « Ellel va partir, Ellel va partir... », quand l'objet lui échappa : il tomba dans la Vire et fut très vite emporté par le courant. Le carnet offert par Ellel lors de leur première rencontre à l'Aleph, celui où Claris avait écrit ses premiers poèmes.

Sans réfléchir, elle sauta à l'eau et se mit à nager vers l'objet qui filait dans l'eau vive. L'eau glacée lui comprimait les poumons et ses vêtements entravaient ses mouvements. Soudain, quelque chose la heurta à la poitrine, lui coupant la respiration, et elle avala de l'eau. L'instant d'après, prise dans un tourbillon, elle commença à couler. Plus elle se débattait, plus elle était emportée par le courant.

Alors qu'elle luttait pour maintenir la tête hors de l'eau, Claris aperçut le carnet qui flottait au loin. Pourquoi essayer de le rattraper ? Après son séjour dans l'eau, il serait inutilisable. Et c'était bien ainsi puisqu'elle ne serait jamais Nomade de l'Écriture.

Claris ferma les yeux et cessa de se débattre, s'abandonnant au courant. L'eau était si froide, de plus en plus froide, de plus en plus profonde... Déjà elle ne sentait plus son corps engourdi. Sous ses paupières, de petites lueurs se mirent à clignoter, la forçant à ouvrir les yeux. Un voile dansait au milieu des eaux rapides de la Vire, estompant les reliefs, suspendant la vitesse. Une lueur lointaine se mit à scintiller par intermittence.

Un frisson parcourut la fillette. Un souvenir l'effleura : elle avait déjà vécu ça. Ce n'était pas de la peur, plutôt du désir. Mais Claris ne se posa pas cette question, elle ne pensait plus. Elle se laissa envelopper par le voile et vit qu'il était formé de milliers de gouttes de lumière qui dansaient autour d'elle. Elle n'avait plus peur, elle n'avait plus froid, elle n'éprouvait que le bonheur de sentir l'eau glisser tout autour d'elle, l'envelopper, l'emporter. Elle pouvait rester là, se transformer en algue, en pierre, en poisson.

Les lueurs se firent plus insistantes, lui piquant les yeux et les pieds comme des milliers d'aiguilles. Dans un réflexe involontaire, elle frappa du pied et remonta brutalement à la surface, ouvrant déjà la bouche pour respirer.

La rivière la déposa doucement sur la berge, à l'endroit même où elle s'était assise avec Maya. Elle ne s'en étonna pas. Elle était complètement sonnée.

Des insectes vinrent tourner autour d'elle. Elle les chassa de la main et ils s'éloignèrent. Quand ils plongèrent dans la Vire, elle s'était déjà assoupie sur l'herbe, la tête posée sur son bras droit et la main gauche ouverte sur la mousse.

Elle ne vit pas non plus un caillou bleu rouler à proximité de la main qui portait la bague. Le chaton changea de couleur : rouge, violet, bleu, vert, marron. Puis il vira au blanc, se dilata et happa le caillou avant de reprendre sa couleur grenat.

Lorsque Claris revint à elle, ses vêtements étaient secs et son carnet intact, posé sur un rocher. Elle secoua la tête pour finir de se réveiller, chassant les bribes du rêve étrange qu'elle venait de faire. Décidément, ça ne lui réussissait pas de s'endormir dans la nature.

Le crépuscule était là, les autres devaient se demander où elle était passée. Elle prit le chemin de la grange.

Première brouille

Dans la grange, Deli et Jad disputaient une partie d'échecs, sourds aux conseils qu'Ellel ne pouvait s'empêcher de leur donner. Dès qu'elle la vit, la cadette des Borges vint vers elle.

— Ça va ? demanda Ellel. J'allais partir te chercher, tu es restée longtemps dehors.

— Je me suis endormie, répondit Claris en évitant de croiser les yeux violets de son amie.

— On va faire un tour ? insista Ellel.

— Pas envie.

Ellel lui prit la main.

— Claris, je...

Claris retira sa main et s'avança vers l'échiquier.

— Vous n'en avez pas marre de jouer aux échecs ?

— Si, reconnut Jad. J'aurais préféré les Mille Chemins, mais j'ai laissé l'échiquier à Salicande.

— Les Mille Chemins, c'est le jeu qui obsède tous les gamins du village, n'est-ce pas ? s'enquit Deli. Mon voisin m'a montré... Compliqué, non ?

Jad lui jeta un regard perçant, mais il n'y avait aucun sous-entendu dans la voix de Deli, elle ne connaissait que le jeu « normal ». Il répondit d'un ton volontairement nonchalant :

— Pas tant que ça. Comme il n'y avait pas de mode d'emploi, il a fallu trouver les règles. Après, ce n'est qu'une question d'entraînement.

Deli regarda Jad, amusée.

— Mais les règles, c'est TOI qui les as trouvées, non ? Les autres chercheraient toujours sinon...

Jad haussa les épaules. *J'ai trouvé les règles pour les autres, mais je ne sais toujours pas comment fonctionne MON jeu.*

Ellel s'était approchée.

— J'ai joué plusieurs fois. C'est un jeu étrange : quand on commence à jouer, on ne peut plus s'arrêter.

Jad la dévisagea.

— Quoi ? lui lança la cadette des Borges.

— Heu, rien, je... je pensais à un truc.

Ellel le fixa un moment de ses yeux violets. *Comment peut-on avoir des yeux violets ?* se demanda Jad pour la énième fois en essayant de se concentrer sur l'échiquier.

— Et si on organisait un tournoi ? proposa Deli.

— Oh oui ! Organisons le tournoi pour la fête du Solstice ! Tu pourrais nous entraîner, Jad.

Jad ne répondit pas tout de suite. Il regardait sa sœur, qui avait pâli et se mordillait les lèvres.

— Oui, bien sûr. C'est une bonne date parce que, le solstice d'hiver, c'est aussi...

Claris se tourna brusquement vers lui et eut un geste de recul en balançant la tête pour dire « non ».

— C'est aussi notre anniversaire, termina Jad à voix basse.

Ellel et Deli applaudirent, tout à leur idée, ignorant ce qui se jouait entre les jumeaux. Ils se faisaient face, Jad avait une expression suppliante et Claris était rouge de colère.

— Tu n'as pas le droit !

— Si, justement, c'est aussi MON anniversaire !

Il s'adoucit.

— Petite sœur, nous n'allons pas faire toute notre vie comme si ce jour n'existait pas ! J'ai envie de fêter notre anniversaire pour une fois ! J'ai envie d'avoir treize lunées, normalement !

— Alors, fête-le tout seul ! Je ne veux rien avoir à faire avec ça, ce jeu idiot, ce tournoi, cet anniversaire… rien !

En larmes, elle tourna les talons et sortit de la grange.

— Mais qu'est-ce qui lui prend ? demanda Deli à Jad tandis qu'Ellel emboîtait le pas à Claris.

Le garçon était bouleversé. Il se balançait d'un pied sur l'autre sans savoir s'il devait ou non essayer de rattraper sa sœur. Deli lui prit le bras.

— Viens, nous sommes de corvée de bois et il va faire noir. Laisse Claris avec Ellel pour l'instant.

Jad acquiesça sans mot dire. Ils prirent les hottes à bois dans la remise et se dirigèrent vers la forêt. Jad se mit au travail, cassant rageusement le petit bois sur son genou. Deli l'observait du coin de l'œil.

Sur le chemin du retour, le garçon se mit soudain à parler. Il raconta leur troisième anniversaire, la nuit dans la grange, l'orage, le bal et la disparition de sa mère. Mais il passa sous silence son coma. Deli avait les larmes aux yeux.

— Oh, Jad, je comprends comme cela a dû être difficile pour vous de vous retrouver ici tout à coup. Je crois que mes parents ne savaient pas, ils…

— Bien sûr qu'ils ne savaient pas. C'est une… coïncidence.

— Ou autre chose, dit doucement la jeune fille.

Jad haussa les épaules.

— Tu es comme Blaise ? Tu ne crois pas aux coïncidences ?

Ce fut au tour de Deli de faire la moue.

— Ce n'est pas une question de foi. Il s'agit de logique.

— Ah, tiens ? fit Jad narquois.

— Parfaitement ! Puisque vous vous retrouvez ici, à cet endroit précis qui symbolise tant, autant que cela serve à quelque chose. À quelque chose de positif de préférence !

Je crois que tu as raison, qu'il est temps de crever cet abcès. Vous n'allez pas passer votre vie à faire comme si votre anniversaire n'existait pas ?

— C'est exactement ce que j'ai dit à Claris et tu as vu comment elle a réagi.

— J'irai lui parler ! Je ferai mieux que ça ! Je vous préparerai le plus beau gâteau d'anniversaire de votre vie ! Ou plutôt je vais en faire treize ! Un au chococaf, un à la vanille, un aux amandes, un aux pommes, un aux pitanguines, un au jabou...

Jad l'écouta énumérer les gâteaux, les yeux brillants. Elle ne comprenait pas. Il faudrait davantage que treize gâteaux pour que Claris accepte de fêter son anniversaire.

Deuxième brouille

— Juste ? Qu'est-ce que la justice vient faire ici ?

Claris faisait face à Ellel, et ses yeux semblaient encore plus pâles sous l'emprise de la colère.

— Ce n'est pas juste pour Jad ! Il en a envie, lui, tu vas lui gâcher son plaisir, plaida Ellel.

— Ce n'est pas de ma faute si nous sommes nés le même jour !

Claris regretta immédiatement ses paroles. Trop emportée pour le reconnaître, elle fit exactement le contraire de ce qu'elle aurait dû faire et envenima les choses.

— Nous n'avons pas besoin de tout faire ensemble sous prétexte que nous sommes jumeaux. Nous ne sommes même pas de vrais jumeaux !

Ellel la regardait sans comprendre.

— Tu ne peux pas faire ça. Si tu ne fêtes pas cet anniversaire, c'est comme si, comme si...

— Comme si quoi ? Personne n'en mourra !

Le ton de Claris était résolument agressif, ses yeux presque blancs de rage. La fille de Maya estima qu'elle allait trop loin.

— Si, justement ! Tu ne veux pas fêter votre anniversaire parce que c'est également celui de la mort de ta mère, n'est-ce pas ? Ne vois-tu pas qu'en agissant ainsi, c'est comme si tu disais que la mort de ta mère est plus forte que votre vie, que ta vie ?

Claris, qui s'était détournée lorsqu'elle avait mentionné sa mère, pivota vers elle, les yeux écarquillés comme si elle comprenait quelque chose. Elle eut un sourire étrange et prononça lentement, d'un ton blessant :

— Ah, bravo, tu as fini par comprendre.

— Quoi donc ?

— La mort EST plus forte que la vie. C'est toujours elle qui gagne, personne ne peut réfuter ça. Prouve-moi le contraire.

Ce fut au tour d'Ellel de la regarder avec colère.

— Ça non plus, ce n'est pas juste ! Je ne peux rien te prouver du tout, Claris ! Si tu m'en veux parce que je vais partir, parlons-en. Mais je ne vais pas rester là à essuyer toute cette rage. C'est toi qui choisis de voir les choses ainsi.

— C'est facile à dire lorsqu'on a ses deux parents bien vivants...

La colère d'Ellel tomba d'un coup et elle regarda son amie avec tristesse. Elle eut un geste pour s'approcher d'elle mais, devant le visage fermé de Claris, elle y renonça et partit.

*

Le soir, à la pause des étoiles :

— Rien non plus avec l'eau ?

— Rien… Plutôt si : j'ai perdu la pierre des ondines.

— L'aigue-marine ?

— Oui, elle sera tombée de ma poche quand j'étais avec les filles au bord de la Vire. J'y suis retournée, j'ai cherché, mais en vain. Les ondines l'ont peut-être reprise, ajouta Maya avec une grimace.

— Je suis désolé, ma douce. Cela s'est mal passé avec Claris, n'est-ce pas ? Elle a demandé à être dispensée d'Unir demain. Elle dit qu'elle ne se sent pas bien…

— Laissons-la dormir. Elle s'est disputée avec Jad et avec Ellel aujourd'hui. Je crois que c'est sa façon d'anticiper la séparation. Claris était très fâchée après notre conversation, tellement en colère qu'elle a réussi à provoquer celle d'Ellel, qui maintenant s'en veut énormément de s'être emportée. Je ne connais pas la raison de son accrochage avec Jad, mais l'ambiance est plutôt tendue dans le dortoir.

— Espérons qu'un jour nouveau lui apportera un peu de baume au cœur… Alors, tu en es à combien ?

— Cinq cent vingt-six… Par la plume, Bahir, comment sais-tu que je compte les étoiles !

— Tu comptes toujours les étoiles lorsque tu es contrariée. Et quand tu es contrariée, je le sens dans…

— Mon aura, soupira Maya faussement excédée.

— Dans mon gros doigt de pied : il me brûle… Aïe, mes cheveux ! Combien de filantes ?

— Six… Sept !

Ce soir-là, Maya et Bahir écoutèrent longtemps la chute des étoiles.

*

Comme nous l'avons vu,
la Grande Catastrophe avait provoqué une crise totale

et à tous les niveaux d'une civilisation déjà décadente.
Elle signe la fin de ce que nous appelons les Temps d'Avant.

Jad interrompit sa lecture et retourna le cahier sur la tranche pour lire le numéro et le titre gravés sur le cuir. « IV. L'errance ». C'était donc cela, il avait sauté un cahier.

Il alla vers l'étagère, à côté de la cheminée, chercher les autres volumes. Le troisième cahier manquait. Si le septième cahier, intitulé « Chronologie et lexique », était bien le dernier, alors il manquait trois cahiers, III, V et VI. Le troisième étant sûrement celui qui relatait la Grande Catastrophe. *Ramsk ! Ça tombe mal. Tiens, je n'avais jamais fait le rapprochement : Ramsk doit être là pour Ramsky. Ne dit-on pas « Ramsk soit maudit » ?*

Se promettant de vérifier avec Borges et de lui demander où était passé le troisième cahier, Jad continua à lire :

Quand toute une génération d'adolescents
dans le monde entier eut disparu
et que les populations de joueurs, à court de drogue,
commencèrent à se soulever,
les Nantis mirent à exécution un plan ourdi de longue date.
Ils grimpèrent dans leurs vaisseaux
et quittèrent purement et simplement la Terre,
emmenant avec eux leurs savoirs et leurs technologies de pointe,
abandonnant comme une vieille chaussette
une Terre polluée et exsangue.

Des milliards de personnes se retrouvèrent sans énergie,
sans direction, sans savoir comment faire marcher les appareils
sophistiqués dont ils étaient dépendants pour leur vie quotidienne.

Il y eut des révoltes, des révolutions, des guerres pour l'eau,
la nourriture, la drogue, des massacres, des pandémies...
On calcule que plus de la moitié des habitants de la Terre
périt en l'espace de dix ans.

Ce qu'il restait de l'humanité s'éparpilla à la recherche
de lieux où se cacher,
panser ses blessures, essayer d'oublier... Vivre...
Certains, comme Jors, se réfugièrent dans des endroits reculés
de la planète,
d'autres se perdirent dans les drogues.
On ne sut jamais ce qui était arrivé aux Nantis.
En vingt ans, la Terre devint une inconnue.

Des communautés se formèrent, de nouvelles langues naquirent,
des langues oubliées ressuscitèrent,
ainsi que d'anciennes idéologies ou utopies.
Les descendants des Magicos, Semi-Ordis et autres Naturex
poursuivent peut-être leurs jeux et leurs folies quelque part,
dans un coin perdu de Sibérie
ou sur un volcan désaffecté du Japon.
Comment le savoir ?

Les moyens de communication à grande vitesse
qui caractérisaient la civilisation des Temps d'Avant
ont disparu.
La planète globale n'est plus qu'un souvenir.

Chapitre XXII
Orphéüs

Le retour de Ugh

— Claris ! Claaaaariiiiiis !

Une pluie de cailloux vint frapper la fenêtre du dortoir. Claris ouvrit péniblement les yeux. Elle avait demandé qu'on la laisse dormir ! Qui avait osé ?

— Claris !

Elle entendit des rires étouffés. Elle se leva et ouvrit la fenêtre. Un caillou l'atteignit au front.

— Oh ! Pardon !

Jad, Ellel et Deli, groupés sous la fenêtre, pouffèrent sans retenue en la voyant se frotter le front. Ugh se détacha du groupe, des graviers plein la main, le foulard bleu autour du cou. Claris l'invectiva avant qu'il ne puisse prononcer le bonjour qui souriait sur ses lèvres.

— Bravo ! Tu me réveilles pour me caillasser ?

— Mais non, pas du tout ! Je... heu... Je suis revenu.

— Déjà? Je ne m'étais même pas aperçue que tu étais parti !

Même sans le voir, Claris savait que Ugh rougissait.

— Un à zéro ! fit Ellel.

— Attends, laisse-le répondre ! protesta Jad, prenant la défense de Ugh.

Mais Ugh tourna les talons sans rien dire et quitta le

groupe. Immédiatement, Claris regretta ce qu'elle venait de dire. En voyant Ugh sous sa fenêtre, la colère qui l'habitait depuis la veille avait jailli.

Claris regarda le ciel pur. Les nuages s'étaient retranchés à l'horizon et le soleil léchait les mèches rousses de Ugh qui s'éloignait. Il était revenu et elle l'avait envoyé balader sans même lui demander comment s'était passé son voyage avec Blaise. Alors que c'était si important pour lui. *Je suis trop nulle.*

Claris détestait cette sensation. C'était comme lorsqu'elle était petite et qu'elle faisait une bêtise. Il fallait qu'elle l'avoue immédiatement, parce qu'elle ne supportait pas de se sentir coupable ni l'attente d'être découverte. Jad lui disait d'attendre, que peut-être personne ne s'apercevrait qu'ils avaient cassé le vase ou mangé tous les pots de confiture de jabou de la réserve, mais Claris ne tenait pas plus de quelques heures et finissait par se dénoncer.

Mais voilà, elle n'était plus petite… Elle referma la fenêtre et claqua le volet.

Claris réapparut une heure plus tard, après s'être convaincue qu'elle devait s'excuser. Cela faisait un paquet d'excuses, mais c'était préférable à ce sentiment rentré, mélange de rage et de culpabilité.

Tout le monde était assis sur la pierre des étoiles, autour de Ugh et d'un étranger qui parlait avec force gestes. Lorsqu'elle la vit, Ellel lui fit signe de s'asseoir près d'elle et Claris se laissa glisser sur l'herbe.

La cadette des Borges lui prit la main et souffla : « C'est Siffle-Court, c'est un Nomade et un musicien ! » Claris lui sourit, elle n'aurait pas besoin de s'excuser avec Ellel, son amie lui avait déjà pardonné.

Tout en écoutant le récit du Mortois, Claris examinait Ugh à la dérobée. *Il a encore grandi. Il dépasse Jad d'une tête et demie maintenant. Ses cheveux ont poussé… Il pourra bientôt faire une tresse.*

Quand le garçon tourna la tête vers elle, elle s'empressa de détourner son regard. *Elle a bruni, comme ses yeux sont clairs, elle est encore plus jolie qu'avant.* Ugh ravala sa salive. C'était la première fois qu'il pensait à Claris comme ça.

— Au moment où le gosse, je ne sais comment, est tombé dans la fosse des grands rapaces, personne n'a rien vu. Il s'est blessé à la cheville et il saignait, il ne pouvait pas se relever. Les vautours-hyènes ont commencé à s'approcher, attirés par l'odeur du sang. Ugh n'a pas hésité, il a sauté dans la fosse. Savez-vous ce qu'il a fait alors pour attirer l'attention sur lui et donner à l'enfant l'occasion de s'enfuir ? Il a joué de la violine !

— Il a quoi ? s'exclama Jad.

— Sai-saisi la vio-vio… la violine qu'il portait sur le dos et a plaqué un ac-un ac-un accord, asséna Siffle-Court dont le bégaiement errant disparaissait et revenait aux moments les plus inattendus, mais rarement quand il empruntait le ton inspiré de la palabre.

— Et ensuite ? demandèrent plusieurs voix, provoquant la rougeur de l'adolescent, qui détestait être le centre des attentions.

Coquelicot, songea Claris. *Oh ! il a un duvet tout blond sur les joues.*

— Ra-raconte, toi, Ugh ! dit Siffle-Court.

Embarrassé, le garçon haussa les épaules. À côté de lui, Jad lui donna un coup de coude pour l'encourager.

— Il n'y a rien à raconter. En fait, je cherchais un bâton, un arc, une arme quoi, pour faire peur au vautour-hyène. J'ai vu la violine de Semper, alors je me suis dit que ça pourrait servir, dit le garçon avec un sourire d'excuse à l'attention du musicien. J'ai fait n'importe quoi sur la violine pour distraire la bête, et le père du garçon est entré dans la fosse et l'en a sorti. Je n'ai sauvé personne.

— Il n'a sauvé personne ! s'exclama Semper, son bégaiement disparu sous le coup de l'indignation. Il a simplement tenu en respect un des plus gros vautours-hyènes que j'aie jamais vu, rien qu'avec sa musique. La bête s'est immobilisée, comme hypnotisée et soudain elle est tombée raide…

— Morte ? interrompit Deli.

— En-endo… endormie !

— Quel menteur ! souffla Ellel à Maya.

— Non, un palabreur ! corrigea celle-ci. Et un bon !

— Ha ! s'esclaffa Jad, c'est bien ce qu'il me semblait. Ce n'est pas que tu joues bien, c'est plutôt que ta musique est soporifique !

Tout le monde rit et Ugh donna une bourrade à son ami.

— Ce tatouage sur ta joue gauche est un remerciement pour ton acte de bravoure, n'est-ce pas, Ugh ? dit doucement Maya.

— Oui, dit Ugh en baissant les yeux. Je… je suis…

— Ambrais d'honneur ! compléta Maya avec un grand sourire. Tu as donc reçu un nom lors du rituel.

— Orphéüs… murmura Ugh le plus bas possible.

— Fort approprié ! approuva Bahir. Le Grec Orphée et sa lyre ont accompli bien des prouesses !

— C'est qui ? demanda Jad, goguenard. Un gars qui jouait si mal qu'il endormait ses ennemis ?

— Non, le rabroua gentiment Maya, un gars qui jouait tellement bien que les animaux, subjugués, le suivaient et que même les arbres se penchaient pour mieux l'écouter. Félicitations, Ugh, Chandra sera fière de toi.

La Nomade se leva et exécuta le salut ambrais à l'adresse

de Ugh. Pris au dépourvu, il le lui rendit mécaniquement et s'inclina.

Cette marque inattendue de courtoisie déchaîna les applaudissements. Ugh, qui avait la sensation qu'un volcan brûlait sous ses joues, entendit son ami lui glisser à l'oreille :

— Hé, Orphéüs ! Tu pourras toujours essayer d'endormir ta mère quand elle verra ton tatouage... Quoique... je me demande si elle n'est pas plus féroce qu'un vautour-hyène.

Personne ne m'aime

— Entre nous, cette histoire de vautour-hyène hypnotisé, c'est une blague ?

Voyant que Ugh ne répondait pas, Jad abandonna son ton moqueur.

— Tu veux dire qu'il s'est vraiment endormi ?

— Je n'en sais rien, répondit Ugh, embarrassé. Je n'avais jamais touché à un instrument de ma vie, mais j'ai... joué et le vautour-hyène s'est immobilisé, puis il est tombé. Après, tout est allé très vite. Le père du môme a sorti le gamin, tout le monde est arrivé... Je n'ai pas fait attention à l'oiseau.

— Faudra essayer sur Dag quand il te fait faire des pompes.

— Bonne idée, renchérit Ugh, soulagé que Jad n'insiste pas davantage.

Ugh ne comprenait rien à ce qui était arrivé ce jour-là. La violine que Semper lui avait offerte à la suite de l'incident était devenue comme une partie de lui-même depuis l'instant où il avait « joué » pour le vautour. Depuis, la musique naissait de ses doigts quand elle en avait envie, presque malgré lui.

— Je n'arrive pas à croire que tu aies vécu tout ça en deux décades !

Jad dévisagea son ami avec admiration. Ugh venait de lui faire un résumé de son périple avec Blaise.

— Tu as changé...

— Mais non, grommela Ugh.

— Si, si, cette barbe naissante, ce tatouage te donnent un air... hmm... TELLEMENT viril...

Interdit, Ugh fixait Jad, la bouche ouverte de saisissement.

— En tout cas, c'est ce que disent les filles ! hoqueta Jad, pris d'un fou rire. Tu n'as pas vu comme elles te regardent ? Orphéüs leur fait un sacré effet, mon pote, Claris te buvait des yeux !

— N'importe quoi ! Claris me déteste, elle ne m'a pas adressé la parole depuis l'épisode des cailloux à la fenêtre. Quant à la barbe, si on peut l'appeler comme ça, ne fais pas trop le malin, ton tour viendra... D'ailleurs, toi aussi tu as changé, tu te tiens moins voûté, on voit maintenant que tu es plus grand que Claris.

Ce fut au tour de Jad de grommeler.

— Et puis, continua Ugh en tâtant le bras de son ami d'un air connaisseur, comment t'es-tu fait autant de muscles en l'espace d'une lunaison ?

— C'est pas des vrais. Je me les suis fait injecter.

— Hein ?

— C'est une blague, un truc des Temps d'Avant où les gars se faisaient des muscles sans passer par Jwel et son lot de pierres quotidien. Il faut absolument que tu lises les *Chroniques* de Borges, Ugh ! C'est une mine de renseignements fabuleuse. Il y a des trucs tellement incroyables qu'il a dû les inventer.

— Comme les muscles que l'on s'injecte ? demanda Ugh en riant.

— Oh, ça, ce n'est rien ! Je te raconterai... En tout cas, il était temps que tu arrives, mec, il y a beaucoup trop d'apprenties « femelles » dans le coin. Tiens, quand on parle du loup...

Claris passa la tête au-dehors de la grange et héla son frère :

— Jad ! Tu viens filer un coup de main pour le repas ?

— Tu vois ce que je veux dire, glissa Jad à son ami avant de crier à sa sœur :

— Dans cinq minutes, d'accord ?

Vingt minutes plus tard, les deux garçons bavardaient toujours. Dans la grange, les « apprenties femelles » en question préparaient le repas. Claris hachait les oignons avec hargne. Elle avait bien fait de ne pas s'excuser, finalement. Son frère, bien plus intéressé par le retour de Ugh, avait déjà oublié leur discussion.

Tout le monde se fichait de ses sentiments. Deli était venue la voir pour une histoire de gâteau d'anniversaire. Était-ce donc si difficile à comprendre ? Il était hors de question qu'elle fête son anniversaire. Que Jad, parmi tous, l'ait trahie ainsi alors qu'il...

Oubliant les oignons, Claris se pressa les paupières pour ne pas pleurer, provoquant l'effet inverse. Les yeux brûlants, elle tourna le dos aux autres pour ne pas être vue. Mais Ellel et Deli, en grande conversation, ne se souciaient pas d'elle. Elles parlaient de Ugh.

D'accord, il avait grandi et avait acquis une assurance qui pouvait impressionner. Mais elle, Claris, le connaissait trop bien pour ça. Qu'est-ce qu'ils avaient tous à l'encenser comme ça ? Elle avait bien fait de rabrouer Ugh ce matin. Elle, au moins, ne se laissait pas intimider par... Orphéüs... Pff, ridicule.

*

Au cours de la journée et de celle qui suivit, Claris se renfrogna de plus en plus. Sa mauvaise humeur était devenue un piège dont elle ne savait comment sortir. La colère ne la quittait plus, flanquée du fantôme tenace de la jalousie.

Les autres n'arrêtaient pas de comploter leur tournoi, s'interrompant quand elle approchait. Ils le faisaient pour respecter son désir de ne pas en entendre parler, mais elle se sentait rejetée, exclue.

Jad ne quittait plus Ugh d'une semelle, il avait même dormi avec lui, sous une tente qu'ils avaient plantée à cinquante mètres de la grange. Apparemment, Ugh en avait pris l'habitude avec les ambrais et son bézoard de frère de s'exclamer « Une tente, c'est ailé ! », une expression de Vieil-Ambre. Ugh n'avait passé que quelques jours à Vieil-Ambre et il en revenait tatoué, la violine au cou et des expressions plein la bouche comme s'il y avait séjourné vingt lunées ! Jad disait que cela lui faisait du bien d'être avec un autre garçon, qu'il s'était senti seul parmi tant de filles. Seul ? Comment pouvait-il se sentir seul quand elle était là, elle ?

Maya, puis Bahir, étaient venus lui parler, mais elle n'avait rien dit. Elle ne pouvait pas parler du tournoi sans dévoiler la surprise que les autres voulaient faire aux adultes. Elle détestait ce tournoi, mais elle n'était pas une balance. Lorsque Bahir avait demandé « De quelle couleur, Claris, ce que tu sens ? », elle avait ravalé le « Noir » qui lui brûlait les lèvres.

À Jwel, peut-être aurait-elle pu se confier, mais l'archère était repartie à Salicande, laissant Merlin aux soins de ses parents. L'aînée des Borges ne l'avait jamais traitée comme une enfant, ni comme… ni comme « une fille ».

Une fille, c'était bien ce qu'elle était pourtant. Et c'était tant mieux, quand on voyait ce que devenaient les garçons en grandissant ! Même Jad. Oh, Jad...

Ce soir-là, Claris s'endormit en pleurant. Dans un coin de la grange, les élémentaux palpitaient sans pouvoir s'approcher. Les sentiments de Claris exhalaient une aura négative qu'ils ne pouvaient traverser.

Retour sur Salicande

Il fut finalement décidé que tout le monde rentrerait à Salicande le surlendemain. Ugh était en retard sur la date convenue avec Chandra et, bien que Siffle-Court se fût engagé à l'accompagner pour faire face au courroux maternel en lieu et place de Blaise, Jad s'était exclamé : « Je viens aussi ! Au cas où la violine de Ugh et la palabre de Siffle-Court ne suffiraient pas à l'amadouer ! »

Immédiatement, chacun s'était trouvé une raison de redescendre : Jad, ses bonsaïs ; Ugh, sa mère ; Ellel et Maya, les préparatifs de leur voyage ; Deli, les préparatifs du voyage de sa sœur. Nul ne parla du tournoi-surprise, mais Claris savait que tous, les garçons en particulier, avaient hâte de s'y atteler. En un clin d'œil fut décrétée la fin du séjour à la montagne.

Claris n'avait aucune raison particulière de vouloir rentrer. Ni de rester. L'ambiance était devenue difficile pour elle à la grange. Depuis quelque temps, elle avait la sensation que rien n'était à sa place, que les choses dérivaient. Ce fut avec une certaine indifférence qu'elle prépara ses affaires pour rentrer.

Elle ne savait pas qu'une étape de sa vie s'achevait et que ce séjour avec les Borges à la grange de la Marmotte, l'Unir et les nuages, les bains glacés et les corvées de bois resteraient ancrés dans sa mémoire comme une source précieuse de souvenirs heureux.

*

Ce fut donc une petite caravane qui prit le chemin du retour. En l'espace d'une semaine, l'automne avait enflammé la forêt, l'habillant d'or et de pourpre, parsemant le sol d'un tapis de glands et de cônes dorés d'arbre-église qui craquaient sous les pas des deux sizyfs qui portaient placidement les bagages.

Claris avait demandé à s'occuper de Merlin, et il dormait dans la hotte accrochée à son dos. Elle avait découvert que le bébé lui apportait un apaisement.

Claris n'était pas spontanément attirée par les bébés, contrairement à la majorité des filles qu'elle connaissait, qui gloussaient comme des poules couveuses dès qu'elles apercevaient un nourrisson.

Elle s'était peu intéressée à Merlin pendant le séjour à la grange, lui accordant l'attention distraite que l'on prête à un animal de compagnie qui n'est pas le sien. Mais ce qui avait eu lieu l'avant-veille entre elle et l'enfant avait changé cela aussi.

Tandis que tous vaquaient aux préparatifs du départ, Merlin, qui dormait dans son berceau, avait pleuré. Maya, de loin, avait demandé à Claris, qui était la plus proche, de s'en occuper. Avec un soupir, elle avait lâché les couvertures qu'elle était en train de plier et s'était penchée sur le berceau.

Merlin ne pleurait plus, les yeux bien ouverts, il la regardait. Des yeux d'une couleur étonnante, la marque de la famille Borges. Le bambin avait émis un gazouillis et lui avait fait un grand sourire.

Claris avait approché un doigt pour lui caresser la main, une toute petite menotte potelée dont il agitait les doigts dans tous les sens et qu'il avait refermée sur le doigt de Claris avec une force inattendue.

Il avait plongé ses yeux dans ceux de la jeune fille, les fixant sans ciller, et il avait semblé à Claris qu'un vent bénéfique balayait sa colère. Cela n'avait duré qu'une fraction de seconde, puis le bébé avait lâché sa main et regardé ailleurs, babillant ses onomatopées.

Claris avait passé les deux dernières journées avec Merlin. Puisque personne ne s'occupait d'elle, elle s'occupait de lui. Pendant que tous rangeaient, nettoyaient, coupaient du bois pour regarnir les réserves et faisaient les paquetages, Claris donna à manger à Merlin, joua avec lui, le promena en surveillant ses pas chancelants. Maya observait de loin, heureuse que le petit la distraie de sa peine.

Claris n'avait jamais pensé que cela pouvait être si amusant. Le petit garçon était d'un naturel énergique et enthousiaste, rieur, téméraire. Dans une famille où le verbe était roi, à dix-huit mois, le bébé ne parlait toujours pas, exception faite d'un « ma-ma-ma » destiné à Jwel mais également à tout ce qui ressemblait de près ou de loin à un élément comestible.

Merlin gazouillait une langue qui lui était propre et se faisait parfaitement comprendre. Il passait de longs moments assis dans l'herbe, regardant autour de lui, les bras levés, agitant ses doigts comme des antennes branchées sur l'univers, gazouillant des déclarations d'amour aux arbres, au ciel, aux oiseaux.

Justement, une mésange bleue passa. L'enfant la vit, tendit les bras et, soudain, il siffla ! La mésange vint se poser sur la tête de l'enfant et se tint là un instant immobile. Elle tourna la tête d'un mouvement vif et Merlin en fit autant. L'oiseau ouvrit les ailes et l'enfant ouvrit les bras. La mésange prit son envol. Merlin se leva et courut.

Claris le rattrapa de justesse avant qu'il ne tombe. Le

bébé ne pleura pas, il suivait l'oiseau des yeux en poussant de petits cris.

Maya, qui sanglait les sizyfs non loin de là, avait vu la scène entre l'enfant et l'oiseau. Elle avait entendu le bébé siffler, vu le ballet des gestes. Serait-ce possible ? La Nomade serra la sangle et décida de hâter son départ pour Vieil-Ambre.

TROISIÈME PARTIE

Retour au château

Le Nomade de l'Écriture œuvre à l'intérieur de lui-même,
en un laborieux travail d'extraction, de déchiffrage.
Un étincelant et joyeux travail d'expression, de révélation.
Afin que ce travail prenne forme à l'extérieur de lui,
devienne autre que lui et soit lancé comme une flèche,
comme un vœu.
Vers le Lecteur. Qui, à son tour, l'avale, l'intériorise,
le transforme, le digère, le fait sien.
Le Vrai Lecteur est un cannibale.

Lorsque le Nomade de l'Écriture a fini d'écrire le livre,
son voyage est terminé.
Commence alors le voyage du Lecteur.
Le Nomade met fin à son périple
pour que le Lecteur commence le sien.
C'est un don que les Lecteurs lui rendent au centuple,
puisqu'en retour chaque Lecteur lui offre son voyage personnel.
Mais les Nomades de l'Écriture ne le sont plus que de nom.
Ils ne parcourent plus le monde pour écrire.
Pire, ils ne se parcourent plus eux-mêmes.
La Guilde a coupé les Nomades des Lecteurs.
Les Nomades ne reçoivent rien et donc ne donnent plus.
Le livre est un tisseur de voyages qui s'entremêlent,
se superposent, s'alimentent et dépendent les uns des autres.

Et que dire des voyages secrets et énigmatiques des Personnages ?

Carnets de Sierra, extraits,
in Archives apocryphes
de la Guilde des Nomades de l'Écriture.

Chapitre XXIII
Les vendanges

Les retrouvailles

Agrippé aux murs du phare, le lierre avait rougi, tandis que, sur les coteaux qui encadraient le village, les vignes brunissaient. Des hauts plateaux gagnés par le crépuscule qui chaque jour arrivait un peu plus tôt, Claris découvrit sa vallée nichée au creux des montagnes dans la splendeur du Temps Rouge. C'était la première fois qu'elle prenait conscience de la beauté sereine qui émanait de ce lieu. C'était la première fois qu'elle goûtait à la joie douce d'un retour. Elle comprenait mieux ce qu'avait voulu lui dire Jwel un jour où elle ronchonnait.

— Ce n'est pas à Salicande que je risque de vivre des aventures ! Il ne s'y passe jamais rien !

— Crois-moi, Claris, bon nombre de personnes nous envient la tranquillité de notre vallée. Salicande est une bulle de sécurité et de confort. Même Morteterre et Vieil-Ambre, qui ne sont qu'à quelques jours de voyage, connaissent des bandits, des voleurs. Ils ont un prévôt pour faire respecter la loi, une prison. Nous n'avons rien de tout cela, Salicande est tout à fait spéciale, avait répondu dit Jwel.

— Pourquoi Salicande est-elle si différente ? avait demandé Jad.

— Par sa situation géographique de vallée encaissée,

protégée par des cols d'accès difficile. Et sûrement à cause ou grâce à la personnalité de votre grand-père Jors. Vous souvenez-vous de lui ?

— Oui ! avaient répondu les jumeaux en même temps. Puis, toujours en chœur, ils avaient chantonné :

— Grand-père à nous / Grand-père genoux / Grand-père tout doux !

— On jouait à ça avec lui, avait expliqué Jad. On s'asseyait sur son pied et on l'escaladait jusqu'aux genoux et puis jusqu'au cou...

— ... et c'était doux, compléta Claris.

— Jors était... doux ? demanda Jwel, interloquée.

Les jumeaux avaient hoché la tête avec un ensemble parfait, revenant à la symbiose de leur petite enfance.

— Ça alors, dit Jwel, c'est la chose la plus étonnante que j'aie entendue !

— Pourquoi ? demanda Jad.

Jwel avait eu une grimace embarrassée.

— Disons que votre grand-père n'est pas resté dans les mémoires pour sa... douceur. C'était un homme sévère, à la poigne de fer. Salicande lui doit beaucoup, presque tout, pour être juste. Mais c'était aussi un tyran, qui soumettait les habitants à des règles très strictes. Même sa fille, votre mère, n'a jamais fait tout à fait ce qu'elle voulait, je crois.

— Et que voulait-elle faire ? avait demandé Jad, mais Claris l'avait interrompu et avait ramené la discussion sur Vieil-Ambre et Morteterre.

La fillette secoua ses cheveux et se concentra sur la vision de la vallée qui explosait de couleurs. Le pourpre des brasillants et le doré des arbres-églises hachurés par les perceciels hauts et fins qui bordaient les chemins. La masse foisonnante du château était posée comme un animal extraordinaire veillant de haut sur le village. *Comme un sphinx, un chameau à mille bosses*... En retrouvant sa maison, le lieu de son enfance, Claris retrouvait aussi la manie de faire des comparaisons.

Une heure plus tard, la petite caravane foulait les pavés de la cour du château. À peine Claris eut-elle le temps d'enlever Merlin de sa hotte qu'un déluge de baisers et de paroles s'abattit sur elle.

— Enfin ! Ce n'est pas trop tôt ! Que tu es belle, ma colombe ! Comme tu as grandi et bruni ! Et tes yeux, on dirait deux morceaux de ciel ! Tu es jolie comme un cœur, une vraie jeune fille.

Jad s'approcha, souriant.

— Oh ! J'ai failli ne pas te reconnaître ! Qu'avez-vous donc mangé à la montagne, des pousses de perceciel ? Tu ressembles de plus en plus à ton père ! Et ces beaux cheveux, tu vas les laisser pousser ?

Les jumeaux riaient sans même essayer de répondre, noyés dans le débit volubile de leur nourrice. Elle les lâcha soudain, faisant presque tomber Merlin, qu'elle avait encastré sur sa hanche, quand elle aperçut Ugh qui débouchait à son tour dans la cour.

Tandis que les jumeaux embrassaient un Eben souriant, Chandra attendit, sourcils froncés, que son fils vienne vers elle. À mesure que Ugh s'approchait et qu'elle détaillait la carrure, l'allure, l'instrument attaché à son dos et la cape ambraise rouge qui battait au vent, la bouche de Chandra s'arrondissait. En un coup d'œil, la mère avait tout vu, même le duvet blond sur les joues naguère si rebondies. Puis elle aperçut le tatouage bleu.

Croisant sur sa poitrine ses bras qui s'ouvraient déjà pour accueillir son fils, elle dit d'une voix si calme, si dangereusement douce, que Ugh en eut froid dans le dos :

— Onze jours de retard... Où est Blaise ? Où se cache ce vieux hibou ?

Ce fut le moment que choisit Siffle-Court pour faire son entrée en scène. Soulevant sa calotte blanche, il s'inclina très bas devant Chandra en déclamant :

— Semper Silver, pour vous servir, madame. Blaise a été retenu, je vous expliquerai, si vous le voulez bien. Mais, avant, permettez-moi de vous dire qu'en vous voyant je ne regrette pas de lui avoir promis de ramener Ugh à sa mère. Je comprends maintenant pourquoi votre fils a l'étoffe d'un héros.

Chandra le toisa d'un air méfiant. Celui-là ne regardait pas sa poitrine mais ses yeux, voilà qui était nouveau.

— Nous verrons ça après. Pour l'instant, j'ai deux mots à dire à mon fils, si vous permettez, monsieur...

— Appelez-moi donc Semper, ou Si-Siffle Court, comme tou-tout le monde...

Chandra haussa un sourcil, puis, comme une chatte attrape son petit par la peau du cou, elle saisit Ugh par la manche et l'entraîna dans le château.

Jad murmura à Claris :

— Pauvre Orphéüs... Être le fils de Chandra, aujourd'hui, sera certainement son plus grand acte d'héroïsme.

— Ouais, pas ailé, hein ?

*

Le soir venu, ce fut une Chandra aux yeux rougis mais au sourire éclatant qui s'activa aux fourneaux. Eben avait invité tout le monde à dîner et la mère de Ugh se félicitait d'être prévoyante. *Avec Dag et Sem, nous serons onze... Si je n'avais pas dessalé les jambons, on aurait fait comment ? Ugh n'a plus que la peau sur les os ! Quand je pense que ce vieux fou lui faisait chasser des aptérines !*

Après le repas, copieux et animé, Sem ramena les Borges et Siffle-Court à Salicande en carriole. Ils prirent congé joyeusement, tout le monde devant se revoir aux vendanges communes qui n'allaient pas tarder à commencer. Siffle-Court, qui projetait de séjourner quelque temps au village, promit à Ugh de revenir chaque jour au château pour des cours de violine, tout en guettant par-dessus l'épaule du garçon la réaction d'une Chandra déjà moins revêche.

La Lune était haute dans le ciel lorsque les jumeaux retrouvèrent enfin leur chambre. Jad se laissa tomber sur son lit en faisant valser ses bottillons.

— Ouf, c'est quand même bon de rentrer ! La cuisine de Chandra m'a manqué !

— Je vais le dire à Deli, dit Claris en riant.

Elle s'était détendue depuis qu'elle était chez elle. Dans la chambre de leur enfance, elle retrouvait son frère rien que pour elle. On frappa à la porte et Eben entra.

— Pas encore au lit ?

— On vient juste d'arriver ! protesta Claris. Mais tu ne vas pas partir, hein ? Tu as le droit de nous embrasser même si nous ne sommes pas endormis, tu sais...

Eben s'assit sur son lit.

— C'est un reproche, Claris ?

Il avait l'air si triste en disant cela que sa fille lui sauta au cou.

— Mais non, papa, tu m'as manqué, voilà tout ! Je suis contente d'être ici.

— Vous m'avez aussi beaucoup manqué tous les deux.

Les jumeaux bâillèrent en même temps et Eben leur sourit.

— Vous tombez de sommeil ! Je vous laisse, nous nous verrons demain.

Son pyjama enfilé, Claris s'était endormie comme une souche, marmonnant un « Bonne nuit, Jadou ». Jad sourit. Il y avait longtemps qu'elle ne l'avait pas appelé comme ça. Elle semblait être de meilleure humeur, tant mieux. Le garçon se promit d'être plus attentif à elle, il l'avait un peu délaissée depuis l'arrivée de Ugh à la grange.

Jad alluma sa chandelle de chevet et, les bras derrière la tête, fit défiler les images du séjour à la grange de la Marmotte. C'était bizarre de s'endormir sans les respirations de la tribu Borges autour de lui. Il regrettait déjà cette période de liberté et de découverte. Quelque chose s'était déployé en lui au cours de ce séjour à la montagne. Il se sentait plus fort, plus vivant, et n'avait pas l'intention de retomber dans son vieux statut d'enfant malade. Blaise serait fier de lui. Peut-être même n'était-il plus malade du tout ? C'est à peine si son cœur s'était accéléré pendant le voyage de retour, alors qu'il portait un sac aussi lourd que ceux des autres. Jad bâilla et s'étira. Il allait souffler la chandelle lorsqu'il se souvint qu'il devait se rendre le lendemain au village avec Ugh pour organiser le tournoi. *Le jeu !*

Il glissa sa main sous le lit et en tira l'échiquier. Si Chandra avait fait le ménage, elle l'avait remis exactement à la même place. Les pièces, elles, avaient bougé. Abasourdi, Jad les détailla : la figurine du garçon assis avec l'arc était maintenant debout, l'arc bandé ; la fille à la cape se trouvait seule dans un coin de l'échiquier ; un nouveau personnage était apparu, vêtu comme un guerrier et portant un violon. Jad sentit une angoisse monter. Les pièces retraçaient ce qui s'était passé à la grange. Venaient-elles de bouger alors qu'il se remémorait à l'instant les événements du séjour ? Le jeu commençait à lui faire peur. La respiration altérée, il saisit fébrilement son sac. Oui, elles étaient bien là. Il posa les statuettes sculptées devant le feu à la grange sur l'échiquier. Elles glissèrent comme aimantées et chacune prit sa place dans le jeu.

Le Temps Rouge succéda au Temps Jaune. L'automne s'était installé si vite que l'éclatante blondeur de l'été semblait un souvenir lointain. Les vendanges étaient la principale préoccupation des Salicandais et chacun s'y attelait, hommes et femmes, enfants et adultes. Les tâches étaient réparties selon une organisation rigoureuse et, pendant une bonne lunaison, on trima dur du matin au soir.

À leur grand dam, les jumeaux faisaient partie de l'équipe des enfants, alors que Ugh, Deli et Ellel travaillaient avec les adultes. Même si on lui avait promis que c'était la dernière fois, Jad soupçonnait son père d'avoir voulu épargner son cœur.

Le Duc, levé avant tout le monde et couché après tous, était quasiment invisible. Claris, qui cherchait à lui parler, rongeait son frein. Elle finit par le coincer un jour, entre deux rangées de ceps croulant sous les grappes. Elle l'accompagna en traînant la hotte à vendanges trop lourde pour elle et, tandis qu'il maniait la serpe, lui déclara de but en blanc qu'elle voulait devenir Nomade de l'Écriture et partir avec Ellel.

— Quand ? avait demandé Eben distraitement.

— Après les vendanges.

— Quoi ?

La serpe trop bien affûtée avait glissé et entaillé la paume d'Eben.

— Par la Licorne, Claris, qu'est-ce que c'est que cette histoire ?

— Je sais, répondit Claris à toute allure, les mots se bousculant sur ses lèvres. Je sais, je n'ai pas encore quinze lunées, mais Maya dit que je suis douée, et je pourrais profiter de leur voyage… Oh, papa, s'il te plaît, laisse-moi partir, j'en ai tellement envie. J'en ai besoin. Je sais que c'est mon destin...

Le Duc la regardait en suçant le sang de sa main blessée, ce qui lui donnait un air à la fois féroce et désarmant.

— Écoute Claris, ton destin, comme tu dis, est un sujet bien trop important pour qu'on en discute comme ça, entre deux coups de serpe. Et puis tu es trop peti... tu es trop jeune. Si tu désires vraiment être Nomade, nous devons y réfléchir. Nous en parlerons avec Maya, si tu veux, après les vendanges.

— Mais, après les vendanges, ce sera trop tard, elle sera partie ! cria Claris désespérée.

— Alors, nous en discuterons lorsqu'elle reviendra ! Maintenant, laisse-moi, j'ai à faire. Et toi aussi, si je ne m'abuse...

Claris avait regagné le château en pleurs. Elle n'avait pas été assez diplomate. Maintenant, il fallait attendre une autre occasion de revenir à la charge. Et attendre, Claris détestait ça. Elle soupira :

— Mais qu'est-ce qu'elle a à soupirer comme une âme en peine ? Active-toi, ma fille, ils vont vouloir manger et rien n'est prêt ! la houspilla Chandra, qui régnait en souveraine dans sa cuisine jaune où une douzaine d'enfants l'aidaient à préparer le pique-nique destiné aux vendangeurs.

Non sans un dernier soupir, Claris reprit sa place à la confection des casse-croûte, entre Nim la gâte-sauce et Line, la petite-fille de Sem. Salicande, qu'elle venait à peine de retrouver, l'étouffait déjà.

La fête du Jour et de la Nuit

Les jours passaient, consacrés au travail harassant de la cueillette du raisin. La récolte était traditionnellement close par une fête qui avait lieu au château et à laquelle tous les Salicandais étaient conviés. Les musiciens du village apportaient leurs instruments et on faisait des feux allant de la flambée de brindilles pour les tout-petits jusqu'aux impressionnants échafaudages qu'essaieraient de sauter les plus téméraires. La fête coïncidant généralement avec l'équinoxe d'automne, où le jour et la nuit sont d'égale durée. On l'appelait la fête du Jour et de la Nuit.

Les jumeaux retrouvèrent avec joie la famille Borges au complet. On mangea, on but, on dansa. Maya et Bahir entamèrent une série d'Unir et Claris fut surprise de voir que nombre de villageois se joignaient à eux. Le petit Merlin, le premier, agitait ses doigts en imitant sa grand-mère. Il vint tirer Claris par la main et elle ne put lui résister. Prenant une profonde inspiration, elle expira et se détendit. Un frisson frôla son esprit. *Viens, petite sœur, suis-moi...*

Elle fixa le dos de Jad devant elle et accorda ses gestes à ceux de son frère. Bientôt, elle ne les copiait plus mais les accompagnait, se laissant porter par les mouvements fluides de son jumeau. Les positions s'enchaînaient harmonieusement : leur respiration régulière à l'unisson, Jad et Claris étaient à nouveau ensemble. Au rythme ondoyant de l'Unir dansant, leurs ombres ne faisant qu'une à la lumière changeante des feux de bois.

Claris savourait ce moment de communion quand un titillement vint perturber l'accord parfait qu'elle formait avec Jad. Une présence. À la fois timide et forte. Curieuse. Calme. *Ugh !* Claris se crispa et perdit un instant sa concentration. *Laisse-le entrer, petite sœur, je suis avec toi.* Oui, Jad était là. Elle sentait la présence de Ugh, attentive et patiente.

Claris inspira, leva le pied droit, incurva les doigts dans la posture du héron. Elle expira et ouvrit son esprit. Le fils de Chandra s'engagea en douceur dans le lien sans le défaire. Sa présence était une source de chaleur, loyale et réconfortante. Claris comprit qu'il pourrait attendre indéfiniment, sans forcer. Elle se tourna vers lui.

*

Le lendemain matin, Claris ouvrit les yeux pour les refermer aussitôt. *Oh, non, c'est pas vrai...* Pourtant, ce n'était pas un mauvais rêve. Elle avait... Ramsk ! Elle n'osait même pas y penser... Elle avait embrassé Ugh ! Non, elle ne pouvait pas l'avoir embrassé, pas vraiment. Leurs lèvres s'étaient frôlées lorsqu'elle s'était tournée vers lui et lui vers elle pendant l'Unir dansant, voilà tout. C'était de sa faute à lui ! Il s'était trompé de côté, ils n'auraient pas dû se retrouver face à face. *Mais c'est bien moi qui l'ai embrassé, lui il avait les yeux fermés.*

Tout en s'habillant, Claris réfléchissait à toute vitesse. Comment avait-elle pu ? C'était sûrement le petit verre de vin, la fatigue... C'était bon... Elle se ressaisit, secouant ses cheveux noirs. C'était horrible, absolument horrible ! Pourvu que personne n'ait vu...

Sur le chemin de la cuisine, en passant devant la porte de Ugh, Claris marqua un temps d'arrêt. Elle devait peut-être lui parler, régler le malentendu... Elle hésitait, la main sur la poignée de la porte, lorsqu'elle entendit le rire de son frère et la voix plus grave de Ugh qui lui répondait. Claris fronça les sourcils. Jad était venu chercher Ugh. Il n'avait pas hésité, lui. Elle eut un pincement au cœur. Ugh lui avait sûrement tout raconté et les deux garçons se moquaient d'elle ensemble. Elle remonta la poignée doucement et continua à descendre les escaliers vers la cuisine.

Elle n'était plus émue ni inquiète. Claris était à nouveau en colère.

Des poils partout

— Toi, ma jolie, tu n'as pas l'air dans ton assiette, déclara Chandra en posant devant elle un grand bol de chococaf à la cannelle.

— Bof... grogna Claris.

— Je vois... Je sais que le matin n'est pas ton fort, mais tu pourrais au moins me dire bonjour !

— Pardon, nourrice, se repentit Claris, heureuse de retrouver quelqu'un qui n'avait pas changé. Je ne sais pas comment tu fais pour être de bonne humeur alors que tu te lèves aux aurores. Je parie que tu étais la première debout.

— C'est le moment de la journée que je préfère, quand tout est encore possible. Le château est calme, chacun rêve dans son lit. J'aime vous voir arriver l'un après l'autre pour déjeuner, encore chiffonnés de sommeil. Même les adultes, au réveil, ressemblent aux enfants qu'ils ont été. Tu vois, c'est mon moment de poésie ! s'esclaffa Chandra avant d'ajouter :

— Après, la journée s'enchaîne jusqu'au coucher et je n'ai plus le temps de philosopher ! Pour ton pari, c'est raté. Quand je suis arrivée, ton père était déjà passé par la cuisine. Regarde, il a fait des crêpes.

Claris attrapa deux crêpes en même temps. *Cheval ! Voilà ce qui lui fallait !* Elle irait voir Clochette, un bon galop lui ferait tout oublier.

— Où est Jad ? demanda Chandra.

— Avec Ugh, comme d'hab.

— Celui-là... Je l'ai à peine vu depuis qu'il est rentré tatoué comme un Ambrais. Il passe tout son temps enfermé dans sa chambre avec cette fichue violine ou à traîner au village…

— … avec Jad, termina Claris avec amertume.

La nourrice lui lança un regard inquisiteur.

— Viens par ici, ma poulette, intima-t-elle en tapant sur ses genoux, d'un ton qui n'admettait aucune discussion.

À son propre étonnement, Claris obéit, retrouvant la bonne odeur de Chandra avec un soupir de bien-être.

— Au moins, toi, tu as gardé une taille normale ! Je ne sais plus comment prendre Ugh dans mes bras, il déborde de partout ! Alors, mon petit lapin blanc, on dirait que ça ne s'est pas bien passé à la montagne ? J'avais dit au Duc que ce n'était pas une bonne idée, tu t'es ennuyée de nous, c'est ça ?

— Non, ce n'est pas ça. Enfin si ! s'empressa de rectifier Claris en voyant la déception s'afficher sur le visage de Chandra. Tu m'as manqué, papa aussi, le château, les chevaux, tout quoi. Mais c'était vraiment bien là-bas. L'endroit est magnifique, les Borges formidables, ils nous ont appris un tas de choses. C'est juste que… que…

Une fois le premier sanglot échappé, Claris ne put retenir ses larmes. De vraies grosses larmes, bien rondes, qui lui coulaient dans la bouche et qu'elle aspirait tout en parlant, goûtant la saveur salée de l'enfance qui s'en allait.

— C'est juste qu'Ellel va partir. Et papa ne veut pas que je parte avec elle pour être Nomade de l'Écriture…

Elle ne vit pas l'expression d'horreur qui s'affichait sur le visage de la nourrice.

— … et puis Jad est bizarre, il a changé, il dit que non, mais ce n'est plus comme avant, il est devenu trop… trop…

— Trop grand, avec des poils partout, la voix qui déraille et les pieds qui puent, c'est ça ?

— Oui, répondit Claris en reniflant mais en souriant. Même si ce portrait correspond plutôt à Ugh, c'est un peu ça...

En disant « Ugh », Claris pleura de plus belle.

— Il grandit, petite fleur, c'est tout, soupira Chandra en caressant les cheveux de Claris. Il faudra bien se faire une raison, ils grandissent.

— Moi aussi, je grandis ! s'indigna Claris, sans penser qu'elle était pelotonnée dans le giron de Chandra. Je grandis et tout le monde continue à me traiter comme un bébé !

Seule

Le récit de Siffle-Court avait fait le tour du village. Le fils de Chandra était accueilli partout comme un héros. Les filles lui tournaient autour, les garçons admiraient son tatouage. Jad rigolait et se laissait éclabousser par la gloire de son ami.

Les deux garçons n'eurent aucune peine à convaincre les enfants du village d'organiser un tournoi. Ils furent même si nombreux à s'inscrire que Jad proposa des éliminatoires, faisant valoir que la plupart des filles se fichaient du jeu des Mille Chemins comme de leur première poupée et n'y voyaient qu'une occasion de côtoyer Ugh de près.

Ugh ne protesta pas. Si, au début, il avait trouvé « trop ailé » de se faire admirer, l'attention féminine commençait à lui peser. Il sentait venir le moment où les garçons du village se lasseraient de cette adulation et viendraient lui chercher noise. Et il y avait le souvenir de certaines lèvres effleurant les siennes... Il rougissait rien que d'y penser. Et il y pensait souvent.

On fixa les modalités des éliminatoires, et Jad et Ugh passèrent le reste du Temps Rouge à organiser et arbitrer les parties. Claris se sentait seule. Blaise n'étant toujours pas revenu, les cours étaient interrompus. Désœuvré, Dag avait rejoint sa famille au village. Quant à Sem, il était dans une phase sauvage et bricolait dans sa forge.

Elle évitait le village pour ne pas voir Jad et Ugh se pavaner au milieu de leur cour, se coupant en même temps de Bahir et de Deli. Ellel et Maya avaient quitté Salicande dès la fin des vendanges. En partant, elles étaient passées au château pour faire leurs adieux, mais Claris n'y était pas. Elle se promenait avec Clochette, ne pouvant se résoudre à voir son amie partir sans elle pour ce qu'elle estimait toujours être leur destin commun. De toute façon, à quoi bon lui dire « au revoir » alors qu'elle ne la reverrait peut-être jamais ?

Claris ne pouvait s'empêcher de se sentir trahie. Par son amie qui partait sans elle, par son frère qui lui préférait Ugh, par son père claquemuré dans son phare, par ses propres impulsions quand elle faisait des choses aussi stupides qu'embra… Suffit ! Il fallait oublier cet instant d'égarement.

Aussi implacablement que le Temps Rouge dépouillait les arbres de leurs feuilles et que la bonne vieille pluie tombait sur Salicande, jour après jour, la fille du Duc se retranchait dans la colère qui l'avait saisie à la montagne et qu'elle retrouvait intacte. Les vendanges n'avaient été qu'une pause.

Vieillir, grandir

Maya se félicita d'avoir pressé le pas afin d'atteindre le gîte avant la nuit. Le vent qui ne cessait de siffler rendait le voyage pénible et énervait même les imperturbables sizyfs.

D'autres voyageurs avaient eu la même idée, et une

famille de marchands avait déjà allumé un bon feu dans le foyer lorsque la mère et la fille poussèrent la porte. Ils les invitèrent à mettre en commun leurs vivres et la Nomade accepta de bon cœur.

Plus tard, alors que tous étaient installés pour dormir, la femme de Bahir récapitula pour elle-même les événements de la journée.

Elle était inquiète et elle n'aimait pas cette sensation. C'était la première fois qu'elle quittait Salicande le cœur lourd. Voyager avait toujours été pour elle une joie sans mélange, partir et arriver n'étant que deux étapes nécessaires à ce qui l'intéressait vraiment : le voyage en lui-même. Être en chemin. Être entre le lieu que l'on quitte et celui où l'on se rend, ce que l'on connaît et ce que l'on va découvrir. Le premier pas sur la route l'animait toujours d'un joyeux sentiment de liberté qui allait de pair avec l'observation et la concentration qu'exigeait la danse des émotions et des mots.

Mais, cette fois, c'était différent. Les adieux avec Bahir avaient été empreints d'une émotion particulière. Il ne l'avait pas retenue, il ne ferait jamais cela, mais il l'avait serrée dans ses bras plus longtemps, plus farouchement que d'ordinaire. Elle-même se devait de reconnaître qu'elle l'avait quitté avec réticence. Maya avait compris à cet instant qu'ils vieillissaient. Curieusement, cette idée, au lieu de la démoraliser, la séduisit. Un nouveau tournant dans leur vie, une autre étape de leur histoire. Elle avait posé sa tête sur l'épaule de son mari.

— Bahir, quand je reviendrai, n'aimerais-tu pas, toi aussi, reprendre la route ? Juste tous les deux… Nous pourrions partir au-delà des Trois Vallées. Tu as toujours voulu savoir ce qui restait des Temps d'Avant ailleurs.

Le bouquiniste avait pris les deux mains de sa femme pour les poser sur ses yeux. En entendant Maya évoquer leur avenir, il avait su que cela ne se passerait pas ainsi et, pour la première fois de sa vie, il dit le contraire de ce qu'il ressentait :

— Oui, ma douce, nous irons de par le monde, tous les deux…

Est-ce la raison de mon angoisse ? songea Maya. *Aurais-je peur de vieillir ? Bahir redoute-t-il ce moment où, les filles parties, nous nous retrouverons l'un face à l'autre, lui sans les enfants et moi sans les voyages ?*

La Nomade revit le geste de son mari, posant ses mains sur ses yeux morts. Non. Malgré les peurs de chacun, malgré les changements de l'existence, malgré l'impact du temps qui dévore tout, ce qu'ils éprouvaient l'un pour l'autre leur permettrait d'y faire face. Elle s'en sentit ragaillardie. *Une nouvelle étape de vie avec de nouvelles aventures, c'est tout à fait ce qu'il nous faut ! Par le Scribe, voilà que je deviens optimiste, avec l'âge !* Cette pensée surprenante l'emmena vers le sommeil.

Allongée à ses côtés, Ellel sentit sa mère se détendre. La jeune fille aussi se remémorait les épisodes de la journée. C'était l'un des exercices de mémoire pratiqués quotidiennement par les Nomades et, pour Ellel, c'était aussi une habitude rassurante qui, depuis l'enfance, lui permettait de faire le passage de la nuit au matin, d'un jour à l'autre.

En revisitant cette journée de départ, elle ne s'attarda pas sur les adieux émus de son père et enthousiastes de ses deux sœurs pour ne pas céder à la mélancolie. Elle était heureuse de partir, c'était un grand événement pour elle, celui qu'elle attendait depuis toujours.

Ce qui l'empêchait de s'endormir parfaitement sereine, c'était ce qui avait eu lieu au château où elles étaient passées pour faire leurs adieux. Si Maya avait été contrariée de ne pas voir Claris, Ellel ne s'en consolait pas. Elle aurait voulu lui dire au revoir, lui dire qu'elles se reverraient bientôt, que leur voyage ensemble n'était que partie remise. Jad avait perçu sa peine.

— Je connais bien ma sœur. Elle ne t'en veut pas vraiment. Elle s'en veut davantage à elle-même.

— Mais de quoi ?

— De ne pas être assez grande pour partir avec toi. Ne t'inquiète pas, Ellel, et fais ce que tu as à faire. Je suis sûr que Claris le comprend. Elle a seulement besoin d'un peu de temps pour l'accepter.

— Tu lui diras que je suis venue, que je pense à elle, que...

— Je lui dirai. Elle le sait déjà, mais je le lui rappellerai.

— Jad, je suis désolée de ne pas rester pour le tournoi. Nous devons faire le voyage avant qu'il ne fasse trop froid et, si j'insistais pour rester, je serais obligée d'expliquer pourquoi et de dévoiler le secret.

— Je comprends... Et puis le jeu ne te passionne pas plus que ça, n'est-ce pas ?

— Serais-tu en train d'insinuer que je ne joue pas bien ?

Jad avait ri avec elle, puis l'avait regardée dans les yeux. Ellel avait découvert les petits points dorés qui émaillaient son regard sombre adouci par les longs cils. Le garçon avait alors eu un geste étonnant : il lui avait pris la main et l'avait serrée fort.

— Pense à toi, maintenant, à ton apprentissage. C'est merveilleux ce que tu entreprends. C'est trop ailé, je... je...

Sa voix s'était enrayée et il avait soufflé :

— Bonne route !

L'embrassant à la sauvette sur la joue, il s'était jeté dans les bras d'une Maya surprise qui n'eut que le temps de lui rendre son accolade avant qu'il ne parte en courant vers le château.

Ellel l'avait vu s'éloigner avec la sensation qu'elle ne pouvait pas le quitter comme ça. Sans réfléchir, elle l'avait rattrapé et s'était retrouvée devant lui sans savoir quoi dire. Alors, elle lui avait rendu son baiser sur la joue. Jad ne fit pas un geste quand elle s'éloigna à reculons. Une bouffée d'allégresse avait envahi la jeune fille, qui lui cria :

— Nous nous reverrons, Jad de Salicande ! Tu n'en as pas fini avec moi !

Maya se retourna dans son sommeil et Ellel se demanda si elle avait vu la scène entre Jad et elle. La mère et la fille avaient pris la route en silence, chacune perdue dans ses pensées. De toute façon, le vent qui ne cessait de siffler rendait toute conversation difficile. Puis il y avait eu le gîte, les autres voyageurs, le repas. Avant de se coucher, Maya s'était contentée d'embrasser sa fille en murmurant « À demain... » pour ne pas déranger ceux qui dormaient déjà.

Ellel pensa à la longue route qui leur restait à faire, à la famille de sa mère qu'elle allait rencontrer pour la première fois, au Nomadstère... Elle frissonna de plaisir et s'endormit à son tour.

Chapitre XXIV
Le cadeau du Duc

L'arc et l'épée

Claris avait passé l'après-midi à lire sur le chemin de ronde, juchée sur le toit de l'une des tourelles du château. La manœuvre était devenue plus dangereuse, car elle avait grandi et ne tenait plus sur la surface exiguë du toit.

Les bras autour de ses genoux repliés, elle laissa son regard errer sur le paysage. Il ferait bientôt trop froid pour qu'elle lise sur son perchoir. Déjà le vent mordait nez et oreilles, et les premières neiges étaient tombées sur les hauts sommets, rendant les cols impraticables. Si elle voulait partir le lendemain à l'aube, elle devait prévoir des vêtements chauds.

Les trois lunaisons qui s'étaient écoulées depuis les vendanges n'avaient pas entamé sa décision de ne pas participer au tournoi ni aux festivités prévues pour son anniversaire. Au contraire, elle avait eu le temps de tout planifier, elle s'éclipserait au matin du solstice et reviendrait le soir. Elle partirait avec Clochette, ou peut-être s'octroierait-elle le luxe d'emprunter Longue-Vue. Cette idée la fit sourire. Voilà, elle se ferait ce cadeau d'anniversaire !

Sentant le début d'une crampe, Claris sauta à terre et dévala les escaliers. Alors qu'elle passait près de la cuisine, une merveilleuse odeur de tarte à la rhubarbe lui chatouilla les narines. Deli ! C'était bien elle, s'affairant dans la cuisine jaune avec Chandra. Bahir, Jwel et Merlin étaient là aussi.

Claris ne soupçonna rien. Les Borges étaient maintenant des habitués du château, et il n'était pas rare qu'ils se joignent à la maisonnée d'Eben pour le dîner. Elle ne comprit le piège qu'à la fin du repas, lorsque Sem s'approcha d'elle avec un long paquet emballé à sa façon : enveloppé de tissu sous lequel crissaient... des feuilles mortes et des pétales de fleurs. Il tendit à Jad un autre paquet également emballé de tissu et de feuilles mortes.

Claris ouvrit la bouche pour protester, mais tout le monde s'avançait vers elle en riant et chacun avait un paquet à la main. Elle ne pouvait décemment pas tourner le dos et partir en courant. Elle jeta un regard assassin à son frère, mais il était manifestement aussi surpris qu'elle.

Chandra, désireuse de contourner la répugnance de Claris pour cette date tout en la lui souhaitant, avait organisé un dîner pour les jumeaux la veille de leur anniversaire.

*

Dans leur chambre, les jumeaux avaient aligné tous leurs cadeaux sur leurs lits et les contemplaient.

Bahir avait offert à Claris une série de carnets comme ceux qu'il fabriquait pour Maya et Ellel. Ceux de Maya étaient noirs ; ceux d'Ellel jaunes ; pour Claris, il avait choisi un beau rouge amarante. À Jad, il avait offert la collection complète de ses *Chroniques des Temps d'Avant,* sans omettre les cahiers qui manquaient à la grange de la Marmotte. Jad sentait la curiosité lui picoter le bout des doigts.

Chandra leur avait confectionné de nouvelles combinaisons de dulcepiel qu'elle avait faites trop grandes pour contrer ce qu'elle appelait « l'effet perceciel ». Elle leur avait également taillé et cousu, dans de magnifiques tissus de Morteterre, de chaudes et belles capes d'hiver aux multiples poches et aux profondes capuches. Celle de Jad était marron cuivré parsemé de fils rouges, celle de Claris était d'un vert sombre entremêlé de bleu.

Dag avait offert aux jumeaux des exemplaires jaunis et maintes fois rafistolés de son livre de stratégie préféré.

Eben s'était contenté de sourire mystérieusement avant de déclarer que ses cadeaux n'étaient pas tout à fait prêts, mais qu'il avait bon espoir qu'ils le soient le lendemain.

Quant à Sem... Claris regardait l'objet posé sur son lit sans y croire.

Jad avait le même regard émerveillé pour le sien : Sem lui avait fabriqué un arc en if, aussi grand que celui de l'Ambrais au marché des Trois Vallées. Sur le dos de l'arc et sur le carquois, que Jwel avait rempli de flèches, il avait sculpté des scènes de l'enfance des jumeaux. Tout y était : Eben, Sierra, Jad et Claris enlacés, Chandra et Ugh, le phare, même la vieille cabane dans l'arbre-église !

— C'est magnifique, dit Claris. Sem a dû y passer des décades...

— Des lunées ! Il m'a dit qu'il a commencé à mon dixième anniversaire, répondit Jad, les yeux étincelants. Et qu'il attendait que je sois assez fort pour le tendre. Ton épée est extraordinaire aussi. Ce n'est pas de l'acier ?

— De l'immortel, murmura Claris en caressant le beau bois blanc. J'étais avec Sem quand il a trouvé le tronc déraciné.

— Oh ! L'immortel est très rare, dit Jad en touchant l'objet avec respect. Je savais qu'on pouvait en faire des arcs, pas des épées.

— Je ne pourfendrai pas beaucoup de dragons avec une épée en bois, je suppose ! Mais, regarde, les tranchants et la pointe sont gainés d'acier et drôlement acérés. Son poids est parfait, apprécia Claris, en soupesant l'épée.

Elle exécuta une série de moulinets, faisant reculer son frère qui riait de son bonheur.

— Et tu as vu le fourreau ? Sem a gravé dans le cuir les personnages de mes livres préférés ! Achille, Sindbad, Skywalker, Harry Potter... Et Aragorn a tes traits, c'est toi !

Jad admira la finesse du travail de Sem. Il fit glisser l'épée dans le fourreau, dont la forme étrange n'épousait pas parfaitement celle de l'arme.

— Claris, regarde ! Comme ça, on dirait une canne.

Une fois dans son fourreau, l'objet ressemblait à une canne de marche au pommeau richement sculpté. Jad reconnut la minuscule corne torsadée en os.

Claris fronçait les sourcils.

— Je ne veux pas d'une canne...

Contrairement à son frère, qui ne quittait pas le bâton de marche avec son dragon aux ailes déployées que lui avait offert Eben, Claris ne s'était jamais sentie à l'aise avec la canne de sa mère et avait vite abandonné l'objet, qui l'encombrait dans ses mouvements. Sem en avait récupéré le pommeau, lui aussi en bois d'immortel, pour en faire celui de l'épée.

Jad fit jaillir la lame, qui émit un sifflement musical.

— C'est un des tours de Sem. Un objet dans un autre objet...

Il posa l'épée sur le lit et s'approcha de Claris.

— Tu vois, petite sœur, ce n'est pas si mal de fêter notre anniversaire.

Il approcha son front de celui de sa jumelle et Claris se laissa faire, goûtant ce moment de partage. Mais l'esprit de Jad bruissait de flèches et de figurines du jeu des Mille Chemins. Il ne pensait qu'à essayer son nouvel arc et au tournoi. Au bout d'un moment, elle lui sourit et s'éloigna pour se déshabiller.

Son sac à dos était prêt, caché sous le lit. Tandis que Jad plongeait dans les *Chroniques des Temps d'Avant*, elle glissa discrètement dans son sac les cahiers vierges offerts par Bahir Borges et posa dessus sa nouvelle cape verte.

Après une hésitation, elle y glissa aussi un petit paquet qu'elle n'avait pas ouvert. Le cadeau que Ugh lui avait glissé dans la main en rougissant avant de s'enfermer dans sa chambre sans lui laisser le temps de réagir.

Claris s'éclipse

Claris repoussa la couverture et s'assit avec précaution dans son lit en surveillant son frère d'un œil. À son habitude, Jad dormait en chien de fusil, ses cheveux blonds éparpillés comme une auréole sur l'oreiller.

Avec des gestes prudents, elle saisit son sac à dos sous le lit et sortit de la chambre en catimini. Dans le couloir, elle échangea son pyjama contre des chausses d'équitation et une vieille chemise de son père qu'elle enfila par-dessus la dulcepiel.

La cape et les bottines dans une main et sa nouvelle épée dans l'autre, elle descendit les escaliers, prête à se passer de petit-déjeuner afin d'éviter Chandra. Un coup d'œil prudent révéla une cuisine déserte où la table était mise. N'y résistant pas, Claris attrapa une demi-douzaine de petits pains frais qui seraient parfaits avec le saucisson, le fromage et la provision de chococaf dont elle avait garni son sac.

Elle préparait cette escapade depuis des décades et, chaque jour, le sac se remplissait un peu plus : livres, carnets, lampe à huile, briquet à amadou, vêtements.

Après réflexion, elle empocha aussi quelques pommes. *Jad se moquerait de moi… Bah, après tout, passer de douze à treize lunées, c'est une sorte de voyage…*

*

Jad ouvrit les yeux. Sa sœur était donc réellement partie. Il ignorait quels étaient exactement ses projets car elle avait tout préparé dans le plus grand secret, mais Jad s'attendait à ce qu'elle ne participe pas à la fête. Elle l'avait assez répété, et il l'avait vue trifouiller dans son sac à dos alors qu'elle le pensait endormi.

Il eut un petit serrement de cœur. Il aurait préféré partager avec elle le premier anniversaire qu'ils fêtaient depuis dix lunées, mais, connaissant sa sœur, il savait que personne ne lui faisait faire ce qu'elle ne voulait pas faire.

Il s'étira et attrapa ses vêtements en jetant un œil par la fenêtre. Il pleuvotait et le ciel était noir. Si le temps ne s'améliorait pas, il ne pourrait pas réaliser le tournoi dans la cour comme il l'avait prévu. Mais, avant que le château s'éveille, il avait du pain sur la planche. Claris serait heureuse de ce qu'il s'apprêtait à faire. Il aurait dû le lui dire.

Impulsivement, il se précipita à la fenêtre et l'ouvrit. Il n'eut que le temps de voir la belle cape verte de Claris tourner le coin de l'écurie. *Trop tard… Au moins, elle trouvera mon cadeau dans son sac.*

*

En arrivant à l'écurie heureusement déserte, Claris avait trouvé deux enveloppes posées bien en vue sur la selle de Clochette, l'une à son nom, l'autre au nom de Jad. À l'intérieur, un billet de son père :

« Rends-toi au box de Shéhérazade, tu y trouveras mon cadeau d'anniversaire. Le fils et la fille de Longue-Vue sont nés à la fin du Temps Jaune et ils se portent bien. Comme vous ne pourrez les monter tout de suite, tu accepteras peut-être de continuer à partager Longue-Vue avec moi ? Avec tout mon amour. Eben. »

Claris courut au box de Shéhérazade, une jument blanche qui avait passé les deux dernières lunaisons en pension chez un ami de son père qui faisait office de vétérinaire pour la vallée. Elle comprenait maintenant pourquoi. Les naissances gémellaires étaient particulièrement redoutées chez les chevaux. Il était très rare que les deux poulains y survivent. Son père avait attendu que les deux petits soient plus forts pour les ramener au château.

Médusée, Claris découvrit les deux minuscules poulains. L'un était tout blanc avec une étoile noire sur le front, la crinière et la queue noires. L'autre était tout noir avec une bande blanche sur le chanfrein et les pattes blanches. Leurs yeux jaune-vert brillaient dans la pénombre de l'écurie.

Claris avait envie de les prendre dans ses bras, mais Sanson, le palefrenier, n'allait pas tarder à arriver. Elle claqua la langue, tendant la main vers la jument, qui s'approcha. « Tu es belle, tu es courageuse, tes enfants sont magnifiques. Je dois partir, mais je vais revenir. Garde-les bien pour moi. » Shéhérazade accepta gravement ses félicitations, puis s'en retourna allaiter ses petits.

Au petit trot, heureux de cette promenade matinale, Longue-Vue prit la direction de la forêt et Claris le laissa faire. Elle était encore bouleversée par le cadeau d'Eben. « Continuer à partager » avait-il écrit sur son billet. Son père savait qu'elle montait Longue-Vue sans sa permission ! Elle n'aurait plus besoin de se cacher pour le faire en attendant de monter son fils ou sa fille. Claris était fière que son père reconnaisse ainsi ses talents de cavalière et lui manifeste sa confiance, mais elle ressentait aussi une sorte de nostalgie. Elle ne pourrait plus se cacher. Quelque chose venait de changer.

Elle balança la tête pour chasser ce sentiment doux-amer et se concentra sur l'image charmante des poulains. Jad serait fou de joie, ce cadeau signifiait également que son père acceptait qu'il remonte à cheval. Prendrait-il le blanc ou le noir ? Lequel était le mâle, laquelle la femelle ? Elle n'avait même pas pensé à vérifier. Dans un élan de générosité fraternelle, Claris décida que cela n'importait guère. Elle laisserait Jad choisir, ce serait son cadeau d'anniversaire pour lui.

Elle eut soudain envie de faire demi-tour pour réveiller son frère et lui montrer les poulains. Mais la perspective du tournoi, du château débordant de gamins du village qui ne pourraient s'empêcher de leur souhaiter bon anniversaire, lui était insupportable. Ce soir… Il serait bien temps ce soir, lorsque tout le monde serait parti, de remercier Eben et de partager ce merveilleux cadeau avec Jad.

Libérer les bonsaïs

En entrant dans la serre, Jad constata l'ampleur des dégâts. Chandra avait fait de son mieux, mais, en l'absence des soins méticuleux de Jad, un certain nombre de bonsaïs étaient morts ou malades. Pour les avoir sous la main tous en même temps, la nourrice avait ramené dans la serre les arbres qui étaient dans la chambre des jumeaux, et certains n'avaient pas apprécié le déménagement. Navré de constater à quel point son absence les avait affectés, Jad les passa en revue un par un, en s'excusant mentalement.

Ce gâchis ne faisait que conforter sa décision : il libérerait les bonsaïs. Il l'avait décidé le jour de la « chasse » avec Blanc Faucon, quand il avait senti que la terre, les arbres, les roches étaient vivants. Plus que ça, ils avaient une forme de conscience, il l'avait vue scintiller, il avait entendu son chant. En voulant les sculpter, qu'avait-il voulu faire sinon exercer son pouvoir sur eux ? Il les avait fragilisés et, lorsqu'il avait cessé de s'occuper d'eux, certains arbres étaient morts. En cela, n'était-il pas aussi irresponsable que les hommes des Temps d'Avant qui avaient décimé les forêts ? Même sous le coup de l'émotion, le garçon sentait confusément que son raisonnement était trop simpliste. Depuis l'épisode avec Blanc Faucon, il se tenait à l'orée d'une compréhension qu'il pressentait encore trop vaste pour lui.

Jad sépara les arbres en plusieurs groupes : ceux qui devaient être soignés avant d'être replantés à l'extérieur, ceux qui étaient irrécupérables, ceux qui pouvaient être transplantés immédiatement.

Tout en travaillant, il réfléchissait à cette idée : en exerçant leur pouvoir sur la nature, en croyant s'en rendre maîtres, les hommes s'en étaient exclus. Les *Chroniques* de Borges le montraient. Elles disaient aussi comment, lorsque les dégâts étaient devenus irrémédiables, les hommes paniqués avaient isolé et sacralisé la nature, s'interdisant d'y toucher. Ce qui n'était qu'une autre façon de s'en exclure. Il devait certainement exister une façon d'agir non pas pour ou contre, mais avec le vivant dans sa totalité. Était-ce ce que voulaient favoriser les Borges avec leurs exercices d'ouverture des perceptions et déploiement des sens ? Concentration, contemplation, conscience… Il voyait maintenant les activités proposées à la grange de la Marmotte sous un autre angle.

Il chargea sur une brouette les végétaux qui pouvaient être replantés et se dirigea vers le parc. Il pensait à toutes ces heures, ces jours entiers passés à sculpter et soigner ses arbres. Ce qu'il s'apprêtait à faire aurait été inimaginable pour lui quelques lunaisons auparavant. Même maintenant, alors qu'il était certain de faire le bon choix, il lui en coûtait de s'en séparer. Pourquoi ? Ces arbres ne lui appartenaient pas et ne lui appartiendraient donc ni plus ni moins dans le parc que dans sa chambre.

Le garçon serra plus fort les poignées de la brouette. Non, il ne passerait plus sa vie enfermé et il n'enfermerait plus rien. Les arbres grandiraient, ils occuperaient leur place librement dans la terre et dans le ciel. Les gouttes de pluie tombèrent plus serrées et Jad remonta le col de la cape offerte par Chandra, découvrant avec plaisir que le col protégeait le cou et la partie basse du visage. Claris serait moins mouillée à cheval.

Ses pensées se tournèrent vers sa sœur. La veille, Bahir lui avait dit que les dix jours qui suivent l'anniversaire de quelqu'un lui sont propices, que l'univers conspire en sa faveur, que c'est le moment idéal pour projeter ce que l'on désire. En traversant le parc où flottaient des lambeaux de brouillard, Jad s'interrogeait : Que désirait-il ? Que désirait-il vraiment ? 1) Recouvrer la santé. 2) Percer le mystère du jeu. 3) Et le plus secret, le plus profond des désirs : revoir sa mère.

Il oubliait que Bahir avait ajouté cette phrase : « Attention : demander c'est prendre le risque d'être exaucé. »

*

Jad replantait près du lac le dernier bonsaï – un tout petit cerisier qui donnait des fleurs délicates et des fruits minuscules – à l'abri du grand saule qui se penchait pour l'accueillir, lorsqu'il vit la longue silhouette de son père s'approcher. Eben s'accroupit d'un mouvement souple et lui sourit, indifférent à la pluie qui glissait sur sa tunique sombre. Il attendit patiemment que Jad eût fini pour lui dire :

— Tu les libères ?

— Oui, c'est... c'est exactement ça ! balbutia le garçon, étonné que son père emploie précisément ce terme-là.

Eben hocha la tête, puis posa la main sur l'épaule de son fils.

— J'ai un cadeau pour toi. Pour vous, à vrai dire, mais ta sœur ne t'a pas attendu pour le découvrir.

— Tu savais qu'elle partait ?

— Disons que je m'en doutais. C'est peut-être mieux ainsi, tu ne crois pas ?

— Si.

Jad n'avait jamais été aussi naturellement d'accord avec son père. C'était une sensation aussi surprenante qu'agréable.

— Alors, ce cadeau, tu viens le voir ?

Jad sauta sur ses pieds.

— Bien sûr ! C'est un cadeau pour nous deux ? Claris l'a déjà déballé ?

Eben eut un grand sourire.

— Il est « déballé » depuis quelque temps, mais il est intact, n'aie crainte.

Tandis qu'ils se dirigeaient côte à côte vers l'écurie, Jad constata qu'il n'avait plus besoin de se tordre le cou pour parler à son père. Pour la première fois, il se dit qu'il serait peut-être un jour aussi grand que le Duc. Il fit glisser sa capuche, livrant son visage aux gouttes, bien décidé à profiter de chaque instant de cette journée.

Chapitre XXV
Le peuple des Arbres

Détails géographiques

« Snif, snif ! Fff, fff ! Snif, snif ! Fff, fff ! » Blaise ahanait en s'agrippant des pieds et des mains pour s'arracher au ravin où il était malencontreusement tombé.

Au pire moment, alors qu'il ne pouvait ni reculer ni avancer, les bras et les cuisses perclus de crampes, il s'était souvenu du temps reculé où il pratiquait ce sport répétitif et assommant, le footing. Il avait alors exhumé de sa mémoire centenaire cette formule magique : snif snif, fff, fff, deux inspirations, deux expirations, et ça avait marché. Son souffle s'étant équilibré, il se traîna sur les derniers mètres et sortit du ravin.

Blaise ôta son sac à dos, s'étira, épousseta ses robes pour enlever les brindilles qui s'y étaient accrochées et entreprit de monter son campement pour la nuit déjà entamée. Il avait demandé à Siffle-Court de ramener les sizyfs à Salicande, heureux de se débarrasser de leurs caresses pointues sur son postérieur délicat. Mais voilà, il s'était heurté à un autre inconfort : Athéna, qui lui servait de guide, l'emmenait chez les Abdiquants par ses chemins. Or ses chemins étaient aériens, planants, des chemins d'oiseau qui voit le monde de haut et ne s'embarrasse pas de détails géographiques comme les falaises, les rivières ou les ravins. Et maintenant elle avait disparu. Un bref coup d'œil le renseigna sur la position de la Lune presque pleine. La chouette ne se montrerait pas une nuit de pleine lune, elle en profiterait pour chasser.

En mangeant son pain et ses fruits secs, le Mandarin songea aux méandres de la vie, qui ne vous mènent pas toujours où vous souhaitez aller. Il songea aussi que c'était souvent à ces moments-là que les choses intéressantes arrivaient. Qu'avait dit la Trame ? « Celui qui veut diriger se laisse déterminer par les vues de ses subordonnés. » *Par les Dix Mille Baguettes, il ne faut pas exagérer non plus !* Lorsque Athéna reviendrait, il devrait trouver un moyen de lui expliquer qu'il ne pouvait pas la suivre, qu'il lui fallait emprunter routes et ponts et dormir la nuit.

*

Une décade plus tard, Blaise atteignit enfin la forêt de Salicande. Lassée du rythme de l'homme, la chouette avait envoyé à Blaise l'image mentale de la clairière de la Licorne et s'était envolée. Le Mandarin avait poursuivi sa route, seul et à pied, se maudissant de ne pas avoir pensé avant à accorder ses violons avec la chouette. Il aurait pu alors rentrer avec Siffle-Court et Ugh, confortablement installé dans le chariot du musicien.

À l'orée de la forêt, il hésita. Devait-il passer au château d'abord ? L'idée d'avoir à s'expliquer avec une Chandra furibonde l'en découragea. Il s'engagea donc dans les futaies, à quelques heures seulement du château où les vendanges battaient leur plein, et rejoignit la clairière de la Licorne, où se dressaient les immortels aux troncs blancs.

Le Mandarin savait qu'il était inutile d'essayer d'aller plus avant. D'évidence, la clairière représentait une sorte de frontière qui ne pouvait être dépassée. En outre, c'était le lieu de son rendez-vous avec Athéna. Il fit donc exactement ce qu'il avait fait la première fois : il se détendit en exécutant quelques postures d'Unir dans le crépuscule rose. Puis, s'enveloppant dans ses robes jaunes, il s'adossa à un immortel et s'assoupit en écoutant le chuchotement du vent dans les branches.

Des émotions, des sentiments

forêt
murmure du vent dans les branches forêt
quiétude verte enracinement terre et ciel liaison forêt

Ce fut un chant qui le réveilla, un chant grave mêlé de rires cristallins. Blaise sourit, il connaissait ce chant. Mais il ne s'attendait pas à ce qu'il vit lorsqu'il ouvrit les yeux : il était adossé au dragonnier et des enfants dansaient une ronde endiablée autour de lui. Ils s'égaillèrent lorsque Blaise bougea, disparaissant dans les arbres.

Levant les yeux, il vit que les arbres étaient couverts de ponts formés de lianes et de plateformes. Il s'était endormi dans la clairière de la Licorne et se réveillait au siège du Dragon ! Il avait à quelques reprises partagé les cérémonies du peuple des Arbres, mais toujours par l'intermédiaire de l'esprit de la chouette, et voilà qu'il se retrouvait dans ce qui semblait être leur village. Combien de temps avait-il dormi ? Comment avait-il été transporté au cœur de la forêt ?

Alors qu'il se levait, une femme âgée aux yeux pétillants de bienveillance s'approcha et lui tendit un bol empli d'une tisane odorante. D'autres hommes et femmes s'approchèrent et le saluèrent silencieusement. D'expérience, Blaise savait que le peuple des Arbres ne parlait que lorsqu'il le jugeait nécessaire, et apparemment ce n'était pas le cas. Ne voulant ni les brusquer ni se montrer discourtois, le

Mandarin partagea leur journée puis leur veillée, unissant sa voix éraillée à leurs belles voix travaillées sans poser les questions qui lui brûlaient les lèvres.

Le lendemain, il essaya tout de même d'interroger le peuple des Arbres. Que faisait-il là ? Avait-il quelque chose à lui dire ? Était-ce en rapport avec Sierra ? Pouvait-on lui indiquer où se trouvaient les Abdiquants ? Les femmes souriaient, les hommes hochaient la tête, on lui offrait de la tisane et des fruits secs, mais on ne lui parlait pas. En outre, Athéna n'était toujours pas au rendez-vous.

En fin de journée, alors que Blaise tournait, désœuvré, autour d'un homme qui réparait un panier, celui-ci posa son travail, se leva et lui fit signe de le suivre. Ils pénétrèrent dans la forêt. De temps en temps, l'homme s'arrêtait et montrait à Blaise une plante, une fleur, un gland ou un cône. Tous inconnus. Son âme d'herboriste en frémit de plaisir. Il se dit qu'il avait somme toute bien mérité un peu de repos et qu'il pouvait se laisser aller. Il se laissa si bien aller que plus de deux lunaisons passèrent.

*

Lorsque, bien plus tard, le Mandarin essaya de raconter ce séjour, il s'aperçut qu'il ne le pouvait pas. Certes, il avait cueilli des herbes et des fleurs inconnues qu'il avait fait macérer et sécher. Pour preuve, les dizaines de petites fioles en bois noir de jacara qu'il avait retrouvées dans les poches de ses robes. Sur chaque fiole était gravé un symbole censé indiquer ses propriétés. Le Mandarin allait passer les prochaines lunées à deviner et expérimenter le contenu fabuleux des fioles ramenées de la forêt.

Certes, il avait participé à la vie du peuple. Il avait cueilli des noix et des noisettes, fait sécher les fruits pour les remiser en prévision de l'hiver, rassemblé un nombre incalculable de stères de bois mort, regarni de feuilles et de mousses les matelas du village.

Certes, il avait participé aux veillées où circulaient la tisane des rêves et le chant du peuple.

Certes, il avait contribué à l'aménagement des plateformes construites sur les arbres-églises, transformées en grandes pièces tapissées de matelas et colmatées de mousse. Le peuple des Arbres y passerait l'essentiel de l'hiver dans une sorte d'hibernation, enroulé dans de grandes couvertures, blotti par famille, mangeant des fruits secs et sirotant sa tisane onirique.

On avait fini par lui expliquer, avec une grande économie de mots, que c'était pour cette raison que le peuple ne parlait pas. Il se préparait au Temps Blanc, qui était pour lui le temps des histoires interminables, de la palabre, de l'étude et du rêve. Au Temps Blanc, entre deux rêves, le peuple parlait. En conséquence, avant, il se taisait...

Il pouvait raconter tout cela. Mais c'était loin d'être suffisant ou même exact. Parce que l'essentiel de son séjour se trouvait ailleurs. Dans ce qu'il fallait bien appeler des émotions ou des sentiments. Et allez parler de sentiments à des gens qui veulent entendre parler d'action !

Mais cela non plus n'était pas tout à fait exact. En vérité, le Mandarin tut pour lui-même et pendant longtemps tout ce que ce séjour avait implanté en lui aussi profondément que si on lui avait ouvert le cœur et la tête pour l'y enfoncer. Implanté ? Ou révélé ?

Exclu

Ce qu'il ne raconterait pas davantage, mais parce qu'il en avait honte, c'était la raison de son départ du village.

Blaise avait noté que les adultes du peuple des Arbres penchaient parfois la tête de côté comme pour écouter quelque chose. Ou bien ils interrompaient brusquement leurs gestes et fixaient un point devant eux avant de reprendre leurs activités là où ils les avaient suspendues, un demi-sourire aux lèvres.

Les enfants avaient un comportement similaire mais plus extraverti, ils agitaient leurs doigts comme s'ils jouaient du piano dans l'air, riaient aux éclats, se mettaient à courir en sarabandes impromptues, renversant tout sur leur passage. Ils n'étaient jamais grondés par leurs parents dans ces occasions. Au contraire, les adultes riaient avec eux et certains les rejoignaient.

Cette attitude provoqua la curiosité du Mandarin, puis un sentiment de malaise. C'était ainsi que se comportaient ses cousins, son grand-père et ses disciples lorsqu'ils voyaient les élémentaux.

Bien sûr, le peuple des Arbres, qui vivait en si bel accord avec la forêt, devait être en rapport avec les élémentaux ! Il les voyait, il les entendait, il communiquait avec eux. Blaise sentit la jalousie émerger d'un recoin bien enfoui et monter en lui, l'occupant jusqu'à la moindre cellule. À partir de ce jour, les enfants, qui auparavant recherchaient volontiers sa compagnie, l'évitèrent.

Le Mandarin marina sept jours durant dans sa jalousie. À l'aube du huitième, lorsqu'il se réveilla, le village avait disparu. Seule l'ancienne aux yeux bienveillants qui l'avait accueilli se tenait devant lui, accroupie sur ses talons, les premiers flocons fondant sur ses cheveux blancs. Elle se racla la gorge pour s'éclaircir la voix :

— Homme sage, nous avons apprécié le temps que tu as passé parmi nous. Nos cœurs et nos racines t'en remercient.

Blaise comprit que l'on mettait fin à son séjour. Il allait être expulsé de cette paix, de cette harmonie, de ce savoir. Lorsqu'il parla, sa voix n'était pas seulement enrouée de ne pas avoir servi pendant longtemps. Il avait envie de pleurer. À cent trois ans, il avait envie de pleurer comme un bébé. *Cent trois ? Tricheur ! Cent trois, c'était quand tu étais jeune !* Blaise renifla et glissa ses mains dans ses manches.

— Salut à toi, dame du peuple des Arbres. Pardonne-moi si je ne te donne pas ton nom, mais je l'ignore.

La femme ne répondit pas. Elle le regardait avec dans les yeux le vert bruissant de la forêt. Blaise se sentait si mal qu'il s'assit. Il allait être exclu...

— Ce que vous m'avez offert en me permettant de séjourner parmi vous représente davantage que je ne saurais le dire. Davantage que je ne le méritais peut-être...

La femme balança la tête de ce geste doux qui ressemblait à un acquiescement mais que Blaise savait vouloir dire « non ».

— Ne puis-je pas rester ?

Autre ballottement doux de la tête.

— Ai-je commis une faute ? Vous ai-je blessé d'une quelconque façon ?

— Pas de faute. Pas de blessure dans nos cœurs ni nos racines. Les blessures, tu les portes en toi-même. La souffrance de l'Homme sage s'épanche autour de lui. Tout ce que tu ressens, nous le ressentons. Les enfants en sont obscurcis. Ils n'ont pas encore appris à se protéger. Pour l'heure, nous te disons adieu. Lorsque les sentiments obscurs que tu portes depuis si longtemps seront clarifiés, tu nous retrouveras. Nous t'attendrons.

Chapitre XXVI
Première partie

Le maître du jeu

Le vent se leva alors que le Duc et son fils revenaient de l'écurie. Eben pressa le pas et songea que, si le temps empirait, Claris reviendrait peut-être plus tôt de son escapade. Jad eut une pensée pour les bonsaïs replantés. Résisteraient-ils si le vent était de la partie ? Encore émerveillé par le cadeau que lui avait fait son père, il décida de lui parler du goûter qui réunirait les enfants du village au château. Mais sans parler du tournoi. Le tournoi serait sa surprise.

Dans la cuisine, ils trouvèrent Chandra et Ugh, qui se joignit à son ami pour les explications. Surpris mais heureux que son fils sorte de son isolement, Eben proposa de l'aider à préparer la salle d'étude et Jad accepta avec soulagement. Il avait projeté d'installer les participants dans la cour, sur les tables à tréteaux de la serre, mais le temps menaçait de tourner à l'orage.

Chandra, secrètement ravie à la perspective que le château se remplisse d'enfants, commença les préparatifs du goûter tout en rouspétant que, si le fils se mettait lui aussi à inviter à tour de bras sans la prévenir, il ne lui resterait qu'à jeter le tablier qu'elle ajustait avec dextérité sur ses hanches rondes.

Tandis qu'ils aménageaient la salle d'étude, Jad se remémorait le déroulement de l'événement. Garçons et filles du village avaient été présélectionnés par Jad et Ugh jusqu'à ce qu'il ne reste que les huit meilleurs joueurs. La variété des personnages, des cartes, et la richesse des paysages peints sur le plateau faisaient des Mille Chemins un jeu qui n'avait pas de fin, c'était l'une de ses difficultés majeures. En conséquence, il avait décidé d'organiser le tournoi en deux parties. Les enfants du village avaient porté des invitations aux villageois le matin même.

*

Les participants commencèrent à arriver après le déjeuner sous un ciel de plus en plus noir. À cause du mauvais temps, les parents avaient gardé les plus petits à la maison, promettant de les amener au château pour la pièce de théâtre qui devait clore la journée. La farce mettait en scène l'épisode de Ugh avec le vautour-hyène à Vieil-Ambre, et c'était une surprise des enfants du village pour ceux du château.

Jad s'activait, les joues rouges d'excitation, installant joueurs et spectateurs. Les garçons du village et du château étaient venus en masse, ainsi que de très nombreuses filles, supporters enthousiastes d'Orphéüs…

Une fois les spectateurs installés sur les chaises et les joueurs réunis devant les tables où étaient disposés les échiquiers, Jad proposa que l'on tire au sort parmi les participants celui qui remplirait la fonction pivot de maître du jeu.

La protestation fut spontanée et unanime, tous s'accordant à dire que Jad était celui qui connaissait le mieux les règles et donc le plus indiqué pour tenir ce rôle. Le garçon aurait préféré jouer tout simplement, mais il se plia de bonne grâce à la demande générale.

Jad demanda le silence en tapant sur le sol avec son bâton à pommeau de dragon. D'abord timidement, puis s'enhardissant peu à peu, il rappela les règles qu'il avait inventées pour le tournoi.

— Alors... heu... Tout d'abord, soyez les bienvenus et merci d'être si nombreux.

Des applaudissements enthousiastes accueillirent ses paroles.

— Merci aux joueurs qui, pour certains, s'apprêtent à passer la journée vissés sur une chaise. Merci aux supporters, parmi lesquels je remarque avec... hum... bonheur un grand nombre de filles...

Sifflements des garçons et gloussements des filles.

— Elles... heu... ils sauront, j'en suis sûr, applaudir les gagnants et... hum... consoler les perdants.

Rires.

— Avant de procéder au tirage au sort des partenaires pour la première partie, je me permets de vous rappeler rapidement le déroulement du tournoi.

À ces mots, Eben sursauta. Il se pencha vers Bahir et chuchota :

— Il s'agit d'un tournoi ? Tu étais au courant ?

Bahir balança la tête, aussi surpris que son ami.

— Il sera composé de deux parties de deux heures chacune, continuait Jad. Pour la première partie, les participants s'affronteront deux à deux. Les vainqueurs seront ceux qui se seront approchés le plus de la réalisation de leur mission, tirée au sort en début de partie. Les joueurs peuvent à tout moment avoir recours au... heu... maître du jeu pour interpréter les règles s'ils en éprouvent le besoin. C'est également le maître du jeu qui étudiera la position finale des pièces et annoncera les vainqueurs. En cas de litige, heu… Eh bien, il n'y aura pas de litige car les joueurs s'engagent à respecter les décisions du maître du jeu. Je veux dire, si vous êtes d'accord, bien entendu…

Brouhaha.

Jad transpirait sous le regard compatissant de Ugh, qui était venu se placer à ses côtés pour le soutenir. Il savait ce que c'était que d'être le point de mire de toutes les attentions et ne quittait pas Jad des yeux pour éviter ceux des filles, qui commentaient chacun de ses gestes en minaudant. Jad s'essuya le front et balaya l'assistance du regard. Il vit son père au fond de la salle qui parlait à Bahir, et Jwel tenant Merlin dans ses bras. Deli, excellente joueuse, était parmi les sélectionnés. Il aperçut également Siffle-Court chuchotant quelque chose à l'oreille d'une Chandra radieuse.

— À la fin de la première partie, la moitié des joueurs étant éliminée, il n'en restera que quatre. Ils disputeront ensemble, autour d'un seul échiquier, une seconde partie. Cette seconde partie sera... heu... un peu différente… Je vous en parlerai le moment venu pour ne pas gâcher le suspense. Sachez en tout cas qu'elle aura lieu après le goûter préparé par notre chère Chandra et par Deli, qui à elle seule nous a préparé treize gâteaux !

Ovation pour Chandra et Deli, qui se levèrent en souriant et saluèrent. Jad laissa le public s'époumoner un moment, puis demanda le silence :

— Nous allons maintenant procéder au tirage au sort des adversaires et des missions. Les spectateurs peuvent circuler pour regarder les joueurs pendant la partie, mais je vous serais reconnaissant de ne pas intervenir. Si vous avez du mal à garder le silence pendant deux heures, nous avons préparé une petite salle, juste à côté, où vous trouverez quelques boissons et friandises ainsi que… des montagnes de livres de classe pour ceux qui se languissent des cours de notre bien-aimé Blaise ! Maintenant, place au jeu et que la chance soit avec vous !

Les joueurs tirèrent au sort une carte contenant le descriptif de leur mission. Ils la remirent l'un après l'autre au maître du jeu, qui en prit connaissance et brossa pour chaque table un scénario de départ en fonction des cartes tirées.

Le jeu des Mille Chemins comprenait deux dés. Un dé à cinq faces représentant les quatre éléments (eau, terre, feu et air) plus une face gravée d'un signe inconnu que Jad avait appelé « le cinquième élément ».

Il avait écumé les livres de la bibliothèque, interrogé Bahir, Blaise et son père dans l'espoir de déchiffrer le signe mystérieux. Bahir avait émis plusieurs hypothèses érudites et invérifiables, Blaise avait avoué ne plus se souvenir de la signification du signe et Eben avait déclaré que « le cinquième élément » lui rappelait un vieux film du XXe siècle.

De guerre lasse, Jad avait décidé que, lorsque le dé tomberait sur le signe inconnu, la main passerait au maître du jeu, qui aurait la possibilité d'intervenir de façon radicale dans le déroulement de la partie. Déjouant toutes les lois des probabilités que Blaise s'échinait à inculquer à ses élèves, le dé ne tombait que rarement sur le cinquième élément.

Quant au second dé, il comportait quatre faces, deux blanches et deux noires, où étaient inscrits les symboles du yin et du yang. Jad avait établi que ce dé indiquerait si l'action devait être de type féminin, soit passive, ou de type masculin, soit active.

Jad eut une pensée pour sa sœur, qui voyait dans cette « association lamentable » (féminin = passif) une raison supplémentaire de ne pas aimer ce jeu qu'elle avait surnommé « Tout et son contraire ».

Ce fut un sourire aux lèvres que le maître du jeu donna le signal du début de la partie en tournant le sablier. Dehors, le premier éclair zébra le ciel.

La clairière de la Licorne

Claris mit pied à terre et regarda autour d'elle avec étonnement. Ces grands arbres blancs qui délimitaient la clairière devaient être des immortels. Curieusement, leurs cimes se rejoignaient au milieu de la trouée, formant un toit qui l'abritait de la morsure glacée du vent. Ce qui était plus appréciable encore, les hautes frondaisons fournies filtraient parfaitement la pluie qui commençait à tambouriner sur les feuilles.

La chevauchée n'avait pas été la partie de plaisir qu'elle avait escomptée. Le vent qui soufflait en violentes bourrasques avait transformé son escapade en une épreuve pénible. Harcelée par les rafales qui lui fouettaient le visage malgré la protection fournie par la cape, elle avait même songé à rentrer au château. À la perspective d'un orage, l'angoisse avait envahi Claris, qui avait serré les dents pour bloquer le souvenir de cauchemar. C'est à ce moment que Longue-Vue avait henni puis, d'un petit trot sûr, avait bifurqué vers la forêt. Il semblait savoir où il allait et elle le laissa faire. Le cheval l'avait conduite sans hésitation jusqu'à la clairière où ils se trouvaient.

Elle caressa le chanfrein de Longue-Vue et flatta son encolure mouillée. Ramassant une poignée de feuilles mortes, elle commença à le bouchonner.

— Merci, mon grand, de m'avoir amenée ici. Je ne voulais pas rentrer au château.

L'étalon encensa et la regarda de ses étranges yeux jaune-vert. Tout en délestant le cheval de son sac et de la selle, Claris admirait la majesté des arbres que rien ne semblait pouvoir ébranler. Oui, l'endroit était idéal pour se reposer. Et pour entamer son pique-nique ! Longue-Vue avait déjà commencé à brouter le trèfle noir qui poussait au pied des immortels. Elle proposa au cheval dans le creux de sa main un peu d'eau de sa gourde qu'il refusa, en retroussant ses lèvres avec une grimace qui la fit rire. *D'accord, nous te trouverons un ruisseau.*

Ouvrant son sac, Claris sortit ses provisions. C'est lorsque tout bruit de mastication prit fin qu'elle entendit, entre deux gouttes de pluie, l'épée fredonner.

Rien à pinailler

Les quatre joueurs éliminés repoussèrent leurs chaises en s'étirant. Ils serrèrent la main des vainqueurs de la première partie, puis celle du maître du jeu. Ils étaient déçus, mais Jad avait pris le temps d'expliquer à chacun d'entre eux pourquoi leur adversaire s'était davantage approché de l'accomplissement de la mission qui lui avait été attribuée.

Les Mille Chemins était un jeu subtil où l'on ne marquait pas de points. C'est l'accomplissement de la mission qui mettait fin à la partie. Comme Jad avait limité le temps de jeu, seule l'interprétation pouvait désigner le vainqueur. Et qui dit interprétation dit désaccord. Jad s'attendait à des discussions sans fin, mais il n'y eut aucune réclamation. Il décréta une pause avant la reprise du tournoi.

— Ouf ! Personne n'a pinaillé ! murmura-t-il à Ugh, qui se trouvait parmi les quatre qui restaient en lice.

— Parce qu'il n'y avait pas à pinailler ! Tu as exposé les raisons de ton choix avec clarté et précision, tout en ménageant les susceptibilités avec habileté. Une habileté diabolique, je dois dire.

Jad le regarda du coin de l'œil pour voir s'il se moquait.

Ugh lui adressa son sourire-banane et lui tapa amicalement dans le dos.

— Autrement dit, mon pote, je ne savais pas que tu aimais commander.

— Je n'aime pas ça ! protesta Jad.

— Heureusement, répliqua son ami. Cela t'évitera peut-être de devenir un tyran assoiffé de pouvoir !

— Qui est assoiffé de pouvoir ?

Eben, Bahir et Jwel s'étaient approchés.

— Vous ne trouvez pas que Jad est un maître du jeu trop ailé ? demanda malicieusement Ugh, ravi de voir quelqu'un d'autre que lui rougir.

— Rigoureux, dit Jwel en souriant au garçon.

— Pondéré, ajouta Bahir.

— Trop ailé ! s'exclamèrent-ils tous en même temps, au désespoir de Jad.

— C'est vrai, acquiesça Eben, la meilleure preuve en est que personne n'a discuté tes décisions. Jad, est-ce que je peux te dire un mot ?

Jad se tourna vers son père, mais fut interrompu par Deli :

— Loin de moi la prétention de vous dire ce que vous avez à faire, ô maître du jeu, mais il semblerait que les joueurs commencent à s'empiffrer sans vergogne des délicieuses friandises préparées par Chandra. Je crains qu'ils ne puissent bientôt plus se concentrer sur autre chose que sur leur digestion.

Jad fit un geste d'excuse à Eben et sonna la reprise du tournoi. La plainte déchirante de la corne de brume masqua le premier coup de tonnerre.

Chapitre XXVII
Deuxième partie

La règle du jeu

Les joueurs revinrent vers la salle d'étude, laissant une partie des spectateurs bavarder dans la salle contiguë.

Jad fit signe aux quatre finalistes de prendre place autour de la grande table qui trônait désormais seule au centre de la pièce et frappa de son bâton sur le sol pour réclamer le silence.

— Pour cette deuxième et dernière partie, nous allons voyager encore plus loin. Loin en arrière... Nous sommes aux Temps d'Avant...

Un frisson de surprise parcourut l'assemblée. Jad vit l'expression d'Eben se figer et Bahir arquer les sourcils. Il s'éclaircit la voix et répéta d'un ton ferme :

— Nous sommes aux Temps d'Avant... En ces temps étranges où la planète se divisait entre Nantis et non-Nantis, le jeu était roi. Les Nantis, n'ayant pas besoin de travailler pour vivre, jouaient davantage, donc mieux. Cette minorité qui concentrait la richesse et le pouvoir était largement prédominante sur le terrain de jeu, que nous allons appeler le Réseau. Les non-Nantis eux, bien que représentant 80 % de la population de la planète, étaient minoritaires sur le Réseau, condamnés à compenser l'expérience par le talent. En principe, et en principe seulement, tous étaient égaux, car le jeu n'identifiait ni riche ni esclave, ni homme ni femme, ni jeune ni vieux. En réalité, le Réseau n'était qu'un immense champ de bataille où Nantis et non-Nantis s'affrontaient comme ils ne pouvaient pas le faire dans la réalité. En ces temps biscornus, il était plus facile de bidouiller son sexe ou son âge que sa condition sociale.

Égaux, ils l'étaient néanmoins devant la Drogue. Le Réseau était un terrain de jeu un peu spécial : pour y accéder, il fallait avoir recours à la Drogue. Les joueurs étaient dépendants de la substance qui leur permettait de se connecter ou de se lier les uns aux autres, et de jouer comme vous autour de cette table alors même qu'ils se trouvaient à des milliers de kilomètres de distance.

Jad reprit son souffle et croisa le regard de Ugh, qui lui fit un geste signifiant « c'est ailé ». Jad lâcha un soupir de soulagement et conclut :

— En résumé, époque : Temps d'Avant ; lieu : le Réseau où se connectent les joueurs ; décor : celui de l'échiquier ; personnages : Nantis et non-Nantis. Notre aventure commence avec le coup d'envoi du grand tournoi opposant les meilleurs joueurs de la planète. Vous êtes ces champions.

Il fit une révérence amusée aux joueurs qui l'écoutaient avec attention.

Eben n'avait pas entendu la dernière phrase, car il s'était penché vers Bahir.

— Comment en sait-il autant sur les Temps d'Avant ? C'est à cause de tes fameuses *Chroniques* ?

— Grâce à mes fameuses *Chroniques*, veux-tu dire ! protesta l'autre avec indignation.

— Bahir, je n'aime pas cette histoire de tournoi.

— Ne te mets pas martel en tête, Eben. Savais-tu que Jad était si bon orateur ?

— Je vous avais promis une surprise, continuait Jad, la voici : pour cette partie, vous ne choisirez pas vos personnages et vous ne tirerez pas au sort vos missions. Ils vous seront attribués par le maître du jeu, ainsi que le décor et le scénario de départ.

Deli, Mir, Luven et Ugh échangèrent des regards étonnés. Choisir son personnage et ses caractéristiques était l'apanage du joueur. Les joueurs invétérés avaient leur personnage attitré, enrichi et peaufiné au fil des parties, un alter ego auquel ils tenaient comme à une partie d'eux-mêmes. Se voir imposer un personnage juste avant la partie était fort déstabilisant. Luven esquissa un geste de protestation. Jad leva la main en signe d'apaisement.

— En compensation, vous élaborerez vous-mêmes vos missions en fonction de votre profil et du scénario donné.

Cette fois, les joueurs échangèrent des sourires ravis. C'était tout à fait inédit. La mission étant toujours du ressort du maître du jeu, elle était souvent l'écueil sur lequel venaient buter les ambitions des candidats. Jad avait inversé le canevas du jeu.

— Mais attention ! Le maître du jeu fera appel à son droit d'ingérence si les missions que vous choisissez ne... comment dire... ne font pas honneur aux joueurs émérites que vous êtes. Maintenant, si vous êtes d'accord avec ces règles, levez le bras.

Quatre bras se levèrent sans hésitation. Jad se détendit et leur sourit. Parmi les spectateurs, les enfants applaudirent.

— Merci pour votre confiance. Votre esprit aventureux laisse présager une partie passionnante. Passons maintenant aux profils de vos personnages, je vous laisse choisir leur sexe et leur âge. Mir, tu es une ou un Nanti. Ta famille est riche depuis si longtemps que le mot « pauvreté » a disparu de son vocabulaire. Tu disposes d'un nombre effarant d'heures de jeu. Ton atout : tu maîtrises parfaitement les règles et les astuces du jeu. Ta faille : tu passes ton temps à jouer et tu ne connais pas grand-chose à la vraie vie, tu es trop sûr de toi. Ton personnage est un guerrier. Ton animal est le dragon. Ton arme, le couteau. Ton territoire, la ville. Ton élément, le feu.

Mir hocha la tête, des étoiles dans les yeux. C'était un orphelin de douze lunées, élevé par sa grand-mère. Si le système communautaire solidaire mis en place par Jors lui avait permis de ne manquer de rien, sa grand-mère et lui vivaient très simplement. Il n'allait plus aux cours de Blaise, assumant en presque totalité le travail de couture que l'aïeule ne pouvait plus exécuter. Le garçon, réservé et doux, se transformait lorsqu'il jouait, faisant montre d'une audace qu'il n'avait pas dans la vie.

— Luven, tu es une ou un Nanti, mais tes parents ne t'ont pas laissé oublier qu'il n'en a pas toujours été ainsi. Tu as moins d'heures de jeu que Mir. Ton atout : une expérience de la vie plus variée, une plus grande souplesse. Ta faille : tu es parfois trop prudent. Ton personnage est un marchand. Ton animal est l'hippogriffe. Ton arme, la lance. Ton territoire, la vallée. Ton élément, l'eau.

Luven fit un signe joyeux de la main. Le fils du boulanger était un casse-cou qui en faisait voir de toutes les couleurs à ses parents. Il jouait comme il vivait : de façon intrépide, sûr de toujours retrouver le cocon odorant de la boulangerie et l'amour de parents accommodants. Sa chance proverbiale en irritait plus d'un.

Deli et Ugh échangèrent un regard entendu. Jad avait parfaitement cerné les personnalités de Mir et de Luven, qu'il suggérait tout en les prenant à contre-pied.

— Il est très fort, chuchota Ugh à la fille Borges.

— Ouais, du grand art. Je me demande à quelle sauce nous allons être mangés…

— Ha ! Tu as maintenant une idée de ce que ressentent les poulets, lapins et autres cailles que tu mitonnes !

— Caille toi-même ! Chut, c'est ton tour…

— Ugh, tu es une ou un non-Nanti, également appelé sous cape par les Nantis un esclave. Tu as peu d'heures de jeu, mais tu le compenses par une remarquable capacité d'analyse et d'adaptation. Ton atout : un sang-froid à toute épreuve. Ta faille : tu n'aimes pas vraiment te battre. Ton personnage est un mage. Ton animal est le phénix. Ton arme, l'arc. Ton territoire, la montagne. Ton élément, la terre.

» Deli, tu es une ou un non-Nanti par choix, car tes qualités exceptionnelles de joueuse auraient pu te faire changer de bord depuis longtemps. Ton atout : tu es si douée que tu n'as pas besoin de la Drogue pour jouer, tu n'es pas dépendante. Ta faille : tu hais les Nantis. Ton personnage est un apothicaire. Ton animal est la licorne. Ton arme, le verbe. Ton territoire, l'île. Ton élément, l'air.

Un silence inattendu régnait dans la salle d'étude. Jad savait qu'il enfreignait un tabou puissant en parlant des Temps d'Avant. Depuis qu'il lisait les *Chroniques* de Borges, il se demandait comment lever la chape de plomb du secret. Le tournoi lui avait semblé une occasion intéressante de le faire. Ce n'était pas comme s'il avait divulgué les *Chroniques* telles quelles. C'était un jeu, et il avait pris soin de mêler l'histoire à la fiction.

Choisissant délibérément de ne regarder ni son père ni Bahir, il concentra son attention sur les joueurs. Mir et Luven cherchaient déjà parmi les figurines celles qui conviendraient à leurs personnages. Ugh le regardait avec une expression circonspecte, tandis que Deli, souriante, avait déjà sa figurine en main. Jad reprit la parole :

— Le scénario maintenant : vous êtes parmi les finalistes du Grand Tournoi planétaire. Vous savez que la partie peut durer des jours entiers et vous vous y êtes préparés. Mais, alors que la partie fait rage, il y a intrusion. Des joueurs inconnus s'immiscent dans le jeu. Ils jouent avec férocité, n'acceptent aucune alliance, contreviennent à toutes les règles. Que faites-vous ?

Le maître du jeu laissa quelques minutes aux joueurs qui le désiraient pour réfléchir et prendre des notes, puis donna le signal du début de la partie en tournant le sablier.

Chez les Abdiquants

Une main tatouée d'un loup noir apparut dans le champ de vision du Mandarin, qui rêvassait. Il accepta en guise de bol la calebasse sale que lui tendait l'Abdiquante assise à sa gauche et grimaça un sourire, récompensé par un rictus édenté. Il fit mine de tremper les lèvres dans le breuvage, regrettant que sa provision de chococaf soit épuisée.

Le rituel avait lieu tous les sept jours, selon un scénario immuable : après avoir bu, s'être balancés et avoir psalmodié, les participants entraient en « transe prophétique ». Puis tous communiaient en buvant encore un coup en l'honneur de l'Ange qui était au centre de leur culte.

La calebasse ébréchée fit lentement le tour du cercle et, l'un après l'autre, les Abdiquants commencèrent à se balancer d'avant en arrière en récitant la litanie que Blaise connaissait désormais par cœur.

Ce qui fut enfoui émergera
Ce qui fut nié éclatera
L'Ange sera retrouvé
Du passé et de l'avenir elle surgira
Réunis les enfants séparés

Les rêveurs seront éveillés
Les éveilleurs accompliront leur destinée

Il se balança lui aussi pour ne pas froisser ses voisins. Ils étaient sales, ils étaient timbrés, mais ils n'en étaient pas moins ses hôtes et, à leur manière, avaient fait preuve d'une hospitalité irréprochable.

Blaise sourit en repensant à la première nuit, où les trois femmes que comptait la petite communauté s'étaient glissées l'une après l'autre dans sa tente, histoire de s'amuser un peu. Les distractions étaient rares chez les Abdiquants, et c'est conscient de faire preuve d'un altruisme défaillant que Blaise avait repoussé les femmes le plus courtoisement possible. Rancunières, elles avaient aussitôt fait courir le bruit que le Mandarin était trop âgé pour les jeux du corps. Sa réputation en souffrirait, mais tant pis. Il avait un peu rattrapé le coup en expliquant le lendemain que sa décision d'abdiquer de la société et de ses règles s'accompagnait d'un vœu de chasteté, gagnant par la même occasion l'indifférence des femmes et la sympathie des hommes. Mis à part cette petite victoire, son séjour ressemblait de plus en plus à une méprise.

Il était arrivé depuis sept jours, conduit par Athéna, qui avait refait surface dès qu'il avait été exclu de la compagnie du peuple des Arbres. Blaise glissa ses mains dans ses manches. Cette exclusion avait réveillé une douleur, un rhumatisme de l'âme sur lequel il rechignait encore à se pencher. C'était pour ne plus y penser, justement, qu'il avait plongé tête baissée dans la première cérémonie de la prophétie, à laquelle il avait assisté le jour même de son arrivée parmi les Abdiquants.

Si Blaise avait un moment caressé l'espoir que le breuvage qui plongeait les Abdiquants dans leur « transe prophétique » était le fameux zingi ailé des Ambrais, il avait vite déchanté. Les deux boissons n'avaient en commun que l'alcool, avec une différence de taille : le très faible pourcentage de racines que contenait la potion fabriquée dans la forêt était compensé par un fort taux d'alcool.

Blaise, qui, le premier soir, s'était imaginé partager une ivresse sacrée, celle des poètes et des prophètes, s'en était tiré avec une monumentale gueule de bois. *Un bézoard rayé attardé, voilà ce que je suis. Un vieux bézoard rayé vexé d'avoir été remis à sa place et qui essaie de tromper sa jalousie en se racontant des histoires.*

La calebasse était à nouveau entre ses mains. Nouveau sourire crasseux aux dents noires. Blaise ferma les yeux et envoya un énième appel mental à Athéna, qui avait à nouveau disparu après l'avoir conduit dans la clairière où les Abdiquants avaient construit leurs huttes bancales. *Athéna, ma toute belle, mon amie, où es-tu ? Chair et viscères, dans quel pétrin m'as-tu donc fourré ?*

Air + yang

Les dés roulèrent sur le plateau de jeu et s'immobilisèrent l'un après l'autre. Jad sentit un picotement au creux de la nuque et bâilla, les signaux avant-coureurs de la migraine. *Oh non, pas maintenant...* Migraines et cauchemars, qui avaient totalement disparu pendant le séjour à la grange de la Marmotte, étaient revenus en force après les vendanges.

Il ferma les yeux, se préparant à recevoir la première montée de douleur. Mais elle ne vint pas. Le picotement dans la nuque s'intensifia, parcourant tout le crâne pour venir se loger entre les sourcils. Jad massa le point douloureux et ouvrit les yeux. Il vit alors trembloter devant lui l'image de son propre échiquier, celui qu'il avait volontairement relégué sous son lit ces derniers jours pour ne plus voir les figurines changer de place et d'apparence. L'échiquier de Jad se superposa à l'échiquier des joueurs, brouillant l'image.

Au même moment, le Gris, qui sommeillait sur les genoux de Chandra, feula et ses longs poils cendrés se hérissèrent. Sautant à terre, il fila à toute allure, dérapant sur le parquet ciré jusqu'à la porte, qu'il franchit juste avant qu'elle ne se referme violemment sous l'emprise d'un courant d'air.

Jad se frotta les yeux et se tourna vers les joueurs. Concentrés sur l'échiquier, ils élaboraient mentalement leur stratégie. Les dés avaient parlé : air + yang. Deli ouvrirait le bal avec une intervention de type actif. Elle choisit une carte de voyage et passa de l'île sur le continent.

Dans sa double vision, Jad vit la figurine choisie par Deli se positionner sur l'échiquier posé sur la table de jeu. Il vit également, sur l'autre échiquier, l'échiquier mental, les personnages bouger comme s'ils répondaient à son geste.

Il ferma un œil, puis l'autre. Sidéré, il constata que l'œil gauche ne voyait que l'échiquier réel tandis que le droit voyait l'échiquier mental.

S'il fermait les deux yeux, il ne voyait que l'échiquier mental. Quand les deux yeux étaient ouverts, les deux images se superposaient.

Les paillettes dorées qui parsemaient le regard sombre de Jad s'étaient allumées, lui donnant un étrange reflet doré. S'éloignant de quelques pas, il balaya la salle du regard.

Chandra et Jwel essayaient de convaincre Merlin qui gigotait de rester en place ; Siffle-Court, Sem et Dag accompagnaient la partie ainsi que les autres spectateurs, en majorité des enfants. Les yeux clos, Borges semblait assoupi. Tout avait l'air normal. Si ce n'est que, sur le joli minois de Merlin, la barbe de Bahir ou les mains parcheminées de Sem, s'imprimait toujours l'échiquier imaginaire.

Jad ferma l'œil droit. Sur l'échiquier fictif, il reconnut une figurine plus grande que les autres : c'était l'une de celles qu'il avait sculptées à la grange. Elle semblait floue ou en mouvement. Elle ouvrit des bras immenses – ou étaient-ce des ailes ? – et se mit à tournoyer.

Dans la cour du château, un chat gris fixait de ses yeux verts les prunelles jaunes d'une minuscule chouette. L'oiseau poussa un cri et s'envola, peinant contre le vent. Le chat se mit à l'abri de la pluie et attendit. Un observateur averti n'aurait pas manqué de remarquer que le balancement d'ordinaire indolent de sa queue était saccadé et que le félin gardait les deux yeux bien ouverts.

Fou

Blaise regardait d'un œil torve les Abdiquants qui se trémoussaient au son des tambourins. Il s'était échappé un moment, prétextant un besoin urgent, mais on était revenu le chercher. Il avait néanmoins eu le temps de consulter la Trame. Il dessina l'hexagramme sur le sol :

Terre sur... tonnerre, encore ! Image du fou et du retour. Le trait mutable parle des êtres instables, qui inversent sans cesse la direction de leur volonté, ainsi que du danger des désirs non maîtrisés.

Blaise leva les yeux vers le cercle. *Par la Toupie céleste, voilà qu'ils se prennent pour des derviches tourneurs !*

Quatre hommes et deux femmes tournaient sur place au centre du cercle, les yeux fermés, les paumes offertes, la tête légèrement penchée sur l'épaule gauche. *Ils vont tourner jusqu'à s'écrouler sur place et se mettre à ronfler. Avec ce qu'ils ont descendu, cela ne saurait tarder. Je partirai demain, je n'ai perdu que trop de temps ici. Quand je pense que j'ai laissé Ugh affronter seul sa mère. Siffle-Court ne pèsera pas lourd face à la lionne. Tiens, que vient-il faire ici, lui ?*

Bélibaste, le doyen de la communauté, le moins timbré aux yeux de Blaise, qui se tenait généralement à l'écart des beuveries et des transes, était sorti de sa masure pour se placer parmi les tourneurs, qui avaient immédiatement fait cercle autour de lui.

Lentement, Bélibaste commença lui aussi à tourner. Quelque chose dans sa façon digne de danser bloqua le soupir exaspéré que Blaise avait sur le bord des lèvres. Le vieil Abdiquant pencha la tête et tourna de plus en plus vite. Bientôt, Blaise ne perçut que deux taches de couleur en mouvement : blanche pour la robe et rouge pour le bonnet qui bringuebalait sur la tête chenue.

Tournant et penchant, Bélibaste ouvrit les bras à l'horizontale et sembla grandir. « L'Ange ! L'Ange ! » scandèrent les Abdiquants. Une figure immense et ailée prit forme devant les yeux stupéfaits de Blaise tandis qu'une voix féminine sortait de la bouche de Bélibaste :

— *Rien n'est seul, rien n'est oublié, rien n'est dépourvu de sens, rien n'est insignifiant et rien n'a d'importance...*

Blaise bondit sur ses pieds en entendant la phrase de

l'Alliance. *Triple bézoard ! Ce ramassis de fêlés a un rapport avec l'Alliance et tu as été incapable de le voir !*

Les Abdiquants en extase reprirent la phrase. Soudain, Blaise reconnut la voix féminine qui sortait de la bouche de Bélibaste et murmura son nom. La forme tendit les bras vers lui et ajouta :

Les portes doivent être fermées
Les enfants sont la clé
Les Gardiens doivent être protégés
Rien n'est ce qu'il paraît

Puis Bélibaste s'écroula, ainsi que les danseurs, comme des pantins dont on a coupé les ficelles. Blaise allait leur porter secours lorsque Athéna surgit et se posa sur son épaule.

*

Dans la clairière de la Licorne, Claris tira l'épée de son fourreau et observa la lame à la lueur opaline que dégageaient les immortels. Elle ne semblait pas différente. Elle approcha l'objet de son oreille. L'épée fredonnait. Une note discrète et claire. Elle saisit le pommeau à l'effigie de la licorne, le son augmenta d'intensité. À l'annulaire gauche, le chaton de la bague brilla et commença à chauffer. Claris l'enleva d'un geste exaspéré et la fourra dans une des poches de sa cape.

Feu + yang

Après avoir joué, Deli passa les dés à Mir, qui les fit rouler dans le godet avant de les lancer : feu + yang. Derrière les fenêtres de la salle d'étude, la nuit tomba d'un seul coup, des ombres lourdes et denses sur lesquelles roula le tonnerre. Un, deux, trois éclairs crépitèrent, illuminant la salle d'étude d'une lumière aveuglante. Les enfants crièrent, la foudre était dans la pièce.

La décharge électrique parcourut toute la salle en suivant les murs à hauteur du plafond, comme si elle cherchait à sortir par les fenêtres closes. Puis elle se scinda en plusieurs boules qui se tinrent immobiles en palpitant comme des cœurs de lumière. Portant les mains à ses tempes, Jad hurla.

*

À des kilomètres du château, dans la clairière de la Licorne, le cri de son frère résonna dans l'esprit de Claris. Elle lâcha l'épée et l'arme vint se ficher dans le sol détrempé, où elle vibra comme une plainte. Longue-Vue hennit et dansa sur place, tirant sur les rênes que Claris avait négligemment accrochées à une branche basse.

Debout, les yeux écarquillés, Claris recevait de plein fouet la douleur de son frère et son épouvante. La souffrance de Jad lui perforait le ventre, lui comprimait le cœur. Incapable de penser à autre chose qu'à le rejoindre, oubliant Longue-Vue, elle ramassa ses affaires avec précipitation et se mit à courir. Une nuée d'élémentaux la suivit.

*

Le souffle court, les jambes douloureuses, Blaise courait aussi, suivant la chouette qui volait bas devant lui.

Athéna avait surgi sans crier gare et épuisée. En guise de salutation, elle lui avait balancé des images confuses du château, d'échiquiers et d'enfants.

Blaise, encore assommé par la forme que Bélibaste avait prise dans sa transe, se contentait de la suivre. Il n'avait pas pu questionner le vieil Abdiquant, qui était tombé dans une sorte de coma éthylique. *Je ne l'ai pourtant pas vu boire.* Il n'aurait rien pu en tirer avant des heures, et le message de l'oiseau était sans ambiguïté : *Vite ! Danger ! Château ! Vite !* Ils étaient à trois jours de marche de Salicande. Arriveraient-ils à temps ? Mais à temps pour quoi ?

Tout en courant et en pestant contre l'âge, Blaise serra les dents et se concentra sur ses pieds. Une nuit épaisse était tombée comme un couperet. *Beaucoup trop vite,* songea le Mandarin, *beaucoup trop noire.*

Chapitre XXVIII
Pris au piège

Sortir

Jad gémissait, se contrôlant pour ne pas crier. Sous l'intrusion dans son esprit d'énergies multiples, puissantes, contradictoires, le garçon s'était écroulé.

Deli, Ugh, Mir et Luven s'étaient aussitôt portés à son secours. Ugh le tint contre lui et, à son contact, la pression dans l'esprit de Jad s'atténua légèrement. Il regarda son ami mais, sur les traits inquiets de Ugh, c'était encore l'image de l'échiquier qui se dessinait. De plus en plus précise, de plus en plus brillante, elle gagnait petit à petit en netteté sur l'image de la réalité.

— Jad ! Est-ce que ça va ? s'enquit Eben en s'accroupissant à ses côtés.

— Ce n'est qu'un... malaise, je crois. Un peu de migraine...

Eben, Jwel et Dag les avaient rejoints, et Jad laissa son père le porter dans ses bras jusqu'à un canapé près de la porte. Il savait qu'il était inquiet, mais lui dire qu'il voyait bouger des pièces sur un échiquier imaginaire plaqué comme une sangsue sur la réalité ne le rassurerait certainement pas.

Ils venaient de l'allonger sur le canapé lorsqu'un mouvement de panique s'empara de tous ceux qui se trouvaient dans la pièce. Descendant à mi-hauteur, les boules de lumière s'étaient mises à vibrer. Elles se déplaçaient maintenant à travers la salle, sillonnant l'espace par à-coups véloces. L'air palpitait de bruissements d'ailes énormes, comme si des vents puissants et contraires s'étaient engouffrés dans la salle d'étude. Enfants et adultes regardaient autour d'eux d'un air hébété, cherchant à se protéger des tornades provoquées par le mouvement des sphères.

Pour Jad, chaque rafale laissait des traînées de couleurs et charriait des émotions qui n'étaient pas humaines, des joies démesurées, des peines incommensurables. Chaque déplacement provoquait en lui un sentiment différent. Surprise, joie, regret, tristesse, soulagement, colère, plaisir, terreur, désespoir, satisfaction, déception se succédaient à une vitesse et avec une intensité intolérables.

Il ne pouvait recevoir tout ça. Il devait se protéger de cette invasion qui menaçait de l'annihiler. Il commença à ériger les défenses apprises par Blaise si longtemps auparavant. *Je suis Jad et Jad seulement, je suis dans le corps de Jad...*

Alarmé par le visage exsangue de son ami, Ugh lui prit les mains. Grâce à la formule familière et au contact de Ugh, Jad parvint à maintenir le tumulte d'émotions qui lui vrillait la tête à un seuil douloureux mais supportable.

L'échiquier imaginaire gênait sa vision. Il ferma l'œil gauche et regarda autour de lui : les adultes reprenaient leurs esprits et rassemblaient les enfants, qui tanguaient sous la force des vents, afin de gagner la sortie.

Il changea d'œil : dans l'air vibrant comme une corde tendue, il crut distinguer des formes immenses que la vitesse rendait floues. L'une d'elles frôla un garçon sur son passage et celui-ci tomba. Aussitôt, la forme vint flotter en tournoyant au-dessus de lui.

Voyant que son fils avait repris quelques couleurs et semblait respirer plus facilement, Eben se tourna vers Ugh.

— Reste avec Jad, je reviens.

Le Duc courut avec Dag vers le garçon étendu par terre tandis que Jwel allait récupérer Merlin, qui, indifférent au chaos, trottinait à quatre pattes vers une sphère irisée.

En voyant tomber le garçon, Eben avait reçu comme un coup de poignard de la mémoire. Tandis qu'il courait vers lui, il revoyait l'image de l'amphithéâtre universel rempli à craquer sur l'écran de totalvision et ses deux frères branchés sur le jeu, faisant ces gestes étranges qui le fascinaient, lui qui était réfractaire à la Drogue et ne pouvait pas jouer. Son frère aîné était tombé le premier. Le second, quelques minutes après. Sidéré, le petit Eben avait vu dans l'amphithéâtre universel les adolescents s'écrouler les uns après les autres.

Eben et Dag ne purent atteindre l'enfant. La boule lumineuse qui l'avait frôlé lui tournait autour, creusant et épaississant à la fois l'espace qui l'entourait. Le Duc se heurta à un mur d'énergie et reçut une violente décharge électrique. La boule continua à envelopper le garçon dans un cocon luminescent jusqu'à ce qu'Eben ne puisse plus discerner la forme au sol.

Non. Pas cette fois. Il n'était plus un petit garçon impuissant. Il ne regarderait personne disparaître sans rien faire. Eben sentit une grande rage et un grand calme descendre sur lui. Un cocktail d'émotions qu'il connaissait bien. Il se battrait. Contre la foudre ou les éclairs, contre du vent s'il le fallait, il se battrait. Cette évidence le soulagea, le réjouit presque.

— Dag, dit-il au maître d'armes, il faut sortir tout le monde d'ici. Va voir Chandra et Siffle-Court, dis-leur d'emmener les enfants. Je vais trouver Bahir. Sais-tu où est Sem ?

— Il était à côté de moi pendant le tournoi, mais je ne l'ai pas vu depuis que tout cela a commencé. Veux-tu que je le cherche ?

— Occupons-nous des enfants d'abord. Et dis bien à tout le monde de ne pas approcher ces boules.

Dag rejoignit Chandra et Siffle-Court, auprès de qui de nombreux enfants avaient trouvé refuge.

Partout, les sphères évidaient l'espace, isolant des groupes ou des individus dans une brume phosphorescente.

Chandra et Siffle-Court n'étaient qu'à quelques mètres d'Eben, mais il les distinguait à peine. Le groupe formé par Jad et les joueurs était celui qui se trouvait le plus près de la porte. Le Duc mit ses mains en porte-voix :

— Jad ! Debout, mon fils ! Sors d'ici et emmène tous ceux qui le peuvent ! Maintenant, Jad ! Et ne laissez pas les boules vous toucher !

*

La voix de son père fit sursauter Jad. Dans l'espace troué qu'était devenue la salle d'étude, le son vibrait de façon singulière, amplifié ou assourdi selon l'endroit où l'on se trouvait.

Mécaniquement, Jad commença à obéir au ton de commandement de son père et essaya de se lever, ce qui interrompit sa concentration. Immédiatement, sa vision se troubla et dans sa tête les froissements d'ailes se firent plus violents.

Derrière l'image floue de l'échiquier, Jad vit Eben traverser la salle en évitant les sphères pour arracher deux rapières rouillées à une vieille parure guerrière qui ornait le mur.

— Vas-y, toi, murmura-t-il à Ugh. Sortez tous. Je... je vous suis.

Ugh lui lança un regard inquiet et l'aida à se rallonger.

— Ne bouge pas de là, je reviens.

Jad esquissa un semblant de sourire. Bouger était la dernière chose qu'il se sentait capable de faire. Sans le contact de Ugh, les émotions le submergèrent à nouveau. Il reprit sa litanie : *Je suis Jad et Jad seulement...*

Tandis que la pression refluait, il observa, impuissant, Ugh, Deli et les autres rassembler les enfants qu'ils parvenaient à atteindre et les pousser vers la porte qu'ils eurent toutes les peines du monde à ouvrir. Mais c'était les faire tomber de Charybde en Scylla. Dehors, la tourmente faisait rage.

— Deli ! cria Ugh pour surmonter le bruit du vent. Ils ne peuvent pas rester seuls dehors !

— Je reste ici, répondit la jeune fille, avec mon père et ma sœur.

— Mes parents sont ici, dit Luven, je préfère rester aussi.

— Je vais avec eux, proposa Mir. Je les mets à l'abri et je vais chercher du secours au village.

Ugh hocha la tête. Ils s'arc-boutèrent pour retenir les portes fouettées par le vent et la pluie. Les enfants passés, les portes se refermèrent sur des ténèbres qui contrastaient avec le bal fou de lumières qui hantait la salle d'étude. Lorsque Ugh essaya de rouvrir la porte, la force du vent qui s'exerçait de l'autre côté l'en empêcha. Ils étaient enfermés.

Ça, Gardiens

Blaise jura. Ils s'étaient égarés. Il avait suivi la chouette à l'aveuglette, se contentant d'essayer de garder le rythme et de ne pas tomber. Mais, au lieu de sortir de la forêt, ils s'y étaient enfoncés. Blaise s'essuya le front de sa manche trempée et regarda autour de lui. Il ne distinguait aucun repère connu lui permettant de savoir dans quel endroit de la forêt il se trouvait.

— Salut à toi, Homme sage, dit la voix enrouée de quelqu'un qui ne parlait pas souvent.

Blaise regarda dans la direction de la voix et vit l'ancienne du peuple des Arbres assise sur un tronc, la chouette sur l'épaule. C'était celle qui lui avait signifié son congé huit jours plus tôt.

— Salut à toi, dame du peuple des Arbres. Nous nous revoyons plus tôt que je ne le pensais.

La femme hocha la tête.

— Je me suis perdu. Peux-tu me remettre sur le chemin et m'informer en cette nuit, où les ténèbres sont si denses et si soudaines ?

— Nous n'avons pas le temps pour la palabre. Nous aurions dû te parler avant, Homme sage, et non te chasser. Lorsque tout cela sera terminé, chacun devra reconnaître sa part de responsabilité et les regrets pèseront lourd, je le crains.

Blaise secoua la tête.

— C'est moi qui vous dois des excuses, je ne voulais en aucune manière vous faire souffrir. Je ne savais pas.

L'ancienne sourit et, une fois de plus, le Mandarin s'émerveilla de la bienveillance de son regard.

— L'empathie à un niveau très élevé est dans notre nature, nous ressentons de façon amplifiée la souffrance des autres, hommes, végétaux, minéraux ou animaux. C'est la raison pour laquelle nous ne chassons pas, ne coupons pas de bois vivant.

— Et demandez la permission avant de couper une fleur ou une plante.

— Nous sommes les maillons d'une chaîne où, d'une manière ou d'une autre, chacun est à la fois proie et prédateur. Cela, nous ne pouvons l'éviter, mais nous essayons de causer le moins de souffrance possible.

Elle marqua un temps d'arrêt et se leva. S'approchant de Blaise, elle chercha les yeux plissés du Mandarin.

— Les adultes du peuple des Arbres étaient aptes à recevoir ta peine et à t'aider, Homme sage. C'était notre devoir. Mais nos enfants ne sont pas encore prêts, ils étaient ouverts à toi et ont reçu cette douleur de plein fouet. Et, à notre tour, nous n'avons pas supporté de les voir malades.

Une expression de tristesse passa sur son visage.

— Pour nous protéger de la souffrance des hommes, nous nous sommes retirés dans la forêt et nous avons vécu repliés sur nous-mêmes, n'écoutant que nos cœurs et nos racines. Comme tu le sais, nous n'avons que de très rares contacts avec nos semblables. Trop rares, peut-être. Voilà ce que tu nous as appris… Le Temps Blanc va nous permettre d'y rêver. Nous avons une dette envers toi, Homme sage.

Blaise laissa couler ses larmes. Des larmes d'enfant sur un visage de très vieil homme.

— Aucune dette, Dame. Si le peuple y consent, je reviendrai, il me reste beaucoup à apprendre. Lorsque nous nous sommes quittés, mon cœur était obscurci car tes paroles avaient réveillé une ancienne peine dont je n'avais même pas conscience. Aujourd'hui, je comprends que ce fardeau doit être déposé. Et tes paroles l'ont rendu moins pesant.

— Alors reviens et nous t'aiderons. Pour l'heure, nos cœurs et nos racines nous le crient : le temps presse. Ferme les yeux, Homme sage, nous te mènerons où tu dois aller.

La femme du peuple des Arbres ouvrit les bras et fut instantanément auréolée de lucioles. Blaise fut emporté avant de recevoir le dernier commentaire d'Athéna, revenue se percher sur son épaule : *Toi comprendre rien. Pas lucioles. Ça, Vifs. Ça, Gardiens !*

Eau + yin

Jad scrutait la salle d'étude, alternant œil droit et œil gauche. Avec l'un, il voyait les sphères sillonner la pièce, faisant valdinguer tables et chaises. Avec l'autre, il distinguait les formes immenses striant la salle de bandes de lumière, d'étranges couloirs. Des nuages d'énergie tournoyaient autour de ceux qui étaient tombés. Ceux qui se tenaient encore debout étaient de plus en plus isolés et indistincts.

Les joueurs étaient revenus près de lui. Ugh saisit Jad par l'épaule et cria :

— Qu'est-ce que c'est ? D'où vient cette musique ? C'est beaucoup trop fort, trop dissonant.

— Quelle musique ?

— Tu n'entends pas ?

Ugh le regardait interloqué.

— Non, j'entends des bruits, comme... des ailes. Et je vois des formes et des éclairs de couleurs incroyables, des sortes de... tunnels.

Ugh secoua la tête.

— Vous entendez bien, vous autres ?

Luven et Deli firent que non.

— Jad, que se passe-t-il ici ? Eben a parlé de vents et de brumes. Toi, tu parles de couleurs, de tunnels. Moi, je ne vois rien à part ces sphères musicales.

— Les boules de lumière ?

— Elles produisent de la musique. Une musique étrange, à la fois trop aiguë et trop grave. Elle... elle me donne la chair de poule. Je crois que c'est la musique qui fait tomber les petits, c'est beaucoup trop intense. Vous n'entendez vraiment rien ? C'est pourtant assourdissant…

— C'est donc pour ça que tu cries depuis tout à l'heure !

Deli intervint :

— Luven, tu vois des couleurs ?

— Non, seulement les boules et le brouillard qui s'en dégage.

— Alors, nous ne voyons ni n'entendons la même chose, conclut Jad, qui garda pour lui le chaos d'émotions qu'il maintenait en respect au prix d'une concentration intérieure constante.

— J'ai essayé de rejoindre mon père et je ne peux pas ! ajouta Deli. Ces brumes formées par les sphères, elles sont comme vides mais… actives. J'ai mis ma main, et elle a été aspirée comme par une ventouse.

— Aspirée ? Eben a dit qu'il avait reçu une décharge électrique, comme s'il avait été touché par la foudre ! dit Luven.

La foudre. Jad revit les dés : air + yang, puis feu + yang. Il fit claquer sa langue.

— Deli, quand tu as joué, te souviens-tu de ce qui s'est passé ?

— J'ai pioché la carte voyage et…

— Non, l'interrompit Jad. Autour de toi, hors du jeu. Vous souvenez-vous de ce qui s'est passé au moment où elle a jeté les dés ?

— La porte de la salle s'est refermée sous un coup de vent et tout le monde a sursauté, dit Luven.

— Oui, approuva Jad les yeux brillants. Et quand Mir a lancé les dés…

— La foudre est entrée, compléta Ugh.

— C'est ça ! Deli avait joué air + yang et le vent a claqué la porte. Puis Mir a lancé feu + yang et la foudre est entrée !

Ugh regarda Jad.

— Tu crois que le jeu et ce qui se passe ici ont un lien ? Tu crois que le jeu a provoqué ça... fit-il en désignant le chaos ambiant.

— Je ne sais pas... La coïncidence est troublante.

— Qu'est-ce qu'on fait ?

— On va chercher le plateau ! jeta Luven.

Avant que les autres n'aient pu faire un geste, il se faufilait entre les sphères et les écharpes de brume. Sa chance ne lui fit pas défaut : il atteignit le centre de la pièce sans encombre et, après avoir fourré cartes et figurines sans ses poches, revint avec le plateau de jeu.

— Voilà ! fit-il, tout content, en posant le plateau sur le canapé et en récupérant les pièces dans ses poches.Vous vous rappelez comment vous étiez placés ?

Chacun reprit son personnage et le positionna comme il l'était avant l'irruption de la foudre. Luven prit les dés.

— C'était à moi de jouer.

— Attends !

Deli lui saisit le bras, interrompant son geste, et se tourna vers Jad.

— C'est peut-être dangereux !

Jad acquiesça sans répondre. Son intuition lui disait que c'était ce qu'il fallait faire. Il ne pouvait cependant pas prendre la décision à la place des autres. Luven haussa les épaules.

— Tu as une meilleure idée ?

— Je crois que nous devons en parler à papa et à Eben.

Jad fit la moue.

— Mon père n'aimera pas ça. Il nous a dit de partir, tous. Tu te souviens ?

— Le mien, alors, décida Deli en le cherchant du regard. Je vais essayer de l'amener ici.

— Deli, fit Jad doucement, ça aussi c'est dangereux. On ne voit pas où il est, tu peux te faire toucher par une boule. Et ensuite il faudra guider Bahir jusqu'ici, ce ne sera pas facile.

— Je crois que Luven devrait jouer, intervint Ugh. Nous saurons ainsi si la théorie de Jad est bonne et nous pourrons agir en conséquence. Avec les adultes, ajouta-t-il à l'adresse de Deli.

— Tout le monde est d'accord ? demanda le maître du jeu.

Luven jeta les dés : eau + yin. Les enfants tendirent le dos dans l'attente d'un événement singulier.

— Il ne se passe rien, dit Luven avec déception. Ta théorie est fausse…

— Pas sûr, rétorqua Ugh. Luven a joué « yin » pas « yang ». L'action peut être moins spectaculaire, différente de la foudre entrant dans la pièce ou des rafales de vent…

— Regardez ! s'exclama Jad en montrant la porte.

Sous la porte fermée, l'eau s'infiltrait lentement dans la pièce.

— Eau + yin, répéta-t-il, la gorge serrée.

D'un bond, Ugh avait saisi les coussins du canapé pour en faire un rempart contre l'eau.

— Ça ne servira à rien, dit Deli, l'eau les contournera. Regardez, les fenêtres !

La pluie avait redoublé d'intensité, elle martelait le toit de ses doigts glacés, aidée par le vent qui arrachait les tuiles. Par les fenêtres, les plinthes, par tout espace disponible, elle suintait dans la salle d'étude. Lentement, sans éclat, l'eau envahissait la pièce.

— Il faut prévenir les adultes, dit Deli.

— Lorsque je suis allé chercher le plateau, j'ai aperçu ton père. Il était avec Merlin, dans le coin à droite. Je peux venir avec toi, proposa Luven. À deux, nous ramènerons plus facilement Bahir. Si ce n'est pas possible, nous pourrons au moins lui parler.

— D'accord, approuva Jad. Mais ne vous laissez pas toucher par les sphères et évitez les sillons, les couleurs, le brouillard... Tout ça, quoi.

Ugh et Jad regardèrent Deli et Luven avancer lentement vers l'endroit qu'avait désigné le garçon. Déjà, l'eau formait de petites flaques par endroits.

— C'est à toi de jouer, dit Jad. Crois-tu que nous...

Il n'eut pas le temps de finir sa phrase. Chandra avait crié le nom de son fils avant d'être touchée par une sphère et de s'écrouler à son tour, protégeant encore dans sa chute les deux enfants qui étaient accrochés à ses jupes.

Ugh se précipita vers l'endroit d'où venait l'appel. Jad voulut le suivre mais il tituba, en portant les mains à sa tête. Comme si elle n'avait attendu que le départ de Ugh, la migraine recommença à cogner...

Il se rassit et recommença à réciter : *Je suis Jad, je suis dans le corps de Jad*... Son cœur semblait sur le point d'éclater.

*

Claris pleurait de rage et de peur. Elle s'était perdue. Elle avait quitté la clairière de la Licorne sans réfléchir. Sans même se souvenir de Longue-Vue, elle avait couru en répétant *Jad, Jad, Jad*, sous l'aiguillon de l'écho de la souffrance de son jumeau.

Lorsque le contact avec Jad s'était brutalement interrompu, elle avait compris qu'elle avait tourné en rond dans la forêt. Sans la protection des immortels, la pluie la fouettait sans répit, drue et froide. Chaque éclair la faisait sursauter, chaque coup de tonnerre lui comprimait le ventre. Pour compléter, les insectes qui la harcelaient depuis qu'elle avait commencé à courir l'empêchaient de voir distinctement où elle mettait les pieds et elle était tombée plusieurs fois, s'égratignant les mains.

Une fille, une fille, je me comporte comme une fille à la noix ! La colère qu'elle endiguait depuis des semaines déferla et chassa la peur. Elle essuya ses mains écorchées sur ses chausses et sortit de son fourreau l'épée de Sem. En glissant, l'arme eut un joli son clair qui brisa un moment la noirceur de la nuit. La tenant fermement dans la main gauche, Claris marqua d'une croix l'arbre le plus proche et prit le premier chemin sur sa droite.

Chapitre XXIX
Sierra

Chat pas voler

Blaise ouvrit les yeux et poussa un cri. Deux immenses cavernes noires et humides palpitaient, se dilatant et se refermant devant lui. Le cheval le toucha des naseaux, puis hennit.

— Longue-Vue, tu m'as fait peur ! Eben ? Tu es là ?

L'étalon était seul, sans selle, les rênes traînant au sol. Il se remit à pousser Blaise des naseaux amicalement mais fermement, jusqu'à ce qu'il se lève. Il se trouvait dans la clairière de la Licorne. Les lucioles avaient disparu. *Eben avait raison. Allez compter sur des bestioles pour vous guider !*

— *Toi comprendre rien.*

Athéna vint se poser sur la tête du cheval, qui ne broncha pas.

— Écoute, Athéna, arrête de me dire ça, d'accord ? Je ne suis qu'un humain, je n'y peux rien. Explique-moi plutôt pourquoi tu as disparu en me plantant chez ces allumés d'Abdiquants, pourquoi le peuple des…

— *Danger ! Vite !*

— Ah non, ne recommence pas avec ça ! Il va falloir m'en dire plus !

Blaise reçut à nouveau une succession incompréhensible d'images : enfants, échiquiers, boules de lumière se déplaçant... Son ventre se tordit d'angoisse.

— Athéna, ces boules, qu'est-ce que c'est ?

— *Moi pas voir. Chat voir. Chat dire « Danger ! Vite ! ».*

— Le Gris est là ?

— *Chat pas voler*, asséna la chouette avec satisfaction.

Blaise soupira. Selon lui, une véritable communication avait toujours été le grand défi irréalisé de l'humanité. Les animaux ne semblaient pas s'en sortir beaucoup mieux.

— *Boules. Danger.*

Blaise regarda autour de lui. Malgré la lueur intermittente des éclairs, la nuit était bien trop noire pour qu'il essaie de deviner son chemin.

— Tu peux nous sortir d'ici ?

Longue-Vue se rappela à son bon souvenir en lui mordillant l'oreille. Blaise regarda l'étalon. Ses yeux jaune-vert brillaient calmement dans le noir.

— C'est vrai, tu es nyctalope ! Mais tu n'as pas de selle, et je suis un piètre cavalier. Est-ce que...

Le cheval poussa un hennissement d'impatience.

— *Pas parler. Danger ! Vite !*

Ils me donnent des ordres, ma parole ! Et ils ont raison parce que le fou, c'est moi ! Moi qui ne sais quelle direction choisir, moi encore qui souffre de mes désirs d'enfant, mettant ceux que j'aime en péril.

Blaise amena Longue-Vue jusqu'à une vieille souche et entreprit d'escalader l'immense cheval.

Sentir les énergies

Bahir chercha la main d'Eben.

— Eben, s'il te plaît, dis-moi exactement ce que tu vois.

— Il y a... quelque chose dans la pièce. La foudre est

entrée, puis s'est séparée en plusieurs sphères qui se déplacent et forment des masses de brouillard qui isolent la portion de l'espace où ils se trouvent… Je ne peux pas rejoindre Jad, qui se trouve près de la porte. C'est comme si je me heurtais à un mur d'électricité.

— Les enfants ?

— J'ai demandé à Chandra et à Dag ainsi qu'à Jad et à Ugh d'en faire sortir le plus possible. Deli était avec eux. J'espère qu'ils ont pu quitter la salle, je ne parviens plus à les voir et l'accès à la porte est interdit par le brouillard. Des petits sont tombés et je ne peux même pas aller les chercher, Bahir ! Des espaces de plus en plus importants de la pièce sont comme… effacés. Je ne voyais pas Chandra alors qu'elle était à deux mètres de moi.

— Je comprends, maintenant. Jwel était à côté de moi, avec Merlin. Soudain, il y a eu un courant d'air violent et nous avons été séparés. Elle ne doit pas être loin. Est-ce que tu les vois ?

— Non. Et il doit y avoir des enfants seuls, isolés. Il faut faire quelque chose.

— Est-ce que des enfants ont disparu ? insista l'aveugle.

— Non ! cria Eben. Tu penses au dernier tournoi des Temps d'Avant, n'est-ce pas ? À la Grande Catastrophe ? J'y ai pensé, moi aussi. Ça ne peut pas être ça, Bahir ! Ce n'était que quelques gosses qui jouaient ! Sans Drogue, sans branchement universel…

Le Duc serrait les poignées rouillées des vieilles rapières à s'en blanchir les phalanges. L'inaction le rendait fou.

— Eben, des énergies très puissantes sont entrées ici. Il faut sortir ou les repousser. Ce que je perçois d'elles me rappelle les élémentaux. Tu vois les élémentaux, n'est-ce pas ?

— Parfois…

— Si ce sont des énergies similaires aux élémentaux et si les vieilles théories de Soma sont correctes, nous pouvons supposer qu'elles prennent la forme que nous leur donnons. Si tu parviens à les voir, tu pourras peut-être les combattre. Essayons ensemble.

Eben tenta de fixer une des boules de lumière, mais elles se déplaçaient trop vite et l'aveuglaient. Alors il ferma les yeux et prit la main de Bahir, s'efforçant de sentir ce qu'elles provoquaient dans l'espace, les mouvements, les béances causées par leur passage, l'extraordinaire vitesse... Ses cheveux se hérissèrent tant le sentiment de danger se faisait pressant.

Sous les paupières aveugles de Borges, des formes immenses étaient apparues, où rien ne rappelait la joie irrésistible des élémentaux.

— Si puissantes... Ce ne sont pas des élémentaux.

— Il faut faire quelque chose, répéta Eben avec impatience en faisant craquer ses doigts.

Une écharpe de brume se déchira soudain et le Duc aperçut Jwel toute proche qui, munie d'un tibia qu'elle avait arraché à Qfwfq le squelette, faisait des moulinets furieux autour d'elle pour protéger son fils. Tranquillement assis par terre à ses pieds, Merlin suivait les boules des yeux en faisant danser ses petites mains. L'espace fouetté par Jwel demeurait limpide, les sphères ne s'en approchaient pas. À chaque coup que l'archère donnait dans le vide, le brouillard qui l'entourait semblait se rétracter. Le son !

Sans prendre le temps de rien expliquer à Bahir, Eben courut vers Jwel en zébrant l'espace de ses deux épées. Elles étaient rouillées, mais produisaient un son convaincant. Devant lui, la brume se retirait puis revenait immédiatement combler l'espace dégagé. Il lança une rapière à Jwel en criant :

— C'est le son que tu produis avec qui les éloigne !

Jwel attrapa l'arme et cingla l'air de plus belle.

— Eben ! Qu'y a-t-il ?

Rapidement, Eben lui fit part de la théorie de Bahir. Jwel chercha son père des yeux. « Sentir les énergies... » Combien d'heures, ses sœurs et elle avaient-elles consacrées à l'étude des énergies qui émanent de la terre, du feu, de l'air... L'archère ressentit une tendresse urgente pour cet homme singulier qu'était son père. Elle inspira et, comme pour un tir, chercha le chemin qui la menait à son noyau essentiel. Elle laissa l'amour pour son père, sa peur pour son fils, toutes les émotions qui l'habitaient l'envahir puis passer, et elle fit le vide.

— Je vois ! Des couleurs... Eben, c'est... incroyable !

La jeune femme avait cessé son moulinet et regardait devant elle, les yeux écarquillés.

— Ne t'arrête pas ! Jwel !

Le moment de distraction de l'archère fut suffisant pour que le brouillard se forme entre elle et Eben et les sépare. Tout en agitant son épée d'une main, le Duc tâtonna de l'autre. Il reçut une nouvelle décharge électrique.

— Ramsk soit maudit ! Jwel, si tu m'entends, fraie-toi un chemin avec le son et sors d'ici ! Va-t'en avec Merlin, Jwel !

L'archère ne l'entendait plus. Merlin secoua sa mère, qui ne bougeait pas. Le bébé fit la moue. Il n'avait pas envie de jouer à faire dodo. Il secoua encore une fois la jeune femme, la chatouilla, lui fit un bisou. Puis, lui tournant le dos, il s'en alla à quatre pattes.

*

Claris examina les troncs : ils portaient tous une croix. Elle avait tourné en rond, encore. Comme si la forêt ne voulait pas qu'elle sorte, la faisant revenir toujours à son point de départ.

Elle chassa d'un geste les insectes qui formaient une nuée autour d'elle. Tant qu'elle se tenait immobile, ils l'étaient aussi. Dès qu'elle se mettait en marche ou même dès qu'elle *pensait* à rejoindre le château, ils revenaient lui tourner autour, l'empêchant de voir son chemin. Elle devait retrouver la clairière et Longue-Vue. Tout labyrinthe a forcément une issue.

Je reviendrai

Jad avait vu Jwel et Eben, dos à dos, hachant l'air de leurs rapières. Autour d'eux s'était formée comme une oasis. Toute petite, mais calme. Les épées faisaient-elles fuir les boules ? Fallait-il les combattre ainsi ?

Combattre… Il ne vaudrait rien dans un combat. Les mains crispées sur la poitrine, il essayait de calmer sa tachycardie, fermant les yeux pour ne plus voir l'échiquier mental. Mais, sous ses paupières, il brillait encore.

Soudain, l'échiquier disparut et Jad put voir et respirer à nouveau normalement. La pression sur son cœur et dans sa tête s'était effacée. Une odeur de camomille. Le mot jaillit avant même qu'il ne réalise ce qu'il signifiait.

— Maman !

— Jad…

La voix de sa mère dans son esprit, sa présence chaleureuse, sa tendresse l'enveloppaient. Un court instant, Jad eut à nouveau trois lunées, fut un tout petit garçon emmitouflé dans l'amour de sa mère comme dans une couverture. Il la chercha du regard.

— Tu ne peux pas me voir. Mais je suis là.

— Tu n'es pas morte, n'est-ce pas ?

— Non.

— Je le savais. Est-ce que c'est une sorte de rêve ?

— Un niveau différent de réalité, une corde de l'instrument, une couche de l'oignon... Oui, comme les rêves.

— Je veux venir te rejoindre. Je peux le faire. Je suis assez fort maintenant.

— Oui, tu l'es. Mais il ne faut pas. Écoute-moi, je ne pourrai pas les retenir longtemps. Jad, dis-moi ce que tu vois, ce que tu ressens...

— Je vois l'échiquier que m'a donné Blaise, je crois qu'il est magique parce que je le vois partout. Il... il est vivant.

— Il n'y a pas de magie dans les objets, seulement en l'homme. Il n'y a pas de magie du tout. Ne lutte pas contre l'échiquier, mais avec lui.

— Comment ?

— Il faut refouler ce qui est entré, Jad. Chacun doit le faire, à sa manière. Sers-toi de l'échiquier. Que vois-tu d'autre ?

— Des boules de lumière, comme des concentrés d'énergie. Des couloirs de couleurs. Des formes étranges.

— Chacun les voit comme il veut ou peut les voir. Cela indique aussi la façon dont chacun dispose pour s'y lier ou s'y opposer.

— Lier ? Que veux-tu dire ?

— Nous n'avons que peu de temps...

— Tu disparais pendant dix lunées et lorsque tu reviens c'est pour faire des charades et dire que tu n'as pas le temps ?

Le reproche avait fusé tout seul, né de la peine si longtemps contenue. Il y eut un silence. Le cœur de Jad se serra d'angoisse.

— Maman !

— Je suis là.

— Es-tu « liée » à ces choses ?

Un soupir.

— Jadou, où est ta sœur ?

— Elle est partie à cheval, elle ne voulait pas de ce tournoi… Oh, maman, quand elle saura…

— Appelle-la. Claris s'est fermée à moi. Appelle-la, empêche-la de revenir. Dis-lui que je suis vivante, que je l'aime, je vous…

À nouveau, la voix disparut et le cœur de Jad rata un battement.

— Jad, les… boules… sont là pour vous, Claris et toi. Ils vous cherchent. Vous portez des dons qui les attirent. Claris ne doit pas venir. Ensemble, vos dons se renforcent et ils vous identifieront. Vous devez vous séparer. Pour l'instant. Claris ne doit pas entrer ici et, toi, tu dois partir.

— Quels dons ? Claris ne croit pas que…

— Tout le monde a des dons. Seulement, il y a des… paliers… différents à franchir, une évolution. Tes dons sont… ce que tu es.

Sierra eut un rire qui résonna curieusement, clair et triste à la fois.

— Il en est de même pour tous. Claris acceptera les siens lorsqu'elle s'acceptera telle qu'elle est. Comme tu es en train de le faire. Comme dans le jeu, Jadou, la mission doit être librement choisie, les…

La voix s'atténua. Il y eut comme un affolement d'ailes. Puis la voix reprit faiblement :

— Je ne vais pas tenir très longtemps… Ne te laisse pas envahir par ce qui ne t'appartient pas. Il faut le… décider, maintenant. Dis à Claris que… les armes et l'objectif ne sont pas toujours ceux que l'on imagine…

Pendant une fraction de seconde, Jad aperçut la silhouette fine de sa mère, comme une image qui tremble.

Désespéré, Jad cria :

— Maman, tu reviendras ?

Il y eut comme un soupir immensément tendre, immensément las.

— Je reviendrai, Jad. Je reviendrai… Dis-le à Claris.

Elle le regardait et l'amour jaillissait de ses yeux, de ses mains, de tout son corps, en faisceaux irisés qui lui dessinèrent des ailes qu'elle déploya pour en envelopper son fils. Il s'y blottit, s'y abreuva, s'y perdit, se retrouva. Ce sentiment annula tous les autres, ceux qui erraient dans la pièce et ceux qui le fragilisaient.

Dans la salle d'étude, les couleurs et les vents se remirent à tournoyer. Jad prit une profonde inspiration pour ne pas pleurer. Il ne fallait pas. Sa mère était vivante, elle lui avait parlé. Cela changeait tout. Tout. Le passé et l'avenir, quels qu'ils soient. Maintenant, il devait expulser ce qui était entré.

*

Longue-Vue hennit et accéléra le trot. Dans l'obscurité, Blaise avait cessé d'essayer de s'orienter, il avait déjà beaucoup à faire pour ne pas tomber. Il se disait précisément qu'il ne s'en sortait pas si mal quand l'étalon sauta pour franchir un obstacle au sol. Blaise roula en boule sur le sol détrempé. Lorsqu'il voulut se relever, une lame était posée sur sa gorge. Elle s'y enfonça légèrement tandis qu'une forme encapuchonnée se penchait sur lui.

— Blaise !

— Claris ? Qu'est-ce que…

Longue-Vue donnait de grands coups de tête à Claris, qui embrassa la belle tête noire de l'étalon.

— Je ne voulais pas t'abandonner, Longue-Vue. Je n'ai pas réfléchi. J'ai entendu Jad et…

Blaise s'était relevé en se tenant les côtes.

— Tu as quoi ? Claris, que fais-tu dans la forêt la nuit ?

Tu avais pris Longue-Vue, c'est ça ? Et comment, par la Lune noire, as-tu pu entendre ton frère qui se trouve à des kilomètres d'ici ?

Claris repoussa sa capuche et le regarda. *Quelque chose a changé dans son regard,* pensa Blaise. *Elle a peur, mais il y a autre chose.*

— Je tourne en rond depuis des heures. Cette forêt n'est pas... normale !

— Je sais, soupira Blaise. Tu vas bien, tu n'es pas blessée ?

— Non, coupa Claris en balançant ses cheveux avec impatience. Seulement trempée, et on s'en fiche ! Blaise, il se passe quelque chose de grave au château, une sorte d'attaque, je crois, pendant le tournoi.

Blaise eut un haut-le-cœur. Il saisit le bras de Claris et le serra à lui faire mal.

— Que dis-tu ? Quel tournoi ?

— Le jeu des Mille Chemins. C'était une surprise pour notre anniversaire, Jad ne voulait pas qu'on en parle aux adultes.

Blaise ferma les yeux. Le tournoi, encore une pièce du puzzle qui se mettait en place. Pour former une image bien sinistre...

— Range cette épée, dit-il d'un ton sec. Longue-Vue, peux-tu nous sortir d'ici ?

L'étalon tapa du pied et poussa Blaise de la tête avec impatience.

Le cinquième élément

Sers-toi de l'échiquier... Jad ferma les yeux et respira, cherchant en lui le lieu tranquille où se trouvait sa force.

Depuis le début du tournoi, il essayait d'éviter l'échiquier mental. Parce qu'il lui faisait peur. En vain puisqu'il était toujours présent, en filigrane, comme un voile posé sur le monde.

Un voile... Jad examina la pièce autour de lui. Des voiles, voilà ce que fabriquaient les sphères en se déplaçant. Des voiles de lumière, de couleurs et de sons, selon la façon dont chacun les percevait. Non, ce n'était pas ainsi que cela se passait... C'est lorsqu'il avait pensé « voile » qu'il les avait vus comme tels. *Et si je pense... couloirs.* Jad vit des couloirs, des tunnels, des passerelles de couleurs rayer la pièce en tous sens.

— Père !

Eben se retourna, cherchant d'où venait la voix de son fils.

— Jad ? Tu n'es pas sorti ? Où es-tu ? Je ne te vois pas !

— Père, le déplacement des sphères prend la forme que tu leur donnes. Il suffit de... d'y penser !

Il suffit d'y penser ? Que voulait-il dire ? Eben n'était pas bon à ces jeux-là, ces illusions de l'esprit, ces trompe-l'œil du langage. Il avait besoin de quelque chose de réel contre lequel lutter. *Par la Lame d'Aramis, j'en ai assez de pourfendre le vide. Pourquoi n'ai-je pas devant moi des guerriers ?*

Eben recula d'un pas. Un grand guerrier se tenait devant lui. Ou plutôt une image de guerrier, une transparence au travers de laquelle on distinguait un guerrier identique, puis un autre, à l'infini. Jad et Bahir avaient raison, le brouillard prenait la forme qu'on lui donnait. Le Duc eut un sourire vorace.

— Tu feras l'affaire ! Viens donc, guerrier-gigogne !

Il lança ses deux épées en avant et le guerrier transparent leva lentement un bras fantasmagorique au bout duquel apparut une gigantesque massue.

Jad vit son père attaquer, éviter, pivoter, parer, sans voir contre quoi il se battait. *Il a dû réussir à donner une forme aux énergies. Chacun à sa manière...*

Il ferma l'œil droit et examina son échiquier mental. Il repéra la figurine le représentant, un garçon debout, tendant un arc, dans un coin du plateau. Mentalement, il le fit glisser vers le milieu du plateau. Aussitôt, toutes les pièces se réorganisèrent autour de lui.

Il y avait le guerrier noir... *Papa*... L'archère... *Jwel*... Le musicien... *Siffle-Court* ? Jad fit tourner mentalement la figurine pour discerner ses traits, sans y parvenir. Il tenta de la déplacer comme il avait fait avec la sienne, mais elle ne bougea pas. Il essaya alors de faire glisser la figurine de l'archère, qui ne bougea pas non plus. *Je ne peux déplacer que ma figurine.*

Il reprit sa figurine et la fit tourner doucement, jusqu'à ce qu'elle soit face au musicien. Il discernait maintenant une cicatrice sur le visage. *Orphéüs ! Bien sûr, il faut respecter l'ordre du jeu. C'était à son tour de jouer...*

Agenouillé auprès de Chandra, Ugh sanglotait. Sa mère ne bougeait plus. Le garçon avait l'impression qu'une pelle creusait un trou en lui tandis qu'il pensait : « Ma mère est morte, elle est morte... » Il sécha ses larmes d'un revers rageur de la main. Il n'allait pas rester là à pleurer. Il regarda autour de lui, cherchant une arme.

Jad lança les dés tout en se focalisant sur la figurine du musicien : cinquième élément + yin. Jad sourit. C'était à son tour de jouer. Sur l'échiquier, son personnage glissa vers celui du musicien.

Ugh balaya la pièce du regard, puis, portant la main à son tatouage, il traversa la salle d'étude en courant, dribblant les écharpes de brume pour saisir la violine posée sur une table.

*

Le Duc vit l'image du guerrier se brouiller puis s'effacer. Alors lui aussi sentit sa présence. Un souffle dans son cou, une bouche sur ses lèvres.

— Sierra…

— Mon aimé…

Eben avait baissé les bras et souriait. Jad surprit ce sourire. Une expression si apaisée, si tendre. Il sut que son père avait retrouvé sa femme et prit la mesure de ce que son absence lui avait coûté. Il comprit que la distance du Duc envers ses enfants n'était pas la manifestation d'une incapacité d'aimer, mais son impossibilité à gérer un trop-plein d'amour.

Eben et Sierra se retrouvaient, au-delà du chaos, des peines et des doutes, de la réalité et de la peur. Ils avaient rendez-vous depuis si longtemps…

*

La sphère de lumière vibrait et tournait sur elle-même, au-dessus de l'homme assis en tailleur. Dans ses orbites vides, Borges vit défiler des images oubliées : un petit garçon aux yeux violets émerveillé, suivant du doigt la courbe gracieuse d'une lettrine dans un très vieux livre ; un jeune homme aux yeux morts pétrissant avec rage le pain ; une femme noire à la voix magicienne ; un nourrisson vagissant de bonheur au contact de ses mains sur son corps potelé ; un jardin de sable et de roches…

Au milieu des sphères folles, Bahir s'arrêta, ôta ses chaussures et s'assit en tailleur. Les images passaient à toute vitesse, clichés qui se succédaient, se superposaient… Il revoyait le visage de ses parents, son premier pinceau, ses enluminures détruites, il revoyait le regard gris de Maya, le dessin de ses lèvres, il voyait les visages de ses filles qu'il n'avait jamais vus.

Les larmes lui remplirent les yeux et les images continuaient à défiler... Soudain, tout fut très clair. *Oh,* pensa Bahir Borges, *c'est donc maintenant. Ici et maintenant.* Un grand calme descendit sur lui, il n'y avait plus de passé, plus d'avenir, rien que le livre de sa vie comme un livre de clarté qu'il feuilletait, émerveillé d'avoir tant reçu. Quand se succédèrent rapidement casserole, géant, poisson, montagne, il se mit à rire.

*

Ugh attrapa la violine et plaqua un accord. Puis un autre. Son tatouage le brûlait, ses doigts enchaînaient une note après l'autre. Il ne regardait même pas son instrument. À l'affût des sons impossibles qui naissaient des sphères, il s'infiltrait entre les dissonances, glissait sur les harmonies étranges, les arpèges vertigineux que lui seul entendait. Il menait sa bataille et, pendant un court instant, tout fut paralysé. La luminosité des sphères faiblit, les vents retombèrent.

Jad vit Bahir assis en tailleur au milieu de la pièce, le menton sur la poitrine ; Chandra et Jwel à terre ; Eben immobile, l'épée à la main, un pied en avant ; les enfants étaient figés dans leurs mouvements comme s'ils jouaient à la statue. Tous sauf Merlin. Merlin tricotait l'air saturé d'énergie de ses petites mains.

Jad sentit la pression des émotions inhumaines s'alléger, et il sut ce qu'il devait faire. Puiser la force là où elle se trouvait, s'unir à l'adversaire. Il ferma les yeux et se risqua dans les couleurs, les rapprochant, les reliant... Une trame apparut dans laquelle les deux échiquiers se fondirent. Un dessin où chaque personnage avait son rôle et était relié aux autres personnages. Un dessein. Si net. Si limpide.

Il ouvrit les yeux, cherchant son père. Du front, du cœur, du plexus, de l'aine et des paumes d'Eben jaillirent des faisceaux lumineux qui se mêlèrent à ceux qui émanaient du corps de Jad. Ils formèrent des ponts d'énergie sur lesquels les boules vinrent buter. Ugh arrêta de jouer. Les vents augmentèrent dans la pièce, un siphon se forma autour du Duc. Les sphères s'enflammèrent.

*

Ils virent les lueurs rouges embraser l'horizon bien avant d'arriver au château. Longue-Vue redoubla de vitesse et Claris se tassa un peu plus sur son dos. Les larmes lui piquaient les yeux. Le château était en flammes. L'appel long et plaintif de la corne de brume sonnait l'alerte.

— *Ne reviens pas !*

La voix de Jad retentit claire dans son esprit.

— *Ne reviens pas,* soupira-t-il. *Tu ne pourrais rien changer au cours des choses.*

— *Mais tu vas mourir ! Vous allez tous mourir !*

— *Peut-être, mais que tu meures aussi n'y changera rien.*

Le garçon eut un rire étrangement joyeux.

— *Oh, Claris, le moment est venu pour moi d'agir ! Enfin. Je vais pouvoir faire ce que j'ai à faire. Cela ne me fait rien de partir ensuite. Je n'ai jamais été là, pas tout à fait. Tu le sais bien...*

Claris sanglotait à présent sur le dos de Longue-Vue, volant littéralement sur le dernier kilomètre qui les séparait du château. Blaise, qui était devant elle sur l'étalon, sentit qu'elle posait sa tête sur son dos.

— *Claris,* reprit la voix de son frère en elle. *Maman est... venue. Je lui ai parlé. Elle n'est pas morte...*

— Elle est là ?

Blaise entendit Claris crier, mais ne comprit pas. Il essaya de se tourner vers elle et faillit tomber.

— *Elle... Elle devait repartir. Elle ne nous a jamais abandonnés, Claris ! Tu dois me croire ! Ses derniers mots ont été pour toi. Elle a dit que...*

— *Arrête, Jad ! J'arrive, nous sommes presque là.*

— *Non, écoute. Elle a dit...*

Jad répéta mot pour mot ce que lui avait dit sa mère, en envoyant des images à sa sœur : leur mère comme il l'avait vue à la fin, le sourire sur le visage de leur père, puis de plus en plus vite, se chevauchant, d'autres images, la cabane de leur enfance, les bonsaïs libérés, Ugh jouant de la violine...

Le contact s'interrompit brusquement, comme une porte qui claque.

*

Elle n'avait pas remercié son père. Elle n'avait pas souhaité bon anniversaire à son frère. Galopant dans la nuit, les yeux fixés sur les lueurs de l'incendie qui embrasait le château de Salicande tandis que tombait la première neige de l'hiver, Claris ne pouvait penser à rien d'autre. Elle n'avait pas souhaité bon anniversaire à son frère. Elle n'avait pas remercié son père. Elle n'avait pas souhaité bon anniversaire à son frère.

Fin du tome I

CHRONOLOGIE DES TEMPS D'AVANT
par Bahir Borges, avec la très précieuse
et indispensable collaboration de Maya Borges.

Temps d'Avant

XXIe siècle : siècle charnière mais incompétent, qui pouvait anticiper la Grande Catastrophe mais n'a rien fait

– Délabrement accéléré de l'humanité

– Monde partagé entre Nantis et non-Nantis

Fin du XXIe siècle : révolution de Ramsky : drogue + jeux vidéo

– Écart grandissant entre Nantis et non-Nantis

– Environnement totalement modifié, avec disparition de 50 % des espèces animales et végétales

– Règne des biogénéticiens

XXIIe siècle : temps des joueurs, de l'esclavage des non-Nantis, de la drogue

– Découverte d'Amazonia, planète où la vie est possible et où abonde le combustible fossile. Les hommes s'y installent dès 2090

– Vers 2150 : début de la Résistance (Organisation internationale secrète d'opposition au système politique, social et économique qui domine la planète.)

2189 : la Grande Catastrophe

– Disparition d'une génération entière d'adolescents

– Fuite des Nantis sur Amazonia

– Exode des survivants sur la Terre. Formation de nouvelles communautés éparses

__**Temps Présent**__

2189 : Jors fuit Pariyo, la capitale européenne

2189-2207 : Jors rejoint la Résistance avec Blaise

2207 : naissance de Sierra. Cette naissance décide Jors à s'établir

2208 : an 1 de la Licorne

– Accompagné d'une poignée de compagnons (dont Blaise, Sem, Dag, Eben), Jors trouve le phare, fonde Salicande et établit un nouveau calendrier

2247 : an 10 du Dragon

– Naissance des jumeaux au solstice d'hiver

2250 : an 3 du Phénix

– Les jumeaux ont 3 ans

– Sierra disparaît

– Jors meurt

2259 : an 2 du Centaure

– Les jumeaux ont 12 ans

Nouveau Calendrier (Six ères)

– Ère de la Licorne	2208-2217
– Ère de l'Hippogriffe	2218-2227
– Ère de la Sirène	2228-2237
– Ère du Dragon	2238-2247
– Ère du Phénix	2248-2257
– Ère du Centaure	2258-2267

Un animal imaginaire par décennie selon le nouveau calendrier de système décimal mis en place par Jors, où l'on compte :

- par décade et non par semaine (1 décade = 10 jours)
- par lunaison* et non par mois (1 lunaison = 3 décades)
- par lunée et non par année (1 lunée = 10 lunaisons)
- par ère et non par siècle (1 ère = 10 lunées)

Saisons

- Temps Vert : printemps
- Temps Jaune : été
- Temps Rouge : automne
- Temps Blanc : hiver

* Mois lunaire ; intervalle de temps compris entre deux nouvelles lunes consécutives. La lunaison est de 29 jours 12 heures 44 minutes 2 secondes en moyenne.

Table

DÉCOUVREZ UN EXTRAIT DU ROMAN

Max

TOME 1

OPÉRATION ANGEL

DE JAMES PATTERSON

1

C'est drôle comme le fait d'être sur le point de mourir remet drôlement les idées en place. Maintenant, par exemple :

Cours ! Allez, vas-y ! Tu peux le faire.

J'ai gonflé mes poumons à bloc. Mon cerveau bouillonnait. Je courais pour ne pas mourir. Je n'avais qu'une idée en tête : m'échapper. Tout le reste n'avait aucune importance.

Avoir les bras déchiquetés par un buisson d'épines ? De la gnognotte.

Marcher pieds nus sur des rochers tranchants, de grosses racines et des branches d'arbres pointues ? Aucun problème.

Manquer d'air et sentir mes poumons qui brûlent ? Je pouvais gérer.

En tous les cas, tant que je maintenais les Erasers à distance.

Oui, les Erasers. Des mutants : mi-hommes, mi-loups, généralement armés et toujours assoiffés de sang. À ce moment-là, ils me couraient après.

Vous voyez ? Ça remet vachement les idées en place, hein ?

Cours. Tu es plus rapide qu'eux. Plus rapide que n'importe qui.

Je ne m'étais jamais autant éloignée de l'École. J'ignorais complètement où j'étais. Mais mes bras continuaient de s'agiter le long de mon corps, mes pieds s'abîmaient dans les broussailles et mes yeux balayaient d'un regard anxieux le paysage plongé dans la pénombre. Je courais plus vite qu'eux. Je devais pouvoir trouver une clairière suffisamment grande pour me…

Oh, non ! Nonnnnnnnnnnnnn ! Les glapissements lugubres des limiers flairant ma piste me sont parvenus entre les arbres. J'avais envie de vomir. Je pouvais semer des hommes en courant. On pouvait tous le faire, même Angel, du haut de ses six ans. Mais un gros chien ? Aucun d'entre nous ne pouvait le semer.

Allez-vous-en, les chiens ! Fichez le camp ! Laissez-moi vivre un jour de plus.

Ils se rapprochaient. Une faible lumière filtrait à travers les bois devant moi. Une clairière ? *Pitié, je vous en supplie… faites que ce soit une clairière.* J'étais peut-être sauvée.

Je me suis élancée entre les arbres, haletant, ma peau luisant sous des gouttes de sueur glacées.

Yes !

Non ! Noooooooooonnnnnnnnnn !

J'ai fait un dérapage et me suis arrêtée net. J'ai agité les bras pour ne pas tomber en avant et j'ai tenté de faire marche arrière sur le chemin boueux et rocailleux.

Ce n'était pas une clairière. Devant moi, un mur de pierre tombait à pic dans le vide, sur des centaines de mètres. J'étais au bord d'un précipice.

Derrière moi : les bois, pleins de limiers surexcités en train de baver et d'Erasers psychopathes armés.

Devant. Derrière. Ça revenait au même : ça sentait mauvais.

Les chiens jappaient avec excitation. Ils avaient mis la patte sur leur proie : *moi*[1].

Je me suis penchée au-dessus du précipice.

Je n'avais vraiment pas le choix. À ma place, vous auriez fait pareil.

J'ai fermé les yeux, ouvert les bras… et je me suis laissée tomber.

J'ai entendu les Erasers rugir de fureur pendant que les chiens aboyaient, hystériques, et puis je n'ai plus entendu que le bruit de l'air fouettant mes oreilles.

L'espace d'une seconde, c'était vraiment tranquille. J'ai même souri.

Ensuite, j'ai pris une grande inspiration et j'ai déployé mes ailes, aussi grand et vite que j'ai pu.

---

1. En français dans le texte.

L'air s'est engouffré en elles. Dans leurs quatre mètres d'envergure, claires avec des raies blanches et des points marron comme des taches de rousseur dessus. J'ai tout de suite été happée vers le haut. On aurait dit que mon parachute invisible venait de s'ouvrir. *Ouhoooooou !*

Note pour plus tard : ne plus déployer mes ailes comme ça, en un coup.

Mon corps tout entier tressaillait. J'ai poussé vers le bas de toutes mes forces, puis j'ai levé mes ailes avant de pousser à nouveau vers le bas.

Oh là là ! J'étais en train de *voler*, exactement comme dans mes rêves.

Le fond du précipice, nappé de brouillard, s'est effacé sous moi. J'ai ri et me suis envolée très haut, sentant mes muscles travailler, l'air siffler à la surface de mes plumes et le vent frais sécher les gouttes de sueur sur mon visage.

Je suis montée en flèche au-dessus du précipice, survolant la meute effarouchée et les Erasers, furieux. L'un d'entre eux, couvert de poils sur le visage, les crocs dégoulinant, a levé son arme. Un faisceau lumineux a marqué d'un point rouge ma chemise de nuit déchirée. *Pas aujourd'hui, pauvre crétin*, ai-je pensé en virant brusquement à l'ouest de sorte qu'il ait le soleil dans les yeux, dans ses yeux fous de rage.

Je ne meurs pas aujourd'hui.

2

Je me suis réveillée en sursaut, la main sur le cœur.

Je n'arrivais pas à quitter ma chemise de nuit des yeux. Pas de trace de laser rouge, pas d'impacts de balles. Je me suis laissée retomber sur mon lit, soulagée.

Ce que je pouvais détester ce rêve ! C'était toujours le même : je m'étais enfuie de l'École, j'étais pourchassée par les Erasers et par des chiens, je tombais dans un précipice lorsque tout à coup, zoum ! vlan ! mes ailes se déployaient et je m'échappais en volant. Chaque fois, c'est sur cette sensation de passer à un cheveu de la mort que je me réveillais.

Note pour plus tard : dire deux mots à mon subconscient pour faire des rêves plus beaux.

Il faisait frais, mais je me suis forcée à sortir de mon lit douillet. J'ai enfilé des vêtements propres. Incroyable ! Nudge avait rangé le linge de la dernière lessive.

Tout le monde dormait encore : j'avais quelques minutes à moi, tranquilles, pour bien commencer la journée.

En allant dans la cuisine, j'ai jeté un œil par les fenêtres de l'entrée. J'ai toujours adoré cette vue : les premiers rayons du soleil léchant la crête des montagnes, le ciel dégagé, les ombres profondes, le sentiment d'être complètement seule, sans la moindre trace d'étrangers.

Ma famille et moi, on habitait dans les hauteurs, sur une montagne, en sécurité.

Notre maison avait la forme d'un E, tourné de l'autre côté. Les pattes du E étaient placées en cantilever sur des pilotis surplombant un canyon escarpé, aussi, quand je regardais par la fenêtre, j'avais l'impression de flotter. Sur une échelle de génialité de 1 à 10, cette maison atteignait facilement 15.

Ici, ma famille et moi, on pouvait être nous-mêmes. Ici, on pouvait vivre en liberté. Et je dis bien « *liberté* » par opposition à « captivité », au temps où l'on vivait dans des cages.

C'est une longue histoire. J'y reviendrai plus tard.

Et bien sûr, le top du top, c'est qu'ici, il n'y avait pas d'adultes. Lorsqu'on a emménagé, Jeb Batchelder s'est occupé de nous. Il a été un vrai père pour nous. C'est lui qui nous a sauvés. Aucun de nous n'avait de parents, mais Jeb a fait de son mieux pour les remplacer.

Cela faisait deux ans qu'il avait disparu. Je savais qu'il était mort, on le savait tous, mais on n'en parlait pas. Nous étions seuls, entièrement livrés à nous-mêmes.

Ouais ! Personne pour nous dire quoi faire, quoi manger, quand aller nous coucher. Enfin, personne sauf moi. Je suis la plus âgée, alors j'essaie de faire tourner la maison comme je peux. Ce n'est pas un boulot facile et c'est plutôt ingrat, mais il faut bien que quelqu'un le fasse.

On ne va pas non plus à l'école, alors *merci* Internet parce que sans ça, on n'y connaîtrait rien à rien ! En tous cas, pas d'école, pas de médecin, pas d'assistante sociale qui frappe à la porte. C'est simple : tant que le monde ignore notre existence, on reste en vie.

Je fouinais dans la cuisine à la recherche d'un truc à manger lorsque j'ai entendu quelqu'un à moitié endormi traîner les pieds.

— 'jour, Max.

3

— Bonjour, Gazzy, ai-je répondu comme il s'écroulait sur la table, les paupières à demi fermées.

Je lui ai passé la main dans le dos et l'ai embrassé sur le haut de la tête. Gazzy a huit ans.

On l'appelle le Gasman[1] depuis qu'il est tout bébé. Qu'est-ce que vous voulez que je vous dise ? Il a un truc qui cloche dans le bide et ça pue !!! C'est horrible ! Un bon conseil : restez toujours face au vent.

Le Gasman m'a observée en clignant des yeux, des yeux d'un splendide bleu, tout ronds, tout confiants.

— Qu'est-ce qu'on mange ? m'a-t-il demandé en se redressant sur sa chaise.

Ses fins cheveux blonds qui se dressaient en bataille sur son crâne me faisaient penser au duvet qui recouvre les plumes d'un oisillon.

---

1. En français, « Monsieur Prout » par exemple.

— Euh… c'est une surprise.

En fait, je n'en avais pas la moindre idée.

— Je vais nous servir du jus d'orange, a proposé le Gasman.

Et là, j'ai senti mon cœur se gonfler d'amour. C'était un gamin absolument adorable. Sa petite sœur aussi d'ailleurs. Angel, six ans, et lui étaient les seuls frères de sang parmi nous, mais nous étions tous de la même famille malgré tout.

Un peu après, ça a été au tour d'Iggy de se traîner jusqu'à la cuisine. Iggy, grand et pâle. Les yeux clos, il s'est affalé sur notre canapé miteux. En plein milieu. Les seules fois où ça lui pose un problème d'être aveugle, c'est quand l'un d'entre nous oublie ce « petit » détail et déplace les meubles ou un truc dans le genre.

— Hé, oh ! Ig ! Réveille-toi ! lui ai-je lancé.

— Lâche-moi, a-t-il marmonné, encore endormi.

— Tant pis pour toi ! Tu n'auras pas de petit déjeuner.

J'étais en train d'étudier ce qu'il y avait dans le réfrigérateur, pleine de faux espoirs – la fée du frigo était peut-être passée pendant la nuit –, lorsque j'ai senti ma nuque me picoter. Je me suis redressée aussitôt et j'ai fait volte-face.

— Tu vas arrêter, oui ou non ? me suis-je énervée.

On n'entendait jamais arriver Fang. C'était comme s'il tombait du ciel. Il m'a toisée, calme, frais et dispos, déjà habillé et coiffé, ses cheveux noirs, trop longs, rejetés en arrière. Il avait quatre mois de moins que moi, mais il me dépassait de dix centimètres déjà.

— Arrêter quoi ? a-t-il interrogé calmement. De respirer ?

J'ai levé les yeux au ciel.

— Oh, arrête ! Tu sais bien.

Iggy s'est redressé en grognant, l'air étonné, avant d'annoncer :

— Je vais faire des œufs.

Je suppose que si j'étais un peu plus « femme aux fourneaux », ça m'ennuierait qu'un mec *aveugle*, de six mois mon cadet, sache mieux cuisiner que moi. Mais ce n'est pas mon cas. Alors ça ne m'a pas dérangée.

J'ai balayé du regard la cuisine. Tout roulait presque comme sur des roulettes.

— Fang ! Je te laisse mettre la table. Moi, je vais chercher Nudge et Angel.

Les deux filles partageaient la petite chambre du fond. J'ai poussé la porte. Nudge, onze ans, dormait encore, enroulée dans ses couvertures. Elle était méconnaissable quand elle avait la bouche fermée comme ça, ai-je pensé, avec ironie. Une fois réveillée, ce serait « Nudge FM » en continu. C'est ainsi qu'on l'appelait : « Nudge FM », la radio 100 % Nudge.

— Hé, ma puce, réveille-toi, lui ai-je dit en la secouant tout doucement par l'épaule. On passe à table dans dix minutes.

Nudge a battu des paupières, dans une tentative de fixer ses yeux marron sur moi.

— Hummmmmmmm, quoi ? a-t-elle marmonné.

— Le soleil vient de se lever, encore une belle journée..., lui ai-je chantonné. Il va falloir te faire à l'idée !

Nudge s'est dépliée, façon accordéon, dans un grognement. Techniquement, elle se tenait droite, mais elle donnait quand même encore l'impression d'être chiffonnée.

Dans le coin opposé de la pièce, Angel était cachée par un rideau fin. Elle a toujours adoré les petits nids douillets, Angel. Oui, son lit, bien recouvert par le rideau, ressemblait vraiment à un nid, encombré de nounours, de livres et de la plupart de ses vêtements. J'ai souri et tiré le rideau.

— Ben, t'es déjà habillée ? ai-je constaté en me penchant vers elle pour l'embrasser.

— Bonjour, Max, a-t-elle fait tandis qu'elle dégageait ses boucles blondes de son col. Tu peux attacher mes boutons ?

— Ouais, 'sûr !

Je l'ai tournée, dos face à moi, et j'ai commencé à boutonner.

Je ne l'avais jamais dit aux autres mais Angel était ma préférée. J'étais dingue d'elle. Je l'*adorais* littéralement. C'est peut-être parce que je m'en étais occupée depuis qu'elle était bébé ou presque. Ou bien parce qu'elle était tout simplement à croquer et très affectueuse aussi.

— C'est peut-être parce que je suis un peu comme ta fille, a-t-elle lancé en se tournant pour m'observer.

Mais ne t'inquiète pas, Max. Je le dirai à personne. Et puis, moi, c'est pareil, tu es ma préférée.

Elle a jeté ses petits bras maigres autour de mon cou et m'a collé un gros bisou sur la joue. À mon tour, je l'ai serrée dans mes bras. Très fort. Ah oui, j'allais oublier : c'est une autre particularité d'Angel.

Elle lit dans les pensées.

4

— Aujourd'hui, j'ai envie d'aller ramasser des fraises, a déclaré Angel, bien décidée, alors qu'elle s'apprêtait à engloutir une pleine cuillerée d'œufs brouillés. C'est maintenant qu'il faut y aller : elles sont mûres.

— Ça marche pour moi, Angel, je viens avec toi, a dit le Gasman.

Et au même moment, il a lâché une de ses traditionnelles caisses puis il s'est mis à rigoler.

— Oh, la vache, Gazzy ! j'ai fait.

— Masque à… gaz ! s'est exclamé Iggy d'une voix étranglée, la main autour du cou comme s'il s'asphyxiait.

— J'ai fini de manger, a sorti Fang en se levant tout à coup pour aller porter son assiette dans l'évier.

— Excusez, a prononcé le Gasman machinalement, tout en continuant d'avaler.

— Tu as raison, Angel, a approuvé Nudge. Je crois

qu'un peu d'*air frais* ferait du bien à tout le monde. Je viens aussi.

— On y va tous, ai-je conclu.

Dehors, il faisait vraiment beau. Le ciel était dépourvu du moindre nuage et l'on sentait les premières chaleurs de mai. Avec nos seaux et nos paniers, on marchait dans le sillon d'Angel qui nous conduisait à un repaire où les fraises des bois pullulaient.

Elle me tenait la main.

— Si tu fais un gâteau, je peux faire une tarte sablée aux fraises, a-t-elle lancé gaiement.

Là, j'ai entendu Iggy dire :

— Ce n'est pas demain la veille que Max fera un gâteau ! Je le ferai, moi, ton gâteau, Angel.

Mon sang n'a fait qu'un tour.

— Oh ! Merci ! D'accord, je ne suis peut-être pas une super cuisinière, mais je peux tout de même te botter les fesses ! Compris ?

Iggy riait, les mains en l'air, en signe que ce n'était pas lui. Nudge se retenait de pouffer. Même Fang souriait tandis que le Gasman arborait cet air... malicieux.

— C'était *toi* ? lui ai-je demandé.

Il a souri et haussé les épaules, s'efforçant de ne pas avoir l'air trop satisfait de lui. Le Gasman devait avoir trois ans quand je me suis aperçue qu'il pouvait imiter à peu près tous les bruits et les voix possibles et imaginables. Je ne me souvenais plus du nombre de fois où Iggy et Fang s'étaient bagarrés avec Gazzy à cause de trucs qu'il avait dits en imitant leur voix.

Il maniait avec beaucoup de plaisir ce don pervers, un de ces talents bizarres comme nous en avions tous. Quoi qu'ils fussent, ils rendaient notre vie cent fois plus intéressante, c'est certain.

À côté de moi, Angel s'est figée dans un hurlement.

Saisie, je l'ai regardée fixement. La seconde d'après, des hommes au museau de loup, aux canines immenses et aux yeux rouges, brillants sont tombés du ciel comme des araignées. Les Erasers ! Et cette fois-ci, je n'étais pas en train de rêver.

5

On n'avait pas le temps de réfléchir. Jeb nous avait appris à agir, pas à réfléchir. Je me suis jetée sur un Eraser. J'ai pris de l'élan en tournant sur moi-même et je lui ai allongé un solide coup de pied dans la cage thoracique. Le souffle coupé, il a craché un « ah ! » Son haleine empestait. Une odeur d'eaux d'égout croupies au soleil.

Après ça, tout s'est passé comme dans un film – une poignée d'images superposées qui avaient tout sauf l'air réel. J'ai flanqué un nouveau coup, mais un Eraser m'a frappée si fort que ma tête a claqué en tournant violemment. J'ai senti le sang jaillir dans ma bouche. Du coin de l'œil, je pouvais voir Fang. Il donnait le change à un Eraser. Mais bientôt ils s'y sont mis à trois contre lui et je l'ai vu disparaître sous des mains couvertes de griffes qui battaient l'air.

Iggy était toujours debout, mais il avait un œil fermé tellement il était gonflé.

Le choc passé, je me suis remise debout, quand j'ai aperçu le Gasman qui gisait face contre terre, inconscient.

J'ai fait un bond vers lui, mais deux Erasers me sont tombés dessus et m'ont coincé les bras derrière le dos. Tout de suite, un troisième s'est penché vers moi, les yeux rouges, luisants d'excitation, les mâchoires pleines de crocs, la gueule ouverte. Pour prendre de l'élan, il a reculé son coude en serrant son poing, puis il me l'a enfoncé dans le ventre. Une douleur insoutenable a irradié en moi. Je me suis pliée en deux avant de tomber comme une pierre.

J'entendais vaguement Angel crier et Nudge pleurer.

Lève-toi ! me suis-je ordonné tout en cherchant à reprendre ma respiration. *Debout !*

Pour des gosses, on est très forts. Comme on est mutants, on est bien, bien plus forts que les adultes en général. Mais les Erasers ne sont *pas* des adultes « en général ». En plus, ils étaient plus nombreux que nous. On était de la véritable pâtée pour chiens. J'ai pris appui sur mes mains et mes pieds pour me relever, en me retenant de vomir.

J'avais les jambes qui flageolaient et des envies de meurtre. Deux Erasers tenaient Nudge par les mains et les pieds. Ils l'ont balancée très fort et l'ont envoyée valser tête la première contre un arbre.

« Pour l'éditeur, le principe est d'utiliser des papiers composés de fibres naturelles, renouvelables, recyclables et fabriquées à partir de bois issus de forêts qui adoptent un système d'aménagement durable. En outre, l'éditeur attend de ses fournisseurs de papier qu'ils s'inscrivent dans une démarche de certification environnementale reconnue. »

Édité par la Librairie Générale Française - LPJ
(58 rue Jean Bleuzen, 92178 Vanves Cedex)

Composition Nord Compo
Achevé d'imprimer en France par Laballery
32.03.3411.9/04 - ISBN : 978-2-01-323411-5
Dépôt légal 1re publication juillet 2012
Loi n° 49-956 du 16 juillet 1949 sur les publications destinées à la jeunesse
Dépôt légal : octobre 2020
Impression 009548